뉴욕 3부작

뉴욕 3부작
The New York Trilogy

폴 오스터 장편소설   황보석 옮김

유리의 도시

1

그 일은 잘못 걸려 온 전화로 시작되었다. 한밤중에 전화 벨이 세 번 울리고 나서 엉뚱한 사람을 찾는 목소리가 들려오는 것으로. 훨씬 나중에, 그러니까 자기에게 무슨 일들이 일어났는지를 생각해 볼 수 있게 되었을 때, 그는 우연 말고는 정말인 것이 아무것도 없다는 결론을 내리게 될 터였다. 하지만 그것은 훨씬 뒤의 일이다. 처음에는 단지 사건과 결과가 있었을 뿐이다. 그 일이 다르게 끝이 났건, 낯선 사람의 입에서 나온 첫마디로 미리 정해진 것이었건, 그것은 문제가 되지 않는다. 문제는 이야기 그 자체이며, 그것에 어떤 의미가 있느냐 없느냐는 여기서 할 이야기가 아니다.

퀸에 대해서 얘기하자면, 우리의 관심을 끌 만한 것은 거의 없다. 그가 누구이고 어디 출신이고 무슨 일을 했느냐 하는 것은 별로 중요하지 않다. 이를테면, 우리는 그가 서른다섯 살이고 한때는 결혼을 해서 한 아이의 아버지가 되었던 적도 있기는 하지만, 이제는 아내와 아이가 모두 죽었다는 것을 알고 있다. 우리는 또 그가 책, 정확히 얘기하자면 추리소설을 몇 권 썼다는 것도 알고 있다. 그 책들은 윌리엄 윌슨이라는 필명으로 발표되었고, 그는 대략 1년에 한 권꼴로 그런 책을 써냈다. 그것만으로도 뉴욕의 조그만 아파트에서 간소한 삶을 꾸려 가기에는 충분했다. 그는 1년 중 다섯 달이나 여섯 달 동안만 소설을 썼으므로 나머지 시간에는 자기가 하고 싶은 일을 얼마든지 마음대로 할 수 있었다. 이런저런 책을 읽고 그림을 관람하고 영화를 보러 다니면서. 여름이면 그는 텔레비전으로 방영되는 야구 경기를 지켜보았고 겨울에는 오페라를 보러 갔다. 하지만 그가 무엇보다도 좋아한 것은 걷는 일이었다. 거의 매일같이, 날씨가 궂건 좋건, 춥건 덥건, 그는 아파트를 나서서 시내를 이리저리 돌아다니곤 했다 ── 사실은 어디를 찾아가려는 것이 아니라, 그저 어디든 발길 닿는 대로.

뉴욕은 무진장한 공간, 끝없이 걸을 수 있는 미궁이었다. 아무리 멀리까지 걸어도, 근처에 있는 구역과 거리들을 아무리 잘 알게 되어도, 그 도시는 언제나 그에게 길을 잃고 있다는 느낌을 안겨 주었다. 시내에서뿐 아니라 자신의 마음속에서까지도. 산보를 나갈 때마다 그는 마치 자신을 뒤에 남겨 두는 듯한 느낌이었고, 거리에서의 움직임에 자신을 내맡김으로써, 자신을 하나의 눈으로 축소시킴으로써, 생각을 해야 한다는 강박 관념에서 벗어날 수 있었다. 그리고 그 덕분에 다른 것은 몰라도 어느 정도 평화를 얻어 편안하게 마음을 비울 수 있었다. 세상은 그의 밖에, 주위에, 앞에 있었지만 그 세상이 바뀌는 속도가 너무 빨라서 그는 어느 한 가지 사물에 오래도록 집중할 수가 없었다. 가장 중요한 것은 움직임, 한 발을 다른 발 앞으로 내밀어 자신의 표류하는 육체를 따라가도록 하는 행위였다. 그렇게 정처 없이 배회하다 보면 모든 장소들이 똑같아져서 자기가 어디에 있는지는 중요하지 않게 된다. 산보가 가장 잘될 때면 그는 자기가 아무 데도 아닌 곳에 있다는 기분까지 느낄 수 있었다. 그리고 결국은 그것이, 아무 데도 아닌 곳에 있다는 것이 그가 요구하는 전부였다. 뉴욕은 그가 자기 주위에 만들어 놓은 아무 데도 아닌 곳이었고, 그는 두 번 다시 그곳을 떠날 생각이 없었다.

예전에는 퀸에게도 커다란 야망이 있었다. 젊은 시절에 이미 서너 권의 시집을 내고, 희곡과 평론을 쓰고, 여러 권의 장편을 번역했을 정도니까. 그러나 어느 날 갑자기 퀸은 그 모든 일을 그만두었다. 그리고 친구들에게는 자신의 일부가 죽었는데, 자기로서는 그 죽은 일부가 되살아나 쫓아다니는 것을 원치 않는다고 했다. 그가 윌리엄 윌슨이라는 필명을 쓰기 시작한 것도 그 무렵이었다. 이제 퀸은 책을 쓸 수 있는 자신의 일부가 아니었고, 비록 여러 가지 면에서 계속 존재하고는 있었더라도, 자신을 제외한 어느 누구에게도 더 이상은 존재하지 않았다.

그가 글쓰기를 계속한 것은 그 일이 자기가 할 수 있는 유일한 일이라고 느꼈기 때문이었다. 추리 소설이 가장 그럴듯한 해결책으로 보였다. 그로서는 추리 소설에 요구되는 복잡한 스토리를 꾸며 내는 일이 별로 어렵지 않았을뿐더러, 글재주도 썩 좋은 편이어서 때로는 노력도 없이 글이 저절로 쓰이는 것처럼 보이기까지 했다. 그는 스스로를 자기가 쓴 글의 작가라고 여기지 않았기에 책임감을 느끼지 않았고, 따라서 그 글을 옹호하려는 생각도 들지 않았다. 누가 뭐래도 윌리엄 윌슨은 꾸며 낸 인물인 만큼, 비록 퀸 자신에게서 태어나기는 했지만 이제는 독자적인 삶을 영위하고 있었다. 퀸은 그를 존중하고 때로는 칭찬도 했지만, 자신과 윌리엄 윌슨이 동일인이라고 믿어 본 적은 단 한 번도 없었다. 그가 익명의 마스크를 벗으려 하지 않았던 것도 바로 그런 이유에서였다. 그는 대리인을 두고 있었지만 그들은 서로 만난 적이 없었다. 모든 계약은 우편으로 진행되었고, 그러기 위해 퀸은 우체국에 사서함을 개설해 놓고 있었다. 출판사와도 마찬가지여서 그들은 대리인을 통해 모든 비용과 인세를 지불했다. 윌리엄 윌슨이 쓴 어떤 책에도 작가의 사진이나 약력 같은 것은 들어 있지 않았다. 윌리엄 윌슨은 작가 인명록에 이름이 실려 있지도 않았고, 인터뷰도 하지 않았다. 그에게로 오는 모든 편지에 대한 답장은 대리인의 비서가 대신 써 보냈다. 퀸이 아는 한 그의 비밀을 눈치챈 사람은 아무도 없었다. 처음에는 친구들이 그가 글쓰기를 그만두었다는 사실을 알고 어떻게 살아갈 생각인지 묻곤 했는데, 그럴 때면 그는 똑같은 말로 둘러대곤 했다. 아내가 남겨 준 신탁 기금이 있다고. 하지만 사실 그의 아내는 돈이라고는 가져 본 적이 없었다. 그리고 이제 그에게는 친구도 하나 없었다.

　그렇게 된 지도 어느새 5년이 지났다. 이제 그는 아들 생각을 별로 하지 않았고, 최근에는 벽에 걸려 있던 아내의 사진도 떼어 냈다. 가끔가다 한 번씩 세 살 난 아들을 품에 안았을 때의 느낌이 어땠는지가 불현듯 떠오르곤 했지만 그것은 정확히 말하자면 생각도, 아니 하다 못해 추억도 아니었다. 다만 육체적인 감각, 그로서는 어쩔 수 없이 몸에 배어 있는 과거의 흔적일 뿐이었다. 이제는 그런 느낌이 드는 순간도 드물어졌고, 대체로 상황이 달라지기 시작한 것처럼 보였다. 그는 더 이상 죽음을 원치 않았다. 그러나 살아 있는 데서 기쁨을 느꼈다고도 할 수 없을 것이다. 하지만 적어도 자기가 살아 있다는 사실이 원망스럽지는 않았다. 그는 살아 있었고, 그 엄연한 사실이 차츰차츰 그를 매혹시키기 시작했다. 마치 자신의 수명을 넘어서, 사후의 삶을 살고 있기라도 한 것처럼. 이제 그는 스탠드를 켜놓고 자지도 않았고, 자기가 꾼 꿈을 기억하지 못하게 된 지도 벌써 여러 달째였다.

밤이었다. 퀸은 침대에 누워 담배를 붙여 물고 유리창을 때리는 빗소리를 듣고 있었다. 비가 언제쯤 그칠지, 다음 날 아침에 좀 오래 산책을 할 것인지, 잠깐만 할 것인지 생각하면서. 옆에 있는 베개 위에 마르코 폴로의 『여행기』가 엎어진 채로 놓여 있었다. 그는 2주 전에 윌리엄 윌슨의 최신작을 끝낸 참이어서 나른하게 맥이 빠진 상태였다. 사설탐정이자 화자인 맥스 워크가 얻어맞기도 하고 구사일생으로 위기를 넘기기도 하면서 복잡한 범죄 사건을 해결했는데, 그 때문에 얼마쯤은 녹초가 되어 있었던 것이다. 그도 그럴 것이 여러 해를 두고 퀸과 워크는 아주 가까운 사이가 되었으니까. 윌리엄 윌슨이 그에게 여전히 추상적인 인물로 남아 있는 반면, 워크는 점점 더 생명력을 지닌 사람이 되어 갔다. 퀸이 빠져들게 된 자아의 삼각관계 속에서 윌슨은 복화술사였고 퀸 자신은 꼭두각시 인형, 그리고 워크는 그 일에 생명을 불어넣는 활기찬 목소리였다. 설령 윌슨이 허구였다 해도, 그는 다른 두 사람의 삶을 정당화시켜 주었다. 또 그가 존재하지 않는 인물이었다 해도, 그는 퀸이 워크로 바뀔 수 있도록 교량 역할을 해주었다. 그리고 퀸의 삶에서 워크는 차츰차츰 현존하는 인물, 그의 내면적인 형제이자 고독의 동반자가 되어 갔다.

퀸은 마르코 폴로의 『여행기』를 집어 들고 첫 페이지를 다시 읽기 시작했다. 〈우리는 이 책이 아무 꾸밈도 없이 정확한 기록이 될 수 있도록 본 것은 본 대로 들은 것은 들은 대로 기록할 것이다. 또 이 책을 읽거나 이 책의 내용을 듣게 될 모든 사람들 역시 완전한 믿음을 가지고 받아들이게 될 것이다. 이 책에는 오로지 진실만이 적혀 있기 때문이다.〉 퀸이 그 문장들의 의미를 곰곰이 생각해 보고 거기에 담긴 호언장담을 마음에 새기려는 참에 전화벨이 울렸다. 훨씬 뒤에, 그날 밤의 일을 되새길 수 있게 되었을 때, 그는 시계를 보고 자정이 넘었다는 것을 알고 그처럼 늦은 시간에 누가 왜 자기에게 전화를 걸었는지 의아해했던 일을 떠올리게 될 터였다. 십중팔구 나쁜 소식일 것이라는 생각이 언뜻 스쳤다. 그는 침대에서 빠져나와 벌거벗은 채 전화기 쪽으로 다가가서 두 번째 벨이 울렸을 때 수화기를 집어 들었다.

「여보세요?」

전화선 저편에서 한동안 침묵이 이어졌고, 한순간 퀸은 전화를 건 사람이 그냥 끊어 버린 모양이라는 생각이 들었다. 그러나 다음 순간 아주 먼 데서 들리는 듯한, 그가 들어 보았던 어떤 목소리와도 다른 소리가 흘러나왔다. 그 소리는 기계적이면서도 감정이 잔뜩 배어 있었고, 분명하게 알아들을 수는 있었지만 속삭임에 지나지 않았다. 그리고 음정도 마찬가지여서 남자인지 여자인지 구별이 가지 않았다.

「여보세요?」

「누구신가요?」 퀸이 물었다.

「여보세요?」 같은 목소리가 다시 흘러나왔다.

「듣고 있습니다.」 퀸이 말했다. 「누구시죠?」

「폴 오스터 씨인가요? 폴 오스터 씨와 통화하고 싶은데요.」

「여기에는 그런 사람 없습니다.」

「폴 오스터 씨라고, 오스터 탐정 회사를 하는 분인데요.」

「미안하지만 전화를 잘못 거신 것 같습니다.」

「아주 급한 일인데요.」

「제가 해드릴 수 있는 일이 아무것도 없군요. 여기엔 폴 오스터란 사람은 없습니다.」

「제 말을 이해하지 못하시는군요. 시간이 급해요.」

「그렇다면 전화를 다시 걸어 보십쇼. 여기는 탐정 회사가 아닙니다.」

퀸은 전화를 끊고 차가운 바닥에 서서 두 발과 양 무릎, 그리고 축 늘어진 성기를 내려다보았다. 전화를 건 사람에게 그처럼 퉁명스럽게 군 것이 잠시나마 후회스러웠다. 어쩌면 그의 말에 장단을 좀 맞춰 주는 것이 재미있었을지도 모른다는 생각이 들었다. 그랬더라면 그 일에서 뭔가를 알아내어 어떤 식으로 도움을 줄 수도 있었을 테니까. 〈즉석에서 좀 더 빨리 생각하는 법을 좀 배워야겠어.〉 그는 속으로 그렇게 중얼거렸다.

대부분의 사람들이 다 그렇듯, 퀸 역시 범죄에 대해서는 아는 것이 거의 없었다. 살인을 한 적도, 물건을 훔친 적도 없었고, 그런 짓을 한 사람을 알지도 못했다. 또 경찰서에 들어가 본 적도, 사설탐정을 만나 본 적도, 범죄자와 얘기를 해본 적도 없었다. 그런 일들에 대해 알고 있는 지식은 모두 책과 영화와 신문에서 얻은 것이었다. 그렇지만 퀸은 그것이 자기에게 불리하다고는 생각하지 않았다. 자신의 이야기에서 관심이 끌리는 것은 그 이야기와 세상과의 관계가 아니라 그 이야기와 다른 이야기들과의 관계였으니까. 윌리엄 윌슨이 되기 전부터도 퀸은 대단한 추리 소설 애독자였다. 그는 추리 소설들이 대부분 형편없고 거의 모두가 건성으로 하는 검증에도 남아나지 못한다는 것을 알고 있었지만, 그러면서도 추리 소설의 형식에 마음이 끌렸다. 그가 읽으려고 들지 않

은 것은 아주 드물게 보이는, 말할 수 없이 형편없는 추리물
뿐이었다. 다른 책들에 대한 취향은 아주 엄격해서 편협하다
고까지 할 정도였던 반면, 추리 소설에 대해서라면 그는 여
간해서 어떤 차별도 두지 않았다. 또 기분이 괜찮을 때는 별
어려움 없이 열 권이나 열두 권쯤을 내리 읽어 치울 수도 있
었다. 그것은 그를 사로잡고 있던 일종의 허기, 특별한 음식
에 대한 갈망 같은 것이었고, 그 허기가 채워질 때까지 그는
읽기를 멈추려고 하지 않았다.

그런 책들에서 그가 마음에 들어 한 것은 충실하고 경제적
인 감각이었다. 제대로 된 추리 소설에서는 아무것도 낭비되
지 않는다. 문장 하나, 단어 하나도 의미심장하지 않은 것이
없다. 그리고 의미심장하지 않은 것까지도 그렇게 될 가능성
을 가지고 있어서 결국은 의미심장한 것이 된다. 책의 세계는
가능성과 비밀과 모순으로 소용돌이치며 생명력을 얻는다.
눈에 보이거나 말해진 것 모두가, 아무리 사소하고 하찮은
것일지라도, 이야기의 결과와 관련될 수 있기에 그 어느 것
도 간과되어서는 안 된다. 모든 것이 핵심이 되어 이야기를
전개시키는 하나하나의 사건과 함께 책의 중심을 바꾼다. 그
러므로 중심은 어디에나 있으며, 책이 결말에 이르기까지는
어느 한 범주도 소홀히 할 수가 없다.

탐정은 눈여겨보고 귀 기울여 듣는 사람, 사물과 사건들의
늪을 헤치며 그 모든 것을 하나로 통합해 의미가 통하게 해
줄 생각과 관념을 찾는 사람이다. 그러므로 작가와 탐정은
서로 바뀔 수 있는 존재이다. 독자는 탐정의 눈을 통해 세상
을 보면서 지엽적인 사건들이 연달아 일어나는 것을 마치 처
음인 것처럼 경험한다. 그리고 마치 주위의 사물들이 자기에
게 말을 걸기라도 하듯, 자기가 이제 그것들에 주의를 기울

이고 있기 때문에 그것들이 단순히 존재한다는 사실 이상의 다른 의미를 띠기 시작하기라도 하듯, 그런 것들을 알아차리게 된다. 프라이빗 아이.[1] 퀸에게는 그 말이 3중의 의미를 지니고 있었다. 즉, 그 말은 〈조사자investigator〉를 의미하는 〈i〉라는 글자일 뿐 아니라 자신의 살아 숨 쉬는 육체에 감추어져 있는 조그만 생명의 싹인 대문자 〈I〉이기도 했고, 그와 동시에 작가의 육체적인 눈, 자신의 내면으로부터 세상을 내다보고 그 세상이 모습을 드러내도록 요구하는 눈이기도 했다. 지난 5년 동안 퀸은 그 동음이의어에 붙잡혀서 살아온 셈이었다.

물론 그는 이미 오래전부터 자기가 현실로 존재한다는 생각을 그만두었다. 만일 그가 현재 이 세상에서 살고 있다면 그것은 단지 맥스 워크라는 가상의 인물을 통해 한 걸음 뒤로 물러나서였다. 따라서 그가 창조해 낸 탐정은 현실적이어야 했다. 그가 쓴 책들의 특성상 그럴 필요가 있었다. 설령 퀸이 자신을 사라지게 했거나 이상하고 비밀스러운 삶 속으로 빠져들게 했을지라도, 워크는 타인들의 세상에 계속 살아 있었다. 그리고 퀸이 사라진 것처럼 보이면 보일수록 그 세상에서 워크의 존재는 더욱더 확고해졌다. 퀸은 자기가 벌거벗은 채로 잘못된 곳에 와 있는 듯한 기분을 느낀 반면, 워크는 호전적이고 입심 좋고 어느 곳에서건 거리낌이 없었다. 퀸에게는 문제를 일으키는 종류의 일도 워크는 당연한 것으로 받아들였고, 무차별적인 폭력으로 가득 찬 모험을 대수롭지 않게 헤쳐 나가서 그의 창조자에게 감명을 주지 않은 적이 없었다. 정확히 얘기하자면 퀸은 워크가 되고 싶었던 것도, 아

---

1 Private eye. 이 말이 여기서는 〈사설탐정〉이라는 뜻 외에 음을 따라 〈i〉라는 뜻으로도 쓰였음.

니 하다못해 워크처럼 보이고 싶었던 것도 아니었다. 그러나 책을 쓰는 동안에는 워크가 된 것처럼 가장함으로써, 자기가 그러려고만 한다면 마음속으로나마 워크처럼 될 소질이 있다는 사실을 앎으로써, 힘을 얻을 수 있었다.

그날 밤 마침내 잠 속으로 빠져들면서 퀸은 워크라면 전화를 건 낯모르는 상대방에게 뭐라고 했을지 생각해 보았다. 나중에는 잊어버렸지만 그날 밤 꿈에서 그는 혼자서 어느 방의 텅 빈 하얀 벽에다 대고 총을 쏘고 있었다.

다음 날 밤 퀸은 방심을 하고 있다가 당하고 말았다. 전날 밤의 일은 지나갔다는 생각으로 그 낯모르는 사람이 다시 전화를 하리라고는 예상치 않았던 탓이었다. 전화벨이 울린 것은 공교롭게도 그가 화장실에 앉아 막 대변을 밀어내려 하고 있을 때였다. 시간은 전날 밤보다 조금 더 늦어 아마 1시 10분 전이나 12분쯤 전이었을 것이다. 퀸은 마르코 폴로가 베이징을 떠나 아모이Amoy에 도착한 부분을 읽기 시작한 참이어서 비좁은 화장실에 앉아 일을 보는 동안에도 그 책을 펼쳐 무릎에 올려놓고 있었다. 그런데 하필이면 그때 전화벨이 울리다니, 짜증스럽지 않을 수가 없는 노릇이었다. 빨리 전화를 받으려면 밑을 닦지 않고 일어나야 했는데, 그런 상태로 어기적거리며 방을 가로지르기는 싫었다. 또 그렇다고 평소에 하던 대로 볼일을 끝낸다면 전화를 제때에 받을 수 없을 터였고. 이런 상황에서도 퀸은 움직이는 게 내키지 않았다. 전화는 그가 마음에 들어 하는 물건이 아니어서 그는 몇 번인가 전화를 없앨 생각까지 했었다. 싫은 것 중에서도 제일 싫은 것은 전화가 부리는 횡포였다. 전화는 그의 뜻과는 상관없이 하던 일을 중단시킬 뿐 아니라 결국은 그 명령에 굴복하게 하는 힘까지 가지고 있었다. 그는 이번에는 그냥 버티기로 마음먹었다. 세 번째 전화벨이 울리고 있을 때 장이 다 비워졌고, 네 번째 울렸을 때는 밑을 닦을 수 있었다. 다섯 번째 벨이 울리는 동안 그는 바지를 끌어 올리고 화장실에서 나와 침착하게 방을 가로질렀다. 그리고 여섯 번째 벨이 울렸을 때 수화기를 집어 들었지만 전화선 저편에서는 아무 소리도 들리지 않았다. 상대방이 전화를 끊은 모양이었다.

　다음 날 밤, 그는 준비가 되어 있었다. 침대에 배를 깔고 누워 「스포츠 뉴스」의 지면들을 훑으면서 그 낯모르는 사람으로부터 세 번째 전화가 걸려 오기를 기다리는 식으로. 이따금씩 신경이 곤두서서 견딜 수 없을 것 같을 때마다 그는 일어나서 아파트 안을 서성거렸다. 또 전축에 판을 걸고 하이든의 오페라 「달 위의 세계」를 처음부터 끝까지 다 듣기도 했다. 그는 기다리고 또 기다렸지만 2시 30분이 되자 마침내 포기하고 잠자리에 들었다.

　다음 날 밤에도, 그다음 날 밤에도 그는 마찬가지로 기다렸다. 그러다 마침내 전화가 올 거라는 예상이 틀렸다는 것을 알아차리고 기다리는 것을 포기하려 할 때 전화벨이 다시 울렸다. 5월 19일이었다. 날짜를 기억하는 이유는 그날이 부모님의 결혼기념일, 아니 그보다는 부모님이 살아 있었더라면 결혼기념일이었을 것이기 때문이었다. 그의 어머니는 언젠가 그에게 그를 밴 것은 결혼 첫날밤이었다는 이야기를 해 준 적이 있었다. 그는 늘 그 사실에, 자기가 처음 존재하기 시작한 순간을 꼭 집어 말할 수 있다는 사실에 마음이 끌려서 여러 해를 두고 그날을 자기의 생일로 은밀히 자축했었다. 이번에 걸려 온 전화는 그 전의 다른 두 밤보다 조금 일러서 —— 11시가 채 안 된 시간 —— 전화기로 손을 뻗치는 사이 그는 누군가 다른 사람이 걸었을 것이라는 생각이 들었다.

「여보세요?」 퀸이 먼저 말을 걸었다.

이번에도 저편에서는 아무 말이 없었다. 퀸은 당장 전화를 건 이가 그 낯모르는 사람이라는 것을 알았다.

「여보세요? 제가 뭘 도와 드릴까요?」

「네.」 마침내 그 목소리가 대답했다. 똑같이 기계적인 속삭임에 똑같이 절망적인 음성으로. 「지금 도와주셔야 해요, 지체 없이요.」

「뭘 해드려야 하죠?」

「얘기요. 지금 바로요. 지금 바로 얘기를 해야 돼요, 그래요.」

「그런데 누구하고 얘기를 하고 싶은 거죠?」

「전에 얘기했던 그분이요. 오스터 씨, 폴 오스터라고 하는 분이요.」

이번에는 퀸도 망설이지 않았다. 그는 자기가 뭘 하려는지 알고 있었고, 이제 때가 된 만큼, 그 일을 실행에 옮겼다.

「말해 보십시오. 제가 오스텁니다.」

「드디어, 드디어 제가 선생을 찾아냈군요.」 그 목소리에서 퀸은 안도감을, 순식간에 불안감이 가신 듯 손에 잡힐 듯한 평온함을 느낄 수 있었다.

「맞습니다, 드디어.」 그는 자기의 말이 상대방뿐 아니라 자기에게도 들어와 박히도록 잠시 뜸을 들였다. 「제가 뭘 해드려야 하죠?」

「도움이 필요해요.」 상대방이 말했다. 「아주 위험한 일입니다. 사람들 말로는 선생이 이 분야에서 최고라던데요.」

「그거야 당신이 말하는 게 어떤 일인가에 달렸죠.」

「죽음을 말하는 겁니다. 죽음과 살인 말입니다.」

「정확히 말해서 그건 제 분야가 아닌데요.」 퀸이 말했다.

「저는 사람들을 죽이는 일은 하지 않습니다.」

「그게 아니라.」 상대방이 성급하게 말을 받았다. 「그 반대를 말하는 겁니다.」

「누가 당신을 죽이려고 합니까?」

「그래요. 나를 죽이려고, 맞아요. 나는 살해당할 겁니다.」

「그럼 내가 보호해 주기를 원하는 건가요?」

「보호, 그래요. 그리고 그런 짓을 하려는 사람을 찾는 거하고.」

「그게 누군지 모른다는 말인가요?」

「알아요. 물론 알고말고요. 하지만 그 사람이 어디 있는지를 몰라요.」

「그 얘기를 좀 해줄 수 있겠습니까?」

「지금은 안 돼요. 전화로는요. 아주 위험한 일이라서. 여기로 와주셔야 해요.」

「내일은 어떻습니까?」

「좋아요, 내일. 내일 아침 일찍이요.」

「10시로 할까요?」

「좋아요, 10시.」 상대방이 이스트 69번가에 있는 주소를 불러 주었다. 「잊지 말아요, 오스터 씨. 꼭 와주셔야 해요.」

「걱정 마십쇼.」 퀸이 대답했다. 「갈 테니까요.」

2

다음 날 아침, 퀸은 지난 몇 주 동안의 그 어느 때보다도 더 일찍 일어났다. 그러나 커피를 마시고 토스트에 버터를 바르고 신문에서 야구 경기 기록(이번에도 메츠가 9회에 에러를 범하는 바람에 2대 1로 패했다)을 훑어보는 동안에도 약속 시간에 대어 나가야겠다는 생각은 들지 않았다. 자기의 약속이라는 말조차 이상하게 느껴졌다. 그것은 그의 약속이 아니라 폴 오스터의 약속이었고, 퀸은 그 사람이 누구인지조차 몰랐다.

그럼에도 불구하고 시간이 지날수록 그는 외출하려는 사람의 시늉을 그대로 내고 있었다. 아침 먹은 식탁을 깨끗이 치우고, 신문을 소파에 던져 놓고, 욕실로 들어가 샤워와 면도를 하고, 두 장의 타월을 두른 채 침실로 가서 옷장 문을 열어 그날 입을 옷을 고르고 하면서. 왠지는 몰라도 양복에 넥타이 차림을 하고 싶다는 생각이 들었다. 퀸은 아내와 아들의 장례식을 치른 뒤로 넥타이를 맨 적이 없었고, 자기에게 아직까지 넥타이가 하나라도 남아 있는지조차 기억하지 못하고 있었다. 그런데 이제 보니 옷장의 너절한 옷가지들 틈새에 넥타이가 몇 개 걸려 있었다. 흰 와이셔츠는 너무 격식을 차리는 것 같아서 그만두기로 하고 대신 회색이 도는 빨간색 체크무늬 셔츠와 거기에 어울리는 회색 넥타이를 골랐다. 그러고서 반쯤은 넋이 나간 채 옷을 입었다.

문손잡이를 잡았을 때에야 비로소 그는 자기가 무슨 짓을 하려는 것인가 하는 생각이 들었다. 〈내가 아마 외출을 할 모양인데,〉 그가 속으로 중얼거렸다. 〈하지만 외출을 할 거라면 가려는 데가 정확히 어디지?〉 그로부터 한 시간쯤 뒤 70번가와 5번가 모퉁이에서 4번 버스를 내렸을 때에도 그는 여전히 답을 찾지 못하고 있었다. 한쪽으로는 아침 햇살을 받아 초록색으로 빛나는 잔디밭에 선명하고도 덧없는 그림자가 드리워진 공원이 있었고, 다른 한쪽은 마치 죽은 자들에게 넘겨진 것처럼 창백하고 준엄해 보이는 프릭 빌딩이었다. 그는 잠시 17세기 네덜란드 화가였던 얀 페르메이르의 「병사와 미소 짓는 처녀」를 떠올리고 그 처녀의 얼굴 표정과 컵을 감싸 쥐고 있는 양손의 정확한 위치, 얼굴 없는 병사의 붉은 등 따위를 기억해 내려고 해보았다. 그의 마음속으로 벽에 걸린 푸른 지도와 창문을 통해 쏟아져 들어오는, 지금 그를 에워싸고 있는 것과 같은 햇살이 언뜻 떠올랐다. 이제 그는 걸음을 옮기면서 길을 건너 동쪽으로 가고 있었다. 그리고 매디슨 가에서 오른쪽으로 꺾어 남쪽으로 한 블록을 더 간 다음, 왼쪽으로 돌아서서야 자기가 있는 곳이 어디인지를 알았다. 〈이제 다 온 모양이군.〉 그는 속으로 그렇게 중얼거리고 나서 찾아온 건물 앞에 멈춰 섰다. 별안간 이 일이 더는 아무 문제도 되지 않는다는 생각이 들었다. 마치 모든 일이 이미 벌어지기라도 한 것처럼, 아주 평온해진 느낌이었다. 로비로 통하는 문을 열면서 그는 자기 자신에게 마지막 충고를 한마디 해주었다. 〈만일 이 모든 일이 정말로 일어나고 있는 거라

면 두 눈 똑바로 뜨고 있어야 해.〉

아파트 문을 열어 준 사람은 여자였다. 어떤 이유에서인지 퀸은 여자가 문을 열어 줄 것이라고는 예상하지 않았었기에 적잖이 당황스러웠다. 벌써부터 일이 너무 빠르게 벌어지고 있었다. 그가 미처 그 여자의 존재를 받아들이기도 전에, 그녀의 모습을 평가하고 어떤 인상을 정리하기도 전에, 그녀가 먼저 말을 걸어 대답을 강요하고 있었으니까. 그래서 그는 첫 대면부터 선수를 빼앗기고 뒤로 밀리기 시작했다. 나중에, 그 일에 대해서 다시 생각해 볼 시간이 있을 때, 퀸은 어떻게든 그녀와의 만남을 재구성해 볼 수 있을 것이다. 하지만 그것은 기억이 하는 일인데, 그가 알기로 기억된 일이란 사실을 뒤엎는 경향이 있었다. 그런 이유로 그는 기억된 일이라면 어느 것도 분명하게 믿을 수가 없었다.

그녀는 서른에서 서른다섯쯤 되어 보였고, 중간 정도의 키에 엉덩이는 약간 팡파짐하거나 보는 관점에 따라서는 육감적이라고 할 수도 있었다. 까만 머리에 까만 눈, 그리고 그 눈에 어린 삼가는 듯하면서도 동시에 은근히 유혹적인 표정. 그녀는 까만 드레스 차림에 새빨간 립스틱을 바르고 있었다.

「오스터 씨인가요?」 그녀가 뜻 모를 미소에 고개를 한옆으로 갸우뚱하며 물었다.

「맞습니다.」 퀸이 대답했다. 「폴 오스텁니다.」

「저는 버지니아 스틸먼이에요.」 그녀가 말을 이었다. 「피터의 아내죠. 남편은 8시부터 선생님을 기다리고 있었어요.」

「약속 시간은 10시였는데요.」 퀸이 자기의 손목시계를 흘끗 내려다보면서 말했다. 정각 10시였다.

「남편이 요새 미칠 지경이었거든요.」 그녀가 설명했다. 「전에는 그 사람이 이러는 걸 한 번도 본 적이 없어요. 안달이 나서 못 견디겠나 봐요.」

그녀는 퀸이 들어오도록 문을 열어 주었다. 문턱을 넘어 아파트 안으로 들어서면서 그는 마치 자신의 뇌가 갑자기 닫히기라도 한 것처럼 정신이 멍해지는 느낌이었다. 그의 원래 생각은 눈에 띄는 것을 모두 자세히 살펴보겠다는 것이었지만, 그 순간에는 어쩐 일인지 그럴 수가 없었다. 아파트의 내부가 흐릿한 얼룩처럼 그의 주위로 떠올랐다. 퀸은 그 아파트가 꽤 커서 방이 대여섯 개쯤 되고 수많은 예술품과 은제 재떨이, 화려한 액자에 넣어져 벽에 걸린 그림들로 다채롭게 장식되어 있다는 것은 알았지만 그것이 전부였다. 막연한 인상 외에는 아무것도 느낄 수가 없었다. 그가 거기에 서서 자기의 두 눈으로 그것들을 보고 있는 순간에도.

그는 문득 자기가 혼자 거실 소파에 앉아 있다는 것을 알아차렸다. 스틸먼 부인이 남편을 찾으러 가면서 기다리라고 했던 일이 떠오르기는 했지만, 얼마나 오래 기다렸는지는 알 수 없었다. 분명히 1~2분 이상은 되지 않았을 터인데도 창을 통해 흘러드는 빛으로 보면 정오 무렵이 다 된 것 같았다. 하지만 시계를 들여다볼 생각은 들지 않았다. 버지니아 스틸먼의 향수 냄새가 아직 주위를 떠돌고 있어서 그는 옷을 하나도 걸치지 않은 그녀의 모습이 어떨지를 상상하기 시작했다. 그런 다음에는 맥스 워크가 그 자리에 있었다면 무슨 생각을 할지 상상해 보았고, 그는 담배를 한 대 붙여 물고 방 안으로 연기를 내뿜었다. 자기 입에서 뿜어져 나온 담배 연기가 흩어지면서 빛을 받아 다시금 선명해지는 모습을 지켜보는 것도 즐거운 일이었다.

그의 등 뒤로 누군가 방 안으로 들어오는 소리가 들렸다.

퀸은 스틸먼 부인일 것이라는 생각으로 소파에서 일어나 몸을 돌렸지만, 그의 눈에 들어온 사람은 아래위로 온통 하얀 옷을 입고 머리칼이 어린아이처럼 연한 금발의 젊은이였다. 그를 처음 본 순간 이상하게도 퀸은 죽은 아들 생각이 떠올랐다. 그러나 다음 순간 그 생각은 떠올랐을 때와 마찬가지로 순식간에 사라졌다.

피터 스틸먼이 방 안으로 걸어 들어와 퀸의 맞은편에 있는 빨간 벨벳을 댄 안락의자에 앉았다. 그는 자기가 앉을 자리로 올 때까지 한마디도 하지 않았고 퀸이 있다는 것을 알아채지도 못했다. 그의 모든 신경이 한곳에서 다른 곳으로 움직이는 일에 쏠려 있는 것 같았다. 마치 움직이는 일을 생각하지 않으면 꼼짝도 할 수 없게 되기라도 하는 것처럼. 퀸은 그런 식으로 움직이는 사람을 본 적이 없었지만 당장에 그가 자기와 통화를 한 사람이라는 것을 알아차렸다. 그의 몸이 그의 목소리와 거의 똑같이 움직이고 있어서였다. 기계 같고, 발작적이고, 느린 동작과 급작스러운 동작이 번갈아 이어지면서도 표현력이 풍부하게. 마치 그 동작이 의지에 제대로 따를 수가 없어서 통제가 되지 않는 것처럼. 퀸이 보기에 스틸먼의 몸은 오랫동안 쓰이지 않고 있다가 모든 기능을 새로 익혔기 때문에 그 움직임이 일종의 의식적인 과정으로 바뀌어 하나하나의 동작이 그것을 구성하는 분절 동작으로 나누어졌고, 그 결과 유연성과 자연스러움을 모두 상실한 것 같았다. 마치 괴뢰줄 없이 걸어 보려고 애쓰는 꼭두각시를 보고 있는 듯한 느낌이었다.

피터 스틸먼은 온통 흰색이었다. 목을 터놓은 흰 셔츠, 흰 바지, 흰 신발, 흰 양말. 창백한 피부와 엷은 담황색 머리칼에 대비된 그 효과는 거의 투명에 가까워서 얼굴 피부 안쪽의 푸르스름한 핏줄까지 꿰뚫어 볼 수 있을 것 같았다. 푸르스름한 기운이 돌기는 그의 눈도 마찬가지여서 당장에라도 하늘과 구름 속으로 섞여 들 것 같은 연푸른색이었다. 퀸은 자기가 그런 사람에게 말을 한다고는 상상할 수 없었다. 마치 스틸먼의 존재 자체가 침묵을 명하는 것 같았다.

스틸먼이 천천히 의자에 앉더니 이윽고 퀸 쪽으로 관심을 돌렸다. 두 사람의 눈이 마주쳤을 때 퀸은 문득 스틸먼이 보이지 않는 것 같다는 느낌이 들었다. 분명히 맞은편 의자에 앉아 있는 그를 볼 수는 있었지만, 그러면서도 그가 거기에 없는 것처럼 느껴졌다. 퀸은 스틸먼이 어쩌면 장님일지도 모른다는 생각이 들었다. 하지만 그럴 리는 없어 보였다. 그 사내는 그를 보고 있었다. 오히려, 유심히 살펴보기까지 했다. 그의 얼굴에 사람을 알아보는 듯한 기색이 없었다고는 해도 눈길이 그저 멍하기만 한 것은 아니었다. 퀸은 어떻게 해야 좋을지를 몰라서 자리에 앉은 채 말없이 스틸먼을 마주 보기만 했다. 그런 식으로 꽤 오랜 시간이 흘렀다.

「제발 아무 질문도 하지 말아요.」 젊은이가 마침내 입을 열었다. 「그래요, 그러지 말아요. 고맙습니다.」 그가 잠시 말을 멈췄다가 다시 이었다. 「나는 피터 스틸먼이라고 해요. 이 말은 내 자유 의지로 하는 겁니다. 그래요, 하지만 그건 내 진짜 이름이 아니에요. 그래요, 물론 내 정신은 온전하지가 못해요. 하지만 그것에 대해서는 어떻게도 할 수가 없군요. 그래요, 그것에 대해서는요. 아니, 아니, 더 이상은 안 돼요.

선생은 거기에 앉아서 이렇게 생각하겠죠. 지금 나한테 얘기를 하고 있는 이 사람이 누구지? 저 사람 입에서 나오는 이야기는 대체 무슨 소리지? 내가 얘기하죠. 아니면 얘기하지 않거나요. 하거나 안 하거나. 내 정신은 지금 온전하지가 못해요. 나는 이 말을 내 자유 의지로 하는 겁니다. 하지만 노력은 해보죠. 하거나 말거나. 선생에게 얘기하려고 애는 써볼게요. 내 정신으로 그러기가 힘들더라도요. 고맙습니다.

내 이름은 피터 스틸먼입니다. 어쩌면 내 이름을 들어 본 적이 있을지도 모르지만 아마 아닐 겁니다. 상관없어요. 그건 내 진짜 이름이 아니니까요. 내 진짜 이름은 기억이 나지 않아요. 미안합니다. 그렇다고 해서 달라질 건 없겠지만요. 그러니까 더 이상은요.

이게 얘기라는 거죠. 나는 그게 맞는 말이라고 생각해요. 말은 입 밖으로 나오면 허공으로 날아올라 잠시 살아 있다가 사라져요. 이상한 일 아닌가요? 나 자신은 아무 의견도 없습니다. 절대로 없어요. 그렇지만 선생이 들어야 할 말은 있어요. 그런 말이 아주 많아요. 아마 수백만 가지는 될 겁니다. 어쩌면 서너 가지밖에 안 될 수도 있지만요. 미안합니다. 하지만 오늘은 내가 잘하고 있는 겁니다. 여느 때보다 훨씬 더 낫게 말이죠. 내가 선생이 들어야 할 말을 할 수 있다면 그건 굉장한 일이 될 겁니다. 고마워요. 백만 번도 더 고마워요.

오래전에 아버지와 어머니가 있었어요. 하지만 두 사람 모두 기억이 나지 않아요. 사람들 얘기가 어머니는 죽었다고 하더군요. 그 사람들이 누군지는 말할 수 없어요. 미안합니다. 하지만 그 사람들이 그렇다고 했어요.

그래서 어머니는 없는 거죠. 하하. 지금 나는 이런 식으로 웃어요, 내 배가 무슨 뜻 모를 소리로 터질 것처럼. 하하하. 우리 아버지 말이 그래도 상관없다는 거였어요. 나한테는 말이에요. 그러니까 말하자면 아버지한테 그렇다는 거죠. 힘이 엄청 센 대단한 아버지였죠. 쾅쾅쾅. 지금은 제발 아무것도 묻지 말아요.

나는 사람들이 한 말을 하고 있어요. 내가 아무것도 모르기 때문이죠. 나는 그저 불쌍한 피터 스틸먼, 아무것도 기억 못 하는 어린애일 뿐이에요. 우우우. 싫든 좋든 할 수 없는 일이죠. 멍청이라서. 미안합니다. 사람들은 말을 하고 또 하지만 불쌍한 꼬마 피터는 무슨 말을 해야 하죠? 아무것도, 아무것도 없어요. 더 이상은요.

암흑이 있었어요. 캄캄한 암흑. 칠흑처럼 새까만 암흑. 사람들이 이러더군요. 거기에 방이 있었다고요. 마치 내가 거기에 대해서 얘기를 할 수 있는 것처럼요. 그러니까 암흑에 대해서 말이죠. 고맙습니다.

캄캄한 암흑이었어요. 사람들 말이 9년 동안이라더군요. 창문도 하나 없이 말이죠. 가엾은 피터 스틸먼. 그리고 쾅쾅쾅. 응가 무더기. 쉬이 웅덩이. 기절. 미안합니다. 마비되고 벌거벗은 채로. 미안합니다. 그게 다예요.

그리고 암흑이죠. 내가 지금 말하고 있는 것처럼요. 어둠 속에 먹을 게 있었어요. 그래요, 그 조용하고 캄캄한 방에 먹을 게 잔뜩 있었죠. 그 애는 손으로 집어 먹었어요. 미안합니다. 피터가 그랬다는 거예요. 그리고 내가 피터라면 그만큼 더 좋겠죠. 그러니까 말하자면 그만큼 더 나쁘다는 겁니다. 미안합니다. 나는 피터 스틸먼이지만 그건 내 진짜 이름이 아니에요. 고맙습니다.

가엾은 피터 스틸먼. 어린 꼬마였죠. 할 줄 아는 말은 겨우 몇 마디밖에 없었고요. 그것밖에는 할 줄 아는 말도, 말할 사람도 없었어요. 전혀, 전혀, 전혀. 아무도요.

용서하세요, 오스터 씨. 내가 선생을 슬프게 하고 있다는 거 압니다. 제발 질문은 하지 말아요. 내 이름은 피터 스틸먼입니다. 하지만 그건 내 진짜 이름이 아니에요. 내 진짜 이름은 미스터 슬픔입니다. 그런데 선생 이름은 뭐죠, 오스터 씨? 어쩌면 선생이 진짜 미스터 슬픔이고 나는 아무도 아닐 겁니다.

우우우, 미안합니다. 이게 내가 울 때 내는 소리예요. 우우우, 훌쩍 훌쩍. 피터는 그 방에서 뭘 했을까요? 그건 아무도 모릅니다. 어떤 사람은 아무 말도 하지 않아요. 내 경우에는, 나는 피터가 생각을 할 수 없었다고 생각해요. 눈을 깜박였을까요? 술을 마셨을까요? 방귀를 뀌었을까요? 하하하, 미안합니다. 어떤 때는 나도 아주 재미있죠.

웜블 클릭 크럼블차우 벨루. 클락 클락 베드락. 넘 노이즈, 플래클머치, 츄만나. 야, 야, 야. 미안합니다. 이런 말을 알아듣는 건 나 하나뿐이거든요.

나중에, 나중에, 나중에. 사람들은 그렇게 말해요. 그런 일이 너무 오래 이어져서 피터는 머리가 제대로 되지 못했죠. 두 번 다시는요. 절대로, 절대로. 사람들 말로는 누군가가 나를 찾아냈다고 하더군요. 나는 기억이 나지 않아요. 그래요, 나는 사람들이 문을 열고 빛이 쏟아져 들어왔을 때 무슨 일이 일어났는지 기억이 나지 않아요. 하나도, 하나도 나지 않아요. 난 이 말밖에 할 수 없어요. 더는 안 난다고.

오랫동안 나는 까만 안경을 끼고 있었어요. 그건 내가 열두 살 때였죠. 아니면 사람들이 그렇다고 했거나. 나는 병원에서 살았는데, 조금씩 조금씩 사람들이 나한테 피터 스틸먼이 되는 법을 가르쳐 주더군요. 그 사람들이 너는 피터 스틸먼이다 하면 나는 고맙습니다라고 했어요. 네, 네, 네. 고맙습니다, 고맙습니다라고 말이죠.

피터는 아기였어요. 사람들은 그 아이에게 하나하나 다 가르쳐야 했죠. 걷는 법, 먹는 법에서부터 화장실에서 응가를 하고 쉬를 하는 법까지. 나쁘지는 않았어요. 내가 막 물어뜯고 해도 그 사람들은 쾅쾅쾅을 하지 않았으니까요. 그래서 나는 나중엔 옷을 찢는 짓도 그만두었고요.

피터는 착한 아이였어요. 하지만 그 아이한테 말을 가르치는 건 어려운 일이었죠. 입이 제대로 움직이지를 않아서요. 게다가 머릿속엔 아무것도 들어 있지 않았고요. 그 아이는 바바바, 다다다, 와와와 하는 소리밖에 못 냈어요. 미안합니다. 정말 오랜 세월이 걸렸지요. 그런 다음엔 사람들이 피터에게 이렇게 말했어요. 이젠 가도 좋다, 네게 더 이상 해줄 것이 없구나. 피터 스틸먼, 넌 사람이 된 거야, 하고 말이에요. 의사들이 한 말은 믿는 게 좋아요. 고맙습니다. 정말 대단히 고맙습니다.

나는 피터 스틸먼이에요. 그게 내 진짜 이름은 아니지만요. 내 진짜 이름은 피터 래빗입니다. 겨울이면 나는 미스터 화이트가 되고 여름이면 미스터 그린이 되죠. 선생도 그런 이름이 마음에 들 것 같군요. 나는 이 말을 내 자유 의지로 하고 있어요. 윔블 클릭 크럼블차우 벨루. 멋지지 않아요? 나는 내내 이런 식으로 말을 만들어요. 그건 어쩔 수 없는 일이죠. 내 입에서 저절로 그런 소리가 나오니까요. 무슨 말인지 알 수는 없지만요.

묻고 또 물어도 소용없어요. 하지만 선생께는 말씀드리죠. 선생이 슬퍼하는 건 내가 원하는 일이 아니니까요, 오스터 씨. 선생은 정말 친절해 보이는군요. 그래서 어떤 사람이나 아니면 어떤 가수를 떠올려 주는데, 어느 쪽인지는 모르겠네요. 그리고 선생의 눈은 나를 보고 있어요. 그래요, 그래요. 나도 그 눈을 볼 수 있어요. 아주 좋군요. 고맙습니다.

내가 선생한테 얘기를 하려는 것도 바로 그래섭니다. 제발 아무것도 묻지 말아요. 선생은 나머지 얘기에 대해서 궁금해하고 있어요. 다시 말하자면 아버지에 대해서요. 꼬마 피터에게 그 온갖 짓을 한 무서운 아버지 말이죠. 하지만 안심해요. 사람들이 그 사람을 어두운 곳으로 데려가서 가두고 거기에다 남겨 놓았으니까요. 하하하. 미안합니다. 때때로 난 아주 재미있기도 하죠.

사람들 말이 13년이라고 했어요. 그건 아마 긴 시간일 테죠. 하지만 나는 시간에 대해선 아무것도 몰라요. 난 매일매일 새로운 사람이 되니까요. 아침에 눈을 뜰 때 태어나 낮 동안 나이를 먹고 밤에 잠이 들면서 죽거든요. 하지만 그건 내 잘못이 아니에요. 나는 오늘 아주 잘하고 있는 겁니다. 전에 어느 때보다도 훨씬 더 잘하고 있어요.

13년 동안 아버지는 떠나 있었어요. 그 사람 이름도 피터 스틸먼이죠. 이상한 일 아닌가요? 두 사람 이름이 같을 수 있다니 말이에요. 난 그게 그 사람 진짜 이름인지 아닌지는 몰라요. 하지만 그 사람이 나라고는 생각하지 않아요. 우리는 둘 다 피터 스틸먼이지만 피터 스틸먼은 내 진짜 이름이 아니에요. 그러니까 어쩌면 나는 피터 스틸먼이 아닐 겁니다.

내가 13년이라고 했죠? 아니면 사람들이 그렇게 말했거나. 그래도 달라질 건 없어요. 난 시간에 대해선 아무것도 모르니까요. 하지만 사람들이 나한테 해준 말은 이런 거였어요. 내일이 13년의 마지막 날이라고. 그건 좋지가 않아요. 사람들이 그렇지 않다고 해도 좋지가 못해요. 난 기억을 하려고 한 건 아니지만, 이따금 기억이 나더라고요. 내가 무슨 말을 하더라도 말이죠.

그 사람이 올 거예요. 다시 말해서 아버지가 온다는 거죠. 그리고 그 사람은 나를 죽이려 들 테고요. 고맙습니다. 하지만 난 그런 일은 원치 않아요. 절대로 원치 않아요. 조금이라도 더는요. 피터는 지금 살아 있어요. 그래요. 머리가 완전히 제대로 된 건 아니지만 그래도 살아 있어요. 그게 중요한 거 아닌가요? 가진 돈 다 걸고 내기를 해도 좋아요. 하하하.

나는 이제 시인이 다 됐어요. 매일 내 방에 앉아서 또 다른 시를 쓰죠. 나는 암흑 속에서 살던 때처럼 혼자서 갖가지 말을 만들어 내요. 그런 식으로 나는 몇 가지 일들을 기억해 내기 시작했죠. 내가 다시 암흑 속으로 돌아가 있는 척하면서요. 그런 말이 무슨 뜻인지 아는 사람은 나 하나밖에 없어요. 그 말들은 해석이 불가능하니까요. 그런 시들이 나를 유명하게 해줄 거예요. 핵심을 찌르고 있거든요. 그래요, 그래요, 멋진 시들. 너무 멋져서 온 세상이 울게 되겠죠.

나중엔 내가 아마 다른 일을 하게 될 거예요. 시인이 되고 난 다음에 말이죠. 이르건 늦건 쓸 말이 떨어질 테니까요. 사람은 누구나 마음속에 그렇게도 많은 말을 갖고 있어요. 그런데 나는 다음에 뭐가 될까요? 내 생각엔 소방수가 되었으면 싶어요. 그다음에는 의사가 되고요. 그건 아무래도 좋아요. 내가 맨 마지막에 될 건 줄타기 곡예사니까요. 그러니까 나이를 많이 먹고 드디어 다른 사람들처럼 걷는 법을 배웠을 때 말이죠. 그때가 되면 나는 줄 위에서 춤을 출 거고 그러면 사람들이 놀라 자빠지겠죠. 아주 작은 꼬맹이들까지도. 그게 내가 하고 싶은 거예요. 죽을 때까지 줄 위에서 춤을 추는 거.

하지만 아무래도 좋아요. 달라질 게 없으니까요. 나한테는요. 선생도 알다시피 나는 부자니까 걱정할 필요 없어요. 그렇고말고요. 거기에 대해서는 걱정할 거 없어요. 그건 확실해요. 아버지는 부자였고 꼬마 피터는 사람들이 아버지를 어둠 속에 가둔 뒤로 그 돈을 모두 차지하게 됐죠. 하하하. 웃어서 미안합니다. 이따금씩 나는 아주 재미있을 때가 있죠.

나는 스틸먼 집안의 마지막 사람입니다. 대단한 집안이었
죠, 아니면 사람들 말이 그렇다거나. 들어 봤는지 모르겠지
만 내력 있는 보스턴 가문이지요. 내가 마지막 후손이고요.
다른 사람은 아무도 없어요. 내가 그 집안 전체에서 맨 끄트
머리, 마지막 사람이죠. 하지만 내 생각엔 그게 더 좋아요.
집안이 완전히 끝장난대서 아쉬울 것도 없고요. 죽는다는 건
누구에게나 좋은 일이니까요.
　아버지는 어쩌면 그렇게 나쁜 사람은 아닐지도 몰라요. 적
어도 지금은 그렇다고 할 수 있어요. 그 사람은 머리가 아주
커다랬어요. 커다랄 수 있을 만큼 아주 커다랬는데, 그건 그
안에 방들이 너무 많이 들어 있다는 뜻이었죠. 그 커다란 머
리에 든 그렇게 많은 생각들. 하지만 피터는 정말 불쌍했어
요, 안 그래요? 그렇게 끔찍한 일들을 겪었으니. 보거나 말을
하지도 못하고, 생각이나 행동도 하지 못한 피터. 아무것도,
정말 아무것도 할 수 없었던 피터.
　나는 그 일에 대해선 아무것도 몰라요. 이해도 못 하고요.
나한테 이런 얘기를 해준 건 내 아냅니다. 아내는 내가 그걸
이해하지는 못하더라도 알고는 있어야 한다고 그러더군요.
하지만 난 그 말도 이해가 가지 않아요. 뭔가를 알려면 이해
를 해야 하니까요. 그렇지 않은가요? 하지만 난 아무것도 몰
라요. 어쩌면 나는 피터 스틸먼일 수도 있고 그렇지 않을 수
도 있겠죠. 내 진짜 이름은 아무도 아닌 피터니까요. 고맙습
니다. 선생은 그걸 어떻게 생각하나요?
　나는 지금 아버지에 대한 얘기를 하고 있어요. 설령 내가
이해를 하지는 못하더라도 쓸 만한 얘기죠. 내가 선생한테
얘기를 할 수 있는 건 말을 알기 때문이에요. 그거 대단한 거
아닌가요? 내 말은 내가 말을 알고 있다는 겁니다. 그래서 어

떤 때는 내가 얼마나 자랑스러운지 몰라요! 미안합니다. 그건 내 아내가 한 얘기예요. 아내는 아버지가 하느님에 대한 얘기를 했다고 했는데, 그 하느님이란 말이 나한테는 아주 재미있는 거더군요. 하느님God을 거꾸로 쓰면 개dog가 되니까요. 그런데 개하고 하느님은 비슷하지도 않잖아요, 안 그래요? 으르르 멍멍멍. 이게 개들의 말이죠. 난 그 말이 멋지다고 생각해요. 귀엽고 진실하다고 말이죠. 내가 만든 말들처럼요.

아무튼 나는 얘기를 하고 있었어요. 아버지가 하느님 얘기를 했다는. 아버지는 하느님에게도 말이 있는지 알고 싶어 했어요. 그게 무슨 뜻인지는 나한테 묻지 말아요. 나는 그저 말을 알고 있어서 선생한테 얘기하는 거니까요. 아버지는 갓난애가 사람을 하나도 만나지 않으면 하느님의 말을 하게 될지도 모른다고 생각했어요. 하지만 갓난애가 어디 있었죠? 아, 이제 알아채기 시작했군요. 그래요, 갓난애를 살 필요는 없었어요. 물론 피터는 사람들 말을 몇 마디 알고 있었지만 그건 어쩔 수가 없었죠. 하지만 아버지는 피터가 그 말을 잊어버릴 거라고 생각했어요. 얼마쯤 뒤에는요. 그래서 그렇게 많은 쾅쾅쾅이 있었던 거고요. 피터가 말을 할 때마다 그 애 아버지는 피터를 쾅쾅 팼고, 마침내 피터는 아무 말도 하지 않게 되었어요. 그래요, 그랬어요. 고맙습니다.

피터는 그 말들을 가슴속에 간직하고 있었어요. 그 긴긴 세월 내내 말이죠. 어둠 속에서 꼬마 피터는 오로지 혼자였고, 말들이 그 아이의 머릿속에서 소리를 만들어 말벗이 되어주었어요. 그래서 그 애의 입이 제대로 움직이지 못하게 된 거고요. 가엾은 피터. 우우우. 그런 소리가 그 애의 눈물이었죠. 그 꼬마는 도저히 어른이 될 수 없었어요.

피터는 이제 사람들처럼 말을 할 줄 알아요. 하지만 그 애의 머릿속에는 아직 다른 말들이 남아 있어요. 그건 하느님의 말인데, 다른 사람들은 누구도 그 말을 할 줄 몰라요. 그 말은 해석이 되지 않으니까요. 피터가 하느님과 그렇게 가까이에서 사는 것도 바로 그 때문이죠. 또 유명한 시인이 된 것도 그 때문이고요.

지금 나한테는 모든 것이 너무 좋아요. 하고 싶은 일을 뭐든 다 할 수 있으니까요. 언제 어디서나 말이죠. 나한테는 아내도 있어요. 선생도 알고 있겠지만요. 내가 좀 전에 아내 얘기를 하지 않았나요? 선생은 내 아내를 이미 만나 봤겠지요. 그 여자는 아름다워요, 그렇지 않은가요? 아내의 이름은 버지니아예요. 그게 진짜 이름은 아니지만요. 하지만 그렇더라도 달라질 건 아무것도 없어요. 나한테는요.

내가 요구를 할 때마다 아내는 나한테 여자를 데려다 줘요. 창녀들이죠. 나는 내 벌레를 그 여자들 몸속에다 집어넣는데, 그러면 여자들은 신음 소리를 내요. 그런 적이 아주 많아요. 하하하. 그 여자들이 여기로 오면 나는 그 짓을 하는 거죠. 그 짓을 할 때는 기분이 아주 좋아요. 버지니아는 여자들에게 돈을 주고, 그러면 모두들 좋아하죠. 그건 확실해요. 하하하.

가엾은 버지니아. 그 여자는 그 짓을 좋아하지 않아요. 그러니까 나하고는 말이죠. 아마 다른 사람하고는 할 겁니다. 누가 알아요? 나는 그것에 대해서는 아무것도 몰라요. 그렇더라도 아무 상관 없지만요. 선생이 버지니아한테 잘해 주면 그 여자는 선생에게 그 짓을 하도록 해줄 겁니다. 그러면 나는 행복할 거고요. 선생을 위해서요. 미안합니다.

그래요. 굉장히 많은 일들이 있어요. 나는 선생한테 그 일들을 얘기하려고 애쓰는 중이고요. 내 머리가 온전하지 못하다는 건 나도 알고 있어요. 그리고 내가 때때로, 나는 지금 자유 의지로 이 말을 하는 겁니다, 괜히 비명을 지르고 하는 것도 사실이고요. 아무 이유도 없이 말이죠. 무슨 이유라도 있는 것처럼. 하지만 나로서는 어떤 이유도 찾을 수가 없어요. 다른 사람들도 못 찾기는 마찬가지고요. 또 어떤 때는 일체 말을 하지 않을 때도 있어요. 며칠씩 계속해서 말이에요. 단 한 마디도, 아무 말도. 말을 입 밖으로 내는 법을 잊어버리는 거죠. 그러면 움직이기가 아주 힘들어져요. 그래요, 그래요. 아니면 숫제 보지도 못하거나. 내가 미스터 슬픔이 되는 건 바로 그런 때죠.

지금도 나는 어둠 속에 있기를 좋아해요. 적어도 이따금씩은 말이죠. 내 생각엔 그러는 게 나한테 좋은 것 같아요. 어둠 속에서 나는 하느님의 말을 하고, 그러면 아무도 내 말을 듣지 못하죠. 제발 화는 내지 말아요. 그건 나도 어쩔 수 없는 일이니까요.

무엇보다도 좋은 건 여기엔 바람이 있어요. 그래요. 그리고 조금씩 조금씩 나는 바람 속에서 사는 법을 배웠어요. 바람과 빛, 그래요, 빛도 있지요. 빛은 온갖 것들을 비추어 내 눈이 그걸 볼 수 있게 해줘요. 여기엔 바람과 빛이 있고 그게 무엇보다도 더 좋아요. 미안합니다. 바람과 빛. 그래요. 날씨가 좋을 때면 나는 열어 놓은 창가에 앉기를 좋아해요. 때로는 창밖을 내다보며 아래쪽에 있는 것들을 지켜보지요. 길거리와 사람들, 개와 자동차, 길 건너편 건물의 벽돌들. 또 어떤 때는 눈을 감고 그냥 앉아 있기도 해요. 산들바람이 얼굴에 불어오도록 놓아두고서요. 그러면 바람결 속에, 내 온 주위와 내 눈 바깥쪽에 있는 햇빛이 나와 내 눈을 비추고 세상은 내 눈 속에서 온통 빨간색, 아름다운 빨간색이 되지요.

내가 여간해서 외출을 하지 않는다는 건 맞아요. 나한테는 그게 힘든 일이고, 또 내 상태가 늘 좋은 것도 아니니까요. 나는 이따금씩 비명을 지르곤 해요. 제발 나한테 화를 내지는 말아요. 그건 나도 어쩔 수 없는 일이니까요. 버지니아는 나한테 사람들 있는 데서는 예의 바르게 행동하는 법을 배워야 한다고 그러더군요. 하지만 나는 때때로 나 자신을 어쩔 수 없어요. 그럴 때면 내 입에서 비명이 터져 나오고요.

하지만 나는 공원에 가기를 좋아해요. 거기에는 나무들과 바람과 빛이 있으니까요. 그것들 모두가 기분 좋게 느껴져요, 그렇지 않은가요? 그래요. 나는 마음속으로 조금씩 조금씩 더 나아지고 있어요. 그걸 느낄 수 있어요. 비슈네그라드스키 박사도 그렇다고 했고요. 나는 내가 아직 꼭두각시 같은 어린애라는 걸 알고 있어요. 그건 어쩔 수 없는 일이죠. 그래요, 그래요, 더 이상은 안 돼요. 하지만 때때로 나는 내가 결국은 자라서 실제로 어른이 될 거라고 생각해요.

하지만 지금까지는 피터 스틸먼이에요. 진짜 이름은 아니지만요. 내일은 내가 어떤 사람이 될지 알 수 없어요. 하루하루가 새롭고 나는 매일같이 새로 태어나니까요. 나는 어디에서나, 심지어는 어둠 속에서도 희망을 봐요. 그래서 내가 죽으면 아마 하느님이 될 거예요.

할 얘기가 아직 많이 남아 있어요. 하지만 지금은 그 얘기를 하게 될 것 같지 않아요. 그래요. 오늘은 아니에요. 이제 내 입이 지쳤고, 이제 그만 가봐야 할 때가 된 것 같아요. 물론 나는 시간에 대해선 아무것도 몰라요. 하지만 그래도 달라질 건 없어요. 나한테는요. 정말 고마워요. 나는 선생이 내 목숨을 구해 줄 거라는 거 알아요, 오스터 씨. 나는 선생을 믿고 있어요. 아실 테지만 목숨은 정말 긴 것일 수도 있죠. 모든 게 다 그 방에 있었어요. 어둠과 하느님의 말과 비명이 모두. 나는 지금 공기 속에 있는데, 빛이 비친다는 건 정말 멋진 일입니다. 아마 선생도 그걸 기억하게 되겠죠. 나는 피터 스틸먼입니다. 그게 내 진짜 이름은 아니지만요. 정말 고맙습니다.」

3

이야기가 끝났다. 시간이 얼마나 흘렀는지는 알 수 없었다. 말이 끊기고 난 뒤인 지금에서야 퀸은 그들이 어둠 속에 앉아 있다는 사실을 알았으니까. 분명히 하루해가 다 간 모양이었다. 스틸먼이 독백을 늘어놓고 있던 중 어느 때엔가 그 방에서 햇빛이 사라졌겠지만, 퀸은 그것을 알아차리지 못했었다. 이제야 어둠과 정적을 느낄 수 있었고, 그의 머릿속이 어둠과 정적으로 웅웅 울리고 있었다. 몇 분이 흘렀다. 퀸은 자기 쪽에서 무슨 말인가를 해야 할 것 같다는 생각이 들었지만 정말로 그래야 할지 어떨지 잘 알 수가 없었다. 피터 스틸먼이 맞은편 자기 자리에서 느릿느릿 숨을 쉬는 소리가 들렸다. 그 소리 외에는 아무 소리도 들리지 않았다. 퀸은 어떻게 해야 좋을지 몰라 난감했다. 몇 가지 가능한 일들을 생각해 보기는 했지만, 그런 다음에는 떠오른 생각들을 하나씩 떨쳐 버렸다. 그는 다음번 일이 일어나기를 기다리며 자리에 그대로 앉아 있었다.

스타킹 신은 발로 방을 건너오는 소리가 마침내 정적을 깨뜨렸다. 찰칵 스위치를 올리는 금속성 소리가 들리고 방이 갑자기 환한 빛으로 채워졌다. 퀸은 자기도 모르게 빛이 오는 쪽으로 눈을 돌렸다가 피터가 앉아 있는 의자 왼편의 스탠드 옆에 버지니아 스틸먼이 서 있는 것을 보았다. 젊은이는 마치 눈을 뜬 채 잠이 들기라도 한 것처럼 똑바로 앞을 쳐다보고 있었다. 스틸먼 부인이 몸을 숙여 피터의 어깨에 한 팔을 두르고 그의 귀에다 나지막하게 속삭였다.

「이제 시간이 됐어요, 피터.」 그녀가 말했다. 「사베드라 부인이 기다리고 있어요.」

피터가 그녀를 올려다보고 미소를 지었다. 「정말 기대되는걸.」

버지니아 스틸먼이 남편의 뺨에 다정하게 입을 맞추고 넌지시 일렀다. 「자 이제 오스터 씨에게 작별 인사 해야죠.」

피터가 자리에서 일어섰다. 아니, 그보다는 의자에서 몸을 빼내는 그 가련하고도 느릿느릿한 동작을 취하면서 두 발로 일어서려 애를 쓰고 있었다. 하나하나의 단계마다 주춤거리며 넘어질 듯 뒤로 쏠리는 역동작이 뒤따랐고, 그렇게 단속적으로 몸이 움직여지지 않을 때마다 피터는 끙끙대면서 퀸이 알아들을 수 없는 소리를 웅얼거렸다.

마침내 피터가 똑바로 일어서더니 의기양양한 표정으로 의자 앞에 섰다. 그리고 퀸의 눈을 똑바로 쳐다보면서 거리낌 없이 활짝 웃어 보였다.

「안녕히 가세요.」 그가 말했다.

「잘 있어요, 피터.」 퀸도 같이 인사를 건넸다.

피터가 경련하듯 손을 약간 흔들어 보이고 천천히 몸을 돌려 방을 가로질렀다. 걸음을 옮기는 동안 그의 몸이 오른쪽으로 기울어졌다 왼쪽으로 기울어졌다 하면서 비틀거렸고, 그의 두 다리 역시 번갈아 뒤틀리고 엇갈렸다. 방 저편 끝으로 불이 밝혀진 문간에 하얀 간호사 제복을 입은 중년 여자가 서 있었다. 퀸은 그 여자가 사베드라 부인인 모양이라고 생각하면서 피터 스틸먼이 문을 지나 사라질 때까지 그의 뒷모습을 좇았다.

버지니아 스틸먼이 퀸 맞은편에, 방금 전까지 남편이 앉아 있던 의자에 앉았다.

「이런 일을 겪지 않게 해드릴 수도 있었어요.」그녀가 말문을 열었다. 「하지만 선생님 눈으로 직접 보시는 편이 더 나을 것 같아서요.」

「이해합니다.」퀸이 대답했다.

「아뇨, 저는 이해하신다고 생각 안 해요.」그녀가 신랄한 어조로 되받았다. 「어느 누구도 이해하지 못할 거예요.」

퀸은 신중하게 미소를 짓고 나서 속으로 자, 이제 뛰어들어 보자 하고 생각했다. 「제가 이해를 하느냐 못 하느냐는 아마 중요한 게 아닌 듯합니다. 부인께서 제게 일을 맡기신 이상, 제가 일을 빨리 처리하면 할수록 더 좋겠지요. 제가 추측하기에 이 일은 시간이 촉박한 것 같습니다. 저는 피터를 이해한다거나 부인께서 어떤 일을 겪고 계신다거나 하는 것에 대해서는 말하지 않겠습니다. 중요한 건 제가 기꺼이 도와드리겠다는 겁니다. 부인께서도 그 점이 중요하다고 여기시겠죠.」

그는 조금씩 더 달아오르고 있었다. 뭔가가 그에게 자기가 제대로 짚었다는 느낌을 주었고, 그러자 갑자기 일종의 쾌감이 그를 휩쓸고 지나갔다. 마치 자신의 내면에 있던 어떤 경계선을 넘어설 수 있게 된 것처럼.

「선생님 말씀이 옳아요.」버지니아 스틸먼이 말했다. 「물론 옳은 말씀이에요.」

그녀가 말을 멈추고 숨을 깊이 들이쉬었다가 마음속으로

이제부터 할 말을 연습이라도 하듯 잠시 더 뜸을 들였다. 퀸은 그녀가 양손으로 의자 팔걸이를 움켜쥐고 있는 것을 알아챘다.

「피터가 하는 말 대부분이……」 그녀가 말을 이었다. 「아주 혼란스럽다는 건 알고 있어요. 특히 그 사람 얘기를 처음 들을 때는요. 저는 옆방에서 그 사람이 선생님께 무슨 얘기를 하는지 듣고 있었어요. 피터가 언제나 사실만을 얘기한다고는 생각하지 마세요. 반면에 피터가 거짓말을 한다고 생각하는 것도 잘못이겠지만요.」

「부인 말씀은 제가 피터의 얘기 중에서 어떤 것은 믿고 어떤 것은 믿지 말아야 한다는 거로군요.」

「바로 그거예요.」

「스틸먼 부인, 저는 두 분의 성적인 습관이나 성생활의 결핍에는 신경 쓰지 않습니다.」 퀸이 말했다. 「피터가 한 말이 사실이라고 해도 아무 상관이 없다는 것이지요. 제가 종사하는 직업에서는 무슨 일이건 조금씩 접하게 되는 경향이 있는데, 만일 판단을 유보할 줄 모른다면 어떤 성과도 얻어 내지 못할 겁니다. 저는 늘 사람들의 비밀에 대해서 듣습니다만, 입을 봉하는 데도 이력이 나 있지요. 어떤 사실이 사건과 직접적인 관련이 없는 한 저에게는 아무 소용도 없습니다.」

스틸먼 부인이 얼굴을 붉혔다. 「저는 다만 선생님께서 피터가 한 말이 사실이 아니라는 것을 알아 주셨으면 해서요.」

퀸은 어깨를 으쓱해 보이고 나서 담배를 꺼내 불을 붙였다. 「어찌 되었건 그 일은 중요하지 않습니다. 제가 관심을 두고 있는 것은 피터가 한 다른 말들이니까요. 저는 그 말이 사실이라고 생각하는데, 그게 사실이라고 하면 부인께서 거기에 대해 어떤 말씀을 하실지 듣고 싶군요.」

「그래요, 그건 사실이에요.」 버지니아 스틸먼이 움켜쥐고 있던 의자 팔걸이를 놓고 오른손을 턱 밑에 갖다 댔다. 흔들림 없는 정직한 자세를 보이려면 어떻게 해야 할지 궁리라도 하듯 생각에 잠겨서. 「피터는 그 문제를 어린애처럼 얘기했지만, 그 사람 말은 사실이에요.」

「아버지에 대한 얘기를 좀 해주시지요. 관련이 있다고 생각되는 것이면 무엇이나요.」

「피터의 아버지는 보스턴의 스틸먼 가문 출신이에요. 선생님도 그 집안에 대해 들어 보셨을 거예요. 19세기에 주지사가 몇 명 나왔고, 거기에다 감독 주교와 대사를 지낸 사람 여럿에 하버드 대학 총장까지 배출한 집안이니까요. 또 동시에 그 집안은 섬유업과 해운업, 그리고 정체를 알 수 없는 다른 사업으로 엄청난 재산을 모았어요. 하지만 세세한 이야기는 중요하지 않아요. 이 정도로도 그 집안의 배경에 대해 어느 정도는 아셨을 테니까요.

피터의 아버지는 그 집안 사람들 모두가 그랬듯이 하버드 대학에 들어갔어요. 그리고 철학과 종교를 전공했는데, 모든 면에서 대단히 뛰어났죠. 그 사람은 신세계에 대한 16세기와 17세기의 신학적 해석을 다룬 논문을 썼고 다음에는 컬럼비아 대학 종교학과에서 자리를 얻었어요. 그로부터 얼마 지나지 않아서 피터의 어머니와 결혼을 했고요. 나는 그 여자에 대해선 아는 게 별로 없어요. 사진으로 보아서는 아주 미인이더군요. 하지만 어딘지 연약해 보였고, 연푸른색 눈이라든가 하얀 피부가 피터와 좀 닮은 데가 있었어요. 몇 년 뒤 피터가 태어났을 때 그 가족은 리버사이드 드라이브에 있는 커다란 아파트에서 살고 있었고, 스틸먼의 학문적 경력은 성공가도를 달리고 있었죠. 그 사람은 자기의 학위 논문을 다시 써서 책으로 펴냈어요. 매우 잘 쓴 논문이었죠. 그리고 서른 넷인가 다섯에 정교수가 되었는데, 그다음에 피터의 어머니 가 죽고 말았어요. 그 죽음에 대해서는 모든 것이 불분명해 요. 스틸먼은 아내가 잠을 자다 죽었다고 했지만, 증거물로 보면 자살을 한 것 같았어요. 약물 과다 복용과 관련된 증거 도 있었죠. 그러나 물론 아무것도 입증되지는 않았어요. 심 지어는 남편이 아내를 죽였을 거라는 말까지도 있었죠. 하지 만 그건 소문일 뿐이었고 실제로 밝혀진 건 아무것도 없어 요. 그 사건은 처음부터 끝까지 아주 조용하게 다루어졌으 니까요.

그 당시 피터는 두 살이었고 지극히 정상적인 아이였죠. 스틸먼은 아내가 죽고 난 뒤 아이에게 거의 신경을 쓰지 않 았던 게 분명해요. 보모가 한 사람 고용되었고, 그 뒤로 여섯 달쯤 그 여자가 전적으로 피터를 돌보았죠. 그런데 다음에는 스틸먼이 느닷없이 그 보모를 해고해 버렸어요. 그 여자 이 름은 기억이 나지 않네요. 아마 바버인가 그랬을 거예요. 하 지만 그 여자는 재판 때 증언을 했는데, 어느 날 스틸먼이 집 으로 오더니 자기가 피터의 양육을 맡겠다고 했다는 거였어 요. 그 사람은 컬럼비아 대학에 사직서를 내고 아들에게 모 든 시간을 쏟기 위해 대학을 떠난다고 했다더군요. 물론 돈 은 문제가 되지 않았고, 그래서 누구도 그 일에 대해 손써 볼 도리가 없었죠.

그 뒤로 그 사람은 사람들 눈에서 얼마쯤 멀어졌어요. 여 전히 같은 아파트에 살고는 있었지만 집 밖으로 나오는 일이 거의 없었으니까요. 실제로 어떤 일이 일어났는지는 아무도 몰라요. 제 생각엔 그 사람이 아마 당시에 집필하고 있던 터 무니없는 종교관 중 몇 가지를 믿기 시작했던 것 같아요. 그 일이 그 사람을 미치게, 완전히 돌아 버리게 한 거죠. 그것 말고는 달리 설명할 길이 없어요. 그 사람은 피터를 아파트의 한 방에 가두고 창문을 틀어막은 다음 9년 동안이나 가둬 두었어요. 그걸 한번 상상해 보세요, 오스터 씨. 무려 9년 동안이나! 어린 시절 전체가 어둠 속에서, 세상과 격리된 채, 이따금씩 얻어맞는 것 말고는 어떤 사람과의 접촉도 끊긴 채 허비된 거예요. 저는 지금 그 실험의 결과와 함께 살고 있는데, 분명히 말씀드리지만 그 손상이 엄청났어요. 선생님께서 오늘 보신 피터는 최상의 상태예요. 그 사람을 이 정도까지 오게 하는 데 13년이라는 세월이 걸렸어요. 이제 저는 어느 누구도 두 번 다시 그 사람을 해치도록 놓아두지 않을 거예요.」

스틸먼 부인이 숨을 고르려고 말을 멈추었다. 퀸은 그녀가 이제 곧 한바탕 울음을 터뜨릴 것 같다는, 한마디만 더 하면 무너지고 말 것 같다는 느낌이 들었다. 이제는 그가 말을 해야 할 차례였다. 그러지 않으면 더 이상 대화를 나눌 수 없을 터였다.

「그런데 피터는 결국 어떻게 발견됐죠?」 그가 물었다.

그 말에 스틸먼 부인의 긴장이 어느 정도 가신 모양이었다. 그녀가 퀸에게도 들릴 정도로 한숨을 내쉬더니 그의 눈을 똑바로 쳐다보았다.

「화재가 있었어요.」 그녀가 대답했다.

「사고였나요, 아니면 누가 고의로 불을 지른 거였나요?」

「그건 아무도 몰라요.」

「부인께서는 어떻게 생각하시죠?」

「제 생각엔 스틸먼이 서재에 있었던 것 같아요. 거기에서 실험 결과를 기록하고 있었을 텐데, 아마 자기 실험이 실패로 돌아갔다는 것을 알아차렸겠죠. 그렇다고 그 사람이 자기가 한 일을 조금이라도 뉘우쳤을 거라는 얘기는 아니에요. 하지만 그 일을 순전히 그 사람 식으로 받아들였더라도 자기가 실패하고 말았다는 걸 알았을 테죠. 제 생각엔 그 사람이 그날 밤 자기혐오감이 극에 달해서 논문을 태워 버리기로 한 것 같아요. 하지만 불길이 손쓸 수 없이 번져서 아파트의 상당 부분이 불에 타고 말았죠. 다행히 피터의 방은 긴 복도 맨 끝에 있었고, 그래서 소방대원이 제때에 그를 구한 거고요.」

「그다음에는요?」

「모든 일이 다 해결되기까지는 몇 달이 걸렸어요. 스틸먼의 논문은 소실되어 버렸고 그 바람에 구체적인 증거는 남지 않은 셈이죠. 하지만 피터가 처해 있던 상황이 증거가 되었어요. 그가 갇혀 있던 방, 창문을 가로질러 막은 끔찍한 널빤지들. 그래서 결국은 경찰이 그 사건을 꿰어 맞춘 거죠. 스틸먼은 재판에 회부되었고요.」

「법정에서는 어떤 일이 있었습니까?」

「스틸먼은 정신 이상 감정을 받고 수용됐어요.」

「그러면 피터는요?」

「피터도 병원으로 보내졌죠. 2년 전까지만 해도 병원에 있었어요.」

「부인께서 피터를 만난 곳도 거기였나요?」

「그래요. 병원에서예요.」

「어떻게요?」

「저는 피터의 언어 치료사였어요. 5년 동안 매일같이 피터와 함께 일했죠.」

「꼬치꼬치 캘 생각은 없습니다만, 그 일이 정확히 어떻게 해서 결혼으로 이어진 거죠?」

「그건 복잡한 얘기예요.」

「저한테 그 일을 얘기하기가 뭣하십니까?」

「그런 건 아니에요. 하지만 선생님께서 이해하실 수 있을 것 같지 않아서요.」

「그런지 아닌지 알아보는 방법은 한 가지뿐입니다.」

「좋아요, 간단히 얘기해 보죠. 그러는 게 피터를 병원 밖으로 데리고 나와 좀 더 정상적인 삶을 살아갈 기회를 주는 최선의 방법이었어요.」

「부인께서 피터의 법적 후견인이 될 수는 없었나요?」

「그 절차가 굉장히 복잡했어요. 게다가 피터는 이제 미성년자도 아니었고요.」

「그게 부인 쪽에서 엄청난 희생을 치르는 셈이 되지는 않았나요?」

「꼭 그렇지는 않았어요. 저는 전에 한 번 결혼한 적이 있었는데 ── 끔찍했죠. 두 번 다시 하고 싶지 않은 일이었어요. 하지만 적어도 피터와 함께라면 제 삶에 목적이 생기는 셈이죠.」

「스틸먼이 석방된다는 게 사실입니까?」

「내일요. 저녁 때 그랜드 센트럴 역에 도착할 거예요.」

「그리고 부인께서는 그 사람이 피터를 뒤쫓을 거라고 느끼시는군요. 그게 그저 육감인가요, 아니면 무슨 증거라도 갖고 계신가요?」

「양쪽 다 조금씩요. 2년 전 당국에서는 스틸먼을 석방하려고 했어요. 하지만 그 사람이 피터에게 편지를 써 보냈고, 저는 그걸 당국에 제시했죠. 당국에서는 결국 그 사람을 석방할 때가 안 되었다는 결정을 내렸고요.」

「어떤 편지였나요?」

「미치광이가 쓴 편지였죠. 그 사람은 피터를 악마라고 하면서 셈을 치를 날이 있을 거라고 했어요.」

「그 편지를 아직 갖고 계신가요?」

「아뇨. 2년 전에 경찰서로 갖다 줬어요.」

「복사본은요?」

「죄송해요. 그게 중요한 건가요?」

「그럴 수도 있죠.」

「원하신다면 구해 보도록 하겠어요.」

「그 뒤로는 편지가 오지 않았겠군요.」

「오지 않았어요. 그런데 이제는 당국에서 스틸먼이 석방될 때가 되었다고 여기고 있어요. 아무튼 그게 공식적인 견해인데, 제가 그걸 막을 방법이 아무것도 없군요. 하지만 제 생각은 스틸먼이 그 일로 교훈을 얻었다는 거예요. 편지를 보내거나 협박을 해서는 감금 상태로 남게 된다는 걸 알아차린 거죠.」

「그래서 지금 걱정을 하고 계시는 것이겠고요.」

「그래요.」

「하지만 스틸먼의 계획이 어떤 것인지 정확히는 알지 못하시겠군요.」

「맞아요.」

「제가 해주었으면 하는 일이 뭔가요?」

「그 사람을 주의 깊게 감시해 주셨으면 해요. 그 사람이 하려는 게 뭔지 알아내서 피터에게 접근하지 못하도록 해주셨으면 하는 거죠.」

「다시 말해서 미행을 원하신다는 거로군요.」

「그래요.」

「부인께서는 스틸먼이 이 건물로 들어서더라도 저로서는 막을 도리가 없다는 것을 아셔야 할 것 같습니다. 제가 할 수 있는 일은 경고를 해드리는 겁니다. 또 그 사람이 여기로 올 경우 같이 들어올 수도 있겠고요.」

「알겠어요. 그것만으로도 어느 정도의 보호는 될 것 같군요.」

「좋습니다. 제가 부인께 얼마나 자주 연락을 드리면 될까요?」

「매일 알려 주셨으면 좋겠어요. 밤 10시나 11시쯤 전화로요.」

「알겠습니다.」

「그러면 다 된 건가요?」

「몇 가지 더 알고 싶은 게 있습니다. 예를 들자면, 부인께서 스틸먼이 내일 저녁 그랜드 센트럴 역에 도착한다는 사실을 어떻게 알아내셨는지 궁금하군요.」

「그걸 알아내는 게 제 일이었으니까요, 오스터 씨. 저로서는 이 일에 너무도 많은 것이 걸려 있어서 그대로 놓아둘 수가 없었어요. 그리고 스틸먼은 도착하는 순간부터 감시를 받지 않는다면 흔적도 없이 사라질 수 있는 사람이고요. 저는 그런 일이 일어나는 걸 원치 않아요.」

「그 사람이 어느 기차로 오게 되어 있죠?」

「6시 41분에 도착하는 퍼킵시발(發) 기차예요.」

「제 생각엔 부인께서 그 사람 사진을 갖고 계실 것 같은데요.」

「네, 그럼요.」

「또 피터와 관련된 의문도 있습니다. 부인께서 왜 이 일을 처음부터 피터에게 이야기하셨는지 궁금하군요. 아무 말 하지 않고 그냥 놓아두는 편이 더 낫지 않았을까요?」

「저도 그러고 싶었어요. 하지만 제가 전화로 그 사람 아버지가 석방된다는 소식을 들었을 때 피터도 우연히 다른 전화로 그 얘기를 듣고 있었어요. 저로서는 어쩔 수 없는 일이었죠. 피터는 아주 고집스러울 때가 있는데, 저는 그 사람한테 거짓말을 하지 않는 게 상책이라는 걸 알게 되었어요.」

「마지막 질문이 한 가지 있습니다. 부인께 제 이야기를 해준 사람이 누구인가요?」

「사베드라 부인의 남편인 마이클이에요. 그 분은 전직 경찰인데, 조사를 좀 해주었어요. 그리고 이런 일을 하는 데는 선생님이 뉴욕에서 최고라는 걸 알아냈죠.」

「기분 좋은 말씀이군요.」

「지금까지 선생님을 본 바로는 저희가 제대로 된 분을 찾았다는 확신이 드네요.」

퀸은 그 말을 일어서기 위한 신호로 삼았다. 드디어 다리를 펴게 된 것이 안도감으로 다가왔다. 일은 예상했던 것보다 훨씬 잘 진행되었지만 이제는 두통이 이는 데다 몇 년 만에 처음 맛보는 피로감으로 몸이 쑤셨다. 조금이라도 더 계속하다가는 틀림없이 정체가 드러나고 말 것 같았다.

「제 수임료는 하루 1백 달러에 경비가 추가됩니다.」 그가 말했다. 「선금을 좀 주실 수 있다면 그게 제가 부인을 위해 일한다는 증거가 되겠지요. 또 그것으로 탐정과 의뢰인 간의 면책 관계도 확보될 테고요. 제 말은 우리 두 사람 사이에 오간 모든 얘기가 엄격히 비밀로 지켜질 거라는 뜻입니다.」

버지니아 스틸먼이 속으로 남몰래 장난이라도 하는 사람처럼 미소를 지었다. 아니, 어쩌면 그녀는 단지 퀸이 마지막으로 던진 말의 이중적인 의미에 그런 반응을 보였는지도 몰랐다. 그 후로 몇 주 동안 그에게 일어난 여러 가지 다른 일들과 마찬가지로, 퀸은 그것이 어느 쪽인지 확실히 알 수는 없었다.

「어느 정도면 될까요?」 그녀가 물었다.

「액수는 중요하지 않습니다. 부인께서 결정하시지요.」

「5백 정도면 될까요?」

「그 정도면 충분하고도 남습니다.」

「좋아요. 수표첩을 가져올게요.」 버지니아 스틸먼이 자리에서 일어서며 퀸에게 다시 미소를 지어 보였다. 「피터의 아버지 사진도 갖다 드리죠. 어디에다 두었는지 알 것 같아요.」

퀸은 그녀에게 고맙다고 한 다음 기다리겠다고 했다. 그리고 스틸먼 부인이 방을 나서는 모습을 지켜보다가 자기도 모르게 그녀가 옷을 입지 않았을 때는 어떤 모습일지를 다시 상상해 보았다. 그녀가 어쩐지 마음에 드는 구석이 있어서였을까, 아니면 단지 그의 마음이 이번에도 그에게 방해 공작을 펴려고 들었던 것일까? 퀸은 그 문제를 뒤로 미루고 나중에 다시 생각해 보기로 했다.

버지니아 스틸먼이 방으로 돌아오며 말했다. 「여기 수표가 있어요. 성함을 제대로 썼는지 모르겠군요.」

좋아, 좋아, 퀸은 수표를 들여다보면서 생각했다. 만사형통이구먼. 그는 자신의 영리함에 즐거워졌다. 그 수표는 물론 폴 오스터 앞으로 발행된 것이고, 따라서 퀸이 면허증도 없이 사설탐정 노릇을 하는 행위에 대해 책임질 일이 있을 수 없다는 뜻이었다. 말하자면 그 수표가 그에게 자기가 어떤 식으로든 책임이 없는 입장이 되었음을 재확인시켜 준 셈이었다. 그 수표를 현금으로 교환할 길이 없으리라는 사실은 중요한 것이 아니었다. 돈 때문에 그 일을 하려는 것이 아니라는 것쯤은 진작부터 알고 있었으니까. 그는 수표를 상의 안주머니에 집어넣었다.

「좀 더 최근 사진이 없어서 미안해요.」 버지니아 스틸먼이 말을 이었다. 「이 사진은 20년도 더 된 거예요. 하지만 제가 해드릴 수 있는 건 이게 다인 것 같네요.」

퀸은 스틸먼의 얼굴을 찬찬히 들여다보았다. 그를 이해할 수 있게 도와줄 어떤 갑작스러운 자각, 은연중에 어떤 인상이라도 얻기를 기대하면서. 하지만 사진은 아무것도 알려 주지 않았다. 그것은 한 남자의 사진에 지나지 않았다. 그는 사진을 잠시 더 들여다보고 나서 다른 어떤 사람의 사진이라도 상관없겠다고 결론지었다.

「집에 가서 좀 더 자세히 보겠습니다.」 그가 수표를 넣어둔 주머니 속으로 사진을 집어넣으며 말했다. 「그동안 흐른 세월을 셈에 넣으면 내일 역에서 틀림없이 이 사람을 알아볼 수 있을 겁니다.」

「그랬으면 좋겠군요.」 버지니아 스틸먼이 말을 받았다. 「이 일은 대단히 중요한 일이에요. 선생님만 믿겠어요.」

「걱정 마십시오. 저는 지금까지 아무도 실망시킨 적이 없습니다.」 퀸이 대답했다.

스틸먼 부인이 문까지 그를 배웅했다. 두 사람은 무슨 말을 덧붙일 것인지, 아니면 작별 인사를 해야 할지 잘 알 수가 없어서 잠시 문간에 그대로 서 있었다. 그 짧은 순간, 버지니아 스틸먼이 갑자기 퀸을 양팔로 끌어안고 자신의 입술로 그의 입술을 더듬어 찾더니 혀를 그의 입안으로 깊숙이 밀어넣으며 뜨겁게 키스를 했다. 너무도 뜻밖의 기습이어서 퀸은 그 키스의 감촉을 즐길 겨를도 없었다.

마침내 그가 다시 숨을 쉴 수 있게 되자 스틸먼 부인이 팔길이만큼 얼굴을 떼고 말했다. 「이걸로 피터가 선생님께 사실을 얘기하지 않았다는 게 증명되었을 거예요. 선생님이 저를 믿는 게 아주 중요하니까요.」

「부인을 믿습니다.」 퀸이 말했다. 「그리고 설령 제가 부인을 믿지 않더라도 그건 정말로 중요한 일이 아닐 겁니다.」

「저는 다만 선생님께 제가 그럴 능력이 있다는 사실을 알려 드리고 싶었어요.」

「충분히 전달된 것 같습니다.」

그녀가 양손으로 퀸의 오른손을 잡아 쥐고 입을 맞추었다.「고마워요, 오스터 씨. 저는 진심으로 선생님이 해결책이라고 생각하고 있어요.」

그는 다음 날 밤에 전화를 하겠다고 약속한 다음, 꿈결에서처럼 아파트를 나와 엘리베이터를 타고 아래로 내려왔다. 그가 길로 나섰을 때는 자정이 지나 있었다.

4

퀸은 전에 피터 스틸먼의 경우와 같은 사례를 읽은 적이 있었다. 또 예전에 그가 다른 삶을 살던 시절, 그의 아들이 태어나고 얼마 지나지 않았을 때 아베롱의 야생 소년에 관한 책의 서평을 쓰기도 했고 그 문제에 관해 얼마간 조사도 해보았다. 그가 기억할 수 있는 한 그런 실험에 대한 최초의 보고는 헤로도토스의 저술에 나온 것으로, 이집트의 프삼티크 왕이 기원전 7세기에 갓난아이 둘을 격리시키고 아이들을 맡은 하인에게 아이들 앞에서는 절대로 말을 하지 말도록 명령을 내렸다는 내용이었다. 그런데 믿기 어려운 역사가로 소문난 헤로도토스에 의하면, 그 아이들이 말을 할 줄 알게 되었을 때 그들의 입에서 나온 첫마디는 빵을 달라는 뜻의 프리기아[2] 말이었다고 한다. 중세에 들어서는 신성 로마 제국의 황제였던 프리드리히 2세가 동일한 실험을 반복했는데, 그는 인간의 진정한 〈자연 언어〉를 알아낼 셈으로 비슷한 방법을 써보았지만 그 아이들은 미처 말을 할 수 있기도 전에 죽고 말았다. 그리고 마지막으로는 16세기 초 스코틀랜드의 왕이었던 제임스 4세가, 분명히 일종의 장난기에서, 똑같은

2 소아시아의 고대 국가.

방식으로 격리시킨 스코틀랜드 아이들은 〈썩 유창한 히브리어〉를 구사했다고 주장했다.

하지만 그 문제에 관심을 가졌던 것이 괴짜와 몽상가들만은 아니었다. 지극히 정상적이고 회의적이었던 몽테뉴도 그 문제를 신중히 검토했고, 그의 가장 중요한 에세이인 「레몽 스봉을 위한 변명」에서 이렇게 기술한 바 있다. 〈나는 사람들과의 모든 접촉으로부터 격리되어 완전히 고립된 채 자란 (하기에 극히 어려운 실험이겠지만) 아이라도 자신의 생각을 표현할 어떤 종류의 언어를 갖게 될 것이라고 생각한다. 대자연이 다른 여러 동물들에게 부여한 수단을 우리 인간들에게 주지 않았다는 것은 믿기 어려운 일이므로……. 그러나 이 아이가 어떤 언어로 말을 할 것인지는 아직 알려져 있지 않다. 그리고 사람들이 그 문제에 대해 추측으로 해온 이야기들은 그다지 믿을 만해 보이지 않는다.〉

그런 실험적인 사례 외에, 우연히 격리된 사례도 있었다. 숲에서 실종된 아이들, 무인도에 고립된 선원들, 늑대가 키운 아이들. 또 잔인하고 가학적인 부모가 자기 아이를 감금하거나, 침대에 묶어 놓거나, 옷장에 가두고 때리거나, 자신의 광기 어린 충동이라고밖에는 할 수 없는 이유로 고문을 한 경우도 있었는데, 퀸은 그런 이야기를 다룬 문헌들도 폭넓게 두루 읽었다. 스코틀랜드의 선원이었던 알렉산더 셀커크(어떤 사람들은 그가 로빈슨 크루소의 모델이라고 생각했다)는 칠레 연안의 한 섬에서 4년 동안 혼자 살았는데, 1708년에 그를 구조한 배의 선장에 의하면 그는, 〈말을 할 일이 없었던 탓으로 언어를 너무 많이 잊어버려서 우리는 그의 말을 거의 알아들을 수 없었다〉고 한다. 그로부터 20년이 조금 안 되어 독일의 하멜린 시 외곽에 있는 숲에서 열네 살쯤 된 야생 소년인 하노버의 페터가 발견되었다. 벌거벗은 채 말도 못 하는 상태로 발견된 그 아이는 영국 궁전으로 보내졌고, 조지 1세의 특별한 보호를 받았다. 스위프트와 디포는 그 아이를 만나 볼 기회가 있었는데, 그 경험을 바탕으로 디포는 1726년에 『자연만이 설명할 수 있다』라는 소책자를 발간했다. 그러나 페터는 말을 한 마디도 배우지 못했고, 몇 달 뒤에는 시골로 보내졌다. 그리고 일흔이 될 때까지 그곳에서 살았지만 섹스나 돈 같은 세속적인 문제에는 아무런 관심도 보이지 않았다고 한다.

그다음 사례는 1800년에 발견된 아베롱의 야생 소년 빅토르였다. 이타르 박사의 끈기 있고 세심한 보살핌 덕분에 그 아이는 아주 기초적인 말을 몇 마디 배우기는 했지만 어린아이 수준 이상으로 발전하지는 못했다. 빅토르보다 더 잘 알려진 사례는 1828년 어느 날 오후 뉘른베르크에 나타난 카스파 하우저의 경우다. 그 아이는 괴상한 옷차림에 알아들을 수 있는 말은 거의 하지 못했고, 자기 이름은 쓸 줄 알았지만 나머지 모든 면에서는 유아 같은 행동을 보였다. 시 당국은 그 아이를 받아들여 그 지역의 어느 교사에게 보살피도록 맡겼는데, 카스파는 하루 온종일을 마룻바닥에 앉아 장난감 말들과 놀고 빵과 물만 먹었다. 그러나 또 한편으로는 진전을 보여 뛰어난 기수가 되었고, 강박적으로 깔끔해져서 빨간색과 흰색을 몹시 좋아했다. 그리고 모든 면에서, 특히 이름과 얼굴을 기억하는 데 뛰어난 기억력을 보였다. 그럼에도 그는 불을 환하게 밝힌 실내에 있기를 좋아했고 하노버의 페터처럼 섹스나 돈에는 전혀 관심을 보이지 않았다. 과거의 기억이 점차로 돌아옴에 따라 그는 자기가 어두운 방의 마룻바닥에서 오랜 세월을 보냈다는 것과 말도 하지 않고 모습을 보이지도 않는 어떤 남자가 먹을 것을 갖다 주곤 했던 일을 떠올릴 수 있었다. 하지만 그런 사실이 드러나고 얼마 지나지 않아서, 카스파는 공원에서 단검을 품은 정체를 알 수 없는 사내에게 피살되고 말았다.

퀸이 그런 이야기들을 다시 떠올린 것은 참으로 여러 해만의 일이었다. 그에게는 아이들의 문제, 특히 고통을 겪었거나 학대를 받았거나, 자라기도 전에 죽은 아이들의 문제가 너무도 끔찍스러운 것이었다. 만일 스틸먼이 단검을 품고 자기가 삶을 망쳐 놓은 그 아이에게 복수를 하러 오는 자라면, 퀸은 그자를 막기 위해 자리를 지키고 싶었다. 자기 자신의 아들을 되살아나게 할 수는 없겠지만 적어도 다른 아들이 죽는 것을 막을 수는 있을 터였다. 그리고 이제 느닷없이 그런 일을 맡아 할 수 있게 된 기회가 온 것이었다. 그가 길거리에 서 있는 동안 그의 눈앞으로 자기 앞에 놓인 일들이 무시무시한 꿈처럼 떠올랐다. 그는 자기 아들의 시신이 든 조그만 관을, 장례식 날 그 관이 땅 속으로 서서히 내려가던 광경을 어떻게 지켜보았는지를 돌이켜 생각하고 있었다. 그래, 그게 바로 고립이지. 그는 속으로 그렇게 중얼거렸다. 그건 침묵이었어. 그의 아들 이름 역시 피터였다는 사실도 아마 별 도움이 되지 못했을 것이다.

5

72번가와 매디슨 애비뉴 모퉁이에서 그는 택시를 잡아탔다. 택시가 웨스트사이드를 향해 덜컹대며 공원을 지나는 동안 퀸은 차창 밖을 내다보면서 이것이 혹시 피터 스틸먼이 공기와 빛 속으로 걸어 나왔을 때 보았던 바로 그 나무들은 아닐까 하는 생각이 들었다. 또 피터가 자기와 같은 것을 보았을지, 아니면 그에게는 세상이 다르게 보였을지, 그리고 만일 나무가 나무로 보이지 않았다면 무엇으로 보였을지도 궁금했다.

집에 도착해 택시에서 내리자 퀸은 문득 허기를 느꼈다. 그날 이른 시간에 아침을 먹은 뒤로 아무것도 먹은 게 없었다. 스틸먼의 아파트에서 시간이 그처럼 빨리 지나갔다는 것이 이상한 일이었다. 그의 계산이 옳다면 그는 무려 열네 시간 이상 그곳에 있었던 셈이니까. 하지만 그가 느끼기에는 그곳에서 머문 시간이 기껏해야 서너 시간밖에 되지 않은 것 같았다. 그 모순에 그는 어깨를 으쓱하면서 속으로 이렇게 중얼거렸다. 〈좀 더 자주 시계를 봐야겠어.〉

그는 107번가를 되짚어가서 왼쪽으로 돌아 브로드웨이로 들어선 다음, 식사를 하기에 적당한 곳을 찾으면서 길을 따라 올라가기 시작했다. 여느 때 같았으면 그럴 마음이 내켰겠지만, 그날 밤에는 어슴푸레한 조명과 술꾼들이 떠들어 대는 소리에 둘러싸여 식사를 하고 싶지 않았다. 그는 112번가를 가로지르다가 아직 문을 안 닫은 하이츠 간이식당을 보고 그곳으로 마음을 정했다. 그곳은 불이 환하게 밝혀졌어도 어쩐지 음침한 식당으로, 한쪽 벽에는 누드 잡지들이 쌓인 커다란 선반이 있고 그 외에 문구 판매대, 신문 판매대, 그리고 손님들이 앉을 식탁 몇 개와 회전 걸상이 딸린 기다란 포마이카 카운터가 있는 곳이었다. 카운터 뒤에는 하얀 마분지로 된 주방장 모자를 쓴 키 큰 푸에르토리코인이 서 있었는데, 그가 주로 하는 일은 연골이 박힌 햄버거 패티, 물이 간 토마토와 시든 상추가 든 밍밍한 샌드위치, 밀크셰이크, 에그 크림, 롤빵 따위를 만드는 것이었다. 그의 오른편으로 금전 등록기 뒤에는 식당 주인이 앉아 있었다. 그는 키가 작고, 곱슬머리에 머리가 벗어지기 시작하고, 팔뚝에는 강제 수용소 수인 번호가 문신으로 새겨진 사내로 궐련 담배와 파이프 담배, 시가 따위를 파는 자기 영역에서 주인 행세를 하며 다음 날 조간으로 나온 「데일리 뉴스」 심야판을 읽고 있었다.

그 시간에는 식당에 사람들이 거의 없었다. 뒤쪽 테이블에 추레한 차림을 한, 하나는 아주 뚱뚱하고 다른 하나는 깡마른 노인 둘이 앉아 경마 신문을 열심히 들여다보는 중이었고, 그들 사이의 테이블에는 빈 커피 잔이 두 개 놓여 있었다. 그리고 가게 앞쪽에서는 젊은 학생 녀석 하나가 잡지 판매대 앞에 서서 잡지를 펼쳐 벌거벗은 여자의 사진을 들여다보고 있었다. 퀸은 카운터에 앉아 햄버거와 커피를 주문했다. 카운터를 맡은 사내가 음식을 만들려고 돌아서면서 어깨 너머로 퀸에게 말을 걸었다.

「오늘 밤 시합 봤소?」

「아니, 못 봤는데, 뭐 쓸 만한 얘깃거리라도 있습니까?」

「어떨 것 같소?」

지난 몇 년 동안 퀸은 이름도 모르는 그 사내와 똑같은 이야기를 나누어 왔다. 언젠가 그가 식당에 들렀을 때 어쩌다 야구에 대한 얘기를 나눈 뒤로, 이제는 퀸이 들어올 때마다 두 사람은 야구 얘기를 하는 것이 습관처럼 되어 있었다. 겨울에는 화제가 트레이드와 전망과 기록에 대한 것이었고, 시즌 중에는 언제나 최근 시합이 화제였다. 두 사람 모두 뉴욕 메츠 팬이다 보니 그 어쩔 수 없는 열정 때문에 유대 관계가 생겨난 모양이었다.

카운터를 맡은 사내가 고개를 저었다. 「처음 두 타석에서 킹먼이 솔로 홈런을 날렸소. 땅, 땅. 굉장한 타구였지. 달까지 날아갔으니까. 이번엔 존스도 제법 잘 던져서 그렇게 나쁠 것 같지는 않았소. 9회 말 스코어는 2대 1이었고 피츠버그는 원 아웃에 2루와 3루에 주자가 있었소. 그래서 메츠는 구원 투수로 앨런을 등판시켰는데, 앨런은 만루를 만들 셈으로 다음 타자를 걸려 내보냈소. 메츠는 주자를 홈에서 잡거나, 타구가 가운데로 빠져 준다면 병살을 노릴 수도 있었으니까. 페냐가 나와서 시시껄렁한 1루 땅볼을 쳤는데, 그 염병할 공이 하필이면 킹먼의 다리 사이로 빠지고 말았지 뭐요. 그래서 주자 둘이 점수를 냈고 그걸로 끝장이 난 거지. 뉴욕이여 안녕이 되고 만 거요.」

「데이브 킹먼은 똥 같은 놈이오.」 퀸이 햄버거를 한 입 베어 먹으며 말했다.

「하지만 포스터는 지켜봐야 할 거요.」 사내가 말했다.

「포스터도 끝장났어요. 한물갔다고요. 생긴 것도 진상이고.」 퀸은 혀로 뼛조각을 골라내면서 햄버거를 조심조심 씹었다. 「포스터 같은 놈은 속달 우편으로 다시 신시내티로 보내 버려야 해요.」

「글쎄올시다.」 사내가 말을 받았다. 「하지만 그렇게는 하지 않을걸. 아무튼 작년보단 나으니까 말이오.」

「난 잘 모르겠는데요.」 퀸이 햄버거를 다시 한 입 베어 물면서 말했다. 「성적은 괜찮아 보이지만 정말로 남은 게 뭐요? 스턴스는 언제나 부상만 당하고. 그 팀은 마이너 리그에서도 2류가 될까 말까 한 선수들을 두고 있습디다. 브룩스는 시합에 정신을 쏟지 못하고, 무키는 괜찮은 편이지만 경험 부족이고, 게다가 누구를 어느 자리에 써야 할지도 모르고. 물론 아직 러스티가 있기는 하지만, 그 친구는 이제 너무 뚱뚱해서 달릴 수가 없소. 그리고 투수 쪽으로는 아예 말을 않는 게 낫지. 당신하고 나하고 내일 당장 시어로 가더라도 선발 투수로 기용될 거요.」

「아무래도 당신을 매니저로 삼아야겠군.」 사내가 말했다. 「적어도 그 얼간이들을 어디로 방출할지는 알 수 있을 테니까.」

「그건 확실할 거요.」 퀸이 말을 받았다.

식사를 마친 뒤 그는 천천히 문구 판매대 쪽으로 걸어갔다. 새 공책들이 입하되어 파란색, 초록색, 빨간색, 노란색 더미들로 눈에 확 띄도록 보기 좋게 진열되어 있었다. 그는 공책을 한 권 집어 들고 펼쳐 보았다가 괘선이 자기가 좋아하는 좁은 칸으로 그어져 있음을 알았다. 퀸은 모든 글을 펜으로 썼고 타자기는 최종 원고를 작성할 때만 썼기 때문에 언제나 질 좋은 스프링 노트를 찾고 있었다. 그런데 이제 스틸먼 사건에 손을 댄 만큼, 새 공책이 필요할 것 같았다. 자기의 생각과 관찰 내용과 의문점들을 적어 둘 공책을 따로 마련해 두는 것이 편리할 테니까. 그렇게 하면 아마도 사태가 손쓸 수 없게 되지는 않을 터였다.

그는 어느 것을 고를지 정할 셈으로 공책 더미를 훑어보았다. 그런데 갑자기, 뭐라고 딱 꼬집어 말할 수는 없지만, 맨 밑에 있는 빨간 공책을 사고 싶다는 억누를 수 없는 충동이 일었다. 그는 빨간 공책을 뽑아내어 엄지로 조심스레 페이지를 넘기면서 찬찬히 살펴보았다. 그 빨간 공책이 왜 그렇게 마음을 끌었는지는 도무지 설명할 길이 없었다. 그 공책은 가로 21, 세로 27센티미터쯤 되는 표준형 1백 장짜리였다. 하지만 뭔가가 그에게 호소를 하는 것 같았다. 마치 이 세상의 어떤 유일무이한 운명이 그의 펜에서 나오는 말들을 잡아 두려고라도 하는 것처럼. 그 느낌이 너무 강해 당황해하면서 퀸은 그 빨간 공책을 옆구리에 끼고 금전 등록기 쪽으로 걸어가 값을 치렀다.

15분쯤 후에 퀸은 아파트로 돌아와 상의 호주머니에서 스틸먼의 사진과 수표를 꺼내어 조심스럽게 책상 위에다 내려놓았다. 그러고서 책상에 있던 잡동사니들 — 쓰고 난 성냥개비, 담배꽁초, 흩어진 담뱃재, 다 쓴 잉크 카트리지, 동전 몇 개, 티켓 동강이, 낙서 쪼가리, 지저분한 손수건 — 을 치운 뒤 한가운데에 빨간 공책을 놓았다. 다음에 그는 블라인드를 내리고, 옷을 홀랑 벗고, 책상 앞에 앉았다. 전에는 한 번도 그랬던 적이 없었지만, 어쩐지 지금 이 순간에는 알몸으로 있는 것이 적절할 것 같아서였다. 20~30초 동안 그는 꼼짝도 하지 않고, 숨을 쉬는 것 외에는 아무 일도 하지 않으려고 하면서 그대로 앉아 있었다. 그런 다음 빨간 공책을 펼치고 펜을 들어 첫 페이지에 자기 이름의 머리글자 D. Q.(대니얼 퀸)를 적었다. 그가 공책에 자기의 본명을 쓴 것은 5년 여 만에 처음이었다. 그는 잠시 손을 멈추고 잠시 그 사실에 대해 생각해 보다가 쓸데없는 생각이라고 떨쳐 버렸다. 그리고 다시 한 페이지를 넘긴 뒤 여백뿐인 페이지를 들여다보면서 자기가 지독한 멍청이는 아닐까 생각해 보았다. 다음에 그는 펜을 맨 윗줄로 가져가 빨간 공책에 첫 기록을 적어 넣었다.

스틸먼의 얼굴. 아니, 20년 전 스틸먼의 얼굴. 내일 보게 될 얼굴이 이 얼굴과 닮았을지는 알 수 없다. 하지만 미친 사람의 얼굴이 아닌 것은 분명하다. 아니, 이것은 적절한 표현이 아니지 않을까? 적어도 내 눈에는 아주 호감이 가는 얼굴은 아니더라도 온화한 얼굴로 보인다. 입가에는 다정한 기미까지 감돈다. 눈은 아마도 눈물을 곧잘 흘릴 듯한 푸른 눈일 테고. 20년 전에도 숱이 별로 없었으니까 지금은 머리칼이 모두 빠졌겠고 남은 머리도 반백이나 백발일 것이다. 이상하게 친숙한 느낌을 주는 명상적인 타입이다. 신경이 아주 예민한 사람인 것이 분명하고, 자기 입에서 나오는 말을 억제하기 위해 마음속으로 싸우는 말더듬이일 수도 있다.

어린 피터. 내가 그 일을 상상해 보아야 할까, 아니면 그 말을 곧이곧대로 믿어도 될까? 암흑. 내가 그 방에서 비명을 지른다고 생각해 보자. 별로 내키지 않는다. 그런 일을 이해하고 싶은 생각도 없다. 대체 무엇 때문에? 누가 뭐래도 그것은 꾸며 낸 얘기가 아니다. 이 세상에서 벌어지고 있는 엄연한 사실이다. 나는 어떤 일, 작은 일 한 가지를 하기로 되어 있고 그 일을 맡겠다고 했다. 모든 것이 다 잘 풀린다면 아주 간단한 일이 될 수도 있다. 내가 고용된 것은 이해를 하기 위해서가 아니라 단지 행동을 하기 위해서다. 이것은 새로운 일이다. 어떤 일이 있더라도 그 점을 잊지 말자.

그런데, 에드거 앨런 포의 작품에서 뒤팽이 뭐라고 했더라? 〈추리하는 자의 지능과 상대방 지능의 일체화.〉 하지만 여기서는 그 말이 아버지 스틸먼에게 적용될 것인데, 그러기란 아마도 더 곤란한 일일 것이다.

버지니아에 대해서는 어떻게 생각해야 할지 모르겠다. 비단 그 키스 때문만은 아니다. 그것은 여러 가지 이유로 설명될 수 있을 테니까. 또 피터가 그녀에 대해서 한 말 때문도 아니다. 그것은 중요하지 않다. 그녀의 결혼? 어쩌면 그럴지도 모른다. 그 결혼 생활은 부조화의 극치다. 그녀가 돈 때문에 결혼했을 가능성이 있을까? 아니면 어떤 식으로든 스틸먼과 협력해서 일하기 위해? 그렇다면 모든 상황이 달라질 것이다. 하지만 동시에, 그것은 말이 되지 않는다. 그렇다면 어째서 그녀는 나를 고용했을까? 자신의 명백한 선의를 입증할 증인을 마련하기 위해서? 그럴 수도 있다. 하지만 그것은 너무 복잡해 보인다. 그런데 나는 왜 그녀를 믿을 수 없을 것 같은 느낌일까?

다시 스틸먼의 얼굴. 지난 몇 분 동안 떠오른, 내가 전에 그 얼굴을 보았다는 생각. 어쩌면 오래전에 ─ 그가 체포되기 전에 ─ 이웃에서.

남의 옷을 입는 기분이 어떤지를 상기할 것. 거기에서부터 시작하자고 나는 생각한다. 그래야 할 것 같다. 지금으로부터 20년 전 옛날, 내가 열여덟 살이고 무일푼이었을 때 친구들이 내게 입을 것들을 주곤 했다. 이를테면 대학에 다닐 때 나는 J의 낡은 외투를 입었던 적이 있다. 그리고 마치 내가 그의 피부를 입기라도 한 것 같은 야릇한 느낌. 그것이 아마도 시작일 것이다.

그다음에, 가장 중요한 일로서, 내가 누구인지를 상기할 것. 내가 어떤 사람이 되어야 하는지를 명심할 것. 나는 이 일이 게임이라고 생각하지 않는다. 그런 반면, 명확한 것은 아무것도 없다. 예를 들자면, 너는 누구인가? 그리고 만일 네가 누구인지 알고 있다면 어째서 계속 거짓말을 하는 것인가? 그에 대한 대답을 나는 알지 못한다. 내가 할 수 있는 말은 이것뿐이다. 내 말에 귀를 기울이자. 내 이름은 폴 오스터다. 그것은 내 진짜 이름이 아니다.

6

　다음 날 퀸은 컬럼비아 대학교 도서관에서 스틸먼의 책을 읽는 것으로 오전 시간을 보냈다. 아침 일찍 도서관을 찾은 그는 문이 열리자마자 맨 먼저 안으로 들어갔고, 대리석 홀의 정적 속에서 마치 망각의 지하실로 들어가도록 허락이라도 받은 것처럼 마음이 편안해졌다. 책상 뒤에서 꾸벅꾸벅 졸고 있는 직원에게 졸업생 카드를 내보인 뒤 그는 서가에서 책을 뽑아 가지고 3층으로 올라가 끽연실의 녹색 가죽 의자에 자리를 잡았다. 창밖의 눈부신 5월 아침이 야외를 무작정 걸어 보라고 유혹하는 것 같았지만, 퀸은 그런 생각을 떨쳐 버린 뒤 의자를 돌려 창을 등지고 앉아 책을 펼쳤다.

　『낙원과 탑: 신세계의 초기 모습』은 거의 비슷한 분량의 두 부분, 즉 「천국의 신화」와 「바벨탑의 신화」로 나뉘어 있었다. 제1부는 콜럼버스에서 롤리에 이르는 탐험가들의 발견에 초점을 맞춘 것으로, 아메리카를 처음 찾아온 사람들이 자기네가 우연히 천국, 제2의 에덴동산을 발견했다고 믿었다는 것이 스틸먼의 논점이었다. 그 한 예로, 콜럼버스는 세 번째 항해를 묘사하면서 이렇게 기록했다. 〈나는 지상 낙원이 여기에 있다고 믿는다. 여기는 하느님의 허락 없이는 누구도 들어설 수 없는 곳이다.〉또 피에트로 마르티레[3]도 일찍이 1505년에 그 땅의 원주민에 대해서 다음과 같이 적었다. 〈그들은 예전의 작가들이 그토록 여러 번 언급한 그 황금 세계에 살고 있는 것 같다. 이곳 사람들은 법의 강제도, 분쟁도, 재판도, 중상모략도 없이 오로지 자연에 순응하는 데 만족하면서 소박하고 순진무구한 삶을 살고 있다.〉또, 그보다 반세기쯤 뒤에는 여기서도 빠질 수 없는 작가 몽테뉴가 이렇게 적고 있다. 〈내 생각으로는 우리가 그런 나라들에서 실제로 보는 것은 시인들이 황금시대에 대해 묘사한 모든 장면과 인류의 행복한 상태에 대한 모든 상상뿐 아니라, 철학 그 자체의 개념과 욕망까지도 능가하는 것이다.〉스틸먼에 의하면, 신세계의 발견은 맨 처음부터 유토피아적 사상을 부추기는 자극제, 인간 생활의 완전성에 희망의 빛을 던진 — 1516년에 출간된 토머스 모어의 저서에서부터 몇 년 뒤 헤로니모 데 멘디에타가 아메리카는 이상적인 신권 국가, 진정한 신의 도시가 될 것이라고 한 예언에 이르기까지 — 불씨가 되었다는 것이다.

하지만 그와 반대되는 견해도 있다. 어떤 사람은 인디언들이 인류가 타락하기 전의 순수한 삶을 살아간다고 본 반면, 그들을 야만스러운 짐승이자 인간의 탈을 쓴 악마라고 본 사람도 있었다. 그런 견해는 특히 카리브에서 식인종을 발견한 뒤로 도저히 누그러뜨릴 길이 없어졌다. 그리고 스페인 인들은 그 견해를 자기네들의 상업적 목적을 위해 원주민들을 무자비하게 착취하는 구실로 삼았다. 눈앞에 있는 사람을 인

---

3 Pietro Martire D'Anghiera(1457~1526). 이탈리아에서 태어난 스페인의 탐험가. 콜럼버스를 포함한 여러 탐험가들의 수기를 편집했다. 『신세계에 관하여 De orbe novo』(1530)라는 저술을 남겼다.

간으로 간주하지 않는다면 양심의 가책을 받지 않고서도 그 사람에 대해 무슨 짓이든 할 수 있는 것이니까. 인디언들도 영혼을 가진 인간이라는 선언이 나온 것은 교황 바오로 3세가 칙서를 내린 1537년에 이르러서였다. 하지만 그 뒤로도 수백 년 동안 논란이 끊이지 않았는데, 그 논란은 한편으로는 로크와 루소의 〈고결한 야만인〉 — 독립 아메리카에 민주주의의 이론적 토대를 제공한 — 에서, 그리고 다른 한편으로는 살아 있는 인디언치고 선한 인디언은 없다는 확고부동한 믿음을 가지고 벌인 인디언 말살 운동에서 절정에 이르렀다.

그 책의 제2부는 타락에 대한 새로운 고찰로 시작되었다. 스틸먼은 밀턴과 『실낙원』에 실린 그의 설명 — 청교도의 정통적인 견해를 대변하는 — 에 상당히 의존하면서 우리가 현재 알고 있는 인간적인 삶이 형성된 것은 타락 이후의 일이었다고 주장했다. 만일 낙원에 악이 없었다면 선 역시 없었다는 것이다. 밀턴 자신이 『아레오파기티카』에서 썼던 것처럼, 〈선과 악이 딱 달라붙은 쌍둥이처럼 이 세상으로 뛰쳐나온 것은 맛을 본 단 한 개의 사과 껍질을 통해서였다〉. 그 문장에 대한 스틸먼의 주석은 지나칠 정도로 철저했다. 익살과 말장난의 가능성을 철두철미 경계하면서 그는 맛*taste*이라는 단어가 어떻게 〈맛보다〉와 〈알다〉를 모두 의미하는 라틴어 *sapere*와 실제로 관련되어 있는지, 그로 말미암아 지혜의 나무 — 그 맛으로 이 세상에 지식, 다시 말해서 선과 악을 가져다주는 사과의 근원 — 와 어떤 잠재의식적 관련성을 가지고 있는지 보여 주었다. 스틸먼은 또 *cleave*라는 단어의 모순에 대해서도 길게 논했는데, 그 단어는 〈결합하다〉와 〈쪼개다〉를 동시에 의미함으로써 서로 대립되는 동등한 두 가지

의미를 내포하는데 이러한 의미 작용은, 더 나아가서 밀턴의 작품 전체에 나타난다고 스틸먼이 알게 된 언어의 개념을 구체화했다. 예를 들자면, 『실낙원』에서 중요한 단어들은 모두 두 가지 의미, 즉 타락 이전의 의미와 타락 이후의 의미를 지니고 있다는 것이다. 자신의 논점을 입증하기 위해 스틸먼은 몇 가지 단어 — 사악한, 교활한, 감미로운 — 를 따로 떼어내어 그 단어들이 어떻게 해서 인류 타락 이전에는 도덕적 함축 없이 쓰였던 반면, 인류 타락 이후에는 악의 지식으로 인해 조금씩 바뀌어 두 가지 의미를 띠게 되었는지 보여 주었다. 낙원에서 아담이 맡은 일 가운데 하나는 언어를 만드는, 즉 하나하나의 생물과 사물에 이름을 붙이는 일이었다. 그 순진무구한 상태에서 그의 혀는 곧장 세상의 핵심으로 향했다. 그가 하는 말은 눈에 띄는 사물에 부가된 것이었을 뿐 아니라, 그 본질을 드러내고 실제로 사물에 생명을 부여하는 것이기도 했다. 사물과 그 이름은 서로 교환될 수 있는 것이었다. 그러나 타락 이후에는 더 이상 그렇지가 않아서 이름이 사물로부터 분리되고 말았다. 언어는 임의적인 기호의 집합체로 바뀌었고 언어는 신으로부터 단절되었다. 그러므로 낙원의 이야기는 인간의 타락에 관한 기록일 뿐 아니라 언어의 타락에 관한 기록이기도 한 것이다.

「창세기」에는 나중에 언어와 관련된 또 다른 이야기가 나오는데, 스틸먼의 말에 따르면 바벨탑 이야기는 낙원에서 일어난 사건의 정확한 요약이며, 그 의미가 모든 인류에게 통하도록 확장되고 보편화되었을 뿐이라는 것이다. 그 이야기는, 「창세기」에 실린 위치 — 「창세기」 11장 1절에서 9절 — 를 감안해 보면, 특별한 의미를 띠고 있다. 즉 그것은 성서에 나오는 선사 시대의 맨 마지막 사건인 것이다. 그 이후의 구약은 오로지 히브리인의 연대기일 뿐이다. 다시 말해서 바벨탑은 진정한 의미의 세계가 시작되기 이전의 마지막 이미지를 나타내는 것이다.

스틸먼의 논평은 여러 페이지에 걸쳐 계속 이어졌다. 그는 바벨탑 이야기와 관련된 다양한 성서 해석의 전통을 역사적으로 고찰하는 일에서부터 시작하여 그 이야기를 에워싼 수많은 오류들을 검토한 다음, 아가다(율법과 무관한 문제들에 대한 랍비의 해석을 모아 놓은 것)에서 인용한 전설을 장황하게 열거하는 것으로 논평을 마무리했다. 스틸먼은 바벨탑이 천지 창조 후 1996년, 노아의 홍수 후 340년이 지났을 때 〈우리 이름을 날려 사방으로 흩어지지 않도록〉 건설되었다는 것이 일반적으로 받아들여진 견해라고 적었다. 그리고 하느님의 벌은 그런 욕망, 즉 일찍이 「창세기」에 나타난 〈자식을 낳고 번성하여 온 땅에 퍼져서 땅을 정복하여라〉는 명령과 상반되는 욕망에 대한 응답으로 내려졌으며, 하느님은 바벨탑을 부숨으로써 인간에게 그 명령을 따르도록 선고했다는 것이다. 그러나 바벨탑을 하느님에 대한 도전으로 보는 해석도 있었다. 바벨탑의 건설자로 선정된 사람은 모든 세상의 첫 통치자였던 니므롯이었고 바벨탑은 그의 보편적인 권력을 상징하는 신전이 될 예정이었다. 이것은 그 이야기에 대한 프로메테우스적 견해로서, 〈그 탑 꼭대기를 하늘에 닿게 하여〉와 〈우리 이름을 내고〉라는 구절에 의거하고 있다. 바벨탑 건설은 인류의 강박적이고도 최우선적인 열망이었으며, 결국은 생명 그 자체보다 더 중요했다. 벽돌 값이 사람값보다 더 비싸졌다. 여성 노동자들은 아이를 낳을 때조차 일을 멈출 수 없었고 갓난애를 앞치마로 감싼 채 일을 계속해야 했다. 건설 현장에는 분명히 세 부류의 다른 사람들이 있었다. 천국에 머물기를 원한 사람들, 하느님과 전쟁을 벌이고 싶어 한 사람들, 그리고 우상을 숭배하려고 한 사람들. 하지만 그러면서도 그들은 힘을 모았다. 〈온 땅의 언어가 하나요, 말이 하나였더라.〉 그러자 단결한 인류의 잠재적인 힘이 하느님을 분노케 했다. 〈여호와께서 이르시되 이 무리가 한 족속이요, 언어도 하나이므로 이같이 시작하였으니 이 후로는 그 하고자 하는 일을 막을 수 없으리로다.〉 이 말은 하느님이 아담과 이브를 낙원에서 추방할 때 한 말의 의식적인 반향이다. 〈이제 이 사람이 우리들처럼 선과 악을 알게 되었으니, 손을 내밀어 생명나무 열매까지 따 먹고 끝없이 살게 되어서는 안 되겠다고 생각하시고 에덴동산에서 내쫓으셨다.〉 그러나 또 다른 해석은 그 이야기가 단지 인간과 언어의 다양성을 설명하려는 한 가지 방법으로 제시된 것이라고 보았다. 만일 모든 인간이 노아와 그의 자손들로부터 나왔다면 문화권들 사이의 엄청난 차이를 어떻게 설명할 수 있을까? 그와 유사한 또 다른 해석은 그 이야기가 이교 신앙과 우상 숭배의 존재를 설명하기 위한 것이라고 주장했다. 그 이야기가 나오기 전까지 모든 인간은 일신교 신앙을 믿은 것으로 되어 있기 때문이다. 바벨탑 자체에 대해서는, 그 탑의 3분의 1은 땅속에 묻히고 3분의 1은 불타 없어지고, 나머지 3분의 1은 그대로 남았다는 전설이 있다. 하느님은 인간에게 그 탑의 파괴가 하늘이 내린 벌이며 우연의 결과가 아니었음을 깨우쳐 주기 위해 두 가지 방법으로 탑을 무너뜨렸다. 그런데도 남아 있는 부분이 얼마나 높은지 그 꼭대기에서 보면 야자수도 메뚜기보다 더 클 것이 없어 보였고, 또 사람이 사흘을 꼬박 걸어도 탑의 그림자 밖으로 나설 수가 없었다고 한다. 결국 — 스틸먼은 이 점을 아주 길게 논했다 — 바벨탑의 잔해를 바라보는 사람은 누구나 자기가 아는 것을 모두 잊어버린다고 믿게 되었다는 것이다.

그 모든 이야기가 신세계와 어떤 관련이 있는지 퀸으로서는 알 수 없었다. 그러나 다음에는 새로운 장으로 넘어가서 스틸먼은 갑자기 보스턴의 목사였던 헨리 다크의 삶을 논의하기 시작했다. 그는 1649년 런던에서 태어나(찰스 1세의 처형일에) 1675년 아메리카로 건너와서 1691년 매사추세츠 주의 케임브리지 화재 사건으로 목숨을 잃은 사람이었다.

스틸먼에 의하면 헨리 다크는 젊었을 때 존 밀턴의 개인비서 노릇을 했다고 한다. 1669년부터 5년 후 그 시인이 세상을 뜰 때까지. 퀸에게 그 이야기는 금시초문이었다. 전에 어디선가 눈먼 밀턴이 자기 딸들에게 작품을 받아 적게 했다는 글을 읽은 적이 있는 것 같아서였다. 아무튼 그가 알게 된 바로는, 다크는 열성적인 청교도이자 신학생이었고 밀턴의 헌신적인 추종자였다. 어느 날 저녁 조그만 모임에서 그 대시인과 만난 다크는 다음 주에 한번 찾아와 달라는 권유를 받았고, 그 일을 계기로 더 자주 시인의 집을 찾게 되었다, 그리고 결국에는 밀턴이 그에게 여러 가지 잡다한 일들, 이를테면 구술을 받아 적는다든가 런던의 거리를 따라 길을 안내한다든가 고전 작가들의 작품을 읽어 준다든가 하는 일들을 맡기기 시작했다. 1672년 다크는 보스턴에 있는 누이에게 보낸 편지에서 성서 해석의 좀 더 미묘한 점들에 대해 밀턴과 함께 오랜 시간 토론했던 일을 언급했다. 그러나 얼마 후 밀턴이 세상을 뜨고 다크는 절망에 빠졌다. 그로부터 6개월 후 그는 영국이 불모지, 아무것도 기대할 수 없는 땅이라는 것을 알고 아메리카로의 이주를 결심했다. 그가 보스턴에 도착한 것은 1675년 여름이었다.

그가 신세계에서 보낸 처음 몇 년 동안에 대해서는 알려진 것이 거의 없다. 스틸먼은 그가 아마도 서부로 건너가 미지의 땅에서 뭔가를 찾아보려 했을 것이라고 추측했지만, 그 견해를 뒷받침해 줄 구체적인 증거는 하나도 찾지 못했다. 그러나 다른 한편으로, 다크의 글에 나타난 몇 가지 언급들은 그가 인디언의 풍습에 정통했음을 보여 주었고, 스틸먼은 그것으로부터 다크가 한동안 인디언 부족과 함께 살았을 것이라는 이론을 세웠다. 사실이 어찌 되었건, 그가 루시 피츠라는 여자를 아내로 삼아 보스턴 결혼 등기부에 그의 이름이 등재된 1682년까지는 그에 대한 공식적인 언급이 전혀 없었다. 그로부터 2년 뒤, 그는 시 외곽에서 작은 청교도 모임을 이끄는 인물로 명부에 올랐다. 그들 부부 사이에서는 아이가 몇 태어났지만 모두 어렸을 때 죽었고, 1686년에 태어나 살아남은 하나뿐이었던 아들인 존마저도 1691년에 사고로 2층 창문에서 떨어져 죽은 것으로 기록되어 있다. 그리고 아들이 죽은 지 꼭 한 달 뒤에 집 전체가 불길에 휩싸여 다크도 그의 아내도 모두 죽고 말았다.

헨리 다크는 만일 그가 1690년에 『새로운 바벨탑』이라는 소책자를 간행하지 않았더라면 초기 아메리카 삶의 어둠 속으로 묻혀 버렸을 것이다. 스틸먼에 따르면 64페이지 분량의 그 소책자는 그때까지 쓰인 신대륙에 관한 글들 가운데서 가장 몽상적인 것이었다고 한다. 만일 다크가 그 책이 나온 뒤 그처럼 일찍 사망하지 않았다면 그 효과는 분명히 더 컸을 것이다. 왜냐하면, 나중에 밝혀진 것처럼, 그 소책자의 사본들 대부분이 다크를 죽음으로 몰아간 불길 속에서 타 없어졌기 때문이다. 스틸먼 자신은 그 책을 단 한 권, 그것도 우연히 케임브리지에 있는 자기 집 다락방에서 찾아낼 수 있었다.

그리고 몇 년 동안 부지런히 조사해 본 끝에 그 책이 아직 남아 있는 유일한 사본이라고 결론지었다.

밀턴 풍의 대담한 산문으로 쓰인 『새로운 바벨탑』은 아메리카에 낙원을 건설하기 위한 사례를 제시했다. 그 문제를 다룬 다른 필자들과는 달리, 다크는 낙원이 발견될 수 있는 곳이라고 생각하지 않았다. 인간을 낙원으로 인도할 지도도, 인간을 낙원의 해안으로 안내할 항해 도구도 없다는 것이다. 오히려 낙원의 존재는 인간 자신의 마음속에, 언젠가 이승에서 구현하게 될지도 모를 내세의 관념에 있었다. 왜냐하면 유토피아는 어디에도, 심지어는 다크가 설명한 대로 그〈말 속에도〉존재하지 않았기 때문이다. 그리고 만일 인간이 그 꿈에 그리는 곳을 건설할 수 있다면 그것은 오로지 자신의 두 손을 통해서일 것이다.

다크의 결론은 바벨탑 이야기를 일종의 예언으로 본 해석에 의거해서 내려진 것이었다. 그는 타락에 대한 밀턴의 해석에 크게 의존하면서, 스승을 따라 언어의 역할에 과도할 만큼 중요성을 두고 있었다. 그러나 다크는 그 시인의 생각을 한 걸음 더 밀고 나갔다. 만일 인간의 타락이 언어의 타락을 수반하기도 한다면, 언어의 타락을 원상 복구함으로써, 에덴 동산에서 쓰였을 언어를 재창조하려고 노력함으로써, 타락을 원상 복구하고 원래대로 되돌릴 수 있다고 보는 것이 논리적이지 않을까? 만일 인간이 그 최초의 순결한 언어를 말할 줄 알게 된다면, 그럼으로써 내면의 순결 상태를 회복하게 되지 않을까? 다크는 우리가 그 점을 이해하려면 그리스도의 본보기를 보는 수밖에 없다고 했다. 그리스도는 피와 살로 이루어진 인간이 아니었던가? 또 그리스도는 바로 그 타락 이전의 언어를 말하지 않았던가? 밀턴의 『복낙원(復樂

園)』에서 사탄은 〈이중 의미의 속임수〉로 말하는 반면, 그리
스도의 〈행동은 그분의 말과 일치하고/그분의 말은 그분의
깊은 심정을 밝히고/그분의 심정은 선하고 현명하고 공정하
고 완벽한 형상을 포함한다〉. 그리고 하느님께서는 〈이제 그
분의 최종 의지를 가르치기 위해 당신의 살아 있는 신탁을
세상에 보내셨고/그 이후로 경건한 마음에 거할 진리의 성
령과, 내가 반드시 알아야 할 모든 진리에 거할 내적인 계시
를 보내지 않으셨는가〉. 또 그리스도 덕분에, 타락이 행복한
결과를 가져왔으니 이는 교리가 가르치는 대로 복된 타락이
아니었을까? 그런 연유로 다크는, 인간이 최초의 순결한 언
어를 말하고 내면의 진리를 온전하게 다 복구하는 일이 실로
가능할 것이라고 주장했다.

　다음에 다크는 바벨탑 이야기로 다시 돌아와 자기의 계획
을 상세히 설명하고 이제부터 닥칠 일들에 대한 통찰을 표명
했다. 「창세기」 11장 2절 —— 〈사람들은 동쪽에서 옮아오다
가 시날 지방 한 들판에 이르러 거기 자리를 잡고는〉 —— 을
인용하면서 그는 그 구절이 인간적인 삶과 문명이 서쪽으로
이동했음을 입증하는 것이라고 주장했다. 왜냐하면 바벨탑
이 세워진 도시 —— 또는 바빌론 —— 는 히브리 사람들 땅의
동쪽 끝인 메소포타미아에 있었기 때문이다. 만일 바벨탑의
동쪽에 무엇이 있었다면 그것은 인류의 본거지인 에덴이었
다. 따라서 〈자식을 낳고 번성하여 온 땅에 퍼져서 땅을 정복
하여라〉는 하느님의 명령에 따라 지상에 종족을 퍼뜨리기 위
해 인간은 어쩔 수 없이 서쪽 진로를 따라 이동할 수밖에 없
었을 것이다. 그런데 모든 기독교 국가들 중에서 아메리카보
다 더 서쪽에 있는 땅은 어디일까? 다크는 그렇게 묻고 있다.
따라서 영국 이주민들이 신세계로 옮아간 것은 고대의 명령

을 이행한 것으로 해석될 수도 있었다. 아메리카는 그 과정의 맨 마지막 단계인 셈이었다. 일단 아메리카 대륙이 채워지면 인류의 운명에 변화를 일으킬 시기가 성숙될 것이며, 바벨탑의 건설에 대한 장애 ── 인간이 땅을 채워야 한다는 ── 도 제거될 것이다. 또 그때가 되면 온 세상 사람들이 하나의 언어로 말하는 일이 다시 한 번 가능해질 것이고, 만일 그런 일이 일어난다면 낙원도 그리 멀지만은 않을 것이다.

다크는 바벨탑이 노아의 홍수가 있은 지 340년 후에 건설된 것과 마찬가지로, 메이플라워호가 플리머스에 도착한 지 정확히 340년 후에 그 고대의 명령이 완수될 것이라고 예측했다. 왜냐하면 인류의 운명을 손에 쥐고 있는 것은 하느님의 새로운 선민인 청교도들임이 분명하기 때문이다. 하느님의 아들을 받아들이려 하지 않음으로써 그분을 실망시켰던 히브리 인들과는 달리, 이주한 영국인들은 하늘과 땅이 마침내 합쳐지기 전에 역사의 마지막 장을 쓸 것이다. 방주를 탄 노아와 마찬가지로 그들은 성스러운 임무를 완수하기 위해 광막한 대양이라는 홍수를 건너왔던 것이다.

다크의 계산에 의하면 340년이란 이주민들의 작업에서 첫 부분이 완수될 1960년을 의미했다. 그 시점에서 다음에 이어질 진정한 작업, 즉 새로운 바벨탑의 건설을 위한 기초가 놓이게 될 터였다. 다크는 자기가 이미 보스턴 시에서 유망한 조짐들을 보았다고 적었다. 왜냐하면 거기에서는 이 세상 어느 곳과도 다르게, 주된 건축 재료가 벽돌이었는데, 벽돌은 「창세기」 2장 3절에 나와 있듯이 바벨탑의 건축 재료로 명시되었기 때문이라는 것이었다. 그는 1960년에 새로운 바벨탑이 솟아오르기 시작할 것이라고 자신만만하게 단언하면서 하늘을 찌를 듯 솟아 있는 그 모습 자체가 인간 정신의 부활을 상징하게 될 것이라고 했다. 역사는 이제 반대로 쓰일 것이며, 아래로 떨어졌던 것은 다시 솟아오르고 부서졌던 것은 온전해질 것이라고. 일단 완성만 되면 그 탑은 신세계의 모든 주민을 수용할 만큼 큰 것이 되어 사람들 하나하나에게 방이 주어지고, 그 방에 들어가면 자기가 알고 있던 것을 모두 잊게 될 터였다. 그리고 마흔 낮 마흔 밤이 지난 뒤에는 새로운 인간이 되어 신의 언어를 말하고, 제2의 영원한 낙원에 거주할 준비를 갖추게 될 것이다.

메이플라워호의 도착 70주년인 1690년 12월 26일에 간행된 헨리 다크의 소책자에 대한 스틸먼의 요약은 그렇게 끝났다.

퀸은 나지막하게 한숨을 내쉬고 책을 덮었다. 열람실 안은 텅 비어 있었다. 그는 몸을 숙여 양손으로 머리를 감싸고 눈을 감았다. 그리고 〈1960년〉이라는 말을 중얼거리며 헨리 다크의 모습을 눈앞에 그려 보려고 했지만 아무것도 떠오르지 않았다. 그의 마음속에 떠오른 것은 책들을 태우는 불길뿐이었다. 다음 순간 그는 방금 전까지 해오던 생각의 갈피를 잃고 불현듯 1960년은 스틸먼이 자신의 아들을 가둔 해라는 사실을 상기했다.

그는 빨간 공책을 펴서 똑바로 무릎 위에다 놓았다. 하지만 공책에 뭔가를 막 적어 넣으려는 참에 그 정도로 되었다는 생각이 들었다. 퀸은 빨간 공책을 덮고 의자에서 일어나 스틸먼의 책을 접수대에 반납했다. 그리고 층계 맨 아랫단에서 담배를 붙여 문 뒤 도서관을 나서서 5월의 오후 속으로 걸어 들어갔다.

7

그는 예정보다 훨씬 이르게 그랜드 센트럴 역으로 나갔다. 스틸먼이 탄 기차는 6시 41분이 되어서야 도착하겠지만, 퀸은 스틸먼이 빠져나갈 수 없도록 그곳의 지리를 미리 익혀 두고 싶었다. 지하철에서 나와 커다란 홀로 들어서면서 보니 그곳에 걸린 시계가 4시를 막 지나 있었다. 역은 이미 러시아워여서 사람들로 붐비기 시작한 참이었다. 퀸은 몰려드는 사람들 사이를 헤치고 돌아다니면서 개찰구들을 한 바퀴 둘러보고 감춰진 층계라든가 표시가 되어 있지 않은 출구, 후미진 공간 따위가 없는지도 살펴보았다. 그리고 누구든 슬며시 빠져나갈 마음만 먹는다면 별 어려움 없이 그럴 수 있겠다는 결론을 내렸다. 이제는 스틸먼이 여기에 미행자가 있을 것이라는 경고를 받지 않았기만 바랄 뿐이었다. 만약 그런 일이 일어나서 스틸먼이 어떻게든 그를 따돌린다면 그 책임은 버지니아 스틸먼에게 있을 터였다. 그 외에 달리 책임질 사람은 아무도 없었다. 일이 틀어지더라도 대안이 있다는 것을 알고 나자 일단은 안심이 되었다. 스틸먼이 나타나지 않으면 퀸은 곧장 69번가로 가서 버지니아 스틸먼에게 따지고 들 셈이었다.

역 안을 둘러보는 동안 퀸은 자기가 누구 역을 맡기로 되어 있는지를 새삼 떠올렸다. 이제 막 알게 된 일이지만, 폴 오스터 역을 하는 것이 불쾌하지만은 않았다. 비록 여전히 똑같은 몸에 똑같은 정신으로 똑같은 생각을 하고는 있었어도, 그는 어쩐지 자기 자신의 몸에서 빠져나온 듯한 느낌이었다. 이제는 자신의 의식이라는 짐을 지고 이리저리 걸어다닐 필요도 없을 것 같았다.

머릿속으로 간단한 트릭을 써서 이름을 요령 있게 살짝 바꿈으로써 그는 더없이 가볍고 자유로운 기분을 느꼈다. 그리고 동시에, 그것이 모두 일종의 망상이라는 것도 알고 있었다. 하지만 거기에는 분명히 어떤 위안이 있었다. 그는 자신을 정말로 잃어버린 것이 아니라 단지 그런 척하고 있을 뿐이어서 언제든 원하기만 하면 다시 퀸으로 돌아갈 수가 있었다. 이제 폴 오스터가 되는 데 목적 —— 그에게는 점점 더 중요해지는 목적 —— 이 있다는 사실 덕분에 퀸은 그런 제스처 게임을 도덕적으로 정당화할 수 있었고 자신의 거짓말을 변명할 필요도 없었다. 그의 마음속에서는 자신을 오스터라고 상상하는 일이 곧 이 세상에 뭔가 좋은 일을 하고 있다는 것과 같은 뜻이었으니까.

그는 역 안을 좀 더 배회하다가 마치 폴 오스터가 된 것 같은 기분으로 스틸먼이 나타나기를 기다렸다. 그리고 다음에는 커다란 홀의 둥근 천장을 올려다보며 프레스코 기법으로 그려진 성좌를 찬찬히 살펴보았다. 불이 켜진 전구들이 별을 나타내고 천국의 인물들은 선으로 그려져 있었다. 퀸은 별자리와 그 이름 사이의 관계를 납득할 수 있었던 적이 한 번도 없었다. 어렸을 때 몇 시간씩 밤하늘을 쳐다보며 점점이 박힌 별 무리들을 곰, 황소, 궁수, 물병 등과 일치시켜 보려고 애를 쓰곤 했었지만 그 어느 것도 들어맞지가 않았다. 그리고 그럴 때면 마치 자기의 머리 한가운데에 맹점(盲點)이 있기라도 한 것처럼 멍청이가 된 느낌이었다. 그는 어린 오스터라면 그러는 데서 자기보다 조금이라도 더 나았을지 궁금했다.

맞은편으로 역의 동쪽 벽 대부분을 차지한 것은 이 세상 같지 않게 환한 색채를 띤 코닥사(社)의 광고 사진이었다. 그 달의 풍경은 뉴잉글랜드의 어느 바닷가 마을로 아마도 낸터 킷인 것 같았다. 자갈길 위로 아름다운 봄 햇살이 내리쬐고, 늘어선 집들마다 앞쪽 창가 화분에 색색의 꽃들이 피어 있고, 길을 따라 저 끝까지 내려가면 하얗게 부서지는 파도를 인 푸르고 푸른 바다였다. 퀸은 오래전, 아내가 임신한 첫 달에 그녀와 같이 낸터킷을 찾아갔던 일을 떠올렸다. 그때 그의 아들은 아내의 배 속에서 조그만 아몬드보다도 더 작았을 것이다. 이제 와서 그때 일을 생각하니 괴로워지기 시작해 그는 머릿속에 떠오른 영상을 애써 지워 버렸다. 〈저것을 오스터의 눈으로 보자.〉 그는 속으로 그렇게 다짐했다. 〈그 밖의 다른 어떤 것도 생각하지 말자.〉 그가 다시 사진 쪽으로 눈길을 돌렸을 때는 다행스럽게도 그의 생각이 고래라는 주제와 지난 세기 낸터킷에서 이루어진 탐험 여행들, 그리고 멜빌과 그의 작품인 『모비 딕』의 첫 페이지들 사이를 떠돌고 있었다. 거기 서부터 그의 마음은 멜빌의 말년 ── 독자 하나 없이 모든 사람들로부터 잊힌 채 뉴욕 세관에서 일하는 과묵한 노인 ── 에 대해 읽었던 내용으로 옮아갔고 그다음에는 갑자기, 아주 선명하고 분명하게, 그의 눈앞으로 바틀비[4]의 집 창문과 텅 빈 벽돌담이 떠올랐다.

4 허먼 멜빌의 소설 『필경사 바틀비』의 주인공으로 말을 거의 하지 않는 괴짜 서기.

그때 누군가가 그의 팔을 두드렸고, 퀸은 기습에 대비해서 몸을 빙 돌렸다가 웬 키 작은 사내가 말없이 녹색과 빨간색 볼펜을 내밀고 있는 것을 보았다. 그 볼펜에 붙은 조그만 흰 꼬리표 한쪽에 이런 글이 적혀 있었다. 〈이 상품은 농아를 위한 것입니다. 값은 되는 대로 주십시오. 고맙습니다.〉꼬리표 다른 쪽은 〈당신의 친구를 위해 수화를 배웁시다〉라는 뜻의 수화 알파벳 그림 — 26개의 글자 하나하나에 대한 손 모양을 보여 주는 — 이었다. 퀸은 주머니를 뒤져 그 사내에게 1달러를 건네주었고, 농아는 짤막하게 고개를 한 번 까딱해 보인 다음 퀸의 손에 볼펜을 쥐여 주고 다른 사람에게로 갔다.

이제 5시가 지나 있었다. 퀸은 다른 곳에 있는 편이 더 안전하겠다는 결론을 내리고 홀에서 대합실로 자리를 옮겼다. 대합실은 보통 먼지가 쌓이고 갈 곳 없는 사람들이 들어차 있는 음울한 곳이지만, 러시아워인 지금은 서류 가방이며 책, 신문 따위를 든 남자 여자들로 만원이어서 앉을 자리를 찾기가 어려웠다. 2~3분쯤 이리저리 돌아다닌 끝에 퀸은 마침내 긴 의자들 중 하나에서 파란 양복 차림의 남자와 뚱뚱한 젊은 여자 사이에 끼여 앉을 자리를 찾았다. 남자는 마침 「타임스」의 스포츠 면을 읽고 있어서 퀸은 곁눈질로 전날 저녁 메츠 팀이 패한 기사를 흘끔거렸다. 하지만 그가 서너 문단쯤을 읽어 내렸을 때 남자가 천천히 고개를 돌리더니 심술궂은 눈길로 그를 쏘아보고 신문을 다른 쪽으로 홱 돌려 버렸다.

그다음에 이상한 일이 일어났다. 퀸은 혹시 오른편 젊은 여자 쪽에는 읽을 만한 것이 있을까 해서 그녀 쪽으로 고개를 돌렸다. 그녀의 나이는 스무 살 안팎으로 보였고 왼쪽 뺨에는 분홍색 화장분으로 덮어 감추기는 했지만 여드름이 몇 개 나 있었다. 그녀는 쩍쩍 소리를 내며 껌을 씹고 있었다. 하지만 그러면서도 검붉은 색의 표지로 된 문고판 책을 읽고 있어서 퀸은 제목을 보려고 몸을 살짝 오른쪽으로 기울였다. 그런데 참으로 뜻밖에도, 그것은 바로 그가 쓴 책이었다. 맥스 워크가 등장하는 첫 번째 소설인 윌리엄 윌슨의 『강요된 자살』. 퀸은 종종 그런 상황, 전혀 예상치 못한 순간에 자기의 독자와 만나는 즐거운 상황을 상상해 보았었다. 아니, 심지어는 그다음에 이어질 대화를 생각해 보기까지 했다. 낯선 사람이 자기 책을 칭찬하면 상냥하게 삼가는 태도를 보이다가 차마 거절을 할 수 없어 겸손하게 〈굳이 원하신다니〉 하면서 속표지에 서명을 해주기로 동의하는. 그런데 이제 그런 일이 실제로 일어나자 그는 몹시 실망스러웠고 화가 나기까지 했다. 옆자리에 앉아 있는 여자가 마음에 들지도 않았고, 자기가 그처럼 많은 노력을 쏟아부었던 그 페이지들을 건성으로 훑어 내리는 태도에 기분이 상하기도 했다. 그는 그녀의 손에서 책을 휙 채트려 역 저편으로 달아나고 싶은 충동을 느꼈다.

퀸은 그녀의 얼굴을 한 번 더 쳐다보고 그녀가 책을 읽느라 웅얼거리는 소리를 들어 보려고 하면서 글줄을 따라 왔다 갔다 하는 그녀의 눈을 지켜보았다. 그런데 아마도 그가 너무 뚫어져라 쳐다보았던 모양이다. 잠시 후에 그녀가 짜증스러운 표정으로 그를 돌아보며 이렇게 물은 것을 보면. 「아저씨, 무슨 일 있어요?」

「아무 일 아닙니다.」 퀸이 애매하게 미소를 지으며 대답했다. 「단지 그 책이 마음에 드는지 알고 싶어서요.」

여자가 어깨를 으쓱했다. 「그렇기도 하고 아니기도 해요.」

퀸은 그쯤에서 이야기를 그만두고 싶었지만 그의 내면에 있는 무언가가 그대로 물러서려고 들지를 않았다. 그가 자리에서 일어나 그곳을 떠나기도 전에 먼저 말이 입 밖으로 나오고 말았다. 「그 책 재미있습니까?」

여자가 다시 어깨를 으쓱하고 요란스럽게 껌을 씹었다. 「그저 그래요. 탐정이 돌아 버리는 부분이 있는데, 그 부분은 좀 무섭고요.」

「똑똑한 탐정인가요?」

「네. 똑똑해요. 하지만 말이 너무 많아요.」

「아가씨는 행동이 더 많았으면 좋겠어요?」

「그런 것 같아요.」

「그 책이 마음에 들지 않는데 어째서 계속 읽고 있는 거죠?」

「몰라요.」 그 여자가 어깨를 다시 한 번 으쓱했다. 「시간을 때우기 위해서겠죠. 어쨌든 별것 아닌 일이잖아요. 이건 그저 책일 뿐이에요.」

그는 하마터면 자기가 누구인지 밝힐 뻔했지만 그래 봤자 달라질 게 없다는 것을 알아차렸다. 그 여자는 도저히 가망이 없었다. 지난 5년 동안 그는 윌리엄 윌슨의 정체를 비밀에 부쳐 왔는데 지금에 와서, 더더구나 그런 멍청한 낯선 여자에게 비밀을 털어놓고 싶지는 않았다. 하지만 그렇더라도 속이 상하기는 마찬가지여서 자존심을 꿀꺽 삼키려고 안간힘을 써야 했다. 퀸은 그 여자의 얼굴에 주먹을 한 방 먹이는 대신 자리에서 벌떡 일어나 다른 곳으로 가버렸다.

6시 30분, 퀸은 24번 출구 앞에 자리를 잡고 섰다. 기차는 제시간에 도착할 예정이었고, 출구 한가운데라는 유리한 위치에서는 스틸먼을 놓칠 가능성이 거의 없을 것 같았다. 그는 호주머니에서 사진을 꺼내 특히 눈 부분에 유의하면서 다시 한 번 찬찬히 들여다보았다. 전에 어디선가 눈은 얼굴에서 절대로 변하지 않는 유일한 부분이라는 글을 읽은 적이 있어서였다. 유년에서 노년에 이르기까지 사람의 눈은 그대로 남는다. 그래서 눈을 제대로 볼 줄 아는 머리가 있는 사람이라면 이론적으로는 사진에 나와 있는 소년의 눈을 보고 노인이 된 뒤의 그를 알아볼 수 있을 것이다. 퀸은 정말로 그럴지 의심스러웠지만 그가 의지할 수 있는 것은 사진뿐이었고, 그것이 현재와 연결된 유일한 다리였다. 그러나 이번에도 스틸먼의 얼굴은 그에게 아무것도 설명해 주지 않았다.

기차가 역으로 들어오자 퀸은 기차 소리가 자기의 몸을 뚫고 지나가는 듯한, 그 요란한 굉음이 맥박에 가세해 피를 마구 휘저어 놓는 듯한 느낌이었다. 그 순간 그의 머릿속이 피터 스틸먼의 목소리로 가득 채워졌다. 마치 무의미한 단어들의 일제 사격이 두개골 안쪽 벽을 두드려 대는 것처럼. 그는 속으로 자기에게 진정하라고 했지만 그래도 별 소용이 없었다. 그 순간에 해야 할 일이 무엇인지를 미리 생각해 두었음에도 불구하고 흥분을 가라앉힐 수 없었다.

기차는 만원이어서 출구를 가득 메우고 그가 있는 쪽으로 걸어오기 시작한 승객들은 삽시간에 군중으로 바뀌었다. 퀸은 까치발을 디디고 서서 빨간 공책으로 초조하게 오른쪽 허벅지를 두드리며 몰려오는 사람들을 유심히 살펴보았다. 이제 사람들이 그의 주위로 밀어닥치고 있었다. 남자와 여자, 아이와 노인, 10대와 갓난애, 부자와 가난뱅이, 흑인 남자와 백인 여자, 백인 남자와 흑인 여자, 동양인과 아랍인, 갈색, 회색, 청색, 녹색 옷을 입은 남자들, 빨간색, 흰색, 노란색, 분홍색 옷을 입은 여자들, 고무창 운동화를 신은 아이들, 구두를 신은 아이들, 카우보이 부츠를 신은 아이들, 뚱뚱한 사람과 마른 사람, 키 큰 사람과 키 작은 사람…… 그 하나하나가 다른 모든 사람들과 다르고 오로지 자기 자신일 뿐인 사람들이었다. 퀸은 그 자리에 못 박힌 듯 서서 마치 그의 존재 전체가 눈으로 쏠리기라도 한 것처럼 그들을 일일이 주시했다. 그리고 늙수그레한 남자가 다가올 때마다 그 사람이 스틸먼일지도 모른다는 생각으로 신경을 바짝 곤두세웠다. 사람들이 너무도 빨리 다가왔다 지나치는 바람에 미처 실망을 할 틈도 없었지만, 노인들 하나하나마다 그 얼굴에 진짜 스틸먼처럼 보이는 구석이 있는 것 같았다. 그러나 퀸은 새로운 얼굴이 나타날 때마다 재빨리 눈길을 돌리곤 했다. 마치 그 노인들이 하나로 모여 스틸먼 자신의 임박한 도착을 알리고 있기라도 한 것처럼. 한순간 그는 속으로 이런 생각을 해보았다. 〈이게 바로 탐정이 하는 일이로군.〉 하지만 그 외에는 아무 생각도 하지 않고 그저 지켜만 보았다. 몰려가는 사람들 한가운데 꼼짝도 하지 않고 서서 지켜보기만 했다.

승객들이 절반쯤 빠져나갔을 때 스틸먼이 눈에 들어왔다. 사진과 영락없이 닮은 모습이었다. 아니, 그는 퀸의 예상과는 달리 머리가 벗어지지도 않았다. 하지만 그의 머리는 이제 백발이었고 빗질을 하지 않아 여기저기 까치집이 지어져 있었다. 큰 키에 마른 몸집, 틀림없이 예순이 넘어 보이는 나이에 약간은 구부정한 허리. 그는 철에 맞지 않게 후줄근한 긴 갈색 외투를 걸친 차림이었고 걸을 때 발을 조금씩 끌었다. 그의 표정은 평온해 보였지만 멍한 것 같기도 하고 생각에 잠겨 있는 것 같기도 했다. 그는 주위에 있는 것들을 둘러보지도, 또 그런 것에 관심이 있는 것 같지도 않았다. 그가 들고 있는 짐은 달랑 하나, 한때는 멋져 보였겠지만 이제는 낡아서 끈으로 묶은 가죽 가방뿐이었다. 출구로 이르는 경사로를 걸어 올라오는 동안 그는 한두 번 가방을 땅에 내려놓고 잠깐씩 숨을 골랐는데, 몸을 움직이기가 힘든 것처럼 사람들에게 조금씩 떠밀리면서 보조를 맞춰야 할지 먼저 지나가게 해야 할지를 정하지 못하는 듯 했다.

퀸은 몇 발짝 뒤로 물러서서 상황에 따라 왼쪽으로든 오른쪽으로든 재빨리 움직일 수 있는 곳에 자리를 잡았다. 그러나 한편으로는 스틸먼이 미행당한다는 느낌을 받지 않을 만큼 충분한 거리를 두고 싶었다.

스틸먼은 역사 입구에서 다시 한 번 가방을 내려놓고 숨을 골랐다. 그 틈을 타서 퀸은 자기가 분명히 제대로 짚었는지 거듭 확인하려고 스틸먼 오른편으로 눈을 돌려 나머지 사람들을 훑어보았다. 그런데 바로 그때, 도저히 설명할 수 없는 일이 일어났다. 스틸먼의 등 뒤로, 그의 오른쪽 어깨에서 불과 몇십 센티미터밖에 떨어지지 않은 곳에서 또 한 남자가 걸음을 멈추고 주머니에서 라이터를 꺼내 담배에 불을 붙이고 있었는데, 그의 얼굴이 스틸먼과 쌍둥이처럼 닮은꼴이었다. 한순간 퀸은 그것이 환상이라는, 스틸먼의 몸에서 나온 전자기적인 흐름 때문에 생겨난 일종의 영기(靈氣)라는 생각이 들었다. 하지만 아니었다. 그 또 다른 스틸먼 역시 움직이고, 숨을 쉬고, 눈을 깜빡이고 있었다. 또 그의 행동도 첫 스틸먼과는 분명히 달랐다. 두 번째 스틸먼은 부유한 티를 풍기고 있었다. 값비싼 청색 양복에 반짝거리는 구두, 말끔하게 빗어 넘긴 흰머리, 세상 이치에 밝은 사람답게 빈틈없는 눈빛. 그 역시 가방을 하나 들고 있었는데, 첫 번째 스틸먼의 가방과 크기는 대강 같았지만 검은 코끼리 가죽으로 된 값비싼 것이었다.

퀸은 그 자리에 얼어붙었다. 이제는 실수를 범하지 않도록 손을 쓸 방법이 아무것도 없었다. 어느 쪽을 택하건 — 그런데 그는 선택을 하지 않을 수 없었다 ─ 그것은 자의적으로 운에 맡기는 일이 될 것이고, 그는 마지막까지 불확실성에 시달리게 될 터였다. 그 순간 두 명의 스틸먼이 다시 걸음을 옮기기 시작했다. 첫 번째 스틸먼은 오른쪽으로, 두 번째 스틸먼은 왼쪽으로. 퀸은 아메바처럼 몸을 둘로 나누어 동시에 두 사람을 모두 쫓고 싶었다. 〈뭐라도 해.〉 그는 몸이 달아서 속으로 중얼거렸다. 〈뭐라도 해보란 말이야, 이 멍청아.〉

별다른 이유도 없이 그는 왼쪽으로 돌아서서 두 번째 스틸먼을 쫓기 시작했다가 열 발짝쯤을 가서 그대로 멈춰 섰다. 뭔가가 그에게 지금 하고 있는 일로 후회를 하며 살게 될 것이라는 말을 하고 있었다. 그는 악의에서, 자기를 혼란에 빠뜨린 두 번째 스틸먼을 괴롭혀야겠다는 생각으로 행동하고 있었다. 퀸은 고개를 돌려 반대 방향으로 발을 끌며 멀어져 가는 첫 번째 스틸먼을 쳐다보았다. 분명히 그가 쫓아가야 할 사람은 그였다. 형편없이 망가지고 주위와 단절된 그 초라한 인물, 분명히 그 사람이 미치광이 스틸먼이었다. 퀸은 숨을 깊이 들이쉬었다가 떨리는 가슴으로 내쉰 다음 다시 들이쉬었다. 확신할 수는 없었지만 그 사람이 아니면 누구도 아니었다. 그는 첫 번째 스틸먼을 뒤쫓아 그 노인의 보조에 맞춰 걸음을 늦추면서 그를 따라 지하철로 들어갔다.

이제 7시가 다 되어 있었고 사람들이 조금씩 줄어들기 시작했다. 스틸먼은 정신이 다른 데 가 있는 것처럼 보이면서도 자기가 갈 길은 알고 있었다. 곧장 지하철 계단을 내려가 토큰 판매대에서 돈을 치르고 플랫폼에서 타임스 스퀘어 왕복 열차가 오기를 침착하게 기다리는 것만 보아도 그랬다. 퀸은 그의 눈에 띌지도 모른다는 걱정이 덜해지는 느낌이 들기 시작했다. 지금껏 자기의 생각에 그처럼 골몰해 있는 사람은 한 번도 보지 못했으니까. 설령 그가 스틸먼의 코앞에 서 있다 해도 자기를 볼 수 있을 것 같지는 않았다.

　그들은 왕복 열차로 웨스트사이드까지 간 다음 42번가 역의 눅눅한 통로를 지나 층계를 몇 계단 내려가서 시 순환 열차를 기다렸다. 7~8분 뒤 두 사람은 브로드웨이행 열차에 올랐고, 두 번의 긴 구간을 지나 96번가에서 내렸다. 그들은 천천히 계단을 끝까지 다 올라와서 —— 그사이에 스틸먼은 몇 번씩 가방을 내려놓고 숨을 골랐다 —— 길모퉁이로 나와 쪽빛 저녁 속으로 들어섰다. 스틸먼은 조금도 주저하지 않고, 자기가 있는 곳이 어디인지 알아보려 걸음을 멈추는 일도 없이, 동편 인도를 따라 브로드웨이 쪽으로 걸어가기 시작했다. 몇 분 동안 퀸은 스틸먼이 107번가에 있는 자기 자신의 집으로 가는 것이 아닌가 하는 얼토당토않은 생각까지 들었다. 하지만 그가 미처 돌연한 낭패감에 빠져들기도 전에 스틸먼은 99번가 모퉁이에서 멈춰 서더니, 신호가 빨간색에서 초록색으로 바뀌기를 기다렸다가 브로드웨이를 건너 길 반대편으로 갔다. 그 블록을 반쯤 올라간 곳에는 하모니 호텔이라고 이름만 거창할 뿐 볼장 다 본 사람들이 진을 치는 싸구려 여인숙이 하나 있었다. 퀸은 전에도 여러 번 그곳을 지난 적이 있어서 그 일대를 어슬렁거리는 주정뱅이는 물론 떠돌이들도 익히 아는 처지였다. 그런데 놀랍게도 스틸먼이 그곳 현관 문을 열고 로비로 들어서는 것이 아닌가! 어떤 이유에서인지는 몰라도 퀸은 그 노인이 그보다는 더 나은 숙소를 찾아갈 것이라는 생각을 하고 있었다. 하지만 유리문 바깥에 선 채로 그 교수가 접수대로 걸어가 숙박인 명부에다 아마도 틀림없이 자기 이름을 적고 가방을 집어 든 다음 엘리베이터 쪽으로 사라지는 모습을 지켜보면서 퀸은 그곳이 바로 스틸먼이 묵기로 한 곳임을 알아차렸다.

　퀸은 스틸먼이 그 근처의 커피숍에 식사라도 하러 나올 것이라는 생각으로 호텔 밖에서 길을 따라 오르내리며 두 시간을 더 기다렸다. 그러나 노인은 나타나지 않았고, 결국 퀸은 자기도 이제 그만 자러 가야겠다는 결정을 내렸다. 그리고 길모퉁이 공중전화에서 버지니아 스틸먼에게 전화를 걸어 그동안 있었던 일을 소상히 알린 다음, 107번가에 있는 자기 집을 향해 걷기 시작했다.

8

그다음 날은 물론이고 그 뒤로도 며칠 동안 퀸은 아침마다 브로드웨이와 99번가의 교통 안전지대에 자리를 잡았다. 아무리 늦어도 7시까지는 편의점에서 산 커피와 버터 롤빵을 들고 그곳으로 건너가 무릎에 신문을 펼쳐 놓고 호텔의 유리문을 지켜보았다. 8시 정각이 되면 스틸먼이, 언제나 긴 갈색 외투 차림에 커다란 구식 여행 가방을 들고 호텔 밖으로 나서곤 했다. 2주 동안 그 판에 박힌 일이 변함없이 이어졌다. 노인은 근처의 거리들을 어슬렁거리며 때로는 굼벵이 기어가듯 느릿느릿 걷다가 멈춰 섰다가 다시 걷다가 또다시 멈춰 서곤 했는데, 마치 한 걸음 한 걸음을 헤아리고 계산한 뒤에야 지금까지 걸은 총 걸음 수에 더할 수 있다고 생각하는 것 같았다. 퀸으로서는 그런 식으로 움직이는 것이 꽤나 어려운 일이었다. 그는 활발한 걸음걸이에 길이 들어 있어서 가다 말다 발을 질질 끌다 하는 그 모든 과정 때문에 몸의 리듬이 깨지는 것 같은 긴장감을 느끼기 시작했다. 마치 거북이를 쫓는 토끼가 된 것 같았고, 그는 걸음을 늦추기 위해 거듭거듭 마음을 다잡아야 했다.

그런 산책에서 스틸먼이 하는 일은 퀸이 보기에는 수수께끼 비슷한 것이었다. 물론 그는 자기의 두 눈으로 무슨 일이 일어나는지를 똑똑히 볼 수 있었고, 그 모든 일을 빨간 공책에 꼬박꼬박 적어 넣었다. 하지만 그런 일들에 무슨 의미가 있는지 전혀 종잡을 수가 없었다. 스틸먼은 특별히 어느 곳을 찾아가지도 않는 것 같았고, 또 자신이 어디에 있는지 알고 있는 것 같지도 않았다. 그런데도 마치 의도적인 계획이라도 있는 것처럼 북쪽으로는 110번가, 남쪽으로는 72번가, 서쪽으로는 리버사이드 공원, 동쪽으로는 암스테르담 로를 경계로 한 좁은 구역을 벗어나는 일이 없었다. 그의 행적이 아무리 제멋대로인 것처럼 보이더라도 ─ 그리고 택하는 코스가 매일같이 바뀌더라도 ─ 스틸먼은 한 번도 그 경계선을 넘어서지 않았다. 그런 정확성 때문에 퀸은 혼란스러웠다. 그 밖의 다른 면에서는 스틸먼의 행동에 어떤 목표도 없어 보였기 때문이었다.

길을 걷는 동안 스틸먼은 고개를 들지 않았다. 그의 눈은 마치 뭔가 찾는 듯 시종일관 길바닥에 고정되어 있었다. 또 실제로도 그는 이따금씩 허리를 굽혀 땅에서 뭔가 주워 손바닥에 놓고 굴리면서 자세히 살펴보곤 했는데, 그런 모습이 고대 유적지에서 사금파리를 조사하는 고고학자를 떠올려 주었다. 때때로 스틸먼은 그렇게 집어 든 물건을 자세히 살펴보고 나서 다시 길거리에 버리기도 했지만, 그보다는 가방을 열고 그 물건을 조심스레 집어넣을 때가 더 많았다. 그리고 다음에는 외투 주머니 속에서 빨간 공책 ─ 퀸의 빨간 공책과 비슷하지만 크기가 더 작은 ─ 을 꺼내어 1~2분쯤 열심히 뭔가를 적어 넣었고, 그 일이 끝나면 공책을 다시 주머니에 넣고 가방을 집어 든 다음 가던 길을 계속 갔다.

퀸이 알 수 있는 한에서는 스틸먼이 모으는 물건들은 아무짝에도 쓸모없는 것들이었다. 모두가 다 부서지거나 내버린 물건 아니면 쓰레기 조각으로밖에는 보이지 않았다. 며칠이 지나는 동안 퀸이 본 것은 찢어진 접는 우산의 일부, 고무 인형의 떨어진 머리, 까만 장갑 한 짝, 깨진 전구 밑동, 몇 점의 인쇄물(물에 젖은 잡지, 신문지 쪼가리), 찢어진 사진, 뭔지 모를 기계 부속품, 그리고 정체불명의 온갖 잡동사니들이었다. 스틸먼이 그런 식으로 진지하게 거리 청소를 하고 있다는 사실이 흥미롭기는 했지만, 퀸으로서는 노인을 관찰하면서 자신이 본 것을 빨간 공책에 기록하고 수박 겉핥기식으로 주위를 맴도는 것 외에는 달리 어쩔 도리가 없었다. 그러나 동시에 스틸먼 역시 빨간 공책을 갖고 있다는 사실에서, 마치 그 일이 두 사람 사이에 어떤 은밀한 유대 관계를 맺어 주기라도 한 것처럼, 기쁨을 느끼기도 했다. 퀸은 스틸먼의 빨간 공책에 그때껏 자신이 품어 온 모든 의문에 대한 해답이 들어 있는 것은 아닐까 하는 생각이 들기도 했다. 그래서 노인의 공책을 훔쳐 낼 이런저런 전략을 짜보기도 했지만, 그런 방법을 쓰기에는 아직 때가 일렀다.

스틸먼은 길거리에서 물건들을 줍는 것 말고는 아무 일도 하지 않는 것 같았다. 이따금씩 식사를 하러 어딘가에 들르고, 때때로 누군가와 몸을 부딪친 뒤 미안하다는 말을 웅얼거리곤 했지만 그것이 전부였다. 한번은 그가 길을 건너는 동안 자동차가 그를 칠 뻔한 적도 있었다. 스틸먼은 누구와 이야기를 하지도, 상점에 들어가지도, 미소를 짓지도 않았다. 또 행복하지도, 슬프지도 않은 것 같았다. 두 번인가 노인은 길바닥을 훑은 짐이 너무 커지자 대낮에 호텔로 돌아갔다가 몇 분 뒤에 빈 가방을 들고 다시 나오기도 했다. 그러나 대체로는 하루에 적어도 몇 시간씩을 리버사이드 공원에서 보내며 쇄석이 깔린 산책로를 꼼꼼히 훑거나 아니면 막대기로 덤불을 두드리고 돌아다녔다. 사물에 대한 그의 탐구열은 나무들 사이에 있다고 줄어드는 법이 없어서 돌멩이며 낙엽, 나뭇가지 같은 것들이 모두 그의 가방 속으로 들어갔다. 한 번은 그가 허리를 굽혀 바짝 마른 개똥을 집어 들고 코를 킁킁거리며 주의 깊게 냄새를 맡은 다음 가방에 집어넣기까지 하는 것을 본 적도 있었다. 스틸먼이 휴식을 취하는 것도 공원에서였다. 이따금씩 그는 오후에, 대개 점심 식사를 마치고, 벤치에 앉아 허드슨 강 건너편을 뚫어져라 응시하곤 했다. 또 유별나게 따스했던 어느 날에는 풀밭에 대자로 누워 잠을 자기도 했다. 땅거미가 지기 시작하면 스틸먼은 97번가와 브로드웨이 모퉁이에 있는 아폴로 커피숍에서 저녁 식사를 한 다음 밤을 보내러 호텔로 돌아갔다. 그러나 단 한 번도 자기 아들과 연락을 취하려고는 하지 않았다. 그 점은 퀸이 매일 밤 집으로 돌아온 뒤 버지니아 스틸먼에게 전화를 걸 때에도 확인되었다.

중요한 것은 맥을 놓치지 않는 일이었다. 차츰차츰 퀸은 자신이 원래의 의도에서 벗어났다는 느낌이 들기 시작했고, 무의미한 계획에 뛰어든 것은 아닌가 하는 의심이 들기도 했다. 물론 스틸먼이 그저 때가 되기를, 공격을 개시하기 전에 세상 사람들을 속여 느슨하게 풀어지기를 기다리고 있을 가능성도 있었다. 하지만 그것은 노인이 자기가 감시받고 있다는 사실을 알고 있다는 얘기가 될 텐데, 퀸이 보기에는 아무래도 그럴 것 같지는 않았다. 그는 지금까지는 일을 제대로 해온 셈이었다. 노인으로부터 적정한 거리를 유지하고, 거리를 오가는 사람들 틈에 섞여 들고, 노인의 주의를 끌지도, 자신을 숨기기 위해 과감한 조치를 취하지도 않으면서. 그러나 다른 한

편으로는 스틸먼이 자기가 감시받게 되리라는 것을 처음부터 알고 있어서 — 어쩌면 진작부터 — 감시자가 누구인지 구태여 알아보려고 하지 않은 것일 수도 있었다. 미행을 당하고 있다는 것이 분명하다면 그게 누구인들 무슨 상관이랴? 감시자란 발각되면 언제든 다른 사람으로 대체될 수 있는데.

상황을 그런 식으로 보자 퀸은 마음이 놓여서 그렇게 믿을 만한 근거가 없더라도 믿기로 했다. 스틸먼은 자기가 무슨 일을 하는지 알고 있거나 그렇지 않거나 둘 중 하나일 터였다. 그리고 만일 그가 자신이 하는 일을 알지 못한다면 퀸은 아무짝에도 쓸모없는 일을 하면서 시간을 허비하고 있는 셈이었다. 따라서 그의 모든 발걸음에 어떤 목적이 있다고 생각하는 편이 훨씬 더 나았다. 만일 그런 해석에 스틸먼이 알고 있다는 전제가 필요하다면, 퀸은 스틸먼이 알고 있다는 전제를 하나의 신조로 받아들이고 싶었다. 하다못해 당분간만이라도.

남은 문제는 노인을 미행하는 동안 떠오르는 생각을 어떻게 처리하느냐 하는 것이었다. 퀸은 이리저리 배회하는 일에 길이 들어 있었고, 시내를 두루 돌아다닌 덕에 내면세계와 외면 세계와의 관계를 이해할 줄 알게 되었다. 또 정처 없는 이동을 일종의 반전 기법으로 이용해서 상황이 아주 좋은 날에는 바깥세상을 안으로 불러들여서 내면의 지배력을 떨쳐 버릴 수 있었다. 외부 세계에 휩쓸려 바깥세상에 몰두함으로써 발작적으로 엄습하는 절망감을 어느 정도는 다스릴 수 있었던 것이다. 그러므로 배회는 마음을 비우는 행위였다. 하지만 스틸먼을 미행하는 일은 배회와는 달랐다. 스틸먼은 배회할 수 있었다. 눈먼 사람처럼 이곳에서 저곳으로 돌아다닐 수가 있었다. 그러나 퀸에게는 그럴 특권이 없었다. 왜냐하면 이제 그는 노인이 하는 모든 일에, 비록 그 일들이 아무것도 아닐지라도, 온 정신을 쏟아야만 했기 때문이다. 그의 생각이 표류하기 시작할 때마다 그의 발걸음도 이내 그 생각을 좇곤 했다. 그것은 그가 언제라도 걸음을 빨리해서 스틸먼의 등에 가 부딪치는 불상사가 생길 수도 있다는 뜻이었다. 그런 불상사를 막기 위해서 퀸은 걸음을 늦추는 몇 가지 방법을 궁리해 냈다. 첫 번째 방법은 속으로 자기가 이제는 대니얼 퀸이 아니라고 다짐을 해두는 것이었다. 이제 그는 폴 오스터였고, 그래서 한 걸음 한 걸음을 뗄 때마다 그 변신에 좀 더 편히 적응하려고 애를 썼다. 그에게 오스터는 하나의 이름, 알맹이 없는 껍질에 지나지 않았다. 오스터가 된다는 것은 내면이 없는 인간, 생각하지 않는 인간이 된다는 뜻이었다. 그리고 만일 더 이상 생각을 할 수 없다면, 자신의 내면적인 삶에 더 이상 다가갈 수 없다면, 손 떼고 물러설 여지도 없을 터였다. 오스터로서의 그는 어떤 기억이나 두려움, 또는 어떤 꿈이나 즐거움도 떠올릴 수가 없었다. 왜냐하면 그에게는 오스터와 관련된 그 모든 일들이 텅 빈 여백이었으니까. 결국 그는 자신의 껍데기로만 남아 끊임없이 바깥쪽을 내다볼 수밖에 없었다. 따라서 스틸먼에게 눈길을 고정시키는 것은 줄줄이 떠오르는 생각에서 벗어나는 수단일 뿐만이 아니라 그가 할 수 있는 유일한 생각이기도 했다.

하루 이틀은 그 전술이 그런대로 먹혀들었지만, 마침내는 오스터마저도 단조로움에 맥이 풀리기 시작했다. 퀸은 정신을 계속 집중하려면 뭔가 다른 것, 일을 하는 동안 같이 할 수 있는 심심풀이 같은 것이 필요하다는 사실을 깨달았다. 결국 그를 구해 준 것은 빨간 공책이었다. 그는 처음 며칠 동안 그랬던 것처럼 그저 되는대로 몇 마디씩 적어 넣는 대신,

스틸먼에 관해 적을 수 있는 것들을 하나하나 다 기록하기로 했다. 농아에게서 산 볼펜을 가지고 그는 열심히 그 일에 매달렸다. 스틸먼의 몸짓을 세세히 묘사하고, 그가 가방에 넣거나 도로 버리는 물건들을 일일이 설명하고, 모든 일이 일어난 시간을 정확히 기록하는 것 외에도, 스틸먼이 어느 길을 따라가다 어느 모퉁이에서 방향을 틀었고 어디에서 걸음을 멈췄는지까지 다 적어 넣으면서 그가 배회하는 정확한 코스를 지나치리만큼 꼼꼼하게 기록했다. 빨간 공책 덕분에 그는 바빠졌을 뿐 아니라 걸음걸이도 늦출 수 있었다. 이제는 스틸먼을 앞지를 위험은 전혀 없었다. 오히려 그를 계속 뒤쫓으면서 놓치지 않는 것이 문제였다. 걷는 일과 쓰는 일은 쉽게 양립할 수 없는 동작이었으니까. 지난 5년 동안 퀸이 걷고 쓰고 하면서 살았다 해도, 이제는 동시에 그 두 가지 일을 해야 되었다. 그래서 처음에는 수없이 실수를 범했는데, 무엇보다도 공책을 보지 않고 글을 쓴다는 것이 어려웠다. 이미 써놓은 글 위에 두세 번을 겹쳐 쓴 탓으로 뭐가 뭔지 알 수 없게 뒤범벅이 된 경우가 한두 번이 아니었다. 하지만 공책을 본다는 것은 걸음을 멈춰야 한다는 뜻이었고, 그러면 스틸먼을 놓칠 가능성이 그만큼 더 커질 터였다. 얼마쯤 시간이 지나자 퀸은 그것이 근본적으로 자세의 문제라는 결론을 내렸다. 그래서 공책을 45도 각도로 비스듬히 앞에 놓고 실험해 보았지만, 그럴 경우 왼쪽 손목이 얼마 안 가서 곧 피로해졌다. 다음에는 공책을 얼굴 바로 앞에 놓고 남의 집 담을 넘겨다보는 사람처럼 공책 너머로 흘끔거리려고도 해보았지만, 그 방법은 실제적이지가 못했다. 다음에 그는 오른팔에 공책을 대고 팔꿈치에서 10센티미터쯤 위로 오게 해서 왼쪽 손바닥으로 공책 뒷장을 받치는 방법을 써보았다. 하지만 그 방법으로는 글 쓰는 손이 잔뜩 꺾여서 공책 아랫부분에는 글자를 적을 수 없었다. 마지막으로 그는 화가가 팔레트를 잡는 것 비슷하게 공책을 왼쪽 허리께에 두기로 했다. 그 방법은 꽤 쓸 만했다. 공책을 들고 다니느라 근육이 당기지도 않았고, 오른손도 별달리 방해를 받는 일 없이 펜을 쥘 수 있었다. 그 방법 역시 나름대로 결점이 있기는 했지만, 한참 동안 돌아다니기에는 가장 편한 타협안인 것 같았다. 이제 퀸은 스틸먼과 공책에 거의 반씩 똑같이 주의를 기울일 수 있었으니까. 고개를 들어 노인을 쳐다보았다 고개를 숙여 공책을 보았다 하면서 연속 동작으로 노인을 보고 본 것을 적고 하는 식으로. 그 뒤로 아흐레 동안 퀸은 오른손으로는 농아에게 산 볼펜을 들고 빨간 공책은 왼쪽 허리께에 갖다 댄 채 스틸먼을 뒤따라다녔다.

그가 매일 밤마다 버지니아 스틸먼과 하는 통화는 짤막했다. 비록 그의 마음속에 키스의 기억이 아직 생생하게 남아 있다고는 해도, 더 이상의 로맨틱한 진전은 없었다. 퀸은 처음엔 무슨 일인가가 일어날 것이라고 기대했었다. 출발이 그렇게 좋았으니 결국에 가서는 스틸먼 부인을 품에 안게 될 것이라고. 하지만 그의 고용주는 재빨리 사무적인 태도로 돌아갔고, 그 한순간의 열정에 대해서는 일언반구도 없었다.

아마도 퀸이 허황된 희망을 품었던 모양이었다. 순간적으로 자기를 그런 상황에서 반드시 득을 보는 맥스 워크로 착각하고서. 아니면 그저 퀸이 고독을 좀 더 가슴 시리게 느끼기 시작해서였는지도 모르고. 그의 곁에 따스한 몸이 함께 있었던 것도 이제는 오래전 얘기였다. 실제로 그는 키스 상황이 벌어지기 한참 전, 버지니아 스틸먼을 처음 본 순간부터 그녀에게 욕정을 느꼈다. 또 그녀가 이제 더 이상 부추기지 않는다고 해서 퀸이 그녀의 알몸을 상상하지 않게 된 것도 아니었다. 매일 밤마다 그의 머릿속으로는 선정적인 영상들이 잇달아 떠올랐는데, 설령 그 영상들이 실제로 구현될 가능성이 요원해 보였다 하더라도 즐거운 기분 전환임에는 변함이 없었다. 퀸이 자기가 마음속 깊은 곳에서 그 사건을 멋지게 해결해 가지고 피터 스틸먼에게서 위험을 신속하고도 완벽하게 제거함으로써 스틸먼 부인의 욕망을 원하는 만큼 실컷 얻으리라는 기사도적인 희망을 키워 왔다는 사실을 알아차린 것은 훨씬 더 나중에, 늦어도 한참 늦은 뒤였다. 물론 그런 희망을 품었다는 것은 실수였지만, 퀸이 처음부터 끝까지 저지른 다른 모든 실수에 비한다면 별로 더 크달 것도 없는 실수였다.

그 일이 시작된 지 13일째 되는 날이었다. 퀸은 녹초가 되어 집으로 돌아왔다. 너무 맥이 빠져서 그만 포기하고 싶은 생각뿐이었다. 그가 자신과 벌인 게임이나 그 일을 계속하기 위해 자기가 꾸며 낸 얘기에도 불구하고, 그 사건에서는 어떤 실체도 보이지가 않아서였다. 스틸먼은 아들이 있다는 것도 잊어버린 미치광이 노인이었다. 그가 죽을 때까지 뒤를 쫓더라도 아무 일도 일어나지 않을 터였다. 퀸은 수화기를 집어 들고 스틸먼 부부의 아파트 전화번호를 돌렸다.

「저는 이제 그만 손을 떼려고 합니다.」 퀸이 버지니아 스틸먼에게 말했다. 「지금까지 본 바로는 피터에게 위협이 될 게 아무것도 없습니다.」

「그게 바로 그 사람이 우리가 생각했으면 하는 거예요.」 그녀가 대답했다. 「선생님은 그 사람이 얼마나 영리한지 모르고 계세요. 또 얼마나 끈질긴지도요.」

「그 사람은 끈질긴지 몰라도 저는 아닙니다. 아무래도 부인은 돈을 낭비하고 있는 것 같군요. 저는 제 시간을 낭비하고 있고요.」

「그 사람이 선생님을 못 본 게 확실한가요? 그걸로 일이 완전히 달라질 수 있어요.」

「목숨까지 걸지는 않겠지만, 분명히 그렇다고 믿습니다.」

「그런데 왜 그런 말씀을 하시는 거죠?」

「저는 부인께서 걱정하실 일이 아무것도 없다는 말을 하려는 겁니다. 적어도 당분간은요. 나중에 무슨 일이 생기면 그때 연락 주십시오. 말썽이 생길 기미만 보여도 곧장 달려올 테니까요.」

버지니아 스틸먼이 잠시 뜸을 들이다가 입을 열었다. 「선생님 말씀이 맞을 수도 있겠군요.」 그러고 다시 말을 끊었다가 이었다. 「하지만 제가 좀 더 안심할 수 있게 해주세요. 타협을 할 수는 있지 않겠어요?」

「그건 부인께서 어떤 생각을 갖고 계시냐에 달려 있지요.」

「며칠만 더 두고 보기로 해요. 완전히 확신을 할 수 있도록 말이에요.」

「조건이 한 가지 있습니다.」 퀸이 말했다. 「이 일을 제 식대로 하도록 해주십시오. 어떤 제한도 없이요. 제가 그 사람과 마음대로 이야기도 나누고 질문도 할 수 있게, 그래서 완전히 끝장을 볼 수 있게 말입니다.」

「그건 좀 위험하지 않을까요?」

「부인께선 걱정하지 않으셔도 됩니다. 저는 우리 일에 대해선 한마디도 하지 않을 테니까요. 그 사람은 제가 누군지, 뭘 하려는지 짐작도 못 할 겁니다.」

「어떻게 그러실 수가 있죠?」

「그건 제가 알아서 할 일입니다. 제게는 별의별 수단이 다 있으니까요. 부인께서는 저를 믿어 주시기만 하면 됩니다.」

「좋아요, 찬성하겠어요. 그러는 게 해로울 것 같지는 않네요.」

「좋습니다. 며칠 더 두고 보겠어요. 그런 다음에 다시 알아보기로 하죠.」

「오스터 씨.」

「예?」

「정말 고마워요. 피터는 지난 두 주 동안 아주 잘 지냈어요. 그게 모두 선생님 덕이라는 거 알아요. 피터는 내내 선생님 얘기만 해요. 선생님은 피터에게…… 뭐랄까…… 영웅 같은 분이세요.」

「그러면 스틸먼 부인께서는 어떻게 생각하시죠?」

「그 부인 생각도 거의 같아요.」

「기분 좋은 말씀이군요. 아마도 언젠가는 그 부인이 제가 고마워하도록 해주실지도 모르지요.」

「무슨 일이든 있을 수 있어요, 오스터 씨. 그걸 잊으시면 안 돼요.」

「그러겠습니다. 그걸 잊는다면 바보겠죠.」

퀸은 휘저어 익힌 달걀과 토스트로 가볍게 식사를 하고 맥주를 한 병 마신 다음 빨간 공책을 들고 책상에 앉았다. 그는 벌써 며칠째 삐뚤삐뚤 되는 대로 페이지를 채워 나가면서 관찰한 내용을 적었지만, 그때까지는 자기가 쓴 것을 읽어 볼 마음이 내키지 않았었다. 그러나 이제 마침내 끝이 보일 것 같아지자 대강이라도 한번 훑어보아야겠다는 생각이 들었다.

그 대부분은, 특히 처음에 쓴 것들은, 읽기가 힘들었다. 그리고 용케 글자를 알아볼 수 있다고 해도 그렇게 애써서 읽을 만한 내용이 못 되는 것 같았다. 〈길거리 중간쯤에서 연필을 줍다. 자세히 살펴보고 망설이다가 가방에 집어넣다……. 조제 식품점에서 샌드위치를 하나 사다……. 공원 벤치에 앉아 빨간 공책을 훑어보다.〉 그런 문장들은 아무짝에도 쓸모가 없어 보였다.

그것은 모두 방법상의 문제였다. 만일 그 일의 목적이 스틸먼을 이해하고 그가 다음번에 어떤 행동을 취할 것인지 예측할 수 있을 만큼 그를 알기 위한 것이라면 퀸은 실패를 한 셈이었다. 그는 몇 가지 주어진 사실들을 가지고 시작했었다. 스틸먼의 배경과 직업, 아들의 감금, 구속과 병원 수용, 아직 정신이 온전한 것으로 여겨졌던 때 쓴 기상천외한 논문, 그리고 무엇보다도 그가 이제 자기 아들을 해칠 것이라는 버지니아 스틸먼의 확신. 하지만 과거의 사실들은 현재의 사실들과 아무런 관련도 없어 보였다. 퀸은 깊은 환멸을 느꼈다. 그는 언제나 훌륭한 탐정 업무의 관건은 대상을 면밀히 관찰하는 것이라고 여겨 왔었다. 조사가 더 정밀하면 정밀할수록 결과가 더 성공적일 것이라고. 거기에 함축된 의미는 인간의 행동이 이해할 수 있는 것이며, 무한한 몸짓과 경련과 침묵이라는 겉모습 이면에는 결국 어떤 일관성이나 질서, 또는 동기가 있다는 것이었다. 하지만 그 모든 겉모습을 이해하려고 애쓴 뒤에도 퀸은 스틸먼을 처음 미행하기 시작했을 때보다 조금이라도 더 그를 알게 된 것 같지가 않았다. 그는 스틸먼처럼 살면서 그의 보조에 맞춰 걷고 그가 본 것을 보았지만, 지금에 와서 느끼는 단 한 가지는 그 노인의 속을 알 수 없다는 것이었다. 그와 스틸먼 사이의 거리가 좁혀지기는커녕, 노인은 바로 그의 눈앞에 있을 때마저도 그에게서 슬며시 빠져나갔다.

별다른 이유도 없이 퀸은 빨간 공책을 넘겨 글자가 적히지 않은 페이지를 펼치고 스틸먼이 배회한 구역을 간단한 지도로 그려 보았다.

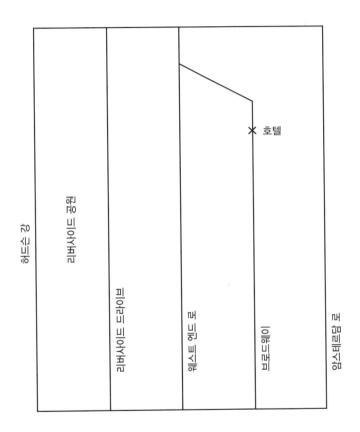

그런 다음 메모해 둔 것들을 주의 깊게 살펴보면서 펜으로 스틸먼이 어느 하루 — 자기가 노인의 행적을 낱낱이 기록

하기 시작한 첫날 —— 동안 움직인 코스를 그렸다. 그 결과는
다음과 같았다.

출발 지점

퀸은 스틸먼이 그날 단 한 번도 그 구역 가운데로는 들어
오지 않고 가장자리만 맴돌았다는 사실에 적잖이 놀랐다. 그
그림은 중서부 지방에 있는 어느 주의 지도처럼 보였다. 맨
처음 출발할 때 브로드웨이를 열한 블록 걸어 올라간 것과
리버사이드 공원에서 정처 없이 이리저리 돌아다닌 소용돌
이 모양의 행적을 제외한다면, 그 그림은 직사각형과 닮은꼴
이기도 했다. 그러나 다른 한편으로 사각형 모양을 한 뉴욕
의 거리들을 감안한다면, 그 그림은 숫자 〈0〉 또는 알파벳의
〈O〉일 수도 있었다.

퀸은 계속해서 그다음 날의 행적도 그려 가지고 어떻게 되
는지 알아보기로 했다. 그 결과는 전혀 달랐다.

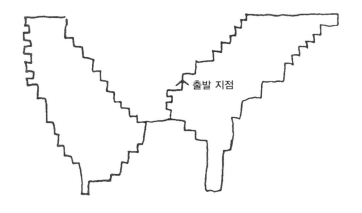

출발 지점

그 그림은 날개를 활짝 펴고 하늘 높이 맴도는 새, 어쩌면 맹금류를 연상시켰다. 하지만 잠시 후에는 그런 해석이 견강부회로 보였다. 그러자 새는 사라지고, 그 대신 스틸먼이 83번가에서 서쪽으로 옮아갈 때 이루어진 다리로 연결된 두 개의 추상적인 형태만이 남았다. 퀸은 잠시 하던 일을 멈추고 자기가 무슨 짓을 하고 있는지 생각해 보았다. 얼토당토않은 낙서를 긁적거리고 있거나 하릴없이 밤 시간을 허비하고 있는 것일까? 아니면 뭔가를 찾아내려 하고 있는 것일까? 어느 쪽이건 그로서는 받아들이기가 마뜩잖았다. 그저 시간을 죽이고 있는 것이라면 무슨 이유로 그렇게 힘든 방법을 택한 것일까? 도무지 갈피를 잡을 수 없어서 더 이상 생각을 할 엄두가 나지 않은 것일까? 반면에, 만일 그저 기분 전환 삼아 그러고 있는 것이 아니라면, 실제로 무엇을 염두에 두고 있는 것일까? 그는 자기가 어떤 조짐을 찾고 있다는, 스틸먼의 혼란스러운 행적을 샅샅이 조사해서 일말의 설득력이라도 있는 실마리를 찾으려 하고 있다는 생각이 들었다. 그것은 단 한 가지를 의미했다. 즉 그는 계속해서 스틸먼이 임의로 움직이고 있다는 사실을 믿으려 들지 않았던 것이다. 아무리 모호한 것이라도 그런 행동들에 어떤 의미가 숨어 있기를 바라고 있었다. 그것은 자체로서도 용납할 수 없는 일이었다. 왜냐하면 그것은 퀸이 자기도 모르게 사실을 부인하고 있다는 뜻이었는데, 그가 익히 알고 있는 대로라면 탐정이란 그런 짓을 절대로 해서는 안 되기 때문이었다.

그럼에도 불구하고 퀸은 하던 일을 계속하기로 마음먹었다. 아직 그리 늦지는 않아서 11시가 조금 안 된 시간이었고, 그 일을 한대서 해가 될 것도 없었다. 세 번째 지도로 나온 그림은 앞의 두 그림과는 전혀 달랐다.

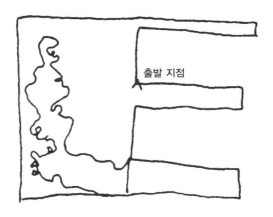

출발 지점

무슨 일이 일어나고 있느냐는 이제 더 이상 문제가 되지 않는 것 같았다. 공원에서의 구불구불한 곡선만 제외한다면 그가 보고 있는 것은 E 자가 분명했다. 첫 그림이 실제로 O 자를 나타낸다면 두 번째 그림의 새 날개 모양은 W 자를 이룬다고 보는 것이 옳았다. 물론 O-W-E라는 글자들이 한 단어가 되기는 하지만, 퀸은 어떤 결론도 끌어내고 싶지 않았다. 그가 스틸먼의 행적을 기록하기 시작한 것은 닷새째 되는 날부터였으므로 처음 네 글자가 무엇일지는 아무도 알 수 없었다. 그는 나흘 동안의 수수께끼를 돌이킬 수 없게 된 것을 알고 좀 더 일찍 그 일을 시작하지 않은 것을 후회했다. 그러나 일을 좀 더 진척시켜 보면 앞의 글자까지 알아낼 수 있을지도 몰랐다. 마지막까지 가본 뒤에는 첫머리를 미루어 짐작할 수도 있는 것이니까.

그다음 날의 행적은 R 자 비슷한 모양이 된 것 같았다. 물론 그 그림도 다른 것들과 마찬가지로 공원에서 불규칙하게 왔다 갔다 하고 빙빙 돌고 한 흔적들 때문에 복잡해져 있기는 했지만, 퀸은 어떻게든 객관적으로 닮은꼴을 찾아볼 셈에서 알파벳 모양을 예상하지 못했던 사람의 눈으로 그것을 보려고 애썼다. 사실 그로서도 분명한 것은 없다는 점은 인정하지 않을 수 없었다. 그 일은 완전히 헛수고가 될 수도 있을 터였다. 어쩌면 어렸을 때 그랬던 것처럼 구름에서 그림을 찾고 있는 것인지도 몰랐다. 하지만 우연의 일치치고는 너무 놀라웠다. 만일 한두 그림이 알파벳을 닮은 정도라면 그는 우연의 장난으로 치부하고 말았을 수도 있었다. 그러나 네 그림이 연달아 그렇다는 것은 간단히 무시해 버릴 수가 없는 일이었다.

다음 날 그림은 기울어진 O 자 모양, 한옆으로 찌그러지고 서너 개의 들쭉날쭉한 선들이 비어져 나온 도넛 모양이었다. 그다음 날에는 늘 그랬듯 옆쪽에 복잡한 소용돌이가 있기는 했지만 깔끔한 F 자가 나왔다. 그다음은 아무렇게나 쌓아 올린 두 개의 상자 가장자리로 대팻밥이 흘러넘치는 것처럼 보이는 B 자였고, 또 다음은 양쪽에 비스듬히 기울어진 발판이 붙은 사다리처럼 생긴 기우뚱한 A 자였다. 그리고 마지막 것은 두 번째 B 자였지만 이번에는 마치 피라미드를 뒤집어 놓은 것처럼 한쪽으로 위태롭게 기울어져 있었다.

다음에 퀸은 글자들을 차례로 적어 보았다. OWEROF BAB. 그리고 한 15분쯤 그 글자들을 이리저리 바꿔 보기도 하고 따로 떼어 놓거나 배열을 다시 해보기도 하다가 다시 원래의 순서대로 돌린 다음, 그 글자들을 다음과 같이 써보았다. OWER OF BAB. 그 답이 너무 기이해 보여서 그는 정신을 차릴 수 없을 지경이었다. 그가 처음 나흘 동안 놓친 것과 스틸먼이 아직 완성하지 못한 것을 모두 감안한다면 그 답은 틀림없이 바벨탑THE TOWER OF BABEL인 것 같았다.

퀸은 한순간 『아서 고든 핌의 모험』의 마지막 장에 나오는, 깊은 구렁의 내벽에 적힌 이상한 상형 문자 — 마치 이제는 더 이상 이해할 수 없는 어떤 말을 하려는 것처럼 흙 그 자체에 새겨진 글자들 — 의 발견을 떠올렸다. 그러나 다시 생각해 보니 그 생각은 적절치가 못해 보였다. 스틸먼은 어디에도 자기의 메시지를 남기지 않았으니까. 실제로 그는 걸음을 옮김으로써 글자들을 만들었지만, 그 글자들은 기록이 되지 않았다. 그것은 손가락으로 허공에 그림을 그리는 것이나 마찬가지였다. 그 이미지는 그리는 순간 사라져 버리고, 그렇게 그린 그림에는 어떤 결과나 흔적도 남지 않는다.

그렇더라도 그 그림은 분명히 존재했다. 그것이 그려진 길거리가 아니라 퀸의 빨간 공책 속에. 그는 스틸먼이 매일 밤 자기 방에 앉아서 다음 날 어떤 코스로 걸을 것인가를 궁리했는지, 아니면 걸어가면서 즉흥적으로 코스를 택한 것인지 궁금했다. 그것은 알 수 없는 일이었다. 그는 또 스틸먼이 마음속으로 무슨 목적을 가지고 그런 글쓰기를 하는 것인지도 궁금했다. 그저 독백 같은 것일까, 아니면 다른 사람에게 어떤 메시지를 전하려는 것일까? 어찌 되었건, 퀸은 그 글쓰기가 스틸먼이 헨리 다크를 잊지 않았다는 뜻이라고 결론지었다.

퀸은 당황하고 싶지 않았다. 그래서 진정하려는 노력의 일환으로 상황을 가능한 한 최악으로 상정해 보았다. 최악의 상황을 눈앞에 그린다면 생각만큼 나빠지지는 않을 테니까. 그는 최악의 상황을 다음과 같이 정리했다. 첫째, 스틸먼은 실제로 피터를 해칠 어떤 음모를 꾸미고 있다. 대응: 어쨌든 그것은 이 일의 전제였다. 둘째, 스틸먼은 자신이 미행당하고 자신의 움직임이 기록될 것이며 자신의 메시지가 해독되리라는 사실을 알고 있었다. 대응: 그렇더라도 기본적인 사실 —— 피터가 보호받아야 한다는 —— 에는 변함이 없다. 셋째, 스틸먼은 처음 예상했던 것보다 훨씬 더 위험한 인물이다. 대응: 그렇다고 해서 그가 범죄를 저지르고 무사할 수 있다는 것은 아니다.

그것이 어느 정도 도움이 되었다. 하지만 글자들이 계속해서 그에게 겁을 주었다. 모든 일이 너무도 모호하고 우회 수법이 너무도 교묘해서 퀸은 그것을 사실로 받아들이고 싶지 않았다. 다음 순간, 마치 명령처럼, 의혹이 찾아들어 조롱하는 듯한 노랫소리로 그의 머리를 가득 채웠다. 그는 진작부터 그 모든 일을 상상했었다. 글자들은 전혀 글자가 아니었다. 그가 글자를 본 것은 단지 그것들을 보려고 했기 때문이었다. 그리고 설령 그림이 글자의 형태를 띠고 있다 하더라도 그것은 순전히 요행수에 지나지 않았다. 스틸먼은 그 일과는 아무 상관도 없었다. 그 일은 모두 우연, 그가 자신에게 건 짓궂은 장난이었다.

그는 자려고 했지만 선잠이 들었다 깨는 바람에 일어나서 반 시간쯤 빨간 공책에 글을 쓴 다음 다시 잠자리에 들었다. 그가 잠이 들기 전에 마지막으로 한 생각은 스틸먼이 메시지를 완성하려면 아직 이틀이 더 남았다는 것이었다. 마지막 두 글자인 E 자와 L 자가 남아 있었으니까. 퀸은 정신이 혼미해졌다. 그리고 이 세상 어디에도 없는 파편의 나라, 이름 없는 사물과 실체 없는 이름의 나라에 이르렀다. 다음 순간 그는 잠 속으로 빠져들면서 마지막 힘을 짜내어 〈엘EL〉은 고대 히브리어로 신을 의미한다고 중얼거렸다.

꿈속에서 ── 나중에 잊어버리기는 했지만 ── 그는 자기가 어린 시절 보았던 시립 쓰레기장에서 산더미 같은 쓰레기를 체로 걸러 내는 자신의 모습을 보았다.

9

스틸먼과의 첫 만남은 리버사이드 공원에서 이루어졌다. 자전거를 타는 사람들과 개를 데리고 산책하는 사람들, 그리고 아이들로 붐비는 토요일 오후 3~4시경이었다. 스틸먼은 무릎에 빨간 공책을 올려놓은 채 특별히 무엇을 보는 것도 아닌 멍한 눈길로 혼자 벤치에 앉아 있었다. 온 주위가 빛으로, 눈에 띄는 것들 하나하나가 빛을 발하듯 무한한 빛으로 둘러싸여 있었고 머리 위의 나뭇가지들 사이에서는 산들바람이 계속 불어와 나뭇잎을 흔들며 끊임없이 밀려왔다 밀려가는 파도처럼 쏴아 쏴아 하는 소리를 내고 있었다.

퀸은 자기가 취할 동작을 신중하게 미리 계획해 두었다. 스틸먼을 못 본 척하면서 그가 앉아 있는 벤치 옆자리에 앉아 팔짱을 끼고 그 노인과 같은 쪽을 바라보는 식으로. 두 사람 모두 아무 말도 하지 않았는데, 나중에 계산해 보니 그렇게 흘러간 시간이 15분에서 20분쯤 된 것 같았다. 다음에 퀸은 느닷없이 노인 쪽으로 고개를 돌려 그의 주름진 옆모습에 눈길을 단단히 고정시켰다. 마치 그 눈길로 스틸먼의 머리에 구멍이라도 뚫으려는 듯 온 힘을 눈에 집중시키면서. 그런 상태가 5분쯤 지속되었다.

마침내 스틸먼이 그에게 고개를 돌리더니 놀라우리만큼 점잖은 테너 목소리로 말을 꺼냈다. 「미안하지만 댁과는 얘기를 할 수 없을 것 같소이다.」

「저는 아무 말도 하지 않았는데요.」 퀸이 대답했다.

「그건 그렇소.」 스틸먼이 말했다. 「하나 내가 낯선 사람과 얘기하는 버릇이 있지 않다는 건 알아 두어야 할 거외다.」

「다시 말씀드리지만, 저는 아무 말도 하지 않았는데요.」

「아니, 나는 처음에 댁이 말하는 소리를 들었소이다. 그런데 어째서인지 그 이유를 알고 싶지 않소?」

「별로 알고 싶지 않은데요.」

「잘 얘기했소. 댁은 분별 있는 사람인 것 같군.」

퀸은 대답을 하지 않고 어깨만 으쓱해 보였다. 그의 온몸에서 관심 없다는 기색이 풍기고 있었다.

스틸먼이 그 모습을 보고 활짝 웃으면서 퀸 쪽으로 몸을 기울이더니 음모라도 꾸미는 듯한 목소리로 말했다. 「우린 친해질 수 있을 것 같소.」

「그거야 두고 볼 일이죠.」 퀸이 한참 뒤에 대꾸했다.

스틸먼이 짤막하게 터져 나오는 소리로 〈하〉 웃고 나서 말을 이었다. 「내가 낯선 사람을 무턱대고 싫어하는 건 아니오. 다만 자기소개를 하지 않는 사람과 얘기를 나누고 싶지 않다는 것이지요. 얘기를 시작하려면 먼저 이름을 알아야 하오.」

「그렇지만 일단 이름을 알고 나면 더 이상 낯선 사람이 아니지 않습니까?」

「맞았소. 바로 그게 내가 낯선 사람과 얘기를 하지 않는 이유요.」

퀸은 그런 상황에 대비를 해둔 참이어서 어떤 대답을 해야 할지 알고 있었다. 우선 첫째로는 자기의 정체를 드러내지 말자는 것이었는데, 맡은 일의 성격상 그는 폴 오스터였으므로 그 이름만큼은 숨겨야 했다. 그 밖의 것들은 모두, 설령 그것이 진리라 할지라도 꾸며 낸 것, 그 뒤에 숨어서 자신을 안전하게 지킬 수 있는 가면일 터였다.

「그러시다면 기꺼이 제 소개를 하지요. 제 이름은 퀸입니다.」

「아,」 스틸먼이 고개를 끄덕이며 생각에 잠긴 어조로 말했다. 「퀸이라⋯⋯.」

「네 퀸. Q-U-I-N-N입니다.」

「알겠소. 그래, 그래, 알겠어. 퀸이라. 흠. 그래, 아주 재미있는 이름이군. 퀸. 아주 여운 있는 이름이야. *twin*(쌍둥이)과도 운이 맞고, 안 그렇소?」

「맞습니다. 트윈.」

「그리고 *sin*(죄)이라는 말과도 운이 맞아. 내가 잘못 알지 않았다면 말이오.」

「잘못 아시지 않았습니다.」

「그리고 또 ─ n이 하나 붙는 *in*이나 둘 붙는 *inn*하고도. 안 그렇소?」

「그렇군요.」

「흠. 아주 재미있군. 나는 이 퀸이라는 말에 대해 여러 가지 가능성을 보고 있소. *quintessence*(정수)⋯⋯ *quiddity*(본질). 또 거기에다 *quick*(핵심), *quill*(진짜), *quack*(가짜), 그리고 *quirk*(괴짜). 흠, *grin*(웃음)하고도 운이 맞는군. *kin*(동족)은 말할 것도 없고. 흠, 아주 재미있군. 그리고 *win*, *fin*, *din*, *gin*, *pin*, *tin*, *bin*하고도. 심지어는 *Djinn*하고도 운이 맞아. 흠. 또 *been*하고도 맞겠는걸. 흠. 그래, 아주 재미있어. 댁의 이름이 정말 마음에 드오, 미스터 퀸. 동시에 아주 여러 방향으로 퍼져 나가는 이름이니 말이오.」

「예, 저도 종종 그런 생각이 들었습니다.」

「사람들은 대개 이런 일에는 관심이 없소. 그들은 말을 돌멩이, 생명도 없고 움직일 수도 없는 커다란 물체, 절대로 변하지 않는 단자(單子)라고 생각하거든.」

「돌도 변할 수는 있지요. 바람이나 물에 쓸리거나 부식될수도 있고 바스러질 수도 있으니까요. 또 사금파리나 자갈이나 먼지가 될 수도 있고요.」

「바로 그거요. 난 댁이 분별 있는 사람이라는 걸 알 수 있었소, 미스터 퀸. 얼마나 많은 사람들이 나를 오해했는지 그거나 알아주시오. 그 때문에 내 일이 정말 힘들어졌지. 끔찍하게 힘들어졌소.」

「선생님의 일이요?」

「그렇소, 내 일. 내 계획과 조사와 실험 말이오.」

「아.」

「그렇소. 하지만 그렇게 온갖 차질이 생겼어도 나는 기가 꺾인 적이 단 한 번도 없었지. 예를 들자면 지금도 나는 내가 해온 일 중 가장 중요한 일을 하고 있소. 모든 일이 다 잘 된다면 나는 몇 가지 중요한 발견을 이룰 열쇠를 쥐게 될 거요.」

「열쇠요?」

「그렇소, 열쇠. 잠긴 문을 따는 물건 말이오.」

「아.」

「물론 당분간은 그저 자료를 수집하는 것뿐이오. 말하자면 증거를 모으는 거지요. 다음에 나는 내가 발견한 것들을 종합할 것이오. 그건 정말 힘든 작업이지. 그 일이 얼마나 힘든지 댁은 아마 믿지 못할 거요 ── 특히 나처럼 나이 든 사람에게는.」

「상상은 할 수 있습니다.」

「옳은 말이오. 할 일은 너무 많은데 그 일을 할 시간이 너무 없소. 매일 아침마다 나는 새벽에 일어나서 날씨가 좋건 궂건 밖으로 나와 끊임없이 돌아다녀야 해요. 이곳에서 저곳으로, 그것도 걸어서. 댁도 분명히 알 수 있겠지만, 그 일로 나는 녹초가 되지요.」

「하지만 그럴 가치가 있는 일이겠죠.」

「진리를 위해서라면 뭐든 할 수 있소. 어떤 희생도 크다고 할 수 없지.」

「맞습니다.」

「댁도 알겠지만, 아무도 내가 이해한 것을 이해하지 못했소. 내가 처음이자 유일한 사람이지. 그 때문에 나는 크나큰 책임감을 느끼고 있소.」

「세상이 선생님의 양어깨에 걸려 있군요.」

「말하자면 그런 셈이지요. 세상, 또는 그 세상의 남은 부분이 말이오.」

「이 세상이 그렇게까지 나쁜 줄은 몰랐는데요.」

「아니, 그 정도로 나빠요. 어쩌면 더 나쁠 수도 있고.」

「아.」

「알다시피 이 세상은 산산조각이 나 있소. 그리고 그걸 다시 짜 맞추는 게 내 일이고.」

「선생님은 정말 큰일을 맡고 계시는군요.」

「나도 그렇다는 걸 알고 있소. 하지만 나는 단지 원리를 찾고 있는 중이오. 그건 한 사람이 해낼 수 있는 일이니까. 내가 기초를 놓을 수 있다면 다른 사람들이 복구 작업을 할 수 있을 것이오. 중요한 것은 전제, 이론의 첫 단계요. 하나 불행히도 이 일을 할 사람이 나 말고는 아무도 없소.」

「진전이 있었나요?」

「엄청난 진전이 있었소. 사실, 나는 이제 막 중요한 돌파구에 다다른 느낌이오.」

「그 말씀을 들으니 안심이 되는군요.」

「그렇소, 위안이 되는 일이지. 그 모든 것이 내 현명함 덕분에, 눈부실 만큼 명료한 내 정신 덕분에 이루어진 거요.」

「그 점은 의심치 않습니다.」

「알 테지만, 때로는 나 자신을 제한해야 할 필요도 있소. 모든 결과를 확증하기 위해 충분히 좁은 영역 내에서 작업을 하는 것이지요.」

「말하자면 전제의 전제인 셈이군요.」

「바로 그거요, 전제의 전제, 작용 방식. 댁도 알겠지만 세상은 산산조각이 나 있소. 우리는 목적의식을 상실했을 뿐 아니라 그럼으로써 말을 할 수 있는 언어도 상실한 거요. 이것들은 분명히 영적인 문제지만 물질계에도 그것에 상응하는 문제가 있소. 그래서 나는 내 뛰어난 재능을 실체적인 것, 직접적이고 유형적인 것들에 국한해 온 것이고. 내 동기는 고상하기 이를 데 없지만 현재 내 작업은 일상의 영역에서 수행되고 있소. 그게 내가 그처럼 자주 오해를 받는 이유이기도 하고 말이오. 하지만 상관없소. 나는 그런 일들을 무시할 줄 알게 되었으니까.」

「훌륭한 태도십니다.」

「유일한 태도지요. 나만 한 재능을 지닌 사람이 취할 만한 가치 있는 유일한 태도. 알 테지만, 나는 새로운 언어를 창조하고 있소. 그렇게 할 일이 있기 때문에 다른 자들의 어리석음에 성가실 리가 없는 것이고 말이오. 어쨌건 그 일도 모두 내가 치료하려는 병의 일부니까.」

「새로운 언어 말인가요?」

「그렇소. 마침내는 우리가 말해야 할 것을 말하게 해줄 언어. 현재 우리가 쓰고 있는 말은 이 세상과 부합하지 못하고 있소. 사물들이 온전했을 때 사람들은 인간의 언어가 그것들을 표현할 수 있다고 자신했었지. 하지만 이제는 그 사물들이 조금씩 떨어져 나가고 부서져서 혼돈 속으로 무너져 내리고 만 거요. 그런데도 우리의 언어는 예전 그대로요. 말하자면, 언어가 새로운 현실에 적응하지 못한다는 거지. 그래서 우리는 뭔가 본 것을 말하려고 할 때마다 우리가 표현하려고 하는 바로 그 사물을 왜곡시켜 잘못 말하게 되는 거고. 그 때문에 모든 것이 다 엉망이 되고 말았소. 하지만 댁도 알다시피, 언어는 변할 수가 있는 거요. 문제는 그것을 어떻게 보여주느냐 하는 거지. 바로 그래서 나는 지금 가능한 한 가장 단순한 방법으로 — 아주 단순해서 어린애라도 내 말을 알아들을 수 있을 정도로 — 작업하고 있소. 어떤 사물을 가리키는, 이를테면 〈우산〉이라는 말을 한번 봅시다. 내가 〈우산〉이라는 말을 하면 댁은 마음속으로 그 물건을 떠올릴 거요. 꼭대기에 접었다 폈다 할 수 있는 금속 살들이 붙어 있어서 펼치면 비를 맞지 않게 해주는 방수 천의 뼈대가 되는 막대기처럼 생긴 물건 말이오. 이 마지막 부분이 중요한 거요. 우산은 사물일 뿐만 아니라 어떤 기능을 수행하는 물건, 다시 말해서 인간의 의지를 표현하는 물건이오. 잠시 생각해 보면 모든 물건이 어떤 기능을 수행한다는 점에서는 우산과 비슷하다는 것을 알 수 있소. 연필은 글을 쓰기 위한 것이고, 구두는 신고 다니는 것이고, 자동차는 타고 다니는 것이고. 그런데 이제 내 의문은 이런 것이오. 어떤 물건이 더 이상 고유의 기능을 수행하지 못한다면 그때는 어떻게 되는가? 그것이 여전히 똑같은 물건인가, 아니면 뭔가 다른 것이 되었는가?

우산에서 방수 천을 찢어 낸다면 그 우산을 여전히 우산이라 할 수 있을까? 그 우산살을 펼쳐서 머리 위에 쓰고 빗속으로 걸어 나간다면 흠뻑 젖을 터인데도? 그래도 이 물건을 우산 이라고 할 수 있을까? 대체로 사람들은 그걸 우산이라고 부르지요. 기껏해야 그 우산이 망가졌다고나 할 테고. 내가 보기엔 이것이 아주 심각한 오류, 우리가 안고 있는 모든 문제의 원인으로 보입디다. 왜냐하면 더 이상 제 기능을 수행하지 못하는 그 우산은 이제 우산이 아니기 때문이지요. 그것은 우산과 닮은 것, 한때 우산이었던 것일 수는 있지만, 지금은 뭔가 다른 것으로 바뀌었소. 그런데도 이름은 그대로 남아 있고. 따라서 그 이름으로는 더 이상 그 물건을 표현할 수 없소. 그건 부정확하고 거짓되고, 그 물건이 나타내고자 하는 것을 감추는 말이오. 그런데 만일 우리가 일상적으로 들고 다니는 흔한 물건들의 이름조차 짓지 못한다면, 우리에게 정말로 중요한 것들에 대한 얘기를 과연 무슨 수로 할 수 있겠소? 우리가 사용하는 말에서 변화의 개념을 구현하지 못한다면 우리는 계속 길을 잃게 될 거요.」

「그러면 선생님이 하시는 일은요?」

「내 일은 아주 간단한 거요. 내가 뉴욕으로 온 것은 여기가 이 세상에서 가장 비참하고 절망적인 곳이기 때문이지. 어디를 둘러봐도 파괴와 혼란뿐이오. 눈을 뜨기만 하면 그게 다 보일 거요. 망가진 사람들, 망가진 물건들, 망가진 생각들…… 온 도시가 쓰레기 더미요. 내 목적에는 더할 나위 없이 적당한 곳이지만 말이오. 길거리에서 나는 물건들의 끝없는 공급원, 부서진 것들의 무진장한 창고를 찾아냈소. 그래서 날마다 가방을 들고 나와 조사할 가치가 있어 보이는 물건들을 수집하는 것이고 말이오. 내가 수집한 표본은 이제 수백 가지가 넘소. 쪼개지고 깨진 것, 움푹 파이고 으스러진 것, 산산 조각이 나고 썩어 문드러진 것에 이르기까지.」

「그런 것들을 가지고 뭘 하시는 건가요?」

「나는 그것들의 이름을 짓고 있소.」

「이름이라뇨?」

「그런 것들에 부합할 새 단어를 만드는 거요.」

「아, 이제 알겠습니다. 하지만 이름을 어떻게 정하시죠? 옳은 단어를 찾아냈는지 아닌지 어떻게 알 수 있나요?」

「나는 절대로 오류를 범하지 않소. 그건 내가 천재이기 때문이지.」

「예를 한 가지 들어 주실 수 있을까요?」

「내가 만들어 낸 단어 말이오?」

「예.」

「안됐지만 그럴 수는 없소. 알 테지만, 그건 내 비밀이오. 일단 내가 책을 내고 나면 댁과 세상 사람들 모두가 다 알게 될 거요. 하지만 지금은 나 혼자서만 알고 있어야 하오.」

「비밀 정보로군요.」

「그렇소. 1급 비밀이지.」

「유감이군요.」

「그렇게 실망할 건 없소. 오래지 않아서 내가 알아낸 것들을 말끔히 정리할 거니까 말이오. 그러면 위대한 일이 일어나기 시작할 텐데, 그 일은 인류 역사상 가장 중요한 사건이 될 거요.」

두 번째 만남은 다음 날 아침 9시가 조금 지나서 이루어졌다. 일요일이어서 그런지 스틸먼은 여느 때보다 한 시간쯤 늦게 호텔을 나섰다. 그리고 두 블록을 걸어가 늘 아침 식사를 하러 들르는 곳인 메이플라워 카페로 들어가서 뒤편 구석 자리에 앉았다. 퀸은 이제 좀 더 대담해져서 노인을 따라 식당으로 들어가 같은 테이블 맞은편에 자리를 잡았다. 한 1~2분쯤 스틸먼은 누가 앞에 있다는 사실도 모르는 것 같았다. 다음에 그가 메뉴에서 고개를 들고 멍한 눈으로 퀸의 얼굴을 쳐다보았는데, 바로 전날 그를 만나고도 알아보지 못하는 것이 분명한 듯했다.

「우리가 서로 아는 사이인가요?」 스틸먼이 물었다.

「아닌 것 같습니다. 제 이름은 헨리 다크라고 합니다.」 퀸이 대답했다.

「아.」 스틸먼이 고개를 끄덕였다. 「가장 중요한 일부터 시작하는 분이시로군. 마음에 듭니다.」

「저는 덤불이나 두드리며 돌아다니는[5] 사람은 아니니까요.」

「덤불이라니? 어떤 덤불 말이오?」

「그야 물론 불이 붙은 덤불이죠.」 퀸이 대답했다.

「아, 그래. 물론 불붙은 덤불이겠지.」 스틸먼이 퀸의 얼굴을 이번에는 좀 더 유심히, 그러나 여전히 조금은 혼란스러운 표정으로 바라보았다. 「미안합니다만……」 노인이 말을 이었다. 「이름이 뭐라고 하셨더라? 좀 전에 말해 준 건 알겠는데, 잊어버린 것 같소.」

「헨리 다크라고 합니다.」

「맞았소. 그래, 이제 생각이 나는군. 헨리 다크라……」 스틸먼이 한참이나 말을 멈추었다가 고개를 저었다. 「미안하지만 그건 있을 수 없는 일이오.」

「어째서 그렇지요?」

「헨리 다크란 사람은 없기 때문이오.」

5 〈에둘러 말하다〉라는 뜻의 관용적 표현.

「글쎄요, 어쩌면 제가 또 다른 헨리 다크겠죠. 존재하지 않는 헨리 다크와 반대되는 사람으로서요.」

「흠, 그래, 댁의 말이 무슨 뜻인지 알겠소. 때로는 두 사람이 같은 이름을 가질 수도 있는 거니까. 댁의 이름이 헨리 다크라는 건 충분히 있을 수 있는 일이지요. 하지만 댁은 내가 말한 헨리 다크는 아니오.」

「그분은 선생의 친구신가요?」

스틸먼이 재미있는 농담이라도 들은 것처럼 웃음을 터뜨렸다. 「정확히 말하자면 그렇지는 않소.」 그가 대답했다. 「알 테지만, 헨리 다크는 아예 있지도 않았소. 내가 만들어 낸 인물이니까. 그 사람은 꾸며 낸 인물이오.」

「설마 그럴 리가요.」 퀸이 짐짓 못 믿겠다는 투로 말을 받았다.

「아니, 맞소. 그 사람은 내가 예전에 쓴 책에 나오는 인물이오. 일종의 허구인 셈이지.」

「믿기 어려운 말씀이군요.」

「다른 사람들도 그랬소. 내가 그 사람들을 모두 속인 거지.」

「놀랍군요. 그런데 어째서 그런 짓을 하신 거죠?」

「그야 물론 그가 필요했기 때문이오. 그 당시에 나는 너무 위험하고 논란의 여지가 많은 생각을 몇 가지 갖고 있었소. 그래서 그 생각이 다른 누군가에게서 나온 것처럼 꾸민 거요. 나 자신을 보호하는 한 방법으로 말이오.」

「그런데 어째서 헨리 다크라는 이름을 쓰기로 하신 거죠?」

「그게 좋은 이름이니까. 그렇게 생각하지 않소? 나는 그 이름이 아주 마음에 듭디다. 신비로 가득 차 있는 데다 아주 적절한 이름이기도 해서 말이오. 또 내 목적에도 잘 맞았고. 게다가 거기엔 눈에 띄지 않는 의미도 들어 있었소.」

「어둠에 대한 암시 말인가요?」

「아니, 아니. 그렇게 뻔한 것이 아니오. 비밀은 H. D.라는 이니셜에 있으니까. 그게 아주 중요한 거요.」

「어떻게 중요한데요?」

「한번 맞혀 보고 싶지 않소?」

「별로 그러고 싶지 않은데요.」

「아, 한번 해보시오. 세 번 기회를 드릴 테니까. 그때 가서도 알아맞히지 못하면 내가 알려 드리리다.」

퀸은 잠시 말을 끊고 열심히 머리를 짜내 보았다. 「H. D.는 헨리 데이비드를 뜻하는 게 아닌가요? 헨리 데이비드 소로처럼 말입니다.」

「비슷하지도 않소.」

「그냥 진짜 H. D.는 어떻습니까? 시인 힐다 둘리틀.」[6]

「첫 번 것만도 못하오.」

「좋습니다. 한 번 더 해보죠. H. D.라…… H와 D…… 잠깐만요. 그러니까…… 잠깐만요. 아, 그래, 이제 알겠어요. H는 우는 철학자 헤라클레이토스, 그리고 D는 웃는 철학자 데모크리토스를 뜻합니다. 헤라클레이토스와 데모크리토스…… 변증법의 양극을 이루는.」

「대단히 훌륭한 답변이오.」

「맞았나요?」

「천만에, 물론 틀렸소. 하지만 훌륭한 답인 건 사실이오.」

「제가 애를 쓰지 않았다고는 못 하시겠지요?」

「그렇소, 그건 인정하오. 내가 옳은 답으로 댁한테 보상을 하려는 것도 그래서고. 댁은 노력을 했으니까 말이오. 들어

---

6 Hilda Doolittle(1886~1961). 미국의 여류 시인, 번역가. H. D.로 통칭되었다.

보겠소?」

「예.」

「헨리 다크의 이름에 든 H. D.는 험프티 덤프티[7]를 말하는 거요.」

「누구요?」

「험프티 덤프티. 누군지 아실 텐데? 달걀 말이오.」

「담장에 올라앉은 그 험프티 덤프티 말인가요?」

「바로 맞혔소.」

「무슨 말씀인지 모르겠군요.」

「험프티 덤프티는 인간 조건의 가장 순수한 구현이오. 내 말을 잘 들어 보시오. 달걀이란 뭐냐? 그건 아직 태어나지 않은 것이오. 하나의 역설이지, 안 그렇소? 태어나지도 않은 험프티 덤프티가 어떻게 살 수 있느냐 이 말이오. 그런데도 그가 살아 있다는 데에는 오류가 없소. 우리는 그가 말을 할 수 있다는 데서 살아 있다는 걸 알고 있으니까. 더군다나 그는 언어의 철학자이기도 하오. 험프티 덤프티는 이렇게 말했소. 〈내가 어떤 말을 좀 비웃는 듯한 투로 하면 그것은 내가 말하려는 바로 그것을 의미해 — 더도 덜도 아니게.〉 그러자 앨리스가 묻기를, 〈문제는 네가 그렇게도 많은 여러 가지 다른 것들에 이름을 지을 수 있느냐 하는 거야〉 했고, 험프티 덤프티는 그 대답으로 〈문제는 어느 것이 주가 되느냐 하는 것뿐이야〉라고 했소.」

「루이스 캐럴 말이군요.」

「『거울 나라의 앨리스』6장에 나오지요.」

「재미있군요.」

7 Humpty Dumpty. 동요에 나오는 커다란 달걀 모양의 인물. 한번 넘어지면 일어서지 못하는 사람을 의미.

「그저 재미있는 정도가 아니오. 아주 중요하지. 잘 들어 보시오. 그러면 아마 뭔가 배울 게 있을 거요. 앨리스에게 한 짤막한 이야기에서 험프티 덤프티는 인간의 희망이 장차 어떻게 될 것인지를 간략히 묘사하고, 구원의 열쇠를 주었소. 우리가 말의 대가가 되어 우리의 필요에 부응하는 언어를 만들 수 있도록 말이오. 험프티 덤프티는 예언자, 세상 사람들이 미처 알아차리지 못한 진리를 말한 사람이었소.」

「사람이라고요?」

「아차, 실수. 말이 헛나갔소. 내 말은 달걀이라는 거요. 하지만 헛나간 말에도 교훈이 있어서 내 견해를 증명하는 데 도움이 될 수 있소. 그것은 모든 인간이, 말하자면 달걀에 불과하기 때문이오. 우리는 존재하지만, 우리가 운명적으로 이르게 되어 있는 형태에 이르지는 못했소. 우리는 순전히 잠재적인 존재, 아직 완성되지 못한 것의 표본이오. 왜냐하면 인간은 타락한 피조물이기 때문인데, 그 점은 〈창세기〉에도 나와 있소. 험프티 덤프티 역시 타락한[8] 피조물이오. 그는 담에서 떨어지는데, 아무도 그를 다시 일으켜 세울 수가 없소. 왕도, 왕의 말들도, 신하들도. 하지만 바로 그것이 우리 모두가 하려고 애써야 할 일이오. 달걀을 다시 일으켜 세우는 것이 우리가 인간으로서 해야 할 의무인 거요. 우리 하나하나가 다 험프티 덤프티니까 말이오. 따라서 그를 돕는 것은 곧 우리 자신을 돕는 것이오.」

「수긍이 가는 말씀이군요.」

「내 말에서 흠을 찾기란 불가능할 거요.」

「금이 가지 않은 달걀인 셈이군요.」

「바로 맞혔소.」

8 *fallen*. 여기서는 〈떨어진〉이라는 의미로 쓰였음.

「그리고 또 헨리 다크의 근원이기도 하고요.」

「그렇소. 하지만 거기엔 그 이상의 것이 있소. 사실은 또 하나의 달걀이 있으니까.」

「더 있다고요?」

「물론 있고말고. 달걀은 수백만 개나 되잖소. 하지만 내가 마음에 두고 있는 것은 특히 유명한 달걀이오. 아마 가장 유명한 달걀이라고도 할 수 있겠지.」

「무슨 말씀인지 잘 모르겠는데요.」

「나는 콜럼버스의 달걀을 얘기하고 있는 거요.」

「아, 예, 그야 물론이지요.」

「그 얘기를 알고 있소?」

「누구나 다 아는 얘기지요.」

「아주 재미있는 얘기잖소? 달걀을 어떻게 세우느냐 하는 문제에 부닥치자 콜럼버스는 그저 밑부분을 살짝 두드려 달걀 껍질이 약간 편편해질 정도로만 깨뜨린 거요. 달걀에서 손을 떼어도 쓰러지지 않을 만큼만 말이오.」

「그게 효과가 있었죠.」

「물론 효과가 있었지. 콜럼버스는 천재였소. 낙원을 찾아서 신세계를 발견한 사람이니까. 여기가 낙원이 되기에 아직 늦은 것은 아니오.」

「맞습니다.」

「지금까지는 상황이 썩 잘 풀리지 않았다는 건 인정하오. 하지만 아직 희망이 있소. 미국인들은 새로운 세계를 찾겠다는 희망을 잃은 적이 없었으니 말이오. 1969년에 일어난 일을 기억하고 있소?」

「기억하는 일들이야 많지요. 그런데 어떤 일을 말씀하시는 건가요?」

「인간이 달 위를 걸었소. 그걸 생각해 보시오. 인간이 달 위를 걸었단 말이오!」

「그럼요, 기억하지요. 대통령이 했던 말대로라면 그 일은 천지창조 이래 최대의 사건이었죠.」

「그 말이 옳았소. 그 사람이 한 말 중에서 유일하게 분별 있는 소리였지. 그런데 달이 뭐처럼 보인다고 생각하시오?」

「잘 모르겠는데요.」

「자, 자, 한 번 더 생각해 보시오.」

「아, 예, 이제야 무슨 말씀인지 알겠습니다.」

「물론 완벽하게 닮은꼴이라고는 할 수 없을 거요. 하지만 어느 면에서는, 특히 맑게 갠 날 밤에는, 달이 달걀과 아주 흡사해 보이는 게 사실이오.」

「그래요, 아주 흡사하죠.」

그 참에 웨이트리스가 스틸먼이 주문한 아침 식사를 가져와서 테이블에 내려놓았다. 노인이 맛을 음미하는 듯한 표정으로 음식을 살펴본 다음, 오른손으로 점잖게 나이프를 집어 들고 살짝 익힌 달걀 껍질을 깨면서 한마디 덧붙였다. 「보시다시피, 나는 어느 것 하나 무심히 넘기지 않는다오.」

세 번째 만남은 같은 날 좀 더 늦은 시간에 이루어졌다. 오후도 꽤 지난 시간이어서 햇살이 벽돌담과 나무 잎사귀들 위로 엷은 안개처럼 내리고 그림자가 길어져 있었다. 스틸먼은 다시 한 번 리버사이드 공원으로 돌아가 이번에는 그 가장자리, 84번가로 혹처럼 돌출한 마운트 톰에서 휴식을 취하고 있었다. 바로 그 자리에서 에드거 앨런 포는 1843년과 1844년 여름에 허드슨 강을 바라보며 많은 시간을 보냈다. 퀸이 그 사실을 알고 있는 것은 일삼아 그런 일들을 알려고 해왔기 때문이었다. 또 실제로 그 자신도 종종 그 자리에 앉아 있곤 했었다.

그는 이제부터 하려는 일에 대해서 별 두려움을 느끼지 않았다. 그래서 마운트 톰 주위를 두세 번 돌다가 스틸먼의 주의를 끌지 못하자 다음에는 노인 바로 옆자리에 앉아서 알은 체를 했다. 믿을 수 없게도 스틸먼은 이번에도 그를 알아보지 못했다. 퀸이 자기소개를 한 것은 이번으로 세 번째였는데, 매번 그렇게 소개를 할 때마다 자기가 마치 다른 사람이 된 것 같았다. 그것이 좋은 징조인지 나쁜 징조인지는 알 수 없었다. 만약 스틸먼이 알고도 모르는 척하는 것이라면 그는 이 세상 누구에게도 지지 않을 배우인 셈이었다. 퀸이 불시에 느닷없이 나타나곤 했는데도 스틸먼은 눈 하나 깜빡하지 않았으니까. 반면에, 만일 스틸먼이 정말로 그를 알아보지 못하는 것이라면 그것은 과연 무슨 뜻일까? 사람이 자기가 보는 것에 그토록 무감각할 수가 있는 것일까?

노인은 그에게 누구냐고 물었다.

「제 이름은 피터 스틸먼입니다.」 퀸이 대답했다.

「그건 내 이름인데.」 스틸먼이 말을 받았다. 「내가 피터 스틸먼이란 말이오.」

「저는 또 다른 피터 스틸먼이죠.」

「아, 그럼 자네가 내 아들이란 얘긴데. 그래, 그럴 수도 있지. 자네는 꼭 그 애처럼 생겼어. 물론 피터는 금발인데 자네 머리는 까맣군. 헨리 다크는 아니지만 까만 머리야. 하지만 사람들은 변하기 마련이니까, 안 그런가? 한순간 우리는 하나였다가 다음에는 서로 남남이 되지.」

「맞습니다.」

「나는 종종 네 생각을 했었다, 피터. 여러 번 속으로 이런 생각을 했었지. 피터가 잘 지내고 있는지 궁금하다고 말이다.」

「덕분에 이제는 훨씬 더 나아졌어요.」

「그 말을 들으니 기쁘구나. 누군가에게서 네가 죽었다는 말을 들은 적이 있는데, 그때 얼마나 슬펐던지.」

「죽기는요, 이제 완전히 다 나았는걸요.」

「내 눈에도 아주 튼튼해 보이는구나. 그리고 말도 이렇게 잘하고.」

「이제는 무슨 말이나 다 할 수 있어요. 때로는 다른 사람들이 하기 어려운 말까지도 할 수 있고요. 그런 말도 다 할 수 있어요.」

「네가 자랑스럽구나, 피터.」

「모두 아버지 덕이죠.」

「아이들은 위대한 축복이지. 나는 늘 그 말을 해왔다, 비할 데 없는 축복이라고.」

「저도 그렇게 믿어요.」

「나로 말하자면 즐거운 날도 있었고 힘든 날도 있었다. 힘든 날이 오면 즐거웠던 날들을 생각하지. 기억이란 위대한 축복이란다, 피터. 죽음 다음으로 좋은 거지.」

「그렇고말고요.」

「물론 우리는 현재에도 살아야 해. 예를 들어 나는 현재 뉴욕에 있지만 내일이면 어딘가 다른 곳에 있을 수도 있어. 너도 알다시피 나는 여행을 많이 하니까 말이다. 오늘은 여기 있지만 내일은 다른 데에 있어. 그게 내가 하는 일의 일부지.」

「정말 자극적이겠네요.」

「그래, 나는 대단한 자극을 받고 있어. 내 마음은 멈출 줄을 모르고.」

「그 말을 들으니 기쁘네요.」

「세월의 무게를 감당하기 힘든 건 사실이지만 감사해야 할 일도 많아. 시간은 우리를 늙게 하지만 밤과 낮을 주기도 하니 말이다. 그리고 우리가 죽으면 언제나 그 자리를 대신 차지할 다른 사람이 있고.」

「우리는 모두 늙게 되어 있어요.」

「너도 나이가 들면 아마 너를 위로해 줄 아들이 생길 거다.」

「그랬으면 좋겠군요.」

「그러면 너도 나처럼 행운을 누리게 될 거다. 기억해 둬라, 피터, 아이들이란 위대한 축복이라는걸.」

「명심할게요.」

「그리고 이것도 기억해 둬라. 달걀을 한 바구니에다 모두 넣어 두면 안 된다는 거. 또 그와는 반대로 달걀이 부화하기 전에 병아리 수를 세어서는 안 된다는 것도.」

「알았어요. 일을 있는 그대로 받아들이도록 할게요.」

「마지막으로, 네가 마음속으로 진실이 아니라고 생각하는 말은 절대 해서는 안 된다.」

「그럴게요.」

「거짓말은 나쁜 거다. 거짓말을 하면 자기가 태어난 것을 후회하게 돼. 그리고 태어나지 못한 것은 저주라 할 수 있어. 시간 바깥쪽에서 살도록 선고받는 거니까. 시간 밖에서 산다면 밤과 낮이 있을 수 없고 죽을 기회마저도 얻을 수 없게 돼.」

「알았어요.」

「거짓말은 절대로 되돌릴 수가 없어. 심지어는 진실도 충분하지는 못해. 나는 아버지라서 그런 일들을 알고 있는 거다. 이 나라 건국의 아버지에게 무슨 일이 있었는지를 잊지 마라. 그분은 벚나무를 찍어 넘기고 나서 아버지에게 〈저는 거짓말을 할 수 없어요〉라고 했어. 그리고 얼마 안 가서는 강 건너편으로 동전을 던졌고. 이 두 이야기는 미국 역사에서 중요한 사건이 돼. 조지 워싱턴은 나무를 찍어 넘겼고 다음에는 돈을 집어 던졌다. 알겠니? 그분은 우리에게 아주 중요한 것을 얘기한 거야. 다시 말해서 돈이란 나무에서 자라지 않는다는 것 말이다. 그게 바로 우리 나라를 위대하게 만들어 준 것이고. 이제는 1달러짜리 지폐마다 조지 워싱턴 그림이 들어 있지. 이 모든 일에서 배워야 할 중요한 교훈이 있는 거다.」

「동감이에요.」

「물론 나무가 베어 넘겨진 것은 불행한 일이지. 그 나무는 〈생명의 나무〉, 우리가 죽음을 면하게 해줄 나무였으니까. 이제 우리는 팔을 벌려 죽음을 맞이해, 특히 나이가 들면 말이다. 하지만 건국의 아버지는 자신의 본분이 뭔지 알고 있었어. 그래서 달리 어쩔 수가 없었던 거지. 그것이 바로 〈인생은 버찌 그릇과 같다〉는 말의 의미고. 만일 그 나무가 그대로 서 있었다면 우리는 영생을 누렸을 거다.」

「예, 무슨 말씀인지 알겠어요.」

「내 머릿속에는 그런 생각이 잔뜩 들어 있고 내 마음은 절대로 멈추는 법이 없다. 너는 언제나 영리한 아이였지, 피터. 네가 이해한다니 기쁘구나.」

「저는 아버지 말씀을 완벽하게 이해할 수 있어요.」

「아버지는 언제나 자기가 배운 교훈을 자식에게 전해야 하는 법이다. 그런 식으로 지식은 대대손손 전해지고, 그 덕에 우리는 현명해지는 거지.」

「제게 해주신 말씀 잊지 않겠어요.」

「이제는 행복하게 죽을 수 있겠구나, 피터.」

「그렇게 생각하시다니 기뻐요.」

「하지만 어느 것 하나라도 잊어선 안 된다.」

「그러겠어요, 아버지. 약속드리죠.」

다음 날 아침, 퀸은 여느 때처럼 같은 시간에 호텔 앞을 지키고 있었다. 마침내 날씨가 바뀌어 눈부시게 맑았던 두 주는 지나 이제 뉴욕에는 이슬비가 내리는 중이었고, 거리는 젖은 타이어들이 노면을 스치는 소리로 가득했다. 퀸은 까만 우산을 받쳐 쓴 채 벤치에 앉아 한 시간쯤을 기다렸다. 스틸먼이 언제 어느 때라도 문밖으로 나설 것이라는 생각으로. 그는 롤빵에 커피를 곁들여 마시면서 메츠 팀이 일요일 경기에 패했다는 기사를 처음부터 끝까지 다 읽었지만, 그래도 노인이 나타날 기미는 보이지 않았다. 인내심을 갖자. 그는 속으로 그렇게 다짐하고 다른 면을 읽기 시작했다. 다시 40분이 더 지났다. 그가 경제면을 펼쳐서 기업 합병의 분석 기사를 막 읽으려는 참에 갑자기 빗줄기가 거세어졌다. 퀸은 마지못해 벤치에서 일어나 호텔 맞은편에 있는 어느 건물 문간으로 자리를 옮긴 다음, 물기가 배어 찔꺽거리는 구두를 신은 채 다시 한 시간 반을 더 기다렸다. 스틸먼이 앓고 있는 것은 아닐까? 퀸은 그가 열이 올라 진땀을 흘리며 침대에 누워 있는 모습을 상상해 보았다. 어쩌면 밤사이에 노인이 죽었는데 그 시체가 아직 눈에 띄지 않았는지도 모를 일이었다. 그런 일은 아무 때고 일어나는 거니까.

그날은 힘든 하루가 될 것 같아서 퀸은 미리 공들여 꼼꼼히 계획을 짜두었다. 그런데 이제 그의 계산이 허사로 돌아갈 참이었다. 그는 자기가 그런 뜻하지 않은 일을 염두에 두지 못했다는 것 때문에 마음이 불안했다.

그런데도 그는 결단을 내리지 못한 채 그 자리에 서서 우산을 타고 미끄러져 내리는 미세한 빗방울들을 지켜보고 있었다. 11시가 되자 그는 마음을 정했고, 30분 뒤에는 길을 건너 그 블록을 40발짝 걸어 내려간 다음 스틸먼이 묵고 있는 호텔로 들어섰다. 호텔에서는 바퀴벌레 약과 담배에 찌든 내가 났다. 빗속에 아무 데로도 갈 곳이 없는 호텔 투숙객 몇 사람이 로비의 오렌지색 플라스틱 의자에 앉아 길게 늘어져 있었다. 그것은 첫눈에도 황량하고 을씨년스러워 보이는 광경이었다.

프런트 데스크 뒤에서는 소매를 둘둘 말아 올린 덩치 큰 흑인이 한쪽 팔꿈치를 카운터에 괴고 손바닥으로 턱을 받친 채 다른 손으로는 타블로이드판 신문을 뒤적이고 있었다. 하지만 그는 글자를 읽으려고 눈길을 멈추는 일도 거의 없이, 평생을 그곳에서 보낸 사람처럼 지겨운 표정을 하고 있었다.

「이곳 손님 중 한 분에게 전할 메시지가 있는데요.」 퀸이 말했다.

사내가 천천히, 마치 그가 꺼져 주기를 바라기라도 하는 것처럼 고개를 들었다.

「이곳 손님 중 한 분에게 전할 메시지가 있어서 말이오.」 퀸이 같은 말을 되풀이했다.

「여기엔 손님이라곤 없소.」 사내가 말을 받았다. 「우린 그 사람들을 주민이라고 부르지.」

「그렇다면, 여기 주민 중 한 사람에게 전할 메시지가 있소.」

「누구에게 전하겠다는 거요, 친구?」

「스틸먼이오. 피터 스틸먼.」

사내가 잠시 생각을 해보는 척하더니 고개를 저었다. 「없소. 그런 이름을 가진 사람은 아무도 기억이 나지 않는걸.」

「숙박부 같은 거 없소?」

「아, 그게 있긴 하지. 하지만 그건 금고에 들어 있소.」

「금고라니? 지금 무슨 얘기를 하는 거요?」

「숙박부 얘길 하는 거요, 친구. 사장은 그걸 금고에 넣고 잠그길 좋아하거든.」

「당신은 금고 번호를 알지 못할 테지요?」

「안됐지만 그렇소. 번호를 아는 건 사장뿐이오.」

퀸은 한숨을 내쉬고 주머니에 손을 넣어 5달러짜리 지폐를 한 장 꺼냈다. 그리고 지폐를 카운터에 놓은 다음 그 위에다 손을 얹었다.

「혹시 숙박부 사본 같은 것을 갖고 있지는 않나요?」 퀸이 물었다.

「어쩌면 있을지도 모르지. 내 사무실 안을 좀 봐야겠소.」

사내가 카운터 위에 펼쳐져 있던 신문을 들추자 바로 그 밑에 숙박부가 있었다.

「행운이로군.」 퀸이 돈에서 손을 떼며 말했다.

「맞았소. 오늘은 내가 운이 좋은 것 같군.」 사내가 카운터 위의 지폐를 끌어가 재빨리 낚아채서 주머니 속에 집어넣었다. 「그런데 당신 친구 이름이 뭐라고 했더라?」

「스틸먼이오. 백발을 한 노인.」

「코트를 입고 다니는 신사분 말이오?」

「그렇소.」

「우린 그 양반을 교수라고 부르지.」

「바로 그 사람이오. 방 번호를 알고 있소? 2주 전쯤에 체크인을 했을 거요.」

사내가 숙박부를 펼치고 페이지를 넘겨 이름과 방 번호가 적힌 칸을 손끝으로 짚어 나갔다. 「스틸먼이라…… 303호실이군. 그런데 이젠 여기에 없소.」

「뭐라고요?」

「체크아웃했소.」

「지금 무슨 말을 하는 거요?」

「이것 보쇼, 친구. 난 여기 적힌 대로 얘기하는 거요. 스틸먼은 어젯밤에 체크아웃했소. 가버렸단 말이오.」

「말도 안 되는 소리.」

「그건 내가 상관할 바 없는 일이고. 여기에 분명히 그렇게 적혀 있소.」

「혹시 우편물 반송 주소는 남겨 놓았소?」

「지금 농담하는 거요?」

「몇 시에 나갔소?」

「그건 야간 당번 루이에게 물어봐야 할 거요. 그 친구는 8시 출근이고.」

「그 방을 좀 볼 수 있겠소?」

「안됐지만 그 방은 오늘 아침에 나갔소. 그 방에 든 친구는 잠을 자는 중이고.」

「어떻게 생긴 사람이오?」

「5달러 내놓고 묻는 게 너무 많군.」

「관둡시다.」 퀸이 질렸다는 투로 손을 내저었다. 「아무래도 상관없는 일이니까.」

그는 퍼붓듯이 쏟아지는 비를 뚫고 걸어서 아파트로 돌아왔다. 우산을 쓰고 있었는데도 물에 빠진 생쥐 꼴이 되어 있었다. 쓸모라고 해봤자 그 정도밖에 안 돼. 그는 속으로 그렇게 중얼거렸다. 이름값도 못 하는 물건. 그는 정나미가 떨어져서 우산을 거실 바닥에 팽개쳤다. 그리고 웃옷을 벗어 벽에다 집어 던졌다. 사방으로 물방울이 튀었다.

그는 너무 당황해서 달리 뭘 해야 할지 몰라 버지니아 스틸먼에게 전화를 걸었다. 그가 막 수화기를 도로 내려놓으려는 참에 그녀가 전화를 받았다.

「그 사람이 없어졌어요.」퀸이 말했다.

「그게 분명한가요?」

「간밤에 방을 비웠습니다. 지금은 어디 있는지 모르겠어요.」

「무서워요, 폴.」

「그 사람한테서 연락이 있었나요?」

「몰라요. 그런 것 같기는 하지만 확실치는 않아요.」

「그게 무슨 말입니까?」

「아침에 내가 목욕을 하는 동안 걸려 온 전화를 피터가 받았어요. 그이는 전화를 건 게 누군지 말을 하려고 들지 않아요. 자기 방으로 들어가서는 블라인드를 내리고 말을 하지 않는 거예요.」

「하지만 그런 일은 전에도 있었잖습니까?」

「그래요. 그래서 확실치 않다는 거고요. 하지만 꽤 오랫동안 그런 일이 없었거든요.」

「별로 안 좋게 들리는데요.」

「바로 그래서 두려운 거예요.」

「걱정 말아요. 몇 가지 생각이 있으니까요. 지금 당장 일에 착수해야겠군요.」

「제가 연락하려면 어떻게 해야죠?」

「제가 어디에 가 있건 두 시간마다 전화를 드리죠.」

「그래 주시겠어요?」

「예, 약속하죠.」

「너무 무서워요. 견딜 수가 없어요.」

「모두 제 잘못입니다. 정말 바보 같은 실수를 했어요. 미안합니다.」

「아니, 선생님 탓이 아니에요. 누구도 어떤 사람을 24시간 내내 지켜볼 수는 없는 거니까요. 그건 불가능한 일이에요. 그 사람 속으로 들어간다면 모를까.」

「바로 그게 문제였습니다. 저는 제가 그 사람 속으로 들어간 줄 알았거든요.」

「너무 늦은 건 아니겠죠?」

「그럼요. 아직 시간은 많아요. 걱정하지 않아도 될 겁니다.」

「그러려고 해보겠어요.」

「좋습니다. 제가 연락드리죠.」

「두 시간마다요?」

「예, 두 시간마다.」

그는 통화를 어느 정도 솜씨 있게 끝낸 셈이었다. 다른 것은 몰라도 버지니아 스틸먼을 진정시킬 수는 있었으니까. 믿기 어려운 일이기는 했지만 그녀는 아직도 그를 믿고 있는 것 같았다. 그렇다고 해서 도움이 될 일도 없을 테지만. 사실 그는 그녀에게 거짓말을 했을 뿐이었다. 그에게는 몇 가지 생각이 있지 않았다. 단 한 가지도 없었다.

10

이제 스틸먼은 어디론가 사라져 그 도시의 일부가 되었다. 하나의 반점, 마침표, 끝없는 벽돌담 속의 벽돌 한 장이 되고 말았다. 퀸이 남은 평생 동안 매일같이 길거리를 훑고 돌아다니더라도 그를 찾아낼 수는 없을 터였다. 모든 일이 요행으로, 숫자와 확률의 악몽으로 바뀌어 버렸다. 그 어떤 단서도, 실마리도, 취할 방도도 없었다.

퀸은 마음속으로 그 사건의 발단을 되짚어 보았다. 그가 해야 했던 일은 피터를 보호하는 것이었지 스틸먼을 뒤쫓는 것이 아니었다. 미행은 단지 하나의 방법, 무슨 일이 일어날지 예측해 보려는 수단일 뿐이었다. 원래의 계획은 스틸먼을 감시함으로써 피터에 대한 그 노인의 의도가 무엇인지 알아내자는 것이었다. 그는 지난 두 주 동안 노인을 미행했었다. 그런데 어떤 결론을 얻어 낼 수 있었던가? 별로 없었다. 스틸먼의 행동은 너무 모호해서 어떤 암시도 주지 않았다.

물론 그가 취할 수 있는 몇 가지 극단적인 조치들이 있기는 했다. 우선 그는 버지니아 스틸먼을 설득해서 전화번호부에 실리지 않은 번호로 바꾸도록 할 수 있었다. 그러면 적어도 얼마 동안은 신경 쓰이는 전화를 피할 수 있을 것이다. 그 일이 실패로 돌아가면 그녀와 피터가 이사를 갈 수도 있다. 그 동네를 떠나든지 아니면 아예 뉴욕을 뜨든지. 최악의 경우에라도 그들은 신분을 바꾸고 다른 이름으로 살면 될 것이다.

마지막 생각이 그에게 어떤 중요한 일을 떠올려 주었다. 그때까지 그는 자기가 고용된 상황을 진지하게 생각해 본 적이 한 번도 없었다. 이런저런 일들이 너무 빠르게 일어나서 자신이 폴 오스터인 척하는 것을 당연시했던 것이다. 그리고 일단 그 이름을 사칭하게 되자 진짜 오스터에 대해서는 생각을 그만두었다. 그러나 만일 그 사람이 스틸먼 부부가 생각한 것처럼 훌륭한 탐정이라면 그 사건을 풀 수 있도록 도와줄지도 모르는 일이었다. 퀸이 사실을 있는 대로 털어놓는다면 오스터는 그를 용서해 줄 것이고, 두 사람이 힘을 합쳐 피터 스틸먼을 구할 수도 있을 터였다.

그는 업종별 전화번호부에서 오스터 탐정 회사를 찾아보았다. 그런 회사는 실려 있지 않았다. 하지만 그는 인명 전화번호부에서 그 이름을 찾아냈다. 맨해튼의 리버사이드 드라이브 — 퀸 자신의 집에서 그리 멀지 않은 — 에 폴 오스터라는 사람이 하나 살고 있었다. 탐정 회사라는 문구는 없었지만 그렇다고 해서 탐정이 아니라는 얘기는 아니었다. 어쩌면 오스터는 일거리가 너무 많아서 광고를 할 필요가 없는지도 몰랐다. 퀸은 수화기를 집어 들고 다이얼을 돌리려다가 생각을 바꾸었다. 그 일은 전화로 얘기하기에는 너무 중요한 것이었다. 그는 상대방에게서 퇴짜 맞을 위험을 감수하고 싶지 않았다. 오스터에게 사무실이 없다는 것은 곧 그가 집에서 일을 한다는 뜻이었다. 퀸은 그곳으로 가서 그를 직접 만나 얘기해 보기로 했다.

이제 비는 그쳐 있었고, 비록 하늘이 아직 흐려 있기는 해도 서쪽 멀리 구름 사이로 새어 나오는 한 줄기 가느다란 빛을 볼 수 있었다. 그는 리버사이드 드라이브를 걸어 올라가면서 자기가 이제는 더 이상 스틸먼을 뒤쫓고 있지 않다는 사실을 알아차렸다. 마치 자신의 절반을 잃어버린 듯한 느낌이었다. 지난 두 주 동안 퀸은 그 노인과 눈에 보이지 않는 끈으로 연결되어 있었다. 스틸먼이 하는 일이면 무엇이든 그도 따라 했었고, 스틸먼이 가는 곳이면 어디든 그도 따라갔었다. 그런 이유로 퀸의 몸은 새로운 자유에 길이 들지 않아서 처음 몇 블록을 그는 발을 질질 끌며 걸었다. 마법의 주문은 풀렸지만 그의 몸은 그것을 알지 못했다.

오스터의 아파트는 리버사이드 교회와 그랜트 장군[9] 묘역 바로 남쪽인 116번가와 119번가 사이의 길게 이어진 블록 중간쯤에 있었는데, 관리가 잘된 건물이어서 반짝반짝 윤을 낸 손잡이에 유리도 깨끗이 닦여 있었다. 퀸이 보기에 한눈에도 부유층의 근엄한 티가 확 풍길 정도로. 오스터의 집은 11층이었다. 퀸은 현관에서 초인종을 누르고 인터폰을 통해 목소리가 들리기를 기다렸다. 그러나 아무 얘기도 없이 찌잉 하는 소리와 함께 잠금쇠가 풀렸다. 퀸은 문을 밀어 열고 로비로 들어선 다음 엘리베이터를 타고 11층으로 올라갔다.

아파트 문을 열어 준 사람은 남자였다. 그는 30대 중반의 키가 크고 머리칼이 검은 사내로 구겨진 옷차림에 이틀쯤 면도를 하지 않은 듯했다. 그의 오른손 엄지손가락과 집게손가락과 가운뎃손가락 사이에는 뚜껑이 열린 만년필이 쥐어진 채였고, 아직도 글을 쓸 때의 자세가 그대로 남아 있었다. 사내는 자기 앞에 서 있는 낯선 남자를 보고 놀란 것 같았다.

9 Ulysses S. Grant(1822~1885). 남북 전쟁 당시의 북군 총사령관. 제18대 대통령.

「무슨 일이신가요?」 사내가 머뭇거리며 물었다.

퀸은 최대한 정중한 어조로 말을 받았다. 「누구 다른 사람을 기다리고 계셨나요?」

「실은 아내를 기다리고 있었습니다. 그래서 누구냐고 묻지도 않고 문을 열었던 거고요.」

「방해해서 죄송합니다.」 퀸이 사과했다. 「하지만 저는 폴오스터라는 분을 찾고 있는데요.」

「제가 폴 오스텁니다.」 사내가 대답했다.

「잠시 얘기를 좀 나눌 수 있을까요? 아주 중요한 일입니다.」

「그전에 먼저 무슨 일인지부터 말씀해 주셔야죠.」

「그건 저도 잘 모릅니다.」 퀸이 진지한 표정으로 오스터를 바라보았다. 「복잡한 얘기라서요. 아주 복잡한.」

「성함을 알려 주실 수 있겠습니까?」

「죄송합니다. 물론 알려 드려야죠. 퀸이라고 합니다.」

「무슨 퀸인가요?」

「대니얼 퀸입니다.」

그 이름에서 뭔가 짚이는 구석이 있는지 오스터가 기억을 더듬듯 잠시 멍한 표정이 되었다. 「퀸이라……」 그가 혼자 중얼거렸다. 「어디선가 들은 이름인데.」 그가 다시 입을 다물고 답을 끌어내느라 더 열심히 애를 썼다. 「혹시 시인 아니십니까?」

「전에는 그랬죠.」 퀸이 대답했다. 「하지만 이제는 시를 안쓴 지 오래 됐습니다.」

「몇 년 전에 책을 내지 않으셨나요? 제목이 『미완성의 일』이었던 것 같은데요. 파란 표지로 된 작은 책이었죠.」

「예, 제가 낸 책 맞습니다.」

「저는 그 책이 아주 마음에 들었어요. 그래서 선생의 작품을 더 보게 되길 기대하고 있었지요. 사실 저는 선생에게 무슨 일이 생기지나 않았을까 하는 생각까지 했습니다.」

「저는 여전합니다. 어느 정도는요.」

오스터가 문을 좀 더 열어 퀸에게 아파트 안으로 들어오라는 몸짓을 해 보였다. 아파트 안은 몇 개의 기다란 복도가 나 있어서 이상한 모양을 하고 있었는데 상당히 쾌적했다. 여기저기 쌓여 있는 책들, 벽에 걸린 퀸으로서는 알 수 없는 화가가 그린 그림들, 바닥에 흩어져 있는 아이들 장난감 — 빨간 트럭, 갈색 곰, 초록색 우주 괴물. 오스터는 그를 거실로 안내한 다음 쿠션을 댄 낡은 의자를 권하고 맥주를 몇 병 가지러 주방으로 건너갔다. 잠시 후에 그가 맥주 두 병을 들고 와서 커피 테이블로 쓰이는 나무 상자에 올려놓고 퀸의 맞은편 소파에 앉았다.

「저와 하고 싶으신 얘기가 문학에 관한 겁니까?」 오스터가 운을 떼었다.

「아뇨.」 퀸이 대답했다. 「저도 그랬으면 좋겠지만, 이건 문학과는 아무 상관도 없는 일입니다.」

「그럼 뭐에 관한 건가요?」

퀸은 잠시 말을 끊고 멍한 눈길로 방 안을 둘러본 다음 이야기를 꺼냈다. 「아무래도 뭔가 큰 착오가 있었던 것 같습니다. 저는 사설탐정 폴 오스터를 만나러 왔는데요.」

「누구라고요?」 오스터가 웃음을 터뜨렸고, 그 웃음소리에 모든 일이 갑자기 풍비박산 나고 말았다. 퀸은 자기가 말도 안 되는 소리를 하고 있다는 것을 알아차렸다. 그것은 〈앉아 있는 황소〉[10]를 찾아 왔다고 하는 것이나 마찬가지였고 그랬

10 Sitting Bull. 백인의 지배에 맞서 평생 동안 북아메리카 대평원에서 투쟁을 벌였던 수족(族)의 추장.

더라도 결과는 달라지지 않았을 것이다.

「사설탐정요.」 퀸이 나지막한 소리로 되뇌었다.

「아무래도 다른 폴 오스터를 찾아오신 것 같군요.」

「전화번호부에는 선생 한 분만 실려 있었습니다.」

「그럴지도 모르죠.」 오스터가 말했다. 「하지만 저는 탐정이 아닙니다.」

「그러면 뭘 하시는 분이시죠? 직업이 뭔가요?」

「저는 작갑니다.」

「작가요?」 퀸이 탄식이라도 하듯 그 말을 되뇌었다.

「미안합니다만 어쩌다 보니 그렇게 됐습니다.」 오스터가 말했다.

「그게 사실이라면 아무 희망도 없군요. 모든 일이 악몽인 셈이니까요.」

「무슨 말씀인지 도무지 모르겠군요.」

퀸은 그에게 자초지종을 털어놓았다. 맨 처음부터 시작해서 모든 이야기를 단계별로 하나하나 다 거치며. 그날 아침 스틸먼이 사라진 뒤로 마음속에 쌓여 있던 압박감이 이제는 말의 홍수가 되어 쏟아져 나오고 있었다. 그는 폴 오스터를 찾는 전화, 설명할 수 없는 이유로 그 일을 맡게 된 경위, 피터 스틸먼과의 만남, 버지니아 스틸먼과 나눈 대화, 스틸먼의 저서, 그랜드 센트럴 역에서부터 스틸먼을 미행한 일, 스틸먼이 날마다 했던 배회, 여행 가방과 부서진 물건들, 알파벳 글자를 이룬 불길한 지도, 스틸먼과의 대화, 스틸먼이 호텔에서 사라진 일 등을 모두 이야기했다. 그리고 이야기가 다 끝나자 이렇게 물어보았다. 「제가 돌았다고 생각하시겠지요?」

「아뇨.」 그때까지 퀸의 독백에 귀를 기울이고 있던 오스터가 대답했다. 「제가 선생 입장이었더라도 아마 똑같은 일을 했을 겁니다.」

퀸에게는 그 말이 커다란 위안으로 다가왔다. 마치 이제는 그 짐이 더 이상 자기 혼자만의 것이 아닌 것처럼. 그는 오스 터를 끌어안고 영원한 우정이라도 맹세하고 싶은 심정이었다.

「아시겠지만, 이건 꾸며 낸 얘기가 아닙니다. 증거도 있어 요.」 퀸이 지갑에서 2주 전에 버지니아 스틸먼이 써 준 5백 달러짜리 수표를 꺼내어 그것을 오스터에게 건넸다. 「보시다 시피 그 수표도 선생 앞으로 발행된 겁니다.」

오스터가 수표를 찬찬히 살펴보고 고개를 끄덕였다. 「아 주 정상적인 수표 같군요.」

「아무튼 그건 선생 겁니다.」 퀸이 말했다. 「선생이 갖도록 하세요.」

「저로서는 이 수표를 받을 수 없는데요.」

「제게는 아무 소용도 없습니다.」 퀸이 아파트 안을 둘러보 고 모호한 몸짓을 해 보였다. 「책이라도 몇 권 사 보세요. 아 니면 아이에게 장난감을 좀 사주시든가.」

「이건 선생이 번 돈입니다. 그러니 선생이 가지셔야죠.」 오 스터가 잠시 말을 끊었다가 다시 이었다. 「제가 해드릴 수 있 는 일이 한 가지 있을 것 같군요. 이 수표는 제 앞으로 발행 된 거니까 제가 대신 현금으로 교환해 드리겠습니다. 내일 아침에 이걸 제 거래 은행으로 가져가서 제 계좌에 넣은 다 음 결제가 되면 현금으로 내드리죠.」

퀸은 아무 말도 하지 않았다.

「좋습니까?」 오스터가 물었다. 「찬성하시는 거죠?」

「좋습니다.」 마침내 퀸이 대답했다. 「일이 어떻게 될지 두 고 보기로 합시다.」

오스터는 그것으로 문제가 해결되었다는 말을 하려는 것처럼 수표를 커피 테이블에 내려놓았다. 그리고 소파에 기대앉아 퀸의 눈을 똑바로 쳐다보았다. 「수표보다 훨씬 더 중요한 문제가 한 가지 있습니다.」 그가 말했다. 「제 이름이 이 일에 끼어들었다는 사실이지요. 저는 그게 도무지 이해가 가지 않습니다.」

「혹시 요즘 전화 때문에 말썽이 생기거나 하지는 않았습니까? 때로는 전화가 혼선이 되곤 하니까요. 전화를 걸려고 하면서 번호를 제대로 돌렸는데도 엉뚱한 사람에게로 걸리는 일 말입니다.」

「예, 얼마 전에 그런 일이 있었지요. 하지만 제 전화가 잘못되었다고 해도 그걸로 진짜 문제가 풀리지는 않습니다. 그 전화가 왜 선생에게로 갔는지를 설명해 줄지는 몰라도 애초에 그 사람들이 무슨 이유로 저와 통화를 하려고 했는지는 설명이 되지 않아요.」

「혹시 아시는 분 중에 이 일과 관련된 사람은 없나요?」

「저는 스틸먼이라고는 들어 본 적도 없습니다.」

「어쩌면 누군가가 선생에게 장난을 치고 싶었는지도 모르죠.」

「저는 그런 사람들하고는 어울리지 않습니다.」

「그거야 알 수 없는 일이죠.」

「하지만 실제로 이 일은 장난이 아닙니다. 진짜 사람들이 관련된 진짜 사건이에요.」

「그렇지요.」 퀸이 한참 동안 말을 끊었다가 다시 이었다. 「그건 저도 알고 있습니다.」

그들은 이제 할 수 있는 이야기는 다 한 셈이었다. 더 이상 할 이야기는 아무것도 모르는 두 사람이 되는대로 떠올리게 될 생각 말고는 아무것도 없었다. 퀸은 이제 그만 가봐야 할 때라는 것을 알아차렸다. 벌써 한 시간 가까이 그곳에서 머문 데다 버지니아 스틸먼에게 전화를 걸 시간이 다가오고 있었다. 그런데도 퀸은 그곳을 떠나고 싶지 않았다. 푹신하고 편안한 의자에 맥주로 술기운도 약간 올라 있었다. 이 오스터라는 사람은 그로서는 실로 오랜만에 이야기를 나누어 본 지식인이었다. 그는 퀸의 옛 작품을 읽었고 그것이 마음에 들어서 다른 작품들이 더 나오기를 기대하고 있었다. 다른 것은 몰라도, 퀸으로서는 그 사실이 기쁘지 않을 수 없었다.

그들은 잠시 아무 말도 하지 않고 그대로 앉아 있었다. 이윽고 오스터가 이제 더 이상은 할 말이 없음을 인정하는 듯 어깨를 약간 으쓱해 보인 다음, 자리에서 일어서며 한마디 툭 던졌다. 「점심을 좀 만들어 먹을 참인데, 2인분을 만든다고 해서 번거로울 건 없을 겁니다.」

퀸은 망설였다. 마치 오스터가 그의 마음을 읽고 그가 가장 원하는 것 ─ 식사라도 하면서 좀 더 머물 구실을 찾는 ─ 이 무엇인지를 알아차린 것 같았다. 「정말 가야 하지만 감사히 받아들이겠습니다.」 퀸이 대답했다. 「식사 한 끼 하고 간다고 어떻게 되지는 않겠지요.」

「햄 오믈렛이 어떻겠습니까?」

「좋습니다.」

오스터가 음식을 준비하러 주방으로 들어갔다. 퀸은 자기도 거들겠다고 하고 싶었지만 꼼짝도 할 수가 없었다. 몸이 돌덩이처럼 무겁게 느껴졌다. 머리가 멍해서 그는 눈을 감았다. 전에는 눈을 감고 세상을 사라지게 하는 것이 때때로 그에게 위안이 되었지만 이번에는 머릿속으로 흥미로운 영상이 하나도 떠오르지 않았다. 마치 머릿속에서 세상이 멎어선 것 같았다. 하지만 다음에 그는 어둠 속에서 어떤 목소리, 같은 말을 거듭거듭 반복해서 읊조리는 백치 같은 목소리를 듣기 시작했다. 「달걀을 깨지 않고 오믈렛을 만들 수는 없어.」 퀸은 그 소리가 멈추게 하려고 눈을 떴다.

식탁 위에 빵과 버터, 맥주, 나이프와 포크, 소금과 후추, 냅킨, 그리고 흰 접시에 담겨 물기를 내비치는 오믈렛 2인분이 차려졌다. 퀸은 체면 불고하고 먹는 일에 달려들어 순식간에 깨끗이 먹어 치운 다음, 태연한 모습을 보이려고 무진 애를 써야 했다. 눈꺼풀 뒤에서 까닭 없이 눈물이 솟고 입을 열 때마다 목소리가 떨렸지만, 그는 용케도 자신을 진정시킬 수 있었다. 그리고 자신이 저만 아는 배은망덕한 인간이 아니라는 사실을 입증할 셈으로 오스터에게 그가 쓰고 있는 글에 대해서 물어보기 시작했다. 오스터는 그런 이야기를 어느 정도는 삼가는 기색이었지만 결국은 자신이 평론서를 쓰고 있으며 현재 진행 중인 작업은 『돈키호테』에 관한 것이라고 털어놓았다.

「제가 좋아하는 책들 중 하나로군요.」 퀸이 말했다.

「예, 저 역시 그렇습니다. 그만한 작품이 없죠.」

퀸은 그 평론이 어떤 것인지 물어보았다.

「탁상공론이라고 하실지도 모르겠군요. 제가 정말로 뭘 입증하려는 건 아니니까요. 사실은 전체가 비꼬는 투로 쓰였지요. 상상적인 독서라고도 할 수 있을 겁니다.」

「어떤 내용인가요?」

「주로 그 책의 작가와 관련된 문제를 다루고 있어요. 누가 그 책을 썼는가, 어떻게 쓰인 책인가 하는 것 말입니다.」

「거기에 무슨 의문점이라도 있나요?」

「물론 그렇지는 않습니다. 하지만 제 말은 세르반테스가 쓴 책 속에 나오는 책을 애기하는 겁니다. 그 사람이 『돈키호테』를 썼다고 상정한 작가 말입니다.」

「아.」

「그건 아주 간단한 얘깁니다. 기억하실지 모르겠지만 세르반테스는 독자들에게 자신이 저자가 아니라는 점을 납득시키는 데 상당 부분을 할애했어요. 그의 말에 따르면 그 책은 시드 아메테 베넹겔리라는 사람이 아랍어로 썼다는 거였지요. 세르반테스는 자기가 어떻게 해서 우연히 어느 날 톨레도의 시장에서 그 원고를 발견하게 되었는지를 설명했어요. 그리고 그 원고를 스페인어로 번역할 사람을 고용했는데, 그러니까 자기는 번역 원고의 편집자에 불과하다는 거였죠. 실제로 그 사람은 번역의 정확성을 보장할 수 없다고까지 했어요.」

「그리고 또 이렇게도 말했죠.」 퀸이 덧붙였다. 「시드 아메테 베넹겔리의 책이 돈키호테 이야기의 유일한 진본이라고 말입니다. 다른 판본들은 모두 사기꾼들이 쓴 위작이라는 거였죠. 그 사람은 책에 나오는 모든 사건이 실제로 일어난 일이라고 주장하는 데 최대한 역점을 두었어요.」

「맞습니다. 결국 그 책은 허구의 위험성을 공격하고 있으니까요. 상상적인 작품을 가지고 그런 일을 제대로 할 수는 없었겠지요, 안 그렇습니까? 그는 그 작품이 실제로 있었던 얘기라고 주장해야 했을 겁니다.」

「그렇더라도 저는 늘 세르반테스가 옛날 기사들의 모험 이야기를 탐독하지 않았을까 하는 생각이 들었습니다. 뭔가를 좋아하는 마음이 없다면 그토록 맹렬하게 혐오할 수도 없는 거니까요. 어떤 의미에서 본다면 돈키호테는 그 자신의 대리인에 지나지 않을 겁니다.」

「동감입니다. 책에 홀린 사람을 보여 주는 것보다 작가의 초상을 더 잘 보여 주는 것이 과연 뭐겠습니까?」

「맞는 말씀입니다.」

「아무튼, 그 책이 실제 이야기로 여겨지는 만큼, 그 작품은 작중에 나오는 사건들을 목격한 사람이 쓴 것일 수밖에 없다는 얘기가 됩니다. 하지만 작가로 알려진 시드 아메테는 단 한 번도 모습을 드러낸 적이 없어요. 또 사건 현장에 있었다고 주장한 적도 없고요. 따라서 제 의문은 이런 겁니다. 시드 아메테 베넨겔리가 과연 누구냐?」

「예, 선생이 염두에 두고 계신 것이 뭔지 알겠습니다.」

「제가 평론에서 제시한 이론은, 그가 실제로는 서로 다른 네 사람의 복합체라는 겁니다. 산초 판사는 물론 목격자지요. 달리 그럴 만한 사람은 없습니다. 산초는 돈키호테의 모든 모험에서 유일한 동반자였으니까요. 하지만 산초는 글을 읽지도 쓰지도 못했습니다. 따라서 그는 저자가 될 수 없지요. 한편, 우리가 알기로 산초에게는 대단한 언어 재능이 있습니다. 어리석고 우스꽝스럽게 잘못된 말을 쓰기는 해도, 그는 책에 등장하는 모든 사람들과 얘기를 주고받을 수 있습니다. 그래서 제가 보기에는 산초가 누군가 다른 사람에게, 말하자면 돈키호테의 친구들인 이발사와 사제에게 이야기를 구술했을 가능성이 아주 높습니다. 그 사람들이 그 이야기를 적절한 문학 형식으로 다듬어서 — 물론 스페인어로요 — 그 원고를 살라망카의 수습 기사인 삼손 카라스코에게 넘겨주었을 테고, 그 수습 기사가 스페인어 원고를 아랍어로 번역했을 겁니다. 세르반테스는 그 번역 원고를 발견해서 그것을 다시 스페인어로 재번역한 다음 『돈키호테의 모험』으로 출간한 것이고요.」

「하지만 산초와 다른 사람들이 왜 그런 수고를 들이려고 했을까요?」

「돈키호테의 광기를 치료하기 위해서죠. 한마디로, 친구를 구하고 싶었던 겁니다. 기억하실 테지만, 그들은 처음에 기사도와 관련된 돈키호테의 책들을 불태웁니다. 하지만 아무 소용도 없었지요. 침울한 표정의 기사는 자신의 집념을 포기하지 않습니다. 그러자 그들은 돈키호테를 다시 집으로 데려오기 위해서 곤경에 처한 여인, 거울의 기사, 하얀 달의 기사 등으로 갖가지 변장을 하고 차례로 그를 찾아 나섭니다. 그리고 결국에는 성공을 거두게 되죠. 이 작품은 그들이 꾸민 계책들 중 한 가지일 뿐입니다. 거기에 깔린 생각은 돈키호테의 광기에 거울을 들이대자는 것이지요. 그의 터무니없고 익살스러운 망상을 낱낱이 기록함으로써 그가 자신의 이야기를 읽게 되었을 때 잘못을 알아차리도록 말입니다.」

「그럴듯한 생각이군요.」

「예. 하지만 마지막 전환이 한 가지 있어요. 제가 보기에는 돈키호테가 정말로 미친 게 아닙니다. 그저 미친 척했을 뿐이지요. 실제로 그는 모든 일을 스스로 통제하고 있습니다. 생각해 보세요, 작품 전체를 통틀어 돈키호테는 후세(後世)의 문제에 집착해 있습니다. 몇 번씩이고 거듭해서 이야기를 기록하는 사람이 자신의 모험을 얼마나 정확하게 기록할지 궁금해하는 것만 보아도 그래요. 이것은 실제로 돈키호테 쪽에서 기록자가 있다는 사실을 처음부터 알고 있다는 암시가 됩니다. 그 기록자가 산초 판사 말고 또 누구겠습니까? 돈키호테가 자신의 목적에 정확히 들어맞도록 고른 그 충실한 종복 외에 말입니다. 그는 자기가 정한 역을 맡길 다른 세 사람도 같은 식으로 골랐습니다. 베넨겔리 4중주를 계획한 사람은 바로 돈키호테 자신이었던 거죠. 돈키호테는 작가들을 선정했을 뿐 아니라, 아랍어 원고를 다시 스페인어로 옮긴 것도 아마 그 자신이었을 겁니다. 그 일에서 그를 배제시켜서는 안 됩니다. 변장술에 그처럼 능한 사람이라면 살갗을 검게 칠하고 무어인 복장을 한다는 것이 그리 어려운 일은 아닐 테니까요. 저는 톨레도의 시장에서 벌어졌을 광경을 곧잘 상상해 보곤 합니다. 세르반테스는 돈키호테 이야기를 번역할 사람으로 바로 본인인 돈키호테를 고용한 겁니다. 정말 기막힌 발상 아닙니까?」

「하지만 그렇더라도 돈키호테 같은 인물이 어째서 그런 정교한 속임수 장난을 벌여 평온한 삶을 망치려고 했는지는 여전히 설명이 되지 않습니다.」

「그게 가장 재미있는 부분입니다. 제 생각으로는 돈키호테가 일종의 실험을 했었던 것 같아요. 자기 친구들이 얼마나 잘 속는지 시험해 보고 싶었던 거죠. 그는 이렇게 생각했을 겁니다. 세상에다 대고 아주 확신에 차서 그러는 것처럼 거짓말과 허튼소리를 늘어놓는 일이 가능할까? 풍차들은 기사들이고, 이발사의 대야는 투구고, 인형은 진짜 사람이라고 하는 것이? 사람들이 자기의 말을 믿지 않으면서도 그 말에 동의를 하도록 설득할 수 있을까? 다시 말해서, 사람들이 자기의 말을 재미있어한다면 그 말도 안 되는 소리를 어느 정도까지 참아 낼까? 그 대답은 분명하지 않습니까? 얼마든지 다 참아 낸다는 겁니다. 우리가 아직까지도 그 책을 읽는다는 게 그 증거지요. 그 책은 지금도 여전히 아주 재미있어요. 그리고 결국은 그것이 ─ 재미가 ─ 누구나가 책에서 얻어 내려는 것 아니겠습니까?」

오스터가 소파에 등을 기대고 그 역설적인 말에 즐거워 미소를 지으며 담배에 불을 붙였다. 그는 분명히 즐거워하고 있었지만 퀸은 그 즐거움을 똑같이 누릴 수 없었다. 그것이 마치 소리 없는 웃음, 정곡을 찌르는 순간에 멈춘 농담, 아무 대상도 없는 막연한 기쁨 같아서였다. 퀸은 오스터의 이론에 대해 무슨 말인가를 하려고 했지만 그럴 기회를 잃고 말았다. 그가 막 입을 열려는 참에 현관문에서 열쇠가 달그락거리는 소리에 이어 문이 열렸다 닫히고 확 터지는 듯한 목소리가 들려 왔다. 오스터는 그 소리에 고개를 들었다가 자리에서 일어서더니 퀸에게 잠깐 실례한다는 말을 하고 총총히 문 쪽으로 걸어갔다.

퀸은 복도에서 나는 웃음소리를 들었다. 처음에는 여자의 웃음소리, 다음에는 아이의 웃음소리 — 높은 소리에 이은 더 높은 소리, 짤막하게 끊어지는 울림 — 가 들리고 그다음에는 오스터의 낮게 깔리는 너털웃음이 들려 왔다. 「아빠, 내가 뭘 주웠는지 봐!」 아이가 신이 나서 떠들어 대는 소리에 이어 그것이 길거리에 떨어져 있었는데 멀쩡해 보였다고 설명하는 여자의 목소리. 그리고 다음에는 복도를 따라 뛰어오는 아이의 발소리. 아이가 거실로 뛰어들다가 퀸을 보고 그 자리에 딱 멈춰 섰다. 대여섯 살쯤 되어 보이는 금발의 사내아이였다.

「안녕.」 퀸이 말을 건넸다.

사내아이가 당장 수줍어하는 기색을 보이면서 들릴락 말락 한 소리로 〈안녕〉 하고 겨우 입을 떼었다. 그 아이의 왼손에는 퀸으로서는 알 수 없는 빨간 물건이 쥐어져 있었다. 퀸은 아이에게 그것이 뭐냐고 물어보았다.

「요요예요.」 아이가 대답을 하고 나서 손을 펼쳐 보였다. 「길에서 주웠어요.」

「제대로 돌아가는 거냐?」

아이가 과장된 몸짓으로 어깨를 으쓱해 보였다. 「몰라요. 엄마는 어떻게 하는 건지 몰라요. 나도 모르고요.」

퀸이 아이에게 한번 돌려 봐도 되겠느냐고 묻자 아이가 다가와서 요요를 건네주었다. 그가 요요를 살펴보고 있는 동안 바로 옆에서 그의 동작 하나하나를 지켜보는 아이의 숨소리가 들렸다. 요요는 플라스틱 제품으로 그가 오래전에 가지고 놀던 것과 비슷했지만 아무래도 그보다는 더 정교하게 만들어진, 말하자면 우주 시대의 산물이었다. 퀸은 끈 끝에 달린 고리를 가운뎃손가락 둘레로 동여맨 다음 일어서서 시범을 한번 보이려고 했다. 요요가 피리 아니면 휘파람 같은 소리를 내며 아래로 떨어지고 그 안에서 섬광이 일었다. 소년은 놀라서 숨을 삼켰지만 다음 순간 요요는 줄 끝에 매달린 채 멈춰 서고 말았다.

「옛날에 어떤 위대한 철학자가 그랬단다.」 퀸이 겸연쩍어서 중얼거렸다. 「올라가는 힘과 내려가는 힘은 똑같은 거라고.」

「그렇지만 올라가게 하지는 못했잖아요.」 아이가 말을 받았다. 「그냥 내려가기만 했잖아요.」

「계속 더 해봐야 되겠구나.」

그가 한 번 더 해보려고 줄을 다시 감고 있는데 오스터와 그의 아내가 안으로 들어섰다. 퀸은 고개를 들고 먼저 여자 쪽을 보았다. 그 찰나적인 순간에 퀸은 자신의 처지가 너무 한심하다는 생각이 들었다. 그녀는 늘씬한 키에 엷은 금발의 눈부시도록 아름다운 미인인 데다, 그녀 주위의 모든 것들을 보이지 않게 만드는 듯한 활기와 행복감을 발산하고 있었다. 퀸으로서는 그것이 견디기 힘든 일이었다. 마치 오스터가 이제는 그에게 없는 것들을 가지고 조롱이라도 하고 있는 듯한 느낌이었다. 그는 부러움과 분노, 그리고 가슴을 에는 듯한 자기 연민을 느끼지 않을 수 없었다. 그랬다, 자기도 그런 아내, 그런 아이와 함께 하루 온종일을 보내면서, 고전에 대한 잡담이나 늘어놓으면서, 요요와 햄 오믈렛과 만년필에 둘러싸여 살고 싶었다. 그는 속으로 제발 이 괴로움에서 벗어나게 해달라고 자기 자신에게 빌었다.

오스터가 그의 손에 들려 있는 요요를 보고 아들에게 한마디 건넸다. 「벌써 아는 사이가 된 모양이구나. 대니얼, 이분은 대니얼 아저씨란다.」 그리고 다음에는 퀸을 돌아다보면서 똑같이 장난스러운 미소를 띠고 말했다. 「대니얼, 이 아이는 대니얼입니다.」

아이가 웃음을 터뜨렸다. 「모두가 다 대니얼이네!」

「그렇구나.」 퀸이 말했다. 「나는 너고 너는 나고.」

「그러니까 빙글빙글 도는 거네요!」 아이가 신이 나서 외치더니 갑자기 두 팔을 펼치고 방 안을 빙글빙글 돌기 시작했다.

「그리고 이쪽은,」 오스터가 여자 쪽으로 돌아서며 말했다. 「제 아내 시립니다.」

오스터의 아내가 미소를 지으며 진심으로 그러는 듯 만나게 되어 반갑다며 손을 내밀었다. 퀸은 그 손을 잡아 흔들고 ── 그녀의 손마디가 보기 드물게 가냘프다는 기분을 느끼면서 ── 그녀의 이름이 노르웨이계인지 물어보았다.

「그걸 아는 사람은 별로 없던데요.」 그녀가 말했다.

「그럼 부인은 노르웨이 출신인가요?」

「간접적으로요.」 그녀가 대답했다. 「미네소타 주의 노스필드를 거쳤죠.」 그런 다음 그녀가 다시 미소를 지어 보였는데, 그 미소에 퀸은 가슴 한구석이 좀 더 무너져 내리는 느낌이었다.

「이제 시간이 다 된 것 같기는 하지만,」 오스터가 끼어들었다. 「여유가 좀 있으시다면 그냥 계시다가 저희하고 같이 저녁 식사라도 하시는 게 어떻겠습니까?」

「아,」 퀸이 자신을 억제하려고 애쓰면서 대답했다. 「고마운 말씀입니다만, 이제 정말 가봐야 합니다. 사실 너무 늦었거든요.」

그는 마지막으로 힘을 내어 오스터의 아내에게 미소를 지어 보이고 아이에게 손을 흔들어 작별 인사 ─ 「잘 있어라, 대니얼」 ─ 를 한 다음 문 쪽으로 걸음을 옮겼다.

아이가 방 건너편에서 그를 쳐다보고 다시 웃음을 터뜨렸다. 「안녕히 가세요, 대니얼!」

오스터가 문간까지 그를 배웅하면서 말했다. 「수표가 결제되는 대로 전화하겠습니다. 전화번호부에 실려 있겠지요?」

「그럼요.」 퀸이 대답했다. 「그 이름은 나 하나뿐이죠.」

「뭐든 더 필요한 게 있으면 전화만 하세요. 기꺼이 도와 드리겠습니다.」

오스터가 악수하려고 손을 내밀었고, 그제야 퀸은 자기 손에 요요가 아직도 쥐어져 있다는 걸 알았다. 그는 요요를 오스터의 오른손에 쥐여 주고 그의 어깨를 가볍게 두드린 다음 그곳을 떠났다.

11

　퀸은 이제 오리무중이었다. 그는 아무것도 찾아낸 게 없었고 아무것도 몰랐다. 아는 것이라고는 자기가 아는 것이 아무것도 없다는 사실뿐이었다. 이제 그는 다시 원점으로 되돌아와 있었을 뿐 아니라 원점에도 못 미치고 있었다. 원점까지의 거리가 너무도 까마득해서 그가 상상할 수 있는 어떤 결말보다도 더 나쁘면 나빴지 좋지는 않았다.

　그의 시계는 6시가 다 된 시각을 가리키고 있었다. 퀸은 왔던 길을 되짚어서, 블록이 바뀔 때마다 보폭을 점점 더 늘리며 집으로 향했다. 그리고 자기 집이 있는 거리에 이르렀을 때쯤에는 뛰다시피하고 있었다. 오늘이 6월 2일이지, 그는 속으로 그렇게 중얼거렸다. 그것을 잊지 말자. 여기는 뉴욕이야. 내일은 6월 3일일 테고. 아무 탈이 없다면 그다음 날은 6월 4일이겠지. 하지만 분명한 것은 아무것도 없어.

　버지니아 스틸먼에게 전화를 걸기로 한 시간은 이미 오래전에 지났다. 그는 전화를 걸 것인지 말 것인지 곰곰이 생각해 보았다. 그녀를 무시해 버려도 될까? 이제 와서 그 모든 일을 그냥 그렇게 포기할 수 있을까? 그래. 그는 속으로 중얼거렸다. 그 일은 잊어버리고 예전의 일상으로 돌아가서 다른 소설을 쓸 수도 있어. 원하면 여행을 갈 수도 있고. 한동안 외국으로, 이를테면 파리로 갈 수도 있어. 그래, 얼마든지 가능한 일이야. 하지만 어디건 상관없어, 어디라도 아무 상관없어.

그는 거실에 앉아 벽을 바라보았다. 그가 기억하기로는 벽이 예전에 한때는 흰색이었지만 이제 보니 이상하게 누르스름한 빛깔을 띠고 있었다. 어쩌면 언젠가는 점점 더 때가 타서 잿빛으로, 아니 말라비틀어져 가는 과일 조각처럼 갈색으로까지 바뀌게 될지도 몰랐다. 흰 벽이 누런 벽이 되고 다시 회색 벽이 되고, 그는 속으로 그렇게 중얼거렸다. 페인트칠이 바스라지고, 도시의 검댕이 스며들고, 회반죽이 안으로 꺼지고. 바뀌고 계속해서 더 바뀌고.

그는 담배를 한 대 피우고 나서 한 대 더 피우고, 또 한 대를 더 피웠다. 그러고는 손을 보다가 더러워진 것을 알고서 손을 씻으려고 일어났다. 욕실 세면대에 물이 채워지는 사이, 그는 씻는 김에 면도까지 하기로 마음먹고 얼굴에 비누 거품을 칠한 다음 깨끗한 면도날을 꺼내 수염을 밀기 시작했다. 하지만 어찌 된 이유에서인지 거울을 들여다볼 마음이 내키지 않아서 눈길을 계속 다른 데로 돌렸다. 나이를 먹는 거야, 그는 속으로 중얼거렸다. 별 볼 일 없는 늙은이가 되어 가는 거라고. 다음에 그는 주방으로 가서 콘플레이크를 한 그릇 먹고 담배를 한 대 더 피웠다.

이제 7시 정각이었다. 다시 한 번, 그는 버지니아 스틸먼에게 전화를 걸어야 할지 말아야 할지 생각해 보았다. 그 문제를 가지고 씨름하는 동안, 자기로서는 이제 어떤 판단도 내릴 수 없다는 생각이 들었다. 전화를 거는 데도, 걸지 않는 데도 제각기 그럴 만한 이유가 있어 보였다. 결국 그것은 에티켓의 문제였다. 그녀에게 먼저 알리지도 않고 사라진다는 것은 떳떳하지 못한 처사일 터였다. 일단 그런 생각이 들자 전화를 거는 것이 아주 합당해 보였다. 그의 판단으로는 사람들에게 자기가 무엇을 할 것인지 알리기만 한다면 아무 문제가 없을 것 같았다. 그런 다음에는 뭐든 하고 싶은 일을 마음대로 할 수 있는 것이다.

하지만 그녀의 전화는 통화 중이었다. 그는 5분을 더 기다렸다가 다시 전화를 걸었지만 이번에도 통화 중이었다. 그 뒤로 한 시간 동안 퀸은 전화를 걸고 기다리고 하는 일을 반복했는데, 결과는 언제나 마찬가지였다. 마침내 그는 전화국으로 전화를 걸어서 그 번호가 고장인지 물어보았다. 이용 요금으로 30센트가 부과될 것이라고 하는 말에 이어 찌직거리는 소리, 다시 전화를 거는 소리, 다른 사람들의 목소리. 퀸은 전화 교환원들이 어떻게 생겼을지 상상해 보려고 했다. 이윽고 처음으로 받았던 교환원이 다시 나와서 그 번호가 통화 중이라고 알려 주었다.

퀸은 어떻게 생각을 해야 할지 알 수 없었다. 있을 수 없는 일들이 너무 많아서 그로서는 짐작조차 할 수 없었다. 스틸먼과 통화를 하는 것일까? 아니면 수화기를 내려놓은 걸까? 그렇지 않으면 누군가 전혀 다른 사람이 전화를 건 것일까?

그는 TV를 켜고 메츠 팀이 벌이는 경기의 첫 두 이닝을 본 다음 다시 전화를 걸었다. 이번에도 마찬가지였다. 3회 초, 세인트루이스 팀의 한 선수가 사구로 걸어 나가 도루를 하고, 내야 땅볼과 뒤이은 희생 플라이로 점수를 냈다. 그리고 메츠는 같은 이닝 중반에 윌슨의 2루타와 영블러드의 1루타로 점수를 따라잡았다. 퀸은 자기가 경기에 연연하지 않는다는 것을 알아차렸다. 맥주 광고가 나오자 그는 소리를 죽인 다음, 버지니아 스틸먼과 스무 번쯤이나 통화를 시도했지만 결과는 모두 마찬가지였다. 4회 초에 세인트루이스가 5점을 내자 퀸은 아예 TV를 꺼버렸다. 그리고 빨간 공책을 찾아낸 다음 책상에 앉아 두 시간 동안 꾸준히 기록을 했다. 그는 자기가 쓴 것을 다시 읽어 보려고도 하지 않았다. 다음에 그는 버지니아 스틸먼에게 다시 전화를 걸었지만 여전히 통화 중이었다. 그가 수화기를 너무 세게 내려놓는 바람에 플라스틱 케이스에 금이 갔다. 다시 전화를 걸었더니 이제는 아예 먹통이 되어 버리고 말았다. 그는 자리에서 일어나 주방으로 가서 콘플레이크를 한 그릇 더 먹고 잠자리에 들었다.

나중에 잊어버리기는 했지만, 꿈속에서 그는 오스터의 아들과 손을 잡고 브로드웨이를 따라 걷고 있었다.

퀸은 다음 날 하루를 걷는 일로 보냈다. 아침 일찍, 8시가 조금 지나서부터 걷기 시작해 자기가 어디로 가는지도 생각하지 않고 내처 걸었다. 그래서였는지, 그는 예전엔 한 번도 보지 못했던 것들을 여러 가지 보게 되었다.

그는 20분마다 한 번씩 공중전화 박스로 들어가 버지니아 스틸먼에게 전화를 걸었다. 전날 밤이나 그날이나 결과는 매한가지였다. 이제 퀸은 으레 통화 중이려니 하는 예상을 하고 있어서 그 일이 더 이상 신경 쓰이지도 않았다. 통화 중임을 알리는 신호음이 그의 발걸음에 대한 대위(對位) 선율, 제멋대로인 도시의 소음 한가운데서 꾸준히 박자를 맞춰 주는 메트로놈이 되어 있었다. 그 번호를 돌릴 때마다 통화 중 신호음이 들릴 것이라는 생각에도 위안이 되는 구석은 있었다. 삐딱하게 빗나가는 법 없이 심장 박동처럼 꾸준하게 대화와 대화의 가능성을 거부한다는 점에서. 이제 버지니아 스틸먼과 피터 스틸먼은 그에게서 단절되어 있었다. 하지만 그는 자기가 아직도 통화를 시도하고 있다는 생각으로 양심의 가책을 눅일 수 있었다. 그들이 그를 어떤 어둠 속으로 몰아가건, 그는 아직 그들을 포기한 것이 아니었다.

그는 브로드웨이를 따라 72번가까지 내려가서 센트럴 파크 웨스트를 바라보고 동쪽으로 돈 다음, 그 길을 따라 59번가와 콜럼버스 동상이 있는 곳까지 갔다. 그리고 거기에서 다시 동쪽으로 꺾어 센트럴 파크 사우스를 따라가다 매디슨 가에서 오른쪽으로 돌아 그랜드 센트럴 역까지 걸어갔다. 그 근처에서 아무렇게나 몇 블록을 맴돈 뒤, 그는 남쪽으로 1마일쯤을 계속 걸어가 브로드웨이와 5번로가 만나는 23번가에서 걸음을 멈추고 플래타이언 빌딩을 바라보았다. 그런 다음 이번에는 서쪽으로 방향을 틀어 7번로까지 가서 왼쪽으로 돌아 시내 중심가 쪽으로 좀 더 걸은 뒤, 셰리던 광장에서 다시 동쪽으로 방향을 바꾸어 웨벌리 플레이스를 따라 느릿느릿 걷다가 6번로를 건너 워싱턴 광장까지 계속 걸어갔다. 그는 나무 아치 길을 지나 사람들 틈에 섞여 남쪽으로 걷던 중에 잠시 걸음을 멈추고 가로등과 나무둥치 사이에 매어 놓은 느슨한 줄 위에서 곡예를 하는 곡예사를 지켜보았다. 그런 다음 중심가 쪽의 동쪽 모퉁이에서 그 작은 공원을 나와 잔디밭이 딸린 대학 주택 단지를 가로질러 휴스턴 가에서 오른쪽으로 방향을 틀었다. 웨스트 브로드웨이에서 그는 이번엔 왼쪽으로 다시 방향을 바꾼 뒤 운하 쪽으로 걸어갔다. 그러고는 비스듬히 오른쪽으로 조그만 동네 공원을 가로질러 배릭 가 쪽으로 빙 돌아간 다음, 자기가 예전에 살던 6번지 앞을 지나 남쪽으로 방향을 잡고 다시 웨스트브로드웨이로 — 그 길이 배릭 가와 만나는 곳에서 — 접어들었다. 웨스트브로드웨이를 따라가다가 그는 세계 무역 센터에 이르러 쌍둥이 타워 중

한 건물의 로비로 들어서서 버지니아 스틸먼에게 그날 들어서만 열세 번째 전화를 걸었다. 기왕 들어온 김에 뭐라도 좀 먹기로 하고 퀸은 1층에 있는 패스트푸드점으로 들어가 천천히 샌드위치를 먹으면서 빨간 공책에 뭔가를 적어 넣었다. 그런 뒤 다시 동쪽으로 걸어가 금융가의 좁은 골목들을 지나서 볼링 그린을 바라보고 더 남쪽으로 내려가 거기에서 바다와 그 위로 한낮의 햇살 속에서 빙빙 맴을 도는 갈매기들을 바라보았다. 한순간 그는 스태튼 아일랜드로 가는 페리를 타볼까 하는 생각이 들었지만 마음을 바꿔 북쪽을 향해 계속 걷기 시작했다. 그리고 풀턴 거리에서 오른쪽으로 살짝 꺾은 다음 이스트브로드웨이의 북동쪽 길을 따라 걸어갔다. 그 길은 매연 가득한 로어 이스트사이드를 지나 차이나타운으로 이어져 있었다. 거기에서 그는 바워리 가로 접어들어 그 길을 따라 14번가까지 간 다음, 왼쪽으로 돌아 유니언 광장을 가로질러 파크 애비뉴 사우스를 따라 계속 올라가다가 23번가에서 북쪽으로 방향을 틀었다. 그러고서 몇 블록을 더 걸어가다가 다시 오른쪽으로 돌아 동쪽을 향해 한 블록을 걸은 뒤, 한동안 3번로를 따라 올라갔다. 32번가에서 그는 오른쪽으로 꺾어 2번로에 이르자 왼쪽으로 방향을 틀어서 블록을 더 올라가 다시 오른쪽으로 돌아섰고, 거기에서 1번로와 만났다. 다음에 그는 UN 빌딩까지 남은 일곱 블록을 걸어간 뒤 잠시 휴식을 취하기로 하고서 광장의 돌 벤치에 앉아 눈을 감고 신선한 공기와 햇빛에 미역을 감으며 숨을 깊이 들이쉬었다. 그러고는 빨간 공책을 펼친 다음, 주머니에서 농아가 떠맡긴 볼펜을 꺼내 새 페이지에다 글을 적기 시작했다.

　빨간 공책을 산 이래 처음으로, 그날 퀸이 쓴 내용은 스틸먼 사건과 무관한 것이었다. 그보다는 오히려, 그가 걸으면서 보았던 일들에 집중되었다는 것이 옳았다. 그는 자기가 무엇을 하고 있는지 생각해 보지도, 또 그런 이례적인 행동이 무엇을 암시하는지 분석해 보지도 않았다. 다만 몇 가지 사실들을 적어 놓아야 한다는 충동을 느꼈고, 그래서 잊어버리기 전에 그것들을 종이에 옮기고 싶었을 뿐이었다.

전에 없던 날로서의 오늘. 떠돌이들, 볼 장 다 본 자들, 집 없는 여자들, 비렁뱅이들, 주정뱅이들. 그저 돈 없는 가난뱅이부터 비참하게 몰락한 사람들까지. 어느 모퉁이를 돌건, 잘사는 동네건 못사는 동네건, 그들이 있다.

몇몇은 자만심 비슷한 기색을 풍기며 구걸한다. 그들은 이런 말을 하는 것 같다. 한 푼 줍쇼. 그러면 바로 다른 사람들한테로 가리다. 내가 매일 한 바퀴씩 도는 대로 왔다 갔다 하면서. 다른 자들은 떠돌이 신세를 면할 생각마저 포기했다. 그들은 모자나 컵이나 상자를 옆에 놓고 보도에 널브러진 채 오가는 사람들을 쳐다보려고도 하지 않고 갈 데까지 다 가서 동전을 던져 주는 이들에게 고맙다는 말조차 하려고 들지 않는다. 그렇지만 돈을 받는 대가로 뭐라도 하려는 사람들도 있다. 연필을 파는 맹인들, 차 앞 유리창을 닦아 주는 주정뱅이들. 몇몇은 자기네들이 살아온 비극적인 인생 얘기를 들려주기도 한다. 마치 돈을 준 사람들에게, 하다못해 말로만이라도, 그들이 보인 친절에 보답을 하려는 것처럼.

어떤 사람들은 정말 대단한 재능을 가지고 있다. 이를테면 오늘 본 늙수그레한 흑인이 그랬다. 그는 담배를 구걸

하면서 탭 댄스를 추었는데, 그러면서도 당당함을 잃지 않는 것으로 보아 한때는 버라이어티 쇼 출연 배우였음이 분명한 듯하다. 자주색 양복 차림으로 초록색 셔츠에 노란 넥타이를 맨 그의 입가에는 무대에 오르던 시절을 아련히 떠올리는 미소가 배어 있었다. 또 보도에 분필로 그림을 그리는 화가며 색소폰, 전기 기타, 깽깽이를 연주하는 음악가들도 있다. 때로는 오늘 내가 본 것처럼 진짜 재주꾼과 마주칠 수도 있을 것이다. 나이를 알 수 없는 클라리넷 연주자인 그는 얼굴이 잘 안 보이게 모자를 푹 눌러쓴 채 뱀 조련사처럼 책상다리를 하고 보도에 앉아 있었다. 그의 앞에서는 태엽을 감아 움직이는 장난감 원숭이 두 마리가 하나는 탬버린을, 다른 하나는 드럼을 연주했다. 한 놈은 탬버린을 흔들고 다른 놈은 드럼을 두드리며 기묘하고도 정확한 분절음을 내는 동안, 그 사내는 원숭이들이 내는 리듬에 맞춰 몸을 꺼떡꺼떡 앞뒤로 흔들면서 자기의 악기로 끝없이 많은 변주곡들을 즉석에서 지어냈다. 그는 음악을 할 줄 아는 친구들과 함께 있는 것이 기쁘기라도 한 듯, 자신이 만든 세상에 둘러싸여 고개 한 번 드는 법 없이, 단음계의 잔물결 이는 듯하고 꿈틀대는 음형들을 번갈아 구사하며 멋지고 세련된 연주 솜씨를 보여 줬다. 연주는 계속 이어졌고 결국은 언제나 똑같은 것이었지만, 그렇더라도 들으면 들을수록 자리를 뜨기가 더 어려워졌다.

그 음악 속에 있다는 것, 그 반복되는 고리에 빠져든다는 것. 그 고리는 아마도 인간이 최후로 사라질 수 있는 곳이리라.

그러나 거지와 연주자는 방랑 인구의 작은 일부분에 지나지 않는다. 그들은 몰락한 자들 중의 귀족, 엘리트인 셈이다. 훨씬 많은 숫자를 차지하는 것은 할 일도 없고 갈 곳도 없는 사람들이다. 그들은 대부분 주정뱅이지만, 그것은 그들의 구체적인 파멸 상태를 바르게 나타내지 못하는 말이다. 누더기를 걸친 채 멍들고 피가 흐르는 얼굴로 절망덩어리가 된 그들은 족쇄가 채워지기라도 한 것처럼 발을 질질 끌며 길거리를 헤맨다. 문간에서 잠이 들었거나, 정신 나간 듯 차량들 사이를 헤집거나, 보도에 쓰러져 있는 사람들…… 그들은 찾아 보려고만 하면 어디에서나 볼 수 있다. 몇몇은 굶어 죽을 것이고, 다른 몇몇은 헐벗어 죽을 것이고, 또 다른 몇몇은 맞아 죽거나 불에 타거나 고통을 겪다 죽을 것이다.

그 별난 지옥에서 길을 잃은 사람 하나하나마다, 광기에 갇혀 육신의 문턱에 있는 이 세상으로 빠져나올 수 없는 사람들이 서넛씩은 있다. 그들은 설령 존재하는 것처럼 보일지라도, 존재하는 것으로 셈에 넣어지지 않는다. 예를 들어서, 북채를 한 쌍 들고 어디로든 돌아다니며 길을 가는 동안 내내 엉거주춤 허리를 굽히고 아무렇게나 엉터리없는 박자로 시멘트 바닥을 두드리고 또 두드리는 사내가 있다 치자. 아마도 그는 자기가 중요한 일을 하고 있다고 생각할 것이다. 자기가 지금 하고 있는 일을 하지 않으면 도시 전체가 무너져 버릴 것이라고, 달이 궤도에서 벗어나 지구와 충돌하게 될 것이라고. 혼잣말을 하는 사람, 중얼거리는 사람, 소리를 지르는 사람, 욕지거리를 하는 사람, 끙끙거리는 사람, 다른 사람에게 이야기를 하듯 혼자 떠들어대는 사람…… 내가 오늘 본 남자는 그랜드 센트럴 역 앞에 쓰레기 더미처럼 주저앉아 자기 옆으로 지나가는 사람들을 향해 겁에 질린 목소리로 악을 쓰고 있었다. 「제3해병대…… 먹는 벌들…… 내 입에서 벌들이 기어 나간다!」 또 보이지 않는 상대에다 대고 소리를 지르는 여자도 있었다. 「내가 하고 싶지 않다면 어쩔래! 너하고는 죽어도 하고 싶지 않다면 어쩔 거냐고!」

쇼핑백을 들고 다니는 여자들, 마분지 상자를 갖고 다니는 남자들. 그들은 자기네가 있는 곳이 어디건 상관없다는 듯, 전 재산을 끌고 여기서 저기로 끝없이 돌아다닌다. 성조기로 몸을 휘감은 남자. 얼굴에 핼러윈 가면을 쓰고 다니는 여자. 너덜너덜해진 외투에 천 쪼가리로 동여맨 신발을 신고서 말끔하게 다림질된 — 아직도 세탁소용 비닐봉지에 들어 있는 — 와이셔츠를 옷걸이에 걸어 가지고 다니는 남자. 양복 차림으로 맨발에 럭비 선수용 헬멧을 쓴 남자. 머리에서 발끝까지 옷에다 대통령 선거 유세 배지를 붙이고 다니는 여자. 양손으로 얼굴을 감싼 채 미친 듯이 울면서 〈아냐, 아냐, 아냐. 그는 죽었어. 아니, 안 죽었어. 아냐, 아냐, 아냐. 그는 죽었어. 아니 안 죽었어〉 하고 같은 말을 몇 번씩 되뇌며 돌아다니는 남자.

보들레르: *Il me semble que je serais toujours bien là où je ne suis pas.* 다른 말로 하자면: 나는 내가 지금 있는 곳이 아닌 곳에서라면 언제나 행복할 것 같다. 좀 더 의미에 맞게 해석한다면: 어디든 지금 내가 있지 않은 곳이 내가 나 자신인 곳이다. 또는 아주 대담무쌍하게 옮기면: 어디든 세상 밖이기만 하다면.

어느새 저녁이 다 되어 있었다. 퀸은 빨간 공책을 덮고 펜을 주머니에 집어넣었다. 자기가 방금 전 쓴 내용에 대해 좀 더 생각해 보고 싶었지만 도저히 그럴 기분이 아니었다. 주위의 대기는 이제 더 이상 도시의 공기가 아닌 것처럼 상큼하고 감미롭기까지 했다. 그는 벤치에서 일어나 팔다리를 쭉 편 다음, 공중전화 박스로 가서 버지니아 스틸먼에게 전화를 걸어 보고 저녁을 먹으러 갔다.

식당에서 그는 자기가 이미 결론에 이르렀다는 사실을 깨달았다. 그가 미처 알지도 못한 사이에 해답이 이미 그의 머릿속에 자리 잡고 있었던 것이다. 그 통화 중 신호음은 결코 제멋대로인 것이 아니었다. 그것은 하나의 신호였고, 퀸에게 그가 아무리 사건에서 손을 떼고 싶더라도 그럴 수 없을 것이라는 말을 하고 있었다. 그는 버지니아 스틸먼에게 전화를 걸어서 이제는 더 이상 어쩔 도리가 없다는 말을 하려고 했지만, 운명은 그것을 허락하지 않았다. 퀸은 그 대목에서 잠시 생각을 멈췄다. 〈운명〉이라는 말이 자기가 정말로 쓰고 싶은 단어일까? 너무 무겁고 구태의연한 말인 것 같았다. 그렇지만 좀 더 깊이 생각해 보니 그 말이 바로 자기가 하려는 말이었다. 아니, 정확하지는 않을지 몰라도, 그가 생각해 낼 수 있는 다른 어떤 말보다 더 뜻하고자 하는 바에 가까웠다. 이미 일어난, 일어나게 되어 있던 일이라는 의미에서의 운명. 그것은 *It is raining*(비가 온다)이라든가 *It is night*(밤이다)이라는 구절에서 비인칭 대명사인 *It*과 같은 것이었다. 퀸은 그 *It*이 무엇을 뜻하는지 전혀 알지 못했다. 어쩌면 현재 처해 있는 상황의 일반적인 조건, 또는 어떤 일이 일어난 바탕이 되는 〈있음〉의 상태일지도 모른다. 그로서는 그 이상의 정의는 내릴 수 없었다. 그러나 어쩌면 그가 정말로는 명확한 정의를 찾고 있지 않았는지도 모른다.

아무튼, 그것은 운명이었다. 그가 그것을 무엇이라고 생각하건, 그것이 달라지기를 제아무리 원하건, 그로서는 달리 어쩔 도리가 없었다. 그는 제안을 수락했고 이제는 그 수락을 철회할 힘이 없었다. 그것은 단 한 가지, 그 일을 완수하지 않으면 안 된다는 뜻이었다. 두 가지 대답은 있을 수 없었다. 이것 아니면 저것이었다. 퀸이 그 일을 좋아하든 않든 간에 과제는 주어진 것이었다.

오스터와 관련된 일은 분명히 오류였다. 아마도 뉴욕에 한때 그런 이름을 가진 사설탐정이 있었던 모양이다. 피터를 돌보는 간호사의 남편은 전직 경찰관이라니 젊은 사람은 아닐 터였다. 그가 현직에 있던 시절, 오스터라는 명성이 자자한 탐정이 있었던 게 분명했고, 그래서 사설탐정을 추천해 달라는 요청을 받자 당연히 오스터를 떠올렸을 것이다. 그리고 전화번호부를 들춰 보다가 그런 이름을 가진 사람이 한 사람밖에 없다는 것을 알고 그 사람이 바로 그 탐정이라고 생각했을 것이다. 다음에 그는 그 전화번호를 스틸먼 부부에게 알려 주었을 텐데, 거기에서 두 번째 오류가 생겨났다. 전화선에 문제가 있어서 그의 전화가 오스터의 전화로 잘못 연결되었던 것이다. 그런 일은 매일같이 일어나는 거니까. 그렇게 해서 퀸은 그 전화를 받게 되었고 — 어쨌든 그렇게 해서 엉뚱한 사람에게 연결이 되었다. 그것이야말로 모든 것이 딱 들어맞는 추론이었다.

그렇더라도 아직 한 가지 문제가 남아 있었다. 만일 버지니아 스틸먼과 연락을 할 수 없다면 — 만일 그가 생각하는 것처럼 그녀와 연락이 닿지 않게 되었다면 — 어떻게 일을 계속 진행시켜야 할까? 그의 일은 피터를 보호하고 그에게 아무런 해도 미치지 않도록 하는 것이었다. 그가 하기로 한 일을 계속하는 한 버지니아 스틸먼이 그가 하는 일을 어떻게 생각하건 상관이 있을까? 바람직하게는 탐정이라면 의뢰인과 밀접한 연락을 유지해야 한다. 그것이 언제나 맥스 워크의 원칙이었다. 하지만 실제로 그럴 필요가 있을까? 퀸이 할 일을 하는 한 그것이 과연 중요할까? 뭔가 오해가 있다 하더라도, 일단 사건이 해결되면 그 오해는 얼마든지 풀릴 수 있는 것인데.

따라서 그는 하고 싶은 대로 얼마든지 일을 진척시킬 수 있었다. 이제는 버지니아 스틸먼에게 전화를 걸 필요도 없었다. 신탁(神託) 같은 통화 중 신호음 따위는 완전히 무시해 버릴 수 있었다. 이제부터는 어떤 일도 그를 막지 못할 터였다. 그가 모르는 사이에 스틸먼이 피터에게 접근하는 일은 있을 수 없었다.

퀸은 식대를 치른 뒤 박하 향이 나는 이쑤시개를 입에 물고 다시 걷기 시작했다. 멀리까지 갈 필요는 없었다. 가는 도중 그는 시티뱅크의 24시간 코너에 들러 자동 금전 출납기로 예금 잔고를 확인해 보았다. 그의 계좌에는 349달러가 들어 있었다. 그는 3백 달러를 인출해서 주머니에 넣고 주택가를 향해 계속 걷다가 57번가에서 왼쪽으로 꺾은 다음 파크 애비뉴를 향해 걸어갔다. 그리고 거기에 이르러서 오른쪽으로 꺾어 북쪽으로 69번가까지 가서 스틸먼 부부가 사는 블록으로 들어섰다. 그 건물은 처음 왔을 때 보았던 그대로였다. 그는 아파트에 불이 켜 있는지 알아보려고 위쪽을 올려다보았지만 어느 창문이 그들 부부의 아파트 것인지 기억이 나지 않았다. 거리는 아주 조용했고 차 한 대, 사람 하나 지나가지 않았다. 퀸은 길 맞은편으로 건너가서 좁다란 골목길에 자리를 잡고 밤을 보낼 채비를 차렸다.

12

오랜 시간이 지났다. 얼마나 오래인지는 알 수 없다. 몇 주가 지난 것은 분명하지만 어쩌면 몇 달일 수도 있다. 그 기간을 그런 식으로 설명한다는 것은 작가로서 별로 마음 내키는 일이 못 된다. 하지만 정보가 부족한 데다, 그는 분명하게 확인할 수 없는 것에 대해서는 아무 말 없이 넘어가는 쪽을 택했다. 이 이야기는 전적으로 사실에 바탕을 둔 것인 만큼, 작가는 입증할 수 있는 사실의 경계를 넘어서지 않고, 이야기를 날조하는 일에 어떤 대가를 치르더라도 저항하는 것을 본분으로 여기고 있다. 심지어는 이제까지 퀸이 겪은 일을 소상히 알려 준 그 빨간 공책마저도 의심스럽다. 우리는 그 시기에 퀸에게 무슨 일이 일어났는지를 분명히는 알 수 없다. 왜냐하면 그 무렵부터 그는 통제력을 상실하기 시작했기 때문이다.

대부분의 시간을 그는 골목 안에서 보냈다. 일단 그 일에 익숙해지자 그다지 불편하지도 않았고, 거기에다 사람들 눈에 잘 띄지 않는다는 이점까지 있었다. 거기에서 그는 스틸먼 부부가 사는 건물에 드나드는 사람들을 모두 다 감시할 수 있었다. 남녀노소를 불문하고 어느 한 사람도 그의 눈에 띄지 않고는 그곳을 드나들 수 없었다. 처음에는 버지니아도, 피터도 보이지 않는다는 사실이 의아했다. 그러나 수많은 배달부들이 끊임없이 들락날락하고 있어서 결국 퀸은 그들 부부가 굳이 건물 밖으로 나올 필요가 없다는 것을 깨달았다. 무엇이건 배달을 시키기만 하면 되었을 테니까. 퀸이 그들 역시 아파트 안에서 그 일이 끝나기만 기다리고 있다는 사실을 알아차린 것은 바로 그때였다.

　퀸은 조금씩 그 새로운 생활에 적응해 나갔다. 부닥치게 된 문제들이 많기는 했지만 그럭저럭 하나하나 풀어 갈 수가 있었다. 무엇보다도 큰 걱정거리는 음식 문제였다. 그는 거의 날밤을 새다시피 보초를 서야 했기 때문에 잠시라도 그 자리를 뜨고 싶지 않았다. 자기가 없는 사이에 어떤 일이 일어날지도 모른다는 것은 생각만 해도 괴로운 일이어서 그는 위험 부담을 최소화하려고 갖은 노력을 다 기울였다. 어디선가 그는 다른 어느 때보다도 새벽 3시 30분부터 4시 30분 사이에 가장 많은 사람들이 잠을 잔다는 글을 읽은 적이 있었다. 통계적으로 본다면 그 시간대가 아무 일도 일어나지 않을 가능성이 가장 높아서 퀸은 그사이에 쇼핑을 하기로 했다. 마침 그곳에서 북쪽으로 얼마 떨어지지 않은 렉싱턴 가에 철야 영업을 하는 식품점이 하나 있었는데, 퀸은 매일 새벽마다 3시 30분이 되면 기운찬 걸음걸이로(운동도 할 겸 시간 절약도 할 겸해서) 그곳을 찾아가 다음 24시간 동안 필요한 물건들을 사곤 했다. 그런데 알고 보니 많은 것이 필요하지는 않았다. 실제로 시간이 지날수록 필요한 것들이 점점 더 줄어들었다. 퀸은 식사가 음식 문제를 반드시 해결해 주지만은 않는다는 사실을 알게 되었다. 식사는 피할 수 없이 해야 할 다음번 식사에 대비하는 빈약한 방어 수단에 지나지 않았다. 음식 그 자체로는 음식 문제를 해결할 수 없는 것이고 단지 그 문제가 심각하게 제기되는 순간을 연기해 줄 뿐이니까. 따라서 가장 큰 위험은 너무 많이 먹는 것이었다. 만일 그가 마땅히 먹어야 할 양보다 더 많은 음식을 먹는다면 다음번에는 식사에 대한 욕구가 더 커져서 포만감을 얻기 위해 더 많은 음식이 필요하게 될 터였다. 퀸은 자신을 꼼꼼하게, 쉬지 않고 감시함으로써 차츰차츰 그 과정을 반전시킬 수 있었다. 그의 야망은 이제 되도록 적게 먹는 것이었고, 그런 식으로 해서 겨우겨우 허기를 달랠 수 있었다. 가장 바람직한 것은 절대 제로에 근접하는 것이겠지만, 그는 자기가 현재 처한 상황에서 과도한 야망을 품고 싶지는 않았다. 그보다는 차라리, 완전한 단식을 하나의 이상으로, 열망할 수는 있어도 달성할 수는 없는 완벽한 상태로, 마음에 담아 두기로 했다. 그는 굶어 죽고 싶지는 않았다. 그래서 매일같이 자기에게 그 점을 상기시켰다. 그가 원하는 것은 단지 자기에게 정말로 중요한 문제를 무엇에도 구애되지 않고 생각하는 것뿐이었다. 그것은 당분간 그 사건을 마음속에 최우선으로 새겨 둔다는 뜻이었다. 다행히도 그 생각은 그의 또 다른 중요한 야망, 즉 3백 달러로 최대한 오래 버티겠다는 야망과도 일치했다. 말할 것도 없는 얘기지만, 그 기간 동안 퀸의 체중은 상당히 많이 줄었다.

두 번째 문제는 수면이었다. 온종일 자지 않고 깨어 있을 수는 없었지만, 그것은 사실 그 상황에서 꼭 필요한 일이었다. 결국 퀸은 거기에서도 일종의 양보를 하지 않을 수 없었다. 먹는 일에서와 마찬가지로, 늘 그랬던 것보다 더 적은 수면으로 버틸 생각을 한 것이었다. 그는 여느 때처럼 여섯 시간에서 여덟 시간을 자는 대신 수면 시간을 서너 시간으로까지 줄이기로 마음먹었다. 그렇게 조정을 하기도 힘들었지만, 더욱 어려운 것은 최대한의 감시를 하기 위해 수면 시간을 배분하는 일이었다. 서너 시간을 내리 잘 수 없다는 것은 분명했다. 그럴 경우에는 위험이 너무 컸다. 이론상으로는 시간을 가장 효과적으로 이용하려면 5~6분마다 30초씩 잠을 자는 것이 가장 좋았다. 그렇게 한다면 무슨 일이 일어나건 보지 못하고 놓칠 가능성이 거의 제로일 터였다. 하지만 퀸은 그것이 육체적으로 불가능한 일임을 깨달았다. 그러나 다른 한편으로는 그 불가능한 일을 일종의 모델로 삼아 수면 시간과 깨어 있는 시간을 최대한 자주 번갈아서 여러 차례의 짧은 수면을 취할 수 있도록 자신을 단련시키려고 해보았다. 그 일에는 훈련과 집중을 요하는 오랜 노력이 필요했다. 실험을 더 오래 계속할수록 몸이 더 많이 지쳤기 때문이었다. 그는 처음엔 한 번에 45분씩 잠을 자다가 차츰차츰 그 시간을 30분으로 줄여 나갔다. 그리고 마지막에 가서는 15분씩 자는 일에서도 상당한 성과를 거두기 시작했다. 그처럼 되기까지 노력을 들이는 중에 그는 15분마다 종을 치는 — 15분에는 한 번, 30분에는 두 번, 45분에는 세 번, 그리고 정각에는 네 번을 친 뒤 이어서 시간 수대로 치는 — 근처 교회의 덕을 보았다. 퀸은 그 종소리의 리듬에 맞춰 살았고 나중에 가서는 종소리와 자신의 맥박을 구분하기가 힘들어졌다. 한밤중부터 시작해서 그는 시계가 12시를 치기 전에 눈을 감고 잠이 들었다가 15분 뒤에 잠을 깼고, 30분에 종이 두 번 울리면 다시 잠이 들었다가, 45분에 종이 세 번 울리면 다시 잠을 깼다. 그리고 3시 30분에는 먹을 것을 사러 갔다가 4시에 돌아와 다시 잠이 들었다. 그 기간 동안 그는 꿈을 거의 꾸지 않았다. 그리고 어쩌다 꿈을 꾸더라도 이상한, 말하자면 자기의 손이나 구두, 또는 옆에 있는 담 같은 것들이 바로 눈앞에 언뜻언뜻 보이는 꿈이었다. 또 그가 죽도록 피곤하지 않았던 순간도 없었다.

세 번째 문제는 은신처였지만, 그것은 앞의 두 가지 문제에 비해서는 쉽사리 해결되었다. 다행히도 날씨는 계속 따뜻했고, 늦은 봄이 여름으로 접어드는 동안 비도 거의 내리지 않았다. 이따금씩 소나기가 내리거나 한두 번 천둥 번개와 함께 폭우가 쏟아진 적은 있었지만, 대체로 날씨가 나쁜 편은 아니어서 퀸은 자기의 행운을 고맙게 여기기 않은 적이 없었다. 더군다나 골목 안쪽에 큼직한 철제 쓰레기통도 하나 있어서 밤중에 비가 쏟아지면 퀸은 그 안으로 기어 들어가 비를 피했다. 그 안에서는 지독한 악취가 풍겼고 옷에 냄새가 배어 며칠씩 시달려야 했지만, 퀸은 비에 젖느니보다는 그 편을 택했다. 감기가 들거나 병에 걸릴 위험을 감수할 생각은 없었으니까. 다행히도 그 쓰레기통은 뚜껑이 구부러져 있어서 통과 딱 들어맞지가 않았다. 그래서 한쪽 귀퉁이에 20센티미터 가까이 되는 틈새가 생겼고, 그것이 숨을 쉴 수 있는 — 밤중에는 코를 내놓고 — 일종의 공기구멍 역할을 해주었다. 또 쓰레기통 바닥에 무릎을 꿇은 자세로 몸을 통 안쪽 벽에 기대고 있으면 그리 불편하지도 않았다.

맑게 갠 날 밤이면 그는 쓰레기통 아래서 잠을 잤다. 언제든 눈만 뜨면 스틸먼이 묵고 있는 건물 현관을 볼 수 있도록 머리를 두고서. 방광을 비우는 문제는 대체로 저 안쪽 구석의 쓰레기통 뒤에서 길을 등지고 해결했다. 그러나 장을 비우는 일은 그것과는 다른 문제여서 그때는 남의 눈에 띄지 않도록 쓰레기통 속으로 기어 들어가야 했다. 그 쓰레기통 옆에는 플라스틱 쓰레기통들도 여러 개가 있었는데, 거기에서 퀸은 대체로 밑을 닦을 만큼 깨끗한 신문지를 찾아낼 수 있었다. 한번은 어쩔 수 없이 응급조치로 빨간 공책에서 한 장 쭉 찢어 내 써야 하기도 했지만. 세면과 면도에 대해서는, 퀸이 알게 된 대로라면 하지 않고서도 얼마든지 살 수 있는 일이었다.

그가 어떻게 그 기간 동안 자신을 숨길 수 있었는지는 수수께끼로 남아 있다. 하지만 그를 본 사람도, 그런 사람이 있다고 당국에 신고한 사람도 없었던 것 같다. 그가 일찍부터 쓰레기 청소차가 오는 시간을 알고 그 시간이 되면 골목을 벗어나 있었다는 데에는 의심의 여지가 없다. 매일 저녁마다 쓰레기를 버리러 온 건물 관리인도 그를 못 보기는 매한가지였다. 실로 놀라운 일이지만, 그 누구도 퀸의 존재를 알아차리지 못했다. 마치 그가 도시의 담벼락 속으로 녹아들기라도 한 것처럼.

가사 문제와 물질생활은 나날의 삶에서 일정 부분을 차지하기 마련이다. 그러나 퀸에게는 시간의 대부분이 그의 손에 달려 있었다. 그는 어느 누구의 눈에도 띄고 싶지 않았기에 할 수 있는 한 의도적으로 다른 사람들을 피해야 했다. 그로서는 사람들을 쳐다볼 수도, 말을 걸 수도, 그들에 대해서 생각할 수도 없었다. 그는 언제나 자신을 혼자 있기 좋아하는 사람으로 여겨 왔다. 그리고 또 실제로도, 지난 5년 동안 적극적으로 혼자 있으려고 애를 써왔다. 하지만 그가 고독의 본질을 이해하기 시작한 것은 바로 골목길 안에서의 삶이 계속되고 있던 그 무렵이었다. 이제 그는 자기 자신 말고는 기댈 곳이 아무 데도 없었다. 또 그가 거기에 있던 동안 알아내게 된 모든 일들 중에서 가장 믿어 의심치 않은 것도 바로 자기가 추락하고 있다는 사실이었다. 하지만 그가 알지 못했던 것은, 그렇게 추락을 하면서 어떻게 하면 자신을 붙잡을 수도 있느냐 하는 것이었다. 동시에 꼭대기와 밑바닥에 있는 일이 가능할까? 그것은 말도 안 되는 소리 같았다.

그는 하늘을 쳐다보며 많은 시간을 보냈다. 사실 골목 안쪽의 쓰레기통과 담벼락 사이에 끼여 있는 그 위치에서는 달리 볼 것이 별로 없었지만, 시간이 지남에 따라 그는 머리 위에 있는 세상을 보는 데서 즐거움을 얻기 시작했다. 무엇보다도 그는 하늘이 결코 가만히 있지 않는다는 사실을 알게 되었다. 심지어는 하늘이 구름 한 점 없이 온통 파랗게 보이는 날에도 그 파란 빛깔이 조금씩 엷어졌다 짙어졌다 하면서 미세한 변화가 생겼고, 때로는 느닷없이 비행기나 새나 바람에 날리는 종이가 하얗게 번뜩이며 휙 지나가기도 했다. 또 구름은 하늘의 모양을 복잡하게 만들었는데, 퀸은 그 구름들을 지켜보면서 — 어느 쪽으로 갈 것인지, 다음에는 어떤 모양이 될 것인지를 알아맞혀 보려고 하면서 — 많은 오후 시간을 보냈다. 그는 구름 하나하나를 차례로 바라보고 하늘이 그 영향으로 어떻게 변하는지를 관찰함으로써 권운, 적운, 안개구름, 비구름 등은 물론 그 모든 다양한 조합에 대해서도 훤히 알게 되었다. 또 구름의 색깔까지 고려한다면 거기에는 검은색부터 하얀색까지 걸쳐 있고 그 사이에 무수히 다양한 회색이 들어 있는 광범위한 색들이 있었다. 그 모든 것들이 조사되고 측정되고 판독되어야 했다. 거기에다 하루 중 어떤 시간대에는 태양과 구름이 상호 작용을 할 때마다 생겨나는 갖가지 파스텔 색조도 있었다. 변수들의 범위는 무한했다. 각기 다른 대기층의 온도와 하늘에 떠 있는 구름의 유형, 그리고 특정한 그 순간에 태양이 어디에 있느냐에 따른 결과로서. 그 모든 변수들로부터 퀸이 그렇게도 좋아하는 빨간색, 분홍색, 그리고 자주색, 주홍색, 오렌지색, 연보라색, 황금색, 선홍색 따위가 펼쳐졌다. 그러나 어떤 색도 오래 지속되지는 않았다. 색채들은 이내 흩어져서 다른 색채와 섞이고 자리를 옮기거나 밤이 내리면서 옅어지곤 했다. 그리고 거의 언제나 그 모든 변화를 재촉하는 바람이 있었다. 그가 앉아 있는 골목에서는 바람을 거의 느낄 수 없었지만, 바람이 구름에 미치는 영향을 관찰함으로써 그는 바람의 강도와 그 바람에 실려 오는 대기의 성질을 가늠할 수 있었다. 환한 햇살에서부터 폭풍우까지, 잔뜩 흐린 날에서부터 눈부시게 밝은 날까지, 온갖 날씨들이 하나하나 그의 머리 위로 지나갔다. 또 조용히 관조하기에 적당한 새벽과 황혼이 있는가 하면 한낮의 갖가지 변화와 초저녁과 밤도 있었다. 심지어 밤의 어둠 속에서도 하늘은 가만히 있지를 않았다. 어둠을 가로질러 구름들이 떠다녔고 달은 언제나 모양을 바꾸었고, 바람은 불기를 멈추는 법이 없었다. 때로는 퀸이 있는 자리에서 올려다보이는 하늘 한 자락으로 별이 하나씩 들어오기도 했는데, 그럴 때면 그는 별을 쳐다보며 그 별이 아직 거기에 그대로 있는지, 아니면 이미 오래전에 불타 없어졌는지 궁금해하곤 했다.

그렇게 여러 날이 오고 갔지만 스틸먼은 나타나지 않았다. 그리고 퀸의 돈도 마침내 바닥이 나고 말았다. 그는 얼마 전부터 그 순간에 대비해 마음을 다져 왔고, 막바지에 이르러서는 수전노처럼 깐깐하게 가진 돈을 움켜쥐었다. 그가 필요하다고 생각하는 물건이 없어서는 안 될 것인지 판단되고 그 중요성이 낱낱이 헤아려져 가부가 정해지기 전에는 단 한 푼이라도 소비되지 않았다. 그러나 아무리 철저하게 절약하더라도 필수 불가결한 것들을 사지 않을 수는 없었다.

퀸이 더 이상은 버틸 수 없다는 사실을 알게 된 것은 8월 중순경이었다. 그 날짜는 본 작가가 열심히 조사를 해서 확인한 것이다. 그러나 이르게는 7월 말, 늦게는 9월 초일 가능성도 있다. 그런 유의 조사에는 모두 어느 정도 오류의 소지가 있기 마련이니까. 하지만 지적인 능력을 총동원해서 증거를 면밀히 검토하고 눈에 띄는 모순점들을 모두 걸러 낸 결과, 본 작가는 다음의 사건들이 8월 12일에서 25일 사이의 어느 때에 일어났다고 결론지었다.

퀸은 이제 돈이 거의 없었다. 다 합쳐도 1달러가 채 안 되는 동전 몇 개뿐이었다. 그는 자기가 없는 동안에 돈이 들어왔을 것이라고 확신했다. 이제 문제는 우체국 사서함에서 그 수표들을 찾아 은행으로 가져가서 현금으로 바꾸는 것뿐이었다. 그리고 일이 잘되면 몇 시간 내에 이스트 67번가로 돌아올 수도 있었다. 하지만 우리는 그가 자기 자리를 떠나야 한다는 문제로 얼마나 심한 번민을 겪었는지 절대로 알 수 없을 것이다.

그에게는 버스를 탈 만한 돈이 없었다. 그래서 몇 주 만에 처음으로 걷기 시작했다. 다시 두 다리로 서서 양팔을 앞뒤로 흔들며, 신발 바닥에 와 닿는 포장도로의 감촉을 느끼며, 꾸준히 한 걸음 한 걸음을 옮기는 일이 낯설게 느껴졌다. 어찌 되었건, 그는 69번가를 따라 서쪽으로 걷다가 매디슨 가에서 오른쪽으로 돌아 북쪽을 바라보고 걷기 시작했다. 다리가 후들거렸고 머리는 텅 빈 것 같은 느낌이었다. 그는 숨을 고르기 위해 자주 걸음을 멈춰야 했고, 한번은 까딱하면 넘어질 지경이 되어 가로등 기둥을 붙잡아야 했다. 그는 발을 되도록 조금씩 올리는 편이 한결 더 낫다는 것을 알고 미끄러지듯 천천히 발을 끌며 걸었다. 그런 식으로 해서 그는 모퉁이를 돌 때, 즉 보도의 연석을 내려서기 전이나 올라선 뒤 조심스레 균형을 잡아야 할 때 쓸 힘을 비축할 수 있었다.

84번가의 어느 상점 앞에서 그는 잠시 걸음을 멈췄다. 상점 전면에 거울이 하나 붙어 있었고, 퀸은 감시를 시작한 이래 처음으로 자기의 모습을 보았다. 그동안에 그가 자신의 모습을 보기 두려워했던 것은 아니었다. 그저 그럴 생각이 떠오르지 않았던 것뿐이었다. 그는 자기가 해야 할 일에 너무 골몰해서 자신에 대해 생각할 겨를이 없었다. 마치 그의 겉모습이라는 문제는 아예 없어지고 만 것처럼. 그런데 이제, 상점 거울에 비친 자신의 모습을 보면서 그는 놀라거나 실망하지도 않았다. 그 모습에 대해서는 전혀 아무런 느낌도 받지 못했다. 사실 그로서는 거울에 비친 사람이 바로 자신이라는 것도 알 수 없었으니까. 그는 거울 속에서 웬 낯선 사람을 보았다는 생각으로 그게 누구인지 알아볼 셈에서 고개를 휙 돌려 주위를 두리번거렸다. 하지만 주위에는 아무도 없었고, 그는 다시 고개를 돌려 거울 속을 좀 더 유심히 들여다보았다. 그리고 거울에 비친 얼굴을 요모조모 뜯어보다가, 차츰차츰 그 사람이 바로 자신이 늘 자기라고 생각했던 남자와 닮은 구석이 있다는 사실을 알아차리기 시작했다. 그랬다. 그것은 바로 퀸 자신의 모습일 가능성이 상당히 많았다. 하지만 그럼에도 그는 당황하지 않았다. 오히려 자기의 모습이 너무도 극적으로 바뀌어 있어서 그 변화에 매료되지 않을 수가 없을 지경이었다. 그는 완전히 부랑자로 바뀌어 있었다. 옷은 색이 바래고 구겨지고 오물투성이가 되어 있었다. 그리고 얼굴은 흰 털이 군데군데 섞인 시커먼 수염으로 뒤덮여 있었고, 길게 자란 머리는 마구 뒤엉켜 귀 뒤로 떡이 져서 뭉치고 어깨까지 닿을 정도로 구불구불 기어 내려와 있었다. 무엇보다도, 그는 자신의 모습에서 로빈슨 크루소의 모습을 떠올렸고, 자기에게 그런 변화가 그처럼 빨리 일어났다는 사실에 놀랐다. 불과 몇 달도 안 되는 사이에 전혀 다른 사람이 되고 말았으니. 그는 자기가 예전에는 어떤 모습이었는지 떠올려 보려고 했지만 쉽지가 않았다. 그래서 그 새로운 퀸을 다시 한 번 보고 어깨를 으쓱했다. 사실상 그것이 중요하지는 않았다. 예전의 모습에서 이제 다른 모습으로 바뀐 것일 뿐, 그것이 더 좋을 리도 더 나쁠 리도 없었다. 그저 달라진 것뿐이고, 그것이 다였다.

그는 계속 몇 블록을 더 올라간 다음 왼쪽으로 꺾어서 5번로를 건너 센트럴 파크의 담장을 따라 걸었다. 그리고 96번가에서 공원으로 들어섰다가 자기가 풀밭과 나무들 사이에 있다는 데서 기쁨을 느꼈다. 때는 이미 늦여름이어서 신록은 한풀 꺾였고, 누렇게 마른 잔디밭에는 이곳저곳 흙이 드러나 있었다. 그러나 머리 위의 나무들은 잎이 여전히 무성했고, 어디를 보거나 반짝이는 햇살과 그늘이 놀랄 만큼 아름다운 대조를 이루고 있었다. 아직은 늦은 아침이어서 오후의 무더위가 엄습하려면 앞으로 몇 시간은 더 있어야 했다.

공원을 반쯤 지났을 때 퀸은 문득 쉬고 싶은 생각이 간절해졌다. 거기에는 얼마나 걸었는지를 확인할 거리 표지판도, 도시 구획도 없었다. 갑자기 그는 자기가 벌써 몇 시간째 걷고 있는 것 같은 느낌이 들었다. 공원 반대편까지 가는 일이 다음 날 아니면 그다음 날까지 꼬박 걸어야 할 먼 길처럼 보였다. 그는 몇 분을 더 걸었지만 마침내는 다리가 풀려 버리고 말았다. 그가 있는 데서 멀지 않은 곳에 떡갈나무가 한 그루 서 있었다. 퀸은 밤새도록 술을 퍼마신 뒤 더듬더듬 잠자리를 찾아가는 주정뱅이처럼 비틀거리며 그 나무로 다가가서 빨간 공책을 베개 삼아 떡갈나무 바로 북쪽의 잔디 둔덕에 누워 잠이 들었다. 그 잠은 그가 몇 달 만에 처음 누려 보는 숙면이었고, 다음 날 아침이 되어서야 그는 잠에서 깨어났다.

시계를 보니 9시 30분이었다. 그는 자기가 허비한 시간을 생각하고 움찔 놀라서 벌떡 일어나 서쪽으로 천천히 뛰기 시작했다. 한편으로는 원기가 돌아온 데 놀라면서도 다른 한편으로는 자기가 허비한 시간에 대해 스스로를 나무라면서. 어떤 말로도 위안이 되지 않았다. 이제는 무엇을 하더라도 이미 너무 늦어 버리고 말았다는 느낌이었다. 백 년 동안이라도 뛰어갈 수는 있을 것 같았지만, 그런다 해도 막 도착한 순간에 문이 닫히고 말 것 같았다.

그는 96번가에서 공원을 나와 서쪽으로 계속 걸었다. 콜럼버스 가 모퉁이에서 공중전화 박스가 눈에 띄었고, 그는 불현듯 오스터와 그에게 맡겨 두었던 5백 달러짜리 수표를 떠올렸다. 어쩌면 지금 그 돈을 받는 것으로 시간을 줄일 수도 있을 것 같았다. 곧장 오스터를 찾아가서 현찰을 받아 호주머니에 넣으면 우체국과 은행까지 걸음을 하지 않아도 되었으니까. 하지만 오스터가 그 돈을 현찰로 갖고 있을까? 설령 그렇지 않더라도 오스터가 거래하는 은행에서 만나기로 하면 될 것이다.

퀸은 공중전화 박스로 들어가 주머니에 손을 넣어 남아 있는 돈을 모두 꺼냈다. 10센트짜리 두 개, 5센트짜리 하나, 1센트짜리 여덟 개였다. 그는 전화번호 안내를 통해 걸려는 곳의 번호를 알아낸 다음 반환구로 나온 10센트를 꺼내어 다시 투입구에 집어넣고 번호를 돌렸다. 세 번째 신호음이 들렸을 때 오스터가 전화를 받았다.

「퀸입니다.」 퀸이 말했다.

전화선 저편에서 구시렁대는 소리가 들렸다. 「지금까지 대체 어디에 숨어 있었던 거요?」 오스터의 목소리에 짜증이 배어 있었다. 「전화를 수백 번도 더 걸었단 말이오.」

「그동안 바빴습니다. 그 사건 때문에요.」

「그 사건이라니요?」

「그 사건 말입니다. 스틸먼 사건요. 기억납니까?」

「물론 기억나지요.」

「바로 그 일 때문에 전화를 거는 겁니다. 지금 그 돈을 받으러 가고 싶어서요. 5백 달러 말입니다.」

「무슨 돈 말이오?」

「수표 기억 안 납니까? 내가 당신한테 준 수표 말입니다. 폴 오스터 앞으로 발행된 수표요.」

「물론 기억하지요. 하지만 돈은 없어요. 그래서 내가 당신과 통화하려고 했던 거고.」

「당신이 그 돈을 쓸 권리는 없는 거요.」 퀸이 갑자기 이성을 잃고 버럭 소리를 질렀다. 「그 돈은 내 거란 말이오.」

「내가 그 돈을 쓴 게 아니오. 수표가 되돌아왔단 말이오.」

「그 말은 못 믿겠소.」

「원한다면 여기로 와서 은행에서 보낸 편지를 보면 될 거 아니오. 편지는 내 책상에 있으니까. 그 수표는 부도 처리됐소.」

「말도 안 되는 소리.」

「아니, 사실이오. 하지만 이제는 별로 중요할 것도 없잖소?」

「당연히 중요하지요. 이 사건을 계속 다루는 데 그 돈이 필요하단 말이오.」

「하지만 사건이 있어야 말이지요. 그 일은 모두 끝났소.」

「대체 무슨 소리를 하는 거요?」

「당신이 말한 바로 그거. 스틸먼 사건 말이오.」

「하지만 끝났다니 그게 무슨 소리요? 나는 지금도 그 사건을 다루고 있는데.」

「도무지 믿어지지가 않는군.」

「그 빌어먹을 수수께끼 같은 얘기는 집어치우시오. 난 당신이 무슨 소리를 하는 건지 하나도 모르겠소.」

「당신이 모르다니 믿어지지가 않소. 대체 지금까지 어디에 있었던 거요? 신문도 안 읽었소?」

「신문이라니? 빌어먹을, 무슨 소린지 얘기해 보쇼. 난 신문 읽을 틈도 없었소.」

전화선 저편에서는 아무 말이 없었고 한순간 퀸은 통화가 끝났다는, 자기가 어떻게 해서인지 깜박 졸았다가 깨어 보니 손에 여전히 수화기가 들려 있다는 생각이 들었다.

「스틸먼이 브루클린 다리에서 뛰어내렸소.」 오스터가 말했다. 「두 달 반 전에 자살했단 말이오.」

「거짓말 말아요.」

「신문이란 신문에 다 났던 거요. 직접 확인해 보면 될 것 아니오.」

퀸은 아무 말도 하지 않았다.

「당신이 얘기한 바로 그 스틸먼이었소.」 오스터가 말을 이었다. 「전직 컬럼비아 대학 교수 말이오. 사람들 말로는 그 사람 물에 떨어지기도 전에 공중에서 숨이 끊어졌다고 합디다.」

「그럼, 피터는? 피터는 어떻게 됐소?」

「그건 나도 모르오.」

「누군가는 알 것 아니오?」

「그건 알 수 없소. 당신이 직접 알아봐야 할 거요.」

「알았소, 그래야겠군.」 퀸이 말했다.

그는 오스터에게 작별 인사도 하지 않고 전화를 끊었다. 그러고는 10센트짜리 동전을 또 하나 꺼내어 버지니아 스틸 먼에게 전화를 걸었다. 그 번호는 아직까지 외고 있었다.

기계 합성음이 그 번호는 반납되었으며 접속이 끊겼다고 알려 주었다. 그 소리가 같은 말을 한 번 더 되풀이했고, 다음에는 전화가 먹통이 되었다.

퀸은 자기가 어떤 기분인지도 알 수 없었다. 처음 얼마 동안은 아무것도 느껴지지 않는, 모든 것이 다 합쳐져서 완전히 제로가 된 것 같은 느낌이었다. 하지만 그는 그것에 대한 생각은 뒤로 미루기로 했다. 나중에라도 생각할 시간은 있을 테니까. 지금으로서는 집으로 돌아가는 일이 무엇보다 중요한 것 같았다. 그는 아파트로 돌아가 옷을 벗고 뜨거운 욕조 안에 들어가 앉을 셈이었다. 그리고 나서 신간 잡지들을 훑어보고, 레코드를 몇 장 틀고, 집 안을 좀 청소한 다음, 그 문제를 다시 생각해 볼 수도 있었다.

그는 걸어서 107번가로 돌아갔다. 아파트 열쇠는 아직 주머니에 들어 있었다. 그는 현관문을 따고 자기 아파트까지 세 층을 걸어 올라가면서 거의 행복이라고 할 만한 기분을 느꼈다. 하지만 아파트 안으로 발을 들여놓는 순간 그런 기분은 싹 가시고 말았다.

모든 것이 바뀌어 있었다. 완전히 다른 집인 것 같았다. 퀸은 자기가 실수로 남의 아파트에 잘못 들어온 것 같다는 생각이 들어서 다시 복도로 나가서 문에 붙은 호수를 확인했다. 아니, 그가 잘못 들어온 것이 아니었다. 분명히 그의 아파트였고, 문을 딴 열쇠도 그가 가지고 있던 것이었다. 그는 다시 안으로 들어가 집 안을 찬찬히 둘러보았다. 가구들의 위치가 모두 바뀌어 있었다. 전에 테이블이 있던 자리에는 의자가 있었고, 소파가 있던 자리에는 테이블이 있었다. 또 벽에는 새 그림들이 걸려 있고 바닥에도 새 양탄자가 깔려 있었다. 그런데 책상은? 그는 책상을 찾아보았지만 보이지가 않았다. 그는 가구들을 좀 더 유심히 살펴보다가 자기가 쓰던 것들이 아니라는 사실을 알았다. 지난번에 그가 아파트에 있을 때 있던 물건들은 모두 어디론가 치워졌다. 책상도 없어졌고 책도 없어졌고 죽은 아들이 그린 그림도 없어졌다. 그는 거실에서 침실로 들어가 보았다. 그가 쓰던 침대도, 옷장도 보이지 않았다. 그는 거기에 놓인 옷장의 맨 위 서랍을 열어 보았다. 팬티며 브래지어, 슬립 따위의 여성용 속옷이 아무렇게나 뒤엉켜 있었다. 다음 서랍에는 여성용 스웨터가 들어 있었고. 더 이상 보고 말고 할 것도 없었다. 침대 옆 탁자에는 금발의 통통한 얼굴을 한 청년의 사진이 든 액자가 놓여 있었다. 또 한 장의 사진은 그 청년이 미소를 짓고 눈밭에 서서 밋밋해 보이는 여자의 허리에 팔을 두르고 있는 모습이었다. 그 여자 역시 웃고 있었다. 그들 뒤쪽으로는 스키 슬로프와 어깨에 스키를 둘러멘 남자, 그리고 파란 겨울 하늘이 보였다.

퀸은 다시 거실로 돌아가 의자에 앉았다. 재떨이에 립스틱이 묻은 담배가 반쯤 피우다 만 채로 꺼져 있었다. 그는 그 담배에 불을 붙이고 연기를 내뿜었다. 주방으로 가서 냉장고를 열어 보니 오렌지 주스와 빵 한 덩이가 들어 있었다. 그는 주스를 마시고 빵을 세 조각 먹은 다음 거실로 돌아와 좀 전에 앉았던 의자에 다시 앉았다. 15분쯤 뒤 층계를 올라오는 발소리가 들리더니 문 밖에서 열쇠가 짤랑이는 소리에 이어 사진에서 본 여자가 아파트 안으로 들어섰다. 그녀는 흰 간호사 제복 차림에 식료품이 담긴 갈색 종이봉투를 끌어안고 있었는데, 퀸이 눈에 띄자 봉투를 떨어뜨리고 비명을 질렀다. 아니면 먼저 비명을 지르고 다음에 봉투를 떨어뜨렸거나. 퀸으로서는 어느 쪽인지 알 수 없었다. 봉투가 바닥에 떨어져 찢어지는 바람에 우유가 콸콸 쏟아져 나와 하얀 길을 내면서 양탄자 가장자리로 흘러갔다.

퀸은 자리에서 일어나 안심하라는 제스처로 한 손을 들어 보이면서 그녀에게 걱정 말라고 했다. 그녀를 해칠 생각은 없으며 자기가 알고 싶은 것은 단지 그녀가 왜 그 아파트에서 살고 있는가 하는 것뿐이라고. 그런 다음 퀸은 자기의 선의를 입증해 보이기라도 하듯 주머니에서 열쇠를 꺼내 들어 올렸다. 그녀를 납득시키기까지는 시간이 좀 걸렸지만 결국에는 그녀도 놀라움을 가라앉혔다.

그렇다고 해도 그녀가 그를 믿기 시작했다거나 두려움을 조금이라도 덜 느끼게 되었다는 얘기는 아니었다. 그녀는 말썽이 생길 조짐이 보이기만 하면 당장 뛰쳐나갈 태세로 열린 문가에 서 있었다. 퀸은 사태를 악화시키고 싶지 않아서 거리를 그대로 유지했다. 그의 입에서 이 집은 자기 집이라고 설명하는 말이 몇 번씩이고 다시 나왔다. 그녀는 그의 말을 한마디도 믿지 않는 것이 분명했지만 그의 말에 귀를 기울이는 척하고 있었다. 틀림없이 그가 혼자 떠들 만큼 떠든 뒤 마침내는 떠나 주기를 바라면서.

「난 한 달째 여기서 살고 있어요.」 그녀가 말했다. 「여긴 내 아파트예요. 1년 임대 계약에 서명도 했고요.」

「그렇지만 내가 이 열쇠를 갖고 있는 건 어째서지요?」 퀸은 일곱 번 여덟 번 같은 질문을 되풀이했다. 「그걸로도 납득이 안 갑니까?」

「열쇠를 손에 넣을 방법이야 얼마든지 있죠.」

「아가씨가 여기를 세냈을 때 사람들이 누군가가 여기에 살고 있다는 말을 하지 않던가요?」

「작가라고 했어요. 하지만 그 사람은 사라졌다고 하던데요. 몇 달씩 방세도 내지 않고.」

「그게 바로 납니다!」 퀸이 소리쳤다. 「내가 그 작가란 말이오!」

여자가 싸늘한 눈으로 그를 훑어보더니 웃음을 터뜨렸다. 「작가요? 듣던 중 제일 웃기는 소리네요. 댁의 꼴을 좀 보라고요. 내 생전 그렇게 지저분한 꼴은 처음 보겠네요.」

「최근에 몇 가지 곤란을 겪어서……」 퀸이 변명조로 웅얼거렸다. 「하지만 일시적인 일일 뿐이오.」

「집주인 말이, 어쨌든 댁을 내보내게 돼서 속이 다 후련하다고 그러데요. 일자리도 없는 사람에게는 세를 주고 싶지 않다고요. 그런 사람들은 전열기를 너무 써서 내부 시설을 망가뜨린댔어요.」

「내 물건들이 어떻게 됐는지는 압니까?」

「무슨 물건들요?」

「내 책하고 가구, 원고들 말이오.」

「몰라요. 팔 수 있는 건 팔고 나머지는 내버렸겠죠. 내가 이사를 들어왔을 땐 깨끗이 치워져 있었어요.」

퀸은 한숨을 푹 내쉬었다. 자기의 삶이 끝장나고 만 것이었다. 이제 그는 마침내 어떤 위대한 진리라도 깨달은 듯 그것을 느낄 수 있었다. 이제는 남은 것이 아무것도 없었다.

「이게 무슨 의미인지 알겠소?」 그가 물었다.

「솔직히 말해서 난 관심 없어요.」 여자가 대답했다. 「그건 댁의 문제지 내 문제가 아니니까요. 난 댁이 여기서 나가 주기나 했으면 좋겠어요. 지금 당장에요. 여긴 내 집이니까 나가 줘요. 그러지 않으면 경찰에 전화를 걸어서 댁을 체포하라고 할 수도 있어요.」

그것은 아무래도 좋았다. 그는 하루 온종일이라도 거기에 서서 그녀와 입씨름을 벌일 수도 있겠지만 그런다고 해서 아파트가 자기 앞으로 돌아오지는 않을 터였다. 그것은 이제 없어졌고, 그도 없어졌고, 모든 것이 다 없어졌다. 그는 입속말로 거의 들리지도 않게 시간을 빼앗아서 미안하다는 말을 하고 그녀를 지나쳐 문밖으로 나왔다.

13

이제까지 일어난 일들이 더 이상 문제가 되지 않았기에 퀸
은 69번가에 있는 건물의 현관문이 열쇠 없이 열려도 놀라지
않았다. 또 9층에 이르러 복도를 따라 걸어가서 스틸먼 부부
가 살던 아파트의 문이 그냥 열렸을 때도, 그 아파트가 텅 비
어 있는 것을 보았을 때도 놀라지 않았다. 그곳은 휑뎅그렁
하게 비어 있었고 방에도 가구 하나 남아 있지 않았다. 하나
하나의 방들이 모두 똑같아 보였다. 나무 바닥과 사방의 흰
벽들. 하지만 그것도 퀸에게 별다른 인상을 주지 못했다. 그
는 지칠 대로 지쳐 있어서 그가 할 수 있는 단 한 가지는 눈을
감는 것이었다.

그는 아파트 뒤편에 있는 조그만 방으로 들어갔다. 기껏해
야 가로 1.8미터 세로 3미터 정도밖에 안 되는 비좁은 곳으
로, 통풍구가 내다보이는 철망 쳐진 창이 하나 있기는 했지
만 그 아파트의 모든 방들 중에서 가장 어두워 보이는 방이
었다. 방 안에는 창문 없는 칸막이 방으로 통하는 문이 또 하
나 있었고, 그 곁방에는 변기와 세면대가 놓여 있었다. 퀸은
빨간 공책을 바닥에 내려놓고 주머니에서 농아가 떠맡긴 볼
펜을 꺼내 빨간 공책 위로 툭 던졌다. 그러고는 시계를 풀어

주머니에 집어넣은 다음, 옷을 모두 벗고 창문을 열어 옷을 하나하나 통풍구 아래로 떨어뜨렸다. 먼저 오른쪽 구두, 다음에는 왼쪽 구두, 양말 한 짝, 또 한 짝, 셔츠, 윗옷, 팬티, 바지. 퀸은 그것들이 떨어지는 것을 보려고도, 어디로 떨어지는지 알려고도 하지 않았다. 그런 뒤 그는 창문을 닫고 방 한복판에 누워 잠이 들었다.

그가 잠을 깼을 때는 방 안이 어두워져 있었다. 얼마나 많은 시간이 지났는지는 알 수 없었다 — 지금이 같은 날 밤인지, 아니면 그다음 날 밤인지도. 심지어는 아예 밤이 아닐 수 있다는 생각까지도 들었다. 어쩌면 방 안만 어두울 뿐, 창문 너머로 바깥쪽에는 햇빛이 비치고 있을지도 모르니까. 잠시 일어나서 창가로 가 밖을 내다볼까 하는 생각도 들었지만 곧 이어 낮이건 밤이건 상관없다고 마음을 정했다. 지금이 밤이 아니라면 나중에 밤이 될 테니까. 그것은 분명했고, 그가 창밖을 내다보건 내다보지 않건 결과는 마찬가지일 터였다. 그리고 또 한편으로는, 지금 뉴욕이 실제로 밤이라 해도 태양은 어딘가 다른 곳을 비추고 있을 것이 분명했다. 이를테면 중국은 분명히 오후 서너 시쯤일 것이고 농부들은 이마에서 땀을 닦고 있을 것이다. 밤과 낮은 상대적인 단어에 불과할 뿐, 절대적인 조건을 말하는 것이 아니다. 언제 어느 때건 밤과 낮은 동시에 있기 마련이니까. 우리가 그 사실을 알지 못하는 이유는 단지 동시에 두 곳에 있기가 불가능하기 때문이다.

퀸은 일어나서 다른 방으로 가볼까 하는 생각도 잠시 해보았지만 지금 있는 곳에서도 아주 행복하다는 생각이 들었다. 그가 택한 그곳은 편안했고, 거기에서 눈을 뜬 채로 누워 천장 — 또는 그가 제대로 볼 수 있다면 천장이라고 할 수 있을 만한 것 — 을 올려다보는 일도 즐거웠다. 그에게 부족한 것이 한 가지 있다면 그것은 하늘이었다. 한데에서 그토록 여러 날 밤낮을 보낸 뒤라서 머리 위로 드리워진 하늘이 그리웠다. 그러나 지금은 그가 실내에 있는 만큼, 어느 방에서 진을 치기로 하건 하늘은 가장 먼 끝자락 하나도 보이지 않을 것이었다.

그는 더 이상 머물 수 없을 때까지 그곳에 머물기로 했다. 목을 축일 물은 세면대에서 구할 수 있을 것이고, 그것으로 시간을 얼마쯤은 더 벌 수 있을 것이다. 결국에 가서는 허기가 져서 뭐든 먹어야 하겠지만, 그는 아주 오랫동안 거의 아무것도 먹지 않고 지내는 데 길이 든 터여서 아직 며칠은 더 버틸 수 있다는 것을 알고 있었다. 그는 꼭 그래야 할 때까지는 그 일에 대해서 생각하지 않기로 했다. 걱정을 해봤자 아무 소용도 없었고, 중요하지도 않은 일로 괜히 안달을 할 이유도 없었다.

그는 이야기가 시작되기 전에 자신이 살아온 삶을 생각해 보려고 했다. 그 일에는 많은 어려움이 따랐는데, 그것은 예전의 삶이 너무도 아득해 보였기 때문이었다. 그는 자신이 윌리엄 윌슨이라는 필명으로 썼던 책을 몇 권 떠올려 보았다. 그리고 속으로 자기가 그런 짓을 하다니 이상도 하다는 생각을 하다가 다음에는 어째서 그랬는지를 생각해 보았다. 그의 마음속에서 맥스 워크는 죽어 있었다. 다음번 사건을 맡으려다 어딘가에서 죽은 것인데, 그렇더라도 퀸은 안됐다는 생각이 들지 않았다. 이제는 모든 일이 조금도 대수롭지 않아 보였다. 그는 자기의 책상과 거기에 앉아서 썼던 수많은 글들을 돌이켜 보았다. 한때 대리인이었던 사람도 생각해 보았지만 이름마저도 기억이 나지 않았다. 이제 너무 많은 것들이 사라지고 있어서 그것들을 따라잡기가 힘들었다. 퀸은 메츠 팀의 선발진을 포지션별로 하나하나 떠올려 보려고 머리를 쥐어짰지만 정신이 오락가락하기 시작했다. 중견수를 맡았던 선수가 무키 윌슨이었다는 사실은 기억이 났다. 또 그의 본명이 윌리엄 윌슨으로 유망한 젊은 선수였다는 것도. 분명히 거기에는 뭔가 재미있는 것이 있었다. 퀸은 잠시 그 생각을 좇았지만 결국은 포기를 하고 말았다. 두 명의 윌리엄 윌슨이 서로를 상쇄해 버렸고 그것으로 그만이었다. 퀸은 마음속으로 그 두 사람에게 작별을 고했다. 메츠 팀은 이번에도 꼴찌로 경기를 마감할 것이고, 그 때문에 안타까워할 사람은 아무도 없을 터였다.

다음번에 그가 잠에서 깨었을 때는 방 안에 햇살이 비치고 있었다. 그의 옆으로 바닥에 음식 쟁반과 로스트비프처럼 보이는 음식이 담겨 김을 피워 올리는 접시들이 놓여 있었다. 퀸은 그 사실을 아무 거리낌 없이 받아들였다. 그것 때문에 놀라지도, 혼란스러워하지도 않았다. 그래, 나를 위해 여기에 음식이 놓여 있는 건 얼마든지 있을 수 있는 일이야. 그는 속으로 그렇게 생각했다. 그런 일이 어떻게, 왜 일어났는지 알고 싶지도 않았다. 답을 찾기 위해 그 방에서 나가 아파트 안의 다른 곳들을 둘러볼 생각도 떠오르지 않았다. 그러기보다는 쟁반에 담긴 음식들을 좀 더 꼼꼼히 살펴보고 큼직한 로스트비프 두 조각 외에도 구운 감자 일곱 개, 아스파라거스 한 접시, 갓 구운 롤빵 하나, 샐러드 한 접시, 적포도주 한 병, 쐐기 모양으로 자른 치즈 몇 조각, 그리고 디저트로 먹을 배가 하나 있다는 것을 알았다. 하얀 리넨 냅킨도 있었고 은그릇들은 최고급품이었다. 퀸은 그 음식들을 먹었다. 아니, 절반쯤 먹었다고 해야겠다. 절반으로도 그는 배가 가득 찼다.

식사를 마친 뒤 그는 빨간 공책에 글을 쓰기 시작했고, 방에 어둠이 다시 찾아들 때까지 계속 써나갔다. 천장 한복판에 작은 전등이 하나 달려 있고 문 옆에 스위치가 있었지만, 퀸에게는 그 스위치를 쓴다는 것이 탐탁잖게 여겨졌다. 얼마 지나지 않아 그는 다시 잠이 들었다. 그가 잠에서 깨었을 때는 방 안으로 햇살이 흘러들고 바닥에 또 다른 음식 쟁반이 놓여 있었다. 그는 먹을 수 있을 만큼 먹고 나서 빨간 공책에 글을 쓰는 일로 돌아갔다.

그 시기에 그가 기록한 내용 중 대부분은 스틸먼 사건과 관련된 부차적인 의문점들이었다. 예를 들자면 퀸은 자기가 왜 1969년 스틸먼이 체포되었을 당시의 신문 기사를 찾아보려 하지 않았는지 의아해했고, 그 문제가 같은 해에 이루어진 달 착륙과 어떤 식으로든 관련이 있는 것인지도 검토해 보았다. 그리고 또 자기가 왜 스틸먼이 죽었다는 오스터의 말을 액면 그대로 받아들였는지도 자문해 보았다. 그는 달걀에 관해 생각해 보려고 애쓰면서 〈좋은 달걀(좋은 사람)〉, 〈얼굴 위의 달걀(망신당하다)〉, 〈달걀을 낳다(실패하다)〉, 〈달걀 두 개처럼 닮았다〉라는 말들을 적어 내렸다. 또 자기가 첫 번째 스틸먼이 아니라 두 번째 스틸먼을 뒤쫓았더라면 어떻게 되었을까 궁금해하기도 했고, 달로의 여행이 이루어진 1969년에 교황이 어째서 여행의 수호성인인 크리스토퍼를 시성(諡聖) 해제했는지도 자문해 보았다. 그는 돈키호테가 왜 그 온갖 기행을 하면서 사는 대신 그저 자기가 좋아했던 모험 소설이나 쓰려고 하지 않았는가 하는 문제를 숙고해 보았다. 또 자기 이름의 이니셜이 왜 돈키호테의 이니셜과 같은지 궁금해하기도 했고, 자기의 아파트로 이사를 온 여자가 그랜드 센트럴 역에서 자기 책을 읽고 있던 바로 그 여자가 아니었는지도 생각해 보았다. 그는 버지니아 스틸먼이 자기와 연락을 끊고 나서 다른 탐정을 고용한 것이 아닐까 궁금했다. 또 자기가 어째서 수표가 부도났다는 오스터의 말을 그대로 믿었는지도 자문해 보았다. 그는 피터 스틸먼에 대해서 생각해 보다가 그가 지금 자신이 있는 그 방에서 잠을 잔 적이 있는지 궁금해졌다. 또 그 사건이 정말로 끝난 것인지, 아니면 자기가 여전히 그 사건을 다루고 있는지도 궁금했다. 그리고 자기가 평생 동안 걸은 발자취를 지도로 그린다면 어떤 모양이 될지, 그것으로 무슨 글자가 만들어질지도 알고 싶었다.

어두워지면 퀸은 잠을 잤고, 빛이 있으면 음식을 먹거나 빨간 공책에 글자를 적어 나갔다. 그 사이사이에 얼마나 많은 시간이 흘렀는지는 전혀 알 수 없었다. 왜냐하면 그는 날짜나 시간을 헤아리는 일에 관심을 두지 않고 있었으니까. 하지만 그가 보기에도 어둠이 조금씩이나마 빛을 몰아내고 있는 것 같았다. 처음에는 햇빛이 우세했던 데 비해 나중에는 빛이 점점 더 희미해지고 짧아졌으니까. 그는 처음엔 그것을 계절이 바뀌는 탓으로 돌렸다. 추분은 벌써 지난 것이 분명했고 이제는 아마도 동지가 다가오고 있을 터였다. 그러나 겨울이 오고 이론적으로는 그 과정이 역전되기 시작한 뒤에도 어두운 시간이 밝은 시간을 계속 능가하고 있었다. 그가 보기에는 음식을 먹고 빨간 공책에 글을 적는 시간이 점점 더 짧아졌고, 나중에는 그 시간이 불과 몇 분으로 줄어든 것 같았다. 예를 들자면, 한번은 식사를 마치고 나서 보니 빨간 공책에 세 문장을 적을 시간밖에 남지 않았다. 그리고 다음 번에 다시 밝아졌을 때는 두 문장밖에 쓸 수 없었다. 그는 빨간 공책에 전념하기 위해서 식사를 거르기 시작했다 더 이상 버틸 수 없을 것 같은 느낌이 들 때만 먹곤 하면서. 하지만 시간은 계속 줄어들었고, 얼마 지나지 않아서 그는 어둠이 다시 밀려오기 전에 한두 입밖에는 먹을 수가 없게 되었다. 전등을 켤 생각은 아예 하지도 않았다. 거기에 그런 것이 있다는 사실을 잊은 지 이미 오래였으니까.

어둠이 점점 길어지는 시기는 빨간 공책에서 페이지가 점점 줄어드는 것과 일치했다. 조금씩 조금씩 퀸은 막바지로 다가가고 있었다. 어느 시점에서 그는 자기가 글을 더 많이 쓰면 쓸수록 더 이상 글을 쓸 수 없게 될 시간이 그만큼 더 빨리 다가오리라는 사실을 알아차렸다. 그래서 한 단어 한 단어를 아주 신중하게 저울질하고, 가능한 한 경제적이면서도 명확한 표현을 하려고 애를 쓰기 시작했다. 그는 빨간 공책 첫머리에서 너무 많은 종이를 낭비한 것이 후회스러웠고, 스틸먼 사건을 기록하려 했던 것에 대해서까지도 괜히 그랬다는 생각이 들었다. 그 사건은 지났어도 한참 지난 일이 된 데다, 이제 그는 거기에 대해선 생각하려 들지도 않고 있었으니까. 그 일은 그의 삶에서 또 다른 곳으로 건너오는 일종의 교량이었고, 이제 다리를 건넌 만큼 그 의미는 없어진 셈이었다. 퀸은 자기 자신에 대해서도 더 이상 관심이 없었다. 그가 쓰는 것은 별, 지구, 그리고 인류에 대한 그의 희망 같은 것들이었다. 그는 자기가 적고 있는 말들이 자기에게서 단절되었다고, 이제는 세상의 일부로서 돌이나 호수나 꽃처럼 실재적이고 구체적인 것이 되었다고 느꼈다. 그것들은 이제 그와는 아무 상관도 없었다. 그는 자신이 태어난 순간을, 자기가 어머니의 자궁에서 얼마나 부드럽게 당겨져 나왔는지를 떠올렸다. 또, 이 세상과 자기가 한때 사랑했던 사람들의 한없는 호의도 떠올려 보았다. 이제는 어느 것도, 그 모든 아름다움 외에는 어느 것도 중요하지 않았다. 그는 계속 아름다움에 대해서 쓰고 싶었지만 그럴 수 없으리라는 사실을 알고 있었기에 괴로웠다. 그렇더라도 일단 용기를 내어 빨간 공책의 마지막에 직면해 보기로 했다. 그는 설령 빛이 두 번 다시 돌아오지 않는다 해도 자기가 펜 없이 마음속에 글을 적을 수 있을지, 그 대신 말을 배워 어둠을 자기의 목소리로 가득 채우고 허공에, 벽에, 그 도시에 말을 할 수 있을지 생각해 보았다.

빨간 공책에 적힌 마지막 문장은 다음과 같다. 〈빨간 공책에 더 이상 쓸 자리가 없어지면 무슨 일이 일어날까?〉

이 시점에서 이야기가 모호해진다. 정보는 모두 바닥이 났고, 이 마지막 문장 이후의 일들은 결코 알려지지 않을 것이다. 함부로 추측을 하는 것마저도 어리석은 일이 될 것이다.

2월에 내가 아프리카 여행에서 돌아온 지 채 몇 시간도 안되어 뉴욕에 눈보라가 몰아치기 시작했다. 그날 저녁 나는 친구인 오스터에게 전화를 걸었다가 그에게서 가능한 한 빨리 자기 집으로 건너오라는 재촉을 받았다. 그의 목소리에 몹시 조르는 듯한 기색이 배어 있어서 나는 지칠 대로 지쳐 있었음에도 차마 거절할 수 없었다.

그의 아파트에서 오스터는 자기가 퀸에 대해 알고 있는 얼마간의 사실을 내게 설명해 준 다음, 이어서 우연히 말려들게 된 이상한 사건에 대해서 얘기해 주었다. 그의 말로는 그 일을 떨쳐 버릴 수가 없어서 자기가 어떻게 해야 할지 내 조언을 듣고 싶다는 것이었다. 그의 이야기를 모두 듣고 나자 나는 그가 퀸을 그처럼 냉정하게 대했다는 것에 화가 나기 시작했다. 그래서 나는 그가 좀 더 적극적으로 그 일에 나서지 않았다고, 곤경에 처한 것이 분명한 사람을 돕기 위해 어떻게든 손을 쓰지 않았다고 그를 나무랐다.

오스터는 내 말을 가슴 깊이 통감하는 것 같았다. 사실 그가 내게 건너오라고 한 것도 바로 그 때문이라는 것이었다. 그는 죄책감을 느끼고 있었고, 그래서 마음의 짐을 덜 필요가 있었다. 그는 또 자기가 믿을 수 있는 사람은 나 하나뿐이라고도 했다.

사실 지난 몇 달 동안 그는 퀸의 자취를 찾아보려고 했었지만 모두 헛수고였다. 퀸은 전에 살던 아파트에 살지도 않았고, 버지니아 스틸먼과 연락해 보려던 모든 시도도 실패로 돌아갔다. 내가 스틸먼의 아파트를 한번 둘러보자고 한 것은 바로 그때였다. 어쩐지 퀸이 최후를 맞은 곳이 거기일 것 같다는 직감 때문이었다.

우리는 코트를 걸쳐 입고 밖으로 나와 택시를 잡아타고 이스트 69번가로 갔다. 한 시간 동안 쏟아진 눈으로 길은 이미 위험천만했다. 우리가 건물 안으로 들어서는 데는 별 어려움이 없었다. 입주자 한 사람이 귀가하는 틈을 타서 슬며시 현관문을 통과한 것으로 그만이었으니까. 우리는 위층으로 올라가 한때 스틸먼 부부가 살았던 아파트 문 앞에 이르렀다. 문은 잠겨 있지 않았다. 우리는 조심스레 안으로 발을 들여놓았다가 텅 빈 방들이 죽 늘어서 있는 것을 보았다. 아파트 뒤편에 있는 조그만 방으로 들어서 보니 그곳 역시 다른 방들처럼 말끔히 치워져 있고 바닥에 빨간 공책이 한 권 놓여 있었다. 오스터가 그 공책을 집어 들고 잠시 훑어보더니 퀸의 것이라고 했다. 그런 다음에는 공책을 내게 건네면서 보관은 내가 하라고 일렀다. 그 모든 일이 너무 혼란스러워서 자기로서는 보관할 엄두가 나지 않는다는 것이었다. 나는 그가 공책을 읽을 마음이 생길 때까지 보관해 두겠다고 했지만 그는 고개를 저으면서 자기는 두 번 다시 그것을 보고 싶지 않다고 했다. 다음에 우리는 그곳을 떠나 눈발 속으로 걸어

나왔다. 이제는 도시가 온통 흰색이었고, 눈은 영원히 그치지 않을 것처럼 계속 쏟아져 내리고 있었다.

퀸에 대해서는 나로서도 그가 지금 어디에 있는지 알 수 없다. 나는 할 수 있는 한 면밀하게 빨간 공책의 내용을 살펴보았는데, 만일 이 이야기에 조금이라도 부정확한 점이 있다면 그것은 전적으로 내 책임이다. 군데군데 알아보기 어려운 부분들이 있었지만 나는 나름대로 최선을 다하면서 어떤 해석도 달지 않으려고 노력했다. 민감한 독자라면 누구나 다알 수 있겠지만, 빨간 공책은 이 이야기의 절반에 지나지 않는다. 오스터의 경우, 나는 그가 시종일관 좋지 못하게 행동했다고 확신한다. 만일 우리의 우정이 끝난다면 그것은 순전히 그의 탓이다. 나의 경우, 퀸에 대한 생각이 뇌리에서 떠나지 않았다. 그는 언제까지고 내 곁에 있을 것이다. 그리고 그가 사라져 간 곳이 어디이건, 나는 그의 행운을 빈다.

(1981~1982)

유령들

맨 처음에는 블루가 있다. 그리고 다음에는 화이트, 그다음에는 블랙이 있다. 하지만 그전에 먼저 브라운이 있다. 브라운이 블루를 훈련시키고 요령을 가르친 뒤 나이가 들자 그 일을 블루에게 넘겨주었으니까. 일은 그런 식으로 시작된다. 장소는 뉴욕, 시간은 현재이고 그중 어느 것도 변하지 않을 것이다. 블루는 매일같이 사무실로 나가 책상에 앉아서 무슨 일이 일어나기를 기다린다. 오랫동안 아무 일도 없다가 화이트라는 사내가 안으로 들어서고, 그렇게 해서 이야기가 시작된다.

일은 아주 간단해 보인다. 화이트가 블루에게 원하는 것은 필요한 기간만큼 블랙이라는 사내의 뒤를 밟고 감시해 달라는 것이다. 브라운 밑에서 일할 때 블루는 미행 일을 여러 번 해보았는데, 이 일도 별로 다를 것이 없어 보인다. 어쩌면 지금까지 해온 대부분의 일보다 더 쉬울지도 모른다.

블루는 일거리를 맡아야 하므로 화이트의 말에 귀를 기울이면서 필요 이상의 질문은 하지 않는다. 그가 짐작하기에 이 일은 결혼 생활과 관련된 것이고 화이트는 질투심 많은 남편인 듯하다. 그러나 화이트는 자세한 얘기를 하지 않는다. 그저 1주일에 한 번씩 가로세로 얼마짜리 복사 용지에 보고서를 타이핑해서 어떠한 사서함으로 보내 달라는 것뿐이다. 그러면 매주 수표를 한 매씩 우송해 주겠다고. 그런 다음 화이트는 블루에게 블랙이 사는 곳과 생김새 등을 설명해 준다. 블루가 화이트에게 이 일이 얼마나 오래 걸릴 것 같으냐고 묻자 화이트는 잘 모르겠다고, 다만 별도의 지시가 있을 때까지 보고서나 계속 보내 달라고 한다.

솔직히 말하자면 블루가 보기에도 그 일은 좀 이상해 보인다. 하지만 이 대목에서 미심쩍은 구석이 있다는 말을 한다면 그것은 너무 앞질러 가는 셈이 될 것이다. 그렇더라도 블루는 화이트의 몇 가지 별난 점을 알아채지 않을 수 없다. 예를 들자면 새까만 턱수염이라든가 지나치게 숱이 많은 눈썹. 그리고 또 분이라도 바른 것처럼 터무니없이 하얘 보이는 피부도. 블루는 변장술에 아마추어가 절대로 아닌 만큼, 이 사내가 변장을 했는지 아닌지 알아내는 일쯤은 식은 죽 먹기다. 누가 뭐래도 그를 가르친 사람은 브라운이었고, 전성기 때 브라운은 그 분야에서 최고였으니까. 그래서 블루는 자기가 잘못 짚었다는, 이 일은 결혼 생활과는 아무 상관도 없다는 생각을 하기 시작한다. 그러나 생각이 그 이상 더 뻗지는 못한다. 화이트가 아직 말을 하고 있고, 블루는 그의 말을 따라잡기 위해 정신을 쏟아야 하기 때문이다.

준비는 다 되어 있소. 화이트가 말한다. 블랙의 집 바로 맞은편에 조그만 아파트가 하나 있는데, 내가 그 아파트를 임대해 두었으니까 선생은 오늘이라도 거기로 옮겨 갈 수 있을 거요. 임대료는 이 일이 끝날 때까지 계속 지불될 거고 말이오.

좋은 생각입니다. 블루가 화이트에게서 열쇠를 받아 들면서 대답한다. 그러면 돌아다닐 일도 없겠군요.

바로 그거요. 화이트가 턱수염을 쓰다듬으며 말한다.

그렇게 해서 일이 정해진다. 블루는 일을 맡기로 하고 두 사람은 악수를 나눈다. 그런 다음 화이트가 신의를 보이려는 듯 블루에게 선불로 50달러짜리 지폐 열 장을 건넨다.

일은 그렇게 시작된다. 블루라는 젊은이와 정체를 감추고 있는 것이 분명한 화이트라는 사내 사이에서. 화이트가 떠나고 난 뒤 블루는 속으로 이렇게 중얼거린다. 상관할 거 없어. 분명히 그 나름대로 이유가 있을 테니까. 게다가 이건 내 문제도 아니야. 나는 내가 하는 일에나 신경 쓰면 돼.

그날은 1947년 2월 3일이다. 당연히, 블루는 그 사건이 몇 년씩이나 계속되리라는 것을 알지 못한다. 그러나 현재는 과거만큼이나 암울하고, 그 수수께끼는 미래에도 고스란히 적용될 것이다. 그것이 세상 돌아가는 방식이다. 한 번에 한 발짝씩, 한 마디씩 하고 다음번으로 넘어가는 것이. 이 시점에서는 블루가 도저히 알 수 없는 일들이 있다. 앎이란 서서히 이루어지는 것이고, 정작 알게 되었을 때는 종종 적지 않은 희생이 따르기도 하는 법이니까.

화이트가 사무실을 떠나고 나서 잠시 뒤에 블루는 수화기를 집어 들고 장차 아내가 될 여자에게 전화를 건다. 이제부터 잠복근무를 해야 돼. 그가 연인에게 말한다. 한동안 연락이 되지 않더라도 걱정하지 마. 그동안 내내 네 생각을 할 거니까.

블루는 선반에서 조그만 회색 배낭을 내려 38구경 권총과 쌍안경, 공책, 그리고 자기의 일에 필요한 다른 도구들을 챙겨 넣는다. 그런 다음 책상을 치우고 서류를 정돈한 뒤, 사무실 문을 잠그고 화이트가 빌려 둔 아파트로 건너간다. 주소는 중요하지 않다. 하지만 이야기의 필요상 브루클린 하이츠라고 해두자. 그곳은 브루클린 다리에서 멀지 않은 조용하고 번잡하지 않은 거리, 아마 오렌지 거리쯤이 될 것이다. 월트 휘트먼은 그곳에서 1855년에 『풀잎』의 초판본을 손수 조판했고, 헨리 워드 비처[1]가 자신의 빨간 벽돌 교회 연단에서 노예 제도를 공격한 곳도 바로 거기였다. 지방색에 대해서는 그 정도로 충분하다.

그 아파트는 4층짜리 적갈색 사암 건물 3층에 있는 조그만 원룸이다. 블루는 설비가 완전히 갖추어진 것을 보고 흡족해서 비치된 가구들을 둘러보다가 침대며 테이블, 의자, 양탄자, 시트, 주방 기구 등 모든 것이 새로 들여온 것임을 알게 된다. 옷장에 구색이 다 갖추어진 정장이 한 벌 걸려 있는데, 블루는 그 옷이 자기가 입어도 되는 것인지 궁금해서 한번 입어 보았다가 꼭 맞는다는 것도 알게 된다. 방 한쪽 끝에서 다른 쪽 끝으로 걸음을 옮기며 그는 이렇게 중얼거린다. 이곳이 내가 있어 본 집들 중에서 제일 큰 것은 아니지만 아주 아늑해, 정말로 아주.

그는 다시 밖으로 나가서 길을 건너 맞은편 건물로 들어간다. 그리고 현관 우편함에서 블랙의 이름이 있는지 훑어보다가 그 이름을 찾아낸다. 블랙, 3층. 여기까지는 아주 좋아. 다음에 그는 자기 방으로 돌아와 일에 착수한다.

그는 창문 커튼을 젖히고 밖을 내다보다가 블랙이 길 건너편 자기 방 테이블에 앉아 있는 것을 본다. 블루가 현재 상황으로 미루어 짐작하건대 블랙은 글을 쓰고 있는 것 같다. 쌍안경으로 확인해 보니 그 짐작이 맞는다. 하지만 렌즈가 글의 내용까지 알아볼 수 있을 만큼 강력한 것은 아니고, 또 설령

---

1 Henry Ward Beecher(1813~1887). 미국의 진보적 목사. 뛰어난 연설 솜씨로 유명했다.

그렇다손 치더라도 블루로서는 자기가 거꾸로 된 필기 글씨를 알아볼 수 있을지 의심스럽다. 따라서 그가 확실하게 알 수 있는 것은 블랙이 빨간 만년필로 공책에 뭔가를 쓰고 있다는 사실뿐이다. 블루는 자신의 공책을 꺼내서 이렇게 적는다. 2월 3일. 오후 3시. 블랙이 책상에 앉아 글을 쓰고 있음.

블랙은 이따금씩 하던 일을 멈추고 창밖을 내다본다. 언젠가 한번 블루는 그가 자기를 똑바로 쳐다보고 있다는 생각이 들어서 얼른 몸을 숙인 적도 있다. 그러나 좀 더 자세히 살펴보니 그것은 그저 멍한 눈길, 본다기보다는 생각하는 것에 가까워서 사물을 알아보지도 못하고 보이는 것을 받아들이지도 않는 눈길임을 알 수 있다. 블랙은 가끔가다 한 번씩 의자에서 일어나 보이지 않는 곳으로, 블루가 짐작하기에는 방 한구석 아니면 욕실로 사라지곤 한다. 그러나 오래도록 안 보이는 일은 없고 언제나 곧 돌아와서 다시 책상에 앉는다. 그런 일이 서너 시간 동안 계속되고 블루는 애만 썼을 뿐 알아낸 것이 하나도 없다. 6시가 되자 그는 공책에 두 번째 문장을 적는다. 이런 일이 서너 시간 동안 계속되고 있음.

블루는 따분하다기보다 기가 꺾이는 느낌이다. 블랙이 쓴 내용을 읽을 수가 없으므로 지금까지는 모든 것이 백지 상태다. 저 친구 어쩌면 미치광이일지도 몰라 하고 블루는 생각한다. 온 세상을 날려 버릴 음모를 꾸미고 있는. 어쩌면 저 글이 비밀 공식과 어떤 관계가 있을 수도 있어. 그러나 블루는 당장 자기가 그런 어린애 같은 생각을 한 것에 당황스러워한다. 뭘 알아내기엔 아직 일러. 그는 속으로 그렇게 중얼거리고 나서 당분간은 판단을 유보하기로 마음먹는다.

그의 생각이 이런저런 사소한 일들 사이에서 떠돌다가 마침내는 장차 아내가 될 여자에게로 가서 머문다. 두 사람이 오늘 저녁에 같이 외식을 하기로 했던 일이 떠오른다. 만일 오늘 아침 화이트가 이 사건을 가지고 사무실로 찾아오지 않았더라면 지금쯤 그는 그녀와 함께 있을 것이다. 먼저 그들은 39번가의 중국 음식점에서 젓가락과 씨름을 하거나 식탁 밑으로 손을 잡았을 것이고, 다음에는 두 편을 연속 상영하는 파라마운트 극장으로 갔을 것이다. 한순간 그의 마음속으로 그녀의 얼굴(당황한 척 눈을 내리깔고 웃는)이 놀랄 만큼 선명하게 떠오르자 그는 문득 언제까지일지도 모르는 채 그 조그만 방에 죽치고 앉아 있기보다는 그녀와 함께 있고 싶다는 생각이 든다. 그래서 잠시 그녀에게 전화를 걸어 잡담이라도 좀 나눌까 말까 망설이다 그러지 않기로 한다. 나약한 모습을 보이고 싶지 않아서다. 만일 그녀 쪽에서 자기가 그녀를 얼마나 필요로 하는지 알게 된다면 그는 유리한 고지를 잃기 시작할 것이고, 그래서 좋을 것이라고는 없다. 남자란 모름지기 여자보다 강해야 하는 법이니까.

블랙은 이제 테이블을 치우고 나서 글을 쓰는 대신 식사를 하기 시작한다. 바로 그 테이블에 앉아 여전히 멍한 눈길로 창밖을 내다보며 천천히 음식을 씹고 있다. 음식이 눈에 띄자 블루는 문득 자기도 배가 고프다는 것을 알아차리고 뭐라도 먹을 것이 있는지 주방 찬장을 뒤져 본다. 그리고 통조림 스튜로 마음을 정한 다음 흰 빵을 육즙에 적셔 먹는다. 식사를 마친 뒤 그는 블랙이 밖으로 나왔으면 하는 생각을 하고 있다가 그의 방에서 갑자기 부산스러운 움직임이 일자 잔뜩 기대를 한다. 그러나 아무 일도 일어나지 않는다. 15분 후 블랙은 다시 책상 앞에 앉아서 이번에는 책을 읽고 있다. 그의 옆에 스탠드가 켜져 있어서 이제는 그 얼굴을 전보다 더 분명하게 볼 수 있다. 블루는 블랙이 자기 나이 또래거나 아니면 한두 살 정도 차이가 날 것이라고 어림잡는다. 다시 말해서 20대 후반 아니면 30대 초반일 것이라고. 그는 블랙의 생김새가 꽤 호감이 가는 편이며 매일같이 보는 수많은 사람들과 별다르지 않다는 것을 알아차린다. 하지만 블루에게는 그것이 얼마쯤은 실망스러운 일이다. 왜냐하면 그는 아직도 속으로 블랙이 미치광이라는 사실을 알게 되었으면 하고 있으니까. 블루는 쌍안경을 통해서 블랙이 읽고 있는 책의 제목을 읽는다. 헨리 데이비드 소로의 『월든』이다. 블루는 그 책에 대해 들어 본 적이 없어서 자기의 공책에다 조심스럽게 제목을 적어 넣는다.

그날 저녁 나머지 시간도 블랙은 책을 읽고 블루는 책을 읽는 블랙을 지켜보는 식으로 지나간다. 시간이 흐를수록 블루는 점점 더 기가 꺾인다. 그런 식으로 앉아 있는 일에 길이 들지도 않은 데다, 이제 어둠이 몰려들자 신경이 곤두서기 시작해서다. 그는 이리저리 돌아다니면서 이런저런 일을 하는 활동적인 업무를 좋아한다. 그래서 브라운 밑에 있었을 때는 죽치고 앉아서 하는 일이 떨어지기만 하면 이렇게 항의하곤 했다. 나는 셜록 홈스 타입이 아니니까 나한테는 달려들어 물고 늘어질 만한 일거리를 주십쇼. 그런데 이제 그가 맡게 된 것은 할 일이 아무것도 없는 사건이다. 누군가가 책을 읽고 글을 쓰는 것을 지켜보는 일은 따지고 보면 아무 일도 하지 않는 거나 마찬가지니까. 블루로서는 무슨 일이 일어나고 있다는 느낌을 받으려면 블랙의 마음속으로 들어가서 그가 무슨 생각을 하는지 알아내는 수밖에 없는데, 그것은 당연히 불가능한 일이다. 그래서 블루는 멍하니 옛날 일들이 떠오르도록 놓아둔 채 브라운과 자기네 두 사람이 함께 처리했던 사건들을 떠올리며 승리의 추억을 음미한다. 예를 들자면 레드먼 사건이 있었는데, 그때 그들은 25만 달러를 횡령한 은행원을 추적했었다. 그 사건에서 블루는 마권업자를 가장해 레드먼을 꾀어 도박판을 벌였고, 그에게서 나온 돈을 추적한 결과 은행에서 분실한 지폐임이 밝혀져 그 사내는 받아 마땅한 처벌을 받았다. 그보다 더 멋지게 해결한 것은 그레이 사건이었다. 그레이는 1년 넘게 행방불명이어서 그의 아내는 남편이 죽은 것으로 알고 포기할 준비가 되어 있었다. 블루는 통상적인 모든 방법을 다 동원해서 그를 찾아 보았지만 헛수고였다. 그런데 어느 날, 그가 최종 보고서를 작성하려는 참에 한 술집에서 우연히 그레이와 맞닥뜨린 것이 아닌가! 그것도 그의 아내가 남편이 다시는 돌아오지 않을 것이라 믿고 앉아 있는 집으로부터 두 블록도 채 떨어지지 않은 곳에서. 그레이는 그린이라는 이름을 쓰고 있었지만 블루는 이름이야 어떻든 그가 바로 그레이라는 것을 알았다. 지난 석 달 동안 그 남자의 사진을 가지고 돌아다닌 덕에 그의 얼굴을 외울 정도가 되어 있었으니까. 결국 그는 기억 상실증에 걸린 것으로 밝혀졌다. 블루는 그레이를 그의 아내에게로 데려갔는데, 그레이는 자기 아내를 기억하지 못했고 또 계속 자기는 그린이라고 우기기는 했어도, 어쨌건 그녀를 좋아하게 되어 며칠 후에는 결혼을 신청했고, 그렇게 해서 그레이 부인은 같은 남자와 두 번 결혼해 그린 부인이 되었다. 그레이는 과거를 전혀 기억하지 못했지만 ─ 그리고 자기가 기억 상실증에 걸렸다는 사실도 인정하려고 들지 않았지만 ─ 그렇다고 해서 현재의 안락한 삶이 깨어질 것 같지는 않았다. 기억 상실증에 걸리기 전의 그레이는 엔지니어였던 반면, 현재의 그린은 두 블록 떨어진 술집에서 바텐더로 일하고 있었다. 그리고 술집으로 들어선 손님들에게, 자기는 칵테일을 만드는 일이 좋고 다른 일을 하는 것은 상상도 할 수 없다는 말을 하곤 했다. 나는 타고난 바텐더지요. 그는 결혼식 피로연에서 브라운과 블루에게 그렇게 공언했다. 한 남자가 평생 동안 하기로 한 일에 반대를 하고 나설 사람이 누가 있을까?

그 시절이 좋았지. 블루는 블랙이 길 건너편 자기 방에서 불을 끄는 모습을 지켜보며 그렇게 중얼거린다. 갖가지 기막힌 반전과 우연의 일치로 가득 차 있던. 아무튼, 사건이 모두 다 그렇게 흥미진진하란 법은 없지. 좋은 사건과 함께 안 좋은 사건도 맡아야 하는 거니까.

언제나 낙천적인 블루는 다음 날 아침 상쾌한 기분으로 눈을 뜬다. 창밖으로 한적한 거리에 눈이 내리고 있어서 온 세상이 하얗게 바뀌어 있다. 블랙이 창가 테이블에서 아침 식사를 하고 『월든』을 몇 페이지 더 읽더니 방 뒤편 안 보이는 곳으로 갔다가 외투를 걸치고 다시 창가로 돌아온다. 시간은 8시가 조금 지나 있다. 블루는 모자와 외투, 머플러, 부츠 등을 끌어내어 서둘러 입고 쓰고 신고 한 다음, 아래층으로 내려가 블랙보다 1분도 늦지 않게 거리로 나선다. 바람 한 점 없는 아침, 너무도 고요해서 나뭇가지에 눈이 내려앉는 소리까지도 들리는 것 같다. 주위에는 아무도 없고, 블랙의 신발이 하얀 눈으로 덮인 길에 선명한 발자국을 만들어 놓고 있다. 블루는 그 발자국을 좇아 모퉁이를 돌았다가 블랙이 마치 그런 날씨를 즐기기라도 하듯 다음번 거리를 따라 느릿느릿 걸어가는 모습을 본다. 저건 분명히 도망치려는 사람의 걸음걸이는 아니야. 블루는 그런 생각을 하고 자기도 걸음을 늦춘다. 두 블록을 더 가서 블랙이 조그만 식품점으로 들어가더니 10여 분쯤 있다가 물건이 잔뜩 담긴 갈색 봉지 두 개를 안고 나온다. 그리고는 길 맞은편 어느 건물 출입구에 서 있는 블루를 보지 못한 채 오렌지 거리 쪽으로 온 길을 되짚어가기 시작한다. 궂은 날에 대비해 두자 이거로군. 블루는 속으로 그렇게 중얼거린다. 그리고 다음에는 블랙을 놓치게 될 위험을 감수하고 자기도 그 상점에서 식품을 좀 구입하기로 마음먹는다. 이게 유인책이라서 블랙이 식료품들을 내버리고 달아날 계획을 짜는 게 아니라면, 저 친구는 집으로 가고 있는 게 거의 틀림없어 하고 블루는 생각한다. 그래서 자기가 사야 할 것들을 산 다음 옆 상점에 들러 신문과 잡지 몇 권을 더 사 가지고 오렌지 거리에 있는 자기 방으로 돌아온다. 블랙은 이미 창가 책상에 앉아서 전날 보았던 그 공책에 글을 쓰고 있다.

눈 때문에 시계가 좋지 않아서 블루는 블랙의 방에서 일어나고 있는 일을 분간하기 어렵다. 쌍안경마저도 별 도움이 되지 않는다. 낮인데도 여전히 어둡고 끝없이 내리는 눈발 속에서는 블랙이 희미한 그림자로밖에 보이지 않는다. 블루는 더 오래 기다릴까 하는 생각을 그만두고 자기도 신문과 잡지를 들고 자리에 앉는다. 그는 『진정한 탐정』 애독자라서 한 호도 거르지 않으려고 하는 편인데, 이제 가용할 수 있는 시간이 생기자 뒷면에 실린 조그만 안내란과 광고까지도 빼놓지 않고 그 최신 호를 처음부터 끝까지 샅샅이 읽는다. 강력계 형사와 비밀 요원에 관한 특집 기사들 사이에 블루의 마음을 끄는 짤막한 기사가 한 편 실려 있다. 잡지를 다 읽고 난 뒤에도 블루는 그 기사에 대한 생각을 떨쳐 버리지 못한다. 25년 전 필라델피아 외곽의 어느 삼림 지대에서 작은 사내아이가 피살된 채 발견된 적이 있었던 모양이다. 경찰은 즉시 그 사건 수사에 착수했지만 아무런 단서도 찾아낼 수 없었다. 용의자를 찾아내지도, 아니, 하다못해 죽은 소년의 신원조차 파악하지 못했다. 그 아이가 누구인지, 어디에서 왔는지, 어째서 그곳에 오게 되었는지 ── 그 모든 의문점들이 미결인 채로 남아 있었다. 결국 그 사건은 수사 파일에서 제외되었는데, 그 소년의 검시를 맡았던 검시관이 아니었더라면 완전히 망각 속에 묻혀 버렸을 것이다. 이름이 골드였던 이 검시관은 그 살인 사건에 강박적으로 사로잡혀서 그 아이가 매장되기 전에 데드마스크를 떠두었고, 이후 틈이 나기만 하면 그 수수께끼 같은 사건에 매달렸다. 그리고 20년이 더 지나서 은퇴할 나이가 되자 현역에서 물러나 그 사건에 모든 시간을 쏟기 시작했다. 하지만 일이 잘 풀리지가 않아서 그는 그 범죄를 해결하는 데 조금도 진척도 보지 못하고 있었다. 『진정한 탐정』에 실린 기사는 그가 소년에 대한 정보를 제공해 줄 수 있는 사람이라면 누구에게나 2천 달러의 상금을 걸고 있다는 내용이다. 또 거기에는 양손으로 데드마스크를 들고 있는, 입자가 굵게 나온 그의 사진도 같이 게재되어 있다. 그의 눈에 어린 표정이 너무도 고뇌에 차 있고 애원하는 듯해서 블루는 도저히 눈길을 돌릴 수 없다. 골드는 이제 연로해져 가는 중이고, 자기가 그 사건을 해결하기 전에 죽을까 봐 두려워하고 있다. 블루는 거기에서 깊은 감동을 느낀다. 할 수만 있다면 하던 일을 모두 집어치우고서라도 어떻게든 골드를 도와주고 싶다. 그런 사람은 흔치 않다는 생각이 들어서다. 만일 그 소년이 골드의 아들이었다면 이해가 될 것이다. 그럴 경우에는 간단히 말해서 복수를 하려는 것이고, 그것은 누구라도 이해할 수 있는 일이니까. 하지만 그 소년은 골드와 생면부지인 사이이므로 그 일에는 개인적인 감정이라든가 숨은 동기 같은 것이 있을 수 없다. 블루를 그처럼 감동시킨 것은 바로 이런 생각이다. 골드는 아이를 죽인 살인범이 벌을 받지 않고 넘어갈 수 있는 세상을 용납하지 않으려 하고 있다. 설령 그 살인자가 지금은 죽고 없을지라도, 그는 잘못된 일을 바로잡기 위해 자신의 삶과 행복을 기꺼이 희생할 각오가 되어 있는 것이다. 다음에 블루는 실제로 일어났던 일과 그 소년이 느꼈을 법한 감정을 상상하려고 애쓰면서 한동안 그 어린 소년에 대해 생각해 보다가 살인자가 십중팔구 소년의 부모 중 한 사람이었을 것이라는 생각을 해본다. 그렇지 않았다면 그 소년은 실종 신고가 되었을 테니까. 블루는 바로 그 때문에 사건 해결이 더 어려워졌다는 생각을 하다가 그 생각에 화가 나기 시작한다. 이제 그는 골드가 그동안 내내 어떤 느낌이었는지를 분명히 알게 되면서 25년 전에는 자기도 어린 소년이었다는 것, 만일 그 소년이 살아 있었다면 지금은 자기 나이 또래쯤 되었을 것이라는 사실을 알아차린다. 그 일이 나한테 일어났을 수도 있었어, 하고 블루는 생각한다. 내가 그 소년일 수도 있었어. 달리 어떻게 해야 좋을지를 몰라 그는 잡지에서 그 사진을 오려내어 침대 머리맡 벽에 붙여 둔다.

처음 며칠은 그렇게 지나간다. 블루는 블랙을 지켜보고, 무슨 일이라고 할 만한 것은 거의 일어나지 않는 식으로. 블랙은 글을 쓰고 책을 읽고 음식을 먹고 잠깐씩 근처로 산책을 나가는데, 블루가 거기에 있다는 사실을 알지 못하는 것 같다. 블루는 걱정을 하지 않으려고 애를 쓴다. 하지만 블랙이 때가 오기를 기다리면서 잠자코 웅크리고 있는 것이라는 추측도 해본다. 블루는 자기가 혼자인 만큼, 그를 끊임없이 감시해야 하는 것은 아니라는 사실을 알아차린다. 누가 뭐래도 누군가를 하루 24시간 동안 지켜볼 수는 없는 노릇이니까. 감시자 역시 잠을 자고 먹고 세탁을 하는 등의 일을 해야 한다. 만일 화이트가 블랙을 24시간 내내 감시하고 싶었다면 한 명이 아니라 두세 명을 고용했을 것이다. 그런데 블루는 혼자이므로 가능한 범위를 넘어서는 일까지 할 수는 없다.

속으로는 그런 생각을 하면서도 블루는 은근히 걱정이 되기 시작한다. 블랙이 감시를 받아야 한다면, 그것은 매일 매시간 감시를 받아야 한다는 뜻이기 때문이다. 끊임없는 감시가 아니라면 그 어느 것도 감시라고 할 수 없을 것이다. 별것 아닌 일로도 전체적인 상황이 바뀔 수 있어, 하고 블루는 생각한다. 그가 옆쪽을 흘끗 쳐다보거나, 머리를 긁으려고 잠시 한눈을 팔거나, 아니면 그저 하품을 하거나 하면서 한순간만 방심을 하면 그것으로 끝이고 블랙은 그사이에 슬며시 빠져나가 그가 획책하고 있는 가증스러운 범죄를 저지를 것이다. 하지만 그런 순간은 하루에 수백 번, 아니 수천 번이라도 있을 수 있다. 블루는 자기가 그 문제로 아무리 전전긍긍하더라도 별다른 해결책이 나올 수 없다는 것 때문에 곤혹스럽다. 또 문제가 그것에 국한되지만도 않는다.

지금까지 블루는 그저 가만히 앉아 있을 기회가 별로 없었고 그래서 이 새로운 무위 상태에 얼마쯤은 난감해한다. 생전 처음으로 아무 할 일도 없이, 순간순간을 구분할 길도 없이, 자기 혼자서만 처박혀 있게 되었다는 사실을 알았기 때문이다. 그는 지금껏 한 번도 자신의 내면세계에 대해 많은 생각을 해본 적이 없었다. 내면세계라는 것이 있다는 것은 늘 알고 있었지만 아직까지는 그것이 탐사되지 않은 미지의 세계로, 그래서 자기도 모르는 암흑세계로 남아 있었다. 그가 기억할 수 있는 한 지금까지 그는 이런저런 일들의 외면을 따라 재빠르게 움직여 왔다. 오로지 그런 일들을 인식하기 위해서 외면에만 관심을 두고, 하나를 헤아리고 나면 다음번 것으로 넘어가고 하면서. 그는 언제나 보이는 대로의 세계에서, 거기에 있는 것 이상의 어떤 것도 요구하지 않고, 즐거움을 얻어 왔다. 또 지금까지는 그것들이 밝은 햇살에 새긴 듯 선명히 부각되어 그 속성을 명확하게, 그처럼 완벽하게 드러냈으므로 그로서는 다른 어떤 것에 대해서도 걸음을 멈추고 두 번 다시 쳐다볼 필요가 없었다. 그런데 이제 갑자기 그 보이는 대로의 세계가 그에게서 멀어지고 블랙이라는 이름의 희미한 그림자 외에는 볼 수 있는 것이 별로 없게 되자, 그는 예전 같았으면 아예 떠오르지도 않았을 것들에 대해서 생각하게 되고, 그것 때문에도 난감해지기 시작한다. 만일 지금 여기서 생각이라는 말을 쓴 것이 좀 뭣하다면 약간 더 온당한 말 — 이를테면 고찰이라는 말 — 을 쓰더라도 그 의미가 크게 달라지지는 않을 것이다. 고찰이라는 말은 거울, 또는 체경을 뜻하는 라틴어인 *speculatus*에서 왔는데, 길 건너편에서 블랙을 염탐하는 일이 블루에게는 마치 거울을 들여다보는 것 같고, 그래서 자기가 그저 남을 지켜보기만 하는 것이 아니라 자기 자신도 지켜보고 있다는 사실을 알아차린다. 삶의 속도가 그처럼 극적으로 느려져 있어서 블루는 이제 전에는 관심을 두지 않고 놓쳐 버렸던 것들까지도 볼 수 있다. 이를테면, 햇살이 매일같이 방을 지나가며 어떤 궤적을 그린다거나 태양광이 언제 어떻게 눈에 반사되어 방의 맨 안쪽 천장 구석을 비춘다거나 하는 그런 것들까지도. 자신의 심장 박동, 숨소리, 눈 깜박임 — 블루는 이제 그런 사소한 것들까지 의식하고 있는데, 그가 아무리 무시하려고 애를 써도 그것들은 끝없이 되풀이되는 무의미한 구절처럼 그의 마음에서 떠나려고 들지를 않는다. 그럴 리가 없다는 것을 알고 있음에도 불구하고, 그런 구절들이 차츰차츰 어떤 의미를 띠어 가는 것처럼 보인다.

이제 블루는 블랙에 대해, 화이트에 대해, 자신이 고용된 일에 대해 몇 가지 이론을 전개하기 시작한다. 그리고 이야기를 꾸며 내는 일이 그저 시간을 때우는 데 도움이 될 뿐 아니라 그 자체로도 재미있다는 사실을 알게 된다. 그는 화이트와 블랙이 아마도 형제지간일 것이고 둘 사이에 엄청난 돈 — 예를 들자면 유산이라든가 또는 공동으로 투자한 자금 — 이 걸려 있을 것이라는 생각을 해본다. 어쩌면 화이트는 블랙이 무능력자라는 사실을 입증해서 그를 수용 시설에 집어넣고 자기 혼자서 집안의 전 재산을 독차지하려는 것일지도 모른다. 그러나 블랙은 그렇게 당할 만큼 아둔하지가 않아서 몸을 숨기고 그 시련이 풀리기를 기다리고 있을 것이다. 블루가 전개한 또 다른 이론에서는 화이트와 블랙이 같은 목표 — 예를 들자면 어떤 과학적인 문제의 해결 — 를 향해 뛰고 있는 경쟁자이고 화이트는 그 경쟁에서 지지 않기 위해 블랙을 감시하고 싶어 한다. 그리고 또 다른 이론은 화이트가 FBI나 혹은 아마도 외국의 어떤 정보기관에서 이탈한 요원으로 상급자의 인가를 받을 필요가 없는 몇 가지 부수적인 조사를 독자적으로 수행하고 있다는 것이다. 그는 자기의 일을 블루에게 맡김으로써 블랙을 은밀히 감시할 수 있는 동시에 자기의 정상 업무도 계속해 나갈 수 있다. 날이 갈수록 그런 이야기들이 점점 더 많아지자 블루는 때때로 전에 만들었던 이야기에 살을 붙이기도 하고 때로는 뭔가 새로운 이야기를 처음부터 다시 만들기도 한다. 이를테면 살인 음모라든가 막대한 몸값을 받아 내기 위한 유괴 따위들이다. 그렇게 하루하루가 지나면서 블루는 자기가 만들 수 있는 이야기가 끝없이 많다는 사실을 알게 된다. 왜냐하면 블랙은 일종의 여백, 이런저런 일들이라는 천에 뚫린 구멍일 뿐이므로 어떤 이야기로든 그 구멍을 메울 수 있기 때문이다.

하지만 블루로서는 어느 것이라고 딱 잘라 말할 수가 없다. 그는 자기가 무엇보다도 더 알고 싶어 하는 것이 진짜 이야기임을 알고 있다. 하지만 초기 단계에서는 인내심이 필요하다는 것도 알고 있어서 조금씩 파고들기 시작한다. 그리고 하루하루가 지날수록 자신이 처한 상황을 조금은 더 편하게 여기면서 자기가 길고 괴로운 여정에 들어섰다는 사실을 차츰차츰 인정하고 받아들인다.

그러나 유감스럽게도 장차 아내가 될 여자에 대한 생각이 평온해져 가는 마음을 가끔씩 흔들어 놓곤 한다. 블루는 그 어느 때보다도 그녀가 보고 싶지만, 그러면서도 어쩐지 상황이 다시 예전과 같아질 수는 없을 것이라고 느낀다. 그런 느낌이 어디에서 오는 것인지는 알 수 없다. 하지만 생각을 블랙과 자신의 방, 그리고 자신이 맡고 있는 일에 국한시킬 때면 상당히 만족스러운 느낌이 드는 반면, 미래의 아내가 의식 속으로 들어오기만 하면 일종의 낭패감에 사로잡히고 만다. 평온하던 마음이 갑자기 번민으로 바뀌고, 자기가 마치 출구를 찾을 가망이라고는 없는 어두운 동굴 같은 곳으로 떨어져 내리고 있는 듯한 기분이 드는 것이다. 거의 매일같이 그는 잠시만이라도 실제로 통화를 하면 그 마법의 주문이 깨어질 것이라는 생각으로 수화기를 집어 들고서 그녀에게 전화를 걸고 싶은 충동을 느낀다. 그러나 하루 이틀 시간이 지나도 그는 전화를 걸지 않는다. 그러는 것 역시 그에게는 괴로운 일이다. 왜냐하면 그는 지금껏 살아오면서 자기가 그렇게 분명히 하고 싶어 하는 일에 대해 그처럼 망설인 적이 없기 때문이다. 나는 변하고 있어, 조금씩 조금씩. 그는 그렇게 중얼거린다. 이제 나는 전과 같지 않아. 그런 생각을 하면 어느 정도는, 적어도 얼마 동안은, 안심이 되지만 결국에는 전보다도 더 생소한 감정에 사로잡히고 말 뿐이다. 날이 지날수록, 특히 밤이면, 그로서는 머릿속에 사진처럼 계속 떠오르는 미래의 아내를 보지 않을 수 없어서 어두운 방에 드러누워 눈을 뜬 채로 그녀의 몸을 한 부분씩 재구성한다. 발과 발목에서부터 시작해 다리와 허벅지를 따라 올라가다가 배를 거쳐 젖가슴까지 간 다음, 그 부드러운 젖가슴 사이에서 얼마쯤 머물다 엉덩이로 죽 내려간 뒤, 다시 등줄기를 타고 오르다가 마침내 목덜미에 이르면 앞쪽으로 돌아와 미소 짓는 둥근 얼굴을 보는 식으로. 그녀는 지금 무엇을 하고 있을까? 때때로 블루는 그렇게 자문하곤 한다. 또 그녀는 이 모든 일을 어떻게 생각할까? 그러나 단 한 번도 만족스러운 대답을 끌어내지는 못한다. 블랙과 관련된 사실들에 걸맞은 이야기는 얼마든지 꾸며 낼 수 있으면서도 미래의 아내에 대해서는 침묵과 혼란과 공허뿐이다.

첫 보고서를 작성해야 할 날이 온다. 블루는 보고서 작성에 노련한 편이어서 그런 일로 곤란을 겪은 적은 없다. 그의 방법은 외면적인 사실에 충실하면서 하나하나의 단어가 서술된 일과 정확히 부합하도록 한 다음, 그 문제에 대해서는 더 이상 의문을 제기하지 않는 것이다. 그에게는 단어들이 그와 세상 사이에 있는 커다란 창문처럼 투명하고 지금까지는 그의 시야를 흐린 적도, 아니 거기에 있는 것처럼 보인 적도 없다. 아, 물론 유리창에 작은 얼룩이 져서 한두 군데를 닦아 내야 할 때도 있기는 하지만, 제대로 된 단어를 찾기만 하면 모든 것이 말끔해진다. 그는 전에 미리 공책에 써두었던 사항들을 끌어내어 거르면서 기억을 되살리고 적절한 소견을 강조함으로써 너저분한 것은 버리고 요점에는 살을 붙여 전체적으로 일관성 있는 보고서를 작성하려고 애쓴다. 그가 지금껏 써 온 모든 보고서에서는 해석보다 행동이 우선이었다. 예를 들어 보자면, 〈감시 대상이 콜럼버스 서클에서 카네기 홀 쪽으로 걸어갔다〉 하는 식이었다. 날씨나 교통에 관한 언급은 물론 없었고, 그 대상이 어떤 생각을 하고 있을지 짐작하려는 시도도 없었다. 보고서는 오로지 알려지고 입증될 수 있는 사실에 국한되어 있을 뿐, 그 범위를 넘어서까지 알아보려는 시도는 아예 하지도 않았다.

그러나 블랙의 일과 접하게 된 블루는 자기가 곤경에 처해 있음을 알게 된다. 물론 이번에도 공책은 있지만, 그동안 써 온 내용을 훑어보고 나니 이렇다 할 세부 사항이 거의 없어서 실망하지 않을 수 없다. 그가 적어 놓은 것들은 사실을 끌어내어 구체적인 서술을 하도록 하는 것이 아니라 오히려 그 사실들이 사라지도록 한 것 같다. 전에는 그런 일이 한 번도 없었다. 그는 길 건너에서 블랙이 여느 때처럼 책상 앞에 앉아 있는 모습을 바라본다. 바로 그 순간 블랙도 창밖을 내다보고 그러자 블루는 문득 일을 더 이상 예전에 하던 식으로는 할 수 없다는 생각이 든다. 실마리를 찾고 돌아다니고 조사를 하는 틀에 박힌 과정은 이제 그 어느 것도 먹혀들지 않을 것이다. 하지만 그런 일을 대신할 방법을 궁리해 보아도 별 대안이 떠오르지 않는다. 이 단계에서 블루는 그 사건의 본질이 아닌 것을 헤아려 볼 수밖에 없다. 하지만 그것이 무엇인지를 알아내는 것은 그의 능력 범위를 완전히 벗어나는 일이다.

블루는 테이블에 타자기를 놓고 당면한 문제에 전념하려고 애쓰면서 몇 가지 생각을 짜내 본다. 어쩌면 지난주에 적어 둔 있는 그대로의 사실에 자기가 블랙에 대해서 만들어 낸 여러 가지 이야기가 포함되어 있지는 않을까 하는 생각이 든다. 그 밖에 달리 보고할 만한 것이 거의 없는 만큼, 허구 세계로의 일탈은 적어도 그동안 일어났던 일을 얼마쯤 음미할 수 있게 해줄 것이다. 그러나 블루는 그것들이 실제로는 블랙과 아무 관계도 없는 것임을 알고 곧 그럴 생각을 그만둔다. 누가 뭐래도 이 보고서는 내 삶을 기록하는 게 아냐, 하고 그는 중얼거린다. 나는 내가 아니라 블랙에 관해서 써야 해.

그렇더라도 그 유혹이 심술궂을 만큼 끈덕지게 따라붙어서 블루는 그것을 떨치기까지 얼마쯤 갈등을 겪을 수밖에 없다. 그는 처음으로 돌아가 그 사건에 대해 한 단계씩 차례로 검토해 보기 시작한다. 그리고 정확히 자기가 요청받은 만큼만 하기로 마음먹고서 예전에 하던 대로 꼼꼼히 보고서를 작성한다. 세부적인 것 하나하나에 그처럼 신경을 쓰고 짜증스러울 만큼 정확한 표현에 매달린 탓으로 그럭저럭 일을 마쳤을 때는 꽤 많은 시간이 지났다. 자신이 써놓은 보고서를 읽어 보니 모든 내용이 정확한 것 같다고 인정하지 않을 수 없다. 그런데도 한편으로 자꾸만 불만스럽고 신경이 쓰이는 까닭은 무엇일까? 그는 속으로 이렇게 중얼거린다. 그동안 일어났던 일은 실제 일어났던 일은 아냐.

보고서 쓰는 일을 해온 이래 처음으로 그는 말이라는 것이 반드시 효과적이지만은 않다는 것, 말 때문에 오히려 실제로 말하려는 내용이 모호해질 수도 있다는 것을 알아차린다. 그래서 방 안을 둘러보며 이런저런 물건들을 하나하나 주의 깊게 살펴본다. 그는 스탠드를 보고 혼잣말로 스탠드라고 중얼거린다. 그런 다음엔 침대를 보고 침대, 공책을 보고 공책이라고 한다. 스탠드를 침대라고 하거나 침대를 스탠드라고 하는 건 옳지가 않아. 그는 속으로 그렇게 생각한다. 그래, 이런 말들은 그것이 나타내는 사물에 꼭 들어맞는 거야. 그 생각이 떠오르자 블루는 자기가 이제 막 세상의 실재를 증명하기라도 한 것처럼 깊은 만족감을 느낀다. 다음에 그는 길 맞은편 블랙의 집 창문을 건너다본다. 그 창문은 이제 캄캄하고 블랙은 잠을 자고 있다. 그게 문제야, 블루는 기운을 좀 내보려고 하면서 혼자 속으로 중얼거린다. 저것 말고는 아무것도 없다는 거. 저 친구는 저기 있지만 보이지가 않아. 또 내가 저 친구를 볼 때에도 그건 불 꺼진 방을 보는 거나 마찬가지야.

그는 보고서를 봉투에 넣고 봉한 다음 밖으로 나가 길모퉁이까지 걸어가서 우체통에 집어넣는다. 난 세상에서 제일 똑똑한 사람은 아닐지 몰라도 최선을 다하고 있어. 그는 속으로 그렇게 중얼거린다. 난 지금 최선을 다하고 있는 거라고.

그 뒤, 눈이 녹기 시작한다. 다음 날 아침이 되자 태양은 밝게 빛나고 나무에서는 참새들이 지저귀고, 처마며 나뭇가지며 가로등에서 떨어지는 낙숫물 소리가 들려온다. 갑자기 이제 봄도 얼마 멀지 않은 것 같아 보인다. 블루는 속으로 이렇게 중얼거린다. 이제 몇 주만 있으면 매일 아침이 이럴 테지.

블랙은 좋은 날씨를 맞아 전에 어느 때보다도 더 멀리까지 산책을 나가고, 블루도 그 뒤를 따른다. 블루는 다시 움직이게 된 것이 마음에 들어서 블랙이 계속 걷고 있는 동안 그에게서 뭔가 이상한 점을 잡아낼 수 있을 때까지 그 산책이 끝나지 않기를 바란다. 누구든 쉽사리 알 수 있는 일이겠지만, 블루는 언제나 걷기를 아주 좋아하는 사람이어서 자기의 두 다리가 아침 공기를 헤치며 성큼성큼 걷고 있는 것을 느끼고 행복감에 흠뻑 젖는다. 그들이 브루클린 하이츠의 좁은 길을 지나 걸어가는 동안 블루는 블랙이 집으로부터 점점 더 멀어지고 있다는 것을 알고 기운이 솟는다. 하지만 다음 순간 갑자기 기분이 어두워진다. 블랙이 브루클린 다리 위를 가로지르는 인도로 난 층계를 올라가기 시작하자 블루의 머릿속으로 문득 그가 다리에서 뛰어내리려는 것이 아닌가 하는 생각이 스친 것이다. 그런 일이 일어나곤 하니까 말이야, 그는 속으로 그렇게 중얼거린다. 어떤 사람이 다리 중간까지 걸어가 바람 불고 구름 떠도는 세상을 마지막으로 한 번 쳐다본 다음 물 위로 뛰어내린다. 그 충격으로 뼈가 부러지고 육신이 찢겨져 나간다. 그런 상상에 속이 메스꺼워져서 블루는 정신 바짝 차리자고 자기에게 다짐을 둔다. 그리고 뭔가 일어날 듯한 조짐이 보이면 중립적인 방관자로서의 역할을 버리고 개입을 하기로 마음먹는다. 그는 블랙이 죽는 것을 원치 않는다. 적어도 아직은 아니다.

블루가 걸어서 브루클린 다리를 건넌 지도 벌써 여러 해 전이었다. 맨 마지막으로 그 다리를 건넜던 것은 어렸을 때 아버지와 함께였는데, 이제 그날의 기억이 생생하게 되살아난다. 그는 아버지의 손을 잡고 그 옆에서 걸어가는 어린 자신의 모습을 볼 수 있고, 아래쪽으로 강철 다리를 따라 지나가는 차들의 소음을 들으면서는 아버지에게 그 소리가 마치 엄청나게 많은 벌들이 붕붕거리는 소리처럼 들린다고 했던 기억을 떠올릴 수도 있다. 그의 왼쪽으로는 자유의 여신상이, 오른쪽으로는 맨해튼이 있다. 아침 햇살을 받은 건물들이 너무 높아 보이는 탓에 현실처럼 느껴지지가 않는다. 그의 아버지는 사실에 열중하는 사람이어서 블루에게 그 모든 기념비와 마천루들에 대한 이야기들을 아주 상세하게 — 건축가, 건축 날짜는 물론 정치적 음모에 이르기까지 — 들려주었다. 또 한때는 브루클린 다리가 미국에서 가장 높은 건축

물이었다는 것도. 그의 아버지는 브루클린 다리가 완공된 해에 태어났고, 그래서 블루의 마음속에서는 그 다리가 아버지에 대한 무슨 기념비라도 되는 것처럼 언제나 아버지와 연관되어 있었다. 그는 자기가 지금 걷고 있는 바로 그 나무 널판들을 예전에 아버지와 함께 밟으며 집으로 돌아가던 그날 들은 이야기를 좋아했다. 또 어떤 이유에서인지 그 이야기 — 다리 설계자인 존 뢰블링이 설계를 끝내고 나서 바로 며칠 뒤 부두의 말뚝과 페리 사이에 발이 끼었고 그로부터 3주일도 안 되어 탈저(脫疽)로 사망했다는 — 가 잊힌 적도 없었다. 그 사람은 죽지 않았을 수도 있었어. 블루의 아버지는 그렇게 말했었다. 하지만 그 사람이 받으려고 한 건 수치료(水治療)뿐이었는데, 그게 효과가 없었던 거지. 블루는 사람들이 물에 젖지 않도록 다리를 놓는 일에 평생을 바친 사람이 단 한 가지 진정한 치료법은 자기 몸을 물에 담그는 것이라고 믿었다는 사실에서 깊은 인상을 받았다. 존 뢰블링이 죽은 뒤에는 그의 아들인 워싱턴이 수석 엔지니어 일을 넘겨받았는데, 그것이 또 하나의 별난 얘깃거리가 되었다. 워싱턴 뢰블링은 당시 서른세 살에 불과했고 남북 전쟁 때 목조 다리를 설계해 본 경험밖에 없었지만 아버지보다도 더 뛰어난 솜씨를 입증해 보였다. 그러나 브루클린 다리가 착공된 지 얼마 지나지 않아서 그는 화재가 일어난 몇 시간 동안 공사용 수중 잠함(潛函)에 갇혀 있다가 심한 잠수병, 즉 혈액에 질소 거품이 생기는 고통스러운 증상에 빠진 채 구조되었다. 그 일로 죽음 직전까지 갔던 그는 이후로 병자가 되어 아내와 함께 살림을 차린 브루클린 하이츠의 맨 꼭대기 층 방을 떠나지 못했다. 그 방에서 워싱턴 뢰블링은 여러 해 동안 매일같이 망원경으로 다리의 공사 과정을 지켜보며 아침마다 아내를 시켜 지시 사항들을 내려보냈고, 영어를 한 마디도 못하는 외국인 노동자들이 다음번에 무슨 일을 해야 할지 알 수 있도록 갖가지 색으로 정교한 그림들을 그렸다. 그런데 더욱 놀라운 것은 다리 전체가 그의 머릿속에 고스란히 담겨 있었다는 사실이다. 워싱턴 뢰블링 자신은 그 다리에 발을 올려놓은 적도 없었지만 아주 작은 철재와 석재에 이르기까지 다리를 구성하는 모든 부분들을 하나하나 다 암기하여 수년에 걸친 공사가 끝날 무렵에는 어떤 식으로든 그의 몸속에도 다리가 놓인 것처럼 온갖 세부 사항들이 그의 머릿속에 온전히 다 들어 있었다.

블루는 이제 강을 건너고 있는 동안 앞서가는 블랙을 지켜보면서, 그리고 자기 아버지와 그레이브센드에서 살던 어린 시절을 떠올리면서 이런 생각을 해본다. 그 노친네는 경찰이었고 나중에는 77번 관할 구역 형사였지. 1927년 루소 사건 때 총알이 아버지 머리를 관통하지만 않았다면 살아가는 게 그런 대로 괜찮았을 거야. 벌써 20년, 그동안 흐른 세월에 새삼 놀라서 그는 혼잣말로 중얼거린다. 천국이 과연 있을지, 그리고 만일 있다면 자기가 죽고 난 뒤 아버지와 다시 만날 수 있을지 궁금해하면서. 다음에 블루는 그 주에 읽은 수많은 잡지들 중 하나에서 본 이야기를 떠올린다. 그 이야기는 『소설보다 더 이상한 이야기』라는 새로 나온 월간지에 실린 것인데, 어쩐 일인지 방금 그에게 떠올랐던 모든 생각과 일맥상통하는 면이 있는 것 같다. 프랑스 쪽 알프스 어딘가에서 한 남자가 20년인가 25년 전쯤 스키를 타다 눈사태에 파묻혀 실종되었고 그의 시신은 발견되지 않았다. 그 당시에는 어린아이였던 실종자의 아들 역시 커서 스키 선수가 되었는데, 지난해 어느 날 그는 스키를 타고 아버지가 실종된 장소에서 멀지 않은 곳 — 그 사실을 알지는 못했더라도 — 을 지나게 되었다. 그 일대의 지형은 그의 아버지가 죽고 나서 수십 년의 세월이 흐르고 얼음이 끊임없이 자리를 바꾼 바람에 전과는 딴판이었다. 첩첩산중에서 다른 사람들과 멀리 떨어져 혼자 스키를 타던 아들은 우연히 얼음 속에 든 시신을 보게 되었다. 마치 살아 있는 것처럼 보이는, 완벽하게 보존된 시신이었다. 두말할 필요도 없이 그 젊은이는 시신을 살펴보려고 멈춰 섰는데, 허리를 굽혀 그 시신의 얼굴을 들여다보는 순간 마치 자기 자신을 보는 것 같은 기이하고도 섬뜩한 느낌에 사로잡혔다. 그 기사에 따르면 그는 두려움에 떨면서 그 시신을, 말 그대로 얼음에 밀봉되어 두꺼운 유리창 저편에 있는 사람처럼 보이는 시신을 좀 더 자세히 살펴보다가 그것이 자기 아버지임을 알았다. 그 죽은 남자는 아직 젊었다. 지금 그의 아들보다도 더 젊었다. 그리고 블루는 거기에서 뭔가 섬뜩한, 자기 아버지보다도 더 나이가 들었다는 데서 이상야릇하고도 소름끼치는 기분을 느끼고 그 기사를 읽는 동안 실제로 터져 나오려는 눈물을 참아야 했다. 그런데 이제 다리 반대편 끝으로 다가가면서 그때와 똑같은 감정이 되살아나자 그는 하느님께 아버지가 자기와 함께 있도록 해달라고, 강물 위로 걸으면서 이야기를 들려주도록 해달라고 빈다. 다음 순간 블루는 문득 자기의 마음속에서 일어나고 있는 일을 알아차리고 자기가 왜 그처럼 감상적이 되었는지, 그 오랜 세월 동안 아예 떠오르지도 않았던 이 모든 생각들이 왜 연달아 계속 몰려오는지 궁금해한다. 이건 어쩔 수 없는 일이야. 그는 자기가 그처럼 된 것에 당황해서 그런 생각을 해본다. 이야기를 할 사람이 아무도 없을 때는 이런 일이 일어나는 법이니까.

다리 끝에 이르자 그는 자기가 블랙에 대해서 잘못 생각했다는 것을 알아차린다. 오늘은 누군가 다리 위에서 뛰어내려 바닥 모를 강물 속으로 뛰어드는 자살 같은 것은 일어나지 않을 것이다. 왜냐하면 이 남자는 여느 누구와 다를 바 없이 즐겁고 평온하게 보도의 층계를 내려가서 시청을 끼고 도는 길을 따라가다가 법원과 다른 관공서 건물들을 지나 북쪽으로 센터 스트리트를 거슬러 올라가고 있기 때문이다. 단 한 번 걸음을 늦추는 일도 없이 차이나타운을 지나서 그 너머까지. 그 배회는 몇 시간째 계속되고 있는데, 블루로서는 아무리 보아도 블랙에게 무슨 목적이 있을 것 같지가 않다. 그보다는 오히려 신선한 공기를 들이쉬며 순전히 걷는 즐거움을 위해 걷고 있는 듯하다. 그렇게 산보가 계속 이어지는 동안 블루는 처음으로 자기가 블랙을 어느 정도 좋아하게 되었다는 사실을 스스로 인정한다.

그러다 한번은 블랙이 어느 서점으로 들어가고 블루도 그 뒤를 따라 안으로 들어선다. 거기에서 블랙은 반 시간쯤 이 책 저 책을 뒤적이면서 책들을 한 무더기 골라 놓는다. 블루도 달리 할 일이 별로 없어서 같이 책을 뒤적이지만 그러는 동안 내내 자기의 얼굴이 블랙에게 보이지 않도록 조심한다. 블랙과 시선이 마주치지 않도록 그를 힐금힐금 훔쳐보고 있자니까 전에 어디선가 그를 본 적이 있는 것 같다는 느낌이 들기는 하는데 그게 어디서였는지는 기억이 나지 않는다. 눈매가 어쩐지 낯이 익어. 그는 속으로 그런 생각을 하지만 그것으로 그만이다. 그 일에 관심을 두고 싶지도 않고, 또 그래 봐야 무슨 소용이 있는지도 실제로는 알 수 없다.

1분쯤 뒤 블루는 우연히 헨리 데이비드 소로가 쓴 『월든』을 집어 든다. 그리고 책장을 넘기다가 발행인의 이름이 블락이라는 것을 알고 깜짝 놀란다. 〈1942년 월터 J. 블랙 출판사에서 명작 총서로 간행되었음.〉 한순간 블루는 그 우연의 일치에 충격을 받고서 어쩌면 그 이름에 어떤 메시지, 중요할 수도 있는 어떤 의미가 숨겨져 있는 것은 아닐까 하고 생각해 본다. 하지만 충격이 가시자 그렇지 않을 거라는 생각이 들기 시작한다. 이건 흔해 빠진 이름이야. 그는 속으로 그렇게 중얼거린다. 게다가 그는 블랙의 이름이 월터가 아니라는 것도 분명히 알고 있다. 하지만 어쩌면 친척일지도 모르지. 그는 생각을 좀 더 해본다. 아버지일 수도 있겠고. 마지막에 한 생각을 마음속에서 몰아내면서도 블루는 그 책을 사기로 한다. 블랙이 쓴 것을 읽을 수는 없더라도 그가 읽는 것을 읽어 볼 수는 있는 거니까. 그는 속으로 이런 생각을 해본다. 가망이 별로 없는 일이기는 하지만, 그게 저 친구가 뭘 하려는가에 대해서 어떤 암시를 줄지도 모르잖아?

지금까지는 그럭저럭 괜찮은 편이다. 블랙이 책값을 치른다. 블루도 자기가 산 책의 값을 치르고 나서 블랙을 뒤따라 다시 걷는다. 블루는 블랙이 지나는 길에서 어떤 일정한 양식이 나타나는지, 그의 비밀을 알아낼 만한 어떤 단서가 나오는지를 계속 살펴본다. 그러나 너무 정직한 사람이다 보니 자신을 기만할 수 없다. 그는 지금까지 일어났던 일에서 그 어떤 까닭이나 이유도 찾아낼 수 없다는 사실을 익히 알고 있다. 그러나 이번 만큼은 실망하지 않는다. 사실 그는 자신의 내면을 더 깊이 탐사하면서 그 덕분에 오히려 힘이 솟는 기분이라는 것을 알아차린다. 어둠 속에 있는 것에도 뭔가 멋진 면이 있고 다음에 어떤 일이 일어날지 모른다는 것에도 뭔가 스릴 넘치는 면이 있다는 것을 알고 그는 이런 생각을 해본다. 방심만 하지 않는다면 해로울 건 없잖아, 안 그래?

정신 바짝 차리고 조심하면서, 무슨 일에건 대비를 하고 모든 것을 있는 대로 받아들이면 돼.

그런 생각을 하고 나서 얼마 지나지 않아 블루는 마침내 그 사건이 새롭게 전개되어 처음으로 뜻밖의 일이 벌어지는 것을 보게 된다. 블랙이 상업지와 주택지의 중간쯤에 있는 어느 모퉁이에서 방향을 틀더니 그 블록을 반쯤 내려간 다음, 마치 주소를 찾기라도 하듯 잠시 머뭇거리며 몇 발짝을 되짚어 왔다가 다시 앞쪽으로 걸어가서 어느 식당 안으로 들어선 것이다. 마침 점심시간이기도 하고 또 뭐든 먹어야 하기도 해서 블루는 별 생각 없이 그를 뒤따라 들어간다. 그러면서도 블랙이 머뭇거리는 것으로 보아 그가 전에 이곳에 와본 적이 없다는, 따라서 그것은 블랙에게 약속이 있다는 뜻일 수도 있다는 생각이 가시지 않는다. 식당 안은 어둠침침하고 사람들로 꽤나 북적거린다. 정면 카운터 둘레로 한 무리의 사람들이 모여 있고 뒤쪽에서는 잡담을 주고받는 소리며 은제 그릇과 접시들이 부딪치는 소리가 들려온다. 블루는 벽에 두른 나무 패널이며 흰 식탁보 따위를 보고 그곳이 값비싼 식당이라는 생각이 들어서 되도록 값이 싼 음식을 주문하기로 마음먹는다. 테이블 몇 자리가 비어 있는데, 블루는 블랙에게서 너무 가깝지 않으면서도 그의 행동을 지켜볼 수 있을 정도의 거리를 둔 위치에 자리를 잡게 되자 그것을 길조로 받아들인다. 블랙은 메뉴를 두 장 가져다 달라고 손짓을 한 다음, 3~4분쯤 뒤 한 여인이 식당 안을 가로질러 자기 테이블 쪽으로 다가오자 미소를 짓는다. 그 여인은 블랙의 뺨에 키스를 하고 나서 자리에 앉는다. 저 여자, 보기 싫지는 않은 편이군, 하고 블루는 생각한다. 그의 취향으로 본다면 약간 여위기는 했지만 못생긴 것은 아니다. 다음에는 그의 머릿속으로 이제부터 재미있는 장면이 벌어지겠다는 생각이 스친다.

하지만 불행히도 그 여자는 블루를 등지고 있어서 식사가 진행되는 동안 얼굴이 보이지 않는다. 그가 자리에 앉아 솔즈베리 스테이크를 먹는 동안 어쩌면 자기의 첫 육감이 맞을지도 모른다는, 이것은 결국 결혼 생활과 관련된 사건일 것이라는 생각이 떠오른다. 그래서 블루는 이미 다음번 보고서에 쓸 내용들을 머릿속으로 그려보는 중이고, 자기가 지금 보고 있는 장면을 묘사하는 데 쓸 표현들을 생각해 내는 일에서 즐거움을 느낀다. 그 사건에 또 다른 인물이 등장한 만큼, 그는 모종의 결정을 내려야 한다는 것을 알고 있다. 예를 들어 블랙에게만 매달려야 하는가, 아니면 관심을 여인 쪽으로 돌려야 하는가? 관심을 돌린다면 일이 좀 더 빠르게 진행될 수는 있겠지만, 그것은 곧 블랙이 그에게서 어쩌면 영원히 빠져나갈 기회를 얻게 된다는 뜻일 수도 있다. 다시 말해서 그가 여자와 만나는 일은 연막인가, 아니면 진짜 약속 때문인가? 그 만남은 이 사건의 일부인가 아닌가? 본질적인 것인가 부수적인 것인가? 블루는 잠시 그런 문제들을 생각해 보고 나서 아직 뭐라고 하기에는 너무 이르다는 결론을 내린다. 그래, 이게 뭔가 중요한 일이 될 수도 있어. 그는 속으로 그렇게 생각한다. 하지만 또 그와는 거리가 먼 일이 될 수도 있고.

식사를 반쯤 마쳤을 때 상황이 안 좋은 쪽으로 흘러가는 것처럼 보인다. 블루는 블랙의 얼굴에서 몹시 슬퍼하는 표정을 잡아냈고, 그가 미처 깨닫지 못하는 사이에 여인은 울고 있는 것 같다. 적어도 그것은 블루가 그녀의 갑작스러운 자세 변화를 통해 추측할 수 있는 것이다. 양 어깨가 축 늘어지고 고개는 앞으로 숙여지고 얼굴은 아마도 양손에 파묻히고

등이 살짝살짝 흔들리는 모습에서. 물론 저게 웃음을 터뜨린 것일 수도 있지만, 블루는 추론을 해본다. 그렇다면 블랙이 왜 저렇게 참담한 표정을 짓고 있는 걸까? 그의 표정은 마치 발밑에서 땅이 꺼지기라도 한 것 같다. 잠시 뒤에 여인이 블랙에게서 얼굴을 돌리자 블루는 그녀의 옆모습을 흘끔 쳐다보면서 울고 있는 게 틀림없다고 생각한다. 냅킨으로 눈물을 찍어 내는 모습과 눈물에 젖은 마스카라가 뺨으로 번져 번쩍이는 것을 보았기 때문이다. 뒤이어 그녀가 갑자기 자리에서 일어나더니 숙녀 화장실 쪽으로 걸어간다. 블랙을 다시 똑바로 바라볼 수 있게 되자 블루는 그의 얼굴에 서린 슬픔과 낙심천만인 표정을 보고 그가 안됐다는 느낌마저 든다. 블랙은 블루 쪽을 보고 있기는 하지만 아무것도 보지 못하는 것이 분명한데, 다음 순간 그가 양손에 얼굴을 파묻는다. 블루는 무슨 일이 일어나고 있는지 짐작해 보려고 하지만 도무지 알 길이 없다. 두 사람 사이가 끝난 모양이군, 하고 그는 생각한다. 뭔가 끝장이 난 듯한 느낌이야. 하지만 그래도 어쩌면 그저 사소한 말다툼일 수도 있을 거야.

얼마쯤 뒤에 여자가 조금은 나아진 표정으로 돌아오고, 그런 다음 두 사람은 몇 분 동안 아무 말 없이 음식에는 손도 대지 않고 앉아 있다. 블랙이 먼 데를 바라보며 한두 번 한숨을 내쉬다가 마침내 계산서를 가져오라고 한다. 블루도 같이 계산서를 가져오라고 한 다음 두 사람의 뒤를 따라 식당을 나선다. 그는 블랙이 한 손으로 그녀의 팔꿈치를 잡고 있는 것에 주목하지만, 속으로 그것은 그저 반사적인 행동일 수도 있고 아마도 별 의미가 없을 것이라고 생각한다. 두 사람은 말없이 길을 따라 내려가다가 모퉁이에 이르자 블랙이 손짓으로 택시를 잡는다. 그리고 여자를 대신해 문을 열어 주면서 그녀가 차에 올라타기 전에 뺨을 살며시 어루만진다. 그녀는 억지로나마 그에게 미소를 지어 보이지만 그렇더라도 두 사람은 아무 말도 하지 않는다. 다음에 그녀가 뒷좌석에 앉자 블랙이 문을 닫고 택시는 떠난다.

블랙은 몇 분쯤 더 걸은 뒤 어느 여행사 진열창 앞에서 잠시 걸음을 멈추고 화이트 산맥[2]의 사진이 찍힌 포스터를 유심히 바라보다가 자기도 택시를 잡아탄다. 블루는 이번에도 운 좋게 불과 몇 초 간격으로 다른 택시를 잡아타고서 운전기사에게 블랙이 탄 택시를 따라가라고 말한 다음 좌석에 등을 기대고 앉는다. 두 대의 택시는 차량들로 복잡한 도심지를 천천히 빠져나와 브루클린 다리를 건너 마침내 오렌지 거리에 이른다. 블루는 엄청난 요금에 기겁을 하면서 차라리 여자를 따라갈걸 그랬다고 속으로 자신을 나무란다. 블랙이 집으로 간다는 사실을 미리 알았어야 했다.

그러나 자기가 들어 있는 건물로 들어섰다가 우편함에 편지가 들어 있는 것을 보자 기분이 상당히 밝아진다. 이건 틀림없이 그 수표일 거야. 그는 속으로 그렇게 생각한다. 아니나 다를까, 위층으로 올라가면서 봉투를 열어 보니 정말로 그렇다. 그것은 첫 수표로 화이트와 약정한 바로 그 금액이 우편환으로 들어 있다. 그러나 지불 방식이 무기명으로 되어 있다는 게 조금은 당황스럽다. 어째서 화이트가 발행한 수표가 아닐까? 그것 때문에 블루는 화이트가 요컨대 배신을 한 비밀 요원이라서 자기의 흔적을 모두 덮어 가려야 하므로 어떤 지불 기록도 남기지 않으려고 확실히 해두려는 게 아닌가 하는 생각을 해본다. 그리고 다음에는 모자와 코트를 벗고 침대에 벌렁 드러누웠다가 보고서에 대해서는 아무 말도 없

2 미국 뉴햄프셔 주 북부에 있는 산맥.

다는 것을 알고 조금은 실망을 한다. 자기가 제대로 된 보고서를 작성하려고 얼마나 애썼는지를 감안한다면 격려의 말한마디쯤은 있어야 옳을 것이다. 돈이 왔다는 사실은 화이트가 불만스러워하지 않았다는 뜻이지만, 그렇더라도 침묵은 그 진의가 무엇이건 칭찬을 해주는 것은 아니다. 뭐, 이런 식으로 되어 갈 거라면 내가 거기에 익숙해져야겠지, 블루는 속으로 그렇게 중얼거린다.

며칠이 더 지나고 상황은 다시 별다른 일 없는 일상으로 되돌아간다. 블랙은 글을 쓰고 책을 읽고 동네 상점에서 물건을 사고 우체국엘 들르고 이따금씩 산책을 한다. 지난번의 그 여자는 다시 나타나지 않고 블랙도 더 이상 맨해튼까지 진출하지 않는다. 블루는 이제 조만간 사건이 종결되었다는 편지가 올 것이라고 생각하기 시작한다. 그의 짐작으로는 여자가 가버린 만큼 그것으로 끝일 수도 있다. 하지만 그런 일은 일어나지 않는다. 블루가 식당에서의 일을 지나치다 싶을 정도로 꼼꼼하게 묘사해서 보냈는데도 화이트에게서는 별다른 반응이 없고 매주 수표가 꼬박꼬박 배달될 뿐이다. 사랑의 대가치고는 너무 많은 돈이야. 블루는 속으로 그렇게 생각한다. 그 여자는 절대로 별 의미가 없었어. 그저 기분 전환거리일 뿐이었어.

이 초기 무렵에 블루의 마음 상태를 가장 정확하게 표현하자면 상반된 감정과 갈등이라고 할 수 있을 것이다. 그는 블랙과 너무도 완벽하게 조화를 이루고 또 그와 너무도 자연스럽게 한마음이 되어 있어서 블랙이 이제부터 하려는 일이 무엇인지 예상할 수 있을뿐더러, 그가 언제 방 안에 있을 것인지, 언제 외출할 것인지를 알기 위해서는 그저 자기의 마음속을 들여다보기만 하면 된다. 그래서 때로는 그가 창밖을 내다보거나 블랙을 뒤따라 길거리로 나서려고도 하지 않는 사이에 하루 온종일이 지나가는 때도 있다. 이따금씩 그는 자기가 없는 동안 블랙이 집에서 꼼짝도 하지 않으리라는 것을 익히 짐작하고 혼자서 이리저리 돌아다니기까지 한다. 그가 어떻게 그런 것을 알고 있는지는 그 자신에게도 수수께끼였지만, 실제로 그의 생각은 한 번도 잘못된 적이 없어서 그런 느낌이 들면 그는 조금도 의심하거나 주저하지 않았다. 그러나 한편으로는 내내 확신만 가진 것은 아니어서 때로는 블랙에게서 완전히 떨어져 있다는, 너무도 철저하게 절대적으로 격리되어 있다는 느낌이 들어서 그가 누구인지조차 모를 것 같다는 느낌이 들 때도 있다. 그럴 때면 고독이 그를 에워싸고 차단시키면서 그와 함께 이제껏 알고 있던 그 무엇보다도 더 지독한 공포감이 엄습한다. 자기가 한 상태에서 다른 상태로 너무도 빨리 옮아간다는 사실이 그를 당혹스럽게 만든다. 그래서 오랫동안 그는 어느 것이 진짜이고 어느 것이 가짜인지도 알지 못한 채 극단적인 두 감정 사이에서 오락가락한다.

날씨가 몹시 안 좋은 날들이 한동안 이어지면서 그는 누군가 대화 상대를 갈망하기 시작한다. 그래서 자리에 앉아 브라운 앞으로, 그 사건의 개요를 설명하고 조언을 구하는 상세한 편지를 쓴다. 브라운은 이제 은퇴하고 플로리다로 내려가 대부분의 시간을 낚시로 소일하고 있어서 블루는 답장을 받기까지 시간이 꽤 걸리리라는 것을 알고 있다. 그럼에도 불구하고 그는 편지를 부치고 난 다음 날부터 답장이 오기를 기다리기 시작하고, 얼마 안 가서 곧 그 기다림은 강박 관념으로 바뀐다. 매일 아침마다 그는 편지가 배달되기 한 시간쯤 전부터 창가에 붙어 서서 모퉁이를 돌아오는 우체부가 시야에 들어오기를 기다리며 브라운이 무슨 말을 할 것인지에 자기의 모든 희망을 걸고 있다. 그가 답장에서 기대하는 것이 무엇인지는 분명치 않다. 블루는 아예 질문을 하지도 않았지만, 그렇더라도 그 편지에 적힌 내용은 틀림없이 뭔가 결정적인, 그를 다시 살아 있는 사람들의 세상으로 되돌아가게 해줄 명쾌하고 비상한 말들일 것이다.

그렇게 며칠이 지나고 몇 주가 지나도 브라운에게서 답장이 없자 블루의 실망은 고통스럽고 근거 없는 절망으로 바뀌어 간다. 하지만 그 감정도 마침내 답장이 왔을 때 느낀 감정에 비한다면 아무것도 아닐 것이다. 브라운은 블루가 썼던 내용에 대해서는 일언반구도 하지 않았기 때문이다. 자네 소식을 듣고 보니 정말 반갑군. 편지는 그렇게 시작된다. 열심히 일하고 있다는 걸 알게 되어 기쁘이. 재미있는 사건을 맡은 것 같군. 하지만 그 일이 그립다고 할 수는 없을 것 같네. 나한테는 이곳에서의 삶이 썩 마음에 드니 말일세. 아침 일찍 일어나서 낚시를 하고 아내와 함께 시간을 보내며 책도 좀 읽고, 햇빛을 쬐며 낮잠을 자지. 불평할 건 아무것도 없다네. 내가 통 알 수 없는 건 어째서 진작 이곳으로 내려오지 않았던가 하는 것일세.

편지는 그런 식으로 몇 페이지씩 계속되지만, 블루가 겪고 있는 고통과 번민에 대해서 브라운은 단 한 마디도 꺼내지 않는다. 블루는 한때 아버지처럼 여겼던 사람에게서 배신을 당한 기분이고 편지를 다 읽은 뒤에는 이루 말할 수 없는 공허감을 느낀다. 이제 나 혼자뿐이야. 더 이상 의지할 사람은 아무도 없어. 그는 속으로 그렇게 생각한다. 그리고 이후로 몇 시간 동안 낙담과 자기 연민에 빠져서 한 번인가 두 번은 차라리 죽어 버리는 편이 낫겠다는 생각까지 한다. 그러나 마침내는 기운을 차려 침울한 기분에서 벗어난다. 대체로 보아 블루는 견실한 성격이어서 대부분의 다른 사람들보다 음울한 생각에 빠져들지 않는 편이기 때문이다. 설령 세상이 못마땅하게 느껴지는 때가 있다 해도 그것을 두고 누구를 탓할 수 있을까? 그래서 저녁 식사를 할 때쯤에는 세상의 밝은 면을 보기 시작하기까지 하는데, 어쩌면 그것이 그의 가장 큰 재능일 것이다. 절망을 하지 않는다는 것이 아니라 오랫동안 절망하는 일이 없다는 것이. 결국은 그게 잘된 일일지도 몰라. 그는 속으로 그렇게 중얼거린다. 혼자 힘으로 일어서는 게 다른 누구한테 기대는 것보다 더 나을 수도 있어. 블루는 얼마 동안 그 점에 대해서 생각해 보다가 거기에 대해서도 뭔가 할 말이 있다는 결론을 내린다. 이제 그는 견습이 아니고 그의 위에는 스승이 있지도 않다. 나는 이제 홀로 선 사람이야. 그는 속으로 그렇게 다짐을 둔다. 다른 누구도 아닌 나 자신에게 책임이 있는 홀로 선 사람.

상황을 보는 새로운 접근 방법에 고무되어 그는 마침내 미래의 블루 부인에게 연락을 해볼 용기를 낸다. 하지만 그가 수화기를 들고 그녀의 전화번호를 돌렸을 때는 아무런 응답이 없다. 그것이 조금 실망스럽기는 하지만 그래도 기가 꺾이지는 않는다. 다음에 다시 걸면 되지 뭐. 그는 속으로 그렇게 중얼거린다. 얼마 뒤에 곧.

그런 식으로 하루하루가 지나간다. 블루는 또다시 블랙과 보조를 맞추는데 이번에는 그 어느 때보다 더 잘 어우러지는 듯하다. 하지만 그러면서도 자기의 상황이 어쩔 수 없는 모순임을 알아차린다. 블랙과 가깝다고 느끼면 느낄수록 그에 대해 생각할 필요가 그만큼 줄어들기 때문이다. 바꿔 말하면, 더 깊이 관련될수록 그만큼 더 자유로워지는 것이다. 그를 궁지에 빠뜨리는 것은 관련이 아니라 단절이다. 그가 블랙을 찾아 나서야 하는 것은 블랙이 그에게서 떨어져 나가는 것처럼 보일 때뿐인데, 그럴 때면 고생은 말할 것도 없고 시간과 노력이 들기 마련이다. 그러나 블랙과 아주 가깝다는 느낌이 들 때면 그는 독자적인 삶과 흡사한 삶을 살기까지할 수 있다. 처음에는 그게 마음에 좀 걸렸지만, 그렇더라도 나중에는 그것을 일종의 승리, 어떤 용감한 행동에 버금가는 것으로 여기게 된다. 이를테면 밖으로 나가서 그 블록을 오르내리며 산책하는 일만 해도 그렇다. 그것이 별것 아닌 일일지는 몰라도 거기서 많은 행복을 느낄 수 있고, 화창한 봄날씨에 오렌지 거리를 따라 오르내리노라면 지난 몇 년 동안 느껴 보지 못한, 살아 있다는 느낌에 기쁨을 맛보기까지 한다. 거리 한끝에는 강과 항구며, 맨해튼의 스카이라인, 다리 등이 한눈에 들어오는 곳이 있다. 블루는 그것들 모두가 아름다워서 어떤 때는 몇 분씩 그곳의 벤치에 앉아 오가는 배들을 바라보기도 한다. 반대편에는 교회가 있는데, 때때로 블루는 그 앞의 작은 풀밭에 잠깐씩 앉아 헨리 워드 비처의 동상을 유심히 살펴본다. 두 명의 노예가 마치 자기네들을 도와 달라고, 그래서 결국은 해방을 시켜 달라고 애원이라도 하듯 비처의 다리에 매달려 있고, 그 뒤쪽의 벽돌담에는 자기로 만들어진 에이브러햄 링컨의 부조(浮彫)가 있다. 블루는 그런 조각상들에 깊은 인상을 받지 않을 수 없어서 그 교회 마당으로 들어설 때마다 인간의 존엄성에 대한 고매한 생각들을 하게 된다.

시간이 지날수록 그는 블랙에게서 떨어져 나가는 일에 점점 더 대담해진다. 그해는 1947년, 재키 로빈슨이 다저스 팀에서 활약하기 시작한 해인데, 블루는 교회 마당을 떠올리고 세상에는 단순한 야구 이상의 것이 있음을 알면서도 그의 활약상을 꼼꼼히 지켜본다. 5월의 어느 맑게 갠 화요일 오후, 그는 에비츠 구장까지 진출하기로 마음먹는다. 자신이 블랙을 오렌지 거리의 자기 방에서 여느 때처럼 펜과 종이를 가지고 책상 앞에 엎드려 있도록 놓아둔 채 떠나 있는 동안 걱정할 이유는 아무것도 없고 돌아왔을 때에도 모든 것이 정확히 지금 그대로일 것이라는 느낌이 들어서다. 지하철을 타고 빽빽이 들어찬 사람들과 어깨를 스치며 그는 자기가 어떤 중요한 순간을 향해 나아가고 있다는 기분을 느낀다. 야구장에서 자리를 잡고 앉는 사이 그는 주위를 에워싼 색들의 강렬한 대조에 감명을 받는다. 초록색 잔디밭, 갈색을 띤 흙, 하얀 공, 머리 위의 파란 하늘. 그 하나하나가 다른 것들과 뚜렷하게 구분되고 완전히 분리되어 경계가 정해져 있어서 그 기하학적인 단순성이 블루에게 더할 나위 없이 깊은 인상을 준다. 경기를 지켜보면서 그는 로빈슨의 검은 얼굴에 끊임없이 매료되어 그에게서 시선을 떼기가 어렵다. 그리고 속으로 그가 하는 일을 하려면, 그 수많은 낯선 관중 앞에, 더군다나 그중 절반은 분명히 그가 아웃되기를 바라고 있을 관중 앞에 그처럼 혼자 서 있으려면 대단한 용기가 있어야 할 것이라는 생각을 해본다. 경기가 진행되는 동안 블루는 자기도 모르는 사이에 로빈슨이 취하는 동작 하나하나마다 환호성을 지르고, 3이닝에서 그 흑인 선수가 도루에 성공하고 일어섰을 때, 그리고 나중에 7이닝에서 로빈슨이 왼쪽 담장을 맞히는 2루타를 때렸을 때는 너무도 기쁜 나머지 실제로 옆 사람의 등을 마구 두드리기까지 한다. 다저스 팀은 9회에 희생 플라이로 게임을 끝낸다. 블루는 사람들 틈에 섞여 천천히 야구장을 빠져나와 집으로 돌아오는데, 그동안 문득 블랙이 단 한 번도 마음속에 떠오른 적이 없다는 생각이 든다.

그러나 야구 경기는 시작에 지나지 않는다. 블랙이 아무데로도 가지 않으리라는 것이 분명한 밤이면 블루는 슬며시 빠져나와 멀지 않은 술집으로 가서 맥주를 한두 병 마시고 어떤 때는 그곳 바텐더와 잡담을 나누곤 한다. 그 바텐더는 레드라는 사람으로 오래전 그레이 사건 때 바텐더였던 그린과 빼다 박은 것처럼 닮은 모습을 하고 있다. 또 때로는 그 술집에 바이올렛이라는 너저분한 매춘부가 와 있기도 한데, 블루는 한두 번 그녀에게 술을 사주고 길모퉁이를 돌면 보이는 그녀의 집까지 따라간 적도 있다. 그녀 쪽에서 화대를 요구하는 일이 한 번도 없는 만큼, 그는 그녀가 자기를 좋아한다는 사실을 익히 알고 있지만 동시에 그것이 사랑과는 무관하다는 사실도 알고 있다. 그를 〈자기〉라고 불러 주는 그녀는 살이 부드럽고 살집도 좋은 편이다. 그러나 술을 좀 많이 마실 때마다 눈물을 짜곤 해서 블루는 그녀를 달래 주지 않을 수 없는데, 그럴 때면 속으로 이게 과연 할 만한 가치가 있는 일인가 하는 생각이 들곤 한다. 그러나 미래의 블루 부인에 대한 죄책감은 별로 들지 않는다. 그는 자신을 다른 나라의 전쟁터에 나가 있는 군인에 비유함으로써 바이올렛과 만나는 일을 합리화한다. 남자라면 누구나, 특히 내일 당장 죽게 될지도 모를 때에는, 어느 정도의 위안을 필요로 하는 법이니까. 게다가 그는 목석으로 만들어진 사람도 아니지 않은가.

하지만 그보다는 술집을 그냥 지나쳐서 몇 블록 떨어진 영화관으로 갈 때가 더 많다. 이제 여름이 성큼 다가오고 그의 좁은 방에 후텁지근한 기운이 감돌기 시작하자 시원한 영화관에 앉아 인기 있는 영화를 볼 수 있다는 것이 기분 좋게 느껴진다. 블루가 영화를 좋아하는 것은 영화의 줄거리라든가 영화에 나오는 미녀들 때문만이 아니라 극장 안의 어둠 그 자체 때문이기도 하다. 스크린에 비치는 영상이 왠지 눈을 감을 때면 머릿속에 떠오르는 생각과 비슷하기 때문이다. 그는 자기가 보려는 영화가 어떤 것이냐에, 말하자면 코미디냐 드라마냐, 흑백 영화냐 천연색 영화냐에 별 신경을 쓰지 않는 편이지만 탐정 영화를 특히 좋아한다. 그런 영화는 당연히 그의 일과 관련이 있어서 다른 영화보다는 탐정 영화의 줄거리에 언제나 더 마음이 끌린다. 그 시기에 그가 본 탐정 영화들은 상당히 여러 편이고 그것들 모두가 꽤나 재미있다. 「호수의 여인」, 「타락한 천사」, 「어두운 행로」, 「육체와 영혼」, 「핑크색 말을 타라」, 「필사의 탈출」 등등. 그러나 블루가 다른 어느 작품보다도 좋아한 영화가 한 편 있는데, 그 영화가 너무 마음에 들어서 그는 실제로 다음 날 밤에 그 영화를 보러 다시 극장을 찾아가기까지 한다.

그것은 「과거로부터」라는 영화로 주인공인 로버트 미첨이 어느 작은 마을에서 가명으로 새로운 삶을 시작하려는 전직 탐정 역을 하고 있다. 그에게는 여자 친구, 앤이라는 상냥한 시골 여자가 있는데, 그녀는 농아 소년인 지미의 도움을 받아 주유소를 운영하고 지미는 미첨을 몹시 따른다. 그러나 과거의 망령이 미첨을 쫓아오고 그로서는 달리 어쩔 도리가 없다. 몇 해 전에 그는 갱 두목으로 나오는 커크 더글러스의 정부인 제인 그리어를 찾는 일을 맡았었지만 그녀를 찾고 나자 두 사람은 사랑에 빠져서 몰래 살림을 차리려고 함께 달아난다. 그러나 한 가지 일이 다른 일로 이어져 돈이 떨어지고 살인이 벌어진다. 결국 미첨은 제정신이 들어 마침내는 그리어의 타락이 얼마나 뿌리 깊은 것인지를 깨닫고 그녀 곁을 떠난다. 하지만 다음에는 더글러스와 그리어로부터 협박을 받아 범죄를 저지르고 마는데, 그것은 시작에 지나지 않는다. 무슨 일이 벌어지고 있는지를 일단 알아차리고 나자 그들이 자신을 또 다른 살인으로 얽어맬 계획을 세우고 있음을 알게 된 것이다. 복잡한 이야기가 펼쳐지면서 미첨은 그 함정에서 빠져나오려고 필사적으로 몸부림을 친다. 그러다 어느 날 그는 자기가 사는 조그만 마을로 돌아와 앤에게 자신은 결백하다면서 다시 그녀에게 사랑을 고백한다. 그러나 때는 이미 너무 늦었고, 미첨 자신도 그 사실을 알고 있다. 이야기가 막바지로 치달을 때쯤 그는 더글러스를 찾아가 살인을 한 장본인인 그리어를 경찰에 넘기라고 설득하지만, 그 순간 그리어가 방 안으로 들어와 침착하게 총을 뽑아서 더글러스를 살해한다. 그리고 미첨에게 말하기를, 자기네 둘은 서로 떼려야 뗄 수 없는 사이라고 하는데, 미첨은 마지막을 각오하고 그 말에 동의하는 척한다. 그들은 둘이서 함께 외국으로 달아나자는 결정을 내린다. 그러나 그리어가 짐을 꾸리러 간 사이 미첨은 수화기를 집어 들고 경찰에 전화를 건다. 두 사람은 차를 타고 떠나지만 얼마 못 가서 경찰 봉쇄선에 맞닥뜨린다. 자기가 속았음을 안 그리어는 가방에서 총을 꺼내어 미첨을 쏜다. 그리고 다음 순간 경찰이 자동차에 일제 사격을 가해 그리어 역시 죽고 만다. 그 뒤에 나오는 마지막 한 장면은 다음 날 아침 다시 브리지포트의 작은 마을이다. 지미가 주유소 밖 벤치에 앉아 있는데 앤이 그에게로 걸어와 옆자리에 앉는다. 그러고는 이렇게 묻는다. 나한테 한 가지만 얘기해 봐, 지미. 난 이것만은 꼭 알아야 해. 그 사람이 그 여자하고 같이 달아나려고 했던 거니, 아니니? 소년은 진실과 선의 사이에서 결정을 내리지 못한 채 잠시 생각에 잠긴

다. 친구의 좋은 이미지를 보존하는 것이 더 중요할까, 아니면 그녀를 아끼는 것이 더 중요할까? 그 모든 갈등이 한순간에 벌어진다. 다음 순간 지미는 그녀의 눈을 똑바로 쳐다보면서 그렇다는 말을 하려는 듯이, 그는 결국 그리어를 사랑했다는 듯이 고개를 끄덕인다. 앤은 지미의 팔을 가볍게 두드리며 고맙다는 말을 한 다음, 예전의 남자 친구이자 늘 미첨을 경멸했던 고지식한 경찰관에게로 걸어간다. 그리고 지미는 미첨의 이름이 적힌 주유소 간판을 올려다보면서 우정 어린 인사를 보낸 다음 돌아서서 길을 따라 내려간다. 그는 진실을 알고 있는 유일한 사람이지만 절대로 이야기를 하지 않을 것이다.

그 뒤로 며칠 동안 블루는 머릿속으로 그 줄거리를 여러 번 다시 떠올려 본다. 그 영화가 농아 소년으로 막을 내린 것은 잘한 일이야, 하고 그는 생각한다. 비밀은 영원히 묻히고 미첨은 죽어서도 여전히 아웃사이더로 남을 테니까. 그의 소망은 아주 소박한 거였어. 평범한 미국의 한 마을에서 평범한 시민이 되어 이웃집 처녀와 결혼해 조용한 삶을 살아가는 것. 그런데 미첨이 고른 새 이름이 제프 베일리라는 게 이상한 일이야. 그 이름은 작년에 그가 미래의 아내와 함께 보았던 영화에 나오는 인물, 즉 「멋진 인생」이라는 영화에서 제임스 스튜어트가 역을 맡았던 조지 베일리라는 이름과 아주 비슷하다. 그 영화 역시 미국의 작은 마을을 무대로 한 이야기였지만, 관점은 정반대여서 그곳으로부터 빠져나가기 위해 평생을 보낸 한 남자의 좌절을 그린 것이다. 그러나 결국 그는 자신의 삶이 썩 괜찮은 것이었다는 것, 자기가 내내 옳은 일을 해왔다는 것을 알게 된다. 미첨이 연기한 베일리는 틀림없이 스튜어트가 연기한 베일리와 같은 사람이 되고 싶어 했을 것이다. 하지만 그의 경우 이름은 가짜, 그랬으면 하는 생각의 산물이다. 그의 진짜 이름은 마컴Markham, 또는 블루가 발음한 대로라면 〈마크 힘(그를 주목해)〉이고 중요한 것은 그것이다. 그는 과거의 행적으로 인해 낙인찍혀 있었고, 일단 일이 벌어지자 어떻게도 손을 쓸 수 없었다. 어떤 일이 일어나면 그 일은 영원히 계속 이어지게 돼. 블루는 그런 생각을 해본다. 그 일은 바뀔 수도 없고 다른 어떤 일이 될 수도 없어. 블루는 그 생각에 사로잡히기 시작한다. 왜냐하면 그것을 일종의 경고, 자신의 내면에서 보내진 어떤 메시지로 보기 때문이다. 아무리 몰아내려고 애를 써도 그 암울한 생각이 마음속에서 떠나지를 않는다.

그래서 어느 날 밤 블루는 마침내 『월든』을 훑어보기 시작한다. 이제 때가 된 거야, 그는 속으로 그렇게 말한다. 만일 지금 읽어 보려고 하지 않는다면 앞으로 다시는 읽을 일이 없을거야. 하지만 그 책을 읽는다는 것은 간단한 일이 아니다. 책을 읽기 시작하면서 블루는 마치 자기가 어떤 외계에 발을 들여놓은 듯한 느낌이 든다. 늪지와 가시나무 덤불을 헤치고 험난한 돌무더기들을 지나 위태로운 절벽 위로 기어오르는 동안 마치 강행군을 하는 죄수가 된 것 같은 기분이어서 달아날 생각밖에 들지 않는다. 소로가 쓴 글은 따분하기만 할 뿐 도무지 집중을 할 수 없다. 한 장을 다 읽고 마지막에 이르렀을 때 그는 마음속에 남은 것이 하나도 없다는 것을 알아차린다. 왜 어떤 사람이 세상을 등지고 숲속에서 혼자 살고 싶어 할까? 콩을 심고 커피나 고기를 먹지 않고 산다는 것이 대체 무슨 소리일까? 새들에 대한 이 끝없이 긴 묘사는 왜 한 것일까? 블루는 자기가 어떤 줄거리, 적어도 그 비슷한 것을 알아내게 될 거라고 생각했지만 그 책은 쓸데없는 소리, 아무것도 아닌 것에 대한 끝없는 장광설에 지나지 않는다.

하지만 자신을 탓한다는 것은 불공평한 일일 것이다. 블루는 신문과 잡지, 그리고 어렸을 때 가끔씩 읽은 모험 소설 외에는 읽어 본 것들이 별로 없으니까. 더군다나 책을 많이 읽은 세련된 독자들도 『월든』을 읽는 데는 애를 먹은 것으로 알려져 있고 심지어는 에머슨 같은 사람까지도 언젠가 일기에 다 소로를 읽으려면 신경이 곤두서고 힘이 든다고 적지 않았던가. 그러나 칭찬할 만하게도 블루는 포기하지 않는다. 다음 날 그는 책을 다시 읽기 시작했는데, 두 번째로 읽어 나가는 일은 처음보다는 어느 정도 덜 힘들다. 제3장에서 그는 드디어 뭔가를 말해 주는 문장 — 책이란 신중하고도 냉정하게 쓰인 그대로 읽혀야 한다 — 과 마주치고 바로 그 순간 요령은 천천히, 전에 어느 때 그랬던 것보다도 더 천천히 읽어 나가는 것임을 알아차린다. 그것이 어느 정도 도움이 되어서 몇몇 구절들, 이를테면 첫머리에 나온 의복에 관한 이야기, 붉은 개미와 흑개미의 전쟁, 노동에 대한 논의 같은 것들이 명확해지기 시작한다. 그렇더라도 블루는 여전히 그 책을 읽기가 힘들어서 소로가 생각했던 것처럼 그렇게 멍청하지는 않은 모양이라고 마지못해 인정하기는 하지만, 자기를 그런 고통 속으로 몰아넣은 블랙에 대해 화가 나기 시작한다. 그가 알지 못하는 것은, 만일 자기가 그 책에서 읽어 달라고 요구하는 자세로 그 책을 읽을 만한 인내심을 끌어낼 수만 있다면 자기의 모든 삶이 달라질까 하는 것, 그리고 차츰차츰 자신이 처한 상황에 대해, 즉 블랙과 화이트에 대해, 그 사건에 대해, 자신과 관련된 모든 일들에 대해 충분히 알게 될까 하는 것이다. 그러나 잃어버린 기회 역시 받아들인 기회와 마찬가지로 삶의 한 부분이며 어떤 이야기가 있을 수도 있었던 일에 머물 수는 없는 법이다. 블루는 정나미가 떨어져서 책을 한옆으로 던져 버린 다음 코트를 걸치고(이제는 가을이니까) 바람을 쐬러 밖으로 나간다. 하지만 그것이 끝의 시작이라는 사실은 꿈에도 모르고 있다. 이제 막 어떤 일이 일어나려는 참인데, 일단 그 일이 일어나면 어느 것도 다시 전과 같아지지는 않을 것이다.

그는 어느 때보다도 더 블랙에게서 멀리 떨어져 맨해튼까지 간다. 몸을 움직임으로써 좌절감을 떨쳐 내고 육체를 지치게 함으로써 스스로를 진정시키고 싶어서였다. 그는 혼자만의 생각에 잠겨서 주위에 있는 것들을 보려고도 하지 않은 채 북쪽으로 걸어간다. 이스트 26번가에서 왼쪽 구두끈이 풀렸다. 그의 머리 위로 하늘이 무너져 내린 것은 바로 그 순간, 그가 구두끈을 매려고 한쪽 무릎을 구부리면서 허리를 굽힌 순간이다. 바로 그 순간 그의 눈에 들어온 사람은 다름 아닌 미래의 자기 아내인 것이다! 그녀는 블루가 전에 한 번도 본 적이 없는 어떤 남자의 오른팔에 양팔로 매달린 채 길을 따라 올라오면서 그 남자가 하는 말에 정신을 홀랑 빼앗긴 듯 환하게 웃고 있다. 몇 초 동안 블루는 너무도 놀라서 고개를 더 숙여 얼굴을 숨겨야 할 것인지, 아니면 일어서서 이제 절대로 자기 아내가 되지 않을 것임을 ─ 마치 문이 쾅 닫히는 듯 갑작스럽고 돌이킬 수 없는 인식과 함께 ─ 알게 된 그녀에게 인사를 건네야 할 것인지도 알 수 없다. 그러나 실제로는 그중 어느 것도 하지 못한다. 그는 처음엔 고개를 푹 숙이지만 다음 순간 그녀 쪽에서 자기를 알아봐 주었으면 하는 생각을 하고, 그녀가 상대방의 이야기에 완전히 빠져서 그러지 않으리라는 것을 알아차리자 그들이 채 2미터도 안 될 만큼 앞으로 다가왔을 때 보도에서 벌떡 일어선다. 그것은 마치 느닷없이 어떤 유령이 눈앞에 나타난 것과도 같아서 블루의 아내가 되기로 했던 여자는 그 유령의 정체가 무엇인지 알아채기도 전에 깜짝 놀라 숨을 삼킨다. 블루는 자기가 듣기에도 이상한 목소리로 그녀의 이름을 부르고, 그녀는 얼어붙은 듯 그 자리에 멈춰 선다. 그녀의 얼굴에 블루를 본 놀라움이 그대로 배어난다. 그리고 다음 순간 그 표정은 당장 분노로 바뀐다.

당신! 그녀가 소리친다. 당신!

그가 미처 뭐라고 할 틈도 없이 그녀가 같이 있던 남자의 팔에서 떨어지더니 미친 듯이 악을 쓰면서, 그가 더러운 범죄를 저지르기라도 한 것처럼 욕을 해대면서, 주먹으로 블루의 가슴팍을 사정없이 때리기 시작한다. 블루가 할 수 있는 일이라고는 자기가 사랑하는 여자와 지금 자기를 공격하고 있는 이 야수 같은 여자를 어떻게든 구분해 보려고 애를 쓰기라도 하듯, 그녀의 이름을 몇 번씩이고 되풀이해 부르는 것뿐이다. 그는 속수무책이라는 느낌으로 맹공격이 계속 이어지는 동안 그 하나하나의 주먹을 자기가 한 짓에 대한 처벌로서 달게 받기 시작한다. 그러나 곧 그녀와 함께 있던 남자가 그녀를 뜯어말린다. 블루는 그에게 한 방 날리고 싶은 생각이 굴뚝같지만 너무 놀라고 정신이 없어서 행동을 빨리 할 수 없다. 그래서 결국은 그가 미처 알아차리기도 전에 사내가 울고 있는, 한때는 블루의 아내감이었던 여자를 길 저편으로 데려가 모퉁이를 돌고 그것으로 그만이다.

그 너무도 뜻밖이고 기막힌 짤막한 소동이 블루를 정신 못 차리게 휘저어 놓는다. 다시 정신을 차려서 어떻게든 집으로 돌아오는 동안 그는 자기가 스스로 삶을 완전히 망쳐 버리고 말았다는 사실을 깨닫는다. 그 여자 잘못이 아니야. 블루는 그녀를 탓하고 싶지만 그럴 수 없다는 것을 알고 속으로 그렇게 중얼거린다. 그녀가 아는 한 그는 죽었을 수도 있는데 그가 어떻게 그녀를, 살려고 애쓴다는 이유로 탓할 수가 있을까? 그는 눈에 눈물이 고이는 것을 느끼지만 슬픔보다는 자기가 그런 짓을 했다는 것에 분노를 느낀다. 자신은 행복을 얻을 수 있는 모든 기회를 놓쳐 버린 것이고, 그렇다면 정말로 그 일이 끝의 시작이라고 해도 틀린 말은 아닐 것이다.

블루는 오렌지 거리에 있는 자기 집으로 돌아와 침대에 누워서 모든 가능성을 따져 보려고 한다. 그리고 다음에는 고개를 벽 쪽으로 돌렸다가 거기에 붙어 있는 필라델피아 출신 검시관인 골드의 사진과 마주친다. 그는 사건이 해결되지 않았을 때의 서글픈 공허감에 대해, 그리고 이름도 없이 무덤 속에 누워 있는 아이에 대해 생각해 본다. 그리고 그 어린 소년의 데드마스크를 유심히 살펴보는 동안 그의 머릿속으로 한 가지 생각이 떠오르기 시작한다. 어쩌면 자신을 노출시키지 않고 블랙에게 접근할 방법들이 있을지 모른다는 생각이다. 틀림없이 그런 방법이 있을 것이다. 취할 수 있는 행동과 짜낼 수 있는 계획이, 어쩌면 한꺼번에 두세 가지가 있을지도 모른다. 그 나머지는 아무래도 좋아. 그는 속으로 그렇게 중얼거린다. 이제 새로운 단계로 접어들 때야.

다음번 보고서는 이틀 뒤에 보내기로 되어 있는데, 블루는 그것을 일정에 맞춰 보낼 셈으로 자리에 앉아 보고서를 쓰기 시작한다. 지난 몇 달 동안 그의 보고서들은 아주 개괄적으로, 최소한의 요점 말고는 아무것도 알리지 않는 한두 문단으로만 작성되었는데, 이번에도 그런 패턴에서 크게 벗어나지 않는다. 하지만 그는 보고서 하단에다 일종의 시험으로,

화이트에게서 침묵 이외의 다른 어떤 것을 끌어낼 수 있을까 해서 모호한 말을 한마디 집어넣는다. 〈블랙은 병이 난 것 같음. 그러다 죽을지도 모름.〉 그런 다음 그는 속으로 이것은 시작일 뿐이라고 중얼거리면서 보고서를 봉한다.

그로부터 이틀 뒤 블루는 아침 일찍 서둘러 브루클린 우체국으로 달려간다. 그 우체국은 맨해튼 다리에서도 보이는 거대한 성 같은 건물이다. 블루가 보낸 보고서들은 모두 사서함 1001호로 보내졌는데, 그는 우연히 그러는 것처럼 그쪽으로 걸어가 천천히 그 앞을 지나면서 자기가 보낸 보고서가 도착했는지 확인하려고 안을 슬쩍 들여다본다. 그 보고서가 들어 있다. 아니면 적어도 편지가 한 통 — 좁은 칸 안에서 45도로 기울어진 하얀 봉투 — 들어 있고, 블루로서는 그것이 자기가 보낸 편지가 아니라고 의심할 이유가 하나도 없다. 다음에 그는 화이트나 화이트가 보낸 사람이 나타날 때까지 머물러 있을 작정으로 사서함들이 늘어선 거대한 벽에 눈길을 고정시킨 채 그 근처를 천천히 돌아다니기 시작한다. 하나하나의 박스마다 다이얼이 각기 다른 자물쇠가 달려 있고 그 하나하나에 서로 다른 비밀 번호가 부여되어 있다. 사람들이 들락거리면서 사서함을 열었다 닫았다 하는 동안 블루는 계속 그곳을 맴돌면서 이따금씩 되는 대로 걸음을 멈췄다 다시 걷곤 한다. 그에게는 모든 것이, 마치 바깥의 가을 날씨가 우체국 안으로 스며들기라도 한 것처럼, 갈색으로 보인다. 그곳에서는 기분 좋은 담배 연기 냄새가 풍긴다. 몇 시간이 지나자 배가 고파지기 시작하지만 그는 속으로 지금이 아니면 두 번 다시 기회가 없으니까 자리를 지켜야 한다고 중얼거리며 배를 채워 달라는 요구에 응하지 않는다. 블루는 사서함 쪽으로 다가가는 사람들을 하나하나 지켜보면서

1001호 근처를 지나가는 사람 하나하나에 눈길을 집중시킨다. 그 보고서를 화이트가 직접 가지러 오지 않는다면 노파든 어린아이든 누구라도 올 수 있는 만큼 무엇 하나라도 그냥 넘겨서는 안 된다는 것을 알고 있기 때문이다. 하지만 그 모든 가능성 중에서 어느 것 하나 실현되지 않는다. 그 사서함에는 처음부터 끝까지 어느 누구의 손길도 닿지 않기 때문이다. 블루는 그 사서함으로 다가가는 사람 하나하나에 대해 그 사람이 화이트나 블랙과 무슨 관계가 있고 그 사건에서 어떤 역할을 맡고 있는가 하는 등등을 상상하려고 애쓰면서 순간순간 연속적으로 이야기를 만들어 내지만, 그들 하나하나를 그들이 원래 속해 있던 망각의 세계로 되돌려 보내지 않을 수 없다.

정오가 막 지나서 우체국이 붐비기 시작할 때 —— 점심시간에 짬을 낸 사람들이 편지를 부치고 우표를 사고 이런저런 볼일을 보기 위해 몰려들 때 —— 얼굴에 가면을 쓴 남자가 문을 열고 들어선다. 너무도 많은 사람들이 한꺼번에 안으로 들어서고 있어서 블루는 처음엔 그 남자를 주목하지 않지만 그가 사람들로부터 떨어져 나와 사서함 쪽으로 걸어가기 시작하자 마침내 그의 가면이 눈에 들어온다. 그것은 아이들이 핼러윈 때 쓰는 것 같은 고무 가면으로, 이마가 갈라지고 눈에서는 피가 흐르고 송곳니가 튀어나온 무시무시한 괴물 모양을 하고 있다. 그 밖에 나머지는 지극히 정상적(회색 트위드 코트, 목에 두른 빨간 스카프)인데, 블루는 첫눈에 그 가면을 쓴 남자가 화이트임을 직감한다. 그리고 그 사내가 사서함 1001호 쪽으로 다가가자 그 직감은 확신으로 바뀐다. 그런데도 블루는 그 남자가 실제로는 거기에 없는 것 같다는 느낌을 받는다. 자기의 두 눈으로 그를 보고 있다는 것을 알면서도 그를 볼 수 있는 사람은 자기 하나밖에 없는 것 같다. 하지만 그런 생각이 든 순간 블루는 자기의 생각이 틀렸다는 것을 안다. 가면을 쓴 남자가 널따란 대리석 바닥을 가로지르는 동안 많은 사람들이 그를 가리키며 웃는 것을 보았기 때문이다. 하지만 그것이 더 좋은 것인지 나쁜 것인지는 알 수 없다. 가면을 쓴 남자가 1001호 사서함으로 손을 뻗치고 다이얼 자물쇠를 이리저리 돌려 사서함을 연다. 그 사람이 바로 그 남자임을 안 순간 블루는 자기가 무엇을 하려는지도 잘 모르는 채 그를 향해 다가가기 시작한다. 하지만 그의 마음 한구석에는 틀림없이 그를 꽉 붙들고 얼굴에서 가면을 벗겨 내려는 생각이 도사리고 있다. 하지만 그 남자 역시 경계를 게을리하고 있지 않아서 봉투를 챙기고 사서함을 잠그자마자 우체국 안을 한번 휙 둘러보고는 블루가 다가오고 있는 것을 보자 되도록 빨리 출구 쪽을 향해 달려간다. 블루도 그를 따라잡아 덮칠 생각을 하고 뒤를 쫓지만 출구에서 잠시 사람들과 뒤엉켜 버리고 만다. 그래서 그가 겨우 사람들 사이를 비집고 나왔을 때 가면을 쓴 남자는 이미 층계를 한달음에 뛰어 내려가 보도로 내려서서 길을 따라 달리고 있다. 블루는 거리가 좁혀 들고 있다는 생각까지 하면서 계속 뒤를 쫓지만 다음에는 그 사내가 길모퉁이에 이르고, 때마침 정류장에서 막 출발하려는 버스가 한 대 있어 안성맞춤으로 거기에 올라탄다. 블루는 닭 쫓던 개 지붕 쳐다보는 꼴이 되어 숨을 헐떡이며 바보처럼 그 자리에 멍하니 서 있다.

이틀 후 수표가 배달되었을 때 보니 드디어 화이트가 쓴 한마디가 들어 있다. 더 이상 장난치지 마시오. 그 말이 기껏해야 단어 몇 개에 지나지 않더라도 블루는 그 말을 본 것이, 마침내 화이트의 침묵을 깨뜨린 것이 기쁘다. 하지만 그 의미가 지난번 보고서를 말하는 것인지, 아니면 우체국에서 벌어진 사건을 말하는 것인지는 분명치 않다. 얼마간 생각을 해본 끝에 그는 아무래도 상관없다는 결론을 내린다. 어느 쪽이건 간에 사건 해결의 열쇠는 행동이라고. 그는 할 수 있을 때마다 계속해서 이것저것 들쑤셔야 한다. 그래서 마침내 구조 전체가 흔들리기 시작할 때까지, 언젠가 이 불쾌한 일 전체가 와해되고 말 때까지 여기서 조금, 저기서 조금, 수수께끼를 하나하나 쪼아 나가야 한다.

그 뒤로 몇 주일 동안 블루는 화이트를 다시 한 번 볼 수 있을까 해서 몇 차례 더 우체국을 찾아간다. 하지만 그 일로부터는 아무런 소득도 얻지 못한다. 그가 찾아갔을 때는 보고서가 이미 없어진 뒤이거나 아니면 화이트가 나타나지 않는다. 우체국의 사서함 구역이 하루 24시간 개방돼 있다는 사실 때문에 블루로서는 달리 어쩔 도리가 별로 없다. 화이트는 이제 그의 속셈을 알고 있는 만큼 같은 실수를 두 번 다시 하지 않을 것이다. 그는 블루가 가버릴 때까지 기다렸다가 사서함 쪽으로 갈 것이므로, 우체국에서 평생을 보내려 들지 않는 한 다시 화이트에게 살금살금 다가갈 방법이라고는 없다.

상황은 블루가 생각했던 것보다 훨씬 더 복잡하다. 이제까지 근 1년 동안 그는 자기가 기본적으로는 자유롭다고 생각해 왔다. 잘했건 못했건 자기 일을 해오면서 똑바로 앞을 보고 블랙을 살피고 그럴듯한 돌파구가 나타나기를 기다리며 그 일에 매달리려고 애를 썼지만, 그러는 동안 내내 자기 등 뒤에서 어떤 일이 벌어질 수도 있다는 생각은 아예 해본 적도 없었다. 그런데 이제 가면을 쓴 사내와의 사건이 일어나고 뒤이어 더 많은 장애물이 생기자 블루는 더 이상 어떤 생각을 해야 할지 알 수가 없다. 그의 생각으로는 자기 역시 감시를 받고 있으며, 자기가 블랙을 주시해 온 것과 같은 식으로 누군가에 의해 주시당했다는 것이 얼마든지 있을 수 있는 일로 보인다. 상황이 정말 그렇다면 그는 결코 자유로웠던 것이 아니다. 맨 처음부터 앞뒤가 꽉 막힌 채 진퇴유곡에 처해 있었던 셈이다. 그런데 참으로 이상하게도 그 생각에 이어 『월든』에서 읽었던 몇몇 구절들이 떠오른다. 그래서 블루는 예전에 그런 구절들을 써두었던 게 분명한 것 같다는 생각으로 정확한 문장을 찾아보기 위해 공책을 들춰 본다. 과연 그 구절이 있다. 〈우리는 지금 있는 곳에 있는 것이 아니라, 거짓된 곳에 있다. 기질의 약점으로 인해 우리는 어떤 상황을 상정해서 우리 자신을 그 안에 놓고, 그에 따라서 동시에 두 가지 상황에 놓이므로 거기에서 벗어나기가 배로 어렵다.〉 그 구절은 블루에게도 이해가 되고, 그래서 비록 겁이 좀 나기는 하더라도 뭔가 손을 써보기에 너무 늦지는 않았을지도 모른다는 생각이 든다.

　진짜 문제는 결국 문제 자체의 본질을 규명하는 일로 귀착된다. 우선, 화이트와 블랙 중에서 누가 그에게 더 큰 위협이 되는가? 화이트는 자기 쪽의 약속을 계속 지키고 있다. 매주 수표가 꼬박꼬박 제때에 오고 있는 만큼, 블루는 이제 와서 그에게 등을 돌린다는 것은 먹이를 주는 손을 물어뜯는 셈이 되리라는 것을 알고 있다. 하지만 그렇더라도 화이트는 그 일을 벌인 — 말 그대로 블루를 빈방에 밀어 넣고 불을 끄고 문을 잠근 — 장본인이다. 그 뒤로 내내 블루는 사건 그 자체에 갇힌 죄수가 되어 무턱대고 전등 스위치를 찾아 어둠 속을 더듬고 있었다. 다 좋다 치더라도, 화이트는 어째서 이런 짓을 하고 있는 것일까? 그 의문에 부닥치자 블루는 더 이상 생각을 할 수 없다. 그의 머리가 작동을 중지해서 더 이상 어떻게 해볼 도리가 없다.

다음엔 블랙을 생각해 보자. 지금까지 그는 사건 그 자체, 그에게 온갖 곤란을 안겨 준 장본인이었다. 그러나 만일 화이트가 실제로 블랙이 아니라 블루를 표적으로 삼았다면 블랙은 그 일과 아무 상관도 없는 무고한 방관자에 지나지 않을 수도 있다. 그럴 경우, 블루가 지금껏 내내 자기 입장인 것으로 알았던 입장에 놓이는 것은 블랙이고, 블루는 블랙의 입장이 된다. 그 점에 대해서는 뭔가 할 말이 있다. 그러나 다른 한편으로는, 블랙이 어떤 식으로든 화이트와 손을 잡고 두 사람이 같이 블루를 끌어넣기로 음모를 꾸몄을 가능성도 있다.

만일 그렇다면 그들은 그에게 무슨 짓을 하고 있는 것일까? 결국은 그렇게 엄청난 짓은 아닐 것 같다 ─ 적어도 어떤 본질적인 면에서는. 그들은 블루가 아무 일도 하지 못할 정도로, 그의 삶이 전혀 사는 게 아닐 정도로 나태해지도록 올가미에 걸어 넣었다. 그래, 블루는 속으로 그렇게 중얼거린다. 아무 할 일도 없는 것처럼 느껴지는 게 바로 그거야. 그는 남은 평생을 방 안에 앉아 책만 읽도록 선고받은 사람이 된 것 같은 기분이 든다. 그것은 정말 이상하기 짝이 없다 ─ 기껏해야 절반만 산 채로 글을 통해서만 세상을 보고 다른 사람의 삶을 통해서만 산다는 것은. 하지만 책이 재미있는 것이라면 그것도 그렇게 나쁘지는 않을 것이다. 말하자면 그 이야기에 매료되어 조금씩 자기 자신을 잊어 갈 수도 있을 것이다. 하지만 그 책은 그에게 아무것도 주지 않는다. 거기에는 줄거리도 구성도 행동도 없다. 단지 혼자 방에 앉아서 책을 쓰는 남자만이 있을 뿐이다. 블루는 그것이 전부라는 것을 알아차리고 그중 어느 것도 더는 원하지 않는다. 하지만 어떻게 빠져나간다? 그 방에서, 말하자면 그가 방 안에 머무는 동안 계속해서 쓰이게 될 그 책에서 어떻게 빠져나가야 할까?

이른바 이 책의 작가라는 블랙에 관해서 블루는 이제 자기 눈으로 보는 것들도 믿을 수가 없다. 아무 일도 하지 않고 그저 자기 방에 앉아 글이나 쓰는 그런 사람이 정말 있을 수 있을까? 블루는 그동안 어디로든 그를 따라다녔고 구석구석 쫓아다니면서 눈이 다 침침해질 정도로까지 열심히 그를 지켜보았다. 방을 나설 때마저도 블랙은 특별한 장소로 간다거나 별다른 일을 하는 법이 없다. 그저 식료품을 사고 이따금씩 이발을 하고 영화를 보러 가는 정도가 고작이다. 대체로 그는 단지 길거리를 돌아다니며 이런저런 경치를 구경하거나 되는 대로 자료를 모으거나 했지만, 그런 일도 그저 일시적으로 일어날 뿐이다. 한동안은 관심의 대상이 건물들이라고 한다면, 그는 목을 길게 뽑고 지붕을 바라보거나 현관을 살펴보거나 손으로 천천히 석재로 된 표면을 쓰다듬어 보는 식이다. 그러고 나서 다시 한두 주는 관심의 대상이 동상이라든가 강에 떠 있는 배, 또는 거리 표지판 등으로 바뀔 것이다. 그 이상은 아무것도 없다. 누구와 말을 주고받지도 않았고, 벌써 오래전에 그 울고 있던 여인과 딱 한 번 점심 식사를 같이 한 것 외에는 다른 사람과 만난 일도 없다. 어느 면에서 본다면 블루는 블랙에 대해 알 것은 모두 알고 있는 셈이다. 그가 어떤 비누를 사는지, 어떤 신문을 읽고 어떤 옷을 입는지 다 알았고 그런 것들을 꼬박꼬박 공책에 기록해 두었다. 그는 수많은 사실들을 알게 되었지만 그것들에서 알 수 있는 단 한 가지는 자기가 아무것도 모른다는 것뿐이다. 왜냐하면 그 사실들에서 남는 것은 그런 일이 가능하지 않다는 것이기 때문이다. 블랙 같은 인간이 존재한다는 것은 있을 수 없는 일이다.

그런 이유로 블루는 블랙이 하나의 책략, 화이트가 고용한 또 다른 사람, 말하자면 방 안에 앉아서 아무 일도 하지 않는 대가로 매주 보수를 받는 사람에 지나지 않는가 하는 의심을 하기 시작한다. 어쩌면 그가 한 장 한 장 쓰고 있는 것은 단지 사기일 수도 있다. 그것은 이를테면 전화번호부에 나오는 인명이거나 사전에 나오는 단어 하나하나를 알파벳순으로 적는 것이거나 아니면 『월든』을 베껴 쓰고 있는 것인지도 모른다. 아니, 어쩌면 단어조차 못 되고 그저 뜻 모를 휘갈김, 아무렇게나 긁어 댄 펜 자국, 의미 없이 혼란스럽게 쌓여만 가는 낙서일 수도 있었다. 그렇다면 사실은 화이트가 진짜 작가이고 블랙은 그의 대역, 위조품, 실체를 갖지 않은 배우에 지나지 않을 수도 있지 않을까? 또 어떤 때는 그런 생각을 좇다가 그것에 대한 단 한 가지 논리적인 설명은 블랙이 한 사람이 아니라 여러 사람이라는 생각이 들기도 한다. 블루를 속이기 위해 두 명, 세 명, 또는 어쩌면 네 명의 비슷비슷해 보이는 사람들이 블랙의 역을 하고 그들 하나하나가 지정된 시간에 맡은 일을 한 다음 안락하고 따듯한 가정으로 돌아가는 것인지도 모른다. 하지만 그것은 너무 어처구니없는 생각이어서 거기에 오래 매달려 있을 수는 없다. 그렇게 몇 달이 더 지나자 블루는 결국 혼잣말로 이렇게 중얼거린다. 더 이상은 숨을 쉴 수 없어. 이게 끝이야. 나는 죽어 가고 있어.

1948년 한여름이다. 마침내 블루는 행동할 용기를 끌어내어 변장 도구들이 든 가방에 손을 집어넣고 새로운 신분으로 위장할 궁리를 한다. 그리고 몇 가지 가능성을 하나하나 따져 본 다음, 자기가 어렸을 때 동네 모퉁이에서 구걸을 하던 노인 — 지미 로즈라는 이름으로 통하던 걸물 — 역을 하기로 마음먹고 떠돌이 비슷하게 차려입는다. 누더기가 된 털옷, 밑창이 덜렁거리지 않도록 끈으로 동여맨 신발, 소지품들을 집어넣을 낡아 빠진 구식 여행 가방, 그리고 마지막으로 길게 늘어진 흰 수염과 기다란 백발. 그 마지막 손질 덕분에 그는 구약성서에 나오는 예언자처럼 보인다. 지미 로즈로 변장한 블루의 모습은 몰락한 빈털터리라기보다는 현명한 바보, 사회 변두리에서 곤궁하게 살아가는 성자에 더 가깝다. 보잘것없을지는 몰라도 해롭지는 않은 미치광이로서 그는 주변 세상에 아무런 관심도 없다는, 이미 산전수전 다 겪었기 때문에 이제는 어떤 일로도 동요되지 않는다는 기색을 풍긴다.

블루는 길 건너편 적당한 곳에 자리를 잡고 주머니에서 깨진 확대경 조각을 꺼내 든 다음, 근처 쓰레기통에서 건져낸 날짜 지난 구겨진 신문을 읽기 시작한다. 두 시간 후 블랙이 나타난다. 그는 자기 집 층계를 내려와 블루가 있는 쪽으로 방향을 틀기는 하지만 눈앞에 있는 부랑자에게는 아무런 관심도 보이지 않는다. 아마도 자기만의 생각에 빠져 있거나 아니면 일부러 못 본 척하는 것인지도 모른다. 그래서 블루는 그가 가까이 다가오자 상냥한 목소리로 말을 건넨다.

푼돈 좀 보태 주시겠소, 선생?

블랙이 걸음을 멈추고 방금 자기에게 말을 건 부스스한 인간을 건너다보더니 위험할 게 없다는 것을 알아차리고 천천히 미소를 짓는다. 그리고 주머니에 손을 넣어 동전 하나를 꺼낸 다음 그것을 블루의 손에 놓아 준다.

여기 있습니다.

하느님의 은총이 내리시기를. 블루가 축원을 해준다.

고맙습니다. 블랙이 그 다정한 말에 감동을 받고 대답한다.

별말씀을. 하느님은 누구에게나 은총을 내리시지요.

그 말에 대한 답례로 블랙은 모자 테에 손을 올려 블루에게 인사를 하고 가던 길을 계속 간다.

다음 날 오후, 블루는 다시 부랑자 차림을 하고 같은 장소에서 블랙을 기다린다. 블랙에게서 신뢰를 얻은 만큼 이번에는 대화를 좀 더 길게 끌기로 작정하고 있던 블루는 블랙 자신이 이야기를 하는 데 열의를 보이자 그 문제가 자기 손에서 상대방의 손으로 넘어갔다는 것을 알게 된다. 이제는 시간이 꽤 돼 아직 땅거미가 지지는 않았어도 오후라고 하기 뭣한, 하늘빛이 조금씩 붉게 물들고 그림자가 서서히 길어지는 황혼 녘이다. 부랑자와 정답게 인사를 주고받은 뒤 블랙은 또다시 동전을 건네면서 말을 걸까 말까 생각해 보기라도 하듯 잠시 망설이다가 이렇게 말을 꺼낸다.

혹시 누군가에게서 월트 휘트먼처럼 보인다는 얘기 들어 본 적 있습니까?

월트 누구라고요? 블루는 자기가 맡은 역할을 떠올리고 그렇게 대꾸한다.

월트 휘트먼요. 유명한 시인이지요.

아니, 내가 아는 사람이라고는 할 수 없겠는걸. 블루가 대답한다.

아마 모를 겁니다. 블랙이 말을 받는다. 살아 있는 사람이 아니니까요. 하지만 놀랄 만큼 닮았군요.

글쎄올시다, 이런 말 들어 봤을 거요. 사람마다 어딘가에 똑같은 쌍둥이가 있다고 말이오. 내 쌍둥이가 죽은 사람이면 안 된다는 법도 없지 않겠소?

한 가지 재미있는 건 월트 휘트먼도 이 거리에서 일을 했다는 겁니다. 블랙이 말을 잇는다. 그 사람은 바로 여기, 지금 우리가 서 있는 데서 얼마 멀지 않은 곳에서 자기의 첫 책을 인쇄했지요.

설마 그럴 리가. 블루가 생각에 잠긴 듯 고개를 저으며 말한다. 한번 생각해 볼 만한 문제로구먼, 안 그렇소?

그런데 휘트먼에 대해서 몇 가지 이상한 얘기들이 있어요. 블랙이 블루에게 그들 뒤쪽의 건물 현관 계단에 앉으라는 시늉을 하고 블루는 그 말에 따른다. 그다음에는 블랙도 같이 옆자리에 앉는데, 그러자 갑자기 그 두 사람은 여름 햇살을 받으며 나란히 앉아 이런저런 한담을 나누는 오랜 친구처럼 보인다.

정말입니다. 블랙이 그 나른한 저녁 시간에 느긋이 잠겨 들면서 말한다. 아주 이상한 얘기들이 많아요. 한 가지 예를 들자면 휘트먼의 뇌에 관한 얘기가 있지요. 휘트먼은 평생 동안 골상학을 믿었어요 ── 두상(頭相)을 읽는 일 말이에요. 당시에는 그게 대단히 유행이었지요.

들어 본 적이 있는 얘기는 아닌 것 같소만. 블루가 대꾸한다.

아무튼 그건 중요하지 않습니다. 중요한 건 휘트먼이 뇌와 두개골에 관심이 있었고 어떤 사람의 두상을 보면 그 성격을 모두 알아낼 수 있다고 생각했다는 거지요. 어쨌건, 휘트먼은 50년인가 60년 전쯤 뉴저지에서 임종을 맞았을 때 자기가 죽은 뒤에 시신을 해부해도 좋다고 했어요.

죽은 사람이 어떻게 동의를 할 수 있었던 말이오?

아, 좋은 지적입니다. 내 말은 그 사람이 아직 살아 있을 때 동의를 했다는 것이지요. 그 사람은 나중에 자기 몸을 해부해도 상관하지 않겠다는 점을 알리고 싶어 했던 겁니다.

유언을 했다고도 할 수 있겠지요.

썩 근사한 유언이었구먼.

맞습니다. 사람들은 그가 천재라고 생각했지요. 그래서 뭔가 특별한 게 있지나 않을까 알아보려고 그의 뇌를 살펴보려 했던 거고요. 그 사람이 죽은 다음 날 한 의사가 휘트먼의 뇌를 머리에서 있는 그대로 잘라 들어내 가지고 인체 측정학회로 보냈어요. 크기를 재고 무게를 달도록 말이죠.

커다란 꽃양배추 같았겠군. 블루가 말을 자르고 끼어들었다.

바로 그겁니다. 회색빛을 띤 커다란 야채 같았지요. 하지만 그 이야기에서 재미있는 부분은 이겁니다. 그 뇌가 연구소에 도착해서 막 측정을 하려는 참에 조수 하나가 그것을 바닥에 떨어뜨리고 만 거지요.

그래서 부서졌소?

물론 부서졌죠. 아시다시피 뇌는 별로 단단한 게 못되니까요. 부서진 조각이 사방으로 튀었고 그걸로 끝이었지요. 미국에서 가장 위대한 시인의 뇌가 빗자루에 쓸려 쓰레기통 속으로 버려진 겁니다.

블루는 자기가 맡은 역에서 어떤 반응을 보여야 하는지 떠올리고 씨근거리는 소리로 몇 차례 웃음을 터뜨렸는데, 그것은 영락없이 괴팍한 영감의 웃음소리였다. 블랙도 같이 따라 웃었고, 이제는 분위기가 어느 정도 풀려서 누구나 그들을 평생 친구로 여길 정도가 되었다.

그렇더라도 무덤 속에 누워 있는 가엾은 월트 생각을 하면 슬픈 일이지요. 블랙이 말한다. 혼자서 뇌도 없이 말입니다.

허수아비처럼 말이지. 블루가 맞장구를 친다.

바로 그겁니다. 「오즈의 마법사」에 나오는 허수아비처럼 말이죠.

블랙이 다시 한 번 껄껄 웃고 나서 말한다. 그리고 소로가 휘트먼을 찾아간 얘기도 있어요. 그것도 아주 재미있지요.

그 사람도 시인이었소?

꼭 그런 것은 아니지만 비슷한 정도로 위대한 작가였어요. 그 사람은 숲속에서 혼자 살았었지요.

아, 그래. 블루는 그렇게까지 무식하게 나가고 싶지는 않아서 끼어들어 아는 척을 한다. 언젠가 그 사람 얘기를 들은 적이 있소. 자연을 아주 좋아한 사람이었지. 바로 그 사람을 말하는 거요?

바로 맞췄습니다. 블랙이 대답한다. 헨리 데이비드 소로. 그 사람이 매사추세츠에서 잠시 내려와 브루클린으로 휘트먼을 찾아갔었지요. 하지만 휘트먼은 그 전날 바로 여기 오렌지 거리로 왔고요.

무슨 특별한 이유라도 있었소?

플리머스 교회 때문이었어요. 그 사람은 헨리 워드 비처의 설교를 듣고 싶었던 거죠.

아주 멋진 곳이지요. 블루가 그곳 잔디밭에서 보냈던 유쾌한 시간들을 떠올리며 말한다. 나도 거기에 가기를 좋아한다오.

많은 위인들이 그 교회를 찾아갔었죠. 에이브러햄 링컨, 찰스 디킨스 — 그들 모두가 이 거리를 지나서 교회로 갔어요.

유령들도.

그래요, 우리 주위엔 유령들이 잔뜩 있지요.

그런데 무슨 얘기였소?

사실은 아주 간단해요. 소로와 그의 친구인 브론슨 올컷이 머틀 가에 있는 휘트먼의 집을 찾아왔고, 월트의 어머니는 그들을 휘트먼이 정신 박약아인 동생 에디와 함께 쓰는 다락방으로 올려 보냈지요. 모든 일이 다 잘 되어 갔어요. 그 사람들은 악수를 나누고 인사를 주고받고……. 그런데 다음에 그 사람들이 인생관에 대해서 토론을 하려고 자리에 앉았을 때 소로와 올컷이 방 한복판에 놓여 있는, 오물로 가득 찬 요강을 본 겁니다. 월트는 물론 대범한 사람이어서 그것에 신경을 쓰지 않았지만, 뉴잉글랜드에서 온 두 사람은 바로 앞에 배설물 통을 놓고 대화를 계속하기가 힘들었지요. 그래서 결국 그 사람들은 아래층 응접실로 내려가 대화를 계속했고요. 그게 별일이 아니라는 건 알지만 그렇더라도 두 명의 위대한 작가가 만날 때는 역사가 이루어지고 따라서 모든 사실들을 있는 그대로 보는 것이 중요하지요. 그 요강은 왠지 바닥에 떨어진 뇌를 연상시켜요. 그리고 거기에 대해서 곰곰이 생각해 보면 형태에도 비슷한 점이 있고요. 내 말은 불규칙한 소용돌이 모양이 그렇다는 거지요. 거기에는 분명히 어떤 관련이 있어요. 뇌와 창자, 즉 인간의 내면 사이에는요. 우리는 늘 어떤 작품을 더 잘 이해하기 위해서는 그 작가의 내면으로 들어가야 한다는 말을 하지요. 하지만 정작 들어가 보면 거기엔 별 게 없어요. 적어도 다른 누군가에게서 찾아볼 수 있는 것과 다른 것은 많지 않다는 거죠.

댁은 이런 일에 대해서 많이 알고 계신 것 같구먼. 블루는 블랙이 하는 이야기의 줄거리를 따라잡기가 점점 어려워진다.

그게 내 취미니까요. 블랙이 말을 받는다. 난 작가들이, 특히 미국 작가들이 어떻게 살았는지 알아보는 걸 좋아해요. 그게 뭔가를 이해하는 데 도움이 되거든요.

알겠소. 말은 그렇게 하면서도 블루는 아무것도 알 수가 없다. 블랙이 말을 하면 할수록 점점 더 무슨 말인지 감이 잡히지 않는다.

호손의 예를 들어 봅시다. 블랙이 말을 잇는다. 그 사람은 소로와 친한 친구였고 아마도 미국 최초의 진정한 작가였을 겁니다. 그런데 대학을 졸업하고 나서는 세일럼에 있는 어머니 집으로 가서 12년 동안이나 자기 방에 틀어박힌 채 두문불출했었죠.

거기서 뭘 했기에?

소설을 썼지요.

그게 답니까? 그저 쓰기만 했단 말이오?

글을 쓰는 건 혼자 하는 일이니까요. 그게 삶을 다 차지하죠. 어떻게 본다면 작가에게는 자기의 삶이 없다고도 할 수 있어요. 설령 있다고 해도 실제로는 없는 거죠.

또 다른 유령이로군.

맞습니다.

무슨 수수께끼처럼 들리는군.

그건 그래요. 하지만 호손은 걸작을 썼고 우리는 백 년이 더 지난 지금까지도 그의 작품들을 읽고 있지요. 그중 한 작품에서 웨이크필드라는 사람이 아내에게 장난을 치기로 마음먹습니다. 아내에게는 일 때문에 며칠 동안 출장을 가야 한다고 하고서 그 도시를 떠난 게 아니라 모퉁이를 돌아서 방을 하나 세낸 다음 어떤 일이 일어나는지 두고 보기로 한 거죠. 그 사람은 자기가 왜 그런 짓을 하는지 몰랐지만 그래도 아무튼 그렇게 했어요. 그리고 사나흘이 지났는데도 아직 집으로 돌아갈 마음이 내키지 않아서 그 셋방에 좀 더 묵었죠. 그런 식으로 며칠이 몇 주가 되고 몇 주가 몇 달이 됐는데, 그러던 어느 날 웨이크필드는 자기가 살던 거리를 지나다가 자기 집에 상가(喪家) 표지가 붙은 것을 보았어요. 그건 바로 그의 장례식이었고 그의 아내는 의지할 데 없는 과부가 되었던 거죠. 그렇게 몇 년이 흘렀습니다. 그 사람은 이따금씩 길거리에서 아내와 마주쳤고 한번은 북적대는 사람들 틈에서 실제로 아내와 옷깃이 스치기까지 했지요. 하지만 그의 아내는 남편을 알아보지 못했어요. 더 많은 세월이, 20년도 더 되는 세월이 흘렀고 웨이크필드는 조금씩 노인이 되어 갔지요. 어느 비 오는 가을, 그 사람은 텅 빈 거리로 산책을 나섰고 우연히 예전에 살던 집 앞을 지나다가 창문 너머로 집 안을 들여다보았어요. 벽난로에서 따뜻한 불길이 타오르고 있었는데, 그걸 보고 그는 이런 생각을 합니다. 지금 여기서 이렇게 비를 맞고 서 있을 게 아니라 저 난롯가의 포근한 의자에 앉아 있다면 얼마나 좋을까 하고 말이죠. 그래서 더 이상 아무 생각도 하지 않고 그 사람은 현관 층계를 올라가 문을 두드립니다.

그다음에는요?

그걸로 끝입니다. 그게 이야기의 마지막이죠. 우리가 읽게 되는 맨 마지막 장면은 문이 열리고 웨이크필드가 얼굴에 묘한 미소를 띤 채 안으로 들어선다는 겁니다.

그럼 우리는 그 사람이 아내에게 뭐라고 했는지 전혀 모른다?

그래요. 그게 끝이니까요. 더 이상은 아무 말도 없습니다. 하지만 그 사람은 다시 돌아왔고 죽을 때까지 충실한 남편으로 남았다는 겁니다. 우리가 아는 건 그 정도지요.

이제 머리 위로 하늘이 어두워지기 시작했고 밤이 빠르게 다가오고 있다. 서쪽 하늘에 불그스름한 마지막 미광이 아직 남아 있기는 하지만 날은 이미 저물 대로 저물었다. 블랙은 어둠을 신호로 삼아 앉았던 자리에서 일어나 블루에게 손을 내민다.

같이 얘기를 나누게 되어서 즐거웠습니다. 블랙이 말한다.

우리가 여기서 이렇게 오래 앉아 있었던 줄도 몰랐군요.

나도 즐거웠소. 블루가 마침내 이야기가 끝난 것에 안도 감을 느끼며 말을 받는다. 여름의 더위와 흥분으로 인해 배 어난 땀이 수염을 붙인 풀에 스며들어 오래지 않아 수염이 떨어질 것 같았기 때문이다.

나는 블랙이라고 합니다. 블랙이 블루의 손을 잡아 흔들며 말한다.

내 이름은 지미요. 블루도 통성명을 한다. 지미 로즈.

우리가 지금 나눈 이야기들을 오랫동안 잊을 수 없을 겁니 다, 지미.

나도 그럴 거요. 댁이 나한테 생각할 거리를 많이 주었소.

하느님의 축복이 내리시기를 빌겠습니다, 지미 로즈. 블랙 이 말한다.

댁한테도 하느님의 축복이 있기를. 블루가 화답한다.

그런 다음 두 사람은 마지막으로 한 번 더 악수를 나누고 제각기 생각에 잠겨서 반대되는 방향으로 걸어가기 시작한다.

그날 밤 좀 더 뒤에 자기 방으로 돌아온 블루는 이제 지미 로즈를 영원히 묻어 없애는 것이 상책이라는 결정을 내린다. 그 떠돌이 노인은 자기 몫을 했지만 그대로 더 밀고 나가는 것이 좋을 리는 없을 것 같다.

블루는 블랙과 처음으로 접촉했다는 것이 기쁘지만, 그 만 남에서 원하던 성과를 다 거두지는 못했고 전체적으로는 오 히려 마음이 더 산란해졌다고 느낀다. 그들이 나눈 대화가 사건과 아무 관련이 없다고는 해도 블루는 블랙이 실제로는 내내 그 사건에 대해서 이야기하고 있었다는, 다시 말하자면 블루에게 뭔가 할 말이 있지만 차마 그 말을 입 밖에 내지 못 하고 수수께끼 같은 말로 대신했다는 느낌이 자꾸만 든다.

그랬다. 블랙은 친절한 정도를 넘어서 아주 유쾌하기까지 했지만, 그렇더라도 블루는 그가 처음부터 자기의 계획을 알아채고 있었다는 생각을 지울 수 없다. 그렇다면 블랙은 공모자 중의 하나인 것이 분명하다. 그 밖에 달리 무슨 이유로 그가 블루와 그처럼 이야기를 나누려고 했을까? 외로움에서가 아니었음은 분명하다. 블랙이 실제 인물이라고 가정한다면 외로움은 문제가 될 수 없다. 지금까지 그의 모든 삶은 혼자서만 있으려는 단호한 계획의 일부로 이루어져 왔으므로 그가 기꺼이 이야기를 나눈 일을 외로움의 고통에서 벗어나기 위한 노력으로 본다는 것은 이치에 닿지가 않았다. 더구나 이처럼 늦게, 사람들과의 모든 접촉을 피해 온 지 1년도 더 된 뒤에는 아니었다. 만일 블랙이 마침내 은둔자 같은 일상에서 탈출하기로 마음먹었다면, 무슨 이유로 길모퉁이의 늙은 비렁뱅이와 이야기를 하는 것으로 시작을 하려 했을까? 아니, 블랙은 자기가 블루와 이야기를 하고 있다는 것을 알고 있었다. 그리고 그것을 알았다면 그는 블루의 정체도 알고 있다는 얘기가 된다. 거기에는 두 가지 대답이 있을 수 없어. 블루는 속으로 그렇게 중얼거린다. 그는 모든 걸 다 알고 있어.

　다음번 보고서를 쓸 때가 되자 블루는 딜레마에 직면하지 않을 수 없다. 화이트는 블랙과 접촉하는 문제에 대해서는 아무 얘기도 하지 않았다. 블루가 할 일은 그를 지켜보는 것일 뿐 그 이상도 이하도 아니었으므로 그는 자기가 사실상 계약 조건을 위반한 것은 아닐까 하는 생각이 든다. 만일 보고서에 블랙과 나누었던 대화를 포함시킨다면 화이트가 반대할 수도 있었다. 그러나 다른 한편으로는, 그것을 포함시키지 않는다면, 그리고 블랙이 정말로 화이트와 손잡고 일을 한다면, 화이트는 당장 블루가 거짓말을 하고 있다는 사실을 알게 될 것이다. 블루는 오랫동안 그 일에 대해서 곰곰이 생각을 해보지만, 아무래도 뾰족한 수가 떠오르지 않는다. 그는 자기가 진퇴양난에 빠졌다는 것을 알고 있다. 결국 블루는 그 부분을 빼기로 한다. 하지만 그것은 단지 자기의 생각이 잘못 되었고 화이트와 블랙이 손을 잡고 있지 않기를 바라는 일말의 희망에서다. 그러나 그 마지막 낙관적 시도는 허사가 되고 만다. 대화 부분을 뺀 보고서를 써 보낸 지 사흘 후 매주 오는 수표가 우편으로 왔는데, 봉투 속에 〈왜 거짓말을 하시오?〉 하는 메모도 같이 들어 있어서 블루는 의심의 여지가 없는 증거를 갖게 된다. 그리고 이후로 블루는 자기가 물속으로 가라앉고 있다는 생각을 하면서 살아간다.

　다음 날 밤, 그는 더 이상 아무것도 숨길 필요가 없다는 생각에 평상복 차림으로 지하철을 타고 블랙을 뒤쫓아 맨해튼으로 진출한다. 블랙은 타임스 스퀘어에서 내리더니 한동안 밝은 불빛과 소음과 이리저리 몰려다니는 사람들에 휩쓸려 돌아다닌다. 그를 지켜보는 일에 목숨이 걸려 있기라도 한 것처럼 신경을 곤두세우고 따라가는 블루는 그에게서 서너 발짝 이상 떨어지는 일이 없다. 9시 정각, 블랙이 앨공퀸 호텔 로비로 들어서고 블루도 그 뒤를 따라 안으로 들어간다. 많은 사람들이 붐비고 있어서 빈자리가 별로 없다. 그래서 블랙이 막 손님이 나간 구석 자리에 앉았을 때 블루는 아주 자연스럽게 그쪽으로 다가가 합석을 해도 좋겠느냐고 물을 수가 있다. 블랙이 아무래도 좋다는 투로 무관심하게 어깨를 으쓱해 보이며 블루에게 맞은편 자리를 가리킨다. 그들은 한 몇 분쯤 서로에게 아무 말도 하지 않고 누군가가 주문을 받으러 오기만 기다리면서 그 사이에 여름옷을 입은 여자들이 스쳐 지나가는 것을 바라보고 그들이 풍기는 제각기 다른 향수 냄새를 들이쉰다. 블루는 서두를 필요가 전혀 없다는 생각이 들어서 때가 되기를 기다리며 일이 되어 가는 대로 그냥 놓아둔다. 이윽고 웨이터가 와서 뭘 주문하겠느냐고 묻자 블랙은 얼음을 넣은 블랙 앤 화이트를 주문하는데, 블루는 그것을 이제부터 바야흐로 재미있는 일이 벌어질 것이라는 은밀한 메시지로 받아들이지 않을 수 없지만 그러면서도 블랙의 뻔뻔하고 노골적이고 상스러운 집념에 감탄해 마지않는다. 균형을 맞추기 위해서 블루도 같은 것을 주문한다. 그러는 사이 그는 블랙을 똑바로 쳐다보았지만 블랙은 그저 멍한 눈으로 블루를 바라볼 뿐 아무런 내색도 하지 않는다. 그 멍한 눈이 마치 자기는 감추고 있는 게 아무것도 없으니까 아무리 뚫어지게 쳐다보아도 찾아낼 게 없다는 말을 하고 있는 것 같았다.

그렇더라도 그 일이 말을 트는 계기가 되어 두 사람은 여러 가지 위스키의 좋고 나쁜 점에 대해 이야기를 나누기 시작한다. 그리고 늘 그렇듯, 한 이야기가 다른 이야기로 이어져 두 사람은 뉴욕의 불편한 여름과 호텔의 실내 장식, 저 옛날 이곳이 숲과 들판뿐이었을 때 이곳에 살았던 앨공퀸 인디언에 관한 이야기를 나누는데, 그러는 사이 블루는 서서히 그날 밤 자기가 맡고자 하는 대역 쪽으로 얘기를 끌고 간다. 그것은 위스콘신 주 케노샤의 생명 보험 회사 세일즈맨으로 스노라는 유쾌한 허풍선이 역할이다. 입을 다물자, 블루는 스스로에게 다짐을 둔다. 설령 블랙이 알고 있다는 것을 안다 해도 자기가 누구인지를 드러낸다는 것은 분별없는 짓임을 알기 때문이다. 술래잡기를 해야 돼, 끝까지 술래잡기를 하는 거야.

그들은 첫 잔을 마신 뒤 다시 한 잔을, 그다음에 또 한 잔을 마신다. 대화가 보험 통계에서 직종별 기대 수명으로 천천히 옮겨 가는 사이 블랙이 얘기가 다른 방향으로 향하게 하는 말을 한마디 던진다.

나는 선생의 명단에서 기대 수명이 그렇게 높을 것 같지 않은데요. 그가 말한다.

그래요? 블루는 무슨 얘기가 나올지 몰라 그렇게 묻는다. 무슨 일을 하고 계시는데요?

난 사설탐정이오. 블랙이 아무렇지도 않은 것처럼 툭 내뱉는다. 한순간 블루는 블랙의 얼굴에 술을 끼얹고 싶은 충동을 느낀다. 정말 속이 뒤집힐 정도로 밉살맞은 작자다.

설마 그럴 리가! 블루는 재빨리 냉정을 되찾아 놀란 촌뜨기 흉내를 내면서 소리친다. 사설탐정이라니. 세상에! 그것도 바로 눈앞에. 집사람한테 이 얘기를 해주면 뭐라고 하려나? 내가 뉴욕에서 사설탐정하고 같이 술을 마셨다고 하면. 절대로 믿으려고 들지 않을 겁니다.

내가 하려는 말은 내 기대 수명이 별로 높지 못할 것 같다는 거요. 블랙이 조금 퉁명스럽게 되받는다. 적어도 선생의 통계에 따르면 말이오.

그럴지도 모르죠. 블루가 큰 소리로 떠들어 댄다. 하지만 얼마나 짜릿한 일입니까! 아시다시피 오래 사는 게 최고는 아니지요. 미국 남자 중 절반은 선생처럼 살 수만 있다면 10년은 감수하려고 들 겁니다. 사건을 해결하고 기지(機智)로 살아가면서 여자를 유혹하고 악당들에게 총알 세례를 퍼붓고 — 정말 할 얘기가 굉장히 많겠군요.

그건 모두 꾸며 낸 소리요. 실제로 탐정 일은 아주 따분할 수도 있지요.

글쎄요, 무슨 일이건 정해진 틀이 있기 마련이죠. 블루가 말을 잇는다. 하지만 선생의 경우는 적어도 그 온갖 어려운 일들이 결국 평범한 일과는 다르지 않습니까?

때로는 그렇고 때로는 아니오. 하지만 대개의 경우는 아닙니다. 내가 지금 맡고 있는 사건만 해도 그렇소. 나는 벌써 1년 넘게 이 일을 맡고 있지만 이보다 더 지겨운 일도 없을 거요. 너무 지겨워서 때로는 내가 제정신이 아닌 것 같다는 생각이 들기도 하고 말이오.

어떻게 해서 그렇다는 거죠?

글쎄올시다, 한번 생각해 보시오. 내 일이란 게 누군가를 지켜보는 일인데, 내가 아는 한에서는 별로 특별할 게 없는 사람이오. 그리고 매주 그 사람에 관한 보고서를 보내는 거, 그게 전부요. 그 친구를 지켜보고 그거에 대한 보고서를 쓰는 거. 그것 말고는 아무것도 없소.

그런데 그게 뭐가 그렇게 지겹지요?

그 친구가 아무 일도 하지 않는다는 거, 바로 그 때문이오. 그 친구는 그저 하루 온종일 방에 틀어박혀 글이나 쓰는데, 그것만 해도 미치기에 딱 좋지요.

그 사람이 선생을 유도하고 있는 건지도 모르지요. 선생을 살살 달래서 잠들게 한 다음 행동을 개시할 셈으로.

나도 처음엔 그렇게 생각했소. 하지만 이제는 아무 일도 일어나지 않을 거라고, 절대 그러지 않을 거라고 믿고 있소. 난 그걸 속속들이 느낄 수 있소.

그거 참 안 된 일이군요. 블루가 동정하는 투로 말한다. 어쩌면 선생은 그 일에서 손을 떼야 할 것 같은데요.

나도 그럴 생각을 하고 있는 중이오. 어쩌면 이 일을 모두 다 때려치우고 뭔가 다른 일을 해야 하지 않을까 하는 생각도 하고 있소. 뭔가 전혀 다른 일. 이를테면 보험 외판원을 한다거나 서커스단에 들어간다거나 하는.

그 일이 그 정도로까지 안 좋은 줄은 몰랐습니다. 블루가 고개를 저으며 말한다. 하지만 지금은 어째서 그 남자를 감시하지 않고 있는 거죠? 지금도 그 사람을 감시하고 있어야 하는 거 아닌가요?

그게 바로 요점이오. 블랙이 대답한다. 나는 이제 더 이상 신경을 쓸 필요도 없소. 지금까지 그렇게 오랫동안 그 친구를 지켜보다 보니 이젠 그 친구를 나 자신보다도 더 잘 알게 되었거든. 그 친구에 대해서는 그저 생각만 하면 되지요. 그러면 그 친구가 뭘 할 건지, 어디에 있을 건지를 훤히 다 알 수 있으니까. 그러니까 눈을 감고서도 그 친구를 지켜볼 수 있을 정도가 된 거요.

지금 그 사람이 어디 있는지 알고 있나요?

집에 있소. 언제나처럼 말이오. 자기 방에 앉아서 글을 쓰고 있지요.

그 사람이 쓰는 게 뭐에 관한 겁니까?

확실하지는 않지만 어느 정도는 알고 있소. 내 생각에 그 친구는 자기 얘기를 쓰고 있는 것 같소. 자신이 살아온 삶의 이야기. 있을 수 있는 대답은 그것뿐이오. 그 밖에는 어떤 대답도 들어맞지가 않소.

그렇다면 이 일이 모두 미스터리인 이유는 뭐지요?

그건 나도 모르겠소. 블랙의 목소리에 아주 희미하게 묻어 나기는 해도 처음으로 감정이 배어 있다.

모든 문제가 하나로 귀착되겠군요, 안 그런가요? 블루는 이제 자기가 스노 역을 한다는 사실을 까맣게 잊은 채 블랙을 똑바로 쳐다보며 묻는다. 그 사람 쪽에서 선생이 감시를 하고 있다는 사실을 압니까, 모릅니까?

블랙이 이제 더는 블루를 똑바로 쳐다볼 수 없는지 눈길을 돌리고 갑자기 떨리는 목소리로 대답한다. 물론 알고 있소. 가장 중요한 건 그게 아니겠소? 그 친구는 알 수밖에 없소. 그렇지 않다면 얘기가 안 되지요.

왜 그렇지요?

그건 그 친구가 나를 필요로 하기 때문이오. 블랙이 여전히 외면을 한 채로 대답한다. 그 친구는 내가 자기를 감시해주었으면, 자기가 살아 있다는 걸 내가 입증해 주었으면 하고 바라는 거요.

블루는 블랙의 뺨 위로 눈물이 흘러내리는 것을 본다. 하지만 그가 미처 무슨 말을 하기도 전에, 또 그 기회를 어떻게든 이용해 보기도 전에 블랙이 서둘러 자리에서 일어나더니 전화를 걸어야 할 데가 있어서 이만 실례하겠다고 한다. 블루는 자기 자리에서 10분이나 15분쯤을 기다리지만 시간 낭비라는 것을 알고 있다. 블랙은 돌아오지 않을 것이다. 이제 대화는 끝났고, 그가 아무리 오랫동안 거기에 앉아 있더라도 오늘 밤에는 더 이상 아무 일도 일어나지 않을 것이다.

블루는 술값을 치른 다음 브루클린으로 돌아오기 시작한다. 그리고 오렌지 거리에 이르러 블랙의 방 창문을 올려다보지만 깜깜하게 불이 꺼져 있다. 상관없어. 블루는 속으로 그렇게 중얼거린다. 얼마 안 있어 돌아올 테니까. 우린 아직 끝을 보지 못했어. 파티는 이제 겨우 시작일 뿐이야. 샴페인 뚜껑이 열릴 때까지 기다리다가 그런 다음 무슨 일이 벌어지는지 보면 돼.

일단 방 안으로 들어서자 블루는 이리저리 서성거리며 다음번 행동 계획을 세우려고 해본다. 마침내 블랙이 실수를 범했다는 생각이 들기는 하지만, 정말로 그런지는 잘 알 수가 없다. 증거가 명백한데도 블루는 그 모든 일이 고의로 저질러진 것이라는, 블랙이 이제는 자기를 유인해 가면서, 말하자면 그가 계획하고 있는 목적이 무엇이건 그쪽으로 몰아가면서 자기를 불러내기 시작했다는 느낌을 떨칠 수 없다.

그렇더라도 블루는 어떤 돌파구를 찾았고, 그 사건을 맡은 이후 처음으로 전과는 다른 입장이 되었다. 평소 같았으면 그는 자기의 작은 승리를 자축했겠지만 오늘 밤은 자축을 할 기분이 아니다. 무엇보다도 심사가 울적하고, 열의도 다 식고 세상에 실망했다는 느낌이 들어서다. 어찌됐든 이러한 사실들은 결국 그를 낙담케 했고 그 역시 역할을 맡고 있는 어떤 사건에 출현하고 있었다는 사실을 확실히 알았기 때문에 새로 발견한 사실을 거리감을 두고 보기가 힘들다는 것을 알았다. 다음에 그는 창가로 가서 길 건너편을 바라보다가 블랙의 방에 이제 불이 켜져 있는 것을 본다.

그는 침대에 누워 생각한다. 안녕, 미스터 화이트. 당신은 실제로는 존재한 적이 없어, 안 그래? 화이트라는 사람은 아예 있지도 않았어. 그리고 다음에는 또 이렇게 생각한다. 가엾은 블랙. 불쌍한 친구. 불쌍하게 시들어 버린 별 볼 일 없는 친구. 눈꺼풀이 점점 더 무거워지고 잠이 쏟아지기 시작하자 그는 만물에 제각기 색채가 있다는 게 참으로 이상하다는 생각이 든다. 우리가 보는 모든 것, 우리가 만지는 모든 것 ─ 이 세상의 모든 것에 제각기 색채가 있다. 좀 더 깨어 있으려고 안간힘을 쓰면서 그는 목록을 작성하기 시작한다. 먼저 파란색을 예로 들어 보자. 우선 파랑새와 청어치, 청왜가리가 있어. 수레국화와 빙카 꽃. 뉴욕에서 보는 정오의 하늘. 블루베리, 월귤, 그리고 대서양도 있지. 청색 악마(우울증)와 청색 리본(훈장의 하나), 청색 피(명문 혈통)도 있고. 또 블루스를 부르는 목소리에 아버지가 입었던 경찰 제복도. 청색 법률(엄격한 청교도 법률)과 청색 영화(포르노 영화)도 있어. 내 눈과 내 이름도 그렇고. 그는 파란색인 것들이 더 이상 떠오르지 않자 잠시 멈췄다 하얀색으로 옮겨간다. 우선 갈매기와 제비갈매기와 황새 그리고 앵무새가 있어. 또 이 방의 벽과 침대 시트도 하얀색이고, 은방울꽃, 카네이션, 데이지 꽃잎. 평화의 깃발과 동양의 상복(喪服). 엄마의 젖과 정액. 내 이와 눈의 흰자. 흰색농어, 백송(白松), 흰개미. 백악관, 흰썩음병, 하얀 거짓말(악의 없는 거짓말). 그리고 백열(白熱)도 있지. 그런 다음에는 주저 없이 검정색으로 옮겨간다. 우선 블랙리스트, 암시장, 흑수단[3]이 있지. 뉴욕의 밤하늘도 있고. 시카고 블랙 삭스 팀, 검은나무딸기, 까마귀, 정전, 검은 점, 검은 화요일,[4] 흑사병, 블랙메일(공갈). 또 내 머리칼도 검은색이고, 펜에서 나오는 잉크와 맹인들이 보는 세상도 검은색이야. 그는 마침내 그 놀이에 싫증이 나서 서서히 잠 속으로 빠져들어 간다. 속으로 그런 거는 끝이 없어, 하고 중얼거리면서. 그는 잠이 들고 아주 오래전에 일어난 일들을 꿈꾸다가 한밤중에 갑자기 잠에서 깨 다음번에 무엇을 할 것인지 생각하면서 방 안을 서성거리기 시작한다.

아침이 되자 블루는 또 다른 변장을 하느라 바빠지기 시작한다. 이번에는 풀러 사의 솔 외판원으로 그가 전에도 써먹어 본 속임수다. 다음 두 시간 동안 그는 마치 저 옛날 순회공연에 나선 떠돌이 배우처럼 조그만 거울 앞에 앉아서 끈

3 Black Hand. 19세기말 미국의 범죄 단체.
4 Black Tuesday. 1929년 12월 27일 월 가(街)의 뉴욕 주식 시장에서 주가가 대폭락해 대공황으로 이어진 날.

기 있게 대머리와 콧수염, 그리고 눈가와 입가의 주름을 만들어 붙인다. 그리고 11시가 조금 넘자 갖가지 술이 든 가방을 챙겨 들고 길을 건너 블랙이 살고 있는 건물로 간다. 현관문 자물쇠를 따는 것쯤은 블루에게는 어린애 장난이어서 불과 몇 초밖에 걸리지 않는다. 슬그머니 복도로 들어서면서 그는 예전에 느끼던 스릴 비슷한 것을 느끼지 않을 수 없다. 힘든 일은 절대 아니야. 블랙의 방이 있는 층으로 계단을 오르기 시작하면서 그는 속으로 그렇게 생각한다. 이번 방문은 그저 앞일을 위해 안을 한번 둘러보고 방을 가늠해 보는 것뿐이야. 그렇더라도 바로 그 순간에는 억누르기 힘든 일말의 흥분이 일지 않을 수 없다. 그저 방 안을 둘러보는 일 때문만이 아니라는 것은 그도 알고 있다. 그가 흥분을 하는 이유는 자기가 네 벽 안에 서서 블랙이 숨 쉬는 것과 같은 공기를 마시며 거기에 있게 되리라는 생각 때문이다. 이제부터 일어날 일은 다른 모든 일에 영향을 미치게 될 거야, 하고 그는 생각한다. 문이 열리면 블랙은 앞으로 영원히 그의 마음속에 들어와 있게 될 것이다.

그가 노크를 하자 문이 열리고 그 순간 모든 거리감이 사라지면서 사물과 사물에 대한 생각이 하나로 합쳐져 똑같아진다. 다음에 보이는 것은 마치 일을 하다 중단을 당한 듯 오른손에 뚜껑이 열린 만년필을 든 채로 문간에 서 있는 블랙이다. 하지만 그의 눈에는 블루가 올 줄 알고 있었다는, 그 엄연한 현실에 체념했지만 더 이상은 개의치 않겠다는 듯한 빛이 서려 있다.

블루는 전에 수없이 써먹었던 외판원 같은 빠른 말투로 숨 돌릴 틈도 없이 떠벌려 대기 시작한다. 가방을 가리키고, 죄송하다는 말을 하고, 잠시 들어가도 되겠는지를 묻고 하면서. 블랙은 어쩌면 마음에 드는 칫솔이 있을지도 모르겠다면서 침착하게 블루를 안으로 들인다. 블루는 문턱을 넘어서는 동안에도 계속해서, 말이 계속 흘러나오는 데 도움이 될 만한 거라면 무엇이든 가리지 않으면서 빗이며 옷솔에 대해 떠벌려 댄다. 그런 식으로 그는 블랙이 자기가 찾아온 진짜 목적을 눈치채지 못하게 바람을 잡으면서 한편으로는 방 안을 둘러보고, 살필 수 있는 것은 살피고, 생각을 할 수도 있다.

방은 그가 생각했던 대로이거나 오히려 더 간소한 것 같기도 하다. 이를테면 벽에는 아무것도 걸려 있지 않은데, 블루로서는 그것이 조금은 놀랍다. 왜냐하면 그는 늘 거기에 단조로움을 깨기 위해서라도 그림 한두 점 아니면 자연 풍경 사진, 또는 블랙이 예전에 한때 사랑했던 누군가의 초상화 같은 것이 걸려 있을 것이라고 생각했기 때문이다. 블루는 어쩌면 그런 그림이 가치 있는 단서가 될지도 모른다는 생각에서 그게 어떤 것일지 궁금했지만, 이제 거기에 아무것도 없다는 사실을 알고 나자 진작 그것을 예상했어야 했다는 생각이 든다. 그것 말고는 그가 생각했던 것과 다른 것은 거의 없다. 그가 마음속으로 그리고 있던 수도승의 방과 꼭 같아서 한편 구석에는 말끔하게 정리된 작은 침대, 다른 한편 구석에는 간이 주방이 있고 어디에서건 얼룩 한 점 부스러기 하나 눈에 띄지 않는다. 그리고 방 한가운데에는 창문을 마주 보는 자리에 나무 탁자와 등받이가 달린 나무 의자가 하나 놓여 있다. 연필, 펜, 타자기, 서랍장. 침대 탁자, 스탠드. 북쪽 벽에 놓인 책꽂이에는 『월든』, 『풀잎』, 『고리타분한 이야기』[5] 같은 책들과 몇 권의 다른 책이 꽂혀 있다. 전화기도 라디오도 잡지도 없다. 테이블 위에는 가장자리로 돌아가며 차곡차

5 *Twice-Told Tales*. 1837년에 간행된 호손의 단편집.

곡 쌓인 종이 무더기들이 있는데, 어떤 것은 백지이고 어떤 것은 손으로 쓰인 것, 어떤 것은 타자 친 것, 또 어떤 것은 속기로 쓴 것이다. 그런 종이들이 수백 장, 아니 수천 장은 되는 것 같다. 하지만 이런 게 사는 거라고는 할 수 없어. 블루는 그런 생각이 든다. 또 다른 어느 거라고도 할 수 없고. 여기는 절대로 사람 사는 곳이 아니라 이 세상 끝에서 마주치는 곳이야.

블랙은 칫솔들을 하나하나 꼼꼼히 들여다보더니 결국 빨간 칫솔을 고른다. 거기서부터 시작해서 두 사람은 여러 가지 옷솔을 살펴보고 블루는 자기 옷에다 시험을 해 보이기도 한다. 선생처럼 깔끔한 분이라면 이게 꼭 있어야 할 겁니다. 블루가 말한다. 하지만 블랙은 지금까지 옷솔 없이도 그럭저럭 잘 지내 왔다고 대꾸한다. 하지만 머리 빗는 브러시는 하나 살 생각이 있다고 해서 두 사람은 샘플 상자에서 모양과 크기, 그리고 강모(剛毛) 등등이 다른 여러 가지 종류를 꺼내어 이것저것 검토해 본다. 블루는 물론 자기가 찾아온 목적을 이미 달성했다는 것은 알고 있지만, 별로 중요한 일은 아닐지라도 일을 제대로 하고 싶어서 마지못해 외판원 흉내를 낸다. 그렇더라도 블랙이 브러시 값을 치른 뒤 가방을 집어 들고 나서면서 블루는 마지막으로 한마디 하지 않을 수 없다. 선생은 작가이신 모양이군요. 블루가 책상 쪽을 가리키며 말한다. 그래요, 난 작갑니다. 블랙이 대답한다.

굉장한 책 같아 보이는데요. 블루가 계속 말을 건다.

그래요. 난 벌써 몇 년째 이 일을 하고 있지요.

이제 거의 끝나 가나요?

거의 끝나 가기는 하는데, 블랙이 생각에 잠겨서 대답한다. 하지만 때로는 종잡을 수 없을 때가 있어요. 거의 다 되었다고 생각하면 다음에는 뭔가 중요한 걸 빠뜨렸다는 것을 알아차리게 되고 그래서 다시 처음으로 돌아가야 하지요. 하지만 그래요, 언젠가는 이 일이 끝날 거라는 꿈을 꾸고 있습니다. 어쩌면 얼마 안 가서 곧.

한번 읽어 볼 수 있었으면 좋겠군요.

그거야 얼마든지 가능한 일이지요. 블랙이 대답한다. 하지만 먼저 원고를 끝내야 해요. 어떤 때에는 내가 그 정도로 오래 살 수나 있을지 알 수 없을 때가 있지요.

글쎄요, 그거야 아무도 모르는 일 아니겠습니까? 블루가 철학자라도 되는 것처럼 고개를 끄덕이며 말한다. 어느 날에는 살아 있다가도 다음 날 죽을 수도 있는 거니까요. 그건 우리 모두가 다 마찬가지지요.

꼭 맞는 말이오. 우리 모두가 다 마찬가지죠.

두 사람은 이제 문간에 서 있었는데, 어쩐 일인지 블루는 이런 무의미한 얘기를 좀 더 나누고 싶어진다. 어릿광대 노름을 한다는 것은 즐거운 일이지만 그와 동시에 블랙을 가지고 놀고 싶은, 자기가 무엇 하나 놓치지 않았다는 사실을 증명하고 싶은 충동도 있다. 왜냐하면 마음속 깊은 곳에서 블루는 블랙에게 자기가 얼마나 영리한지, 기지로 어느 정도 그와 겨룰 수 있다는 것을 알려 주고 싶기 때문이다. 그러나 블루는 용케도 그런 충동을 억누르고 혀를 붙들어 맨 채, 물건을 사주어서 고맙다고 정중히 인사를 한 다음 그곳을 나선다. 그것으로 풀러 회사의 솔 외판원 역할은 끝나고, 그로부터 채 한 시간도 안 되어 브러시 외판원의 변장 도구도 지미 로즈의 변장이 들어 있는 그 가방 안으로 들어간다. 블루는 변장이 이제 더 이상 필요 없으리라는 것을 알고 있다. 다음 단계는 불가피한 것이고 이제 중요한 것은 적당한 때를 고르는 것뿐이다.

그러나 사흘째 되던 밤, 드디어 기회를 잡았을 때 블루는 자기가 겁에 질려 있음을 알아차린다. 블랙이 밤 9시에 집을 나서서 길을 따라 가다가 모퉁이를 돌아 사라진 것이다. 블루는 그것이 직접적인 신호, 블랙이 사실상 자기에게 행동을 하라고 유인하는 것임을 알지만, 한편으로는 그것이 속임수일 수도 있다는 기분을 떨칠 수 없다. 그리고 이제, 한순간 전만 해도 자신감에 넘쳐서 자기에게 힘이 있다는 생각으로 으스대기까지 했던 그는 마지막 결정적인 순간에 자신감 상실이라는, 이제까지 없던 의혹에 빠져든다. 무슨 이유로 갑자기 블랙을 믿기 시작하게 된 것일까? 도대체 무슨 이유로 그들 두 사람이 이제 같은 편에서 일하고 있다는 생각을 할 수 있을까? 어떻게 이런 일이 생겼고, 또 어째서 그는 블랙의 요구에 또 한 번 그처럼 순순히 따르게 된 것일까? 그러나 다음 순간 뜬금없이 또 다른 가능성이 떠오른다. 그가 그냥 집을 나선 거라면? 블랙이 그저 일어서서 문밖으로 걸어 나와 모든 일에서 벗어난 것이라면? 그는 얼마 동안 마음속으로 그 생각을 저울질하며 숙고해 보다가 마치 자유를 얻게 될 것이라는 기대에 비틀거리는 노예처럼 두려움과 행복감에 압도되어 조금씩 몸을 떨기 시작한다. 그리고 자기가 다른 어떤 곳, 여기에서 멀리 떨어진 숲속에서 어깨 위로 도끼를 흔들며 걷고 있다는 상상을 해본다. 마침내 혼자, 남의 지배를 받지 않는 자유인이 된 것이다. 그는 삶을 맨 처음부터 다시 시작할 것이다. 유형자, 개척자, 신세계로 옮아온 순례자로서. 하지만 거기까지가 한계다. 왜냐하면 그가 어딘지도 모를 숲속을 걷기 시작하자마자 블랙이 거기에 있다는 것, 그가 어느 나무 뒤에 몸을 숨기고 있다가 눈에 띄지 않게 덤불을 헤치고 살금살금 뒤를 밟으며 블루가 누워 잠이 들면 슬그머니 다가와 목을 벨 셈으로 기다린다는 것을 느끼기 때문이다. 끝없이 계속되는 게임이야, 하고 블루는 생각한다. 만일 지금 블랙을 손보지 않는다면 이 게임은 영원히 끝나지 않을 거야. 이게 선조들이 운명이라 부르던 거고 그 어떤 영웅도 이 운명에 복종해야 돼. 선택의 여지라고는 없어. 그리고 만일 뭔가 해야 할 일이 있다면 그것은 선택의 여지라고는 없는 단 한 가지 일뿐이야. 그러나 블루는 그 사실을 인정하고 싶지 않다. 그는 그것에 맞서고 거부하고 속으로 점점 더 역겨움을 느낀다. 하지만 그것은 단지 그가 이미 알고 있기 때문이다. 그것에 저항한다는 것은 이미 그것을 인정했다는 뜻이며, 〈노〉라고 하고 싶다는 것은 이미 〈예스〉라고 했다는 뜻이다. 그래서 블루는 차츰차츰 용기를 되찾아 마침내는 그 일을 해야 한다는 필요성을 느낀다. 하지만 그렇다고 해서 겁이 나지 않는다는 것은 아니다. 이 순간 이후로 블루의 마음을 대변할 말은 단 한마디뿐이고, 그것은 두려움이다.

그는 귀중한 시간을 허비한 만큼, 이제는 초조한 심정으로 너무 늦지 않았기만을 바라면서 길거리로 달려 나가야 한다. 블랙이 영원히 가버리지는 않을 것이고, 또 그가 길모퉁이에 숨어 있으면서 달려들 순간이 오기만을 기다리고 있지 않는다고 누가 알 수 있을까? 블루는 블랙이 사는 건물 계단을 뛰어올라가 어깨 너머로 연신 뒤를 흘끔거리며 어설프게 더듬더듬 현관 자물쇠를 연 다음 블랙의 방이 있는 층으로 올라간다. 두 번째 자물쇠는 이론상으로는 더 간단하고 그래서 경험 없는 풋내기도 쉽게 딸 수 있는 것이지만 첫 번째 자물쇠보다 더 애를 먹인다. 그런 서툰 솜씨 때문에 블루는 자기가 허둥지둥 어쩔 줄을 모르고 있다는 사실을 알아차리지만,

그것을 알면서도 거기에 대해서는 어떻게 해볼 도리가 없어서 그저 손이 떨리지 않기만을 바랄 뿐이다. 그러나 사정은 더욱 나빠져서 블랙의 방에 발을 들여놓은 순간 그는 마치 밤이 숨구멍들을 통해 밀려 들어오기라도 하듯, 무시무시한 무게로 위에서 짓누르기라도 하듯, 눈앞이 온통 캄캄해지는 것을 느낀다. 그리고 동시에 머리는 공기로 가득 차서 부풀어 올라 당장에라도 몸에서 떨어져 날아오를 것처럼 횅해진다. 그는 방 안으로 한 발짝 더 내디뎠다가 의식을 잃고서 죽은 사람처럼 바닥에 쓰러지고 만다.

쓰러질 때의 충격으로 차고 있던 시계가 멎어 버려서 다시 의식이 들었을 때는 자기가 얼마 동안이나 의식을 잃었는지 알 수가 없다. 처음에는 그곳이 자기가 아주 오래전에 와본 적이 있는 장소라는 느낌과 함께 의식이 흐릿하게 돌아온다. 그리고 열린 창가에서 펄럭이는 커튼과 천장에서 이상하게 움직이는 그림자를 보게 되자 그는 자기가 어렸을 때 살던 집 침대에 누워 무더운 여름밤에 잠을 이루지 못하고 있다는 생각을 하고, 다음에는 좀 더 열심히 귀를 기울이면 옆방에서 나지막하게 이야기를 나누는 아버지와 어머니의 목소리가 들릴 것도 같다는 생각이 든다. 하지만 그런 생각은 순식간에 사라진다. 그는 두통에 이어 뱃속을 휘젓는 메스꺼움을 느끼기 시작했다가 다음 순간에는 마침내 자기가 어디에 있는지를 알아차리고 그 방에 처음 들어섰을 때의 공포감에 다시 사로잡힌다. 그래서 후들거리는 다리로, 한 번인가 두 번은 넘어질 듯 넘어질 듯하면서, 겨우 일어나 속으로 여기 있으면 안 된다고, 그래, 지금 당장 여기서 나가야 한다고 중얼거린다. 그는 문손잡이를 움켜쥐었다가 불현듯 자기가 처음에 그곳으로 온 이유를 떠올리고 급히 주머니에서 플래시를 꺼내 스위치를 올린 다음, 블랙의 책상 위에 차곡차곡 쌓아 올려진 원고지 더미들에 불빛이 가 닿을 때까지 방 안을 이리저리 마구 비춘다. 그리고 마침내 불빛이 원고지 더미에 가 닿자 두 번 다시 생각할 것도 없이 한 손으로 원고를 끌어모은 다음 —— 속으로 상관할 거 없어, 이건 시작일 뿐이야 하고 중얼거리면서 —— 문 쪽으로 걸어간다.

다시 길을 건너 자기 방으로 돌아온 뒤 블루는 브랜디를 한 잔 따라 가지고 침대에 앉아서 침착해지자고 스스로를 진정시킨다. 그리고 브랜디를 조금씩 홀짝거려 잔을 비운 다음 다시 한 잔을 더 따른다. 두려움이 가라앉기 시작하자 이번에는 부끄러움이 밀려든다. 난 일을 망쳐 놓았어, 그는 속으로 그렇게 중얼거린다. 요점은 바로 그거야. 난생처음으로 그는 찾아온 기회를 감당하지 못했고 그 일이 충격으로 다가온다. 자기가 패배자라는 것, 근본적으로는 겁쟁이라는 것을 알아차렸기 때문이다.

그런 생각에서 벗어나 볼 셈으로 블루는 훔쳐 온 원고를 집어 든다. 하지만 그 일은 오히려 설상가상이 되고 만다. 원고를 읽기 시작하자 곧 그것이 자기 자신에 대한 보고서일 뿐이라는 사실을 알게 되었으니까. 주별 보고서들이 차례로 하나하나 선명하게 기록되어 있지만 아무 의미도 없고 어떤 말도 하지 않아서 사건의 진실과는 침묵이나 마찬가지로 거리가 멀다. 그것들을 보고 블루는 기가 꺾일 대로 꺾여서 신음 소리를 내다가 다음에는 자기가 원고에서 알아낸 내용을 떠올리고 웃기 시작한다. 처음에는 조그맣게, 그러다가 나중에는 웃음이 점점 더 거세어지고 요란해져서 마침내는 자신을 완전히 없애 버리기라도 할 것처럼 숨이 막혀 헐떡일 정도로까지. 그는 두 손으로 원고를 단단히 움켜쥐고 천장으로 집어 던졌다가 그 원고 뭉치가 흩어져서 엉망으로 뒤섞인 채 펄렁펄렁 떨어져 내리는 것을 지켜본다.

블루가 그날 밤의 사건에서 정말로 회복이 될지 어떨지는 확실치 않다. 또 설령 회복이 된다 하더라도 예전의 자신과 비슷한 모습으로 되돌아오기까지는 며칠이 걸린다는 것도 알아두어야 한다. 그동안 그는 면도를 하지 않고 옷도 갈아입지 않고 자기 방에서 나설 생각도 하지 않는다. 다음번 보고서를 쓸 날이 되어도 아예 신경조차 쓰려고 들지 않는다. 이제 다 끝난 일이야. 그는 예전에 써서 바닥에 놓아둔 보고서를 걷어차면서 그렇게 중얼거린다. 이런 보고서를 두 번 다시 쓴다면 내가 개자식이지.

대부분의 시간을 그는 침대에 누워 있거나 아니면 방 안을 서성거리며 보낸다. 그리고 때로는 그 사건이 시작된 이후 벽에 붙여 놓은 여러 장의 사진들을 바라보며 하나하나 차례로 살펴보고 할 수 있는 한 오랫동안 그 사진에 대해서 생각해보다가 다음번 사진으로 옮아가곤 한다. 거기에는 어린 사내아이의 데드마스크를 들고 있는 필라델피아 출신 검시관의 사진이 있다. 또 눈 덮인 산의 사진도 있고 그 사진 오른편 위쪽 구석의 작은 사각형 안에는 프랑스 스키 선수의 얼굴 사진이 들어 있다. 브루클린 다리 사진과 그 옆에 있는 뢰블링 부자(父子)의 사진. 경찰 제복 차림으로 뉴욕 시장이었던 지미 워커에게서 훈장을 받고 있는 블루 아버지의 사진. 그의 아버지 사진이 또 한 장 있었는데, 이번 것은 민간인 복장을 하고서 블루의 어머니를 한 팔로 끌어안고 서 있는 결혼 초기 사진이다. 두 사람 모두 카메라를 향해 환한 얼굴로 웃고 있다. 블루가 브라운의 파트너가 된 날 사무실 앞에서 찍은, 브라운이 그의 어깨에 팔을 두르고 있는 사진도 있다. 그 아래에는 2루로 슬라이딩해 들어가는 재키 로빈슨의 경기 중 사진이 붙어 있고, 그 옆에는 월트 휘트먼의 초상화, 그리고 마지막으로 시인의 바로 왼편에 영화 잡지에서 스크랩한 로버트 미첨의 영화 스틸 사진이 한 장 있다. 손에 총을 든 채 세상이 자기를 향해 무너지기라도 하는 듯한 표정을 짓고 있는. 한때 그의 아내감이었던 여자의 사진은 한 장도 없지만, 블루는 그 조그만 사진 전시실을 한 바퀴씩 돌 때마다 벽의 텅 빈 자리 앞에서 걸음을 멈추고 그녀의 사진도 거기에 있는 듯이 그 자리를 바라본다.

며칠 동안 블루는 창밖을 내다보려고도 하지 않는다. 그 자신의 생각에 너무도 철저히 둘러싸여 있다 보니 블랙이 더 이상 거기에 있는 것 같지도 않다. 그 연극은 블루 혼자만의 것이고, 설령 블랙이 어느 면에서 원인이 되었다손 치더라도, 그는 이미 자기 역을 끝내고, 자기 대사를 다 말하고, 무대에서 퇴장을 한 것이나 마찬가지다. 지금 블루로서는 블랙의 존재를 더 이상 인정할 수 없고 그래서 그의 존재를 부인한다. 블랙의 방으로 스며들어 그곳에서, 말하자면 블랙이 고독을 지켜 온 성소(聖所)에서 혼자 서 있던 그는, 그 고독을 자기 자신의 고독으로 대체시키지 않고서는 그 순간의 암흑에 대처할 수가 없다. 블랙의 내면으로 들어간다는 것은 곧 자기 자신의 내면으로 들어가는 것과 똑같은 일이었고, 그래서 일단 자신의 내면으로 들어서자 그는 더 이상 다른 어떤 곳에 있다는 생각을 할 수 없다. 그러나 설령 블루가 그 사실을 알지 못한다손 치더라도, 블랙이 있는 곳은 바로 거기다.

그래서 어느 날 오후, 마치 우연인 것처럼 블루는 지난 여러 날 동안 그랬던 것보다 더 가까이 창가로 다가가 창문 앞에서 걸음을 멈춘 다음, 옛 시절을 기리기라도 하듯 커튼을 젖히고 창밖을 내다본다. 첫눈에 들어온 것은 블랙인데, 그는 자기 방에 있는 것이 아니라 길 건너편 자기가 사는 건물의 현관 입구 계단에 앉아서 블루의 창문을 올려다보고 있다. 그렇다면 그의 일은 끝난 것일까? 블루는 그것이 궁금하다. 이것은 그 일이 끝났다는 뜻일까?

블루는 방 뒤편에서 쌍안경을 꺼내 들고 다시 창가로 돌아온다. 그런 다음 블랙에게 초점을 맞추고 몇 분쯤 그의 얼굴을 자세히 살펴본다. 눈, 코, 입술 등 얼굴을 하나하나 뜯어가며 처음에는 이 모습, 다음에는 저 모습을 보다가 다시 얼굴 전체를 보는 식으로. 그는 블랙의 얼굴에 서린 깊은 슬픔 그리고 희망을 완전히 잃은 듯 자기를 쳐다보는 그의 눈길에 마음이 찡해져서 자신도 모르게 그 이미지에 마음이 끌리고 길 건너편의 절망적인 인물에 대해 일말의 동정심, 연민의 정을 느낀다. 하지만 그러면서도 그러지 않기를, 자기의 총에 총탄을 장전하고 블랙을 겨누어 그의 머리에 총알을 박아 넣을 용기가 있었으면 싶다. 저 친구는 자기 머리에 뭐가 날아와 박혔는지도 모르겠지. 블루는 속으로 그런 생각을 해본다. 땅에 쓰러지기도 전에 천국에 가 있을 거야. 그러나 마음속으로 그런 장면이 떠오르기가 무섭게 그는 당장 그 생각을 떨쳐 버린다. 아니, 그것은 결코 그가 원하는 일이 아니다. 그런데 그것이 아니라면 대체 무엇일까? 자꾸만 약해지려는 마음과 싸우면서도, 속으로 자기는 혼자 있기를 원하고 자기가 원하는 것은 평화와 고요뿐이라고 하면서도, 블루는 자기가 벌써 몇 분 동안 그 자리에 서서 블랙을 도와줄 어떤 방법이 없을지, 그에게 우정 어린 손을 내밀 수 있지는 않을지 생각하고 있었다는 사실을 알아차린다. 그렇게 하면 분명히 상황이 바뀌지 않을까? 그러면 모든 상황이 완전히 바뀌지 않을까? 그래서 안 될 게 뭐지? 뜻밖의 일을 해서 안 될 이유가 뭐지? 하지만 문을 두드린다는 것, 그 이야기 전체를 지워 버린다는 것은 다른 어떤 일 못지않게 터무니없는 짓이다. 사실 블루는 그 모든 싸움으로 인해 지칠 대로 지쳐 있다. 그에게는 싸움을 더 이상 계속할 배짱이 없다. 그리고 어느 모로 보나 블랙 역시 마찬가지다. 저 친구를 보라고. 블루는 속으로 그렇게 중얼거린다. 세상에서 가장 슬퍼 보이는 인간이 아닌가. 그리고 다음 순간, 그는 방금 한 말이 바로 자기 자신에게도 해당된다는 사실을 알아차린다.

블랙이 현관 앞 층계에서 일어나 돌아서서 건물 안으로 다시 들어가고 난 뒤로도 한참 동안이나 블루는 그 빈자리를 계속 바라본다. 땅거미가 지기 한두 시간쯤 전 그는 마침내 창가에서 몸을 돌려 자기가 어질러 놓은 방 안을 둘러보고 나서 한 시간 동안 이것저것 정리를 한다. 설거지를 하고 침대를 정리하고 옷가지를 치우고 바닥에 떨어진 예전의 보고서들을 주워 내고 하면서. 그런 다음 욕실로 들어가 오랫동안 샤워를 하고 면도를 한 다음 깨끗한 옷으로, 가장 쓸 만한 파란색 양복으로 골라 갈아입는다. 이제 그에게는 모든 것이, 갑작스럽고도 돌이킬 수 없이 달라져 있다. 더 이상 두렵지도, 몸이 떨리지도 않는다. 이제는 자기가 하려는 일에 대한 침착한 확신, 그러는 것이 옳다는 생각밖에 없다.

어둠이 내린 직후 블루는 거울 앞에서 마지막으로 넥타이를 한 번 더 바로잡은 후 밖으로 나가 길을 건너서 블랙이 사는 건물로 들어선다. 그는 블랙이 거기에 있다는 것을 알고 있다. 그의 방에 작은 스탠드 불이 켜 있기 때문이다. 층계를 올라가면서 그는 자기가 염두에 두고 있는 말을 하면 블랙이 얼굴에 어떤 표정을 지을지 상상해 본다. 그러고는 아주 정중하게 두 번 노크를 하자 안에서 블랙의 목소리가 들려온다. 문은 열려 있소. 들어오시오.

블루가 무엇을 보게 되리라고 예상했는지를 정확히 얘기하기는 어렵지만, 어쨌건 그가 방 안으로 들어선 순간 마주친 장면이 아니었던 것만은 분명하다. 블랙은 거기, 그의 침대에 앉아 있고, 블루가 우체국에서 본 사내가 쓰고 있던 것과 똑같은 가면을 쓰고 있다. 그리고 오른손에는 38구경 리볼버 권총을 들고서 똑바로 블루를 겨누고 있는데, 그 권총이라면 그처럼 가까운 거리에서는 상대방을 얼마든지 날려버릴 수 있다. 블루는 아무 말도 못하고 그 자리에 얼어붙는다. 화해를 하려는 마당에 이건 너무 심하군. 그는 속으로 그렇게 생각한다. 상황을 바꾸기에는 너무 버거워.

의자에 앉아, 블루. 블랙이 총으로 나무 의자를 가리키며 말한다. 블루는 달리 어쩔 도리가 없어서 의자에 앉는다. 이제 그는 블랙과 마주 보고 있지만 달려들 정도로 가까운 거리는 아니고 또 총을 어떻게 해보기에도 너무 어설픈 위치에 있다.

당신을 기다리고 있었지. 블랙이 말한다. 결국 이렇게 찾아와 주다니 고마운 일이군.

나도 그럴 거라고 생각했소. 블루가 대답한다.

놀랐나?

사실 그렇지는 않소. 적어도 당신한테는. 놀랐다면 나 자신에게인데 ── 하지만 그건 단지 내가 너무 어리석다는 거요. 알다시피 난 오늘 우정을 위해 여기로 온 거니까.

물론 그랬겠지. 블랙이 약간 조롱하는 투로 말한다. 물론 우리는 친구니까 말이야. 맨 처음부터 친구가 아니었던가? 세상에 둘도 없는 친구.

이게 당신이 친구 대접을 하는 식이라면, 블루가 되받는다. 내가 당신의 적이 아닌 게 천만 다행이군.

아주 재미있는 말이군.

바로 맞췄소. 난 원래 재미있는 사람이니까. 내 옆에 있으면 언제고 실컷 웃을 수 있을 거요.

그런데 이 가면 — 당신 이 가면에 대해서는 묻지 않을 건가?

내가 그걸 왜 물어야 하지? 당신이 그걸 쓰고 싶대도 그건 나하고는 상관없는 일인데.

하지만 당신은 이 가면을 봐야 하겠지, 안 그래?

답을 이미 알고 있으면서 무슨 이유로 그런 질문을 하는 거지?

괴상망측한 가면이야, 안 그래?

정말 괴상망측하군.

그리고, 보기에도 끔찍하지.

그래, 아주 끔찍하군.

좋아, 당신이 마음에 들어, 블루. 난 언제나 당신이 나한테 제격이라고 생각했지. 내 마음에 드는 친구라고 말이야.

당신이 그 총을 이리저리 흔들어 대지만 않는다면 나도 아마 같은 생각을 할 것 같은데.

안됐지만 그럴 수는 없지. 이젠 때가 너무 늦었어.

그게 무슨 뜻이지?

이제는 당신이 더 이상 필요 없다는 거야, 블루.

알 테지만 나를 없애기가 쉽지는 않을 텐데? 당신이 나를 이 일에 끌어들였으니 이제는 같은 배를 타고 있을 텐데?

아니, 블루, 잘못 생각했어. 이제는 모든 일이 끝났으니까.

무슨 소린지 모를 말은 그만하시지.

이젠 끝났어. 연극이 모두 끝났다는 얘기지. 더 이상 할 일은 아무것도 없어.

언제부터?

지금부터. 지금 이 순간부터.

당신 지금 제정신이 아니군.

그렇지 않아, 블루. 나는 어느 편이냐 하면 제정신, 그것도 너무 지나칠 만큼 제정신이니까. 그러다 보니 이젠 진이 다 빠져서 아무것도 남지 않았어. 하지만 블루, 당신도 그걸 알 텐데? 누구보다도 더 잘 알 텐데?

그렇다면 왜 그냥 방아쇠를 당기지 않는 거지?

당길 준비가 되면 당기겠지.

그다음엔 내 시체를 바닥에 놓아둔 채 여기서 걸어 나가겠다? 별 가망이 없겠는걸.

아니, 그렇지 않아, 블루. 당신 이해를 못하는군. 우리 둘이 같이 가게 될 거야, 늘 그랬던 것처럼 말이지.

하지만 당신 뭘 잊어버리고 있는 것 같은데?

뭘 잊었다는 거지?

당신은 나한테 얘기를 해주기로 되어 있어. 그렇게 끝나도록 되어 있는 거 아닌가? 당신이 나한테 얘기를 해주고, 그런 다음 굿바이 하는 거지.

당신은 그 얘기를 이미 알고 있어, 블루. 그거 모르나? 당신은 그 얘기를 훤히 다 알고 있어.

그렇다면 어째서 애초에 그런 수고를 들인 거지?

어리석은 질문은 하지 마.

그러면 나는 — 나는 뭘 하는 데 필요했지? 기분 전환 거리였나?

아니, 블루. 처음부터 당신이 필요했어. 당신이 없었다면 난 이 일을 해낼 수 없었을 거고.

내가 뭐에 필요했기에?

내가 하기로 되어 있는 일을 나 자신에게 떠올려 주기 위해서. 내가 어느 때건 고개를 들기만 하면 당신이 거기에 있었지. 언제나 보이는 곳에서 눈길을 내게 고정시킨 채 나를 지켜보고 나를 미행하고 하면서. 당신은 나한텐 이 세상이나 다름없었어, 블루. 그리고 나는 당신을 내 죽음으로 바꿔 놓았고. 당신은 변치 않는 유일한 존재, 모든 것을 뒤바꿔 놓는 유일한 존재지.

그런데 이제는 아무것도 남지 않았다? 당신은 당신의 자살 메모를 적었고 그것으로 일은 다 끝이 났다?

바로 그거야.

당신 바보로군. 정말 한심한 바보.

그건 나도 알아. 하지만 다른 누구보다 더 바보는 아니지. 당신 지금 거기에 앉아서 당신이 나보다 더 똑똑하다는 말을 하려는 건가? 나는 적어도 내가 무슨 짓을 하고 있었는지는 알아. 나는 해야 할 일이 있었고 이제 막 그 일을 마쳤어. 하지만 당신은 어디에도 없어, 블루. 당신은 첫날부터 사라졌던 거지.

그렇다면 왜 방아쇠를 당기지 않는 거냐, 이 개자식아? 블루가 느닷없이 자리에서 벌떡 일어나 잔뜩 화가 나서 자기 가슴을 두드리며 소리친다. 어디 죽일 테면 죽여 보라는 투로. 어째서 지금 당장 나를 쏴서 끝장을 내지 않는 거지?

그런 다음 블루는 블랙을 향해 한 발짝을 내딛는다. 그리고 총이 발사되지 않자 가면을 쓴 사내에게 총을 쏴보라고 악을 쓰면서 이제 살고 죽는 일은 아무래도 좋다는 투로 또 한 발짝, 다시 한 발짝을 내디딘다. 한순간 뒤 그는 블랙 앞으로 바짝 다가선다. 그리고 주저 없이 블랙의 손에서 권총을 채뜨린 다음 그의 멱살을 움켜쥐고 홱 잡아 일으켜 세운다. 블랙은 저항을 해보려고, 블루의 손아귀에서 빠져나오려고 안간힘을 쓰지만, 분노에 휩싸여 제정신을 잃고 마치 다른 사람이 된 것 같은 블루를 감당하기에는 힘이 턱없이 모자란다. 얼굴과 배와 사타구니로 사정없이 주먹이 꽂히기 시작하자 그 사내는 손 하나 꼼짝할 수 없고 얼마 지나지 않아서 의식을 잃고 바닥에 쓰러진다. 블루는 그래도 멈추지 않고 공격을 계속한다. 의식을 잃은 블랙을 발로 짓밟고, 그를 잡아 일으켜 머리를 바닥에 찧고, 연달아 주먹질을 해대면서. 이윽고 분노가 가라앉기 시작하자 블루는 자기가 무슨 짓을 저질렀는지를 알아차리지만 블랙이 죽었는지 살았는지는 알 수 없다. 그래서 블랙의 숨소리를 들어볼 셈으로 그의 얼굴에서 가면을 벗겨 내고 입에 귀를 갖다 댄다. 무슨 소리가 나는 것 같기는 하지만 그것이 블랙의 숨소리인지 자기의 숨소리인지는 알 수 없다. 이 친구가 지금 살아 있다고 해도 얼마 가지 못할 거야, 하고 블루는 생각한다. 그리고 죽었다면 어쩔 수 없는 일이고.

블루는 일어선다. 그의 옷이 너덜너덜 찢어져 넝마가 되어 있다. 다음에 그는 책상에서 블랙이 써놓은 원고를 한데 모으기 시작한다. 그러는 데 몇 분이 걸린다. 원고를 모두 챙기고 나자 그는 방 한구석에 있는 스탠드 불을 끈 다음, 블랙을 마지막으로 한 번 보려고도 하지 않고 그 방을 나선다.

블루가 길을 건너 자기 방으로 돌아온 것은 자정이 넘어서다. 그는 원고를 테이블에 내려놓고 욕실로 들어가 손에 묻은 피를 씻어 낸다. 그런 다음 옷을 갈아입고 스카치위스키를 한 잔 따른 다음 블랙의 원고를 들고 책상 앞에 앉는다. 이제 시간이 없다. 그가 미처 알지도 못하는 사이에 사람들이 들이닥칠 것이고, 그는 지독한 대가를 치르게 될 것이다. 하지만 그렇더라도 지금 이 일을 방해받고 싶지는 않다.

그는 블랙의 원고를 처음부터 끝까지 한 자도 빼놓지 않고 내리 읽는다. 그 원고를 다 읽었을 때쯤에는 새벽이 되어 방 안이 밝아 오기 시작한다. 새가 지저귀는 소리, 아래쪽 길거리에서 사람들이 지나다니는 발소리, 브루클린 다리를 건너가는 자동차 소리가 들린다. 블랙이 옳았어. 그는 중얼거린다. 난 속으로 그걸 모두 알고 있었어.

그러나 아직은 이야기가 끝난 것이 아니다. 마지막 순간이 아직 남아 있고, 그 순간은 블루가 방을 나서기 전에는 오지 않을 것이다. 그것이 세상 돌아가는 방식이다. 한순간도 더 하거나 덜하지 않은 것이. 블루가 의자에서 일어나 모자를 쓰고 방 밖으로 걸어 나와야 이야기도 끝날 것이다.

그런 다음에 그가 어디로 가느냐는 중요하지 않다. 우리는 이 모든 일이 지금으로부터 30여 년 전에, 우리가 아주 어렸던 시절에 일어난 일임을 알아야 한다. 따라서 어떤 일이건 일어날 수가 있다. 나 자신은 블루가 그날 아침 기차를 타고 저 멀리 서쪽으로 가서 새로운 삶을 시작했을 것이라고 생각하고 싶다. 심지어는 이 일이 미국에서 끝나지 않았을 수도 있다. 은밀한 꿈속에서 나는 블루가 배편을 예약하고 중국으로 갔을 것이라는 생각을 하기 좋아한다. 그렇다면 중국이라고 해두고서 그 정도로 그만두자. 왜냐하면 지금은 블루가 의자에서 일어나 모자를 쓰고 문밖으로 걸어 나가는 순간이므로. 그리고 지금 이 순간부터 우리는 아무것도 알지 못한다.

(1983)

잠겨 있는 방

1

지금 생각해 보면 팬쇼는 언제나 거기에 있었던 것 같다. 내게 있어서 그는 모든 일이 시작된 근원이었고, 그가 없었다면 나는 여간해서 내가 누구인지도 알지 못했을 것이다. 우리는 말을 할 수 있기도 전에, 기저귀를 차고 풀밭을 기어 다니는 갓난아이였을 적에 서로를 만났다. 그리고 일곱 살이 되었을 때는 핀으로 손가락을 찔러 평생 동안 피로써 의형제를 맺었다. 이제 나는 내 어린 시절을 생각할 때마다 팬쇼를 본다. 그는 내 안에 있는 사람, 내 생각을 함께 나눈 사람, 나 자신을 돌아볼 때면 언제나 보이는 사람이었다.

하지만 그것은 오래전의 일이다. 우리는 자라난 뒤로 제각기 다른 곳을 떠돌아다녔으니까. 내 생각으로는 그 어느 것도 그리 이상하지는 않다. 삶은 우리가 손쓸 수 없는 방식으로 전개되고, 우리에게 남는 것은 거의 아무것도 없다. 삶은 우리가 죽으면 같이 죽고, 죽음은 우리에게 매일같이 일어나는 그런 일이다.

7년 전 11월, 나는 소피 팬쇼라는 여인에게서 편지를 한 통 받았다. 그 편지는 이런 말로 시작되었다. 〈선생님은 저를 모르실 거예요. 이렇게 뜬금없이 편지를 쓰게 된 것 사과드려요. 하지만 여러 가지 일이 일어났고 지금 이 상황에서 저로서는 달리 택할 길이 별로 없어요.〉 나중에 알고 보니 그녀는 팬쇼의 아내였다. 그녀는 내가 자기 남편과 함께 자랐다는 것을 알고 있었고, 또 이런저런 잡지에 실린 내 글을 읽은 적도 여러 번이어서 내가 뉴욕에 산다는 것도 알고 있었다.

상황 설명은 서두도 없이 두 번째 문단에서 불쑥 시작되었다. 그녀는 편지에 쓰기를, 팬쇼가 사라졌고 그를 마지막으로 본 지가 여섯 달도 더 되었다고 했다. 그 기간 동안 내내 소식 한마디 없었을 뿐 아니라, 그가 어디에 있을지 실낱같은 단서도 찾지 못했다는 것이었다. 경찰은 그와 관련된 어떤 흔적도 찾지 못했고 그녀가 남편을 찾기 위해 고용했던 사설탐정 역시 아무런 성과도 거두지 못했다. 분명한 것은 아무것도 없지만 사실이 그 자체를 설명하는 것처럼 보였다. 팬쇼는 아마도 죽었을 것이고, 그가 다시 돌아오리라고 생각하는 것은 부질없는 짓이었다. 그 모든 정황에 비추어 그녀로서는 나와 상의해야 할 중요한 문제가 있었고 그래서 내가 자기를 보러 와줄 수 있는지 묻고 있었다.

내게는 그 편지가 작은 충격들의 연속이었다. 한꺼번에 흡수해야 할 정보들이 너무도 많았고, 너무도 많은 힘들이 나를 다른 방향으로 끌어당기고 있었다. 난데없이 팬쇼가 내 삶에 다시 나타난 것이다. 하지만 그의 이름이 입 밖에 내어지기가 무섭게 그는 다시 사라지고 말았다. 그는 결혼을 했고 뉴욕에서 살고 있었는데, 나는 그에 대해서 더 이상 아는 것이 아무것도 없었다. 순전히 내 쪽에서만 본다면 그가 나와 연락을 취하려고도 하지 않은 것은 기분 상하는 일이었다. 전화 한 통, 엽서 한 장, 옛 시절을 돌이켜 보려는 술 한 잔 ── 그런 것들은 하려고 마음만 먹으면 그리 어려울 것도 없을 터였다. 하지만 잘못은 내게도 똑같이 있었다. 나는 팬쇼의 어머니가 어디에 사는지 알고 있었고, 그래서 그를 찾으려고 했더라면 그의 어머니에게 얼마든지 물어볼 수가 있었다. 그러나 사실 나는 그를 까맣게 잊고 있었다. 그의 삶은 우리가 서로 다른 길을 간 순간에 멈춰 있었고 이제 그는 내 쪽에서 본다면 현재가 아니라 과거에 속해 있었다. 말하자면 그는 내가 마음속에 넣어 가지고 다니는 유령, 선사 시대의 단편, 더 이상 현실로 존재하지 않는 물건인 셈이었다. 나는 그를 마지막으로 보았던 때를 기억해 내려고 애썼지만 아무것도 분명하지가 않았다. 내 마음은 3~4분 동안 방황을 하다가 곧 멈춰 그의 아버지가 세상을 뜨던 날에 고정되었다. 그 당시 우리는 고등학생이었고 열일곱 살이 채 안 되었을 것이다.

나는 소피 팬쇼에게 전화를 걸어 언제든 그녀가 편한 시간에 기꺼이 찾아가겠다고 했다. 우리는 다음 날로 약속을 정했는데, 그녀는 내게서 팬쇼와는 아무런 왕래도 없었고 또 그가 어디에 있는지도 모른다는 말을 들었음에도 목소리에 고마워하는 기색이 배어 있었다.

그녀는 첼시에 있는 붉은 벽돌 연립 주택에서 살고 있었다. 걸어서 올라가야 하는 음침한 계단이 나 있고 벽의 페인트칠이 벗겨지고 있는 낡은 건물이었다. 나는 다른 집들에서 나는 라디오 소리, 말다툼 소리, 변기의 물 내리는 소리를 들으며 그녀가 사는 5층까지 올라간 다음 숨을 고르려고 잠시 멈췄다가 문을 두드렸다. 누군가의 눈이 문구멍을 통해 밖을 살펴보더니 걸쇠가 찰칵 돌아가는 소리에 이어 소피 팬쇼가 눈앞에 나타났다. 그녀는 왼팔에 갓난애를 안고 있었다. 그녀가 내게 미소를 지으며 안으로 들어오도록 하는 동안 아기가 그녀의 긴 갈색 머리칼을 잡아당겼다. 그녀는 살며시 고개를 숙여 그 공격을 피한 다음 아기를 두 손으로 들어 올려 얼굴이 내 쪽으로 오게 돌렸다. 이 아이는 벤이에요. 그녀가 말했다. 팬쇼의 아들이죠. 이제 태어난 지 겨우 석 달 반이고 요. 나는 아기 ─ 두 팔을 흔들며 턱 밑으로 하얀 침을 흘리는 ─ 를 보고 감탄하는 척했지만 정작 관심은 아이의 엄마에게 더 많이 가 있었다. 팬쇼는 행운아였다. 그녀는 까맣고 지적인, 어찌 보면 지나칠 만큼 침착한 눈매를 한 아름다운 여인이었다. 호리호리한 몸매에 보통쯤 되는 키, 그리고 어쩐지 좀 늘쩍지근한 태도 때문에 그녀는 마치 마음속 깊은 곳에서는 경계를 늦추지 않고 세상을 내다보는 것처럼 관능적이면서도 조심성이 많아 보였다. 어떤 남자도 자발적으로 그런 여인에게서, 더구나 그녀가 자기 아이를 낳으려는 순간에, 떠날 수는 없을 것 같았다. 내가 보기에는 적어도 그것만큼은 확실했다. 그 아파트 안으로 들어서기도 전에 나는 팬쇼가 죽었을 수밖에 없다는 것을 알았다.

그 아파트는 방 네 개에 복도는 없고 가구도 별로 없는 조그만 아파트였는데, 그중 하나는 책과 작업 테이블을 위한 공간, 다른 하나는 거실, 그리고 나머지 둘은 침실로 쓰이고 있었다. 정리는 잘되어 있었고 물건들이 오래되어 낡기는 했어도 대체로 보아 불편할 정도는 아니었다. 다른 것은 몰라도, 팬쇼가 돈벌이에 시간을 들이지 않은 것은 분명했다. 하지만 나 역시 남의 초라함을 우습게 볼 처지는 아니었다. 내 아파트는 그보다도 더 비좁고 어두운 데다, 나는 매달 집세를 끌어다 대려고 허우적거린다는 게 어떤 것인지를 익히 알고 있었으니까.

소피 팬쇼가 내게 의자를 내어 주고 커피를 한 잔 타 온 다음 헐어 빠진 푸른색 소파에 앉았다. 그리고 아기를 무릎에 올려놓은 채 팬쇼의 실종에 얽힌 이야기를 하기 시작했다.

그들이 서로를 만난 것은 3년 전 뉴욕에서였다. 채 한 달도 지나지 않아서 두 사람은 동거를 시작했고, 그로부터 1년이 좀 안 돼 결혼식을 올렸다. 그녀는 팬쇼가 같이 살기에 편한 남자는 아니었지만 자기는 그를 사랑했다고, 또 그의 행동 어디에서도 그가 자기를 사랑하지 않는다는 조짐은 보이지 않았다고 했다. 그들은 함께 있어 행복했고, 팬쇼는 아기가 태어날 날을 손꼽아 기다렸고, 두 사람 사이에 불화라고는 없었다. 그러던 4월 어느 날, 오후에 어머니를 뵈러 뉴저지에 다녀오겠다며 집을 나선 뒤로 그는 돌아오지 않았다. 그날 밤늦게 소피는 시어머니에게 전화를 해보았다가 팬쇼가 그곳으로 가지도 않았다는 사실을 알았다. 전에는 그런 일이 한 번도 없었지만 소피는 끝까지 기다리기로 했다. 남편이 나타나지 않을 때마다 겁을 먹는 그런 아내가 되고 싶지도 않았고, 또 팬쇼에게는 대부분의 사람들보다 숨 쉴 여지가 더 많이 필요하다는 사실도 알고 있어서였다. 심지어 그녀는 남편이 돌아오면 어떤 질문도 하지 않겠다고 마음먹기까지 했다. 그러나 한 주일이 지나고 또 한 주일이 지나도 팬쇼가 돌아오지 않자 소피는 마침내 경찰을 찾아갔다. 그녀가 예상했던 대로 경찰은 그녀의 문제에 별 신경을 쓰지 않았다. 범죄가 일어났다는 증거가 없는 한 그들이 손을 쓸 수 있는 일은 거의 없었으니까. 어쨌건 남편들은 매일같이 아내를 버렸고 그중 대부분은 발견되기를 원치 않았다. 경찰은 몇 가지 판에 박힌 질문을 해보았다가 아무것도 건지지 못하자 사설탐정을 고용해 보라고 했다. 소피는 비용을 대겠다고 한 시어머니의 도움을 받아 퀸이라는 사설탐정에게 일을 맡겼다. 퀸은 대여섯 주 동안 그 일에 끈질기게 매달렸지만, 결국은 더 이상 그들의 돈을 받을 수 없다며 사건에서 손을 떼고 말았다. 그가 소피에게 한 말은 팬쇼가 아직 국내에 있는 것 같기는 하지만 죽었는지 살았는지는 알 수 없다는 것이었다. 퀸은 절대로 협잡꾼이 아니었다. 소피는 그가 동정적일 뿐 아니라 정말로 돕고 싶어 한다는 것을 알았고, 그랬기에 마지막 날 그가 찾아왔을 때 그의 결정을 되돌릴 수 없다는 것을 알아차렸다. 더 이상은 어떻게 해볼 도리가 없었다. 만일 팬쇼가 그녀에게서 떠나기로 마음먹었다면 그렇게 말 한마디 없이 달아나지는 않았을 것이다. 진실 앞에서 뒷걸음질을 치거나 불유쾌한 대면을 피하려 드는 것은 그답지가 않았다. 따라서 그가 실종된 이유는 단 한 가지, 즉 그에게 어떤 무서운 재앙이 덮쳤다는 것뿐이었다.

그렇더라도 소피는 뭔가 밝혀질 것이라는 기대를 버리지 않고 있었다. 그녀는 기억 상실증에 걸린 사람들의 이야기를 읽은 적이 있었는데, 한동안은 그 책이 실낱같은 가능성으로 — 팬쇼가 삶을 빼앗겼으면서도 여전히 살아서 자기가 누구인지도 모르는 채 어딘가를 헤매고 있으리라는, 그리고 어쩌면 그가 어느 때라도 자신의 기억을 되찾게 될 것이라는 생각으로 — 그녀를 사로잡았다. 다시 몇 주가 더 지나 출산 예정일이 다가오고 있었다. 이제 아기는 한 달 내에, 다시 말해서 언제 어느 때라도 태어날 것이고, 차츰차츰 그녀의 생각은 온통 배 속의 아기에게로 쏠리기 시작했다. 마치 그녀의 마음속에 팬쇼를 생각할 여지가 남아 있지 않은 것처럼. 팬쇼를 생각할 여지가 남아 있지 않았다는 말은 그녀가 자기의 감정을 설명하기 위해 한 말이었는데, 다음에 그녀는 계속해서 그것은 사정이 어찌 되었건 간에 팬쇼가 미웠다는, 설령 그것이 그의 잘못은 아니었다 하더라도 그가 자기를 버린 것에 화가 났다는 뜻이었을 거라고 덧붙였다. 내게는 그 말이 너무도 솔직하게 느껴졌다. 그때까지 나는 자기의 감정을 그처럼 숨김없이, 통상적인 예의를 싹 무시해 버리고 말하는 사람을 본 적이 없었다. 그리고 지금 이 글을 쓰고 있는 동안 나는 바로 그 첫날 내가 세상에 난 구멍 속으로 미끄러졌다는 것, 전에 한 번도 가본 적이 없는 곳으로 굴러 떨어지고 있었다는 것을 깨닫는다.

어느 날 아침, 소피는 괴로운 밤을 보낸 뒤 잠에서 깨어 팬쇼가 돌아오지 않으리라는 것을 알았다. 그것은 갑작스럽고도 절대적인 진실, 두 번 다시 의심할 여지가 없는 일이었다. 그녀는 소리 내어 울었고, 그 뒤로 1주일을 팬쇼가 죽기라도 한 것처럼 비탄에 잠겨서 울며 보냈다. 그러나 일단 눈물이 마르고 나자 아무런 미련도 남지 않았다. 그녀는 팬쇼가 자기에게 몇 년 동안만 주어졌던 사람일 뿐이라고 마음을 다잡았다. 이제 그녀에게는 마음을 써야 할 아기가 있었다. 그 외에 정말로 중요한 것은 아무것도 없었다. 그 말이 좀 거창하게 들린다는 것은 그녀도 알고 있었지만, 사실 소피는 그런 생각으로 계속 살아왔고, 그 덕분에 삶을 지탱할 수 있었다.

나는 그녀에게 몇 가지 질문을 던졌고, 그녀는 하나하나의 질문에 대해 자신의 감정으로 윤색을 하지 않으려는 듯 침착하고 신중하게 대답했다. 이를테면 그들이 어떻게 살아왔으며 팬쇼는 어떤 일을 했었고, 내가 마지막으로 그를 본 뒤 몇 년 동안 그에게 무슨 일이 있었는가 하는 등의. 아기가 소파에서 칭얼거리기 시작하자 소피는 이야기를 중단하는 일 없이 블라우스 단추를 풀고 양쪽 가슴을 번갈아 헤쳐 아기에게 젖을 먹였다.

그녀는 팬쇼를 처음 만나기 전의 일에 대해서는 어느 것도 확실히는 알지 못한다고 했다. 자기가 알고 있는 것은 그가 2년 만에 대학을 중퇴했고 어찌어찌해서 징병 유예를 받아 낸 뒤 한동안 배에서 — 그녀의 생각으로는 유조선 아니면 화물선에서 — 일을 했다는 것뿐이라고. 그런 다음 그는 프랑스에서 3~4년을 살았는데 처음에는 파리에서, 그리고 나중에는 남부 지방의 어느 농가에서 관리인 노릇을 했었다. 하지만 팬쇼가 과거에 대해 많은 이야기를 한 적이 없었던 만큼, 소피에게는 그 모든 일이 아주 모호했다. 두 사람이 서로를 만난 것은 그가 미국으로 돌아온 지 8개월 아니면 10개월밖에 되지 않았을 때였는데, 그들은 말 그대로 길에서 우연히 마주친 셈이었다. 비 오는 어느 토요일 오후에 맨해튼의 한 서점 문 옆에 서서 창밖을 내다보며 비가 그치기를 기다리다가. 그것이 시작이었고, 그날부터 팬쇼가 실종된 날까지 그들은 거의 모든 시간을 함께 보냈다.

그녀는 팬쇼가 정규적인 일자리, 그러니까 진짜 직업이라고 할 만한 일은 가져 본 적이 없다고 했다. 그에게는 돈이 별 의미가 없었고, 그래서 될 수 있으면 돈 생각을 하지 않으려 했다는 것이었다. 소피를 만나기 전까지 몇 년 동안 그는 상선의 임시 고용원에서부터 창고지기, 가정교사, 대필 작가, 식당 웨이터, 아파트 도장공, 이삿짐센터 인부에 이르기까지 별의별 일을 다 했지만 그런 일은 모두 일시적인 것이어서 몇 달 정도 버틸 만한 돈을 손에 쥐기만 하면 바로 때려치우곤 했다. 그리고 소피와 함께 살기 시작하면서부터는 아예 아무 일도 하지 않았다. 그녀가 사립 학교에서 음악을 가르치고 받는 봉급으로 두 사람이 먹고살 수는 있었으니까. 물론 근검절약을 하면서 살아야 하기는 했지만, 식탁에는 언제나 먹을 것이 있었고 두 사람 모두 아무런 불평도 없었다.

나는 그녀의 말을 끊지 않았다. 내가 보기에 그 이야기는 단지 시작, 본론으로 들어가기에 앞서 하는 이야기인 것이 분명한 것 같아서였다. 팬쇼가 어떤 삶을 영위했건, 그것은 이 이상한 직업 목록과는 별 관련이 없었다. 나는 즉각적으로, 어떤 말도 나오기 전에 그것을 알고 있었다. 누가 뭐래도 우리는 그저 아무나 놓고 이야기를 하고 있는 것은 아니었으니까. 그것은 팬쇼에 관한 이야기였고, 또 그가 어떤 사람이 었는지 기억하지 못할 만큼 먼 과거의 이야기도 아니었다.

소피는 내가 자기를 앞질러 가고 있다는, 그래서 이제부터 무슨 이야기가 나올지 알고 있다는 것을 알아차리고 미소를 지었다. 지금 생각해 보면 그녀는 내가 알 것을 예상했고, 그 미소는 단지 그 예상이 확인되었다는, 그녀가 내게 와달라고 요청하는 일에 대해서 품었을 수도 있는 모든 의문이 사라졌다는 뜻이었던 듯싶다. 나는 듣지 않고도 알고 있었다. 그리고 바로 그 때문에 그 자리에 앉아서 그녀가 해야 할 이야기를 들을 권리가 생겼다.

「그 친구는 계속 글을 썼습니다.」 내가 말했다. 「그리고 작가가 됐어요. 그렇지 않은가요?」

소피가 고개를 끄덕였다. 바로 그랬다고. 아니, 적어도 부분적으로는 그랬다고. 내가 통 알 수 없었던 것은 어째서 그의 이름을 들어 본 적이 없었느냐 하는 것이었다. 팬쇼가 작가였다면 나는 틀림없이 어디서든 그의 이름과 마주쳤을 테니까. 작가들에 대해 알아보는 것이 내 직업이었던 만큼, 다른 사람도 아닌 팬쇼가 내 눈에 띄지 않고 지나갔을 리는 없을 것 같았다. 나는 혹시 그가 자기의 작품을 책으로 내줄 출판사를 찾지 못한 것은 아닐까 하는 생각이 들었다. 논리적인 것으로 보이는 의문은 그 한 가지뿐이었다.

그러나 소피는 아니라고, 그보다 더 복잡하다고 했다. 그는 단 한 번도 출판을 해보려 하지 않았다는 것이었다. 처음에는, 그러니까 그가 아주 어렸을 때는 너무 소심해서 작품을 보낼 생각을 하지 못했었다. 자기의 작품이 별로 쓸 만하지 못하다고 느꼈기 때문이었다. 하지만 나중에 가서 자신감이 붙은 뒤에도 그는 작품을 숨겨 두는 편이 더 났다고 생각했다. 그가 소피에게 했던 말은, 출판사를 찾아다니기 시작하면 괜히 정신만 산란해지니까 그러기보다는 차라리 작품 그 자체에 시간을 들이겠다는 것이었다. 소피는 그런 무관심한 태도가 당혹스러웠지만 그녀가 그 문제를 들고 나올 때마다 그는 단지 어깨를 으쓱해 보이기만 할 뿐이었다. 서두를 것 없다고, 조만간 그 문제는 처리될 것이라고.

한 번인가 두 번 그녀는 실제로 자기가 직접 그 일을 떠맡아서 원고를 출판업자에게 몰래 보내 볼까 하는 생각도 해보았지만 그대로 밀고 나가지는 못했다. 결혼 생활에는 깨뜨릴 수 없는 규칙이 있었기에, 그의 태도가 아무리 잘못되었다 하더라도 그녀로서는 그의 뜻에 따를 수밖에는 달리 어쩔 도리가 없었다. 그녀의 말로는 작품들의 양이 상당히 많았는데, 그것들이 그저 옷장 속에 처박혀 있다는 생각을 하면 화가 치밀었지만, 팬쇼가 믿고 따를 만한 사람이었기 때문에 아무 말도 하지 않으려고 최선을 다했다는 것이었다.

그런데 하루는, 그러니까 실종되기 서너 달 전에, 팬쇼가 타협적인 태도로 그녀에게 다가왔다. 그리고 1년 내에 모종의 조치를 취하겠다고 약속하면서, 자기 말이 진담이라는 것을 입증하기 위해 만일 자기가 어떤 이유로든 그 약속을 지키지 못하면 자기의 원고를 모두 내게 가져다 맡겨도 좋다는 말까지 했다. 그의 말로는 내가 자기 작품의 관리인이며 그것을 어떻게 할 것인지 결정할 권한은 내게 있다고 했다는 것이었다. 만일 내가 그 작품이 출판할 만한 가치가 있다고 생각한다면 자기는 기꺼이 내 판단에 따르겠노라고. 게다가 그는 만일 그사이 자기에게 무슨 일이 생기면 그녀가 즉각 원고를 내게 가져다주고 내가 그 작품으로 들어올 모든 수입의 25퍼센트를 받는다는 조건으로 모든 일을 내게 맡겨도 좋다고까지 했다. 그러나 만일 내가 그의 작품이 출판할 가치가 없다고 생각한다면 그 원고를 소피에게 돌려줘야 하고, 그녀는 원고를 한 장도 남김없이 없애 버려야 한다는 것이었다.

소피는 그런 선언에 놀랐지만 팬쇼가 그 문제를 가지고 그처럼 심각해하는 것에 웃음이 다 나올 지경이었다고 했다. 또 그 모든 정황이 그와는 전혀 어울리지 않아서 그 일이 혹시 자기가 막 임신한 사실과 어떤 관련이 있는 게 아닐까 하는 생각도 들었다. 어쩌면 아버지가 된다는 생각으로 새삼스럽게 책임감이 일깨워졌을 수도 있고, 아니면 어떻게 해서든 자기의 선의를 입증하려다 과장된 몸짓을 보인 것일 수도 있다. 이유야 어찌 되었든, 그녀는 그가 생각을 바꾸었다는 사실이 기뻤다. 배가 불러 오면서 그녀는 속으로 은근히 팬쇼의 성공을 꿈꾸기까지 했다. 자기가 직장을 그만두고 경제적으로 아무 곤란 없이 아이를 키울 수 있었으면 하고 바라면서. 물론 그 뒤로 일은 완전히 틀어졌고, 팬쇼의 작품은 그의 실종에 뒤이은 소동에 묻혀서 까맣게 잊히고 말았다. 그리고 나중에 소란이 가라앉기 시작했을 때에는 그가 시킨 대로 할 마음이 내키지 않았다. 그렇게 했다가 남편을 다시 볼 기회가 영영 사라지고 말지도 모른다는 생각에 겁이 나서였다. 그러나 결국은 팬쇼의 말이 존중되어야 한다고 생각했고 거기에 따르기로 했다. 그녀가 내게 편지를 써 보낸 것도 그래서였다. 또 내가 그녀와 마주 앉게 된 것도 바로 그래서였고.

　나로서는 어떤 반응을 보여야 할지 알 수 없었다. 그 제안에 넋이 나가서 나는 1~2분쯤 거기에 그대로 앉아 내게 떠맡겨진 엄청난 일과 씨름을 하고 있었다. 내가 아는 한 팬쇼가 그 일에 나를 택할 이유라고는 도무지 있을 수가 없었다. 나는 그를 10년이 넘도록 보지 못한 터여서, 그가 아직도 나를 기억하고 있다는 사실이 놀랍기까지 할 지경이었다. 내가 어떻게 그런 책임을, 누군가를 판단해서 그의 삶이 살 만한 것이었는지 아니었는지를 말할 수 있을까? 소피는 그것을 이렇게 설명하려고 했다. 팬쇼가 연락을 취하지는 않았지만 자주 내 이야기를 했을뿐더러, 내 이름을 입에 올릴 때마다 내가 자기의 둘도 없는 친구이자 평생에 단 하나뿐인 진정한 친구라는 말을 했다고. 또 늘 내 글이 실린 잡지들을 사 읽으면서 내가 하는 일을 놓치지 않은 데다, 때로는 내 글을 그녀에게 읽어 주기까지 했다고. 한마디로 그는 내가 하는 일을 감탄스러워했고, 나를 자랑스럽게 여겼고, 내게 뭔가 대단한 재주가 있다고 생각했다는 것이었다.

　그 모든 찬사에 나는 당황하지 않을 수 없었다. 소피의 목소리에 그처럼 대단한 열의가 배어 있어서 나는 왠지 팬쇼가 그녀를 통해 직접 말을 하고 있다는, 그 자신의 입으로 내게 그런 말을 하고 있다는 느낌이 들었다. 내가 기분이 우쭐해졌다는 것은 인정한다. 그런 상황에서는 그것이 당연한 감정이니까. 그 무렵 나는 힘든 시기를 겪고 있어서 솔직히 말하자면 나 자신을 그렇게 높이 평가할 수 없었다. 내가 이런저런 글들을 많이 쓴 것은 사실이었지만, 그것들은 찬사를 받을 만한 것이 못되었고, 또 나는 그것들을 특히 자랑스러워하지도 않았다. 내가 보는 한에서는 그것들은 잡문보다 나을 것이 거의 없었다. 처음에 나는 언젠가 소설가가 될 것이라는 생각으로, 내가 마침내는 사람들의 심금을 울려 그들의 삶을 바꿀 만한 어떤 작품을 쓸 수 있게 될 것이라는 대단한 희망을 품고 글을 쓰기 시작했었다. 그러나 시간이 흐르면서 나는 차츰차츰 그런 일이 일어나지 않으리라는 것을 알아차렸다. 나에게는 그런 책을 쓸 만한 재주가 없어서 어느 시점에 서인가 그 꿈을 포기하자고 생각했던 것이다. 아무튼, 논평을 쓴다는 것은 소설보다는 더 간단한 일이었다. 열심히, 그리고 꾸준히 한 논평에 이어 다른 논평을 써나감으로써 나는 어느 정도의 생활비를 벌 수 있었다. 그리고 또, 그 일이 가치가 있건 없건, 인쇄물에 내 이름이 거의 끊임없이 실리는 것을 보는 기쁨을 누릴 수도 있었다. 나는 상황이 그보다 훨씬 더 비참해졌을 수도 있다는 것을 알고 있었다. 적어도 나는 서른도 채 되지 않아서 이미 어느 정도 명성을 얻고 있었으니까. 나는 시와 소설에 대한 서평으로부터 시작해서 이제는 거의 모든 것에 대해 논평을 쓸 수 있었고, 그런 대로 좋은 평판도 얻고 있었다. 영화, 연극, 미술 전람회, 연주회, 책, 심지어 야구 시합에 이르기까지, 요청이 있기만 하면 나는 글을 쓰곤 했다. 세상 사람들은 나를 명석한 젊은이, 상승세에 있는 새로운 비평가로 보았지만 내심으로 나는 이미 지칠 대로 지친 늙은이가 된 느낌이었다. 내가 그때까지 해온 일을 모두 합쳐 봤자 아무것도 아닌 일의 단편들일 뿐이었다. 기껏해야 산들바람에도 날아가 버리고 말 먼지밖에 되지 않았다.

따라서 팬쇼의 찬사는 내게 혼란스러운 감정을 안겨 주었다. 한편으로 나는 그가 잘못 생각했다는 것을 알고 있었지만 다른 한편으로는(그리고 여기가 아리송해지는 부분인데), 그가 옳았다고 믿고 싶었다. 나는 내가 혹시 나 자신에게 너무 가혹했던 것은 아니었을까 하는 생각을 해보았다. 그리고 일단 그런 생각이 들자 갈피를 잡을 수 없게 되었다. 그러나 자신을 구제할 기회에 달려들지 않을 사람이 과연 있을까? 어느 누가 희망의 가능성을 뿌리칠 만큼 강할 수 있을까? 언젠가 내 눈으로 부활한 내 모습을 볼 수 있을지도 모른다는 생각이 퍼뜩 스쳤다. 나는 불현듯 세월을 가로질러, 우리를 계속 떼어 놓았던 그 오랜 침묵을 가로질러 팬쇼에게 물밀듯 한 우정을 느꼈다.

일은 그렇게 벌어졌다. 나는 그 자리에 있지도 않은 사람의 아첨에 넘어가 마음이 약해져서 그만 응낙을 하고 말았다. 기꺼이 작품을 읽어 보지요. 그리고 뭐든 힘닿는 대로 돕겠습니다. 그 말에 소피가 미소를 짓고 —— 나로서는 그것이 즐거워서인지 아니면 실망 때문인지 알 수 없었다 —— 소파에서 일어나 아기를 옆방으로 데려가려다 높직한 떡갈나무 찬장 앞에서 멈추더니 걸쇠를 벗기고 문을 열었다. 여기 이거예요. 그녀가 말했다. 선반에는 상자와 바인더, 폴더, 공책들이 빼곡히 들어차 있었다. 생각했던 것보다 훨씬 더 많은 양이었다. 나는 그때 당황스러워서 웃음을 터뜨리며 뭔가 농담 비슷한 말을 했던 기억이 난다. 그런 다음 우리는 본론으로 돌아가 그 원고를 아파트에서 가지고 나갈 가장 나은 방법을 의논하다가 결국 두 개의 큼직한 여행 가방을 쓰기로 했다. 그 일을 하는 데는 한 시간이 넘게 걸렸지만 우리는 마침내 모든 원고를 다 쑤셔 넣을 수 있었다. 자료를 모두 정리하려면 시간이 꽤 걸릴 것 같은데요. 내가 말했다. 그러자 소피는 걱정 말라면서 그런 일로 부담을 안겨 주어서 미안하다고 했다. 나는 이해한다고, 그녀로서는 팬쇼의 청을 들어주지 않고 넘길 도리가 없었을 것이라고 받아 주었고. 그다음 일은 아주 극적이면서도 어느 정도는 섬뜩하게, 거의 코미디처럼 벌어졌다. 아름다운 소피가 아기를 가만히 바닥에 내려놓더니 고맙다는 표시로 나를 꼭 끌어안고 뺨에다 키스를 하는 식으로. 한순간 나는 그녀가 울음을 터뜨릴 것 같다는 생각이 들었지만 그 순간은 곧 지나갔고, 눈물이 흐르지도 않았다. 나는 두 개의 가방을 천천히 층계 아래로, 그다음에는 거리로 끌어냈다. 그 둘은 합쳐서 성인 남자 한 사람 체중만큼이나 무거웠다.

2

진실은 내가 그랬으면 하는 것보다 훨씬 더 복잡하다. 나는 팬쇼를 사랑했고 그는 내 가장 친한 친구였으며 나는 그를 어느 누구보다도 더 잘 알았다는 것 ─ 그것은 사실이다. 내가 무슨 말을 하더라도 그런 사실을 손상시킬 수는 없다. 하지만 그것은 시작에 지나지 않는다. 사실을 있는 그대로 기억하려고 안간힘을 쓴 끝에, 나는 내가 팬쇼를 멀리하기도 했다는 것, 나의 일부가 언제나 그에게 반발했다는 것을 알았다. 특히 나이가 들면서부터는 그 앞에서 마음 편한 적이 한 번도 없었던 것 같다. 내가 하려는 말에 질투라는 단어가 너무 과한 것이라면 그저 막연한 느낌, 팬쇼가 나보다 더 낫다는 은밀한 감정이라고 해도 좋을 것이다. 그 시절에 나는 그런 감정을 알지 못했고 내가 꼬집어 말할 수 있는 특별한 일도 전혀 없었다. 그런데도 내 마음속에서는 그가 다른 사람보다 본질적으로 더 우수하고 어떤 꺼지지 않는 불이 그를 생기 있게 지켜 준다는, 그는 내가 나 자신에게서 바랄 수 있는 것 이상으로 자기 본연의 모습을 하고 있다는 느낌이 가시지 않았다.

그의 영향력은 어렸을 적부터 이미 분명하게 드러났고, 그런 영향력이 아주 사소한 것들에까지 미쳤다. 예를 들어, 팬쇼가 혁대 버클을 바지 옆으로 돌려 매면 나도 혁대를 같은 자리로 옮기곤 했다. 또 팬쇼가 까만 운동화를 신고 운동장으로 나오면 다음번에 어머니가 나를 신발 가게로 데려갈 때까만 운동화를 사달라고도 했다. 팬쇼가 학교로『로빈슨 크루소』를 가져오면 나는 그날 저녁부터 집에서 그 책을 읽기 시작했다. 그런 식으로 팬쇼를 따라 하는 것은 나뿐만이 아니었지만, 아마도 내가 가장 열성적이고 그가 우리에게 미치는 영향력에 가장 자발적으로 반응을 보였을 것이다. 그러나 팬쇼는 그런 영향력을 알지 못했는데, 아마도 틀림없이 그때문에 영향력을 계속 유지할 수 있었을 것이다. 그는 다른 아이들의 관심에 무관심했고 침착하게 자기 할 일을 하면서 절대로 자기의 영향력을 이용해 남을 조종하려고 들지 않았다. 또 우리와는 달리 못된 장난을 치거나 나쁜 짓을 하지도 않았고, 선생님들과 말썽을 일으키지도 않았다. 하지만 그것을 가지고 그를 못마땅해하는 아이는 아무도 없었다. 팬쇼는 우리에게서 한 발짝 떨어져 있으면서도 우리를 한데 묶어 주는 아이, 우리 사이에서 싸움이 벌어지면 다가와 중재를 해주는 아이, 언제나 공정해서 우리의 사소한 말다툼을 해결해주리라고 기대할 수 있는 아이였다. 그에게는 아주 매력적인 구석이 있어서 우리는 늘 그의 곁에 있고 싶었다. 마치 그의 영역 내에 살면서 그의 사람됨으로 감동을 받을 수 있기라도 한 것처럼. 그는 우리를 위해 그곳에 있었지만, 동시에 가까이 다가갈 수 없는 존재이기도 했다. 그에게는 절대로 꿰뚫어 볼 수 없는 은밀한 핵심, 신비한 비밀의 중심이 있는 것 같았다. 그를 모방하는 것은 어떤 식으로든 그 신비에 한몫 끼는 것이었지만, 그를 제대로 알기란 불가능하다는 것 또한 알아야 했다.

　나는 지금 우리가 아주 어렸을 때, 대여섯 살 아니면 일곱 살 무렵의 일을 얘기하고 있다. 이제는 그 가운데 많은 것들이 망각 속에 묻혀 버렸고, 기억이 나는 것들마저도 잘못되었을 수 있다는 것을 나는 알고 있다. 그렇다고 하더라도 내가 마음속에 그 시절의 분위기를 간직해 왔다고 해서 그 말이 틀렸다고는 생각하지 않는다. 내가 그때 느꼈던 감정을 지금도 느낄 수 있는 한 그런 감정들이 거짓일 수는 없을 것이다. 팬쇼가 결국 어떤 존재가 되었건, 내 느낌으로는 그 존재가 그때부터 비롯되었던 듯싶다. 그는 아주 일찍부터 자아를 형성했고, 우리가 학교에 다니기 시작했을 때쯤에는 이미 명확하기 그지없는 태도를 보이고 있었다. 우리들 대부분이 형체도 갖추지 못한 채 한순간 한순간 무턱대고 허둥대며 끊임없는 소란에 휩쓸렸던 반면, 팬쇼는 분명히 두드러지게 눈에 띄는 아이였다. 하지만 이 말은 그가 빨리 성장했다는 뜻이 아니라 ── 그는 결코 자기 나이보다 더 들어 보인 적이 없었다 ── 어른이 되기 전에 이미 자기 자신이 되었다는 뜻이다. 어떤 이유에서인지 그는 절대로 우리들 대부분이 그랬던 것처럼 소동에 휘말려 들지 않았다. 그의 꿈은 좀 더 내면적이고 분명히 좀 더 엄격한 다른 질서에 있었지만, 다른 사람들의 경우처럼 삶을 구분 짓는 갑작스러운 변화는 전혀 없었다.

　한 가지 일이 특히 생생하게 떠오른다. 그 일은 팬쇼와 내가 1학년인가 2학년이었을 때 어느 아이의 생일 파티에 초대받았던 일과 관련된 것으로, 말하자면 내가 어느 정도라도 정확하게 이야기를 하기 시작할 수 있게 된 맨 처음 무렵이었다. 봄날의 어느 토요일 오후였고, 우리는 또 다른 친구인

데니스 월든이라는 아이와 함께 파티가 열릴 집으로 걸어가는 중이었다. 데니스는 우리 셋 중 가장 어렵게 살고 있었다. 알코올 중독자인 어머니, 막일을 하는 아버지, 그리고 수많은 형제자매들 틈에 끼여서. 나는 두세 번 그 아이의 집 — 커다랗고 어둠침침한 폐허 같은 곳이었다 — 에 놀러 가 본 적이 있는데, 그 아이의 어머니를 보고 동화책에 나오는 마녀 같다는 생각이 들어서 겁에 질렸던 기억이 난다. 그녀는 하루 온종일 잠옷 바람에 그 창백하고 꿈에 보아도 무서울 만큼 주름이 잡힌 얼굴로 문을 꽉 닫은 방 안에 틀어박혀 있다가 이따금씩 문밖으로 고개를 내밀어 아이들에게 뭐라고 고함을 지르곤 했었으니까. 파티가 열리는 날, 팬쇼와 나는 당연히 생일을 맞은 아이에게 줄, 울긋불긋한 종이로 싸고 리본까지 맨 선물을 준비했다. 그러나 데니스는 아무것도 준비하지 못했고, 그 때문에 기분이 축 처져 있었다. 그때 나는 이런저런 빈말로 그 애를 위로해 주려고 했던 기억이 난다. 선물 같은 건 중요하지 않아, 아무도 상관하지 않을 거야, 난리법석을 치다 보면 그게 눈에 띄지도 않을 거고. 하지만 데니스는 분명히 신경이 쓰이는 눈치였는데, 팬쇼는 그렇다는 것을 당장 알아차리고 아무 말 없이 데니스 쪽으로 돌아서더니 자기가 준비한 선물을 그 아이에게 내밀었다. 자, 이걸 가져가. 내 선물은 집에다 두고 왔다고 할 테니까. 그때 내가 처음 떠올린 생각은 데니스가 그런 태도에 화를 낼 것이라는, 팬쇼의 동정에 모욕을 당했다고 여기리라는 것이었다. 그러나 내 생각이 틀렸다. 그 아이는 갑작스럽게 찾아온 행운을 헤아리려는 듯 잠시 망설이더니, 팬쇼가 보인 지혜로운 몸짓을 인정한다는 것처럼 고개를 끄덕였다. 그것은 자선에서 나온 행동이라기보다는 정의에서 나온 행동이었고, 그런 이유로 데니스는 부끄러워하지 않고 그것을 받아들일 수가 있었다. 하나의 행동이 다른 행동으로 이어졌던 것이다. 그것은 즉흥적인 생각과 완벽한 확신이 어우러져 생겨난 한 편의 마술이었다. 그리고 나는 팬쇼가 아니었다면 다른 누구도 그런 일을 하지 못했을 거라는 생각이 든다.

파티가 끝난 뒤 나는 팬쇼와 함께 팬쇼의 집으로 갔다. 때마침 팬쇼의 어머니가 주방에 앉아 있다가 우리에게 생일 파티가 어땠는지, 생일을 맞은 아이가 선물을 마음에 들어 했는지 하는 것들을 물어보았다. 나는 팬쇼가 미처 뭐라고 할 틈도 없이 불쑥 팬쇼가 한 일을 털어놓았다. 팬쇼를 곤란하게 만들 생각은 전혀 없었지만 그 이야기를 혼자서만 알고 있을 수가 없었다. 팬쇼의 몸짓이 내게 완전히 새로운 세계를 열어 주었던 것이니까. 누군가가 다른 사람의 느낌 속으로 파고들어 그것을 완전히 파악함으로써 자기 자신의 느낌은 아무래도 좋을 수 있다는 그 태도가. 그것은 내가 목격한 최초의 참된 도덕적 행동이었고, 그 외에는 어느 것도 이야기할 만한 가치가 없어 보였다. 그러나 팬쇼의 어머니는 별로 마음에 들어 하는 기색이 아니었다. 그래, 그건 친절하고 너그러운 행동이지만 또 잘못된 행동이기도 해. 그 선물 값은 내가 치른 거니까, 그걸 남에게 줘버렸다는 건 어떻게 본다면 나한테서 그 돈을 훔친 셈일 수도 있어. 게다가 넌 선물도 없이 거기로 갔는데, 그건 예의에 벗어난 짓을 한 거야. 또 내 체면을 깎아내리는 일이기도 하고. 네가 보인 행동에 책임을 질 사람은 바로 나니까. 팬쇼는 어머니의 말에 귀를 기울이기는 했지만 한마디도 하지 않았다. 말이 다 끝난 뒤에도 그가 여전히 말을 하지 않자, 팬쇼의 어머니는 아들에게 무슨 얘긴지 알아들었느냐고 물었다. 네, 알아들었어요. 팬쇼가 대답했다. 그 일은 거기에서 끝날 수도 있었다. 그러나 다음에 팬쇼는 잠시 뜸을 들였다가 그래도 자기가 한 일이 옳은 것으로 여겨진다고 덧붙였다. 나한테는 엄마가 어떻게 생각하느냐는 중요하지 않아요. 다음에 그런 일이 생겨도 난 똑같이 할 거예요. 그 짤막한 대답으로 상황이 순식간에 바뀌었다. 팬쇼 부인은 아들의 건방진 태도에 벌컥 화를 냈지만 팬쇼는 사정없이 야단을 맞으면서도 한발도 물러서지 않고 자기 입장을 고수했다. 결국 팬쇼에게는 방으로 들어가 있으라는 명령이, 그리고 내게는 집으로 돌아가라는 명령이 떨어졌다. 나는 그녀의 부당한 태도에 기가 차서 내 친구를 두둔할 셈으로 무슨 말인가를 하려 했지만 팬쇼가 손을 저어 내 말을 막았다. 그리고 더 이상 대거리를 하는 대신 그 처벌을 말없이 받아들이고 자기 방으로 들어갔다.

그 일화는 팬쇼의 모습을 고스란히 보여 준다. 자발적인 선행, 자신이 했던 행동에 대한 흔들리지 않는 믿음, 그 결과에 대해서 보인 순종적이라고 할 만한 대응. 그의 행동이 아무리 주목할 만하다 할지라도 그는 언제나 그 일에 초연한 것처럼 보였다. 다른 무엇보다도, 내가 그에게서 종종 겁을 먹고 물러선 것은 바로 그런 특성 때문이었다. 나는 팬쇼와 그토록 가까웠고, 그처럼 열렬히 그를 찬미했고, 또 그와 같아지기를 그토록 간절히 원했지만, 다음에는 느닷없이 그가 나랑 걸맞지 않으며, 자기 안에 갇혀 사는 그의 생활 방식이 내가 살아야 할 방식과 절대로 맞아떨어질 수 없음을 깨닫는 순간이 찾아들곤 했다. 나는 너무도 많은 것을 바랐고, 욕구가 너무도 많았고, 순간순간에 너무도 얽매여 있어서 그런 무관심의 경지에는 도저히 이를 수가 없었다. 내게 중요한 것은 무엇이든 잘하는 것, 이를테면 좋은 성적, 대표팀 마크가 붙은 운동복, 평가 기준이 무엇이건 그 한 주 동안 뭘 잘했다고 받는 상 같은 내 야망의 헛된 징표들로 사람들에게 깊은 인상을 주는 것이었다. 그러나 팬쇼는 자기만의 구석에 조용히 서서 아무런 관심도 보이지 않고 그런 모든 일로부터 뚝 떨어져 있었다. 만일 그가 뭔가를 잘했다면 그것은 언제나 그의 의지와는 상관없이, 아무런 노력도 없이, 그가 한 일과는 아무 관련도 없이 이루어진 것이었다. 하지만 그런 태도는 상당히 헷갈릴 수도 있는 것이어서, 팬쇼에게 좋은 일이 내게도 꼭 좋은 일은 아니라는 것을 알아차리기까지는 꽤 오랜 시간이 걸렸다.

그러나 과장을 하고 싶지는 않다. 팬쇼와 내가 달랐다고는 해도, 내가 우리의 어린 시절에 대해 가장 많이 기억하고 있는 것은 우리가 나누었던 뜨거운 우정이니까. 우리는 서로 이웃해서 살았는데, 뒷마당에는 담장이 없어서 두 집의 널찍한 잔디밭과 자갈과 흙이 하나로 합쳐져 있었다. 마치 우리가 같은 집 식구인 것처럼. 어머니들은 서로 친구였고, 아버지들은 테니스를 함께 치는 사이였고, 우리 둘 다 형제가 하나도 없었다. 한마디로, 우리 사이에 들어설 것이 아무것도 없는 이상적인 조건이 갖춰져 있었던 셈이다. 우리는 채 일주일도 안 되는 간격을 두고 태어나 유아 시절을 뒷마당에서 함께 보냈다. 잔디밭을 구석구석 기어 돌아다니고 꽃을 따서 잡아 찢고 같은 날에 일어나 첫 걸음마를 떼면서(그 사실을 증명하는 사진들도 여러 장 남아 있다). 나중에 우리는 뒷마당에서 야구와 축구를 같이 배웠다. 또 뒷마당에다 요새를 만들고, 그곳에서 게임을 하고, 우리만의 세계를 창조하기도 했다. 그리고 좀 더 뒤에는 온 동네를 이리저리 돌아다니고 오후 내내 자전거를 타고 하면서 끝없는 대화를 주고받았다.

내가 생각하기에, 그 당시 나로서는 어느 누구에 대해서도 팬쇼를 알았던 것만큼 그렇게 속속들이 잘 알지는 못했을 것 같다. 어머니의 회상에 따르자면, 우리는 서로에게 애착이 너무 강했던 나머지 한번은, 그러니까 우리가 여섯 살이었을 때, 남자끼리도 결혼할 수 있느냐고 물어보았던 일까지 있다고 했다. 우리는 커서도 함께 살고 싶었던 것인데, 결혼을 한 사람들 말고는 누가 같이 살 수 있을까? 팬쇼는 천문학자가 되기를 원했고 나는 수의사가 될 생각이었다. 그래서 우리는 시골에다 — 밤이면 하늘의 별들을 모두 볼 수 있을 만큼 어둡고, 돌보아 줄 가축들도 얼마든지 있는 그런 곳에다 — 커다란 집을 짓고 사는 생각을 하고 있었다.

지금 생각해 보면 팬쇼가 작가가 되었다는 것은 당연한 일인 것 같다. 그의 엄격한 내면성이 그런 명령을 내린 것처럼 보일 지경이니까. 초등학교 시절부터 그는 벌써 짤막한 이야기들을 쓰곤 했는데, 내 생각으로는 그가 열 살이나 열한 살 이후로는 자기를 작가로 생각하지 않은 때가 없었던 듯싶다. 물론 처음에는 그리 대단한 것 같지는 않았다. 그의 본보기는 에드거 앨런 포와 스티븐슨이었고, 거기에서 나온 이야기도 아이 티를 벗지 못한 허튼소리에 불과했다. 〈서기 1751년 어느 날 밤, 내가 무시무시한 눈보라를 뚫고 조상들이 살던 집을 향해 걷고 있었을 때, 나는 우연히 눈발 속에서 귀신처럼 생긴 형체와 마주쳤다.〉 그렇게 과장된 표현과 얼토당토 않은 전환으로 가득 찬 그런 이야기였다. 그러다 우리가 6학년 때 팬쇼는 50페이지 분량의 짤막한 탐정 소설을 한 편 썼는데, 선생님은 그것을 매일 수업이 끝난 뒤 10분씩 반 아이들에게 읽어 주도록 시켰다. 우리는 모두 팬쇼를 자랑스러워했고, 그가 등장인물 하나하나의 역을 하면서 극적인 억양으로 읽어 내리는 소리에 감탄해 마지않았다. 이제 줄거리는 기억이 나지 않지만 그 소설이 아주 복잡한 얘기였다는 것, 그리고 결말이 두 쌍둥이의 혼동된 신분이 확인되느냐에 달려 있었다는 것만은 기억이 난다.

그렇다고 해서 팬쇼가 책벌레였다는 얘기는 아니다. 그러기에는 놀기를 너무 좋아했고, 안으로만 파고들기에는 너무 중심적인 위치에 서 있었으니까. 어린 시절을 통틀어 보면 그가 잘하지 못한 것은 하나도 없고 다른 아이들보다 뛰어나지 않은 것도 하나 없었던 것 같은 느낌이 든다. 그는 가장 뛰어난 야구 선수, 가장 우수한 학생, 가장 잘생긴 아이였다. 누구든 그중 한 가지만 갖추었어도 얼마든지 특별한 지위를 누릴 수 있었겠지만 그의 경우에는 그 모든 장점들이 합쳐져서 일종의 영웅, 신들의 감화를 입은 아이처럼 보였다. 그러나 아무리 비범했다 하더라도 팬쇼는 우리들 중의 하나로 남아 있었다. 그는 신동도 천재도 아니어서 그에게는 같은 나이 또래의 다른 아이들과 확연히 구분되는 놀랄 만한 재능이라고는 없었다. 한마디로 그는 지극히 정상적인 아이였지만 자신과 조화를 이루면 이룰수록 더 이상적으로 — 만일 이런 말이 가능하다면 — 우리 중 누구보다도 더 정상적인 아이였다.

속으로 나는 팬쇼가 대담한 편은 아니라는 것을 알고 있었지만, 그럼에도 불구하고 그는 몇 번인가 거침없이 위험한 상황에 뛰어들어서 나를 놀라게 한 적이 있었다. 마치 표면적인 침착함 이면에 엄청난 맹목, 말하자면 자기 자신을 시험하고 위험을 감수하고 아슬아슬한 것을 추구하려는 충동이 도사리고 있었던 것처럼. 어렸을 때 그 아이는 공사장을 놀이터 삼아 사다리나 발판 위로 기어 올라가서 기계 설비며

모래주머니며 진흙탕 위로 까마득하게 높이 걸린 널빤지에서 균형을 잡아 보이기 좋아했는데, 팬쇼가 그런 곡예를 할 때마다 나는 단지 뒷전에서 맴이나 도는 것이 고작이었다. 마음속으로 제발 그만두기를 빌면서, 그 자리를 뜨고 싶으면서도 그 애가 떨어질까 무서워 그러지도 못하고. 그런 충동은 시간이 지날수록 더 뚜렷해져서, 팬쇼는 내게 〈인생을 음미하는 일〉의 중요성을 이야기하곤 했다. 사서 고생을 해봐. 미지의 것을 알아내려고 해보라니까. 그는 그렇게 말했다. 그것이 바로 그가 원하는 것이었고, 그 욕구는 나이가 들어갈수록 점점 더 커졌다. 우리가 열다섯 살이었을 때, 한번은 그가 뉴욕에서 자기와 함께 주말을 보내자고 설득한 적이 있었다. 길거리를 배회하고, 펜 역(驛) 벤치에서 잠을 자고, 부랑자들과 이야기를 나누고 하면서 음식을 먹지 않고 얼마나 버틸 수 있는지 알아보자는 것이었다. 또 어느 일요일 아침 7시에 센트럴 파크에서 엉망으로 술이 취해 풀밭에다 잔뜩 토해 놓았던 일도 기억난다. 팬쇼에게는 그런 것이 중요한 일이었지만 ── 자신을 증명하기 위한 또 하나의 단계로서 ── 내게는 그저 지저분하고 내가 아닌 다른 어떤 존재로 빠져드는 비참한 일일 뿐이었다. 그렇더라도 나는 현혹된 증인으로서 그의 탐험에 동참하되 정작 그 일에 끼어들지는 않은 채로, 당나귀에 걸터앉은 사춘기의 산초로서 자신과 싸움을 벌이는 친구를 지켜보며 계속 따라다녔다.

떠돌이 생활로 주말을 보내고 한두 달쯤 뒤에 팬쇼는 나를 뉴욕의 매춘굴로 데려갔고(그의 친구 하나가 주선했다), 우리가 동정을 잃은 것은 바로 거기에서였다. 강 근처의 어퍼웨스트사이드에 있던 조그만 갈색 사암 아파트 방이 기억난다 ── 간이 주방과 어두운 침실, 그리고 그 사이에 걸린 얇은 커튼. 거기에는 흑인 여자 둘이 있었는데, 하나는 뚱뚱하고 나이가 든 반면, 다른 하나는 젊고 예쁘장했다. 우리 둘 모두 나이 든 쪽을 원치 않았기 때문에 누가 먼저 할 것인지를 정해야 했는데, 기억이 정확하다면 우리는 복도로 나가서 실제로 동전 던지기를 했던 것 같다. 물론 팬쇼가 이겼고 2분쯤 뒤 나는 좁은 부엌에서 뚱뚱한 아줌마와 함께 앉아 있었다. 그 여자는 나를 〈자기〉라고 부르면서 틈만 나면 내 마음을 바꾸려고 자기도 아직 쓸 만하다는 점을 일깨워 주려고 했다. 나는 신경이 너무 곤두서 있어서 고개를 젓는 것 말고는 아무 짓도 할 수가 없었다. 그저 거기에 앉아 커튼 저편에서 들려오는 팬쇼의 격렬하고 빠른 숨소리에 귀를 기울이는 것이 고작이었다. 내가 생각할 수 있었던 것은 단 한 가지, 내 성기가 이제 곧 지금 팬쇼의 성기가 들어가 있는 바로 거기로 들어가게 되리라는 생각뿐이었다. 다음에는 내 차례가 되었지만, 오늘날까지도 나는 그 여자의 이름이 무엇이었는지 알지 못한다. 그녀는 내가 두 눈으로 직접 본 최초의 벌거벗은 여자였는데, 벌거숭이인 것이 아무렇지도 않다는 듯 다정한 태도를 보여서 나는 만일 팬쇼의 구두에 — 커튼과 바닥 사이의 틈새로 주방의 불빛을 받아 마치 그의 몸에서 따로 떨어진 것처럼 반짝이고 있던 — 정신이 흐트러지지만 않았다면 그럭저럭 일을 제대로 치렀을지도 몰랐다. 그녀는 애교 만점인 데다 나를 도와주려고 무척이나 애를 썼지만 나는 한참이나 용을 써야 했고, 막바지에 가서도 진정한 쾌감을 느낄 수 없었다. 일을 끝낸 뒤 팬쇼와 함께 어스름 속으로 걸어 나왔을 때에도 나는 할 말이 별로 없었다. 그러나 팬쇼는 그런 경험을 함으로써 인생을 음미한다는 자신의 이론을 어떻게든 확인했다는 듯 상당히 흡족해하는 것 같았는데, 그때

나는 팬쇼가 나오는 도저히 비교가 될 수 없을 만큼 허기져
있다는 사실을 알아차렸다.

우리는 교외에서 혜택 받은 삶을 누리고 있었다. 뉴욕은
불과 20마일밖에 떨어져 있지 않았지만, 잔디밭과 목조 가옥
들로 이루어진 우리의 작은 세계와 별 관련이 없다는 점에서
본다면 중국처럼 먼 곳일 수도 있었다. 우리가 열셋인가 열
네 살이 되었을 무렵부터, 팬쇼는 일종의 내면적인 유배자가
되어 해야 할 일들을 꼬박꼬박 해나가면서도 자기가 살아야
하는 삶을 경멸하고 주변 환경으로부터 동떨어져 있었다. 그
러나 말썽을 피운다든가 표면적으로 반항을 한 것은 아니었
고 그저 뒤로 물러났을 뿐이었다. 어린 시절 언제나 이런저런
일들의 한복판에 서서 그토록 많은 주목을 받은 뒤로, 그는
우리가 고등학교로 진학할 때쯤에는 거의 사라진 사람처럼
스포트라이트를 피한 채 어떻게든 가장자리에만 머물러 있
었다. 나는 팬쇼가 그 무렵 글쓰기에 몰두해 있다는 것을 알
고는 있었지만(열여섯 살이 되면서부터는 자기의 작품을 누
구에게도 보여 주지 않기는 했어도), 그것을 원인이었다기보
다는 일종의 징후였다고 생각한다. 예를 들자면, 팬쇼는 2학
년 때 우리 반에서 단 한 명뿐인 교내 야구팀 대표 선수가 되
었는데, 몇 주 동안 아주 뛰어난 경기 실력을 보이더니 이렇
다 할 이유도 없이 팀에서 빠져나오고 말았다. 그 일이 있은
다음 날, 나는 그에게서 어떻게 된 일이었는지 설명을 들었던
기억이 난다. 연습이 끝난 뒤 코치의 방을 찾아갔다가 그대
로 유니폼을 반납했다는 것이었다. 코치는 방금 전에 샤워를
끝낸 참이었고, 팬쇼가 들어섰을 때는 머리에 달랑 야구모만
쓴 채 알몸으로 책상 옆에 서서 입에 시가를 물고 있었다. 팬
쇼는 그 얼토당토않은 장면을 세세히 늘어놓으면서 —— 땅

딸막하게 퍼진 코치의 몸이며 방 안의 조명, 회색 콘크리트 바닥에 고인 물 따위를 하나하나 다 묘사하면서 ── 설명을 하는 데 재미가 들린 것 같았다. 하지만 그것이 전부였다. 그 자신과 어떤 관련이 있을 법한 이야기와는 아무 상관도 없이 장황하게 이어지는 설명뿐이었다. 나는 그가 팀을 떠난 것에 실망했지만, 팬쇼는 자기가 한 일에 대해서 그저 야구가 따분해졌다는 말 외에는 어떤 설명도 하지 않았다.

재능 있는 사람들의 경우 대부분이 다 그렇듯, 팬쇼에게도 쉽사리 할 수 있는 일에 대해 더 이상 만족을 하지 못하는 때가 왔다. 자기에게 요구되는 모든 일을 어린 나이에 이미 다 터득한 만큼, 그가 다른 어딘가에서 도전할 만한 일을 찾기 시작한 것은 어쩌면 당연한 일이었는지도 모른다. 조그만 마을의 고등학교 학생이라는 제한된 삶을 감안한다면, 그가 자신의 내면에서 그런 곳을 찾았다는 사실은 놀라울 것도 이상할 것도 없는 일이다. 하지만 나는 거기에 그 이상의 것이 있었다고 믿는다. 그 당시 팬쇼의 집에는 몇 가지 변화를 가져다주었음에 틀림없는 일들이 일어났는데, 거기에 대해서 얘기를 하지 않고 넘어가는 것은 아마도 잘못일 듯싶다. 그런 일들이 본질적인 변화를 일으켰느냐 아니냐는 또 다른 얘기지만, 나는 그 어느 것 하나도 중요하지 않다고는 생각하고 싶지 않다. 누가 뭐래도 삶이란 우발적인 사실들의 총계, 즉 우연한 마주침이나 요행, 또는 목적이 없다는 것 외에는 달리 아무것도 드러나지 않는 무작위적인 사건들의 연대기에 지나지 않는 거니까.

팬쇼가 열여섯 살이었을 때 그의 아버지가 암에 걸렸다는 사실이 밝혀졌다. 그 뒤로 1년 반 동안 그는 아버지가 죽어가는 모습을 지켜보았고, 그러는 동안 그의 가족은 서서히 와해되었다. 아마도 팬쇼의 어머니가 가장 큰 충격을 받았던 듯싶다. 그녀는 강한 자제심으로 체면을 지키며 진찰받는 일에 관심을 쏟고 경제적인 문제를 처리하고 살림을 꾸려 가면서도 회복 가능성에 대한 낙관적인 생각과 일종의 마비 상태 같은 절망감 사이를 발작적으로 오가곤 했는데, 팬쇼의 말에 따르자면 그것은 바로 눈앞에서 벌어지고 있는 불가피한 사실을 도저히 받아들일 수 없었기 때문이었다. 그녀는 무슨 일이 벌어지고 있는지를 알고 있었지만 자기가 알고 있는 사실을 인정할 만큼 강하지 못했고, 그랬기에 시간이 지날수록 점점 더 숨을 죽이고 살았다. 그녀의 행동은 날이 갈수록 더 괴팍스러워져서 밤새도록 미친 듯이 집안을 청소하는가 하면 집에 혼자 있기를 두려워했고(그 일은 아무 설명도 없이 갑작스럽게 집을 비우는 일과 결부되었다), 상상할 수 있는 온갖 병(알레르기, 고혈압, 현기증, 발작 등등)을 들먹이기도 했다. 막바지에 접어들어 그녀는 점성술이라든가 심령 현상, 영혼에 대한 심령주의자의 모호한 개념 같은 갖가지 기이한 이론들에 관심을 갖기 시작했다. 그래서 마침내는 그녀가 인체의 부패에 대해 장황한 강의를 늘어놓는 동안 입을 꾹 다물고 있지 않고서는 그녀와 이야기를 나눈다는 것이 불가능해지고 말았다.

팬쇼와 그의 어머니 사이의 관계는 팽팽하게 긴장되었다. 그녀는 온 가족의 고통이 자기 혼자만의 것이라도 되는 듯 그에게 집안의 기둥이 되어 줄 것을 강요했고, 결국 팬쇼는 그 집에서 단 하나뿐인 믿음직한 존재가 될 수밖에 없어서 자기 자신을 돌봐야 했을 뿐 아니라 그 당시 열두 살밖에 되지 않은 누이동생에 대한 책임도 떠맡아야 했다. 하지만 그로 인해 또 다른 문제가 생겨났다. 엘런이 나약하고 불안해

하는 아이다 보니 질병으로 인한 부모의 공백 속에서 무엇이
건 팬쇼에게 기대려 들기 시작한 탓이었다. 그는 엘런의 아버
지이자 어머니인 동시에 지혜와 위안의 요새가 되었다. 물론
그 아이가 자기에게 의지하는 것이 건전치 못하다는 것은 알
고 있었지만, 그 아이에게 돌이킬 수 없을 정도의 상처를 입
히지 않고서는 달리 어떻게 해볼 도리가 별로 없었다. 나는
지금도 어머니가 〈가엾은 제인〉(팬쇼 부인)에 대한 이야기를
하면서 그 모든 일이 〈아기〉에게는 얼마나 끔찍할 것인지 안
타까워했던 일이 기억난다. 그러나 어떻게 본다면 가장 큰
고통을 받은 것은 팬쇼였다. 다만 팬쇼에게는 자기의 고통을
겉으로 드러낼 기회가 없었던 것뿐이다.

　팬쇼의 아버지에 대해서는 내가 확실하게 말할 수 있는 것
이 별로 없다. 그는 내게 암호 같은 존재, 그저 막연히 인자해
보이는 조용한 사람이었고 나로서는 그를 잘 알 수 있는 계
기가 전혀 없었다. 우리 아버지가 특히 주말이면 가족과 함
께 어울리곤 했던 반면, 팬쇼의 아버지는 여간해서 눈에 띄지
를 않았다. 그는 어느 정도 잘 알려진 변호사로 한때는 정치
에 야망을 품기도 했었지만, 그 일은 몇 차례의 실망만 안겨
준 뒤 끝나고 말았다. 대체로 그는 늦게까지 일을 하다가 8시
나 9시가 되어서야 차를 몰아 돌아왔고, 토요일과 일요일에
도 사무실로 나가 있을 때가 많았다. 나는 그가 자기 아들을
어떤 사람으로 키울 것인지 염두에나 두고 있었을까 하는 생
각이 든다. 왜냐하면 그는 아이들에 대한 관심이 별로 없는,
자신이 아이였을 때의 기억을 모두 잊어버린 사람처럼 보였
기 때문이다. 팬쇼 씨는 철두철미 어른이었고, 어른들의 심각
한 문제에 완전히 골몰해 있었다. 그래서 지금 생각해 보면
그로서는 우리를 또 다른 세상의 생물체로 보지 않기가 어려

윘을 듯싶다.

그는 쉰도 채 되지 않아 죽었다. 의사들이 그를 구하려는 희망을 포기한 뒤로 마지막 여섯 달 동안, 그는 별도로 마련된 침실에 누워 창밖으로 뜰을 내다보거나 이따금씩 책을 읽거나 진통제를 먹고 꾸벅꾸벅 졸았다. 그 당시 팬쇼는 틈나는 시간을 대부분 그와 함께 보냈는데, 그때 무슨 일이 있었는지에 대해서는 추측만 할 수 있을 뿐이지만, 내 생각으로는 두 사람 사이의 관계가 변화되었던 것 같다. 최소한 나는 팬쇼가 그 일에 얼마나 열심히 매달렸는지 알고 있다. 때로는 아버지와 함께 있기 위해 학교를 빠지고, 그에게 없어서는 안 될 사람이 되려고 애쓰고, 움츠러들 줄 모르는 상냥함으로 아버지를 간호하면서. 그것은 팬쇼가 겪기에 잔인한, 어쩌면 너무 힘든 일이었을 것이다. 그래서 나는 그가 아주 젊은 사람에게만 가능한 용기를 끌어내어 그 일을 잘 받아들이는 것처럼 보였더라도, 때로는 그가 정말로 그 일을 이겨 낼 수 있었는지 궁금해진다.

내가 여기서 하고 싶은 이야기가 꼭 한 가지 더 있다. 그 시기가 끝나 갈 무렵에 — 누구나 다 팬쇼의 아버지가 앞으로 며칠 이상은 살 수 없을 것이라고 여겼던 막바지쯤에 — 팬쇼와 나는 학교가 파한 뒤 드라이브를 하러 나섰다. 때는 2월이었고, 우리가 출발한 지 몇 분 지나지 않아서 가벼운 눈발이 날리기 시작했다. 우리는 어디로 가고 있는지 별 신경도 쓰지 않고 몇몇 이웃 마을을 지나 무작정 차를 몰았다. 집에서 10마일인가 15마일쯤을 갔을 때 공동묘지가 나타났다. 마침 문이 열려 있었고, 우리는 별다른 이유도 없이 그 안으로 차를 몰았다. 그리고 얼마 후에는 차에서 내려 그 일대를 돌아다니기 시작했다. 우리는 묘비에 적힌 비문을 읽고 그들

하나하나의 삶이 어땠을지 추측해 보다가, 침묵에 잠겼다가, 다시 얼마쯤 걸으며 이야기를 나누다, 또다시 침묵에 잠기곤 했다. 이제는 눈발이 제법 굵어져서 대지가 하얗게 바뀌어 가고 있었다. 묘지 중간쯤에 갓 파놓은 구덩이가 하나 있어서 팬쇼와 나는 걸음을 멈추고 그 안을 내려다보았다. 지금도 내 기억에는 그곳이 얼마나 고요했고 세상이 우리에게서 얼마나 멀리 떨어져 있는 것 같았는지가 생생하다. 우리는 둘다 한참 동안 아무 말도 하지 않았는데, 이윽고 팬쇼가 무덤 밑바닥에 있는 것이 어떤 기분인지 알아보고 싶다고 했다. 나는 손을 내밀어 그가 구덩이 속으로 내려가는 동안 그를 단단히 붙잡아 주었다. 발이 땅에 닿자 그는 나를 올려다보며 애매하게 미소를 짓더니 죽은 사람처럼 그 안에 똑바로 드러누웠다. 그때의 일이 아직까지도 생생히 떠오른다. 눈송이가 얼굴에 떨어질 때마다 눈을 끔뻑이며 하늘을 쳐다보고 누워 있는 팬쇼를 내려다보던 일이.

뭔가 알 듯 말 듯한 어떤 연상으로 인해 그 모습이 우리가 아주 어렸을 때, 그러니까 기껏해야 너덧 살밖에 안 되었을 때의 일을 떠올려 주었다. 팬쇼의 부모가 어떤 전자 제품 —— 아마도 텔레비전이었던 듯싶다 —— 을 새로 샀는데, 팬쇼는 그 상자를 몇 달 동안 자기 방에 놓아두었다. 그는 늘 자기 장난감을 같이 가지고 노는 데 후한 편이었지만 그 상자는 내게 출입 금지여서 나를 그 안으로 들이는 법이 절대 없었다. 그의 말로는 그 상자가 자기의 비밀 장소인데, 그 안으로 들어가 뚜껑을 닫으면 어디든 원하는 곳으로 갈 수도 있고 어디든 있고 싶은 곳에 있을 수도 있지만 만일 다른 사람이 자기의 상자에 들어가면 그 마법이 영원히 사라지고 만다는 것이었다. 나는 그 말을 곧이곧대로 믿었기에 속으로는 몹시

서운해하면서도 이번에는 내 차례라고 조르거나 하지는 않았다. 우리는 수시로 그의 방에서 조용히 장난감 병정들을 세워 놓거나 그림을 그리며 놀았는데, 때로는 팬쇼가 느닷없이 이제부터 상자에 들어가겠다는 말을 하곤 했다. 그럴 때면 나는 하던 놀이를 계속하려고 했지만 그래 봤자 아무 소용이 없었다. 상자 안에 들어가 있는 팬쇼에게 무슨 일이 일어나고 있을까 하는 생각 말고는 어느 것에도 관심이 가지 않아서 그가 어떤 모험을 하고 있을지 상상하려고 애쓰며 시간을 보내곤 했다. 하지만 그 모험이 어떤 것들이었는지를 알게 된 적도 없었다. 팬쇼가 상자 밖으로 나온 뒤 거기에 대해 이야기를 하는 것도 규칙에 위배되는 일이었으니까.

그런데 이제 그 비슷한 일이 눈발 속에서, 파놓은 구덩이 속에서 벌어지고 있었다. 팬쇼는 그 밑에서 자기만의 생각에 잠겨 자기 혼자만의 순간들을 헤쳐 나가는 중이었다. 비록 나도 거기에 같이 있었다고는 하지만, 그 일은 마치 내가 정말로는 거기에 없기라도 한 것처럼 나와는 동떨어져 있었다. 나는 팬쇼의 그런 행동이 나름대로 자기 아버지의 죽음을 상상해 보려는 것임을 알았다. 이번에도 그것은 순전히 우연하게 이루어진 일이었다. 거기에 파놓은 구덩이가 하나 있었고, 팬쇼는 그 구덩이가 자기를 부른다고 느꼈던 것이다. 예전에 누군가가 말했듯이, 이야기는 이야기를 할 줄 아는 사람에게만 생겨나는 법이다. 경험 역시 아마도 그와 마찬가지로, 경험을 할 수 있는 사람에게만 생기는 모양이다. 하지만 이것은 너무 어려운 문제라서 나로서는 정말로 그런지 아닌지를 확실히는 알 수 없다. 나는 팬쇼가 다시 올라오기를 기다리면서, 그가 무슨 생각을 하는지 상상해 보려고 하면서, 그리고 잠시나마 그가 보고 있는 것이 무엇인지를 알려고 하면서 거기 서 있었다. 그리고 다음에는 고개를 들어 어두워 가는 겨울 하늘을 쳐다보았다. 온 세상이 내 머리 위로 쏟아져 내리는 눈의 혼돈이었다.

우리가 차를 세워 놓은 곳으로 돌아갔을 때는 날이 저물어 있었다. 우리는 아무 말 없이 비틀거리며 묘지를 헤치고 걸었다. 눈은 벌써 10센티미터쯤 쌓였고 절대로 그치지 않을 것처럼 눈발이 점점 더 굵어지고 있었다. 우리는 차를 세워 둔 곳까지 와서 차에 올라타기는 했지만 뜻밖에도 차가 움직이지를 않았다. 뒷바퀴가 얕은 도랑에 빠졌는데 아무리 애를 써도 빼낼 수가 없었다. 우리는 차를 밀고 당기고 별의별 짓을 다 해보았지만 바퀴는 요란스럽게 헛돌기만 할 뿐이었다. 반 시간쯤 뒤에 우리는 그만 포기하고서 마지못해 차를 그냥 놓아두기로 했다. 그런 다음 눈보라 속에서 다른 사람 차를 얻어 타고 집으로 돌아왔는데, 우리가 집에 당도했을 때는 다시 두 시간이 더 지나 있었다. 그리고 바로 그제야 우리는 팬쇼의 아버지가 그날 오후에 사망했다는 사실을 알았다.

3

내가 그 여행 가방들을 열어 볼 용기를 내기까지는 며칠이 걸렸다. 그 사이에 나는 작업 중이던 기사를 끝냈고, 영화를 몇 편 보러 갔고, 여느 때 같았으면 사양했을 초대에도 몇 번 응했다. 하지만 그런 술책도 나를 속일 수는 없었다. 나의 대응에 너무도 많은 것이 걸려 있었고, 나는 실망할 가능성과 맞닥뜨리고 싶지 않았다. 내 마음속에서는 팬쇼의 작품을 없애 버리라고 하는 것이나 그를 내 손으로 죽이는 것이나 조금도 다를 것이 없었다. 내게는 그를 말살할, 무덤에서 시체를 훔쳐 내어 갈기갈기 찢어 버릴 권한이 주어져 있었다. 그 입장이 된다는 것은 참으로 견디기 힘든 일이어서 나는 그 일에 관여하고 싶은 생각이 추호도 없었다. 내가 그 여행 가방들을 건드리지 않고 놓아두는 한 내 양심은 찔릴 것이 없을 터였다. 그러나 다른 한편으로 나는 약속을 한 만큼, 그 일을 언제까지고 미뤄 둘 수 없다는 것을 알고 있었다. 새로운 두려움이 엄습한 것은 바로 그때(마음을 다잡아 그 일에 달려들 준비를 하고 있었을 때)였다. 나는 팬쇼의 작품이 형편없기를 바라지도 않았지만 또 그렇다고 썩 좋기를 바라지도 않고 있었다. 그것은 나로서는 설명하기 힘든 감정이었

325

다. 틀림없이 예전의 경쟁심 — 팬쇼의 뛰어난 재기에 기가 꺾이고 싶지 않다는 생각 — 이 그 일과 어떤 관련이 있었겠지만, 그것 말고 덫에 갇힌 듯한 느낌도 있었다. 이미 약속을 해두었으니까. 일단 여행 가방을 열면 나는 팬쇼의 대변인이 되어 좋든 싫든 그를 위해 이야기를 하지 않을 수 없었다. 두 가지 가능성 모두가 두려웠다. 사형 선고를 내리는 것도 몹시 안 좋았지만, 죽은 자를 위해 일한다는 것 또한 별로 나을 게 없어 보였다. 며칠 동안 나는 어느 쪽이 더 나쁠지 결정을 내리지 못한 채 그 두 가지 두려움 사이에서 오락가락했다. 물론 결국에는 여행 가방을 열고 말았지만. 하지만 그때쯤에는 내가 가방을 연 것이 아마도 팬쇼 때문이라기보다 소피 때문이었을 것이다. 나는 그녀를 다시 보고 싶었다. 그리고 내가 더 빨리 그 일을 시작할수록 그녀에게 전화를 걸 구실이 더 빨리 생길 터였다.

나는 지금 그 일에 대해서 시시콜콜 늘어놓을 생각은 없다. 이제는 사람들 모두가 팬쇼의 작품이 어떤지 알고 있으니까. 그의 작품은 사람들에게 읽히고, 논의되고, 여러 편의 서평과 연구 논문까지 나와서 일종의 공공 재산이 되었다. 여기에서 뭔가 더 할 말이 있다면 그것은 내 감정이 완전히 핵심에서 벗어나 있다는 사실을 알아차리기까지 채 한두 시간도 걸리지 않았다는 것이다. 낱말들에 신경을 쓰면서 쓰인 내용에 관심을 가지고 책의 힘을 믿는 일, 그것이 나머지를 압도해서 그 옆에서는 사람의 삶이 아주 하찮은 것이 되고 만다. 내가 이런 말을 하는 것은 자화자찬을 하려거나 내 행동을 미화하기 위해서가 아니다. 나는 그 원고를 처음으로 읽은 사람이기는 하지만, 그 외에는 다른 사람들과 다를 것이 하나도 없다. 만일 팬쇼의 작품이 그보다 조금이라도 못했다면 내 역할은 달라졌을 것이다. 어쩌면 이 이야기의 결말에 좀 더 중요하고 좀 더 결정적인 역할을 했을지도 모른다. 그러나 실제로 나는 눈에 띄지 않는 도구에 불과했다. 무슨 일인가가 벌어졌는데 내가 그것을 부인하지 못한 탓으로, 여행 가방을 열어 보지 않은 것처럼 시치미를 떼지 못한 탓으로, 그 일이 연달아 일어나 그 자체의 힘으로 움직이며 앞에 있는 것들을 모조리 넘어뜨렸던 것이다.

내가 그 자료를 음미해서 계통을 세우고, 초고와 최종 원고를 분류하고, 원고들을 한데 모아 연대순으로 정리하는 데 대략 일주일 정도가 걸렸다. 첫 작품은 시(詩)로 1963년에 (팬쇼가 열여섯 살 때) 쓴 것이고, 마지막 작품은 1976년에 (팬쇼가 실종되기 꼭 한 달 전에) 쓴 것이었다. 그것들을 모두 합치면 백 편이 넘는 시와 세 편의 소설(둘은 단편이고 하나는 장편), 다섯 편의 단막극 외에도, 여러 편의 쓰다 만 작품들과 대강의 줄거리, 메모, 팬쇼가 읽었던 책에 대한 언급, 앞으로의 계획 등이 들어 있는 열세 권의 공책도 있었다. 하지만 편지나 일기같이 팬쇼의 사생활을 엿볼 수 있는 것은 하나도 없었는데, 그것은 내가 미리부터 예상했던 일이었다. 자신의 흔적을 확실하게 덮어 두지 않고 세상으로부터 숨는 데 시간을 허비할 사람은 없으니까. 그렇더라도 나는 원고 어딘가에 나에 대한 언급이 있을지도 모른다는 생각을 하고 있었다. 하다못해 지시 사항이 담긴 편지라든가 나를 자기의 작품에 대한 유언 집행자로 적어 넣은 공책 같은 것이라도. 그러나 아무것도 없었다. 팬쇼는 모든 것을 내가 알아서 하도록 놓아두었던 것이다.

나는 소피에게 전화를 걸어서 다음 날 저녁에 식사를 같이 하자고 했다. 내가 약속 장소를 고급 프랑스 식당(내가 감당할 수 있는 범위를 넘어선)으로 한 만큼, 그녀는 팬쇼의 작품에 대한 내 반응이 어땠는지를 짐작할 수 있었을 것이다. 하지만 나는 그 암시로 대신한 축하 외에는 될 수 있는 대로 말을 아꼈다. 갑작스러운 행동이나 섣부른 몸짓을 보이지 않고 모든 일이 그 자체의 페이스에 따라 진전되도록 하고 싶어서였다. 나는 이미 팬쇼의 작품에 대해 확신을 가지고 있었지만, 소피와의 일에 뛰어들기가 두려웠다. 내가 어떻게 행동하느냐에 너무도 많은 것이 걸려 있었고, 처음에 실수를 한다면 너무도 많은 것이 망쳐질 수 있었다. 소피가 알았건 몰랐건 이제 그녀와 나는 서로 관련을 맺고 있었다 — 설령 그것이 팬쇼의 작품을 세상에 알리는 데 힘을 합치는 정도까지만이라 할지라도. 하지만 나는 그 이상의 것을 원했고 소피역시 나와 같은 생각이었으면 싶었다. 그래서 갈망을 억누른 채 나 자신에게 주의를 환기시키며 앞일을 생각하자고 다짐을 두고 있었다.

그녀는 까만 실크 드레스 차림에 조그만 은귀고리를 했고 목덜미 선이 드러나도록 머리를 뒤로 쓸어 넘긴 모습이었는데, 식당 안으로 들어섰다가 카운터 앞에 앉아 있는 나를 보더니 따스하면서도 공모자 같은 미소를 지어 보였다. 마치 자신이 얼마나 아름다운지는 알고 있지만 그래도 이것은 좀 묘한 만남이 아니냐는 말을 하려는 것처럼. 어떤 식으로든 그 순간을 음미하면서도 거기에 함축된 이상한 암시에 대해서는 분명히 경계를 하는 것처럼. 나는 그녀에게 대단히 아름답다는 말을 했고, 그녀는 변덕스럽다 싶은 어조로 이번 외출은 벤이 태어난 이래 첫 외출이라고 — 그래서 〈다르게 보이고〉 싶었다고 — 대답했다. 그 뒤로 나는 자신을 억제하려고 애쓰면서 일과 관련된 얘기에 매달렸지만 우리가 식탁으로 안내되어 자리(하얀 식탁보, 묵직한 은제 식기, 우리 사이의 가느다란 꽃병에 꽂힌 빨간 튤립 한 송이)에 앉았을 때는 팬쇼에 관한 이야기로 그녀의 두 번째 미소를 받아 주었다.

그녀는 내 말에 조금도 놀라는 기색이 아니었다. 그녀에게는 내 말이 케케묵은 소식, 이미 다 알고 있는 사실이어서 내가 하는 이야기는 그녀가 내내 알고 있던 사실을 확인시켜 주는 것일 뿐이었다. 참으로 이상한 일이지만, 그녀는 그 일로 흥분을 하지도 않았다. 그녀의 태도에는 나를 혼란스럽게 하는 경계심이 배어 있었고, 그래서 나는 몇 분 동안 갈피를 잡을 수가 없었다. 그러나 다음 순간, 나는 차츰차츰 그녀의 감정이 내 감정과 크게 다르지 않다는 사실을 알아차렸다. 팬쇼가 그녀의 삶에서 사라진 만큼, 그녀로서는 자기에게 떠맡겨진 짐에 대해 분개할 이유가 충분히 있었다. 팬쇼의 작품을 출판함으로써, 그리고 이제는 존재하지도 않는 남자에게 헌신함으로써, 그녀는 과거에 매여 살아가지 않을 수 없게 될 것이고, 그녀가 자기 스스로를 위해 건설하고자 하는 미래는 그것이 무엇이건 그녀가 맡아야 할 역할 ― 공식적인 미망인, 고인이 된 작가의 뮤즈, 비극적인 이야기 속의 아름다운 여주인공 ― 때문에 훼손되고 말 터였다. 누구도 허구의 일부가 되고 싶어 하지는 않을 것이며, 그 허구가 현실이라면 더더욱 그럴 것이다. 그리고 소피는 이제 겨우 스물여섯 살, 다른 누군가를 통한 삶을 살기엔 너무도 젊은 나이였고, 자기의 것이 전혀 아닌 삶을 원하기엔 너무도 지적이었다. 그녀가 팬쇼를 사랑했다는 사실은 중요한 것이 아니었다. 팬쇼는 죽었고, 따라서 이제는 그를 뒤에 남겨 두고 떠날 때였다.

그런 생각들 중 어느 것도 장황한 말로 표현되지는 않았다. 하지만 그런 느낌이 분명히 있어서 아주 무감각하지 않고서는 그것을 알아채지 않을 수가 없었다. 내게 주어진 조건들을 감안한다면 내가 주동이 되어야 한다는 것은 이상하기 그지 없는 일이었지만, 나는 만일 내가 먼저 시작을 하고 나서지 않으면 그 일이 결코 이루어지지 않으리라는 것을 알고 있었다.

「부인께서는 사실 이 일에 깊이 관여하시지 않아도 됩니다.」 내가 말했다. 「물론 의논은 해야겠지만 그 일로 그렇게 많은 시간을 뺏기지도 않을 테고요. 제게 결정권을 주신다면 일이 그렇게 나빠지지는 않을 겁니다.」

「물론 결정권은 선생님께 드리겠어요. 저는 이런 일을 어떻게 시작해야 하는지도 몰라요. 만일 저 혼자 이 일을 하려고 들었더라면 채 5분도 지나지 않아서 막혀 버렸을 거예요.」

「중요한 것은 우리가 같은 편이라는 사실을 아는 겁니다. 결국은 모든 일이 부인께서 저를 믿느냐 안 믿느냐에 달린 것 같군요.」

「저는 선생님을 믿어요.」

「저를 믿으실 이유가 아무것도 없을 텐데요. 아무튼 아직까지는 말입니다.」

「그건 알지만 그래도 선생님을 믿겠어요.」

「그냥 그렇게 말인가요?」

「네, 그냥 그렇게요.」

그녀가 다시 미소를 지어 보였고, 우리는 식사가 끝날 때까지 팬쇼의 작품에 대해서는 더 이상 어떤 이야기도 하지 않았다. 나는 그 일을 세세한 부분까지 — 어떻게 시작하는 것이 가장 좋을지, 어떤 출판사가 관심을 가져 줄지, 또 어떤 사람들을 만나야 할지 등등 — 의논할 예정이었지만 그런 것들은 이제 중요해 보이지가 않았다. 소피는 그 문제에 대해서 생각하지 않아도 되는 것에 만족스러워 했고, 내가 그럴 필요가 없다고 안심을 시켜 준 덕에 차츰차츰 쾌활한 모습을 되찾았다. 그처럼 여러 달 동안 어려움을 겪은 뒤 마침내 잠시나마 그 문제를 얼마쯤은 잊어버릴 기회를 얻은 셈이었으니까. 나는 그녀가 지금 이 순간의 소박한 즐거움, 즉 식당과 음식과 우리 주위에 있는 사람들의 웃음소리, 그리고 자기가 다른 어느 곳이 아니라 바로 이곳에 있다는 사실에 빠져들기로 마음먹었다는 것을 알 수 있었다. 그녀는 그 모든 것들을 마음껏 즐기고 싶어 했다. 그런데 내가 뉘라서 그녀의 기분에 동조를 하려고 들지 않았을까?

그날 저녁 나는 기분이 좋은 편이었다. 소피가 나를 부추겨 준 덕분에 내가 달아오르기까지는 그리 오랜 시간이 걸리지 않았다. 나는 농담을 하고 이야기를 늘어놓고 은그릇으로 하찮은 묘기를 보이기까지 했다. 그녀의 모습이 너무도 아름다워서 그녀에게서 눈을 떼기가 어려울 지경이었다. 나는 그녀가 웃는 모습을 보고 싶었고, 내 말에 그녀의 표정이 어떻게 바뀌는지 알고 싶었고, 그녀의 눈을 응시하며 그녀의 몸짓을 눈여겨보고 싶었다. 내가 얼마나 바보같이 굴었는지는 아무도 모르겠지만 나는 초연해 보이려고, 매혹적인 말의 공세 밑에 내 진짜 동기를 숨기려고 있는 힘을 다했다. 그것이 어려운 부분이었다. 나는 소피가 외롭다는 것, 곁에 있는 사람의 온기로 위안받고 싶어 한다는 것을 알고 있었다. 그러나 선부른 성행위는 내가 추구하는 것이 아니었고, 만일 너무 서두른다면 모든 일이 허사로 돌아갈 수도 있을 터였다. 그 초기 단계에서는 팬쇼가 아직 우리와 함께 있었다. 입 밖에 내어지지 않은 연결 고리로서, 우리 두 사람을 한데 묶는 보이지 않는 힘으로서. 그가 사라지기까지는 얼마간의 시간이 걸릴 것이고, 그렇게 될 때까지 나는 얼마든지 기다릴 셈이었다.

그 모든 일로 인해 짜릿한 긴장감이 생겨났고, 저녁 시간이 이어질수록 아무렇지 않은 말까지도 선정적인 울림을 띠게 되었다. 이제 언어는 더 이상 단순한 언어가 아니라 침묵의 미묘한 암호, 말해지고 있는 것의 주위를 끊임없이 맴도는 이야기로 바뀌어 있었다. 그리고 우리가 진짜 문제를 피하고 있는 한, 그 마법은 깨지지 않을 터였다. 우리 두 사람 모두 자연스럽게 그런 말장난으로 빠져들었고, 우리 둘 중 누구도 그 제스처 게임을 그만두려 하지 않았기에 그 도가 점점 더 심해졌다. 우리는 무슨 짓을 하고 있는지 뻔히 알면서도 동시에 모르는 척하고 있었다. 그렇게 해서 소피에 대한 나의 구애가 시작되었다 — 천천히, 예의 바르게, 아주 작은 것들을 조금씩 쌓아 올리며.

저녁 식사를 마친 뒤 우리는 한 20분가량 11월 말의 어둠 속을 걷다가 시내 중심가의 한 바에서 술을 몇 잔 마시는 것으로 그날 저녁을 마무리했다. 나는 연달아 줄담배를 피워 댔는데 그것은 단지 내가 동요하고 있다는 단서일 뿐이었다. 소피는 한동안 미네소타에 살고 있는 가족과 세 명의 여동생에 대해서, 그리고 자기가 8년 전 뉴욕으로 왔던 일이며 음악과 교사 생활과 다음해 가을쯤 복직할 계획 등에 대해서 이야기했지만 우리는 그때까지도 익살스러운 분위기에 너무 흠뻑 젖어 있어서 그 한마디 한마디가 또 다른 웃음을 끌어내는 구실이 되었다. 그 시간은 계속 이어질 수도 있었지만, 아기 보아 주는 사람 생각도 해야 되었기에 우리는 결국 자정쯤에 일어서기로 했다. 나는 그녀를 아파트 문 앞까지 바래다주었고 그날 밤의 마지막 배려를 시도했다.

「고마워요, 의사 선생님.」 소피가 말했다. 「수술은 성공적이었어요.」

「내 환자들은 언제나 살아납니다.」 내가 말을 받았다. 「웃음 가스 덕분이죠. 나는 그저 밸브를 열기만 하면 되고 그러면 환자들이 조금씩 호전됩니다.」

「그 가스 아마 중독성이 있을 것 같은데요.」

「그게 중요한 겁니다. 환자들은 더 많은 가스가 필요해서 때로는 일주일에 두세 번씩 다시 수술을 받으러 오지요. 그렇지 않다면 내가 무슨 수로 파크 애비뉴의 아파트와 프랑스 별장 임대료를 치를 수 있겠습니까?」

「그러니까 숨은 동기가 있었군요.」

「물론이죠. 저는 욕심이 많거든요.」

「그 일로 떼돈을 버시겠네요.」

「그랬죠. 하지만 지금은 얼마간 은퇴한 셈입니다. 요즘에는 환자를 한 사람만 보고 있는데 ─ 그 여성분이 다시 올지 모르겠군요.」

「다시 올 거예요.」 소피가 그날 본 중에서 가장 수줍은, 그러면서도 가장 환한 미소를 지으며 말했다. 「믿으셔도 돼요.」

「그 말을 들으니 기쁩니다. 비서를 시켜서 그분께 전화를 걸어 다음번 예약 스케줄을 잡아 놓으라고 하지요.」

「빠르면 빠를수록 좋아요. 그런 장기 치료에서는 단 한순간도 허비해서는 안 되니까요.」

「훌륭한 충고로군요. 웃음 가스를 새로 주문해 놓는 거 잊지 않겠습니다.」

「그러세요, 의사 선생님. 저한테는 그게 정말 필요할 것 같아요.」

우리는 서로에게 다시 미소를 지어 보였다. 그리고 다음 순간, 나는 그녀를 힘껏 끌어안아 입술에 짧은 키스를 하고 구를 듯 급하게 층계를 내려왔다.

나는 곧장 집으로 돌아왔지만 도저히 잠이 올 것 같지가 않아서 텔레비전으로 방영되는 마르코 폴로에 관한 영화를 두 시간쯤 지켜보았다. 내가 재방송되는「환상 특급」을 보다 말고 결국 잠이 든 것은 새벽 4시경이었다.

내가 처음으로 손을 쓴 일은 대형 출판사 한 곳에서 편집자로 있는 스튜어트 그린과 연락을 취한 것이었다. 나는 그를 아주 잘 알지는 못했지만 우리는 같은 동네에서 자란 데다 그의 동생인 로저는 나와 동기 동창인 사이였다. 내 생각으로는 스튜어트가 팬쇼를 기억할 것 같았고, 그럴 경우 일을 시작하기가 좀 더 수월할 것처럼 보였다. 나는 지난 몇 년 동안 이런저런 모임에서 스튜어트를 한 서너 번쯤 만난 적이 있는데, 그는 늘 호의적으로 좋았던 옛날(그의 표현대로라면)에 대해 얘기하면서 다음번에 동생을 만나면 내 안부를 전해 주겠다는 약속을 하곤 했었다. 스튜어트가 어떤 반응을 보일지는 알 수 없었지만 그는 내 전화를 받고 아주 반가워하는 기색이었다. 우리는 그 주 중 오후에 그의 사무실에서 만나기로 약속을 정했다.

그가 팬쇼의 이름과 사람을 매치시키기까지는 시간이 좀 걸렸다. 낯익은 이름이긴 한데 누구인지는 잘 모르겠다는 것이었다. 그래서 나는 로저와 그의 친구들을 끌어대어 기억을 조금 되살려 주었고, 그러자 갑자기 누구인지가 기억난 모양이었다.「아, 그래, 알고말고.」그가 말했다.「팬쇼. 그 재주가 비상했던 애. 로저는 늘 그 애가 커서 대통령이 될 거라는 얘길 했었지.」나는 바로 그 애가 맞다고 대답을 하고 나서 찾아온 용건을 설명했다.

스튜어트는 좀 깐깐한 사람으로 나비넥타이에 모직 재킷

차림을 한 하버드 타입이었는데, 사실 따지고 본다면 여느 회사원과 별로 다를 것이 없었지만 출판업계에서는 인텔리로 통하고 있었다. 그는 처신을 잘해 온 덕으로 30대 초에 이미 선임 편집자가 되어 든든하고 믿음직한 젊은이라는 평을 들었고, 또 상승 가도를 달리고 있다는 데에도 의심의 여지가 없었다. 내가 이런 말을 하는 이유는 단지 그가 내 쪽에서 늘어놓고 있던 것과 같은 이야기를 곧이곧대로 받아들일 만한 사람이 아니라는 사실을 입증하기 위해서이다. 그에게는 낭만적인 구석이 거의 없었지만 ── 신중하고 사무적인 면 외에는 볼 것이 거의 없었지만 ── 나는 그가 내 이야기에 관심을 보인다는 것, 그리고 내가 이야기를 계속함에 따라서 다소 흥분하는 기미마저 보인다는 것을 느낄 수 있었다.

물론 그로서는 잃을 것이 아무것도 없었다. 팬쇼의 작품이 마음에 들지 않을 경우 그저 퇴짜만 놓으면 되는 거였으니까. 퇴짜를 놓는 것은 그의 업무에서 핵심적인 일이었고, 그는 그 문제에 대해 두 번 다시 생각할 필요가 없었다. 그러나 반대로, 만일 팬쇼가 내 말에 부합하는 작가라면 그의 작품을 출판하는 것이 스튜어트의 명성에 도움이 될 수밖에 없었다. 그는 세상에 알려지지 않은 천재를 발굴한 영광을 누릴 것이고, 앞으로 몇 년 동안 그 대성공에 얹혀 살 수도 있을 터였다.

나는 그에게 팬쇼의 장편 원고를 넘겨주었다. 결국 전부가 아니면 아무것도 아닐 테니까요. 내가 말했다. 시와 희곡, 그리고 소설 두 편이 더 있지만, 팬쇼의 작품 중에서는 이게 가장 중요할 겁니다. 그러니까 당연히 이게 제일 먼저 나와야 하겠지요. 내가 이야기하고 있던 것은 물론 『이 세상 어디에도 없는 곳』이었다. 스튜어트는 제목이 마음에 든다고 했다. 하지만 그가 책의 내용을 좀 설명해 달라고 했을 때 나는 그러지 않는 것이 좋겠다고, 직접 읽어 보는 편이 더 나을 것 같다고 했다. 그는 대답을 하는 대신 자기와 장난칠 생각은 하지 말라는 투로 눈썹을 추켜올렸다(아마도 옥스퍼드 유학 중에 배운 버릇일 터였다). 그러나 나는 장난을 치고 있는 것이 아니었다. 단지 그에게 내 생각을 강제하고 싶지 않았던 것뿐이었다. 그 책이 어떤 내용일지는 그 자체로 설명될 수 있었으니까. 그리고 또 나로서는 그가 아무런 사전 지식 없이, 즉 지도도, 나침반도, 손을 잡아끌어 줄 사람도 없이 그 책에 접하는 즐거움을 빼앗아야 할 어떤 이유도 찾아낼 수 없었다.

그에게서 다시 연락이 온 것은 3주가 지난 뒤였다. 좋은 소식도 나쁜 소식도 아니었지만 희망적인 것 같았다. 스튜어트의 말로는, 편집자들 사이에서 그 책을 내자는 쪽으로 충분한 지지가 있는 것 같기는 하지만 최종 결정을 내리기 전에 다른 작품도 한번 보았으면 한다는 것이었다. 나는 그 일을 예상하고 있던 터여서 — 불필요한 위험을 피하려는 일종의 신중함 — 스튜어트에게 다음 날 오후 사무실로 찾아가 원고를 넘기겠다고 했다.

「이상한 책이더군.」그가 책상 위에 놓인 『이 세상 어디에도 없는 곳』의 복사본을 가리키면서 말했다. 「자네도 알 테지만, 전형적인 소설은 절대 아니야. 전혀 그렇지가 않아. 이걸 진행할지 어떨지는 아직 확실치 않지만 진행을 할 경우 이 책을 출판하는 일에는 아마 위험이 좀 따를 거야.」

「그건 나도 알고 있습니다. 하지만 바로 그 점 때문에 더 재미있지 않을까요?」

「정말 안타까운 일은 팬쇼가 없다는 거야. 그 친구하고 같이 일을 할 수 있으면 참 좋을 텐데. 내가 보기에는 이 책에서 좀 바꾸어야 할 것들도 있고 어떤 구절은 삭제를 해야 할 것 같아. 그러면 이 책이 좀 더 나아질 것 같은데 말이야.」

「그건 바로 편집자의 사명감 때문이죠. 원고를 보고서 빨간 펜으로 공격을 하고 싶어 하지 않기란 아주 어려운 일일 테니까요. 사실, 내 생각으로는 지금 형한테 불만스러운 부분들도 결국은 수긍이 가게 될 거고, 그래서 나중에는 손을 댈 수 없었다는 걸 다행으로 여기게 될 것 같은데요.」

「시간이 지나면 알게 되겠지.」 아직은 양보를 할 준비가 되어 있지 않은 스튜어트가 말했다. 「하지만 이 친구가 글을 쓸 줄 안다는 거, 그거 하나는 분명해. 내가 그 책을 읽은 지 벌써 두 주가 더 지났는데, 그 뒤로 내내 그 책이 머릿속에서 떠나지를 않았으니까. 계속해서 그 생각이 다시 떠오르는 거야, 그것도 언제나 전혀 그럴 법하지 않은 순간에. 샤워를 마치고 나올 때라든가 길을 걷고 있을 때, 또는 밤에 잠자리에 들 때처럼 내가 의식적으로 뭔가를 생각하고 있지 않을 때면 언제나. 알 테지만 그런 일은 흔한 게 아니잖은가. 이런 일을 하다 보면 원고를 너무 많이 읽게 되어서 모두가 흐리멍덩하게 섞여 드는 경향이 있거든. 하지만 팬쇼의 원고는 분명하게 떠올라. 거기엔 뭔가 강력한 것이 있는데, 정말로 이상한 것은 내가 그게 뭔지도 모르고 있다는 거야.」

「어쩌면 그게 진짜 시험인지도 모르죠. 나한테도 똑같은 일이 일어났으니까요. 그 원고의 내용이 머릿속 어딘가에 딱 달라붙어서 없어지지지가 않는 겁니다.」

「그런데 다른 것들은 어떻던가?」

「마찬가지였습니다. 거기에 대해서 생각을 하지 않을 수 없더군요.」

스튜어트가 고개를 끄덕였고, 나는 처음으로 그가 솔직히 그 작품에 감명받았다는 것을 알았다. 비록 한순간에 지나지 않는 일이기는 했지만, 바로 그 순간 그의 거만하고 젠체하는 태도가 갑자기 사라져서 나는 어쩐지 그를 좋아해야겠다는 생각까지 들 지경이었다.

「어쩌면 우리가 뭔가에 씐 것인지도 모르겠군. 자네 말이 사실이라면 나는 우리가 정말로 뭔가에 씌었을 거라는 생각이 들어.」

우리는 정말 그랬고, 나중에 밝혀진 바로도 스튜어트가 생각했던 것 이상이었다. 『이 세상 어디에도 없는 곳』은 그 달 말경 다른 책들에 대한 옵션과 함께 출판이 결정되었다. 선불금 중 내 몫으로 받은 25퍼센트 덕분에 나는 얼마간 시간을 벌 수 있었고, 그 시간을 시집 발간에 이용했다. 그리고 또 여러 명의 연출자들을 찾아가 희곡을 상연하는 데 관심이 있는지도 알아보았다. 마침내 그 일 역시 잘 풀려서, 세 편의 단막극이 시내 중심가에 있는 소극장에서 공연될 계획이었다. 『이 세상 어디에도 없는 곳』이 출판된 후 6주쯤 뒤에 막을 올리기로. 그 사이에 나는 내가 이따금씩 글을 게재했던 꽤 큰 잡지사 중 한 곳의 편집자를 설득해서 팬쇼에 관한 내 평론을 실어 주도록 했다. 그 평론은 결국 꽤 길고 조금은 색다른 것이 되었는데 ─ 그 당시에는 내가 쓴 글들 중에서 가장 나은 것으로 여겨졌지만 ─『이 세상 어디에도 없는 곳』이 출간되기 두 달 전에 게재될 예정이어서 마치 그 모든 일이 한꺼번에 일어나고 있는 것처럼 보였다.

내가 그 일에 완전히 사로잡혀 있었다는 것은 인정한다. 한 가지 일에 뒤이어 다른 일이 일어났고, 내가 미처 알아차리기도 전에 하나의 조그만 사업이 가동되고 있었다. 내가 생각하기에 그것은 일종의 광희였다. 나는 내 발명품이 내는 소음 외에는 모든 것을 다 잊은 채 버튼을 누르고 레버를 당기고 밸브실과 배선 상자 사이를 오르내리며, 여기에서 부품을 조정하고 저기에서 개량할 방법을 궁리하며, 그 기묘한 장치의 윙윙거리고 칙칙거리고 붕붕거리는 소리에 귀를 기울이고 있는 엔지니어가 된 듯한 기분이었다. 나는 엄청난 요술 장치를 발명하고 거기에서 더 많은 연기와 더 큰 소음이 뿜어져 나올수록 더 즐거워하는 미치광이 과학자였다.

어쩌면 그것은 불가피한 일이었는지도 모른다. 시작을 하기 위해서는 얼마쯤 미치지 않을 수 없었을 테니까. 그 계획에 나를 짜 맞추려 했던 긴장을 감안한다면 아마도 팬쇼의 성공을 나 자신의 성공과 동일시하는 일이 필요했을 것이다. 그런데 마침 나 자신을 정당화하고 중요하게 여길 수 있도록 해줄 어떤 대의명분을 찾았던 것이고, 그처럼 팬쇼를 위한 야망 속으로 더 철저히 사라지면 사라질수록 나 자신에게 더 뚜렷이 초점을 맞출 수 있었다. 이것은 변명이 아니라 실제로 일어난 일에 대한 설명일 뿐이다. 뒤늦게 알고 보니 사실 나는 고생을 자초했던 셈이지만, 당시에는 그 사실을 전혀 알아차리지 못했다. 그리고 더 중요한 것은, 설령 내가 그것을 알았다 하더라도 상황이 달라졌을 것 같지 않다는 것이다.

그 이면에는 무엇보다도 소피와의 관계를 지속시키고 싶은 욕망이 숨어 있었다. 시간이 지날수록 나에게는 일주일에 서너 번씩 그녀를 찾아가 점심 식사를 같이 하거나 오후에 벤을 데리고 산책하는 것이 아주 자연스러운 일이 되었다. 나는 그녀를 스튜어트 그린에게 소개했고, 연출자와 만나러 갈 때 같이 가기도 했고, 계약이라든가 다른 법적인 문제를 처리할 변호사를 구해 주기도 했다. 소피는 그런 만남을 사업적인 대화라기보다는 일종의 교제로 여기고 우리가 만나는 사람들에게 책임자는 나라는 점을 분명히 함으로써 그 모든 일을 무난히 처리했다. 나는 그녀가 팬쇼에게 빚진 기분을 느끼지 않기로 했다는 것, 어떤 일이 일어나건 일어나지 않건 그런 일과는 일정한 거리를 유지하려고 한다는 것을 알아차렸다. 물론 돈이 생긴다는 것은 그녀에게도 기쁜 일이었지만, 그녀는 사실 돈을 팬쇼의 작품에 연관시켜 생각한 적이 없었다. 그것은 일종의 있을 법하지 않은 선물, 하늘에서 떨어진 당첨된 복권 같은 것일 뿐이었다. 소피는 맨 처음부터 그 회오리바람 속을 꿰뚫고 있었다. 그 상황이 근본적으로 허무맹랑한 것임을 알고 있었던 것이다. 또 그녀에게는 욕심도, 자기의 이익을 챙기려는 욕구도 없었으므로 분별을 잃을 이유도 없었다.

나는 그녀의 환심을 사려고 열심히 노력했다. 틀림없이 내 동기는 속이 빤히 들여다보이는 것이었지만, 어쩌면 그것이 더 유리했는지도 모른다. 소피는 내가 자기에게 빠져 있으면서도 성급하게 달려들거나 나에 대한 감정을 밝혀 달라고 요구하지 않는다는 것을 알고 있었다. 그리고 아마도 그 때문에 다른 무엇보다도 더 내가 진심이라는 것을 확신하게 되었을 것이다. 그렇더라도 언제까지고 기다릴 수만은 없었다. 신중함에도 나름대로의 역할은 있지만 지나친 신중함은 파멸적일 수도 있는 거니까. 마침내 우리가 더 이상 서로 밀고 당기기만 할 수 없다는 것, 우리 사이의 관계는 이미 정해졌다는 것을 느끼는 때가 왔다. 지금 그 일을 생각해 보면 나는 사랑이라는 인습적인 단어를 쓰고 싶은 충동이 인다. 타오르는 불길이니, 억누를 수 없는 열정 앞에서 녹아 버리고 마는 장벽이니 하는 은유적인 표현을 쓰고 싶은 것이다. 그런 표현이 얼마나 과장되게 들릴지는 알고 있지만, 나는 그것이 결국은 정확한 표현이라고 믿는다. 내게 있어서는 모든 것이

변했고, 전에는 결코 이해되지 않았던 말들이 갑자기 의미를 띠기 시작했다. 그 일은 계시처럼 다가왔는데, 내가 결국 그 사실을 받아들이게 되었을 때는 그동안 어떻게 그처럼 간단한 것조차 모르고 살아올 수 있었는지가 의아할 지경이었다. 나는 지금 욕망이 아니라 지식에 대해서, 두 사람이 욕망을 통해 그들 각자가 혼자서 만들어 낼 수 있는 것보다 더 강한 것을 만들어 낼 수 있음을 알아낸 일에 대해서 이야기하고 있다. 내가 생각하기에는 그런 지식이 나를 변화시켜서 실제로 내가 더 인간적인 기분을 느끼도록 해준 듯싶다. 소피와 관계를 맺음으로써 마치 다른 모든 사람들과도 관계를 맺은 것 같은 기분을 느끼기 시작했던 것이다. 이 세상에서 내가 진실로 있어야 할 곳은 나 자신이 아닌 다른 어느 곳이었으며, 설령 그곳이 내 안에 있다 하더라도 거기가 어디인지는 알 수 없었다. 그곳은 자아와 비자아 사이에 있는 작은 틈이었고, 난생처음으로 나는 그 어디인지 모르는 곳이 바로 이 세상의 정확한 중심임을 알게 되었다.

그날은 내 서른 번째 생일이었다. 내가 소피를 안 지 석 달이 되었을 때였는데, 그녀는 굳이 생일 턱을 내겠다고 고집을 피웠다. 나는 생일 같은 것에 별 신경을 쓰지 않았기 때문에 처음에는 내키지가 않았지만, 결국에는 소피의 시기적절한 감각에 지고 말았다. 그녀는 내게 삽화가 든 값비싼 『백경』을 한 권 선물했고, 다음에는 나를 고급 식당으로 데려가 저녁을 사더니, 그다음에는 메트로폴리탄의 「보리스 고두노프」 공연장으로 나를 안내했다. 그때만큼은 나는 행복을 예견하지 않으려고 애쓰면서, 앞질러 생각하거나 넘겨짚지 않으려고 애쓰면서, 그녀가 하자는 대로 따랐다. 어쩌면 내가 소피에게서 새로운 대담성을 알아채기 시작한 것일 수도 있었고,

또 어쩌면 그녀 스스로 모종의 결심을 했으며 이제는 우리 둘 중 어느 쪽도 물러서기엔 너무 늦었다는 사실을 내게 알려 주고 있었는지도 몰랐다. 그것이 무엇이었든 간에 모든 상황이 바뀐 것은, 우리가 이제부터 하려는 일에 더 이상 어떤 의문도 남지 않게 된 것은, 바로 그날 밤이었다. 우리는 11시 30분쯤 해서 그녀의 아파트로 돌아갔다. 소피가 꾸벅꾸벅 조는 애 보는 여자에게 돈을 치렀고, 다음에 우리는 발소리를 죽여 벤의 방으로 들어가 잠시 동안 유아용 침대에서 잠든 아이를 지켜보았다. 우리 둘 중 누구도 입을 열지 않았고, 들리는 소리라고는 조그맣게 갸르릉거리는 벤의 숨소리뿐이었다. 우리는 침대 난간 위로 몸을 숙이고 그 어린 아이의 모습 — 엎드린 자세로 다리를 배 밑으로 끌어당겨 엉덩이를 하늘로 치켜든 채 손가락 두세 개를 입에 물고 있는 — 을 지켜보았다. 꽤 오랜 시간이 흐른 것 같았지만 실제로는 아마도 1~2분 이상은 되지 않았을 것이다. 다음 순간, 우리 두 사람은 아무런 예고도 없이 허리를 펴고 서로를 마주 보았다가 키스하기 시작했다. 그다음에 일어난 일은 말로 설명하기가 어렵다. 그런 일은 말과 별 상관이 없고 사실상 거의 무관하기까지 해서 말로 표현을 한다는 것이 무의미한 짓으로밖에 보이지 않는다. 굳이 말을 하자면 우리는 서로에게 빠져들었다고, 너무도 순식간에 너무도 멀리까지 빠져들어서 어느 것도 우리를 막을 수 없었다고나 해야 할까? 이번에도 다시 은유로 빠지고 말았지만, 그것은 아마도 요점을 벗어난 이야기일 것이다. 내가 그 말을 할 수 있느냐 없느냐가 실제로 일어난 일의 진실을 바꾸지는 못할 테니까. 사실, 그때까지 그런 입맞춤은 한 번도 없었고 내 생애를 통틀어 그런 입맞춤이 다시 있을지도 의심스럽다.

4

 나는 그날 밤을 소피의 침대에서 보냈고, 그 이후로 거기에서 떠난다는 것은 불가능한 일이 되었다. 물론 낮에는 일하러 내 아파트로 갔지만 저녁때가 되면 언제나 소피에게로 돌아갔다. 나는 그 가족의 일원이 되어 ── 저녁 찬거리를 사오고, 벤의 기저귀를 갈아 주고, 쓰레기를 내다 버리고 하면서 ── 그때껏 함께 살아온 어느 누구보다도 더 친밀한 관계를 맺고 있었다. 그렇게 몇 달이 지나는 사이, 매번 어리둥절한 느낌이 들게도, 내가 그런 삶에 재주가 있다는 사실이 드러났다. 나는 마치 소피와 함께 살도록 태어난 사람 같았고 차츰차츰 내가 더 강해지고 있음을, 그녀가 나를 전보다 더 나은 존재로 만들어 주고 있음을 느낄 수 있었다. 팬쇼가 우리 두 사람을 그렇게 결합시켜 준 것은 이상한 일이라고 밖에 할 수 없다. 그가 실종되지 않았더라면 그런 일은 결코 일어나지 않았을 터이니까. 나는 그에게 빚을 진 셈이었지만 그의 작품을 위해 할 수 있는 일을 하는 것 말고는 달리 그 빚을 갚을 도리가 없었다.
 내 평론은 잡지에 실렸고 그로 인해 바람직한 효과가 생긴 것 같았다. 스튜어트 그린은 내게 전화를 걸어서 그 글이 〈대

343

단한 지지〉가 되었다고 했는데, 내 짐작으로는 그 말이 책을 출판하는 데 좀 더 안심이 된다는 의미인 것 같았다. 평론이 불러일으킨 관심 덕분에 팬쇼의 작품은 이제 더 이상 모험을 건 도박으로는 보이지 않았다. 그리고 이어서 『이 세상 어디에도 없는 곳』이 출간되자 그 책에 대한 평론은 한결같이 호의적이었고 그중 몇몇은 매우 뛰어나다고까지 했다. 모든 일이 바란 대로 이루어진 셈이었다. 그것은 모든 작가가 꿈꾸는 동화 같은 일이어서 나도 어느 정도는 충격을 받았다고 인정하지 않을 수 없다. 현실 세계에서는 여간해서 그런 일이 일어나지 않는다. 책이 나온 지 불과 일주일 뒤의 판매량이 초판 전체의 예상 판매량을 넘어섰으니까. 그에 따라 제2판이 인쇄에 들어갔고, 신문, 잡지에 광고가 실렸고, 다음에는 그 책의 판권이 문고판을 내는 다른 출판사로 넘어갔다. 나는 그 책이 상업적인 기준에서 베스트셀러였다거나 소피가 백만장자의 길로 들어섰다는 말을 하려는 것은 아니다. 그러나 팬쇼의 작품이 지닌 심각하고 난해한 특성을 감안하고 일반 대중이 그런 작품을 멀리하려는 경향이 있다는 것을 감안한다면, 그 책은 우리의 상상을 뛰어넘는 성공을 거둔 셈이었다.

어느 면에서 본다면 이 이야기는 이쯤에서 끝나야 할 것이다. 젊은 천재는 죽었지만 그의 작품은 살아남을 것이고, 그의 이름도 앞으로 오래오래 기억될 것이라고. 그의 어린 시절 친구가 젊고 아름다운 미망인을 구해 주었고, 두 사람은 그 뒤로 내내 행복하게 살아갈 것이라고. 그러면 이야기는 끝이 나서 마지막 커튼콜을 부르는 일만 남은 것으로 보일 것이다. 그러나 실제로 이것은 단지 시작일 뿐이다. 내가 지금까지 써온 것들은 내가 이제부터 해야 할 이야기에 앞서 나온 전주곡이자 짤막한 요약에 지나지 않는다. 만일 이 이상의 이야기가 없었다면 처음부터 아무것도 없었을 것이다. 그랬더라면 아무것도 내가 이 이야기를 시작하도록 몰아대지 않았을 테니까. 오로지 어둠만이 한 남자로 하여금 세상에 마음을 열어 보이도록 할 힘을 갖고 있으며, 내가 그간에 일어난 일을 생각할 때마다 나를 에워싸는 것은 바로 그 어둠이다. 만일 그 일에 대해서 쓰는 데 용기가 필요하다면, 나는 또한 그것을 쓰는 일이 내가 빠져나갈 수 있는 유일한 기회라는 것도 알고 있다. 하지만 과연 그런 일이 일어날지, 설령 내가 진실을 말한다손 치더라도 정말로 그렇게 될지 의심스럽다. 결말이 없는 이야기는 영원히 계속될 수밖에 없다. 그리고 어느 한 가지 결말에 사로잡힌다는 것은 곧 그 이야기 속에서 자신의 역할이 모두 끝나기 전에 죽어야 한다는 뜻이다. 내 단 한 가지 희망은 내가 이제부터 하려는 이야기에 결말이 있으리라는 것, 어딘가에서 어둠을 뚫고 나갈 돌파구를 찾게 되리라는 것뿐이다. 그 희망은 내가 용기라고 정의하는 바로 그것이지만, 희망을 품을 이유가 있느냐 없느냐는 전혀 별개의 문제이다.

연극이 개막된 지 3주쯤 지났을 때였다. 나는 그날 밤도 여느 때처럼 소피의 아파트에서 보냈고 아침이 되자 일을 좀 하러 내 아파트로 돌아갔다. 너덧 권의 시집에 대한 글 — 실망스럽고 뒤죽박죽인 그런 서평들 중의 하나 — 을 한 편 마무리하기로 되어 있다는 생각이 떠오르기는 했지만 집중이 잘되지 않고 있었다. 책상에 놓인 책들로부터 생각이 계속 빗나가는 바람에 5분쯤마다 한 번씩 의자에서 일어나 방 안을 서성거리기 일쑤였다. 그 전날 나는 스튜어트 그린에게서 이상한 이야기를 들었는데, 어쩐 일인지 그 말이 뇌리에서 사라지지 않았다. 스튜어트의 말에 따르면 사람들이 팬쇼라는 사람은 아예 있지도 않았다는 말을 하기 시작했다는, 즉 내가 속임수를 쓰기 위해 그 인물을 만들어 냈고 실제로 그 책을 쓴 사람은 나라는 소문이 돌고 있다는 것이었다. 나는 처음엔 그저 웃고 나서 셰익스피어 역시 희곡을 한 편도 쓰지 않았다느니 뭐니 하는 농담으로 받아넘겼다. 하지만 이제 거기에 대해서 생각을 좀 해보고 나니 그런 말이 오가는 것에 모욕을 느껴야 할지 아니면 우쭐해야 할지 종잡을 수가 없었다. 사람들은 내가 진실을 말한다고 믿지 않는 것일까? 내가 무슨 이유로 작품을 다 써놓고서 다음에는 그 공을 인정받지 않으려고 수고를 들여야 할까? 그런데, 사람들은 정말로 내가 『이 세상 어디에도 없는 곳』 같은 훌륭한 작품을 쓸 능력이 있다고 여기는 것일까? 나는 일단 팬쇼의 원고들이 모두 출판되고 나면 그의 이름으로 또 다른 책을 한두 권 더 쓰는 — 쓰기는 내가 쓰고 발표는 그의 이름으로 하는 — 일도 얼마든지 가능하겠다는 생각이 들었다. 물론 그런 짓을 할 계획은 아니었지만, 그 생각을 하는 것만으로도 여러 가지 별나고 흥미 있는 생각들이 연이어 떠올랐다. 작가가 책에 자기 이름을 넣는 것은 무슨 의미일까, 어떤 작가들이 가명으로 책을 내는 것은 어째서일까, 작가에게 실제의 삶이 과연 있는 것일까 없는 것일까? 나는 다른 사람의 이름으로 글을 쓴다는 것이 어쩌면 즐겨 볼 만한 — 내게 일종의 비밀 신분을 만들어 줌으로써 — 일일지도 모른다는 생각이 들었지만 내가 어째서 그런 생각에 그처럼 마음이 끌리는지는 잘 알 수 없었다. 하나의 생각이 계속 다른 생각으로 이어졌고, 그 문제에 대한 생각에 진력이 났을 때쯤에는 오전 시간을 거의 다 허비하고 난 뒤였다.

11시 30분경 ─ 우편물이 오는 시간 ─ 이 되자 나는 내 우편함에 무엇이 들어 있는지 알아볼 셈으로 늘 그랬던 것처럼 엘리베이터를 타고 아래층으로 내려갔다. 내게는 그 시간이 언제나 하루 중 가장 중요한 순간이어서 침착한 마음으로 다가간다는 것이 도저히 불가능했다. 거기에는 언제나 좋은 소식 ─ 예상치 못했던 수표라든가 작업 요청, 어떻게든 내 삶을 바꾸어 줄 편지 ─ 이 와 있을 것이라는 희망이 있었고, 이제는 기대를 하는 것이 습관처럼 몸에 배어 있어서 몸이 달아오르지 않고서는 우편함을 들여다볼 수 없을 지경이었다. 그것은 나의 은신처, 이 세상에서 단 하나뿐인 나만을 위한 장소였다. 하지만 그러면서도 나를 세상과 이어 주는 것이었고, 그 마법과도 같은 어둠 속에는 일이 벌어지게 하는 힘이 숨겨져 있었다.

그날 내게 온 편지는 한 통뿐이었다. 평범한 흰색 봉투에 뉴욕 소인이 찍혀 있고 반송 주소는 적혀 있지 않았다. 필적이 낯선 것이어서(내 이름과 주소는 블록체로 인쇄되어 있었다) 누가 보낸 편지인지는 짐작조차 할 수 없었다. 나는 엘리베이터 안에서 봉투를 뜯었다. 그리고 바로 그때, 내가 9층으로 올라가고 있는 도중에, 세상이 내 머리 위로 무너져 내렸다.

〈내가 편지를 쓰는 것에 화는 내지 말아 주게.〉그 편지는 그렇게 시작되었다. 〈자네가 심장 마비를 일으킬지도 모른다는 위험을 무릅쓰고 나는 자네에게 마지막 한마디를 전하고 싶었네. 자네가 해준 일에 감사한다고 말일세. 자네가 적임자라는 건 알고 있었지만 일이 내가 생각했던 것보다도 더 잘 된 것 같네. 자네는 할 수 있는 일 이상을 해주었어. 나는 자네에게 신세를 진 셈이 되었고. 소피와 아이는 보살핌을 받을 테고, 덕분에 나는 양심의 가책 없이 살 수 있게 되었으니 말일세.

지금 내 처지에 대해서 설명하지는 않겠네. 이 편지를 받더라도 나를 계속 죽은 사람으로 생각해 주었으면 하네. 그것이 무엇보다도 더 중요한 것일세. 자네는 누구에게도 내 소식을 들었다는 말을 해서는 안 되네. 나는 앞으로도 숨어 지낼 것이고, 그 얘기를 하면 괜히 곤란한 일만 더 많아질 테니말일세. 무엇보다도, 소피에게는 아무 말도 하지 말아 주게. 그 여자가 나와 이혼하도록 한 다음 되도록 빨리 그녀와 결혼해 주었으면 싶네. 나는 자네가 그렇게 해줄 것으로 믿고 자네에게 축복을 보낼 걸세. 아이에게는 아빠가 있어야 하네. 그리고 자네는 내가 믿을 수 있는 단 하나뿐인 사람일세.

내가 미치지 않았다는 것을 알아주었으면 좋겠네. 나는 필요한 몇 가지 결정을 한 것이고, 몇몇 사람들이 고통을 받았다고는 해도 그렇게 떠난 것은 내가 이제껏 해온 일 중에서 가장 쓸 만하고 친절한 행위였네.

내가 실종된 날로부터 7년째 되는 날이 내가 죽는 날이 될 걸세. 나는 나 자신에 대해 그런 판결을 내렸고 어떠한 탄원도 듣지 않을 걸세.

제발 부탁하건대 나를 찾지 말아 주게. 나는 예전의 사람들에게 돌아가고 싶은 생각이 전혀 없고 또 내가 생각하기엔 남은 삶을 내게 맞는 방식대로 살 권리가 있을 것 같네. 협박하기는 싫지만, 나로서는 자네에게 이런 경고를 하지 않을 수 없네. 만일 어떤 기적이 일어나 자네가 나를 추적할 수 있게 된다면 나는 자네를 죽일 것이라고.

내 글에 그토록 많은 관심이 쏠린 것은 즐거운 일이네. 나는 이런 일이 일어날 수 있으리라고는 짐작도 하지 못했으니까. 하지만 이제는 그 모든 일이 내게서 아득히 멀어진 일로

만 보일 뿐이지. 책을 쓰는 일은 다른 삶에 속한 것이라서 이 제는 그 일에 어떤 관심도 끌리지 않네. 나는 돈에 대해서 어떤 권리도 주장하지 않을 것이고, 그 돈을 기꺼이 자네와 소피에게 줄 생각일세. 글쓰기는 오랫동안 나를 사로잡았던 병이지만 이제 나는 그 병에서 회복되었다네.

앞으로 두 번 다시 연락하지 않을 테니 안심하게. 자네는 이제 나에게서 벗어난 것이고, 나는 자네가 오래오래 행복하게 살기를 빌겠네. 만사가 이렇게 끝난 것이 얼마나 좋은 일인지! 자네는 내 친구고 내 유일한 희망은 자네가 언제나 그대로였으면 하는 것일세. 나에게는 그것이 또 다른 얘기지만. 행운을 빌어 주게.〉

편지 말미에는 아무런 서명도 없었다. 그 뒤로 한두 시간 동안 나는 그것이 장난이라는 생각을 하려고 애썼다. 만일 팬쇼가 정말로 그 편지를 썼다면 어째서 서명하는 일을 소홀히 했을까? 나는 일어난 일을 부인하기 위해 어떻게든 구실을 찾아보려고 장난을 친 증거로서 그 사실에 매달렸다. 하지만 그런 억측은 오래 가지 않았고, 나는 차츰차츰 사실에 직면하지 않을 수가 없었다. 서명이 빠진 이유는 얼마든지 있을 수 있었다. 그 점에 대해서 생각하면 생각할수록 바로 그 때문에 편지가 진짜로 간주되어야 할 것 같았다. 장난을 친 사람이라면 서명을 특별히 중시하겠지만 진짜 본인이라면 그것을 대수롭지 않게 여길 것이다. 남을 속이려 들지 않는 사람만이 그처럼 명백한 실수를 할 만큼 자신을 믿을 테니까. 그리고 또 편지의 마지막 구절도 그랬다. 〈자네가 언제나 그대로이기를 바라네. 나에게는 그것이 또 다른 얘기지만.〉 그것은 팬쇼가 다른 어떤 사람이 되었다는 뜻일까? 분명히 그는 다른 사람의 이름으로 살고 있을 것이다. 하지만 어떻게 살고 있을까? 그리고 어디에서? 뉴욕 소인은 어쩌면 단서 비슷한 것이 될 수도 있었지만 또 한편으로는 일종의 눈가림, 내가 그를 추적하지 못하게 따돌리려는 허위 정보일 수도 있었다. 팬쇼는 늘 지나치다 싶을 정도로 신중했으니까. 나는 편지를 몇 번씩 다시 읽으면서 분석하고 실마리를 찾아보고 행간을 읽어 보려 했지만 아무것도 얻어 낼 수 없었다. 그 편지는 안쪽으로 파고들려는 온갖 시도를 가로막는 불투명체, 암흑 덩어리 같은 것이었다. 결국 나는 그 일을 포기하고 편지를 책상 서랍에 집어넣었다. 그리고 내가 갈피를 잃었다고, 이제는 그 어느 것도 예전과 같지는 않을 것이라고 인정했다.

무엇보다도 더 나를 괴롭힌 것은 나 자신의 어리석음이었다. 이제 와서 그 일을 돌이켜 보면 나는 처음부터 — 내가 소피와 처음 만났던 날부터 — 모든 사실을 알고 있었던 것이나 마찬가지다. 팬쇼는 여러 해 동안 아무것도 출판하지 않고 있다가 아내에게 만일 자기에게 무슨 일이 생기면 어떻게 할 것인지(내게 연락해서 자기 작품이 출판되도록 하라고) 한 다음 사라져 버렸다. 그것은 너무도 명백했다. 그는 떠나고 싶었던 것이며 떠나고 말았다. 어느 날 그저 자리에서 일어나 임신한 아내를 두고 집을 나간 것인데, 그녀는 남편을 믿었기에, 남편이 그런 짓을 하리라고는 상상도 하지 못했기에, 그가 죽었다고밖에 생각할 수 없었다. 소피는 자신에게 속았던 것이지만 그 당시의 상황을 감안한다면 그녀가 달리 어떤 방도를 취할 수 있었다고는 보기 어렵다. 그러나 내게는 그런 변명이 통하지 않았다. 맨 처음부터 나는 그 문제를 단 한 번도 깊이 생각해 보지 않았다. 나는 곧장 그녀에게 뛰어들었고 그녀가 잘못 판단한 사실들을 좋아라 받아들이고 나서 생각하기를 아예 그만두었다. 사람들은 그보다 더 작은 죄를 짓고도 총살을 당해 왔다.

　며칠이 흘러갔다. 직감적으로 나는 소피에게 편지를 보여주고서 사실대로 털어놓고 싶었지만 도저히 그럴 수가 없었다. 그러기에는 너무도 불안했고 그녀가 어떤 반응을 보일지도 전혀 알 수 없었다. 기분이 좀 나아졌을 때면 나는 침묵을 지키는 것이 그녀를 지키는 유일한 길이라고 나 자신을 설득했다. 그녀가 팬쇼가 자기에게서 떠났다는 사실을 안다고 해서 좋을 것이 과연 무엇일까? 그녀는 자기 때문에 그런 일이 일어났다고 자책을 할 것인데, 나는 그녀가 마음 아파하는 것을 원치 않았다. 하지만 그 고상한 침묵 이면에는 낭패감과 두려움에 질린 두 번째 침묵이 도사리고 있었다. 팬쇼는 살아 있다. 그런데 만일 내가 소피에게 그 사실을 알린다면 우리 사이는 어떻게 될 것인가? 소피가 남편이 돌아오기를 바랄지도 모른다는 생각은 내가 감당하기엔 너무 벅찬 것이었고, 나에게는 정말로 그런지 아닌지를 알아볼 용기가 없었다. 어쩌면 그것이 내가 범한 가장 큰 실책이었는지도 모른다. 만일 내가 소피의 사랑을 굳게 믿었더라면 나는 어떤 위험이든 무릅쓰려고 들었을 것이다. 하지만 그때는 달리 선택할 여지가 없어 보였고, 그래서 나는 팬쇼가 부탁한 대로 하고 말았다. 그를 위해서가 아니라 나 자신을 위해서. 나는 그 비밀을 가슴속에 묻고 혀를 붙들어 맬 줄 알게 되었다.

　그렇게 며칠이 더 지난 뒤 나는 소피에게 결혼을 신청했다. 우리는 전에도 그런 이야기를 한 적이 있었지만, 이번에는 그저 얘기 차원이 아니라 진심이라는 점을 분명히 밝혔다. 내가 나답지 않게 행동하고 있다는 것은 알았지만(유머 감각도 없이 뻣뻣하게) 달리 어쩔 도리가 없었다. 어정쩡한 상황에서 계속 그대로 살아갈 수는 없는 노릇이었기에 당장 그 자리에서 결말을 지어야 할 것 같았다. 소피는 물론 내 그런 변화를 눈치 챘지만 이유를 몰랐기 때문에 그것을 일종의 지나친 열정으로 — 가장 원하는 것을 갈망하는 소심하면서도 지나치게 열정적인 남자의 행동(그것 역시 사실이기는 했지만)으로 — 해석했다. 그래요, 당신과 결혼하겠어요. 그녀가 대답했다. 정말로 내가 당신을 거절할 거라고 생각한 건가요?

「그리고 또 벤도 입양하고 싶어요.」 내가 말했다. 「나는 그 애한테 내 성을 물려주고 싶어요. 그 애가 나를 아버지로 여기면서 자라는 게 중요하니까 말입니다.」

소피는 다른 쪽으로는 생각도 해보지 않았다고 대답했다. 그것이 우리 세 사람 모두를 위해 이치에 맞는 단 한 가지 방법이라고.

「그리고 난 빠른 시일 내에 결혼하고 싶습니다.」 내가 말을 이었다. 「가능한 한 빨리요. 뉴욕에서는 이혼하려면 1년을 기다려야 하는데, 그건 너무 긴 시간이에요. 난 그렇게 오래 기다릴 수가 없어요. 그렇지만 다른 곳으로 가면 돼요. 앨라배마라든가 네바다, 멕시코 같은 곳으로 말이죠. 우리는 그런 곳으로 휴가를 가면 되는 거고 돌아올 때쯤이면 당신은 얼마든지 나와 결혼할 수 있을 거예요.」

소피는 〈얼마든지 나와 결혼할 수 있다〉는 말이 마음에 든다면서 그 말이 한동안 어디로 가 있자는 뜻이라면 가겠다고, 내가 원하는 곳이면 어디로든 가겠다고 했다.

「어찌 되었건, 그 친구가 없어진 지도 이제 1년이 넘어서 거의 1년 반이 되어 가고 있어요. 죽은 사람이 공식적으로 사망 선고를 받기까지는 7년이 걸리는데, 그 사이에 많은 일들이 일어나고 삶은 계속되기 마련이지요. 이걸 한번 생각해 봐요, 우리가 서로를 안 지도 1년이 다 되어 간다는 거 말이에요.」

「정확히 말해서 당신이 저 문으로 처음 걸어 들어온 날은 1976년 11월 25일이었어요. 이제 8일만 더 있으면 꼭 1년이 되는 거죠.」

「기억하고 있군요.」

「물론 기억하고 있죠. 내 생애에서 가장 중요한 날이었으니까요.」

11월 27일, 우리는 비행기를 타고 앨라배마의 버밍햄으로 날아갔다가 12월 첫째 주에 뉴욕으로 돌아왔다. 그리고 12월 11일에는 시청에서 결혼식을 올린 뒤 스무 명쯤 되는 친구들과 함께 주연을 벌였다. 우리는 그날 밤을 플라자 호텔에서 보냈고 아침 식사는 룸서비스로 주문한 다음, 그날 오후에는 벤을 데리고 미네소타로 날아갔다. 12월 18일에는 소피의 부모가 집에서 결혼 잔치를 열어 주었고 24일 밤에는 모두가 함께 노르웨이식으로 성탄절을 보냈다. 이틀 뒤, 소피와 나는 눈 덮인 그곳을 떠나 버뮤다에서 열흘을 보내고 벤을 데리러 다시 미네소타로 돌아갔다. 우리의 계획은 뉴욕에 도착하는 대로 새 아파트를 알아보기 시작하자는 것이었다. 비행기가 이륙한 지 한 시간쯤 지나 펜실베이니아 주 서쪽 상공 어딘가를 날고 있을 때 벤이 기저귀 사이로 오줌을 싸서 내 무릎을 적셨다. 나는 바지에 생긴 큼직한 얼룩을 그 아이에게 보여 주었고, 그러자 벤은 까르르 웃고 손뼉을 치더니 다음 순간 내 눈을 똑바로 쳐다보면서 처음으로 나를 〈아빠〉라고 불렀다.

5

 나는 현재에 전념했고 그렇게 몇 달이 지나자 조금씩 곤경에서 헤어날 수 있을 것처럼 보이기 시작했다. 그것은 여우 굴 속에서 사는 것 같은 삶이었지만 소피와 벤이 나와 함께 있었고, 그것이 내가 정말로 원하는 전부였다. 내가 고개를 들지 않기로 한 사실을 잊지 않는 한 우리에게 위험이 닥칠 리는 없을 것이다.

 2월에 우리는 리버사이드 드라이브에 있는 아파트로 이사했다. 그러나 자리가 제대로 잡힌 것은 봄이 한창일 무렵으로 그때까지는 팬쇼에 대해 생각할 틈이 별로 없었다. 그 편지가 내 생각 속에서 완전히 사라져 버린 것은 아니었지만, 그렇더라도 더 이상 전과 같은 위협은 되지 않았다. 이제 나는 소피와 더불어 안전했고 그 어느 것도 —— 설령 그것이 팬쇼라도, 팬쇼가 실제로 눈앞에 나타난다 해도 —— 우리 둘을 갈라놓지 못할 것이라는 느낌이 들었다. 아니면 당시에는 그 일이 떠오를 때마다 그런 생각이 들었거나. 이제 나는 내가 나 자신을 얼마나 기만했는지 알고 있지만 그 사실을 알게 된 것은 훨씬 뒤의 일이었다. 생각이란 원래 당사자가 의식하고 있는 어떤 것인데, 그 당시 나는 내가 팬쇼에 대한 생각을 그만둔 적이 한 번도 없다는 것, 그 여러 달 동안 내내 그가 밤이고 낮이고 내 머릿속에 있었다는 사실을 알지 못했다. 그런데 만일 당사자가 어떤 생각을 하고 있다는 것을 의식하지 못한다면, 그때에도 생각하고 있다는 표현을 쓰는 것이 합당한 일일까? 어쩌면 나는 뭔가에 씌었거나 사로잡혀 있었던 것인지도 모른다. 하지만 그런 조짐은, 내게 무슨 일이 일어나고 있다는 것을 알려 줄 실마리는, 전혀 없었다.

　이제는 일상 생활이 내 삶을 가득 채우고 있었다. 나는 내가 지난 여러 해 동안 그래 왔던 것보다 더 적게 일하고 있다는 사실을 거의 알아차리지 못했다. 내게는 아침에 출근을 해야 할 직장도 없었고, 소피와 벤이 한 아파트에 같이 있었기 때문에 책상 앞을 피할 구실을 만들기가 그리 어렵지 않았다. 내 작업 스케줄은 점점 더 느슨해졌다. 그래서 매일 아침 정각 9시에 일을 시작하는 것이 아니라 11시나 11시 30분이 되어서야 내 작은 방으로 들어설 때도 있었다. 게다가 집 안에 소피가 있다는 사실 또한 끊임없는 유혹이 되었다. 벤은 아직도 하루에 한두 번씩 낮잠을 자곤 했는데, 그 아이가 잠든 조용한 시간이면 나는 그녀의 육체를 생각하지 않기가 어려웠다. 그리고 그 결과, 우리는 사랑을 나누는 때가 그렇지 않을 때보다 더 많았다. 소피 역시 나만큼이나 사랑에 굶주려 있었기에 그런 식으로 몇 주일이 지나자 온 집안이 차츰차츰 에로틱해져서 갖가지 섹스의 가능성을 보이는 영역으로 바뀌고 말았다. 지하 세계가 표면으로 솟아오른 셈이었다. 하나하나의 방마다 나름대로의 기억이 깃들고 하나하나의 장소가 서로 다른 순간을 연상시켜서, 심지어는 평온한 일상생활을 해나가는 중에도, 이를테면 양탄자의 어느 한 부분이라든가 특정한 문의 문턱 같은 것이 더 이상 순전한 사물이 아니라 관능, 우리가 함께한 성생활의 메아리가 되었다. 우리는 욕망이라는 모순 속으로 들어서 있었다. 서로에 대한 욕망은 다할 줄을 몰랐고, 그 욕망은 충족되면 충족될수록 점점 더 커져만 가는 것 같았다.

소피는 이따금씩 일자리를 알아보겠다는 말을 했지만 우리 두 사람 모두 그 문제를 긴급하다고는 여기지 않았다. 쓸 돈은 충분히 있었고 꽤 많은 돈을 따로 모아 놓기까지 했으니까. 팬쇼의 다음번 책인『기적』이 진행 중이었는데, 그 계약에서 받은 선불금은『이 세상 어디에도 없는 곳』보다도 더 많았다. 스튜어트와 내가 짜놓은 계획에 따르자면『기적』이 출간되고 나서 6개월 뒤에는 시집이 나올 것이고 다음에는 팬쇼의 첫 소설인『기억 상실』, 그리고 마지막으로는 희곡들이 출간될 예정이었다. 3월부터는『이 세상 어디에도 없는 곳』의 인세가 나오기 시작했고 거기에다 이런저런 일로 불시에 수표들이 들어오기도 해서 돈 문제는 완전히 사라져 버렸다. 그 일은 당시에 일어나고 있는 것 같았던 다른 모든 일과 마찬가지로 내게는 완전히 새로운 경험이었다. 그 전의 8~9년 동안 내 삶은 보잘것없는 한 편의 글에서 또 다른 글로 미친 듯이 뛰어다니며 끊임없이 돈을 긁어모으는 행위의 연속이었고, 그래서 나는 한두 달 앞이라도 내다볼 수 있으면 행운이라고 생각했으니까. 근심 걱정이 내 안에 들어와 박혀 내 혈액, 혈구의 일부가 된 탓으로 가스 청구서에 적힌 요금을 지불할 수 있을지 없을지를 생각해 보지 않고 숨을 쉰다는 것이 어떤 것인지도 잘 몰랐으니까. 그런데 이제, 혼자 힘으로 살아온 뒤 처음으로, 나는 그런 문제를 생각할 필요가 없다는 사실을 알아차렸다. 어느 날 아침, 책상 앞에 앉아 쓰고 있던 서평의 마지막 문장을 생각해 낼 셈으로 있지도 않은 표현을 찾아 머리를 쥐어짜고 있었을 때, 나에게 제2의 기회가 주어진 것이 아닌가 하는 생각이 차츰차츰 떠오르기 시작했다. 나는 그 일을 때려치우고 다시 시작할 수도 있었다. 더 이상 서평 같은 글을 쓸 필요도 없었다. 다른 일, 내가 언제나 하고 싶었던 일을 시작할 수도 있었다. 그것은 나 자신을 구할 기회였고, 나는 그 기회를 놓치는 어리석은 짓을 하지 않기로 했다.

다시 몇 주가 더 지났다. 나는 매일 아침 내 방으로 들어갔지만 아무 일도 일어나지 않았다. 탁상공론식으로 영감이 떠올랐고 일을 하지 않을 때에는 언제나 갖가지 아이디어로 머리가 가득 찼지만, 막상 자리에 앉아 종이에 뭔가를 쓰려고만 하면 생각이 사라져 버리는 것 같았다. 내가 펜을 집어 드는 순간 말이 죽어 버리는 것이었다. 나는 몇 가지 계획에 손을 댔지만 무엇 하나 제대로 되지 않았고 그래서 하나하나 그만두어 버렸다. 그리고 다음에는 어째서 일을 해나갈 수 없는지 그 이유가 될 만한 구실들을 찾아보았다. 그러는 데는 아무런 문제도 없었고, 얼마 안 가서 곧 나는 갖가지 구실을 생각해 냈다. 결혼 생활에 적응하는 문제, 아버지가 된 데 따르는 책임감, 새로운 작업실(너무 비좁아 보이는), 원고 마감 시간이 다 되어서야 글을 써온 오랜 습관, 소피의 육체, 갑작스러운 횡재 —— 그 모든 것이 다 이유가 되었다. 며칠 동안 나는 탐정 소설을 써볼까 하는 생각도 해보았지만 구상에서만 맴돌았을 뿐 하나하나의 단편들을 짜 맞출 수가 없었다. 나는 생각이 정처 없이 떠돌도록 내버려 둔 채 속으로 나태함은 힘이 모아지고 있다는 증거, 뭔가가 일어날 징후라고 나 자신을 설득하고 있었다. 한 달이 넘도록 내가 한 일이라고는 몇 권의 책에서 이런저런 구절들을 베낀 것뿐이었다. 그

중 하나는 스피노자에서 뽑아 벽에 붙여 놓은 것으로 다음과 같은 구절이었다. 〈글을 쓰고 싶지 않다는 생각을 하면 글을 쓰고 싶다는 생각을 할 수 없다. 글을 쓰고 싶다는 생각을 하면 글을 쓰고 싶지 않다는 생각을 할 수 없다.〉

그러려고만 했더라면 나는 그 슬럼프에서 벗어날 수도 있었을 것이다. 그것이 영구적인 상태였는지 아니면 일시적인 국면이었는지는 지금도 분명하지가 않기는 하지만. 내 직감으로는, 비록 내가 필사적으로 나의 내면을 들여다보려고 발버둥을 치기는 했어도 한동안은 정말 갈피를 잡지 못했던 것 같다. 하지만 그렇다고 해서 내 경우가 절망적이었다는 얘기는 아니다. 나에게는 여러 가지 일들이 일어나고 있었다. 나는 엄청난 변화를 겪고 있었지만, 그 변화가 어디로 이끌릴지는 아직 알 수 없었다. 그러다 뜻하지 않게도 한 가지 해결책이 저절로 나타났다. 이 말이 너무 그럴싸한 표현이라면 나는 그것을 일종의 타협이라고 하고 싶다. 그것이 무엇이건, 나는 그것에 거의 아무런 저항도 하지 않았다. 그 일은 내가 몹시 취약한 시기에 찾아왔고 내 판단력은 온전하지가 못했다. 그것이 내 두 번째의 결정적인 실수, 첫 실수에 바로 뒤이은 실수였다.

어느 날 나는 스튜어트와 함께 어퍼 이스트사이드에 있는 그의 사무실 근처에서 점심 식사를 하고 있었다. 식사 도중에 그가 팬쇼와 관련된 소문 이야기를 다시 꺼냈고, 나는 처음으로 스튜어트도 사실상 의심하기 시작했다는 생각이 들었다. 그에게는 너무도 흥미가 당기는 주제여서 그냥 넘어갈 수가 없는 모양이었다. 그의 말투에는 장난기와 공모자 같은 기색이 배어 있었지만, 그런 태도 이면에서 나는 그가 나를 함정에 빠뜨려 고백하도록 만들려는 속셈이 숨어 있는 것은 아닌가 하는 의심이 들기도 했다. 나는 얼마 동안 그의 말에 장단을 맞춰 주다가 그런 게임에 싫증이 나서 그 문제를 확실하게 해결하는 한 가지 방법으로 전기(傳記)를 써내면 될 것이라는 말을 하고 말았다. 나는 아무 생각 없이 그 얘기를 꺼냈지만(제안이 아니라 논리적인 견지에서), 스튜어트에게는 그것이 굉장한 아이디어로 여겨진 것 같았다. 그가 침을 튀기기 시작했다. 그래, 바로 그거야. 그러면 팬쇼 신화가 설명되는 거라고, 아주 확실하게. 맞았어, 드디어 진짜 얘기가 나오는 거야. 불과 몇 분 사이에 그는 전체적인 판을 다 짜냈다. 내가 그 전기를 써야 할 것인데, 그 책은 팬쇼의 작품이 모두 출판된 다음에 나올 것이니까 시간은 원하는 대로 — 2년이든 3년이든 — 얼마든지 주겠다는 것이었다. 그건 대단한 책이 될 수밖에 없어. 스튜어트가 덧붙였다. 팬쇼 자신이 쓴 책과 맞먹는 책. 난 자네를 꼭 믿고 있어. 또 자네가 그 일을 해낼 수 있다는 것도 알고 있고. 그 제안에 나는 잠시 방심을 하고 그 말을 농담으로 받아들였다. 그러나 스튜어트는 진심이었고 내가 그 제안을 거절하도록 놓아두려 하지 않았다. 생각을 좀 해보고 나서 자네가 보기에는 어떤지 알려 주게. 나는 여전히 회의적이었지만 예의상 한번 생각해 보겠다고 대답했다. 그리고 내 쪽에서 최종적인 답변은 그 달 말까지 주는 것으로 합의를 보았다.

그날 밤 나는 그 일을 소피와 의논했다. 하지만 그녀에게 모든 것을 솔직하게 다 털어놓을 수가 없었던 탓으로 그 대화는 별 도움이 되지 못했다.

「그거야 당신한테 달렸죠. 내 생각엔 당신이 하고 싶다면 해야 할 것 같은데요.」

「그 일로 당신이 성가셔지지 않을까요?」

「아뇨. 적어도 난 아닐 거라고 생각해요. 벌써 전부터 그 사람에 관한 책이 나올 거라는 생각을 하고 있었는걸요. 누군가가 그 일을 해야 한다면 다른 사람보다는 당신이 하는 게 더 낫겠죠.」

「당신과 팬쇼에 대해서도 써야 할 거요. 그러자면 좀 이상할 것 같은데.」

「몇 페이지로 충분할 거예요. 그 전기를 쓰는 사람이 당신이라면 난 별로 걱정 안 해요.」

「그럴지도 모르지.」 나는 다음에 뭐라고 해야 할지를 몰라 그렇게 말했다. 「가장 힘든 문제는 내가 과연 팬쇼를 생각하는 일에 그렇게 깊이 빠져들고 싶은가 하는 거요. 이제는 그 친구가 사라지도록 놓아두어야 할 때가 아닐까?」

「그건 당신이 결정할 일이에요. 하지만 사실 당신은 그 책을 누구보다도 더 잘 쓸 수 있어요. 그리고 또 그게 꼭 철저한 전기일 필요도 없지 않아요? 당신이라면 그걸 좀 더 재미있게 만들 수도 있을 거예요.」

「이를테면 어떻게요?」

「잘은 모르겠지만 뭔가 좀 더 개인적이고 좀 더 흥미를 끌 만한 것으로요. 두 사람의 우정에 관한 얘기일 수도 있고요. 그건 그 사람에 관한 얘기일 뿐 아니라 당신에 관한 얘기가 될 수도 있어요.」

「그럴지도 모르지. 적어도 한 가지 아이디어는 되겠군요. 내가 알 수 없는 건 당신이 어떻게 그 일에 그처럼 침착할 수 있느냐는 거요.」

「그건 내가 당신과 결혼했고 당신을 사랑하기 때문이죠. 그래서예요. 만일 당신이 그게 하고 싶은 일이라는 결정을 내린다면 나는 거기에 찬성하겠어요. 누가 뭐래도 난 장님은 아니니까요. 난 당신 일이 잘 안 풀리고 있다는 걸 알고 있어요. 그래서 때로는 그게 내 탓인 것 같다는 생각이 들기도 하고요. 어쩌면 이게 당신이 일을 다시 시작하는 데 필요한 그런 걸지도 몰라요.」

나는 속으로 은근히 소피가 나를 대신해서 결정을 내려 주었으면 하고 있었다. 그녀가 반대를 할 것이라는, 우리가 그 문제를 한번 거론하고 나면 그것으로 끝일 것이라는 생각을 하고서. 하지만 결론은 그것과 정반대로 나고 말았다. 나는 나 자신을 궁지에 몰아넣은 셈이었고 그로 인해 갑자기 용기가 꺾이고 말았다. 그렇게 미적미적 이틀을 더 보낸 뒤, 나는 스튜어트에게 전화를 걸어 그 책을 쓰겠다고 했다. 그 일로 나는 또 한 번 공짜 점심을 얻어먹기는 했지만, 그 뒷일은 순전히 내 책임이었다.

사실대로 털어놓는다는 것은 있을 수도 없는 일이었다. 팬쇼는 죽은 사람이어야 했다. 그렇게 하지 않는다면 전기를 쓴다는 것은 말도 안 되는 소리였다. 그의 편지 얘기는 절대로 입에 올리지 말아야 했을 뿐 아니라 그런 편지가 아예 쓰인 적도 없는 것처럼 굴어야 했다. 지금 나는 그때 내가 하려고 했던 일에 대해서 조금도 숨길 생각이 없다. 내게는 그 일이 처음부터 명백했고, 나는 사기를 칠 셈으로 그 일에 뛰어들었던 것이다. 그 전기는 허구였다. 설령 몇 가지 사실을 근거로 한다 해도 거기에는 거짓말밖에 없을 터였다. 계약서에 서명을 한 뒤로는 나 자신의 영혼을 팔아먹는 계약에 서명을 한 것 같은 느낌이었다.

나는 어떻게 시작해야 할지 방법을 찾으며 몇 주일 동안 생각에 생각을 거듭했다. 속으로 계속 삶의 모든 부분이 다 설명될 수는 없는 거라고 변명을 하면서. 아무리 많은 사실들이 이야기되고 아무리 세세한 사항들이 제시되더라도 본질적인 부분은 표현이 될 수 없었다. 이러이러한 사람이 어디에서 태어나 어디로 갔고, 이런저런 일을 하다가 어떤 여자와 결혼해서 어떠한 아이들을 낳았고, 이렇게 살다 저렇게 죽었다, 이러이러한 책을 남겼다거나 이런 전쟁을 치렀다거나 저런 다리를 건설했다거나 하는 것들은 모두 알맹이가 없는 이야기들이다. 우리는 누구나 이야기를 듣기 원하고 그래서 어렸을 때 그랬던 것처럼 이야기에 귀를 기울인다. 그리고 말속에 진짜 이야기가 들어 있다고 상상하면서 우리 자신을 이야기 속의 인물로 대체시킨다. 마치 우리 자신을 이해하기 때문에 그 사람도 이해할 수 있는 것처럼. 하지만 그것은 기만이다. 우리는 독자적으로 존재하고 때로는 자기가 누구인지를 어렴풋이 알기도 하겠지만, 결국은 아무것도 확신할 수 없게 된다. 그리고 삶이 계속될수록 우리 자신에 대해 점점 더 불확실해져서 우리 자신의 모순을 점점 더 많이 알아차리게 된다. 누구도 경계를 넘어 다른 사람 속으로 들어갈 수는 없다. 누구도 자기 자신에게 다가갈 수 없다는 바로 그 간단한 이유로.

나는 8년 전인 1970년 6월에 있었던 일을 다시 생각해 보았다. 돈이 거의 다 떨어진 데다 여름을 보낼 일이 막막했던 나는 할렘에서 임시방편으로 인구 조사원 일을 맡았다. 우리 그룹에 속해 있는 스무 명 가량의 현장 조사 요원들은 우편으로 보낸 설문지에 응답하지 않은 사람들을 추적하기 위해 고용되었다. 우리는 며칠 동안 아폴로 극장 맞은편에 있는 너저분한 2층 가건물에서 교육을 받은 뒤, 복잡한 양식에 기입하는 법과 인구 조사원으로서 갖춰야 할 예절을 익힌 다음 제각기 빨갛고 하얗고 파란 숄더백을 하나씩 둘러메고 뿔뿔이 흩어져 문을 두드리고 질문을 하고 알아낸 사실들을 가지고 돌아왔다. 내가 처음 들른 곳은 알고 보니 숫자 맞히기 노름을 하는 도박장이었다. 문이 비끗 열리더니 어떤 사내가 머리를 내밀었고(그 뒤로 10여 명의 남자들이 휑한 방에 놓인 몇 개의 기다란 피크닉 테이블에 앉아 뭔가 쓰고 있는 것이 보였다), 내가 그에게서 들은 말은 그런 일엔 아무 관심 없으니 딴 데나 가서 알아보라는 것이었다. 매사가 그런 식이었다. 어느 아파트에서는 부모가 노예였다는 눈이 반쯤 먼 여인과 얘기를 했는데, 면담이 시작된 지 20분쯤 지나자 그녀는 내가 흑인이 아니라는 것을 알고 킬킬대며 웃어 대기 시작했다. 그녀의 말로는 내 목소리가 별나서 내내 긴가민가하고 있었지만 믿어지지가 않았다는 것이었다. 그도 그럴 것이, 나는 그녀의 집에 발을 들여놓은 최초의 백인이었으니까. 또 어느 아파트에는 열한 명이나 되는 대식구가 살고 있었는데 그중에서 제일 연장자가 겨우 스물두 살이었다. 그러나 대부분의 경우는 집에 사람이 아무도 없었다. 또 설령 누가 있다 해도 나와 이야기를 하거나 나를 집 안에 들여놓으려고 하지 않았다. 여름이 되자 길거리는 무덥고 눅눅해져서 뉴욕 특유의 견디기 힘든 날씨가 되었다. 나는 이른 아침부터 담당 구역을 돌기 시작했고, 어설프게 이 집 저 집 돌아다니는 동안 점점 더 달나라에서 온 사람 같은 기분을 느끼기 일쑤였다. 결국 나는 내 문제를 감독(그는 말씨가 빠른 흑인으로 실크 스카프 모양의 넥타이에 사파이어 반지를 끼고 있었다)에게 털어놓지 않을 수 없었는데, 그가 내게서 정말로 원하는 것이 무엇인지를 알게 된 것은 그때였다. 그는 자기 휘하의 조사원들이 제출하는 양식 하나하나마다 일정한 수수료를 받고 있었다. 따라서 우리가 좋은 성적을 거두면 거둘수록 그의 주머니로 들어가는 돈도 그만큼 더 많아지는 셈이었다. 「자네한테 뭘 어떻게 하라고는 하지 않겠네.」 그가 말했다. 「하지만 탁 까놓고 생각해 보면 기분이 그렇게까지 나쁘지는 않을 걸세.」

「그만두란 얘긴가요?」 내가 물었다.

「아니, 그런 얘기가 아니라.」 그가 도통한 사람처럼 말을 이었다. 「정부에서 원하는 건 작성된 양식일세. 그런 양식이 많으면 많을수록 더 좋아하지. 자넨 머릿속에 든 게 많은 친구일 테니까 2곱하기 2를 5라고 하진 않을 테고. 자네가 노크를 해도 문이 열리지 않는다고 해서 안에 아무도 없다는 얘기는 아니야. 상상력을 발휘해 보라고, 친구. 아무튼 우리가 정부를 불쾌하게 만들려고 일을 하는 건 아니잖은가, 안 그래?」

그 뒤로는 일이 상당히 수월해졌지만, 더 이상 예전과 같은 일은 아니었다. 현장 조사 업무는 사무적인 일로 바뀌었고 이제 나는 조사원이 아니라 창조자가 되어 있었다. 나는 이틀에 한 번꼴로 사무실에 들러서 작성한 양식을 제출하고 새로운 양식 뭉치를 받아 오곤 했다. 그 일 말고는 아파트를 나설 필요도 없었다. 그때 내가 만들어 낸 사람들이 얼마나 되는지는 알 수 없지만 틀림없이 수백 명, 아니 어쩌면 수천 명은 되었을 것이다. 매일같이 방 안에 틀어박혀서 바람이 얼굴에 와 닿도록 선풍기를 틀어 놓고 차가운 물수건을 목에 두른 채 내 손으로 쓸 수 있는 한 빠르게 설문지를 채워 나갔으니까. 나는 여섯이나 여덟, 또는 열 명의 아이가 딸린 대가족을 선호했고 부모, 자식, 사촌, 삼촌, 숙모, 조부모, 내연 관계, 의붓자식, 이복형제, 친구 등 가능한 모든 조합을 끌어다 대어 기묘하고 복잡한 친척 관계를 꾸며 내는 데서 특별한 자부심을 느꼈다. 무엇보다도 그 일에는 이름을 만들어 내는 즐거움이 있었다. 때때로 나는 괴상한 — 너무 익살맞거나 말장난 같거나 욕 비슷한 — 이름 쪽으로 끌리려는 충동을 억제해야 했지만, 대부분의 경우에는 현실적인 범주 내에 머무는 것으로 만족했다. 상상력이 동날 때면 몇 가지 기계적인 수단에 의존할 수도 있었다. 색깔(브라운, 화이트, 블랙, 그린, 그레이, 블루), 대통령(워싱턴, 애덤스, 제퍼슨, 필모어, 피어스), 소설 속의 인물(핀, 스타벅, 딤즈데일, 버드) 같은. 나는 하늘과 관련된 이름(오빌 라이트, 아멜리아 에어하트) 은 물론 고상한 유머(키튼, 랭던, 로이드), 홈런 타자(킬브루, 맨틀, 메이스), 음악(슈베르트, 아이브스, 암스트롱)과 관련된 이름도 좋아했다. 또 때로는 먼 친척이나 옛날 학교 친구들의 이름을 떠올리기도 했고 한번은 내 이름의 철자를 거꾸로 쓴 적도 있었다.

　그것은 어린애 같은 짓이었지만 나는 조금도 양심의 가책을 받지 않았다. 또 그 일을 정당화할 구실을 찾기가 어려운 것도 아니었다. 감독도 반대하지 않을 것이고, 양식에 적힌 주소지에 살고 있는 사람들도 반대하지 않을 것이고(그들은 성가신 것을, 특히 백인 청년이 자기들의 사적인 일에 기웃거리는 것을 원치 않았다), 정부도 반대하지 않을 터였다. 정부가 사실대로 알지 못한다고 해서 피해를 볼 리도 없었고, 그 일마저도 이루어지지 않는 데서 이미 피해를 보고 있는 것이 분명했다. 심지어 나는 내가 대가족을 선호하는 근거로 정치적 이유를 끌어대기까지 했다. 가난한 주민이 많으면 많을수록 정부는 그들에게 돈을 써야 할 의무감을 그만큼 더 느낄 것이라고. 그것은 미국판 시체 사기[1]였고 내 양심은 깨끗했다.

1 원문은 고골의 소설 제목 〈죽은 혼〉을 암시하고 있음.

그것이 제1단계였고 그 핵심에는 내가 즐기고 있다는 단순한 사실이 있었다. 그 일을 하는 동안 나는 허공에서 이름을 뽑아 내는 즐거움, 존재한 적도 없고 앞으로도 존재하지 않을 삶을 창조하는 즐거움을 맛보곤 했다. 물론 그 일은 소설에서 작중 인물들을 만들어 내는 것과 똑같지는 않았지만, 그보다 더 방대하고 훨씬 더 불온한 작업이었다. 소설이 상상의 산물이라는 것은 누구나 다 알고 있는 사실이므로, 그것이 우리에게 어떤 영향을 미치건 우리는, 비록 그것이 다른 어디에서 볼 수 있는 것보다 더 중요한 진실을 말해 준다 할지라도, 사실이 아니라는 것을 알고 있다. 그런데 나는 소설가와는 반대로 내 창조물들을 곧장 현실 세계에 내놓았고, 따라서 내가 보기에는 그것들이 현실 세계에 실제적으로 영향을 미칠 수도 있을 것 같았다. 그리고 결국에는 현실 세계의 일부가 될 수도 있을 것 같았다. 어떤 작가라도 그 정도까지는 하지 못할 것이다.

이 모든 생각은 내가 팬쇼에 관한 글을 쓰려고 책상 앞에 앉아 있을 때 떠오른 것이었다. 예전에 한때 나는 수천 명의 상상적 인물들을 탄생케 했다. 그리고 8년 뒤인 지금에 와서는 살아 있는 사람을 무덤 속에 집어넣으려 하고 있었다. 나는 그 가짜 장례식의 상주이자 의식을 치르는 목사였고 내 임무는 제대로 된 말, 모두가 듣고 싶어 하는 그런 말을 하는 것이었다. 그 두 가지 행위는 상반되면서도 동일한, 실물과 거울에 비친 반사상이었다. 그렇지만 나는 거기에서도 여간해서 위안을 얻을 수 없었다. 첫 번째 사기가 장난이고 젊은 시절의 모험에 지나지 않았다면, 두 번째 사기는 심각하고 암울하고 무서운 일이었다. 결국 나는 무덤을 파고 있었던 셈인데, 때로는 내가 혹시 나 자신의 무덤을 파고 있는 것이 아닌가 하는 생각이 들곤 했다.

　나는 속으로 삶이란 이치에 닿지가 않는다고 우겼다. 사람은 살다가 죽게 마련이고 그 사이에 일어난 일은 이치에 닿지가 않는다고. 나는 아메리카를 탐사한 최초의 프랑스 원정대 대원이었던 라셰르의 이야기를 떠올렸다. 1562년 장 리보는 상당수의 부하들을 포트 로열(사우스캐롤라이나의 힐튼 헤드 근처)에 남겨 두었는데, 그들의 지휘를 맡은 알베르 드피에라는 공포와 폭력을 통제 수단으로 삼은 미치광이였다. 그때의 일에 관해서 프랜시스 파크먼은 다음과 같이 적었다. 〈그는 자신의 미움을 산 고수(鼓手)를 자기 손으로 직접 목매달았을 뿐 아니라, 라셰르라는 병사를 요새에서 15킬로미터쯤 떨어진 무인도로 추방해 굶어 죽게 내버려 두었다.〉 알베르는 결국 부하들의 반란으로 살해당했고 반쯤 죽어 가던 라셰르는 무인도에서 구출되었다. 혹자는 라셰르가 이제 안전할 것이라고, 그토록 끔찍한 처벌을 견디고서 살아났으니 더 이상 참변을 겪지 않을 것이라고 생각할지도 모른다. 하지만 어느 것도 그렇게 간단하지만은 않다. 삶에는 유리하게 접어줄 조건도 없고 불운에 제한을 둔다는 규칙도 없다. 순간순간마다 좀 전과 마찬가지로 비열한 속임수에 당할 각오를 하고서 새로운 게임을 시작해야 한다. 식민지에서는 모든 것이 엉망이었다. 그들에게는 황무지에 대처할 재간도 없었고 거기에다 기아와 향수병이 엄습했다. 그들은 프랑스로 돌아가기 위해 임시변통으로 마련한 몇 가지 도구를 가지고 〈로빈슨 크루소에게나 어울릴〉 배를 한 척 만드는 데 온 힘을 다 쏟아부었다. 그러나 대서양에서 또 한 번의 재난이 덮쳐 바람 한 점 불지 않는 데다 식량과 식수도 모두 바닥나 버리고 말았다. 그들은 구두며 가죽조끼를 먹기 시작했고, 몇몇은 자포자기해서 바닷물을 먹고 죽어 갔다. 그리고 다음에는 어쩔 수 없이 식인 행위가 벌어졌다. 파크먼은 그 일을 이렇게 적고 있다. 〈제비를 뽑은 결과 라셰르, 즉 알베르가 무인도로 추방해 굶겨 죽이려고 했던 그 불운한 사내가 걸리고 말았다. 그들은 라셰르를 죽여 그의 살을 게걸스럽고 탐욕스럽게 나누어 먹었다. 그 소름끼치는 식사 덕분에 그들은 육지가 시야에 들어올 때까지 버틸 수 있었지만, 그 순간부터는 광희(狂喜)에 빠져 더 이상 노를 젓지 못하고 배가 조류에 실려 떠가도록 내버려 두었다. 얼마 후에 조그만 영국 범선 하나가 다가와서 그들을 모두 배에 실은 다음 가장 약한 자 하나만 상륙시키고 나머지 포로들은 엘리자베스 여왕 앞으로 데려갔다.〉

나는 라셰르를 단지 하나의 예로 들었을 뿐이다. 다른 사람들의 운명이 그러하듯, 그의 운명도 결코 이상한 것은 아니다. 어쩌면 대부분의 운명에 비해 순탄했던 편인지도 모른다. 적어도 그는 직선 행로를 따라간 셈인데, 그것만 하더라도 보기 드물고 축복에 가까운 일이다. 삶은 대체로 이리저리 갑작스럽게 방향을 바꾸며 떠밀고 부딪히고 꿈틀거리는 것처럼 보인다. 어느 한 방향으로 나아가다 중도에서 갑자기 방향을 틀어 옴짝달싹 못하거나 이리저리 떠돌거나 다시 출발을 하면서. 알려져 있는 것은 아무것도 없고 우리는 어쩔 수 없이 원래 가려고 했던 곳과는 전혀 다른 곳에 이르고 만다. 내가 컬럼비아 대학교 1학년생이었을 때, 강의실로 가려면 매일같이 로렌초 다폰테의 흉상 옆을 지나야 했다. 나는 그가 모차르트 오페라의 대본 작가였다는 사실은 어렴풋이 알고 있었지만 나중에는 그가 컬럼비아 대학교 최초의 이탈리아인 교수였다는 사실도 알게 되었다. 그 두 가지 사실이 서로 양립할 수 없는 것처럼 보여서 나는 그 일을 한번 조사해 보기로 마음먹었다. 한 사람이 어떻게 그처럼 다른 두 가지 삶을 살 수 있었는지 궁금증이 일어서였다. 그런데 알고 보니 다폰테는 대여섯 가지의 삶을 산 인물이었다. 그는 1749년 유대인 가죽 상인의 아들 엠마누엘레 코넬리아노로 태어났지만, 그의 어머니가 세상을 뜬 뒤 그의 아버지는 가톨릭교도와 재혼하면서 자기는 물론 아이들도 세례를 받아야 한다는 결정을 내렸다. 어린 엠마누엘레는 학자가 될 싹을 보였고, 열네 살이 되면서부터는 체나다의 주교(몬시뇨레 다폰테)가 그 소년을 거두어 성직자가 될 때까지 모든 교육비를 떠맡았다. 그리고 당시의 관행이 그랬듯이, 제자는 후원자의 이름을 물려받았다. 다폰테는 1773년에 성직자로 임명되어 신학교 교사가 되었는데 라틴, 이탈리아, 프랑스 문학에 특별한 관심을 갖고 있었다. 그러나 나중에는 계몽주의의 추종자가 된 것 외에도 여러 차례의 복잡한 연애 사건에 휘말렸고 베네치아의 어느 귀족 부인과 정을 나누어 남몰래 한 아이의 아버지가 되었다. 1776년, 그는 트레비소의 신학교에서 문명이 인류를 조금이라도 행복하게 해주는 데 공헌해 왔는가 하는 문제를 놓고 공개 토론회를 열었다. 하지만 그처럼 교리에 감연히 맞선 죄로 도망을 치지 않을 수 없었는데, 첫 도피처는 베니스, 그다음엔 고리치아, 그리고 마지막으로는 드레스덴이었고 거기에서 그는 오페라 대본 작가로서 새로운 경력을 쌓기 시작했다. 1782년, 그는 살리에리 앞으로 쓰인 소개장을 들고 빈으로 가서 마침내 *poeta dei teatri imperiali*(황제 극장의 시인)이라는 직책을 얻은 뒤 근 10년 동안 그 자리를 지켰다. 그가 모차르트를 만나 세 편의 오페라에 협력을 한 덕으로 그의 이름이 망각 속에 빠져들지 않게 된 것도 그 시기였다. 그러나 1790년, 레오폴트 2세가 터키와의 전쟁을 이유로 빈에서 음악 활동을 억제하자 다폰테는 직장을 잃고 말았다. 다음에 그는 트리에스테로 건너갔다가 그곳에서 낸시 그렐 아니면 크렐(그 이름에 대해서는 아직도 논란의 여지가 있다)이라는 영국 여자와 사랑에 빠졌는데, 거기에서 두 사람은 파리로 갔다가 다시 런던으로 건너가 그곳에서 13년을 살았다. 다폰테의 음악 활동은 이름이 별로 알려지지 않은 몇몇 작곡가들에게 몇 편의 오페라 대본을 써주는 정도로 국한되었다. 1805년, 그는 낸시와 함께 미국으로 이주했고 생애의 마지막 33년을 그곳에서 보냈다. 한동안 뉴저지와 펜실베이니아에서 가게를 열어 장사를 하다가 89세의 나이로 죽을 때까지. 그는 신세계에 묻힌 최초의 이탈리아인들 중 한 사람이었다. 그의 삶은 차츰차츰, 그러나 철두철미하게 바뀌었다. 여자들을 살살 녹이는 말쑥한 젊은이, 교회와 궁정의 정치적 음모에 물든 기회주의자에서 지극히 평범한 뉴욕 시민으로 바뀌었던 것이다. 1805년에 뉴욕은 그에게 세상의 끝처럼 보였을 것이 분명했다. 근면한 대학교수, 충실한 남편, 네 아이의 아버지로서. 전해 오는 말에 의하면, 한 아이가 죽자 그는 너무 슬픔에 잠긴 나머지 거의 1년 동안이나 집 밖으로 나오려고도 하지 않았다고 한다. 결국 요점은, 하나하나의 삶은 그 삶 자체 이외의 다른 어떤 것으로도 설명할 수가 없다는 것이며, 그것은 곧 삶이란 이치에 닿지 않는다는 말을 하는 것이나 마찬가지다.

나는 같은 얘기를 되풀이할 생각은 없다. 하지만 인생행로가 바뀌는 상황이 너무도 다양하다 보니 어떤 사람이 죽기 전까지는 그에 대해서 무슨 얘기든 한다는 것이 불가능해 보일 지경이다. 죽음은 행복의 유일하고도 참된 중재자(솔론의 말)일 뿐 아니라 삶 그 자체를 판단할 수 있는 유일한 척도이기도 하다. 예전에 나는 셰익스피어 극의 배우처럼 말하는 부랑자를 알고 지낸 적이 있었다. 얼굴에는 상처 딱지가 앉고 넝마를 걸친 채 길거리에서 잠을 자며 끊임없이 내게 돈을 구걸하던, 찌들 대로 찌든 중년의 알코올 중독자였다. 하지만 그는 한때 매디슨 가에 있는 화랑 주인이었다. 나는 또 한때 미국에서 가장 촉망받는 젊은 작가로 여겨졌던 사람도 알고 지냈다. 내가 그를 만났을 무렵, 그는 막 아버지에게서 1만 5천 달러를 물려받은 뒤 뉴욕의 길거리에 서서 낯선 사람들에게 백 달러짜리 지폐를 나눠 주고 있었다. 그가 내게 설명한 대로라면, 그것은 미국 경제 체제를 붕괴시키기 위한 계획의 일환이라는 것이었다. 무슨 일들이 벌어지고 있는지 생각해 보자. 삶이 어떻게 산산조각이 나는지 생각해 보자. 그 한 예로, 찰스 1세에게 사형을 선고했던 두 명의 재판관 고프와 휠리는 왕정복고가 이루어진 뒤 코네티컷으로 건너와 남은 삶을 굴속에서 보냈다. 또 라이플 제조업자의 미망인이었던 윈체스터 부인은 남편이 만든 총에 맞아 죽은 사람들의 망령이 자신의 영혼을 빼앗을까 두려워서 저택에 끊임없이 방들을 덧붙여 — 매일 밤 다른 방으로 돌아가며 잠을 잠으로써 유령들을 따돌릴 수 있도록 하기 위해 — 온 집안을 복도와 은신처의 기괴한 미로로 바꾸어 놓고 말았다. 그런데 참으로 얄궂은 것은, 그녀가 1906년 샌프란시스코 지진 당시 그런 방들 중 한곳에 갇혀 있다가 하인들이 그녀를 찾아낼 수 없었던 탓으로 하마터면 굶어 죽을 뻔했다는 것이다. 또 러시아의 비평가이자 문예 철학자였던 M. M. 바흐친도 있다. 제2차 세계 대전 때 독일이 러시아를 침공했을 동안 그는 단 한 부뿐인 원고, 쓰는 데 몇 년이 걸린 한 권 분량의 독일 소설론 원고를 모두 태워 없애고 말았다. 원고를 한 장씩 한 장씩 담배 마는 종이로 쓰면서 그 원고가 모두 사라질 때까지 매일 조금씩 없애 버렸던 것이다. 이것은 모두 실제로 있었던 이야기들이다. 그 이야기들은 어쩌면 우화일 수도 있지만, 그것들이 의미 있는 이유는 오로지 실제로 있었던 일이기 때문이다.

팬쇼는 자기의 작품에서 그런 종류의 이야기들에 특별한 관심을 보이고 있다. 특히 그의 공책들에는 작은 일화들이 끊임없이 다시 이야기되는 데다 너무 자주 나와서 — 그리고 끝으로 갈수록 그 빈도가 점점 더 높아져서 — 팬쇼가 그런 일화들이 자기 자신을 이해하는 데 어떻게든 도움이 될 수 있다고 느낀 것이 아닌가 하는 의구심이 들기 시작한다. 가장 마지막 부분에 있는 한 가지 일화(그가 실종되기 불과 두 달 전인 1976년 2월에 쓴 것)가 내게는 특히 의미심장해 보인다.

〈나는 언젠가 유명한 북극 탐험가 페터 프로이헨의 책을 읽은 적이 있다.〉 팬쇼는 그렇게 적고 있다. 〈북부 그린란드에서 눈보라에 갇혔던 일을 묘사한 이야기다. 그는 혼자뿐인 데다 보급품도 떨어져 가는 중이어서 이글루를 짓고 폭풍이 지나가기를 기다리기로 했다. 그렇게 여러 날이 지났다. 무엇보다도 늑대들의 공격을 받게 될까 두려워서 — 굶주린 늑대들이 그의 이글루 지붕에서 먹이를 찾아 헤매는 소리가 들렸으므로 — 그는 이따금씩 밖으로 나가 늑대들을 쫓을 셈으로 목청껏 노래를 부르곤 했다. 그러나 바람이 너무 심해서 아무리 큰 소리로 노래를 불러도 그의 귀에 들리는 것은 바람 소리뿐이었다. 물론 그것도 심각한 문제이기는 했지만, 그보다 훨씬 더 큰 문제는 이글루 자체에서 생겨났다. 프로이헨은 자기가 들어앉아 있는 조그만 피신처의 벽이 점점 더 좁혀 지고 있다는 사실을 알아차렸던 것이다. 바깥의 특수한 기후 조건 때문에 그가 내뿜는 숨이 그대로 이글루 벽에 얼어붙은 탓으로, 매번 숨을 내쉴 때마다 벽은 점점 더 두꺼워지고 이글루는 그만큼 더 좁아져서 마침내 그의 몸이 들어갈 자리 말고는 공간이 거의 남지 않았다. 자기가 내쉬는 숨이 자신을 집어넣을 얼음 관이 된다는 것은 상상만 해도 무서운 일임에 틀림없다. 내가 보기에는 그것이 에드거 앨런 포의 「구덩이와 추」보다도 훨씬 더 무서운 것 같았다. 왜냐하면 이 경우에는 자신을 파멸로 몰아가는 것이 바로 그 자신인 데다, 그 파멸의 도구는 자신이 살아 있기 위해 꼭 필요한 행위이기도 하기 때문이다. 사람은 누구나 숨을 쉬지 않고서는 살 수 없을 터이므로. 그러나 동시에, 숨을 쉬더라도 그는 살지 못할 것이다. 그런데 참으로 이상하게도, 그때 프로이헨이 어떻게 해서 궁지를 벗어났는지는 기억이 나지 않는다. 그가 벗어났다는 것은 말할 필요도 없는 얘기지만. 내 기억이 옳다면 그 책의 제목은 《북극 모험담》이었고 벌써 오래전에 절판된 책이다.〉

6

그해(1978년) 6월, 소피와 나는 벤을 데리고 팬쇼의 어머니를 보러 뉴저지로 내려갔다. 우리 부모는 이제 그곳에서 살지 않았고(그분들은 은퇴한 뒤 플로리다로 이사를 갔다), 그래서 나는 여러 해 동안 그곳을 찾은 적이 없었다. 팬쇼 부인은 벤의 할머니로서 우리와 계속 연락을 하고는 있었지만 관계가 썩 좋은 편은 못되었다. 소피를 대하는 그녀의 태도는, 마치 팬쇼의 실종을 은근히 소피 탓으로 돌리기라도 하려는 듯, 저번에 악의가 깔린 것 같았고 그 분노는 종종 아무렇게나 하는 말로 표출되곤 했다. 소피와 나는 적당한 간격을 두고 그녀를 식사에 초대했지만, 그녀는 아주 드물게만 그런 초대를 받아들였다. 그리고 또 온다 하더라도 안절부절 못하고 자리에 앉아 미소를 짓거나, 그녀 특유의 빠르고 불안정한 어조로 아기를 칭찬하는 척하거나, 소피에게 가당치도 않은 칭찬을 늘어놓으면서 정말 운 좋은 여자라느니 뭐니 하는 말을 한 다음 일찌감치 자리를 떴다. 언제나 대화 도중에 불쑥 일어나 다른 약속이 있었는데 깜박 잊었다는 식으로 핑계를 대고서. 그렇더라도 그녀를 탓하기는 어려웠다. 그녀의 삶에서 무엇 하나 제대로 풀리지 않았던 데다, 이제는 그렇게 되리라는 희망마저도 얼마간은 포기한 상태였으니까. 남편은 죽었고, 딸은 오랫동안 신경 쇠약으로 시달리다가 이제는 갱생원에서 신경 안정제에 의지해 살고 있었고, 아들은 종적을 감추어 버렸고. 쉰 살의 나이에도 여전히 아름다운 그녀(나는 어렸을 때 그녀를 내가 본 사람들 중에서 가장 매혹적인 여자라고 생각했다)는 많은 남자들과 얽히고설킨 교제(남자들의 명단은 끊임없이 바뀌었다)를 계속하면서 뉴욕에서 쇼핑으로 흥청망청 돈을 썼고 골프에 미쳐 있었다. 팬쇼가 문학계에서 거둔 성공은 그녀로서도 놀라운 일이었지만, 이제는 그 일에도 익숙해져서 이 세상에 천재를 낳아 준 공로를 기꺼이 인정받으려고 들었다. 내가 전기를 쓰는 문제로 전화를 걸자 그녀는 열띤 어조로 도와주겠다고 했다. 편지와 사진과 각종 서류들이 있는데 내가 보고 싶어 하는 것은 무엇이든 다 보여 주겠다는 것이었다.

　우리는 오전 10시쯤 그곳에 도착해서 어색하게 인사를 나눈 뒤, 주방에서 커피를 마시며 날씨에 대해 이런저런 얘기를 나누다가 위층에 있는 팬쇼의 방으로 안내를 받았다. 팬쇼 부인은 나를 위해 만반의 준비를 해둔 참이어서 팬쇼가 예전에 쓰던 책상 위에는 갖가지 자료들이 종류별로 가지런히 쌓여 있었다. 나는 그 엄청난 양에 놀라지 않을 수 없었다. 달리 뭐라고 해야 할지를 몰라서 나는 그처럼 도움을 주신 것에 고맙다고는 했지만, 사실은 거기에 잔뜩 쌓여 있는 자료에 압도되어 질려 있었다. 몇 분 뒤 팬쇼 부인이 아래층으로 내려가 소피와 벤을 데리고 뒤뜰로 나가자(따뜻하고 화창한 날이었다) 그 방에 남은 사람은 나 하나뿐이었다. 지금도 그때 창밖을 내다보다가 벤이 기저귀 패드를 댄 유아복을 입고 잔디밭을 가로질러 뒤뚱뒤뚱 걷던 모습이며, 머리 위를 스치

듯 날아가는 굴뚝새를 가리키면서 소리를 지르던 모습을 보았던 것이 기억난다. 나는 창문을 두드렸다가 소피가 고개를 돌려 위를 쳐다보자 그녀에게 손을 흔들어 주었다. 그녀는 미소를 지어 보이고 손짓으로 내게 키스를 보낸 다음 팬쇼 부인과 함께 화단을 둘러보러 갔다.

나는 책상 앞에 앉았다. 하지만 그 방에 그렇게 앉아 있기란 끔찍한 일이어서 얼마나 견뎌 낼 수 있을지 알 수 없었다. 선반에 팬쇼가 쓰던 야구 글러브가 놓여 있었고 그 안에는 닳아 해진 야구공이 들어 있었다. 그리고 선반 위아래로는 팬쇼가 어렸을 때 읽은 책들이 꽂혀 있었다. 내 바로 뒤에는 침대, 그 위에는 내가 오래전부터 기억하고 있던 청색과 백색 바둑판무늬의 바로 그 누비이불. 그것은 실체적인 증거물, 죽어 버린 세상의 잔해였다. 나는 나 자신의 과거로 이루어진 박물관으로 들어선 셈이었고, 거기에서 본 물건들에 짓눌릴 지경이었다.

첫째 더미는 팬쇼의 출생증명서와 성적표, 보이 스카우트 배지, 고등학교 졸업장 같은 것들이었고 다음 것은 사진들이었다. 갓난아이 시절의 앨범, 팬쇼와 누이동생의 앨범, 가족 앨범(두 살 때 아버지 품에서 방긋 웃고 있는 팬쇼, 뒤뜰 그네에서 어머니를 끌어안고 있는 팬쇼와 엘런, 사촌들에 둘러싸여 있는 팬쇼) 그다음에는 앨범이 아니라 끼우개, 봉투, 작은 상자에 들어 있는, 팬쇼와 내가 함께 찍은 수십 장의 사진들(수영을 하고, 술래잡기를 하고, 자전거를 타고, 뜰에서 오만 상을 찌푸리고 있는 사진들, 짧게 친 머리에 헐렁한 청바지 차림으로 우리 둘을 등에 태운 우리 아버지. 우리 뒤에 있는 구식 자동차들 — 패커드, 데소토, 목재 패널을 댄 포드 스테이션왜건). 학급 사진, 선수단 사진, 야영할 때 찍은 사진, 경주와 시합을 할 때 찍은 사진, 카누를 타고 있는 사진, 줄다리기를 하는 사진. 그리고 밑바닥 쪽으로 가면서는 좀 더 나중에 찍은, 내가 그때껏 보지 못했던 팬쇼의 사진들이 몇 장 있었다. 하버드 대학 교정에 서 있는 팬쇼, 에소 사의 유조선 갑판에 있는 팬쇼, 파리의 돌로 된 분수대 앞에 있는 팬쇼. 맨 마지막 것은 팬쇼와 소피가 함께 찍은 사진이었는데, 팬쇼는 좀 더 나이가 들어 엄격해 보였고, 소피는 아주 눈부시게 젊고 아름다웠지만 어쩐지 생각을 집중할 수 없는 것처럼 심란해 보였다. 나는 숨을 깊이 들이쉬고 나서 느닷없이, 눈물이 쏟아지는 마지막 순간까지도 그 사실을 알아차리지 못한 채, 울음을 터뜨렸다. 그리고 양손에 얼굴을 묻고서 어깨를 들먹이며 한참을 흐느껴 울었다.

사진 오른쪽의 상자는 편지들로 채워져 있었는데 적어도 백 통은 될 것 같았다. 여덟 살 때부터 시작해서(연필 자국과 지운 자국들로 지저분해진 어린아이의 서투른 글씨) 70년대 초까지 계속 이어진 편지들이었다. 대학에서 보낸 편지들, 배에서 보낸 편지들, 프랑스에서 보낸 편지들. 그 대부분이 엘런에게 보내진 것이었고 상당수는 장문의 편지였다. 나는 곧바로 그 편지들이 가치 있다는 것, 틀림없이 그 방에 있는 다른 어떤 것보다도 더 가치 있다는 것을 알았지만, 거기에서 그것들을 읽을 마음이 내키지는 않았다. 그래서 10분 아니면 15분쯤 더 앉아 있다가 아래층으로 내려와 다른 사람들과 합류했다.

팬쇼 부인은 원본이 집 밖으로 나가는 것은 원치 않았지만 편지를 복사하는 데는 반대하지 않았다. 그녀는 자기 손으로 직접 그 일을 해주겠다고까지 했지만 나는 폐를 끼치고 싶지 않다고 하고 다음번에 다시 찾아와 내가 알아서 하겠다고 했다.

우리는 뒤뜰에서 소풍을 온 것처럼 점심을 먹었다. 벤은 꽃밭으로 뛰어갔다가 다시 돌아와 샌드위치를 한입 베어 물다 하면서 우리의 관심을 독차지했다. 2시가 되자 우리는 돌아올 채비를 차렸다. 팬쇼 부인은 우리를 버스 정류장까지 태워다 주고 그날 하루 중 어느 때보다도 더 정다운 태도로 우리 세 사람 모두에게 작별 키스를 해주었다. 버스가 출발한 지 5분 만에 벤이 내 무릎에서 잠이 들자 소피가 내 손을 잡아 쥐었다.

「그렇게 즐거운 날은 아니었어요, 안 그래요?」 그녀가 물었다.

「최악의 날이었지.」

「그분하고 네 시간 동안이나 이야기를 나눠야 했다는 걸 상상해 봐요. 난 거기에 도착하자마자 얘깃거리가 떨어져 버렸는데 말이에요.」

「그분은 아마 우리를 썩 좋아하지는 않을 거요.」

「맞아요. 나도 그렇게 생각해요.」

「하지만 그건 별로 중요한 게 아니오.」

「그 방에서 혼자 있기가 힘들지 않았나요?」

「아주 힘들더군.」

「뭐 다른 생각이라도 있나요?」

「그런 것 같소.」

「그렇다고 해도 당신 탓은 아니에요. 이 모든 일이 꽤나 섬뜩해지고 있어서……」

「이 일을 다시 한 번 곰곰이 생각해 봐야겠소. 지금으로선 뭔가 큰 실수를 저지른 것 같은 느낌이오.」

나흘 뒤 팬쇼 부인이 내게 전화를 걸어서 자기는 한 달쯤 유럽에 가 있을 예정이니까 지금 곧 우리 일을 처리하는 편이 (그녀의 표현) 좋을 것 같다고 했다. 나는 그 문제를 한옆으로 제쳐 둘 생각이었지만 가기가 뭣하다고 둘러댈 만한 구실을 떠올릴 틈도 없이 다음 월요일에 찾아뵙겠다는 말을 하고 말았다. 소피는 나와 함께 가는 것을 내켜하지 않았고 나도 그녀에게 생각을 바꾸라고 조르지는 않았다. 우리 둘 모두 가족 단위의 방문은 한 번이면 족하다고 여겼으니까.

제인 팬쇼는 환한 미소를 지으며 다정한 인사로 버스 정류장에서 나를 맞아 주었다. 그녀의 차에 올라탄 순간부터 나는 이번엔 어쩐지 상황이 달라질 것 같다는 느낌을 받았다. 그녀는 외모에 신경을 많이 쓴 편이어서(하얀 바지, 빨간 실크 블라우스, 선탠을 해서 드러낸 주름살 없는 목), 어쩌면 그녀가 내 눈길을 끌어 아직도 여전히 아름답다는 사실을 인정받으려고 하는 게 아닌가 하는 생각이 들기까지 했다. 그러나 거기에는 그것 말고도 뭔가가 더 있었다. 그녀의 목소리에서 어렴풋이 느껴지는 환심을 사려는 기색, 지난날들을 같이한 우리는 어쨌든 사이좋은 옛 친구라느니, 이제 우리가 서로 터놓고 이야기를 할 수 있으니 나 혼자서 온 게 오히려 잘된 일 아니냐느니 하는 암시. 나는 그런 말들이 좀 불쾌하게 느껴져서 그럴 수밖에 없었다는 말만 하고 입을 다물었다.

「네 가족은 아주 단출하더라, 얘.」 그녀가 빨간 신호에 걸려 차를 세우고 나를 돌아다보며 말했다.

「예, 아주 단출한 가족이죠.」

「아기가 참 귀엽더라. 아주 깜찍하기도 하고. 하지만 좀 빨빨거리는 것 같던데, 그렇게 생각하지 않니?」

「그 앤 겨우 두 살인 걸요. 그 나이 또래 아이들은 대개가 다 기운이 남아돌기 마련이죠.」

「그건 그래. 하지만 소피가 그 앨 덮어놓고 예뻐한다는 생각이 들더라. 그 애가 무슨 짓을 해도 그저 내내 재미있어만 하는 것 같아. 웃는 걸 가지고 뭐라는 건 아니지만 그래도 버릇을 좀 들이는 게 나쁘진 않을 거야.」

「소피는 누구나 그런 식으로 대해요. 생기발랄한 여자는 생기발랄한 엄마가 되기 마련이죠. 제 생각으로는 벤으로서도 아무 불만이 없을 것 같은데요.」

잠시 침묵이 흐른 뒤, 차가 다시 출발해서 상점가의 넓은 길을 따라 달리고 있을 때 제인 팬쇼가 한마디 덧붙였다.

「그 앤 정말 운이 좋아, 소피 말이야. 어려움을 거뜬히 면한 것도 행운이고 너 같은 남자를 만난 것도 그렇고.」

「저는 늘 그 반대로 생각하는데요.」 내가 말을 받았다.

「그렇게까지 겸손할 건 없어.」

「겸손이 아니라 말씀드린 그대롭니다. 지금까지는 그 모든 행운이 오히려 제게 있었던 것 같은데요.」

내 말에 그녀는 잠시 뜻 모를 미소를 지었다. 마치 나를 바보로 여기는 듯한, 그러면서도 내가 자기에게 빌미를 주지 않으리라는 것을 알아차리고 한 걸음 물러서는 듯한 미소였다. 몇 분 뒤 우리가 그녀의 집에 이르렀을 때쯤엔 그녀는 처음에 쓰려던 전략을 포기한 것 같았다. 소피와 벤의 이야기는 더 이상 거론되지 않았고, 그녀는 아주 열성적으로 내가 팬쇼에 관한 책을 쓰려는 것이 얼마나 기쁜지 모르겠다며 마치 자기의 격려 덕분에 ─ 책을 쓰는 일뿐 아니라 내 능력까지도 결정적으로 인정해 줌으로써 ─ 일이 정말로 달라지기라도 하는 것처럼 굴었다. 그리고 다음에는 자동차 키를 내주면서 가장 가까운 복사집을 어떻게 찾아가야 하는지 알려주고 내가 돌아올 때쯤에는 점심 식사가 준비되어 있을 것이라는 말도 덧붙였다.

편지들을 복사하는 데 두 시간이 넘게 걸려서 내가 팬쇼 부인의 집으로 돌아왔을 때는 오후 1시가 다 되어 있었다. 정말로 점심이 준비되어 있었는데 한마디로 진수성찬이었다. 아스파라거스, 냉동 연어, 치즈, 백포도주, 이런저런 가공 식품들. 그 모든 음식이 식탁에 차려져 있었는데, 꽃까지 곁들여진 데다 그릇들도 분명히 가장 좋은 것들이어서 틀림없이 내 얼굴에 놀란 표정이 떠올랐을 것이다.

「난 이 일을 축제로 만들고 싶었어.」 팬쇼 부인이 말했다. 「네가 여기 있어서 내 기분이 얼마나 좋은지 넌 짐작도 못 할 거야. 옛날 기억이 모두 되살아나는 것 같아. 나쁜 일은 하나도 일어나지 않은 것처럼.」

그녀는 내가 없는 동안에 이미 술을 마시기 시작한 것 같았다. 아직은 자제력을 잃지 않았고 행동도 흔들림이 없었지만 그녀의 목소리에는 약간의 취기, 좀 전까지만 해도 없었던 들뜨고 과장된 기미가 배어 있었다. 식탁에 앉으면서 나는 나 자신에게 그 점을 조심하라고 일렀다. 포도주가 아낌없이 따라 부어지고, 그녀가 음식 접시보다 술잔에 더 많은 관심을 기울이는 — 음식을 건성으로 깨죽거리다 아예 손도 대지 않는 — 것을 보고 나는 최악의 사태가 벌어질 것 같다는 생각이 들기 시작했다. 나의 부모와 두 여동생에 대해서 하나마나 한 이야기가 몇 마디 오간 뒤, 대화는 독백으로 빠져들었다.

「참 이상한 일이야. 삶이란 게 어떻게 되어 돌아가는지가. 순간순간마다 다음에 어떤 일이 일어날지는 아무도 몰라. 너만 해도 한때는 이웃집에 살던 꼬마였지. 신발에 진흙을 잔뜩 묻히고 이 집 안을 뛰어 돌아다니던 바로 그 애가 이제는

다 자라서 한 남자가 되어 있다니. 넌 내 손자의 아버지가 됐어, 그거 알고 있니? 내 아들의 아내와 결혼을 해서. 만약 누가 10년 전에 이런 일이 일어날 거라고 했다면 난 웃었을 거야. 그게, 삶이란 정말로 이상하다는 게, 결국 우리가 삶에서 배우는 교훈이지. 어떤 일이 일어날지는 누구도 몰라. 상상조차 할 수 없어.

넌 그 애를 닮기까지 했어. 너희는 언제나 그랬지, 너희 둘은 — 형제처럼, 거의 쌍둥이처럼. 난 지금도 너희 둘이 어렸을 때 멀리 있으면 이따금씩 혼동을 했던 게 기억나. 어느 쪽이 내 자식인지도 알 수 없었지.

난 네가 그 애를 얼마나 좋아했는지, 그 애를 얼마나 우러러보았는지 알고 있어. 하지만 너한테 뭘 좀 알려 줄게. 그 애는 너를 반도 못 따라 갔어. 마음이 차가웠으니까. 그 애는 마음이 꽁꽁 얼어붙어 있었고, 그래서 난 그 애가 누구라도 사랑한 적이 있다고는 생각하지 않아 — 평생에 단 한 번이라도. 이따금씩 난 안마당 너머로 너와 네 엄마를 지켜보곤 했어. 네가 엄마에게로 달려가 양팔로 엄마 목을 끌어안는 거며, 네 엄마가 네게 키스를 하도록 놓아두는 거며. 바로 거기, 내 앞에서 쪽 소리가 나게. 그건 모두 내가 내 아들하고는 해보지 못했던 일이야. 그 애는 내가 저를 만지도록 놓아두려고 하지를 않았어. 네다섯 살이 넘으면서부터는 내가 가까이 다가가기만 하면 움츠러들곤 했지. 너 그런 일이 여자에게 어떤 기분을 안겨 주는지 아니? 자기 아들에게서 무시를 당한다는 게? 그때 난 젊어도 너무 젊었었지. 그 애가 태어났을 때 스무 살도 채 안 됐으니까. 네가 그렇게 퇴짜를 맞는다면 어떨지 한번 생각을 해봐.

그 애가 나쁜 애였다는 말을 하려는 건 아니야. 그 애는 저 혼자 따로 떨어진, 부모가 없는 거나 마찬가지인 애였어. 내가 무슨 말을 하건 그 애한테는 한 번도 먹혀든 적이 없었지. 그 애 아버지 말도 마찬가지였고. 그 애는 우리한테서 아무것도 배우려고 들지를 않았어. 로버트는 애를 쓰고 또 썼지만 그 애하고는 도저히 마음을 통할 수가 없었지. 하지만 정이 없다고 해서 누구를 야단칠 수도 없는 거고, 안 그래? 자기 자식이라는 이유만으로 아이에게 사랑을 강요할 수는 없는 거니까.

거기에다 또 엘런도 있었어. 가엾은 엘런. 그 앤 제 동생한테 참 잘해 주었지, 그건 너나 나나 다 아는 일이야. 하지만 어떻게 본다면 지나칠 정도로 잘해 주었고 그게 결국 엘런에게는 좋을 게 하나도 없었어. 그 애가 엘런을 세뇌시켰던 셈이니까. 엘런은 제 오빠에게 너무 의지하게 되었고, 그래서 우리에게로 돌아오려다가도 생각을 다시 하곤 했지. 그 앤 엘런을 이해해 주고, 그 아이에게 충고해 주고, 그 아이의 문제를 풀어 줄 수 있는 유일한 사람이었어. 로버트와 나는 명색만 부모에 지나지 않았고. 아이들에 관한 한 우리는 아예 없는 거나 마찬가지였지. 엘런은 제 오빠를 너무 믿게 되어서 결국은 정신까지도 모두 그 애한테 맡기고 말았던 거야. 난 벤이 제가 무슨 짓을 하고 있는지 알았다는 말을 하려는 건 아니지만, 지금까지도 그 결과를 끌어안고 살아야 해. 엘런은 지금 나이가 스물일곱인데도 행동하는 건 꼭 열네 살짜리야 — 그것도 상태가 좋을 때에만. 그 애는 속으로 너무 혼란스럽고 너무 겁에 질려 있어. 그래서 내가 저를 죽이러 올 거라고 생각했다가 다음 날이면 나한테 서른 번이나 전화를 걸지. 서른 번씩이나. 넌 그게 어떤 건지 상상도 못 할 거다.

너도 알 테지만, 그 애가 자기 작품을 하나도 출판하지 않

은 건 엘런 때문이었어. 또 하버드를 2학년만 다니고서 그만
둔 것도 엘런 때문이고. 그때 그 앤 시를 쓰고 있었는데, 몇
주마다 한 번씩 원고 뭉치를 엘런에게 보내곤 했지. 그 시들
이 어떤 거였는지는 너도 알 거야. 무슨 말인지 통 이해할 수
없는 것들. 호언장담과 훈계로 가득 찬 아주 열정적인 시들
이긴 했지만, 너무 모호해서 암호로 쓰인 것 같다는 생각이
들 지경이었지. 엘런은 그 시들을 이해하려고 애쓰면서 몇 시
간씩을 보내곤 했어. 마치 제 삶이 거기에 달려 있기라도 하
듯, 그 시들을 무슨 은밀한 메시지 아니면 저를 위해 쓰인 계
시라도 되는 것처럼 다루면서. 벤은 아마 무슨 일이 일어나
고 있는지 짐작도 하지 못했을 거야. 그런데 이제 그 애는 사
라졌고, 엘런에게 남은 오빠의 흔적이라고는 그 시들뿐이었
어. 가엾은 것 같으니. 그때 엘런은 열다섯 살이었는데, 이미
산산조각이 나기 시작하고 있었지. 엘런은 원고가 구겨질 대
로 구겨지고 더러워질 때까지 그 시들을 읽고 또 읽었어, 어
디로 가든 끌고 돌아다니면서. 그리고 상태가 정말로 안 좋
아졌을 때는 버스간에서 생판 낯선 사람들에게로 다가가 그
원고를 억지로 손에 쥐어 주곤 했지. 이러면서 말이야. 〈이
시들을 읽어 보세요. 이게 목숨을 구해 줄 거예요.〉
　당연한 일이지만, 그 애는 결국 첫 발작을 일으키고 말았
어. 하루는 슈퍼마켓에서 나를 따라오지 않고 저 혼자 이리
저리 돌아다니다가 내가 미처 알아차리기도 전에 선반에서
커다란 사과 주스 병들을 끌어내 바닥에다 던져 박살을 내버
리는 거야. 하나씩 하나씩, 마치 무아경에 빠진 사람처럼 그
깨진 유리 조각들 한가운데 서서. 그 애 발목에서는 피가 줄
줄 흘렀고 온 사방으로 주스가 철철 넘치고 있었지. 정말 끔
찍했어. 엘런이 어찌나 발광을 하는지 그 애를 붙잡아 끌어

내는 데 남자가 셋이나 달려들어야 했으니까.

난 이 일이 그 애 오빠 책임이라는 말을 하려는 건 아냐. 하지만 그 빌어먹을 시들은 하나도 도움이 되지 못했고, 옳든 그르든 벤은 그 일을 제 탓으로 돌렸지. 그리고 그 이후로는 어떤 작품도 발표하려고 들지 않았어. 그 애는 병원으로 엘런을 보러 왔었는데, 지금 생각해 보면 그런 엘런을 본다는 게 그 애로서는 너무 힘들지 않았나 싶어. 정신이 완전히 나가서, 완전히 미쳐서 제 오빠한테 악을 쓰고 저를 미워한다고 욕을 퍼붓고 하는 동생을. 너도 알 테지만 그건 진짜 정신 분열이어서 벤은 그 일을 어떻게 해야 할지 몰랐어. 그 애가 제 작품을 절대로 발표하지 않겠다고 맹세를 한 것도 바로 그때였고, 난 그게 일종의 속죄였다고 생각해. 그리고 그 앤 남은 평생 동안 그 맹세를 지켰어, 안 그래? 끝까지 저만의 그 완강하고 가차 없는 방침을 고수하면서 말이야.

두 달쯤 뒤에 난 그 애한테서 대학을 그만두었다는 편지를 받았어. 하지만 그 앤 내 충고를 구했던 게 아니야, 알아? 그저 제가 한 일을 알린 것뿐이지. 사랑하는 어머니 어쩌고 하면서 아주 점잖게 감동적으로. 저는 어머니의 경제적 부담을 덜어 드리기 위해 학교를 그만두었습니다. 엘런의 상태로 보아 막대한 병원비가 지출되겠으니…… 그러면서 당치도 않게 어쩌고저쩌고.

난 미칠 듯이 화가 났지. 그런 식으로 제 학업을 아무렇게나 팽개치다니. 그건 파괴 행위나 다를 게 없었지만 나로선 달리 어떻게 손을 쓸 도리가 없었어. 그 앤 이미 떠났으니까. 그 애의 하버드 동창 중 한 친구 아버지가 해운업과 좀 관련이 있었는데, 내 생각엔 그 사람이 선원 조합인가 뭔가 하는 단체의 대표였던 것 같아. 그리고 벤은 그 사람을 통해서 어떻게 서류를 손에 넣을 수 있었겠지. 내가 편지를 받았을 때쯤엔 그 애는 텍사스 어딘가에 있었고, 그걸로 끝이었어. 그 뒤로 난 5년도 넘게 그 애를 보지 못했으니까.

그 애는 대략 한 달에 한 번 꼴로 엘런에게 편지나 엽서를 보내곤 했지만 발신지 주소는 한 번도 적혀 있지 않았어. 파리, 프랑스 남부, 그리고 어딘지도 모르는 곳들⋯⋯. 하지만 그 애는 우리가 자기한테 연락할 길이 전혀 없다는 점을 분명히 했던 거야. 난 그게 비열한 짓이라고 생각했지. 비겁하고 비열한 짓이라고. 내가 그 편지들을 왜 보관해 두었냐고는 묻지 마라. 나도 그걸 태워 없애지 않은 게 후회스러우니까. 난 정말 그랬어야 했어. 그것들을 모두 태워 없앴어야 했어.」

그런 식으로 그녀는 한 시간 넘게 이야기를 했는데 말투가 점점 더 신랄해졌고, 어느 순간까지는 이야기가 그럭저럭 조리 있게 이어지다가 술을 한 잔 더 마신 다음부터는 차츰차츰 앞뒤가 맞지 않았다. 하지만 그녀의 말소리에는 최면 효과가 있어서 그녀가 이야기를 계속하는 동안 나는 어느 것도 나를 건드릴 수 없다는 생각이 들었다. 그녀의 입에서 나오는 말에 면역이 되는 듯한, 그 말이 나를 지켜 주는 듯한 느낌이었다. 나는 그녀의 말을 듣는 둥 마는 둥 하면서도 그 목소리에 빨려 들어 에워싸인 채, 끊임없이 이어지는 말소리에 떠받쳐져 파도처럼 오르내리는 이야기의 흐름과 함께 떠가고 있었다. 오후의 햇살이 창을 통해 식탁으로 흘러들어 갖가지 음식과 녹고 있는 버터, 초록색 와인 병 같은 것들에 닿아 부서지자 그 방 안에 있는 것 모두가 너무도 눈부시고 고요해져서 나는 마치 나 자신의 몸속에 들어앉아 있는 듯한 비현실적인 느낌이 들기 시작했다. 나는 녹아내리고 있어. 접시에서 녹고 있는 버터를 지켜보며 나는 속으로 그렇게 중얼거렸다. 그리고 한두 번은 이런 생각을 하기까지 했다. 이 상황이 계속되어서는 안 돼. 이렇게 흘러가도록 그냥 놓아둬선 안 돼. 하지만 결국 나는 왠지 그럴 수 없을 것 같다는 생각이 들어서 어떻게도 손을 쓰지 못하고 말았다.

그때 일어난 일에 대해서는 변명의 여지가 없다. 술에 취했다는 것은 증상일 뿐 절대적인 원인이 되지 못할뿐더러, 나 자신을 변명하려 드는 것 자체가 잘못일 것이다. 하지만 그렇더라도 설명의 여지는 남아 있다. 이제 나는 그때 있었던 일이 현재 못지않게 과거와도 깊은 관련이 있었음을 분명히 알고 있지만, 어느 정도 거리를 두고서 그 일을 되돌아보면 내가 예전에 품었던 감정들이 그날 오후에 나를 어떻게 사로잡았는지 의아한 기분이 든다. 거기에 앉아 팬쇼 부인의 이야기를 듣고 있는 동안 나는 내가 어렸을 때 그녀를 어떻게 보았던가 하는 기억을 떠올리지 않을 수 없었고, 그런 일이 일어나자 나도 모르게 여러 해 동안 떠오르지 않았던 이미지들을 더듬기 시작했다. 그중에서도 특히 내게 충격을 안겨 준 일이 한 가지 있었다. 내가 열셋인가 열네 살이던 8월 어느 날 오후, 나는 침실 창문으로 옆집 뒤뜰을 내다보고 있다가 팬쇼 부인이 빨간색 비키니 수영복 차림으로 걸어 나와 아무 생각 없이 브래지어를 푼 다음 태양을 등지고 정원용 의자에 엎드리는 모습을 보고 말았다. 그것은 순전히 우연이었다. 나는 창가에 앉아 몽상에 잠겨 있었는데, 뜻하지 않게도 아름다운 여인이, 마치 요술로 불러내어지기라도 한 것처럼, 내가 거기에 있는 줄도 모르는 채 거의 알몸으로 내 시야에 들어왔던 것이다. 그 이미지는 오래도록 내게서 떠나지 않았고, 나는 사춘기 시절에 자주 그 모습을 다시 떠올리곤 했다. 소년다운 욕망의 대상으로서, 깊은 밤에 떠올리는 가장 절실한 환상으로서. 그런데 바로 그 여인이 분명히 나를 유혹하는 행동을 보이자 나는 그것을 어떻게 생각해야 할지 몰랐다. 한편으로는 그 상황이 기괴하면서도 다른 한편으로는 거기에 뭔가 자연스러운 구석이 있고 논리적이기까지 한 것 같았다. 나는 만일 내가 온 힘을 다해 버티지 않는다면 그 일이 일어나고야 말 것임을 직감하지 않을 수 없었다.

그녀가 내게 동정심을 유발시켰다는 것은 분명하다. 팬쇼에 대한 그녀의 이야기가 너무도 고통스럽고 불행한 조짐들로 가득 차 있었기에 나는 차츰차츰 마음이 약해져서 그녀가 놓은 덫에 걸려들고 말았던 것이다. 그러나 내가 지금도 알 수 없는 것은, 그녀가 자신의 행동을 어느 정도나 인식하고 있었느냐 하는 것이다. 그녀는 사전에 미리 그 일을 계획해 두었던 것일까, 아니면 그 일이 어쩌다 저절로 일어난 것일까? 두서없는 이야기는 내 저항감을 약화시키려는 책략이었을까, 아니면 무의식적으로 나온 감정의 발로였을까? 나는 그녀가 팬쇼에 대해 진실을 얘기하고 있었다고, 적어도 그녀 자신에게는 진실인 말을 하고 있었다고 생각하지만, 그것만으로는 납득이 가지 않는다. 진실이 그릇된 목적을 위해 이용될 수 있다는 것은 어린아이들도 아는 일이므로. 그리고 더 중요한 건 동기가 뭐였냐는 것이다. 그 일이 일어나고 6년 가까이 되는 지금까지도 나는 아직 그 답을 알아내지 못했다. 그녀가 나를 못 견딜 만큼 멋지게 보았다는 얘기는 당치도 않을뿐더러, 나도 그 점에서는 나 자신을 속이고 싶지 않다. 그 동기는 훨씬 더 깊고 훨씬 더 불길한 곳에 있었다. 최근에 나는 그녀가 어떤 식으로든 팬쇼에 대한 내 증오가 그녀 자신의 증오만큼이나 강하다는 사실을 알아차린 것이나 아닐까 하는 생각이 들기 시작했다. 어쩌면 그녀는 우리 둘

사이에 암암리에 유대 관계가 맺어졌으며 그 관계는 어떤 빙 퉁그러지고 얼토당토않은 행동을 통해서만 증명될 수 있다고 여겼는지도 모른다. 나와 성행위를 한다는 것은 자기의 아들인 팬쇼와 성행위를 하는 것이나 마찬가지였고, 그 죄악에 찬 행위로 그녀는 다시금 그를 갖게 — 그러나 오로지 그를 파멸시키기 위해 — 되었을 터였다. 그것은 끔찍한 복수였다. 하지만 그것이 사실이라 해도 나는 내가 그녀의 희생자였다고 말할 사치를 누리지 못한다. 오히려 어느 편이냐 하면 나는 그녀의 공모자였다.

그 일은 그녀가 울기 시작하고 나서 — 술을 이기지 못하고 늘어놓던 횡설수설이 마침내 울음으로 바뀌었을 때 — 얼마 지나지 않아서 벌어지기 시작했다. 나는 술에 취한 데다 동정심이 일어서 그녀가 앉아 있는 곳으로 건너가 위로의 몸짓으로 그녀를 감싸 안았는데, 그 행동이 우리로 하여금 넘어서는 안 될 선을 넘도록 하고 말았다. 단지 접촉을 하는 것만으로도 성적인 반응, 다른 사람의 몸과 포옹에 대한 기억을 불러일으키기에는 충분했다. 잠시 뒤에 우리는 키스를 하고 있었고, 그로부터 얼마 지나지 않아 2층에 있는 그녀의 침대에서 벌거벗은 채로 누워 있었다.

비록 내가 취했다고는 해도 무슨 짓을 하고 있는지 모를 정도로까지 취한 것은 아니었다. 그러나 죄악감마저도 나를 멈추게 하지는 못했다. 이 일은 곧 끝날 거야. 나는 속으로 그렇게 중얼거렸다. 그리고 아무도 이 일로 상처를 입지 않을 거야. 이 일은 내 삶과도, 또 소피와도 아무 상관이 없어. 하지만 그 순간에도, 그 일이 벌어지고 있는 중에도, 나는 거기에 다른 무엇이 더 있다는 사실을 알고 있었다. 왜냐하면 사실 나는 팬쇼의 어머니와 — 하지만 쾌락과는 아무 상관

389

도 없는 방식으로 — 성교를 하고 싶었으니까. 나는 제정신이 아니었고 난생처음으로 내 안에서 어떤 다정함도 찾을 수 없었다. 나는 증오심에서 성교를 하고 있었다. 그리고 그 증오심을 난폭한 행위로 바꾸어 그 여인을 가루로 만들고 싶기라도 한 것처럼 짓이기고 있었다. 말하자면 나는 나 자신의 어둠 속으로 들어섰던 것인데, 내가 그 무엇보다도 더 무시무시한 사실을 알게 된 것은 바로 거기에서였다. 성적인 욕망은 살인을 하려는 욕망이 될 수도 있으며, 어느 순간이 되면 삶보다 죽음을 택할 수도 있다는 것이 그것이었다. 그 여인은 내가 자기에게 상처를 주기 원했고, 나는 그렇게 하면서 어느샌가 내 잔인성에 기뻐 날뛰고 있었다. 하지만 그 순간에도 나는 내가 절반밖에 가지 못했다는 것, 그녀는 단지 그림자에 지나지 않으며, 나는 그녀를 이용해 바로 팬쇼를 공격하고 있다는 것을 알아차렸다. 내가 그녀와 두 번째로 몸을 섞었을 때 — 우리는 땀에 흠뻑 젖은 채로 악몽에서나 나올 법한 두 마리 짐승처럼 신음을 하고 있었다 — 나는 마침내 한 가지 사실을 알아차렸다. 내가 팬쇼를 죽이고 싶어 한다는 것. 나는 팬쇼가 죽기를 바랐고 그렇게 되도록 할 셈이었다. 그를 끝까지 추적해서 죽여 버리고 말 작정이었다.

나는 잠든 그녀를 침대에 놓아둔 채 방을 빠져나와 아래층에서 전화로 택시를 불렀다. 그리고 반 시간 뒤에는 뉴욕행 버스를 타고 있었다. 포트 어소리티 터미널에서 나는 남자 화장실로 들어가 손과 얼굴을 씻은 다음, 지하철을 타고 시내로 들어왔다. 내가 집에 도착했을 때 소피는 저녁 식탁을 차리고 있었다.

7

그 뒤로 최악의 사태가 벌어지기 시작했다. 소피에게 숨겨야 할 것들이 너무도 많았기에 나는 여간해서 그녀 앞에 설용기를 낼 수 없었다. 또 신경이 곤두서고 거리감이 생겨서 내 조그만 작업실에 틀어박힌 채 혼자서만 있을 궁리에 골몰했다. 소피는 오랫동안, 내가 그녀의 인내를 기대할 자격이 없음에도 불구하고, 그런 나를 참아 주었다. 그러나 결국에는 그녀도 지치고 말아서 그해 여름 중반 무렵부터 우리는 서로 흠을 잡고 별것도 아닌 일로 싸우며 말다툼을 벌이기 시작했다. 어느 날 나는 집으로 들어섰다가 침대에서 울고 있는 그녀를 보았고, 그때서야 내가 내 삶을 망치기 일보 직전이라는 것을 알았다.

소피가 보기에는 문제가 그 책에 있었고, 만일 내가 책 쓰는 일을 그만둔다면 모든 일이 다 정상으로 돌아오게 될 터였다. 내가 너무 성급했어요. 그녀가 말했다. 그 계획은 잘못된 거였고 나는 그 점을 순순히 인정했어야 옳았어요. 물론 그녀의 말이 맞았지만 나는 계속 그녀에게 다른 면을 강조했다. 나는 그 책을 쓰는 일에 전념했고, 계약서에 서명도 했고, 이제 와서 물러서는 것은 겁쟁이 짓이 될 것이라고. 내가 그녀에게 말하지 않은 것은 그 책을 쓰고 싶은 생각이 조금도 없다는 것이었다. 그 책은 이제 나를 팬쇼에게로 이끌 수 있는 한에서만 존재했고, 그것을 벗어나서는 아무 의미도 없었다. 나에게는 그 일이 사적인 문제, 글쓰기와는 더 이상 관계없는 일이 되어 있었다. 전기를 쓰기 위한 모든 탐구, 그의 과거를 파헤치면서 알아낸 갖가지 사실들, 책을 쓰기 위한 것처럼 보이는 온갖 작업 — 그런 것들은 바로 그가 어디에 있는지를 알아내기 위해 써온 방법이었다. 가엾은 소피. 그녀는 내가 하려는 일이 무엇인지 짐작조차 하지 못하고 있었다. 내가 하고 있다고 주장하는 일이 사실상 내가 실제로 하는 일과 조금도 다르지 않았기에. 나는 한 남자의 삶의 이야기를 조각조각 이어 붙이고 있었다. 정보를 수집하고 이름과 장소와 날짜들을 모아 사건들의 연대기를 작성하면서. 내가 왜 그처럼 집착을 했는지는 지금도 잘 알 수가 없다. 모든 것이 단 한 가지 욕구, 즉 팬쇼를 만나 이야기를 하고 마지막으로 그와 대결하려는 욕구로 귀착되어 있었다. 하지만 그 이상 더 나갈 수는 없었고, 그런 만남을 통해 내가 이루고자 하는 것이 무엇인지도 꼭 집어 말할 수가 없었다. 팬쇼는 편지에서 나를 죽이겠다고 했지만 그 위협이 나를 겁먹게 하지는 못했다. 나는 내가 그를 찾아내야 한다는 것, 그럴 때까지는 아무것도 결말이 나지 않으리라는 것을 알고 있었다. 그것이 주어진 최초의 원칙, 수수께끼 같은 믿음이었다. 나는 그것을 받아들였고, 어떠한 의문도 품으려 하지 않았다.

결국, 내가 정말로 그를 죽일 생각을 품었던 것 같지는 않다. 팬쇼 부인과 함께 있던 동안 떠올랐던 무시무시한 광경이, 적어도 의식적인 차원에서는, 오래 지속되지 않았던 것만 보아도 그랬다. 머릿속으로 몇 가지 장면 — 팬쇼를 목 조르거나 칼로 찌르거나 그의 가슴에 총을 쏘는 ── 이 스쳐 갈 때가 있기는 했지만 그 밖의 다른 것들은 차츰차츰 내 마음 속에서 사라져 버렸고 나 또한 그것들에 별 관심을 두지 않았다. 이상한 것은 내가 팬쇼를 죽이고 싶어 한다는 것이 아니라, 때때로 그가 내게 자기를 죽여 주기를 원한다는 생각이 들었다는 것이다. 그런 생각은 정신이 아주 맑은 순간에 한두 번 정도 떠올랐고, 그래서 나는 그것이 바로 그가 편지를 쓴 진짜 의도라고 확신하기에 이르렀다. 팬쇼는 나를 기다리고 있었다. 나를 자기의 사형 집행인으로 선택했고, 내가 그 일을 제대로 해내리라는 것을 알고 있었다. 하지만 바로 그것이 내가 그 일을 하지 않으려는 이유였다. 팬쇼의 영향력은 이제 사라져야 했고 거기에 굴복해서는 안 되었다. 중요한 것은 내가 그에게 더 이상 신경 쓰지 않는다는 것, 말하자면 그가 살아 있다 하더라도 죽은 사람으로 취급한다는 것이었다. 하지만 나는 그것을 팬쇼에게 증명하기 전에 먼저 나 자신에게 증명해야 했는데, 그것을 증명해야 한다는 것은 곧 내가 여전히 그에게 신경을 너무 많이 쓰고 있다는 증거였다. 이런저런 일들이 그저 흘러가도록 놓아두는 것만으로는 충분치가 않았다. 그 일들을 들까불러 최고조에 이르도록 할 필요가 있었다. 나는 아직 나 자신을 믿지 못했기에 모험을 할 수 있는 최대의 위험 앞에서 나 자신을 시험해야 했다. 팬쇼를 죽이는 일은 아무 의미도 없을 터였다. 중요한 것은 살아 있는 그를 찾아내어 살아 있게 내버려두고 떠나는 일이었다.

그가 엘런에게 보낸 편지들은 쓸모가 있었다. 사색적인 경향이 있고 세세한 내용이 결여된 공책과는 달리, 그 편지들은 아주 구체적이었다. 나는 팬쇼가 누이동생을 즐겁게 해주고 재미있는 이야기들로 기분을 북돋아 주려고 애썼다는 것, 따라서 거기에 적힌 내용은 다른 어디에 적힌 글보다도 더 개인적이라는 것을 알 수 있었다. 그런 예로 여러 군데에서 이름들 — 대학 친구들, 배에서 사귄 사람들, 프랑스에서 알게 된 사람들 — 이 나왔고, 봉투에 반송 주소가 적혀 있지는 않아도 많은 지명이 나왔다. 베이타운, 코퍼스 크리스티, 찰스턴, 배턴 루즈, 탐파, 그리고 파리 시내의 여러 구역 이름과 남 프랑스의 마을 이름. 그런 것들만으로도 시작을 하기에는 충분했다. 그 뒤로 몇 주일 동안 나는 내 방에 틀어박혀서 목록을 작성하고 사람들과 장소, 장소와 시간, 시간과 사람들을 연계시키고, 지도와 일람표를 그리고, 주소를 알아보고, 편지들을 썼다. 나는 실마리를 찾는 중이었고, 아주 작은 희망이라도 보이는 것이면 무엇이건 추적하려고 해보았다. 내 가정은, 그중 어딘가에서 팬쇼가 실수를 했으리라는 것이었다. 누군가가 팬쇼의 소재지를 알고 있거나 예전에 알고 지내던 사람이 그를 보았을 수도 있었다. 물론 확실한 것은 절대로 아니었지만, 시작을 하기에 그럴듯해 보이는 방법은 그 한 가지뿐인 것 같았다.

그가 대학 때 보낸 편지들은 어딘가 좀 단조롭고 진지했지만 — 읽은 책들에 관한 이야기, 친구들과의 토론, 기숙사 생활에 대한 묘사 — 엘런이 건강을 해치기 전이어서 친근하고 허물없는 어조로 되어 있었다. 그러나 나중에 쓴 편지들, 예를 들자면 팬쇼가 배를 타고 있는 동안 쓴 편지들에는 자신에 관한 이야기가 거의 나오지 않는다 — 그것이 그가 말하려는 일화와 어떤 관련이 있는 경우를 제외하고는. 그는 새로운 환경에 적응하기 위해 애쓰고 있었던 것처럼 보인다. 오락실에서 루이지애나 출신의 급유 담당과 카드를 하고(그래서 이기고), 상륙해서는 이런저런 싸구려 술집에서 내기 당구를 치고(역시 이기고), 다음에는 자기가 이긴 것을 요행수로 돌리고 있다. 〈나는 지지 않으려고 잔뜩 벼른 덕에 내 능력 이상으로 잘 해낼 수가 있었지. 정신을 바짝 차렸기 때문인 것 같아.〉 그리고 기관실에서의 잔업에 대해서는 이런 설명을 하고 있다. 〈믿어질지 모르겠지만 온도가 60도까지 올라가. 그 바람에 내 고무창 운동화 속으로 땀이 엄청나게 흘러내려서 마치 물웅덩이를 걸을 때처럼 찔꺽거리는 소리가 나지.〉 또 베이타운에서 술 취한 치과의사에게 사랑니를 뽑았던 일에 대해서는 이렇게 적고 있다. 〈입 안이 온통 피로 물들었고 잇몸에서는 일주일 동안이나 이빨 조각이 덜그럭거렸지.〉 고참 행세를 할 수 없는 초짜였던 탓에 팬쇼는 이 일 저 일로 옮겨 다녀야 했다. 배가 항구에 닿을 때마다 하선해서 고향으로 돌아가는 승무원들과 그 자리를 채우기 위해 승선하는 다른 승무원들이 있었는데, 만일 새로 들어온 승무원이 비어 있는 자리보다 팬쇼의 일을 더 마음에 들어 하면 〈풋내기(그것이 그의 별명이었다)〉는 뭔가 다른 일로 밀려나기 일쑤였다. 그래서 팬쇼는 하급 선원(갑판을 문질러 닦고 도장하는), 잡역부(바닥을 청소하고 침대를 정리하고 화장실을 청소하는), 식사 당번(음식을 나르고 그릇을 닦는) 등 갖가지 일을 다 해보았다. 맨 마지막 일은 가장 힘들기는 했어도 또 한편으로는 가장 재미있기도 했다. 선상 생활에서 식사 문제는 엄청 중요하니까. 권태로 인해 식욕이 엄청나게 붙은 선원들은 말 그대로 끼니와 끼니 사이에서 살고 있었는데, 그중 몇몇(18세기 프랑스 공작들처럼 도도하고 오만하게 맛을 평가하는 뚱뚱하고 상스러운 사내들)은 입이 귀족처럼 까다로웠다. 그러나 팬쇼는 그 일을 시작하던 날 한 고참에게서 썩 쓸 만한 충고를 들었다. 「누가 무슨 똥 같은 소리를 하건 들은 척도 하지 마. 어떤 놈이 음식을 가지고 툴툴거리면 아가리 닥치라고 해. 그래도 계속 떠들면 그자가 아예 보이지도 않는 것처럼 굴면서 맨 나중에 주고. 그것도 먹혀들지 않으면 다음번에는 그놈 수프에다 뭘 집어넣겠다고 해. 더 좋은 건 거기에다 오줌을 누겠다고 하는 거고. 칼자루를 누가 쥐고 있는지 알게 해주라 이거야.」

해터러스 곶에 지독한 폭풍우가 몰아친 밤이 지난 어느 날 아침, 팬쇼는 선장의 아침 식사를 나르고 있었다. 쟁반에 자몽과 휘저어 익힌 달걀과 토스트를 놓고 은박지로 싼 다음, 함교에 이르렀을 때 접시들이 날려 바다에 빠지지 않도록(바람이 시속 110킬로미터로 불고 있었으므로) 다시 수건으로 동여매고서. 그런 다음 팬쇼는 사다리를 올라가 함교에 첫발을 내디뎠는데, 바로 그 순간 바람이 사납게 소용돌이를 치며 불어 닥쳤다. 그리고 거센 돌풍이 쟁반을 치받으면서 그의 두 팔을 머리 위로, 마치 그를 원시적인 날틀에 매달려 이제 막 물로 뛰어들려는 것처럼, 끌어올렸다. 팬쇼는 있는 힘을 다해서 드잡이를 한 끝에 쟁반을 가슴 높이까지 끌어내린 뒤 — 접시들은 기적적으로 미끄러져 나가지 않았다 — 주위로 몰아치는 광풍 속에서 난쟁이처럼 몸을 잔뜩 웅크리고 한 걸음 한 걸음 힘겹게 떼어놓으며 함교를 가로지르기 시작했다. 몇 분 동안의 사투 끝에 반대편 끝까지 건넌 그는 선수루(船首樓)로 들어섰다가 뚱뚱한 선장이 타륜(舵輪) 뒤에 서 있는 것을 보고 말을 건넸다. 「선장님, 아침 식삽니다.」 그러나 선장은 고개를 돌려 그를 힐끔 쳐다보고는 건성으로 이렇게 대답했다. 「고맙네, 풋내기. 그냥 저쪽 테이블에다 놓아둬.」

그러나 팬쇼에게 모든 일이 재미있기만 한 것은 아니었다.

상륙을 했을 때 보았던 몇 가지 추한 꼴 외에도 그를 혼란스럽게 했을 성싶은 싸움(자세한 내용은 없지만)에 대한 언급이 있는 것을 보면. 그 한 예로, 탐파의 어느 술집에서 보았던 검둥이 괴롭히기가 있었다. 거기에서는 한 무리의 주정뱅이들이 커다란 미국 국기를 팔 셈으로 술집에 들어와 있던 늙은 흑인을 집단 공격하고 있었는데, 한 주정뱅이가 성조기를 펼치면서 별이 다 들어 있지 않다고 ──「이 깃발은 가짜야.」── 우겨 대자 노인은 그렇지 않다며 애원하다시피 하고 있었다. 그러나 다른 주정뱅이들이 처음 주정뱅이에게 합세해서 으르렁거리기 시작했고, 그 사태는 결국 노인이 문밖으로 떠밀려 길바닥에 나둥그러지는 것으로 끝이 났다. 그리고 주정뱅이들은 고개를 끄덕이면서 민주주의를 위해 세상을 지킨다느니 뭐니 하는 말로 그 일을 뭉개 버렸다. 팬쇼는 그 일에 대해서 이렇게 적었다. 〈나는 내가 그 자리에 있었다는 것이 부끄러워서 굴욕감을 느꼈다.〉

그렇더라도 편지들은 대체로 익살맞은 어조를 취하고 있었는데 ── 그중 하나는. 〈나를 레드번[2]이라고 부르럼〉이라는 말로 시작되었다 ── 편지를 다 읽고 나면 팬쇼가 어떻게든 자기 자신에게 뭔가를 증명해 보였다는 느낌을 받게 된다. 배는 하나의 구실, 임의적인 다른 세계, 미지의 것에 대해 자신을 시험하는 한 방편에 지나지 않았다. 다른 어떤 입문에서나 마찬가지로 생존 그 자체가 승리를 의미했다. 처음에는 불리할 수도 있었던 사항들 ── 하버드 학력이라든가 중산층이라는 배경 ── 이 결국은 그에게 유리한 것으로 바뀌어 배 타는 일이 끝나 갈 무렵엔 그는 승무원들 사이에서 지식인으로 정평이 나 있었다. 이제 그는 단지 〈풋내기〉가 아니

2 시뻘갱이. 배를 타다 보니 빨갛게 익었다는 뜻.

라 때로는 〈교수님〉이기도 해서, 정기적으로 논쟁(27대 대통령이 누구였는가, 플로리다 주의 인구는 얼마인가, 1947년 자이언츠 팀의 좌익수는 누구였는가 하는 등의)을 중재해 달라는 요청을 받아 다른 선원들이 잘 알지 못하는 것들의 진위를 가려 주었다. 승무원들은 갖가지 복잡한 서류(세납 신고서, 보험 질문서, 사고 보고서 등등)를 작성하는 데 그의 도움을 구했고, 몇몇은 그에게 편지를 대필해 달라고까지 했다(한 예로 그는 오티스 스마트를 대신해서 루이지애나의 디도에 있는 그의 여자 친구 수-앤에게 17통의 연애편지를 써 보낸 적도 있었다). 중요한 것은 팬쇼가 다른 사람들의 관심을 끌게 되었다는 것이 아니라 적응할 수 있었다는 것, 자신의 입지를 마련했다는 것이었다. 결국 진정한 시험은 여느 다른 사람들과 같아지는 것이었으니까. 그리고 일단 그렇게 되고 나자, 그는 더 이상 자신이 유별나지나 않은가 하는 의문을 품을 필요가 없었다. 그는 다른 사람들에게뿐 아니라 자기 자신에게도 자유로웠다. 이 사실에 대한 결정적인 증거는, 내가 보기엔, 그가 배를 떠나면서 아무와도 작별 인사를 하지 않았다는 점인 듯싶다. 그는 어느 날 밤 찰스턴에서 계약을 끝내고 선장에게서 급료를 받은 다음 그냥 사라져 버렸다. 그리고 2주일 후 그는 파리에 도착했다.

그로부터 두 달 동안은 아무 소식도 없다가 그 뒤로 석 달 동안은 엽서밖에 오지 않았다. 사크레-쾨르 성당, 에펠탑, 콩시에즈리 같은 평범한 관광 명소들의 사진 뒷면에 짧막짧막한 메시지들이 휘갈겨진 것들이었다. 다시 오기 시작한 편지들은 단속적으로 배달되었고 중요하다 할 만한 내용은 적혀 있지 않았다. 그 무렵 팬쇼는 작품에 깊이 몰두하고 있었지만(수많은 초기의 시들, 『기억 상실』의 초고), 편지들은 그가 영위하고 있는 삶과는 실제로 아무런 관련이 없었다. 그 편지들을 보면 그가 갈등을 겪고 있었다는, 즉 엘런에게 어떻게 해야 좋을지를 몰라 그녀와의 연락을 끊고 싶지 않으면서도 얼마나 많이 혹은 얼마나 적게 얘기해야 좋을지 결정을 내리지 못하고 있었다는 느낌이 든다. (그런데 사실 그때 보낸 편지들은 엘런이 아예 읽어 보지도 못한 것이 대부분이었다. 뉴저지의 집으로 보내진 그 편지들은 당연히 팬쇼 부인이 먼저 열어 본 뒤 딸에게 보여 줄 것과 그렇게 못할 것들로 가려졌고, 그래서 엘런은 편지를 받아 보지 못한 때가 받아 본 때보다 더 많았다. 내가 생각하기에 팬쇼는 그런 일이 일어나리라는 것을 알고 있었거나, 적어도 어렴풋이 알아채고는 있었던 것 같은데, 그것이 문제를 훨씬 더 복잡하게 만들었다. 어떻게 보면 그 편지들은 엘런 앞으로 쓰인 것이 전혀 아니었으므로. 결국 엘런은 하나의 문학적 도구, 팬쇼가 자기 어머니와 이야기를 나누는 매개체에 지나지 않았고, 그녀가 분개한 것도 그 때문이었다. 왜냐하면 팬쇼는 어머니에게 이야기를 하면서도 그녀를 무시하는 척할 수 있었으니까.) 한 1년쯤 편지들은 전적으로 사물들(건물, 거리, 파리에 관한 묘사)에 국한되다시피 해 보고 들은 것들에 관한 묘사가 지나칠 정도로 꼼꼼하게 이어졌다. 그러나 정작 팬쇼 자신에 관한 언급은 거의 없었다. 그러다 차츰차츰 우리는 그가 알고 지낸 사람들을 알게 되고 그 일화에 조금씩 끌려드는 것을 느끼지만, 그 이야기들은 여전히 어떤 전후 관계도 없이 현실에서 유리된 채 떠도는 공허한 것일 뿐이다. 예를 들자면, 뜬금없이 여든이 다 된 이반 비슈네그라드스키라는 어느 늙은 러시아 작곡가 — 마드무아젤 가의 한 초라한 아파트에서 혼자 살고 있는 영락한 홀아비 — 의 이야기가 나오는

식이다. 〈나는 이 사람을 누구보다도 더 잘 알고 있어.〉 팬쇼
는 그렇게 단언을 하고 나서 자기네들의 교우 관계나 서로
무슨 말을 주고받았는지에 대해서는 일언반구도 하지 않는
다. 대신 그 아파트에 있는 엄청나게 크고 이중 건반이 달린
4분음 피아노(근 50년 전 프라하에서 비슈네그라드스키를
위해 특별 제작된, 유럽에 단 세 대밖에 없는 4분음 피아노들
중의 하나)에 대해서 장황한 설명을 늘어놓다가 다음에는 작
곡가의 경력에 대해서는 더 이상의 어떤 언급도 없이 자기가
그 노인에게 냉장고를 준 이야기로 넘어간다. 팬쇼는 이렇게
적고 있다. 〈지난달에 다른 아파트로 이사했는데, 이 아파트
에는 새 냉장고가 갖춰져 있어서 그동안 쓰던 낡은 것을 이
반에게 선물로 주기로 했어. 파리의 많은 사람들이 그렇듯,
이분도 냉장고라는 걸 써본 적이 없었고 그동안 내내 음식을
부엌 벽장 속의 조그만 상자에다 저장해 두고 있었거든. 이
노인이 내 제안에 아주 기뻐하는 것 같아서 나는 냉장고가
그분 집까지 배달되도록 손을 쓰고 트럭 운전수의 도움을 받
아 그걸 위층으로 날랐지. 이반은 그 기계가 도착한 것을 일
생의 중대사인 것처럼 반겼지만 — 어린애처럼 들떠서 말이
야 — 그러면서도 경계하는 빛이 역력했어. 그 이상한 물건
을 어떻게 해야 좋을지 몰라 조금은 움찔하는 기색을 보이기
까지 했지. 「이거 정말 엄청 크구먼.」 노인은 우리가 냉장고
를 제자리에 놓으려고 하는 동안 연신 그 말을 하다가 전원
을 연결하고 모터가 돌기 시작하자 또 이러는 거였어. 「소리
도 굉장히 많이 나고.」 나는 이제 곧 그 소리에도 익숙해질
거라고 노인을 안심시키고 이 현대적인 설비에서 얻을 수 있
는 이점과 그의 삶이 얼마나 편해질 것인지를 줄줄이 늘어놓
았지. 꼭 내가 선교사라도 된 것 같은 기분이더군. 석기 시대

인간에게 진정한 종교를 가르침으로써 죄에서 구해 주려는 박식한 신부처럼 말이야. 그 뒤로 한 1주일쯤 이반은 매일같이 전화를 걸어 냉장고가 생겨서 얼마나 즐거운지 모르겠다며 자기가 사들여 집에 보관할 수 있는 온갖 새로운 식품들을 하나하나 다 얘기했지. 그런데 다음에 재난이 벌어지고 말았어. 하루는 그 사람이 몹시 후회스럽다는 투로 이러는 거였으니까. 「아무래도 고장이 난 것 같아.」 틀림없이 위쪽에 붙어 있는 냉동실에 서리가 잔뜩 끼었던 모양인데, 그걸 어떻게 제거해야 할지 몰라서 망치를 썼고, 그러다 얼음뿐 아니라 그 밑에 있던 냉동 코일까지 부숴 버렸던 거야. 그 노인이 친구, 정말 미안하네라고 하기에 나는 아무 걱정할 것 없다면서 그것을 고칠 수리공을 찾아보겠다고 했는데, 전화선 저편에서는 한참 동안 말이 없다가 이윽고 이런 말이 들려오는 거였어. 「그런데 말일세, 내 생각엔 이편이 더 나을 것 같네. 그 소리 때문에 정신을 집중하기가 너무 힘들어. 나는 지금까지 오랫동안 벽장 속에 있는 작은 상자로도 잘 지내 왔고 그 상자에 애착까지 느끼고 있네. 친구, 화를 내지는 말게. 나 같은 늙은이는 어쩔 수 없는 것 같아. 인생의 어느 시점에 이르면 사람이 바뀌기엔 때가 너무 늦고 말거든.」〉

다음에 온 편지들도 그런 식이어서 여러 사람들의 이름이 나오고 여러 가지 직업이 암시된다. 내가 짐작하기에 팬쇼는 배에서 번 돈으로 1년쯤을 버텼을 것이고, 그 후로는 힘닿는 대로 돈을 긁어모았던 듯싶다. 한동안 그는 몇 권의 미술 서적을 번역했던 것 같고, 어떤 때에는 몇몇 고등학교 학생들에게 영어를 가르쳤다는 증거도 보인다. 또 그 외에도 여름 한철에는 「뉴욕 타임스」 파리 지국에서 전화 교환실의 야간 근무원으로 일한 적도 있는데, 다른 것은 몰라도 이것은 그가

401

프랑스어에 유창해졌다는 사실을 보여 준다. 그리고 어떤 영화 제작자를 위해 이따금씩 얻어걸리는 대로 시나리오 수정, 번역, 대본 초록 작성 같은 일을 해주었던 조금은 별난 시기도 있었다. 팬쇼의 작품 어디에도 자전적인 언급은 거의 없지만, 나는 『이 세상 어디에도 없는 곳』에 쓰인 몇 가지 일들이 이 마지막 경험(7장에 나오는 몽타의 저택과 30장에 나오는 플루드의 꿈 등)으로 거슬러 올라갈 수 있을 것이라고 믿고 있다. 팬쇼는 어느 편지에선가 그 영화 제작자에 대해 이렇게 적고 있다. 〈이 사람의 특이한 점은, 부자들과의 돈 거래는 거의 범죄적(살인적인 책략, 철저한 거짓말)이라고 할 수 있는 반면 운이 다한 사람들에게는 아주 관대하다는 거야. 그래서 이 남자에게 빚을 진 사람들은 여간해서 고발을 당하거나 법정에 서는 일은 없고 그 대신 일을 해서 빚을 탕감할 수 있는 기회를 얻게 되지. 이를테면 하얀 벤츠 승용차를 모는 운전사는 몰락한 후작, 다른 일은 아무것도 하지 않고 복사 일만 하는 사람은 늙은 남작 하는 식으로. 내가 작업한 일거리를 갖다 주러 그 아파트로 찾아갈 때마다 한구석에 새로 온 하인이 서 있곤 했는데, 때로는 커튼 뒤편에 노쇠한 귀족이 숨어 있기도 했고, 심부름꾼 노릇을 하는 사람이 알고 보면 전에는 실력 있는 금융업자이기도 했어. 또 쓸데없이 버려지는 것도 하나 없어서, 지난달에 영화감독이었던 사람이 6층 하녀 방에서 자살을 했을 때 나는 그 사람이 입던 외투를 물려받았지. 그 뒤로 내내 나는 그 옷을 입고 다녔는데, 거의 발목까지 내려오는 기다란 검은색 외투여서 그걸 입고 다니면 꼭 첩보원처럼 보여.〉

팬쇼의 사생활에 관해서는 어렴풋한 암시밖에는 찾아볼 수가 없다. 디너파티가 한 번 언급되고, 어느 화가의 스튜디

오가 묘사되고, 안이라는 이름이 한두 번 나오기는 하지만 그 상호간의 관계는 전혀 분명하지가 않다. 그러나 내가 필요로 하는 것은 바로 그런 것이었다. 나는 필요한 만큼 다리품을 팔고 돌아다니면서 알아볼 만큼 알아본다면 결국 그 사람들 중 몇몇을 추적할 수 있을 것이라는 생각이 들었다.

3주 동안의 아일랜드 여행(더블린, 코크, 리메릭, 슬리고)을 제외한다면 팬쇼는 어느 정도 일정한 장소에 머물렀던 것 같다. 『기억 상실』의 최종 원고는 그가 파리에서 보낸 두 번째 시기의 어느 시점에서 완성되었고, 『기적』과 40~50편에 달하는 단시는 세 번째 시기에 씌었다. 이런 것들은 한정하기가 비교적 쉬웠는데, 그것은 그 무렵 팬쇼가 자신의 작품에 날짜를 기록하는 습관을 붙이고 있었기 때문이다. 그가 파리에서 시골로 떠난 정확한 시기가 언제였는지는 여전히 불분명한 채로 남아 있지만, 내 생각으로는 1971년 6월에서 9월 사이의 어느 때였던 것 같다. 바로 그 무렵쯤 편지들이 뜸해진 데다, 공책에도 그가 읽은 책의 목록(월터 롤리의 『세계사』, 카베사 데 바카[3]의 『여행기』) 외에는 아무것도 나와 있지 않기 때문이다. 그러나 일단 시골집에 자리를 잡고 나자 그는 자기가 어떻게 해서 그곳으로 가게 되었는지를 꽤나 상세히 알려 준다. 그 세세한 내용들은 그 자체로서는 중요한 것이 아니지만, 거기에서 한 가지 결정적인 사실이 드러난다. 즉, 팬쇼는 프랑스에서 사는 동안 자신이 작가라는 사실을 숨기지 않았다는 것이다. 그의 친구들은 그가 무슨 일을 하는지 알고 있었고, 만일 뭐라도 숨긴 것이 있다면 그것은 순전히 자신의 가족을 위해 그런 것이었다. 그런데 이 편지는 그의 분명한 실수 — 그가 보낸 모든 편지들 가운데서 유일

3 Cabeza de Vaca(1490~1560). 스페인의 탐험가.

하게 자신을 드러낸 것으로, 그는 이렇게 적고 있다. 〈데드몬 부부는 내가 파리에서 알게 된 미국인 부부인데, 다음 해에는 자기네 시골 별장으로 갈 수가 없게 되었어(일본으로 갈 예정이었거든). 그런데 그 별장은 한두 번 파손된 적이 있어서 그 부부는 거기를 비워 두는 게 내키지 않았고 —— 그래서 나한테 관리를 맡아 달라고 한 거지. 나는 그곳을 집세 없이 공짜로 얻었을 뿐 아니라 자동차도 쓰고 소액의 봉급(아주 주의해서 쓴다면 살아가기에 충분한 돈)까지 받게 되었어. 한마디로 운이 좋았던 거지. 그 사람들 말로는 그 별장을 모르는 사람들에게 세를 주느니보다 나한테 관리비를 치르고라도 그 집에서 글을 쓰도록 하는 편이 더 낫다는 거였어.〉 아마도 별것은 아니겠지만, 편지에서 그 구절을 보게 되자 나는 힘이 솟았다. 팬쇼는 한순간 방심을 했던 것이고, 그런 일이 한번 일어난 만큼 또 다시 일어나지 않으리라고 생각할 이유는 없었다.

글쓰기의 본보기라는 관점에서 본다면 그가 시골에서 보낸 편지는 다른 모든 편지들을 능가한다. 이제 팬쇼의 눈은 믿을 수 없을 만큼 예리해져서 마치 보는 일과 글 쓰는 일 사이의 거리가 좁혀지기라도 한 것처럼, 그 두 행위가 거의 같아져 단일하게 이어진 하나의 몸짓이 되기라도 한 것처럼, 그의 내면에 있는 언어들의 새로운 가능성을 보여 준다. 팬쇼는 그곳의 경치가 마음에 꼭 들었는지 끊임없이 그 경치를 지켜보고 그 변화를 기록하면서 몇 번씩이고 그 이야기를 다시 꺼낸다. 그런 것들에 대한 그의 인내심은 놀라울 지경이어서, 편지와 공책에 모두 자연에 대해 내가 지금까지 읽은 그 어떤 구절 못지않게 눈부신 구절들이 적혀 있다. 그가 살고 있는 돌집(벽의 두께가 60센티미터나 되는)은 프랑스 대혁명 때

지어진 것으로, 그 한옆에는 조그만 포도밭이, 다른 쪽에는 양들이 풀을 뜯는 초원이 있고 뒤편으로는 숲(까치, 띠까마귀, 멧돼지가 사는)이, 앞쪽 길 건너에는 마을(40가구)로 이어지는 가파른 언덕이 있다. 그리고 언덕 위에는 뒤엉킨 덤불과 나무들로 가려진, 한때 성당 기사단 소유였던 예배당의 폐허가 있다. 금작화, 백리향, 가시나무, 적토, 백토, 그리고 미스트랄[4] — 팬쇼는 이런 것들 가운데서 1년 이상을 살았고, 그 경치가 조금씩 그를 바꾸어 점점 더 깊이 내면으로 침잠하게 만든 듯하다. 나는 종교적이거나 신비적인 경험에 대해서는 얘기하고 싶지 않지만(그런 것들은 내게 아무런 의미도 없다), 그 모든 증거로 보아 팬쇼는 그동안 내내 혼자였고 거의 아무도 만나지 않았으며, 입을 여는 일도 거의 없었던 것 같다. 그런 엄격한 생활이 그를 단련시켰다. 고독이 자아로 향하는 통로, 발견의 도구가 되었던 것이다. 비록 그 당시에 그가 아직 꽤나 젊었다고는 해도, 나는 그 시기가 그를 한 사람의 작가로서 성숙시키는 계기였다고 믿는다. 이제부터 작품은 더 이상 가능성이 아니라 — 성취되고 완성된, 의심할 여지없는 그 자신의 것이었다. 시골에서 쓰인 장편 연작시 「기초 작업」에서부터 시작해 희곡들을 거쳐 『이 세상 어디에도 없는 곳』(이것들은 모두 뉴욕에서 집필되었다)에 이르기까지 팬쇼는 전성기를 맞고 있었다. 나는 광기의 흔적, 그가 결국 자기 자신을 저버린 사고(思考)의 징후를 찾아보려고 했지만, 작품에서는 그런 흔적이 전혀 보이지 않았다. 팬쇼는 분명히 유별난 인물이지만, 겉으로는 어느 모로나 정상이었고, 1972년 가을에 미국으로 돌아왔을 때에도 충분히 자제할 능력이 있었던 것으로 보인다.

4 프랑스 남부 지방에 부는 차가운 북서풍.

내가 처음 받은 답장들은 팬쇼가 하버드 대학 시절에 알았던 사람들로부터 왔다. 〈전기〉라는 말이 내게 문을 열어 준 것 같았고, 그들 대부분과 만날 약속을 하는 데도 별 어려움이 없었다. 나는 그의 1학년 때 룸메이트와 친구들 몇 사람, 그리고 팬쇼가 데이트를 했던 래드클리프 출신 여자들도 두셋 만나 보았지만 별다른 소득을 얻지는 못했다. 내가 만났던 사람들 중에서 조금이라도 흥미가 끌리는 얘기를 해준 경우는 딱 하나, 폴 쉬프라는 사람으로 팬쇼를 유조선에 취직시켜 주었던 장본인이 바로 그의 아버지였다. 쉬프는 이제 웨스체스터 카운티에서 소아과 의사 일을 하고 있었는데, 우리는 저녁 늦게까지 그의 사무실에서 이야기를 나누었다. 그에게는 내 마음에 드는 진지함(자그마한 몸집에 열정적인 태도, 벌써 엷어져 가는 머리칼, 침착한 눈매, 부드럽게 울리는 목소리)이 있었을 뿐 아니라, 별말을 하지 않았는데도 자기 쪽에서 먼저 이야기를 털어놓았다. 쉬프는 팬쇼가 그의 삶에 중요한 인물이어서 자기네들의 우정을 잘 기억하고 있다며 이렇게 말했다. 「나는 착실한 편이었어요. 열심히 공부하고 고분고분하지만 상상력은 별로 없는. 그런데 팬쇼는 다른 학생들처럼 하버드에 겁을 먹지 않았고, 그래서 내 생각엔 아마도 그 때문에 경외감을 느꼈던 것 같아요. 그 친구는 어느 누구보다도 책을 많이 읽었죠. 시인, 철학자, 작가 가릴 것 없이. 하지만 학업은 따분해하는 것 같더군요. 그 친구는 성적에 별 신경을 쓰지 않았고 걸핏하면 수업을 빼먹곤 해서 꼭 제멋대로인 것처럼 보였죠. 1학년 때 우리는 한 기숙사에서 같이 지냈는데, 무슨 이유에선지 팬쇼가 나를 친구로 삼더군요. 그 뒤로 나는 그 친구 뒤를 졸졸 따라다니는 식이었고 말이죠. 팬쇼는 무슨 일에 대해서건 생각이 아주 많았는데, 지금 생각해 보면 나는 어떤 수업에서보다도 그 친구에게서 더 많은 걸 배운 것 같아요. 어쩌면 그건 좋지 못한 영웅 숭배였겠지만 ── 그래도 팬쇼는 나를 도와주었고 나는 그걸 잊은 적이 없어요. 나한테 스스로 생각하는 법, 나 자신의 선택을 할 수 있도록 가르쳐 준 사람이 바로 그 친구였으니까요. 팬쇼가 아니었더라면 나는 절대로 의사가 되려고 하지 않았을 겁니다. 그 친구가 내게 하고 싶은 일을 하라고 설득을 했기 때문에 의예과로 돌아섰던 거고, 그 점에 대해서는 지금까지도 고마워하고 있지요.

2학년 중반쯤에 팬쇼가 나한테 학교를 그만두겠다고 하더군요. 사실 그건 별로 놀라운 일은 아니었어요. 케임브리지[5]는 팬쇼에게 어울리는 곳이 아니었고, 나는 그 친구가 달아나고 싶어 좀이 쑤실 지경이라는 걸 알고 있었으니까요. 그래서 나는 선원 조합장으로 계시던 아버지에게 말씀드려 팬쇼가 배에서 일자리를 얻도록 손을 써달라고 한 겁니다. 그 일은 아주 매끄럽게 처리되었죠. 팬쇼는 모든 서류 심사에 일사천리로 통과되었고 몇 주 뒤에는 배를 타고 떠났어요. 나는 그 친구가 이곳저곳에서 보낸 엽서들을 몇 번 받았는데, 안녕? 어떻게 지내? 하는 그런 것들이었지만 별로 신경이 쓰이거나 하지는 않았고 그저 내가 그 친구를 위해 뭔가를 할 수 있었다는 게 기뻤지요. 그런데 다음에는 그 모든 좋았던 감정이 불시에 날아가 버리고 마는 일이 생기더군요. 4년 전쯤 어느 날, 5번가를 따라 걷고 있다가 바로 그 길에서 팬쇼와 마주쳤던 겁니다. 나는 그 친구를 보게 되어 반가웠고, 정말 놀랍고 기뻤지만, 그 친구는 여간해서 내게 말도 하려고 들지 않더군요. 마치 내가 누구인지마저 잊어버린 것처럼 말

5 하버드 대학이 있는 도시.

이죠. 아주 뻣뻣하고 무례하기까지 할 정도였어요. 나는 그 친구 손에 내 주소와 전화번호를 억지로 쥐여 줘야 했지요. 그 친구는 전화를 걸겠다고 했지만 전화가 걸려 온 일은 물론 없었고요. 사실대로 얘기하자면 나는 그 일로 기분이 몹시 상해서 속으로 이런 생각을 했었지요. 망할 자식, 제가 뭐라도 되는 줄 아는 모양이지? 그 친구는 자기가 무슨 일을 하고 있는지조차 말하려 들지 않고, 그저 내 질문을 피하기만 하다가 슬금슬금 가버리더군요. 나는 대학 시절이란 게 다 그런 거지, 우정이란 게 다 그런 거지, 하고 생각하긴 했지만 뒷맛이 영 개운치가 않았어요. 그런데 작년에 아내가 내 생일 선물로 그 친구 책을 한 권 사다 주더군요. 나는 유치한 짓인 줄은 알면서도 그 책을 펼쳐 본다는 게 내키지 않았어요. 그 책은 지금도 책장에서 먼지를 뒤집어쓰고 있을 겁니다. 정말 이상하지 않습니까? 모두들 그 작품이 걸작이라고 하는데도 통 읽어 볼 마음이 들 것 같지 않다는 게 말입니다.」

　그것이 내가 만나 본 여러 사람들에게서 들어 본 것 중 가장 투명한 이야기였다. 유조선에서 함께 일했던 동료들 중 몇몇도 얘깃거리를 가지고는 있었지만 내 목적에 정말로 도움이 될 만한 것은 없었다. 그 한 예로 오티스 스마트는 팬쇼가 대필해 준 연애편지들을 기억하고 있었는데, 내가 배턴 루즈로 그에게 전화를 걸었을 때 그는 팬쇼가 써준 몇몇 구절들(〈반짝이는 내 귀여운 엄지발가락〉, 〈호박즙 같은 내 여인〉, 〈내 들뜬 꿈속의 심술쟁이〉 등등)을 인용하기까지 하면서 그 편지들에 대해 장황한 설명을 늘어놓았고, 그런 말을 하는 동안 웃음을 터뜨렸다. 그런데 정말로 고약한 일은, 그가 수앤에게 편지들을 보내는 동안 그녀는 다른 남자와 놀아나는 중이었고, 막상 그가 고향으로 돌아가 보니 벌써 결혼했다는 말을 하더라는 것이었다. 「어떻게 보면 잘된 일이었죠.」 스마트가 덧붙였다. 「작년에 고향을 찾았다가 수앤과 마주쳤는데, 그 여자 이제는 한 150킬로그램쯤 나가겠더라고요. 만화에 나오는 뚱뚱보 아줌마처럼 ── 오렌지색 줄무늬 바지 차림으로 빽빽거리는 애새끼들을 잔뜩 달고 길거리를 어슬렁거리고 있는 겁니다. 그걸 보고 얼마나 웃었던지 ── 예전에써 보냈던 편지들이 생각나서요. 팬쇼는 정말로 나를 포복절도하게 했지요. 그 친구가 몇 줄씩 긁적인 편지를 써줄 때마다 나는 배를 잡고 바닥에서 데굴데굴 굴렀으니까요. 그 친구한테 그런 일이 일어났다니 정말 안됐군요. 그렇게 젊은나이에 벌써 저세상으로 가버리다니.」

　현재 휴스턴의 한 식당에서 주방장으로 일하는 제프리 브라운은 배에서 보조 요리사 노릇을 했었는데, 그는 팬쇼가자기에게 친절했던 단 하나뿐인 백인 승무원이었다면서 이런 이야기를 들려주었다. 「그건 쉬운 일이 아니었어요. 선원이란 작자들은 대개가 무식한 것들이라서 나한테 말을 걸면서도 침을 뱉기 일쑤였죠. 하지만 팬쇼는 내게 잘해 주었고남들이 뭐라고 하든 신경을 쓰지 않았어요. 배가 베이타운이나 뭐 그런 항구에 닻을 때마다 우리는 술을 마시거나 여자를 만나러 같이 상륙을 하곤 했는데, 난 그런 항구들에 대해서라면 팬쇼보다 더 잘 알고 있어서 그 친구한테 나하고 같이 돌아다니면 선원들이 들락거리는 제대로 된 술집으로는갈 수 없을 거라는 말을 했었죠. 그런 데서는 내가 어떤 취급을 받을지 뻔히 알고 있었으니까요. 난 말썽이 생기는 걸 원치 않았던 겁니다. 팬쇼는 아무래도 상관없다고 하더군요. 그래서 우리는 흑인 구역으로 갔고 아무 문제도 생기지 않았지요. 배에서는 대체로 사정이 괜찮은 편이어서 내가 그럭저럭 풀어 나가지 못할 일은 없었어요. 하지만 몇 주 동안은 아주 험악한 작자가 들어온 적이 있었죠. 컷버스[6]라는 놈이었는데, 믿기 힘들겠지만 진짜 이름이 로이 컷버스였어요. 그 친구는 멍청한 백인으로 급유 담당이었지만 엔진에 대해서는 아무것도 모른다는 사실을 1등 기관사한테 들켜서 결국은 배에서 쫓겨나고 말았죠. 그자는 급유 자격 시험에서 부정을 저지르고 그 일자리를 얻었던 건데 — 말하자면 배를 통째로 날려 버릴 수도 있는 작자를 거기에다 두고 있던 셈이지요. 컷버스는 멍청한 데다 비열하기까지 했어요. 손가락마다마다 문신을 해서 오른손에는 L-O-V-E를 그리고 왼손에는 H-A-T-E를 한 손가락에 한 자씩 새기고 있었죠. 그런 미치광이를 보게 되면 누구나 그저 피하고 싶을 겁니다. 그런데 언젠가 그 미친놈이 팬쇼에게 자기가 고향인 앨라배마에서는 토요일 밤을 어떻게 보내곤 했는지 자랑을 늘어놓더군요. 주 경계선에 있는 언덕에 앉아서 지나가는 차들에다 대고 총질을 했다는 거였어요. 누가 뭐라고 해도 정말 넌더리 나는 놈팡이였지요. 게다가 또 한쪽 눈은 잔뜩 충혈이 되어 보기에도 끔찍했지만, 그 작자는 그것까지도 자랑을 하려고 듭디다. 어느 날 유리 조각이 날아와 박혔다는 건데, 셀마에서 마틴 루터 킹에게 병을 집어 던지다 그랬다나 뭐라나. 이 컷버스가 나하고 친하지 않았다는 건 두말할 필요도 없는 얘기겠고요. 그자는 툭하면 나를 노려보다 입속말로 뭐라고 웅얼거리면서 괜히 혼자 고개를 끄덕거리곤 했지만 나는 아예 본 척도 하지 않았죠. 한동안은 일이 그런 식으로 흘러갔어요. 그런데 다음엔 그자가 팬쇼에게까지 그런 짓거리를 하려 들었고, 일이 터지려다 보니 그냥 모른 척하고 지나가기

6 Cutbirth. 혈통을 끊는다는 뜻임.

에는 목소리가 너무 컸지요. 그 말에 팬쇼는 걸음을 멈추고 컷버스를 돌아다보면서 〈너 지금 뭐라고 했지?〉 하고 물었는데, 그러자 컷버스는 겁도 없이 건방지게 〈아, 난 그냥 너하고 저 깜둥이가 언제쯤 결혼할 건지 궁금해서 말이야〉 어쩌고 하는 소리를 했고요. 그런데 뭐랄까, 팬쇼는 언제나 조용하고 다정한, 말하자면 진짜 신사였어요. 아마 내 말이 무슨 뜻인지 알 겁니다. 그래서 나는 그런 일이 벌어질 거라고는 생각도 하지 못했지요. 그건 꼭 TV에 나오는 헐크를 보는 것 같더군요, 그 왜 야수로 돌변하는 사람 말입니다. 느닷없이 팬쇼가 벌컥 화를 내는데, 그러니까 내 말은 화가 나서 제정신이 아닐 정도로 격분했다는 겁니다, 컷버스의 멱살을 움켜쥐고 벽에다 밀어붙여 꼼짝 못하게 찍어 누르더니 그놈 얼굴에다 입김을 뿜어 대면서 이러는 거였어요. 〈그 따위 소리 다시는 하지 마.〉 그 말을 할 때 팬쇼의 눈에서는 불길이 이글거렸지요. 〈그딴 소리 두 번 다시 입에 올리면 네놈을 죽여버릴 거니까.〉 팬쇼가 그런 말을 했는데도 그걸 믿지 않았다가는 박살이 나고 말았을 겁니다. 그때 팬쇼는 상대를 죽일 태세가 되어 있었고 컷버스도 그걸 느꼈지요. 〈그저 농담이야. 농담을 좀 해본 거라고.〉 컷버스가 그렇게 꼬랑지를 내렸고 그걸로 끝이었어요 ── 정말로 순식간에. 그 모든 일이 눈 깜짝할 사이에 일어났던 겁니다. 그리고 이틀쯤 뒤 컷버스는 해고를 당했는데, 그것도 다행스러운 일이었지요. 그자가 좀 더 오래 붙어 있었다면 무슨 일이 일어났을지 아무도 모르는 노릇이니까요.」

나는 편지와 전화 통화와 면담을 통해 그 비슷한 이야기를 수십 가지는 들었다. 그런 식으로 몇 달이 지나면서 매일같이 자료들이 거의 기하급수적으로 늘어나고 점점 더 많은 연관 관계가 축적되어 그 관계의 고리들은 결국 독자적인 생명을 가지게 되었다. 그것은 끝없이 허기를 채워 줘야 하는 유기체여서 결국 나는 그것이 세상 그 자체만큼이나 커지지 않도록 막을 도리라고는 없다는 것을 알았다. 하나의 삶이 또 하나의 삶에, 그리고 또 다른 삶에 연결되어 얼마 안 가서 곧 그 관계들의 연결 고리가 셀 수도 없을 정도로 많아졌다. 나는 루이지애나의 어느 조그만 마을에 사는 뚱뚱보 여자에 대해서 알게 되었다. 또 손가락마다 문신을 새기고 도무지 납득이 가지 않는 이름을 가진 미치광이 같은 인종 차별주의자에 대해서도 알게 되었다. 그리고 전에 이름도 들어 본 적이 없는 수십 명의 다른 사람들에 대해서도 알게 되었는데, 그들 하나하나가 팬쇼의 삶과 어떤 식으로든 관련이 되어 있었다. 아마도 그 모든 정보가 쓸 만하고 유익했을 것이다. 그리고 어쩌면 그렇게 잔뜩 모아진 정보는 바로 내가 뭔가에 근접하고 있다는 증거일 수도 있었다. 누가 뭐래도 나는 탐정 노릇을 하고 있었고 내 일은 실마리를 찾는 것이었으니까. 마구잡이로 얻어진 수만 가지 정보에 직면해 수만 갈래의 엉뚱한 길을 탐색하면서 나는 내가 가고 싶어 하는 곳으로 인도해 줄 하나의 길을 찾아야 했다. 그런데 한 가지 분명한 사실은 내가 아직 그 길을 찾지 못했다는 것이었다. 내가 만난 사람들 중 누구도 몇 년 동안 팬쇼를 보거나 그의 소식을 듣지 못했다. 또 그들이 내게 해준 말은 모두 의심의 여지가 별로 없는 데다 그들 하나하나를 조사할 수도 없는 노릇이어서 나는 그들이 사실대로 이야기한다는 가정을 하지 않을 수 없었다.

지금 생각해 보면 그 일은 결국 방법의 문제였다. 어떤 의미에서 본다면 나는 팬쇼에 대해 알아야 할 것들을 모두 알고 있었다. 내가 새로 알게 된 사항들은 내게 어떤 중요한 사실을 알려 주지도 않았고, 내가 이미 알고 있던 사실과 배치되지도 않았다. 또는 그것을 이렇게도 말할 수 있을 것이다. 즉, 내가 알고 있던 팬쇼는 내가 찾고 있는 팬쇼와 동일인이 아니었다고. 어디에선가 끊긴 곳, 갑작스럽고 이해할 수 없이 끊긴 곳이 있었다. 그리고 내가 질문을 던졌던 다양한 사람들에게서 들은 이야기는 그 끊긴 곳을 설명해 주지 못했다. 결국 그들의 이야기는 그동안 일어났던 일들이 일어날 법하지 않은 일이었다는 사실만 확인시켜 주었을 뿐이다. 팬쇼가 친절했다, 팬쇼가 냉혹했다 하는 말들은 안 들어도 뻔한 얘기였고, 나는 이미 그렇다는 것을 속속들이 다 알고 있었다. 내가 찾고 있던 것은 뭔가 다른 것, 내가 상상조차 할 수 없는 것, 말하자면 팬쇼가 사라지기 전까지 보였던 모든 행동과 상반되는, 불합리하기 그지없어서 그와는 전혀 걸맞지 않는 행동이었다. 나는 계속해서 미지의 세계로 뛰어들었지만, 그럴 때마다 내가 훤히 아는 곳에 내려서서 익히 아는 사실들에 둘러싸여 있다는 것을 알게 되었다.

더 알아보면 알아볼수록 가능성은 그만큼 더 좁혀졌다. 어쩌면 그것이 잘된 일이었는지도 모른다. 다른 가능성이 더 없다면, 내가 한 번씩 실패를 할 때마다 찾아보아야 할 곳이 하나씩 줄어드는 셈이었으니까. 그렇게 몇 달이, 내가 인정하고 싶어 하는 것보다 더 여러 달이 지나갔다. 2월과 3월에 나는 소피를 위해 일한 적이 있는 사설탐정인 퀸을 찾는 데 대부분의 시간을 보냈다. 그런데 참으로 이상하게도, 그의 흔적도 찾을 수가 없었다. 그는 뉴욕에서건 다른 어디에서건 더 이상 탐정 일을 하지 않는 것 같았다. 한동안 나는 무연고 시신에 대한 기록들을 뒤져 보고, 시체 안치소에서 일하는 사람들에게 물어도 보고, 퀸에게 가족이 있는지 조사도 해보았지만 그런 일로는 아무런 성과도 얻지 못했다. 마지막 수단으로 나는 퀸을 찾기 위해 또 다른 사설탐정을 고용할까 하는 생각도 해보았다가 결국 그러지는 않기로 했다. 실종자는 한 사람만으로 족한 것 같았고, 그래서 남아 있는 가능성들을 하나하나 다 알아볼 셈에서였다. 4월 중순이 되자 가능성은 마지막 남은 하나로 좁혀졌다. 나는 요행수를 바라고 며칠을 더 매달렸지만 아무런 진전도 보지 못했다. 4월 21일 아침, 마침내 나는 여행사로 가서 파리행 비행기 표를 예약했다.

내가 출발하기로 되어 있는 날은 금요일이었다. 그 주 화요일에 소피와 나는 레코드플레이어를 사러 나갔다. 소피의 여동생 하나가 뉴욕으로 옮겨 오려는 참이었고 우리는 그녀에게 우리가 쓰던 오래된 플레이어를 선물로 넘겨줄 생각이었다. 그러잖아도 몇 달 전부터 플레이어를 교체하고 싶다는 생각이 들곤 했었는데, 이제 드디어 새것을 찾아볼 구실이 생긴 셈이었다. 그래서 우리는 그날 시내로 나가 그 물건을 산 다음 택시에 실어 가지고 집으로 돌아왔다. 그리고 새 플레이어를 예전 것이 놓여 있던 자리에 설치한 다음, 예전 것은 새 상자에 넣어 치워놓기로 했다. 우리가 보기에는 그것이 썩 쓸 만한 해결책인 것 같았다. 카렌은 5월에 뉴욕으로 올 예정이어서 그때까지는 그것을 눈에 띄지 않는 곳에 치워 두고 싶었으니까. 하지만 우리가 문제에 부닥친 것은 바로 그 대목에서였다.

뉴욕의 아파트들이 대부분 다 그렇듯 수납공간이 작아 물건을 더 집어넣을 자리가 하나도 없는 것 같았다. 조금이라도 기대를 할 만한 곳은 침실 벽장뿐이었지만, 아래쪽은 이미 상자들로 빽빽이 ── 안쪽으로 세 줄, 가로로 네 줄씩 이층으로 ── 들어 차 있었고 위쪽 선반에도 빈 공간이 별로 없었다. 자리를 차지하고 있는 것들은 팬쇼의 물건(옷과 책과 잡동사니들)이 담긴 상자들로 우리가 이사를 온 뒤 내내 거기에 있던 것들이었다. 소피가 전에 살던 집을 비워 줄 때 그녀도, 또 나도 어떻게 처리를 해야 할지 몰라 그대로 가져온 물건들. 우리는 새로운 삶을 팬쇼의 기억에 둘러싸여 시작하고 싶지는 않았지만 그렇더라도 그 물건들을 내버린다는 것은 어쩐지 옳지 않아 보였다. 그래서 상자에 넣어 두는 것을 일종의 타협안으로 택했고, 마침내는 그 물건들을 더 이상 알아차리지 못하게 된 것 같았다. 그것들은 거실 양탄자 밑의 부서진 마룻바닥이나 우리 침대 위쪽 벽의 갈라진 금처럼 일상생활의 흐름에서는 눈에 띄지 않는 집 안 풍경의 일부가 되어 있었다. 그런데 이제 소피가 옷장 문을 열고 안을 들여다보는 순간, 그녀의 심기가 갑자기 바뀌고 말았다.

「이젠 그만 됐어요.」 그녀가 옷장 안에 쪼그리고 앉으며 말했다. 그리고는 짜증스럽게 상자 위로 늘어져 내린 옷가지를 밀어 젖혔다. 뒤죽박죽으로 걸려 있는 옷들을, 옷걸이들이 서로 부딪혀 덜그럭거리는 소리가 나도록 양 옆으로 휙 가르면서. 그것은 갑작스러운, 그러나 나에게라기보다는 그녀 자신에게로 돌려진 분노 같았다.

「뭐가 그만 됐다는 거요?」 나는 침대 건너편에서 그녀의 등을 보고 서 있었다.

「이것들 모두가요.」 그녀가 여전히 옷가지를 이리저리 밀치면서 대답했다. 「팬쇼와 그 사람 물건이 든 상자들이요.」

「그러면 그것들을 어떻게 하고 싶은 건가요?」 나는 침대에 걸터앉아 대답이 나오기를 기다렸지만, 그녀는 아무 말도 하지 않았다. 「그것들을 어떻게 하고 싶은 거요, 소피?」 내가 다시 물었다.

그녀는 고개를 돌려 나를 바라보았는데, 금방이라도 울음을 터뜨릴 것 같았다. 「쓰지도 못할 거라면 옷장이 있어 봤자 그게 무슨 소용이죠?」 그녀의 목소리는 자제력을 잃고 떨리고 있었다. 「내 말은 그 사람이 죽었다는 거예요, 안 그래요? 그리고 그 사람이 죽었다면 우리에게 이런 것들이, 이 온갖……」 그녀가 적당한 말을 찾으려고 하면서 손짓을 해 보였다. 「쓰레기들이 왜 필요하죠? 이건 시체하고 사는 거나 마찬가지예요.」

「당신이 원한다면 오늘 구세군에 전화할 수도 있어요.」

「지금 당장 전화해요. 다른 말이 나오기 전에요.」

「그러죠. 하지만 그전에 먼저 상자를 열어 물건들을 분류해야 할 것 같은데.」

「아뇨. 난 다 없애 버리고 싶어요, 한꺼번에.」

「옷가지는 그래도 좋지만 책은 얼마 동안 그대로 두고 싶은데. 나는 목록을 작성할 생각이었거든요. 또 여백에 어떤 메모가 적혀 있는지 확인도 하고 싶었고. 반 시간 정도면 끝낼 수 있을 거요.」

소피가 믿어지지 않는다는 표정으로 나를 쳐다보았다. 「당신 전혀 이해를 못하는 거 아니에요?」 그 말을 하고 나서 그녀가 일어서는데 보니 눈가에 눈물이 흐르고 있었다. 마치 눈물이 흐른다는 것을 알아차리지도 못하는 것처럼 하염없이 뺨을 타고 흘러내리는 어린애의 눈물, 아무것도 감추지 못하는 눈물이었다. 「난 당신을 더 이상 견딜 수 없어요. 당신은 내가 하는 말을 듣지도 않고 있어요.」

「난 최선을 다하고 있는 거요, 소피.」

「아뇨, 그렇지 않아요. 당신은 그렇다고 생각하지만 사실은 그렇지 않아요. 무슨 일이 일어나고 있는지 몰라요? 당신은 그 사람을 다시 살려 놓으려 하고 있어요.」

「나는 책을 쓰고 있어요. 그것뿐이에요. 그저 책이란 말이에요. 그렇지만 내가 그 일을 진지하게 하지 않으면 어떻게 그 일을 해낼 수 있겠어요?」

「그것 말고 뭔가가 더 있어요. 난 알아요, 그걸 느낄 수 있어요. 우리 두 사람이 계속 살아가려면 그 사람은 죽어 있어야 해요. 그걸 몰라요? 설령 살아 있더라도 죽은 사람이어야 해요.」

「대체 무슨 소리를 하고 있는 거요. 그 친구는 물론 죽었어요.」

「아직은 아니에요. 당신이 그 일을 계속하는 한에는요.」

「그렇지만 내가 이 일을 시작하도록 한 건 당신이에요. 당신은 내가 그 책을 썼으면 싶어 했잖아요.」

「그건 벌써 오래전 얘기예요, 여보. 난 당신을 잃게 될까 봐 너무 겁이 나요. 그런 일이 일어난다면 난 견딜 수가 없을 거예요.」

「이젠 거의 다 끝나 가고 있어요. 약속해요. 이번 여행이 마지막이에요.」

「그다음에는 어쩔 건데요?」

「그건 두고 봅시다. 나로서도 그때가 되기 전에는 어떨지 알 수 없으니까.」

「내가 두려워하는 게 바로 그거예요.」

「그렇다면 당신도 같이 가는 건 어때요?」

「파리로요?」

「그래요, 파리로. 우리 셋이서 같이 갈 수도 있을 거요.」

「난 그렇게 생각 안 해요. 지금 이런 식으로는 안 돼요. 당신 혼자 가세요. 그러면 적어도 만일 당신이 돌아올 경우 원해서 돌아온 게 될 테니까요.」

「만일이라니, 그게 무슨 뜻이죠?」

「말 그대로예요. 〈만일〉. 〈만일 당신이 돌아온다면〉.」

「설마 진심은 아니겠지?」

「아니, 진심이에요. 일이 이런 식으로 계속된다면 난 당신을 잃고 말 거예요.」

「그런 식으로 말하지 말아요, 소피.」

「나로서는 어쩔 수가 없어요. 당신은 이미 떠나가고 있어요. 때때로 난 당신이 눈앞에서 사라지고 있는 걸 봐요.」

「말도 안 되는 소리.」

「그렇지 않아요. 우리는 끝나 가고 있어요, 여보. 그런데 당신은 그걸 알지도 못해요. 당신은 사라질 거고 난 당신을 두 번 다시 보지 못할 거예요.」

8

파리에서는 사물들이 이상하게 더 커 보였다. 하늘만 하더라도 뉴욕보다 더 손에 잡힐 듯하고 더 변화무쌍했다. 나는 그 하늘에 마음이 끌려서 처음 하루 이틀은 끊임없이 하늘을 지켜보았다. 호텔 방에 앉아 구름들을 눈여겨보고 어떤 변화가 일어나기를 기다리면서. 그것들은 북방의 구름, 부단히 변하면서 거대한 잿빛 산으로 한데 뭉쳤다가 짤막한 소나기로 쏟아져 내리고, 흩어졌다 다시 모여 태양을 가로질러 굽이치며 언제나 다른 식으로 빛을 굴절시키는 환상의 구름이었다. 파리의 하늘은 나름의 법칙이 있어서 밑에 있는 도시와는 상관없이 움직였다. 지상의 건물들이 대지에 단단히 들러붙은 견고하고 파괴될 수 없는 고체라면, 하늘은 광대무변하고 끊임없이 요동치는 무정형의 유체였다. 처음 한 주일 동안 나는 마치 나 자신이 뒤바뀐 것 같은 느낌이었다. 거기는 구세계의 도시였고, 느리게 움직이는 하늘과 혼잡한 거리, 무덤덤한 구름, 도전적으로 치솟은 빌딩들이 있는 뉴욕과는 아무 상관도 없는 곳이었다. 내 위치가 그렇게 바뀌고 나자 나는 졸지에 나 자신을 믿을 수 없게 되었다. 통제력을 잃고 있는 듯한 느낌이 들어서 내가 왜 여기 와 있는지를 적어도

419

한 시간에 한 번은 떠올려야 했다.

내 프랑스어 실력은 그저 그런 편이었다. 사람들이 내게 하는 말은 대강 알아들을 수 있었지만 말을 하기는 어려워서 때때로 말문이 막히거나 아주 간단한 말을 하는 데도 애를 먹는 경우가 있었다. 언어를 소리의 채집으로 경험하고 의미가 사라진 표면적인 소리에 억지 뜻을 갖다 붙이고 하는 일에도 어느 정도 즐거움이 있기는 했지만, 한편으로는 꽤나 피곤한 일이기도 해서 결국 나는 내 생각 속에 갇히고 말았다. 사람들이 하는 말을 이해하기 위해서는 무엇이건 머릿속에서 영어로 번역을 해야 되었는데, 그것은 내가 이해를 했다 해도 한 치 건너서 — 노력은 두 배로 들이고 성과는 절반밖에 얻지 못하면서 — 이해했다는 뜻이었다. 뉘앙스라든가 잠재적인 연상, 숨은 저의 같은 것들은 하나도 파악이 되지 않았다. 결국, 모든 것이 다 파악되지 않았다고 해도 틀린 말은 아닐 것이다.

그렇더라도 나는 생각대로 밀고 나갔다. 조사가 시작되기까지는 며칠이 걸렸지만, 일단 첫 접촉이 이루어지자 다른 일들이 뒤를 이었다. 그러나 실망스러운 일도 여러 가지 있었다. 비슈네그라드스키는 죽었고 팬쇼가 영어를 가르쳤던 학생들은 하나도 찾아낼 수 없었다. 또 뉴욕 타임스 지사에서 팬쇼를 고용했던 여자도 이미 떠나 그곳에서 일하지 않은 지가 여러 해째였다. 그런 일들은 예상할 수 있는 것이었지만, 나로서는 그대로 받아들이기가 어려웠다. 아주 조그만 틈새도 치명적이 될 수 있다는 것을 알고 있었기에. 나에게는 그 틈새들이 비어 있는 공간, 그림에서 메워지지 않은 공백이었고, 다른 부분들을 아무리 잘 메우더라도 의혹은 여전히 남게 될 터였다. 그것은 내가 하고 있는 일이 절대로 확실하게 마무리될 수 없다는 뜻이었다.

　나는 데드몬 부부와 이야기를 해보았고 팬쇼가 일했던 미술 서적 출판업자와도 얘기해 보았다. 또 안이라는 여자(그녀는 여자 친구였던 것으로 밝혀졌다)와 영화 제작자도 만나 보았다. 그는 러시아 억양이 섞인 영어로 내게 이런 말을 해주었다. 「임시로 얻어걸리는 일거리, 그게 그 친구가 한 일이었소. 번역, 대본 요약, 내 아내를 위한 대필 등등. 똑똑한 친구였지만 융통성이 너무 없었지. 그러니까 내 말은 너무 문학적이었다는 거요. 나는 그 친구에게 연기할 기회를 주고 싶어서 우리가 찍을 영화에 출연하도록 펜싱과 승마 레슨을 받게 해주겠다는 제안까지 했었소. 그 친구 생김새가 마음에 들어서 이거 물건 만들 수 있겠다는 생각으로 말이오. 하지만 그 친구는 관심이 없더군. 자기는 다른 할 일이 있다는 게 그 친구 얘기였지. 대강 그렇게 된 건데 별 상관은 없었소. 영화가 엄청난 돈을 벌어들인 마당에 그 친구가 연기를 하고 싶어 했건 아니건 내가 알 게 뭐요?」

　더 알아 볼 일이 있기는 했지만, 앙리 마르탱 가에 있는 그 영화 제작자의 으리으리한 아파트에서 수시로 걸려 오는 전화 때문에 토막토막 끊어지는 이야기를 기다리며 앉아 있는 동안, 나는 문득 더 이상 얘기를 들을 필요가 없다는 생각이 들었다. 중요한 것은 한 가지뿐이었는데, 그 사람은 대답해 줄 수 없을 터였다. 그 자리에 눌러앉아서 얘기를 더 들어 보면 세세하고 엉뚱한 일들에 대해 더 알게 되기는 하겠지만 그래 봤자 쓸모없는 자료 더미만 하나 더 늘 것이 뻔한 일이었다. 그때까지 나는 너무 오랫동안 책을 쓰는 시늉이나 하면서 조금씩 조금씩 내 목표를 잊어버리고 있었다. 이젠 그만 됐어. 나는 내가 소피의 말을 따라 하고 있다는 사실을 의식

하면서 속으로 그렇게 중얼거렸다. 이 정도로 됐어. 나는 자리에서 일어나 그곳을 나섰다.

중요한 것은 이제 나를 지켜보는 사람이 아무도 없다는 것이었다. 나는 더 이상 집에서 그랬던 것처럼 가면을 쓰고 있을 필요도, 끝없이 혼자 바쁜 척 부산을 떨면서 소피를 속일 필요도 없었다. 제스처 게임은 이제 끝났고, 드디어 나는 있지도 않은 책을 버릴 수 있었다. 강 건너편에 있는 호텔까지 걸어 돌아오면서 한 10분쯤 나는 지난 몇 달 동안 그 어느 때보다도 즐거운 기분을 맛보았다. 이런저런 일들이 단순해져서 한 가지 분명한 문제로 귀착되어 있었다. 하지만 그런 생각에 빠져 있던 바로 그 순간, 상황이 실제로는 얼마나 나쁜지가 떠올랐다. 나는 이제 끝을 보려 하고 있는데도 아직 팬쇼를 찾지 못하고 있었다. 내가 무슨 실수를 했는지 도저히 모를 노릇이었다. 따라갈 만한 어떤 실마리도, 단서도, 흔적도 없었다. 팬쇼는 어딘가에 묻혀 있었고 그의 모든 삶도 그와 함께 묻혀 있었다. 그가 원치 않는 한 내가 그를 찾을 가능성은 눈곱만큼도 없었다.

그래도 나는 끝까지, 마지막까지 가보려고 애쓰면서 생각대로 밀고 나갔다. 모든 사람을 다 만나 볼 때까지는 포기하고 싶지가 않아서 마지막 남은 면담까지 다 할 셈으로 무작정 파고들었다. 나는 소피에게 전화를 걸고 싶었다. 그래서 하루는 우체국으로 걸어가 국제 전화 교환대 앞에서 줄을 서기까지 했지만 끝까지 버티지는 못했다. 이제는 아무 때나 말문이 막히곤 해서 전화를 하다가 기가 꺾이지나 않을까 하는 생각에 겁이 나서였다. 또 어쨌든, 무슨 말을 해야 했을까? 전화를 거는 대신 나는 로럴과 하디의 사진이 든 엽서를 한 장 보냈다. 뒷면에 이렇게 써서. 〈진정한 결혼이란 도무지 이치에 닿지가 않는군요. 앞면에 있는 두 사람 사진을 보세요. 무슨 일이든 가능하다는 증거가 아닐까요? 어쩌면 우리도 중산모를 쓰기 시작해야 할 거요. 아무튼 내가 돌아가기 전에 옷장을 말끔히 치워놓는 거 잊지 말아요. 벤에게 사랑한다고 전해 주고.〉

다음 날 오후에 나는 안 미쇼를 만났는데, 그녀는 내가 약속 장소인 카페(생 제르맹 가에 있는 르 루케)로 들어서자 약간 놀라는 기색을 보였다. 그녀가 팬쇼에 대해서 해준 이야기는 중요한 것은 아니어서 누가 누구와 키스를 했고, 어디에서 어떤 일이 있었고, 누가 무슨 말을 했고 하는 그런 것들이었다. 이번 면담 역시 결국은 전에 했던 것과 마찬가지가 되고 말았다. 그런데 내가 말하려는 것은, 그녀가 처음에 흠칫 놀란 이유가 나를 팬쇼와 착각했기 때문이라는 사실이다. 그녀의 말대로라면 아주 짧은 한순간 그런 느낌이 들었다가 이내 사라졌다는 것인데, 물론 전에도 닮은 사람들을 본 적이 있지만 이번처럼 직감적으로 곧장 충격을 받은 일은 한 번도 없었다고 했다. 그 말에 내가 어떤 반응을 보였던 모양이다. 그녀가 당장 사과를 하고(뭔가 잘못을 저지르기라도 한 것처럼) 우리가 함께 이야기를 나눈 두세 시간 동안 몇 번씩 그 이야기를 다시 꺼낸 것을 보면. 한번은 앞뒤가 맞지 않게 이런 말까지 했다. 「내가 무슨 생각을 했었는지 모르겠어요. 당신은 그 사람과 비슷하지도 않아요. 아마 두 분이 모두 미국인이어서 그랬던 것 같아요.」

그럼에도 나는 그 상황이 혼란스러워서 섬뜩한 기분을 느끼지 않을 수 없었다. 뭔가 무시무시한 일이 일어나고 있었지만 나로서는 더 이상 어쩔 도리가 없었다. 하늘 안쪽이 점점 어두워지고 있었다. 그 정도까지는 분명했다. 땅도 흔들리고 있었고. 가만히 앉아 있기도 어려웠고 몸을 움직이기도 어려웠다. 한순간 내가 다른 장소에 있는 것 같은, 어디에 있는지도 잊은 것 같은 느낌이었다. 나는 속으로 계속 이런 말을 하고 있었다. 생각은 세상이 시작되는 곳에서 멈추는 거야. 하지만 자아 또한 그 세상에 있고 생각도 마찬가지로 그 세상에서 나오는 거지. 문제는 내가 더 이상 제대로 분간을 할 수 없게 되었다는 거야. 이것은 절대로 저것이 될 수 없어. 사과는 오렌지가 아니고 배는 자두가 아냐. 입에 넣어 보면 그 차이를 느낄 수 있고 그러면 속속들이 다 알게 돼. 그러나 내게는 모든 것이 똑같은 맛을 내기 시작했다. 나는 더 이상 허기를 느끼지 않았고 음식을 먹을 수도 없었다.

데드몬 부부에 대해서는 할 말이 별로 없을 듯싶다. 팬쇼가 그 이상 더 적절한 후원자를 찾을 수 없었을 것이라는 말밖에는. 그들은 내가 파리에서 만난 어떤 사람보다도 더 친절하고 정중했다. 나는 간단히 음료나 마시자고 그들의 아파트에 초대를 받았지만 저녁 식사 때까지 눌러앉아 있었고, 그런 다음 두 번째 코스로 접어들자 그들은 내게 바르에 있는 별장을 찾아가 보라고 권했다. 바로 팬쇼가 살았던 그 별장인데, 자기네들은 8월까지 거기로 갈 계획이 없으니까 서둘러 돌아올 필요도 없다는 것이었다. 데드몬 씨는 그곳이 팬쇼와 그의 작품에 중요한 장소였던 만큼, 내가 그곳을 직접 둘러본다면 틀림없이 내 책도 더 잘 써질 것이라고 했다. 나는 그 말에 거절할 수 없었다. 그리고 내 입에서 그러겠다는 말이 떨어지자마자 데드몬 부인이 전화를 걸어 정확하고 우아한 프랑스어로 나를 대신해 필요한 조치를 취해 주었다.

파리에서는 이제 더 이상 할 일이 아무것도 없었기에 나는 다음 날 오후 기차를 탔다. 남쪽으로 망각의 여로를 따라가는 것이 나에게는 마지막 행로였다. 내가 어떤 희망을 품고 있었건(팬쇼가 프랑스로 돌아왔을 희박한 가능성, 그가 같은 곳에서 다시 은신처를 찾으리라는 이치에 닿지 않는 생각) 그곳에 도착한 순간 그 희망은 가뭇없이 사라졌다. 별장은 비어 있었고 사람 흔적이라곤 전혀 찾아볼 수 없었다. 둘째 날 나는 위층에 있는 방들을 살펴보다가 팬쇼가 벽에 써놓은 짤막한 시를 보았지만, 그 시는 내가 이미 알고 있는 것이었다. 그 밑에 1972년 8월 25일이라는 날짜가 적혀 있었다. 팬쇼는 그곳으로 돌아온 일이 없었다. 그가 돌아왔으리라고 생각이라도 했던 것이 바보처럼 느껴졌다.

달리 해볼 만한 더 나은 일이 없어서 나는 그 지역 사람들, 말하자면 인근의 농부들, 마을 사람들, 마을 주변 사람들과 이야기를 나누며 며칠을 보냈다. 나는 그들에게 팬쇼의 사진을 내보이면서 그의 형제인 척했지만 속으로는 볼 장 다 본 탐정 아니면 지푸라기라도 잡으려는 어릿광대가 된 느낌이었다. 어떤 사람들은 그를 기억했고, 다른 사람들은 기억을 하지 못했고, 또 어떤 사람들은 긴가민가했다. 그러나 어느 쪽이건 별 차이가 없었다. 남부 억양(후음[喉音]으로 내는 r발음과 비음으로 끝나는 어미)은 통 알아먹을 수가 없어서 겨우 단어 하나나 주워듣는 것이 고작이었으니까. 내가 만나 본 모든 사람들 중에서 팬쇼가 그곳을 떠난 뒤로 그의 소식을 들은 사람은 딱 하나뿐이었다. 그 사람은 팬쇼와 가장 가까웠던 이웃으로 길을 따라 1마일쯤 내려간 곳에 사는 소작농이었는데, 묘하게 생긴 마흔쯤 된 왜소한 사내로 내가 만나 본 어떤 사람보다도 더 차림새가 지저분했다. 그의 집은 17세기에 지어져 다 쓰러져 가는 건물로 습기가 잔뜩 차 있었다. 그는 거기에서 버섯 채취용 개 한 마리와 사냥총 한 자루만 가지고 혼자 사는 것 같았는데, 자기가 팬쇼의 친구였다는 사실을 분명히 자랑스러워했고, 자기네들이 얼마나 가까운 사이였는지를 증명해 보일 셈에서 팬쇼가 미국으로 돌아간 뒤 보내 준 하얀 카우보이모자를 보여 주기도 했다. 그의 이야기를 믿지 말아야 할 이유는 없었다. 그 모자는 원래 상자에 그대로 들어 있었고 한 번도 써본 적이 없는 게 분명했다. 그는 적당한 때가 되면 쓰기 위해 아껴 두는 거라고 설명을 하더니, 나로서는 알아듣기 힘든 정치 얘기로 장광설을 늘어놓기 시작했다. 이제 곧 혁명이 일어날 건데, 그때가 되면 자기는 백마 한 필과 기관총을 산 다음 그 모자를 쓰고 읍내 중심가로 내려가 전쟁 기간 중 독일에 부역했던 상점 주인들을 모조리 다 쏘아 죽이겠다는 것이었다. 그리고 덧붙이기를 꼭 미국에서처럼 말이오, 하기에 내가 그게 무슨 말이냐고 물었더니 카우보이와 인디언에 관해 말 같지도 않은 소리를 횡설수설 읊어 댔다. 나는 그건 오래전 일이라며 말을 자르려고 했지만 그는 아니, 아니, 그 일은 지금도 계속되고 있소. 댁은 5번가에서 벌어진 총격전도 모르는 거요? 아파치 얘기도 못 들어 봤소? 하면서 따지고 들었다. 입씨름을 해봤자 소용없는 일이었다. 그래서 나는 내 무식함에 대한 변명으로, 나는 다른 동네에서 산다고 했다.

나는 그 별장에서 며칠을 더 머물렀다. 내 계획은 될 수 있는 한 아무 일도 하지 않고 푹 쉬자는 것이었다. 나는 지칠 대로 지쳐 있어서 파리로 돌아가기 전에 다시 기운을 차릴 시간이 필요했다. 그렇게 하루 이틀이 지났다. 나는 들판을 거닐고, 숲을 찾아가고, 양지 쪽에 앉아 미국 탐정 소설의 프랑스어 번역판을 읽었다. 그 일은 마땅히 완벽한 치유 효과를 보였어야 했다. 어디인지 모를 곳 한가운데서 생각이 자유롭게 떠돌도록 놓아둔 그 일은. 그러나 어느 것도 실제로는 도움이 되지 못했다. 그 집은 내게 숨 쉴 여지를 주지 않았고, 사흘째가 되자 나는 내가 더 이상 혼자가 아니라는, 그 집에서는 혼자일 수가 없다는 느낌이 들었다. 팬쇼가 거기에 있었다. 내가 아무리 그를 생각하지 않으려고 애를 써도 도저히 벗어날 길이 없었다. 그것은 예상치 못했던 짜증스러운 일이었다. 이제 내가 그를 더는 찾으려고 하지 않았더니, 그가 전에 어느 때보다도 더 가까이에 있었다. 모든 과정이 거꾸로 되고 만 셈이었다. 그를 찾으려고 애쓰면서 몇 달을 보낸 뒤, 나는 마치 내가 찾아내진 사람이 된 것 같은 느낌이었다. 나는 팬쇼를 찾으려는 것이 아니라 사실상 그에게서 달아나고 있었다. 그동안 내가 나 자신을 위해 꾸며 낸 일들 — 있지도 않은 책, 끝없는 우회 — 은 그를 밀어내려는 시도, 가능한 한 내게서 멀리 떼어 놓으려는 책략에 지나지 않았다. 내가 그를 찾고 있다는 사실을 나 자신에게 납득시킬 수 있다면 그것은 결국 그가 다른 어떤 곳 — 나를 넘어선, 내 삶의 범위를 넘어선 다른 어떤 곳 — 에 있어야 한다는 말이 되기 때문이다. 내 생각이 잘못이었다. 팬쇼는 바로 내가 있는 곳에 있었다. 맨 처음부터 거기에 있었다. 그의 편지를 받는 순간부터 나는 그의 모습을 상상하려고, 그를 바뀌었을 법한 모습으로 보려고 무진 애를 썼지만, 내 마음속에서는 아무것도 떠오르지 않았다. 기껏해야 하나의 무미건조한 이미지 — 잠겨 있는 방의 문 — 가 떠올랐을 뿐이다. 그것이 고작이었다. 팬쇼는 상상의 독거형을 선고받아 그 방에 홀로 있었다. 아마도 살아서 숨을 쉬고 아무도 모를 꿈을 꾸면서. 그런데 이제 알게 된 바로는, 그 방은 내 머릿속에 있었다.

그 뒤로 내게 이상한 일들이 일어났다. 나는 파리로 돌아왔지만 막상 와서 보니 할 일이 아무것도 없었다. 전에 알던 사람들을 다시 만나고 싶지도, 뉴욕으로 돌아갈 엄두도 나지 않았다. 나는 맥이 빠져서 꼼짝도 할 수 없었고, 차츰차츰 나 자신을 망각해 갔다. 내가 그 시기에 대해서 뭐라도 얘기할 수 있다면, 그것은 오로지 내 기억을 살려 주는 증거물들이 몇 가지 있기 때문이다. 이를테면 여권에 찍힌 비자 스탬프라든가 비행기 표, 호텔 청구서 같은. 그런 것들이 내가 파리에 한 달 이상 체류했다는 사실을 입증해 준다. 하지만 그 사실은 내 기억과 전혀 다르며, 내가 알고 있는 사실에도 불구하고 여전히 그런 일은 있을 수 없었다는 생각이 든다. 나는 눈앞에서 일어나는 일들을 보고 여러 장소에 있는 나 자신의 이미지와 마주치지만, 그것은 단지 내가 다른 누군가를 바라보고 있는 것처럼 먼 이미지일 뿐이다. 그중 어느 것도 내 마음속에 늘 자리 잡고 있는 기억으로는 느껴지지 않는다. 그 이미지는 내가 느끼거나 만질 수 없는 것, 나와는 무관한 것이다. 나는 내 삶에서 한 달이라는 시간을 잃어버렸고 지금까지도 그 일을, 생각만 해도 부끄러워지는 일을 고백하기가 어렵다.

　　한 달은 긴 시간, 한 사람이 망가지기에 충분하고도 남는 시간이다. 내게는 당시의 일들이 오직 단편들로만, 서로 결합될 수 없는 퍼즐 조각들로만 떠오를 뿐이다. 나는 어느 날 밤 술에 취해 길거리에서 넘어졌다가 다시 일어나 비틀거리며 가로등을 향해 걸어가는, 그런 다음 내 신발에다 마구 토해 놓는 내 모습을 본다. 또 불이 켜진 영화관에 앉아 방금 전에 보았던 영화가 뭐였는지도 기억 못한 채 내 주위로 줄줄이 빠져나가는 사람들을 지켜보고 있는 내 모습도 본다. 또 머릿속이 온통 노출된 젖가슴과 허벅지와 엉덩이가 끝없이 뒤엉킨 벌거벗은 몸뚱이에 대한 생각으로 가득 차서 데리고 잘 매춘부를 고르려고 한밤중에 생 드니 가를 어슬렁거리는 내 모습을 보기도 한다. 누군가가 내 성기를 빨고 있거나, 내가 있는 침대에서 두 여자가 서로 키스를 하거나, 몸집이 엄청난 흑인 여자가 비데에 올라앉아 가랑이를 벌리고 음부를 씻는 모습도 보인다. 나는 그런 일들이 실제로 일어나지 않았다고 할 생각은 없다. 단지 나로서는 설명할 수 없다는 것뿐이다. 나는 성교를 하면서 정신이 나가 있었고, 술을 마시며 엉뚱한 세상에 가 있었다. 하지만 그 목적이 팬쇼를 잊기 위한 것이었다면 내 흥청거림은 성공인 셈이었다. 그는 사라졌고, 그와 함께 나도 사라졌다.

　그러나 결말은 분명하게 기억난다. 나는 그 일을 잊어버리지 않았고, 그 정도까지라도 기억하고 있는 것을 다행으로 여긴다. 이 모든 이야기는 마지막에 일어난 일로 귀착되는데, 그 마지막 부분이 내 기억에 남아 있지 않다면 나는 이 책을 쓰기 시작할 수 없었을 것이다. 그 점은 이 이야기에 앞서는 두 편의 이야기, 「유리의 도시」와 「유령들」에도 그대로 적용된다. 세 편의 이야기는 결국 같은 이야기지만, 내 의식 속에서는 그 하나 하나가 동일한 사건의 각기 다른 단계를 나타내고 있다. 나는 지금 어떤 문제를 해결했다고 주장하려는 것이 아니라, 다만 어느 순간이 되자 그동안 일어났던 일들을 돌아보기가 더 이상은 두렵지 않게 되었다는 말을 하는 것이다. 설령 이런저런 말들이 뒤따랐다 하더라도 그것은 단지 내가 그런 말을 받아들여 그것들이 이끄는 대로 따라갈 수밖에 없었기 때문이다. 하지만 그렇다고 해서 그런 말들이 중요하다는 것은 아니다. 지금까지 나는 꽤 오랫동안 어떤 것에 작별을 고하려 애써 왔고, 정말로 중요한 것은 그런 노력이다. 이야기는 언어에 있는 것이 아니라 그런 노력에 있는 것이다.

어느 날 밤 나는 내가 피갈 광장 근처의 어느 술집에 있다는 사실을 알게 되었다. 내가 〈알게 되었다〉라는 표현을 쓰고 싶어 하는 이유는, 어떻게 하다 거기로 가게 되었는지 통 생각이 나지 않고 그곳에 들어선 기억도 전혀 없기 때문이다. 아무튼 그곳은 그 근처에서 흔히 볼 수 있는 바가지를 씌우는 술집들 중 하나로, 예닐곱 명의 여자들이 진을 치고 있다가 손님과 합석을 하게 되면 값이 터무니없이 비싸게 매겨진 샴페인을 주문하고, 그런 다음 손님이 원하면 어떤 정해진 금액에 타협을 보고 나서 바로 옆에 있는 호텔 방으로 슬며시 빠져나갈 수 있는 그런 곳이었다. 그 장면은 내가 어떤 여자와 같이 테이블에 앉아 있고 이제 막 얼음 통에 든 샴페인 병을 받은 데서부터 시작된다. 내가 기억하기로 그 여자는 타이티인이었고 아름다웠다. 그리고 나이는 기껏해야 열아홉 아니면 스물쯤 되어 보였는데, 아주 자그마한 몸집에 그물 세공으로 짠 흰 드레스 외에는 아무것도 입지 않아서 매끄러운 갈색 피부에 그물눈이 얼기설기 나 있는 것처럼 보이는 그 모습이 대단히 선정적이었다. 지금도 나는 다이아몬드 꼴의 앞가슴 틈새로 그녀의 동그스름한 젖무덤이 보였던 것이며, 허리를 굽혀 키스를 했을 때 그녀의 목덜미가 놀랄 만큼 보드라웠던 것이 기억난다. 그녀는 내게 이름을 알려 주었지만 나는 고집스럽게 그녀를 페이어웨이라고 부르면서, 그녀는 타이티에서 온 망명자고 나는 그녀를 구하러 뉴욕에서 여기까지 그 먼 길을 달려온 미국 선원 허먼 멜빌이라고 떠들어 댔다. 그녀는 내가 무슨 소리를 지껄이고 있는지 짐작도 하지 못했겠지만 계속해서 미소를 짓고 있었다. 틀림없이 내가 푸푸거리는 프랑스어로 주절거리는 동안 나를 미치광이로 여기면서도 침착하게 내가 웃으면 따라 웃고 어디에든 좋을 대로 키스를 하게 놓아두고서.

우리는 한쪽 구석의 벽 안쪽으로 움푹 들어간 자리에 앉아 있었는데 내가 있는 자리에서는 그 술집 전체가 한눈에 다 들어왔다. 남자들이 들락거리면서 몇몇은 문 안으로 고개를 디밀었다 그냥 가버렸고, 몇몇은 바에 남아 한잔씩 걸쳤고, 한둘은 나처럼 테이블을 차지하고 앉았다. 한 15분 뒤에 미국인인 것이 분명한 청년 하나가 술집 안으로 들어섰다. 내가 보기에 그는 마치 그런 곳에 처음 발을 들여놓은 것처럼 불안한 표정을 짓고 있었지만 프랑스어 실력만큼은 대단히 좋았다. 그 청년이 카운터에서 유창한 프랑스어로 위스키를 주문하고 여자들 중 하나와 이야기를 시작한 것으로 보아 한동안 거기에 눌러앉을 작정인 게 분명해 보였다. 나는 비좁은 구석 자리에서 손으로는 연신 페이어웨이의 다리를 더듬고 코로는 그녀의 얼굴을 부비면서 그를 살펴보았는데, 그가 거기에 있으면 있을수록 점점 더 마음이 산란해졌다. 그는 키가 컸고 운동선수 같은 체격에 연갈색 머리, 그리고 활달하면서도 어딘가 모르게 좀 앳된 태도를 보이고 있었다. 나이는 스물여섯 아니면 일곱쯤 되어 보였고 대학원생 아니면 파리 주재 미국 회사에서 일하는 젊은 변호사일 것 같았다. 나는 전에 그를 본 적이 없었지만 그래도 어쩐지 낯익은 구석이 있어서 눈길을 돌릴 수가 없었다. 퍼뜩 뇌리를 스쳐지나 간, 어디선가 본 듯하다는 묘한 느낌이 들어서였다. 나는 그에게 이런저런 이름을 갖다 붙이며 과거에서 그를 끌어내어 연상의 실타래를 풀어 보려고 했지만 아무것도 떠오르

지가 않았다. 저 친구는 아무도 아냐. 나는 마침내 포기하고
서 속으로 그렇게 중얼거렸다. 그러나 다음 순간 느닷없이,
어떤 뒤엉킨 추리의 연상 작용으로, 이런 생각이 떠올랐다.
만일 저 친구가 아무도 아니라면 팬쇼인 게 틀림없어. 나는
그 농담 같은 생각에 웃음을 터뜨렸고, 빈틈없이 나를 지켜
보고 있던 페이어웨이도 나를 따라 같이 웃었다. 나는 그런
말도 안 되는 생각이 있을 수 없다는 것을 알고 있었지만 팬
쇼라는 말을 다시 입에 올렸다가 한 번 더 되뇌었다. 그 이름
을 입에 올리면 올릴수록 그 말을 하는 게 점점 더 즐거워졌
다. 내 입에서 그 말이 튀어나올 때마다 웃음이 한 차례씩 더
뒤따랐다. 그 소리에 취해서 나중에는 내 목소리가 끽끽 갈
라지기까지 했고, 그러자 페이어웨이는 차츰차츰 혼란스러
워지는 모양이었다. 아마도 그녀는 내 쪽에서 자기가 알아듣
지 못하는 무슨 성적인 농담을 하는 줄 알고 있다가, 내 입에
서 연신 터져 나오는 소리가 차츰차츰 그 말의 의미를 빼앗
아 버리자 그것을 일종의 위협으로 여기기 시작한 것 같았
다. 나는 술집을 가로질러 그 젊은이를 건너다보면서 같은
말을 되풀이했다. 내 즐거움은 이루 헤아릴 수 없을 지경이
었다. 나는 내 순전한 억측에 기뻐 날뛰면서 나 자신에게 부
여한 새로운 힘을 세상에 알리고 있었다. 나는 이 세상을 마
음대로 바꿀 수 있는 위대한 연금술사였다. 그 젊은이는 내
가 그를 팬쇼라고 했기 때문에 팬쇼였고, 그것으로 그만이었
다. 이제는 아무것도 나를 가로막을 수 없었다. 두 번 다시
생각해 보고 말고 할 것도 없이 나는 페이어웨이의 귀에다 대
고 곧 돌아오겠다고 한 다음, 그녀의 황홀한 품에서 빠져나
와 바에 앉아 있는 가짜 팬쇼에게로 어슬렁어슬렁 걸어갔다.
그리고 할 수 있는 대로 옥스퍼드 억양을 흉내 내서 말을 건

넸다.

「아니 이거, 친구, 정말 놀랍군. 이렇게 다시 만나다니.」

그가 고개를 돌려 나를 유심히 살펴보았다. 그의 얼굴에 떠올랐던 미소가 서서히 사라지면서 찌푸림으로 바뀌었다. 「우리가 서로 아는 사이인가요?」 마침내 그가 물었다.

「물론 알고말고.」 내가 정말 즐겁다는 투로 호기를 부렸다. 「내 이름은 멜빌일세. 허먼 멜빌. 자네 아마 내 책을 몇 권은 읽었을 텐데?」

그는 나를 재미있는 주정뱅이로 보아야 할지 위험한 정신병자로 보아야 할지 판단이 잘 서지 않는 모양이었다. 그의 얼굴에 혼란스러운 표정이 떠올랐지만 내게는 그것이 아주 멋지게 보여서 나는 그 표정을 철저히 즐겼다.

「글쎄요.」 그가 억지로 반쯤 미소를 지으며 마침내 입을 열었다. 「한두 권쯤 읽은 것 같기도 하고……」

「고래에 관한 거겠지, 틀림없이.」

「그래요. 고래에 관한 거였지요.」

「그 말을 들으니 기쁘군.」 나는 즐거운 듯 고개를 끄덕이고 나서 그의 어깨에 팔을 둘렀다. 「그런데 팬쇼, 자네 무슨 일로 이런 때 파리까지 오게 된 건가?」

그의 얼굴에 다시 혼란스러운 표정이 떠올랐다. 「실례지만, 제 이름을 뭐라고 하셨죠?」

「팬쇼.」

「팬쇼라고요?」

「그래, 팬쇼. F-A-N-S-H-A-W-E.」

「아, 예.」 그가 당장에 자신감을 되찾은 듯 환하게 웃으며 말했다. 「거기에 문제가 있었군요. 선생이 나를 다른 사람과 착각한 겁니다. 내 이름은 팬쇼가 아니고요, 난 스틸먼입니다. 피터 스틸먼.」

「상관없어.」 내가 그의 어깨를 두른 팔에 조금 더 힘을 주면서 말했다. 「자네 자신을 스틸먼이라고 하고 싶다면, 뭐 좋을 대로 하라고. 어쨌건 이름이 중요한 건 아니니까 말이야. 중요한 건 내가 자네의 정체를 알고 있다는 거지. 자넨 팬쇼야. 난 자네가 이곳으로 들어서는 순간 그렇다는 걸 알았어. 그래서 속으로 〈아니, 저거 바로 그 친구잖아. 그런데 저 친구 이런 데서 대체 뭘 하고 있는 거지?〉 하는 생각을 했단 말이야.」

그는 이제 나를 더 이상은 참아 줄 수 없는 모양이었다. 그가 어깨에서 내 손을 치우더니 뒤로 물러났다. 「이제 그만 됐소. 당신은 사람을 잘못 본 거니까 그 정도로 해둡시다. 난 당신하고 더는 얘기하고 싶지 않소.」

「그러기엔 너무 늦었어. 자네 비밀은 드러났으니까, 이 친구야. 이제는 나한테서 숨을 길이라곤 없어.」

「나를 가만 내버려 두라니까!」 그가 처음으로 화를 내며 말했다. 「난 미치광이하고는 얘기하고 싶지 않아. 나를 내버려 둬, 그러지 않으면 나도 가만있지 않을 테니까.」

술집 안에 있던 다른 사람들은 우리가 무슨 말을 하고 있는지 알 수 없었지만 그래도 긴장감이 감돌기 시작했고, 나는 사람들이 나를 지켜보고 있다는 것, 주위의 분위기가 바뀌고 있다는 것을 알 수 있었다. 스틸먼은 갑자기 겁에 질린 것처럼 보였다. 그가 카운터 뒤쪽의 여자를 힐끗 돌아보다가 불안한 눈으로 자기 옆에 있는 여자를 바라보더니 충동적으로 그곳에서 나갈 마음을 먹었는지 나를 밀치고 문 쪽으로 걸어가기 시작했다. 나는 그 정도로 그만둘 수도 있었지만 그러지 않았다. 이제 막 달아오르고 있는 참이어서 내 영감을 낭비하고 싶지 않았다. 나는 페이어웨이가 앉아 있는 자리로 돌아가 테이블에 몇 백 프랑을 내려놓았다. 그녀가 짐짓 뿌루퉁한 표정을 지어 보였다. 「*C'est mon frère. Il est fou. Je dois le poursuivre*(저 앤 내 동생인데 미쳤어. 나는 저 애를 쫓아가야 해).」 나는 그렇게 둘러댄 다음 그녀가 돈을 집어들자 키스를 날려 보내고 몸을 돌려 그곳에서 빠져나왔다.

스틸먼은 20~30미터 앞에서 빠른 걸음으로 걷고 있었다. 나는 그의 눈에 띄고 싶지 않았지만 그를 놓치고 싶지도 않아서 그와 보조를 맞추었다. 그는 내가 뒤따라올 것이라고 여겼는지 이따금씩 어깨 너머로 뒤를 돌아다보곤 했지만, 나는 우리가 그 구역을 벗어나 군중과 소음으로부터 멀리 떨어져 센 강 오른쪽 제방의 가장 조용하고 어두운 곳으로 접어들 때까지 그의 눈에 띄지 않도록 몸을 숨겼다. 그는 나와 마주친 것에 겁을 먹고서 죽기 살기로 달아나는 사람처럼 굴었다. 하지만 그것은 얼마든지 이해할 수 있는 일이었다. 그에게 나는 우리 모두가 무엇보다도 더 두려워하는 대상 — 어둠 속에서 뛰쳐나와 싸움을 거는 낯선 사람, 우리의 등을 찌르는 칼, 우리를 깔아뭉개 죽음으로 몰아가는 과속 질주 차량 — 이었으니까. 그가 달아나는 것은 당연한 일이었다. 그러나 그의 두려움은 단지 나를 자극해서 그를 뒤쫓고 결의에 차서 열광하도록 부추겼을 뿐이었다. 나는 내가 하려는 일에 대해 아무런 계획도 생각도 없었지만, 내 삶 전체가 그 일에 달려 있음을 알고 한 점 의심도 없이 그를 따라가고 있었다. 여기서 꼭 짚고 넘어가야 할 것은 내가 그때 완전히 제정신이었다는 — 비틀거리지도 술에 취하지도 않았고 머리도 맑을 만큼 맑았다는 — 사실이다. 나는 내가 터무니없는 행동을 하고 있다는 것, 스틸먼은 팬쇼가 아니라는 사실을 분명히 알고 있었다. 그는 임의로 선택된, 아무 죄도 없고 빌미도 아닌 대상이었다. 하지만 나를 흥분시킨 것은 바로 그런 임의성, 순전한 우연이 안겨 주는 현기증이었다. 그것은 말이 되지는 않았지만, 바로 그 때문에 이 세상 어느 것보다도 더 말이 되었다.

어느 순간부터 길에는 우리의 발자국 소리밖에 들리지 않았다. 스틸먼이 다시 뒤를 돌아다보다가 내가 눈에 띄자 걸음을 점점 더 빨리하면서 거의 뛰다시피 하기 시작했다. 나는 소리쳐 그를 불렀다. 「팬쇼!」 그리고 다시 큰 소리로 외쳤다. 「너무 늦었어. 난 네가 누군지 알아, 팬쇼.」 또 그가 다음 번 거리로 접어들었을 때는 이렇게 소리쳤다. 「이젠 다 끝났어, 팬쇼. 넌 절대로 빠져나가지 못해.」 스틸먼은 아무 대꾸도 하지 않았고 뒤를 돌아다보려고도 하지 않았다. 나는 계속해서 말을 걸고 싶었지만 이제는 그가 뛰고 있어서 말을 하려고 들면 걸음만 늦어지게 될 터였다. 나는 말장난을 그만두고 그를 뒤쫓았다. 얼마 동안을 그렇게 달렸는지 모르지만 몇 시간은 되는 것 같았다. 그는 나보다 더 젊고 강해서 까딱 잘못하다가는 그를 따라잡지 못하고 놓칠 판이었다. 나는 이미 탈진 상태를 넘어서 구역질이 났지만 걸음을 멈추지 않고 어두운 거리를 따라 그를 향해 미친 듯이 내달렸다. 그를 따라잡기 오래전부터, 그에게 다가갈 수 있으리라는 것을 알기도 전부터 내가 더 이상 나 자신이 아닌 것 같은 기분이 들었다. 그 기분을 표현할 다른 어떤 말도 떠오르지가 않는다. 나는 더 이상 나 자신을 느낄 수 없었다. 삶의 감각이 내게서 빠져나갔고, 그 자리에는 기적과도 같은 행복감, 혈관을 흐르는 달콤한 독, 인사불성 상태에서 풍기는 것이 분명한 냄새가 대신 들어섰다. 이게 내가 죽음을 맞는 순간이로군. 나는 속으로 그렇게 중얼거렸다. 지금이 바로 내가 죽는 때야. 다음 순간 나는 스틸먼을 따라붙어 뒤에서 그를 붙잡았고, 우리는 길바닥에 나뒹그러지면서 그 충격으로 둘 모두 신음을 토해 냈다. 나는 힘이 빠질 대로 다 빠진 데다 숨이 너무 차서 나를 방어하기는커녕 버둥거릴 기력마저도 없었다. 말 한마디도 입 밖에 내어지지 않았다. 몇 초쯤 우리는 보도에 쓰러진 채 드잡이를 했지만 다음 순간 그가 내 손아귀에서 벗어났고, 그다음부터 나는 어떻게도 손을 쓸 수 없었다. 그가 나를 주먹으로 때리고 구두 끝으로 걷어차고 하면서 사정없이 두들겨 패기 시작했다. 그때 나는 두 손으로 얼굴을 감싸려고 했던 기억이 난다. 또 몸이 마비될 정도로 아픈 통증과 그 고통이 너무도 심해서 얼마나 절망적으로 그 통증을 느끼지 않게 되기를 바랐는지도. 하지만 그것 말고는 어떤 기억도 나지 않는 것으로 보아 그 상황이 아주 오래갔을 리는 없다. 스틸먼은 나를 만신창이로 만들었고 그가 일을 끝냈을 때쯤 나는 기절하고 말았다. 길바닥에 쓰러진 채로 다시 정신을 차렸다가 아직도 밤중이라서 놀랐다는 것은 기억이 나지만 그것이 고작이었다. 나머지 일들은 하나도 기억이 나지 않는다.

그 뒤로 사흘 동안 나는 꼼짝도 못 하고 호텔 방에 누워 있었다. 충격이 너무 심해서 통증에 시달리기는 했지만 그래도 죽을 정도는 아니었다. 내가 그 사실을 알아차린 것은 이틀째인가 사흘째 되는 날이었다. 어느 한순간, 나는 침대에 누워 닫아 놓은 블라인드를 바라보고 있다가 내가 살아났다는 사실을 알아차렸다. 살아 있다는 것이 이상하게, 통 이해가 가지 않을 정도로까지 느껴졌다. 손가락 하나가 부러지고 양쪽 관자놀이에 깊게 갈라진 상처가 나고 숨을 쉴 때마다 통증이 일었다. 하지만 그런 것은 중요하지 않았다. 나는 살아 있었고, 그것에 대해 생각하면 생각할수록 점점 더 알 수가 없었다. 내가 목숨을 건졌다는 것이 도무지 있을 수 없는 일 같아 보였다.

그날 밤늦게 나는 소피에게 집으로 돌아가겠다는 전보를 띄웠다.

9

이제 이야기가 거의 끝나 가고 있다. 아직 한 가지가 남아 있기는 하지만 그것은 나중에, 그러니까 3년이 더 지나고서야 일어난 일이다. 그 사이에 여러 가지 어려움이 있었고 극적인 일도 많았지만, 나는 그런 일들이 지금부터 하려는 이야기와 관련이 있다고는 생각하지 않는다. 뉴욕으로 돌아온 뒤 소피와 나는 거의 1년 가까이 별거를 했는데, 그녀는 나를 이미 포기한 상태여서 내가 마침내 그녀를 되찾기까지는 몇 달 동안의 우여곡절이 있었다. 그러나 지금 이 시점(1984년 5월)에서 볼 때 중요한 것은 한 가지뿐이다. 그것 외에는 내 삶에서 일어난 모든 일들은 순전히 우연이다.

1981년 2월 23일, 벤의 남동생이 태어났다. 우리는 그 아이에게 소피의 할아버지 이름을 따서 폴이라는 이름을 지어 주었고, 몇 달 뒤(7월)에는 강 건너 브루클린에 있는 연립 주택의 꼭대기 두 층을 세내어 이사했다. 그리고 9월부터는 벤이 유치원에 다니기 시작했다. 우리 가족은 성탄절을 미네소타로 가서 보냈는데 돌아올 무렵에는 폴이 걸음마를 떼기 시작했고, 날이 갈수록 동생을 더 챙기게 된 벤은 그런 발전이 모두 제 덕이라고 우겼다.

팬쇼에 관해서는 소피도, 또 나도 이야기를 꺼내지 않았다. 그것은 무언의 협정이어서, 아무 이야기도 하지 않으면 않을수록 서로에 대한 성실성을 증명하는 셈이 되었다. 내가 스튜어트 그린에게 선불로 받은 돈을 돌려주고 전기 집필을 공식적으로 중단한 뒤 그의 이름이 입에 오른 것은 딱 한 번뿐이었다. 그것은 우리가 재결합하기로 결정을 한 날이었고, 그의 이름이 거론된 방식도 아주 실제적이었다. 팬쇼의 책과 희곡은 여전히 상당한 수입원이 되고 있었는데, 소피는 만일 우리가 결혼 생활을 계속하려면 그 돈을 우리 자신에게 쓴다는 것은 말도 안 되는 소리라고 했다. 나는 그 말에 동의했다. 생활비를 벌어들일 다른 방도를 찾고 인세로 들어오는 돈은 벤을 위해, 그리고 나중에는 폴을 위해 신탁에 넣어 두기로. 그런 다음 마지막으로는 팬쇼의 작품을 관리할, 다시 말해서 연극 공연을 위한 요청과 중판 협상, 계약 등 무엇이건 필요한 일을 도맡아 처리할 저작권 관리인을 고용했다. 우리가 할 수 있는 한에서는 모든 일을 다 한 셈이었다. 만일 팬쇼에게 아직까지도 우리를 파멸시킬 힘이 있다면 그것은 우리가 그에게 그래 주기를 원했거나 우리 자신을 파멸시키고 싶어 했기 때문이었을 것이다. 내가 소피에게 사실대로 이야기를 하려 들지 않은 것도 바로 그런 이유에서였다. 그러기가 겁이 나서가 아니라 그 사실이 더 이상은 중요하지 않았기 때문에. 우리의 힘은 침묵에 있었고, 나로서는 그것을 깨뜨리고 싶은 생각이 전혀 없었다.

그렇더라도 나는 이야기가 아직 끝나지 않았다는 것을 알고 있었다. 파리에서 보낸 마지막 한 달 동안의 일이 내게 그 점을 가르쳐 주었고, 나는 차츰차츰 그 사실을 받아들이게 되었다. 다음번 일이 일어나는 것은 단지 시간문제일 뿐이었다. 더군다나 내게는 그 일이 불가피해 보였기에 더 이상 그 일을 부정하고 내가 팬쇼를 없앨 수 있다는 생각으로 나 자신을 속이기보다는, 그 일에 대비를 하고서 무슨 일이 일어나든 대처할 준비를 해두는 편이 더 나았다. 나는 이야기를 하기가 그처럼 힘들어진 것이 바로 그 〈무슨 일〉의 위력이라고 믿는다. 무슨 일이라도 일어날 수 있다면 바로 그 순간부터 언어는 빛을 잃기 시작하는 거니까. 팬쇼가 피할 수 없는 존재가 되었다면 그것은 곧 그가 더 이상 존재하지 않게 되어야 한다는 뜻이었다. 나는 그 사실을 받아들일 줄 알게 되었다. 나 자신의 죽음을 생각하면서 살았던 것과 마찬가지로 그와 더불어 사는 법을 알게 되었던 것이다. 팬쇼 그 자신은 죽음이 아니었지만 죽음과 같은 존재였고, 나의 내면에서 죽음의 은유로 작용하고 있었다. 만일 내가 파리에서 끔찍한 일을 겪지 않았더라면 나는 그것을 절대로 알아차리지 못했을 것이다. 파리에서 나는 죽지는 않았지만 죽음 직전까지 갔었고, 그래서 죽음을 맛본 순간, 나 자신이 죽은 것을 본 순간이 한 번, 아니 어쩌면 몇 번은 있었다. 그런 마주침에 구제책이라고는 없다. 그런 일은 한 번 일어나면 계속 일어나기 마련이고 남은 평생을 그것과 더불어 살아야 한다.

편지가 온 것은 1982년 이른 봄이었다. 이번 소인은 보스턴으로 찍혀 있었고 메시지는 전보다 더 간결하고 급박했다. 〈더는 견딜 수가 없네. 자네와 얘기를 해야겠어. 4월 1일, 보스턴 콜럼버스 광장 9번지에서. 거기가 이 일이 끝나는 곳일세, 약속하네.〉

나는 일주일 내에 보스턴으로 갈 구실을 만들어야 했다. 그런데 나중에 알고 보니 그 일은 마땅히 그래야 하는 것보다 훨씬 더 까다로웠다. 나는 소피에게 아무 말도 하지 않기로 마음을 먹고 있었지만(그것이 내가 그녀에게 해줄 수 있는 최소한이라는 느낌으로), 필요가 있다고는 해도 또 다른 거짓말을 하기가 어쩐지 망설여졌다. 아무런 진척도 보지 못한 채 이틀인가 사흘이 그냥 지나갔고, 나는 결국 하버드 대학교 도서관에서 몇 가지 논문을 참조할 게 있다느니 뭐니 하는 어설픈 이야기를 꾸며 냈다. 그때 내가 어떤 논문들이라고 했는지는 기억이 나지 않는다. 뭔가 내가 쓰려는 글과 관계된 것이라고 한 것 같기는 하지만 그 기억이 틀렸을 수도 있다. 중요한 것은 소피가 아무런 반대도 하지 않았다는 것이다. 그녀는 괜찮으니까 어서 다녀오라는 식의 말을 했던 듯싶다. 내 직감적인 느낌으로는 그녀가 무슨 일이 벌어지려 한다는 낌새를 챘던 것 같지만 그것은 느낌일 뿐이고, 여기에서 과연 그랬는지 아닌지를 시시콜콜 따질 필요는 없을 것이다. 소피에 관한 한, 나는 그녀가 아무것도 감추지 않았다고 믿고 싶다.

나는 4월 1일 아침 일찍 출발하는 기차 편을 예약했다. 내가 떠나는 날 아침, 폴이 5시 조금 안 되어 잠을 깨더니 침대로 올라와 우리 사이로 기어들었다. 나는 한 시간쯤 뒤에 잠이 깨어 방을 나서다가 문간에서 잠시 걸음을 멈추고 어슴푸레한 회색 빛 속에 네 활개를 펼치고 잠들어 있는 소피와 폴을 지켜보았다. 나와 무관하면서도 내가 속해 있는 사람들. 벤은 벌써 일어나 옷을 입고 위층 주방에서 바나나를 먹으며 그림을 그리고 있었다. 나는 우리 둘이 먹을 휘저어 익힌 달걀을 만들면서 아빠는 이제 곧 보스턴으로 가는 기차를 타러 갈 참이라고 했다. 벤은 보스턴이 어디에 있느냐고 물었다.

「여기서부터 2백 마일쯤 떨어져 있지.」 내가 대답했다.

「그럼 우주만큼 멀어?」

「똑바로 하늘을 향해 올라간다면 그쯤 가까이 되겠구나.」

「그럼 아빠는 달나라에 가는 거겠네. 그렇다면 기차보다 우주선이 더 낫잖아?」

「돌아오는 길에는 그걸 타보마. 매주 금요일마다 보스턴에서 달나라로 가는 정기 항공편이 있으니까. 거기에 도착하는 대로 예약을 해둬야겠다.」

「좋아. 그러면 나중에 달이 어떤지 얘기해 줄 수 있을 거야.」

「달에 있는 돌을 찾으면 하나 가져다주마.」

「그럼 폴한테는?」

「폴에게도 하나 갖다 줘야지.」

「안 그래도 돼.」

「그게 무슨 말이니?」

「달나라 돌은 안 돼. 폴이 입에 넣었다가 숨이 막힐지도 몰라.」

「그러면 대신 뭘 갖다 주지?」

「코끼리.」

「우주엔 코끼리 같은 건 없어.」

「나도 알아. 하지만 아빠는 우주에 가는 게 아니잖아.」

「그야 그렇지.」

「틀림없이 보스턴에도 코끼리들이 있을 거야.」

「네 말이 맞을 것 같구나. 그런데 분홍색 코끼리하고 흰색 코끼리하고 어느 게 더 좋으니?」

「회색 코끼리. 크고 뚱뚱하고 주름이 많은 거.」

「문제없다. 그런 코끼리들이 제일 찾기 쉬우니까. 그런데 상자에 넣어 올까, 끈으로 매어서 데려올까?」

「아빠가 타고 와야 할 것 같아. 머리에는 왕관을 쓰고. 황제처럼 말이야.」

「어떤 황제?」

「꼬맹이들의 황제.」

「그럼 황후도 있어야 하지 않겠니?」

「물론이지. 엄마가 황후야. 엄마는 황후처럼 생겼으니까. 엄마를 깨워서 얘기해 줘야겠어.」

「그러지 말자꾸나. 집으로 돌아와서 엄마를 놀래 주고 싶으니까.」

「좋은 생각이야. 어쨌든 엄마도 눈으로 보기 전엔 믿지 않을 거야.」

「맞았다. 그리고 또 엄마를 실망시키고 싶지도 않고. 내가 코끼리를 찾지 못할 경우에 말이다.」

「아니, 아빠는 찾을 거야. 그건 걱정 마.」

「어떻게 그럴 거라고 장담하니?」

「그건 아빠가 황제니까. 황제는 갖고 싶은 걸 뭐든 다 가질 수 있거든.」

가는 동안 내내 비가 내렸고 프로비던스에 닿았을 때쯤에는 눈이 쏟아질 조짐마저 보였다. 보스턴에서 나는 우산을 하나 사 가지고 마지막 2~3마일을 걸어서 지나갔다. 거리는 잿빛으로 잔뜩 흐린 하늘 아래서 음산했고, 사우스 엔드까지 걷는 동안 눈에 띄는 행인도 거의 없었다. 주정뱅이 하나, 10대 아이들 한 무리, 전화 수리공 하나, 떠돌이 개 두세 마리가 고작이었다. 콜럼버스 광장은 큰길에서 뚝 떨어져 자갈 섬을 마주 보는 10여 채의 주택이 한 줄로 늘어선 곳이었다. 9번지는 그곳에서도 가장 황폐한 건물로 다른 건물들처럼 4층으로 되어 있었지만 한옆이 처져 내려서 널빤지들로 현관을 떠받쳤고 전면의 벽돌 벽도 보수해야 할 것 같았다. 그렇더라도 그 건물은 상당히 견고하다는 인상을 풍겼고 갈라진 틈새에서도 19세기의 우아한 기품이 내비쳤다. 나는 천장이 높은 커다란 방들, 여닫이 창가의 안락한 선반, 석고로 된 장식품 같은 것들을 상상했지만 그런 것은 하나도 보이지 않았다. 사실 나는 현관 홀 안으로 들어가지도 못하고 있었다.

문에는 반구 모양으로 생기고 가운데에 손잡이가 달린 녹슨 금속제 초인종이 붙어 있었는데, 내가 손잡이를 비틀자 누군가가 구역질을 하는 것 같은 소리 ── 둔탁해서 멀리까지는 들리지 않게 왝왝거리는 소리 ── 가 들렸다. 나는 잠시 기다렸지만 아무 응답이 없었다. 그래서 손잡이를 다시 한 번 비틀어 보았지만 그래도 나오는 사람이 없었다. 다음에 나는 시험 삼아 문을 살짝 밀어 보았다가 잠겨 있지 않다는 것을 알고 문을 연 다음, 잠시 멈췄다가 안으로 들어섰다. 현관홀은 비어 있었다. 오른쪽으로는 마호가니 난간에 층계의 나무결이 다 드러난 계단이 있었고, 왼쪽에는 거실로 통하는 것이 분명한 두 쪽짜리 문이 닫혀 있었다. 그리고 앞쪽으로도 역시 닫혀 있는 문이 하나 더 있었는데, 그 문은 아마도 주방으로 통하는 것 같았다. 내가 잠시 망설이다가 계단을 택하기로 하고 막 올라가려는 참에 두 쪽짜리 문 뒤에서 어떤 소리 ── 희미하게 두드리는 소리에 이어 무슨 말인지 알 수 없는 목소리 ── 가 들렸다. 나는 계단에서 몸을 돌리고 다시 무슨 소리가 들릴까 해서 그 문 쪽으로 귀를 기울였지만 아무 소리도 들리지 않았다.

오랜 침묵이 흐른 뒤 거의 속삭임 같은 그 목소리가 다시 들려왔다. 「이쪽일세.」

나는 그 문으로 다가가 문 사이의 틈에 귀를 바짝 갖다 댔다. 「자넨가, 팬쇼?」

「그 이름은 쓰지 말게.」 그 목소리가 이번에는 좀 더 분명하게 말했다. 「난 자네가 그 이름을 쓰도록 놔두지 않겠네.」 안쪽에 있는 사람의 입이 내 귀에 정확히 맞닿아 있었다. 우리 사이에는 문짝밖에 없었고 우리 두 사람의 거리가 너무도 가까워서 마치 그의 말소리가 곧장 내 머릿속으로 쏟아져 들어오는 듯한 느낌이었다. 그것은 누군가의 가슴에 귀를 대고 심장 박동을 듣는, 맥박을 찾아 몸을 더듬는 것과도 같았다. 그가 말을 멈추자 나는 갈라진 틈새로 새어 나오는 그의 숨결을 느낄 수 있었다.

「나를 들여보내 주게.」 내가 말했다. 「문을 열고 나를 들여보내 줘.」

「그럴 수 없네.」 그 목소리가 대답했다. 「우린 이런 식으로 얘기해야 할 걸세.」

나는 문손잡이를 움켜쥐고 사납게 문을 흔들었다. 「문을 열라니까. 문을 열게, 그렇지 않으면 문을 부숴 버리겠어.」

「안 돼. 문은 아예 열지 못하게 되어 있네.」 이제는 안에 있는 사람이 팬쇼임을 확신할 수 있었다. 나는 그가 이름을 사칭한 사람이기를 바랐지만, 그 목소리를 너무도 잘 알고 있어서 다른 누구라는 생각을 할 수 없었다. 「나는 지금 총을 들고 서 있네.」 그가 말했다. 「그리고 총구는 똑바로 자네를 겨누고 있고. 만일 자네가 문을 뚫고 들어온다면 난 그대로 쏘아 버릴 걸세.」

「그 말은 믿지 않겠네.」

「그러면 이 소리를 들어 보게.」 그 말에 뒤이어 그가 문으로부터 몸을 돌리는 소리가 나더니, 다음 순간 총이 발사되고 회벽 부스러기들이 마룻바닥에 떨어지는 소리가 들렸다. 그사이에 나는 방 안을 조금이라도 엿볼 수 있을까 해서 갈라진 틈새로 들여다보려고 애를 썼지만 그러기에는 틈이 너무 좁아서 실처럼 가는 회색 빛 한줄기 외에는 보이지 않았다. 그리고 다음에 그가 다시 입을 갖다 대자 그 빛마저도 볼 수 없게 되었다.

「알았네. 자네에게 총이 있군. 하지만 자네를 보게 해주지 않으면 내가 어떻게 자네가 자네라고 말하는 그 사람인 줄 알 수 있지?」

「난 내가 누구라고는 하지 않았네.」

「그렇다면 다른 식으로 말해 보겠네. 내가 어떻게 만나려는 바로 그 사람과 얘기하고 있다는 걸 알 수 있지?」

「자넨 나를 믿어야 할 걸세.」

「요즘 들어서는 믿는다는 건 자네가 도저히 기대할 수 없는 말일 텐데?」

「난 지금 자네에게 내가 바로 그 사람이라고 하고 있네. 그것으로 충분해. 자네는 제대로 찾아온 거고 나는 바로 그 사람일세.」

「난 자네가 나를 보고 싶어 하는 줄 알았네. 그게 자네가 편지에다 썼던 말이기도 하고.」

「난 자네와 얘기하고 싶다고 했네. 거기에서 오해했군.」

「쓸데없이 따지지 말자고.」

「난 그저 내가 뭐라고 썼는지 떠올려 주고 있을 뿐이네.」

「너무 밀어붙이지 말게, 팬쇼. 난 여차하면 여기서 걸어 나가 버릴 수도 있으니까.」

그 순간 갑자기 숨을 삼키는 소리가 들리더니 뒤이어 손바닥으로 사납게 문짝을 두드리는 소리가 났다. 「팬쇼라고 하지 말라니까!」 그가 고함을 질렀다. 「팬쇼라고 하지 마! 두 번 다시는!」

나는 또다시 성질을 돋우고 싶지 않아서 얼마쯤 시간이 흐르도록 내버려 두었다. 그의 입이 갈라진 틈새에서 떨어졌고, 내가 짐작하기로는 방 한가운데쯤에서 신음 소리가 나는 것 같았다. 신음 소리 아니면 흐느낌이었는데, 어느 쪽인지는 알 수 없었다. 나는 다음에 무슨 말을 해야 할지 몰라 그 자리에 서서 기다렸다. 이윽고 입이 다시 돌아오더니 한참 동안 침묵이 흐른 뒤에 팬쇼가 물었다. 「자네. 아직 거기 있나?」

　「있네.」

　「용서해 주게. 이런 식으로 시작하고 싶진 않았네.」

　「이걸 잊지 말게. 내가 여기로 온 건 자네가 오라고 했기 때문이라는 거.」

　「알고 있네. 그 점에 대해서 고맙게 생각하고 있고.」

　「나를 왜 오라고 했는지 설명해 주면 도움이 될 것 같네만.」

　「나중에. 아직은 그 얘기를 하고 싶지 않네.」

　「그러면 무슨 얘기가 하고 싶은가?」

　「다른 것들. 그동안 있었던 일들.」

　「말해 보게.」

　「이건 자네가 나를 미워하지 않도록 하고 싶어서네. 내 말 알아듣겠나?」

　「난 자네를 미워하지 않아. 한때 그런 적이 있긴 했지만 지금은 다 지난 일이네.」

　「자네도 알 테지만 오늘이 내 마지막 날일세. 그래서 난 확실히 해두어야 할 필요가 있어.」

　「자네가 지금껏 내내 있었던 곳이 여기였나?」

　「여기로는 한 2년 전에 온 것 같네.」

　「그러면 전에는 어디에 있었지?」

　「여기저기. 그 친구가 나를 뒤쫓고 있어서 계속 돌아다녀야 했으니까. 그 덕분에 여행의 참맛에 대해서 좀 알게 되기는 했지만. 내가 예상했던 것과는 전혀 딴판이었지. 내 계획은 언제나 가만히 앉아서 시간이 다 가도록 하는 거였는데.」

「퀸이라는 사람 얘기를 하는 건가?」

「그래. 그 사설탐정.」

「그 사람이 자네를 찾아냈나?」

「두 번. 한 번은 뉴욕에서, 그다음번엔 남쪽에서.」

「그렇다면 어째서 그 사람이 거짓말을 한 거지?」

「내가 그 사람에게 두려움을 심어 주었네. 그자가 나를 보았다는 걸 제삼자가 알게 되면 자기에게 어떤 일이 일어날지 알고 있었지.」

「알 테지만 그 사람은 실종됐네. 난 그 사람 흔적도 찾을 수 없었어.」

「어디엔가 있기는 하지만 그건 중요하지 않네.」

「어떻게 그 사람을 떼어 내 버린 건가?」

「상황을 완전히 뒤바꿔 버렸지. 그 친구는 자기가 나를 뒤쫓는 줄 알았지만 사실은 내가 그 친구를 뒤쫓고 있었거든. 물론 그 친구가 뉴욕에서 나를 찾아내긴 했지만 나는 빠져나왔지 ── 그 친구 손아귀에서 몸을 비틀어 가지고. 그 뒤로는 마치 게임을 벌이는 기분이더군. 나는 그 친구가 나를 찾아내지 않을 수 없도록 사방에 단서를 남기면서 그 친구를 유인했네. 하지만 내내 그 친구를 감시하고 있었지. 그러다 때가 되자 그 친구를 속여 내가 파놓은 함정으로 곧장 걸어 들어오게 했고.」

「아주 영리했군.」

「아니. 어리석은 짓이었지. 하지만 나로서는 달리 어쩔 도리가 없었네. 그렇게 하거나 아니면 항복하거나 둘 중 하나였는데 — 항복한다는 건 미친 놈 취급을 받게 된다는 얘기였을 테니까. 난 그런 짓을 한 나 자신이 싫었네. 누가 뭐래도 그 사람은 자기 일을 하고 있었을 뿐이니까. 그래서 그 친구가 안됐다고 여겼던 거고. 동정심은 메스꺼운 걸세, 특히 나한테 그런 감정이 있다는 걸 알게 되었을 때는.」

「그다음에는?」

「난 내 속임수가 정말로 먹혀든 건지 잘 알 수가 없었네. 퀸이 또다시 나를 뒤쫓을 수도 있다고 생각한 거지. 그래서 난 계속 옮겨 다녀야 했네. 그럴 필요가 없었을 때도 말이지. 그런 식으로 한 1년쯤을 허비했네.」

「그래서 어디로 갔나?」

「남쪽으로. 남서부였네. 따뜻한 곳에서 머물고 싶어서였지. 난 도보로 여행하면서 잠은 한데서 잤고 되도록 사람들이 많지 않은 곳으로 가려고 했네. 알다시피 이 나라는 대단히 큰 나라일세. 정말 엄청나지. 언젠가는 사막에서 두 달쯤 지냈던 적도 있었네. 나중에는 애리조나 주의 호피 족 보호 구역 변두리에 있는 움막에서도 살았고. 인디언들은 나한테 거기서 묵어도 좋다고 허락해 주기 전에 부족 회의를 열었지.」

「그거 꾸며 낸 얘기 아닌가?」

「내 말을 믿어 달라고 하진 않겠네. 난 자네에게 얘기를 하고 있는 것뿐이니까. 믿든 안 믿든, 그건 자네 마음일세.」

「그런 다음엔?」

「내가 뉴멕시코 어딘가에 있었을 때였네. 어느 날 간단히 한 끼 때우려고 길가에 있는 식당으로 들어갔는데 누군가가 카운터에 신문을 놓아두었더군. 그래서 그 신문을 집어 들고 읽어 봤지. 내 책이 출판되었다는 걸 안 건 바로 그때였네.」

「그래서 놀랐나?」

「꼭 그랬던 것은 아니고…….」

「그렇다면 어땠나?」

「잘 모르겠네. 화가 났던 것 같기도 하고. 심란했다고 할까.」

「이해가 되지 않는군.」

「내가 화가 났던 건 그 책이 쓰레기이기 때문이었네.」

「작가는 자기 작품에 대해서 판단할 줄을 모르는 법이지.」

「아니, 그 책은 쓰레기였네. 정말이야. 내가 쓴 건 전부 쓰레기였어.」

「그렇다면 왜 없애지 않은 건가?」

「애착이 너무 많아서였지. 하지만 그래서 좋을 게 없어. 어린아이는 제 응가에 애착을 갖지만 그걸 가지고 법석을 떨지는 않아. 그건 어디까지나 저 혼자만 하는 짓이지.」

「그렇다면 어째서 소피에게 그 작품을 나한테 보여 주라고 약속을 하게 한 건가?」

「그 여잘 달래려고. 하지만 그건 자네도 이미 알고 있을 텐데? 자넨 오래전에 그걸 알아냈어. 그게 내 구실이었지. 진짜 이유는 그 여자에게 새 남편감을 찾아 주려는 거였네.」

「그건 성공한 셈이군.」

「그래야 했지. 알 테지만 난 그저 아무나 고른 게 아닐세.」

「그러면 원고는?」

「난 자네가 그 원고를 내버릴 줄 알았네. 누군가가 그런 작품을 진지하게 여길 거라고는 생각도 못했으니까.」

「책이 출판됐다는 기사를 읽고 나서는 어떻게 했나?」

「뉴욕으로 돌아갔지. 터무니없는 짓이기는 했지만 그때 난 조금은 제정신이 아니어서 생각을 똑바로 할 수 없었네. 그 책이 나를 내가 벌인 일에 빠뜨렸던 거고 나는 그것과 다시 한 번 씨름을 벌여야 했지. 일단 책이 나왔으니 사태를 되돌릴 수는 없었고.」

「난 자네가 죽은 줄 알았네.」

「당연히 그렇게 생각했겠지. 그렇게 해서 다른 것은 몰라
도 퀸은 이제 더 이상 문제가 아니라는 것이 분명해졌지. 하
지만 그 새로운 문제가 더욱 좋지 않았네. 내가 자네에게 편
지를 보낸 것도 그때였고.」

「그건 아주 고약한 짓이었네.」

「난 자네한테 화가 났어. 그래서 자네를 괴롭히고 싶었던
거지. 내가 겪고 사는 것과 똑같은 고통을 겪으면서 살도록.
편지를 우편함에 집어넣자마자 그 일을 후회하기는 했지만.」

「너무 늦었군.」

「그래, 너무 늦었지.」

「뉴욕에는 얼마 동안이나 있었나?」

「모르겠어. 여섯 달에서 여덟 달쯤 될 것 같군.」

「어떻게 살았나? 먹고살 돈은 어떻게 벌었지?」

「물건들을 훔쳐서.」

「왜 사실대로 얘기하지 않는 건가?」

「난 지금 최선을 다하고 있는 걸세. 내가 얘기할 수 있는
건 다 얘기하면서.」

「그 밖에 뉴욕에서 또 뭘 했나?」

「자네를 감시했지. 자네와 소피와 아이를 감시했다네. 자
네가 사는 아파트 밖에서 진을 쳤던 적도 있고. 한 2~3주쯤,
아니 한 달쯤 될 걸세. 난 자네가 가는 곳이면 어디든 따라다
녔지. 한두 번은 길에서 자네와 맞닥뜨린 적도 있었고. 그것
도 얼굴을 똑바로 보면서. 하지만 자넨 알아보지 못하더군.
자네가 나를 알아보지 못한다는 게 기가 막힐 노릇이었지.」

「자넨 지금 이 얘기를 모두 꾸며 내고 있어.」

「내가 예전과 똑같아 보이지는 않았겠지.」

「누구도 그렇게까지 변할 수는 없어.」

「아마 나를 알아볼 수는 없었을걸. 하지만 그게 자네한테는 다행이었지. 만일 무슨 일이 일어났다면 난 아마 자네를 죽였을 테니까. 뉴욕에 있는 동안 줄곧 내 마음은 살의로 가득 차 있었어. 아주 지독했지. 일종의 증오로까지 치달았으니까.」

「그런데 왜 그만두었나?」

「뉴욕을 떠날 용기가 생겼기 때문이지.」

「고상하기도 하시군.」

「난 지금 변명을 하려는 게 아니라 그저 얘기를 하고 있는 것뿐일세.」

「그다음엔 어떻게 했나?」

「다시 배를 탔네. 그때까지도 난 선원증을 갖고 있었고, 그래서 어느 그리스 화물선과 계약을 했지. 그건 정말 넌더리가 나는, 처음부터 끝까지 견디기 어려운 일이었네. 하지만 난 그런 일을 당해 마땅했지. 그게 바로 내가 원하는 거였으니까. 그 배는 안 가는 곳이라고는 없이 인도, 일본을 거쳐 온 세계를 돌아다녔지만 난 한 번도 하선한 적이 없었네. 항구에 닿을 때마다 내 선실로 내려가 틀어박혀 있었지. 그런 식으로 2년을 보냈네. 아무것도 보지 않고 아무 짓도 하지 않고 죽은 사람처럼 살면서.」

「내가 자네 전기를 쓰려던 동안이로군.」

「그게 자네가 하고 있던 일이었나?」

「그랬던 것 같네.」

「굉장한 실수였군.」

「그 얘기는 안 해도 되네. 나 스스로 그렇다는 걸 알아냈으니까.」

「하루는 배가 보스턴에 정박했고, 난 거기에서 내리기로
했네. 그동안에 모여진 돈이 엄청나더군, 이 집을 사고도 남
을 정도로. 그 뒤로 난 죽 여기서 지내 왔지.」

「이름은 뭐로 바꿔 썼나?」

「헨리 다크. 하지만 내가 누군지 아는 사람은 아무도 없
네. 난 밖에 나간 적이 없으니까. 일주일에 두 번씩 필요한 물
건을 갖다 주는 여자가 하나 있기는 하지만 난 그 여자를 본
적이 한 번도 없네. 층계 밑에다 그 여자에게 줄 돈과 함께 쪽
지를 남겨 놓기만 하면 되니까. 그게 아주 간단하고 효과적
인 조치였지. 자네는 최근 2년 동안에 내가 처음으로 얘기를
나눈 사람일세.」

「자네 혹시 제정신이 아니라는 생각은 해보지 않았나?」

「자네한테 그렇게 보인다는 건 알고 있지만 그렇지는 않
아, 정말일세. 그런 얘기를 하느라 시간을 낭비하고 싶지도
않고. 다만 나한테 필요한 것이 다른 사람들에게 필요한 것
과 전혀 다를 뿐이지.」

「이 집은 한 사람이 살기엔 좀 크지 않나?」

「아주 크지. 난 이사를 오고 나서 아직 위층에 올라가 본
적도 없네.」

「그런데 어째서 이 집을 산 건가?」

「값이 거저나 다름없었으니까. 또 이 거리 이름이 마음에
들기도 했고. 그게 마음을 끌더군.」

「콜럼버스 광장 말인가?」

「그래.」

「무슨 얘긴지 모르겠군.」

「그게 길조처럼 보였던 거지. 미국으로 돌아와서 콜럼버스

의 이름을 딴 거리에 있는 집을 찾은 거니까. 거기엔 어떤 논리가 있었네.」

「그래서 자네가 죽기로 한 곳도 이 집이겠고.」

「바로 맞췄네.」

「자네가 보낸 첫 편지에는 7년이라고 했었네. 그렇다면 아직 1년이 더 남은 셈인데.」

「난 이미 나 자신에게 중요한 점을 증명했네. 그러니 더 이상 남아 있을 필요가 없지. 난 지쳤네. 지겹기도 하고.」

「그렇다면 내가 자네를 말려 줄 거라는 생각에서 나를 여기로 부른 건가?」

「아니, 천만에. 난 자네한테서 아무것도 바라지 않네.」

「그러면 원하는 게 뭔가?」

「자네에게 줄 물건이 있네. 어느 시점에서 난 내가 벌인 일을 자네에게 설명해 줄 의무가 있다는 것을 깨달았네. 하다못해 시도라도 해봐야겠다고 생각한 거지. 그걸 기록하는 데여섯 달이 걸렸네.」

「난 자네가 글 쓰는 일을 영원히 그만둔 줄 알았는데.」

「이번엔 다르네. 이건 내가 하던 일과는 아무 상관도 없는걸세.」

「그 물건이 어디 있나?」

「자네 등 뒤에. 층계 밑 옷장 바닥에 놓여 있는 빨간 공책일세.」

나는 돌아서서 옷장 문을 열고 공책을 집어 들었다. 괘선이 그어진 표준 규격의 2백 페이지짜리 스프링 공책이었다. 나는 그 공책을 대강 들춰 보다가 페이지들이 모두 빼곡히 채워져 있는 것을 알았다. 똑같이 낯익은 필적에 똑같이 검은 잉크, 똑같이 작은 글씨였다. 나는 일어서서 다시 갈라진 문득 앞으로 돌아왔다.

「이젠 어떻게 해야 하지?」

「그걸 집으로 가져가서 읽어 보게.」

「그럴 수 없다면?」

「그렇다면 아이를 위해 보관해 주게. 그 애가 커서 읽고 싶어 할지도 모르니까.」

「자네에게 그런 부탁을 할 권리는 없을 텐데.」

「그 앤 내 아들일세.」

「아니, 그렇지 않아. 그 앤 내 아들이야.」

「우기지는 않겠네. 그러면 자네가 읽게. 아무튼 자네를 위해서 쓴 거니까.」

「그러면 소피는?」

「아니. 그 여자한테는 말하면 안 되네.」

「그게 내가 도저히 이해할 수 없는 점일세.」

「소피 말인가?」

「어떻게 그런 식으로 그 여자에게서 떠날 수가 있었지? 그 여자가 자네한테 무슨 짓을 했기에?」

「아무 짓도. 그건 그 여자 잘못이 아니었네. 자네도 이젠 그걸 알고 있을 텐데. 난 그저 다른 사람들처럼 살 생각이 없었던 것뿐일세.」

「자네가 살려는 게 어떤 식이었는데?」

「그 빨간 공책에 다 적혀 있네. 내가 지금 어떤 말을 하건 그건 사실을 왜곡시킬 뿐일세.」

「그 밖에 다른 얘기는 없나?」

「아니, 없는 것 같네. 이제 얘기가 다 끝난 것 같군.」

「난 자네한테 나를 쏠 배짱이 있다고는 생각하지 않아. 내가 지금 문을 부수고 들어간대도 자네는 아무 짓도 하지 못

할걸.」

「그런 모험은 하지 말게. 아무것도 아닌 일로 죽을 수도 있으니까.」

「난 자네 손에서 총을 빼앗을 거고 두들겨 패서 정신을 잃게 할 거야.」

「그래 봤자 소용없는 일일세. 난 이미 죽은 셈이니까. 몇 시간 전에 독약을 먹었네.」

「그 말은 안 믿겠네.」

「자넨 뭐가 사실인지 아닌지 알 수 없을걸. 앞으로도 절대 알지 못할 거고.」

「경찰을 부르겠네. 그들이 문을 부수고 자네를 끌어 내어 병원에다 집어넣을 걸세.」

「문에서 무슨 소리가 나기만 하면 총알이 내 머리를 꿰뚫을걸. 자네가 이길 방법이라고는 없어.」

「정말 그렇게 죽고 싶은 건가?」

「난 벌써 오래전부터 죽음과 함께 살아 왔어. 나한테 남아 있는 거라고는 그것뿐이야.」

나는 더 이상 무슨 말을 해야 할지 알 수 없었다. 팬쇼가 내 진을 다 빼버렸는지, 문 저편에서 들리는 그의 숨소리를 듣는 동안 나는 마치 내게서 생명이 빨려 나가는 듯한 느낌이 들었다. 「넌 바보야.」 나는 다른 어떤 말도 생각해 낼 수가 없었다. 「넌 바보고 죽어 마땅한 놈이야.」 다음 순간 나는 나 자신의 나약함과 어리석음을 이기지 못해 어린애처럼 문을 흔들고 소리를 지르면서 문을 쾅쾅 두드려 대기 시작했다. 당장에라도 울음이 터질 것만 같았다.

「이제 그만 가보는 게 좋겠어.」 팬쇼가 말했다. 「이렇게 일을 질질 끌 필요는 없는 거니까.」

「가고 싶지 않아. 아직 할 얘기가 남아 있어.」

「아니, 그렇지 않아. 얘기는 다 끝났어. 공책을 가지고 뉴욕으로 돌아가. 내 부탁은 그것뿐이야.」

너무도 기진맥진해서 한순간 그대로 쓰러질 것만 같다는 생각이 들었다. 머리가 멍해지는 중에 나는 기절하지 않으려고 애쓰면서 몸을 지탱할 셈으로 문손잡이를 잡고 매달렸다. 그다음에 일어난 일은 기억이 나지 않는다. 나는 어느새 밖으로 나와 그 집 앞에서 한 손에는 우산을, 다른 손에는 빨간 공책을 들고 서 있었다. 비는 그쳤지만 날씨는 여전히 쌀쌀했고 숨을 들이쉴 때마다 가슴속이 축축해지는 느낌이었다. 나는 차량들 사이로 덜컹거리며 지나가는 커다란 트럭 한 대를, 그 빨간 미등이 시야에서 사라질 때까지 지켜보았다. 고개를 들고 보니 어느새 밤이 가까워져 있었다. 나는 무의식적으로 한 발짝 한 발짝 떼면서, 내가 어디로 가는지도 모르는 채 그 집을 뒤에 두고 걷기 시작했다. 한 번인가 두 번 넘어졌던 것 같기도 하다. 어느 때엔가 길모퉁이에 서서 택시를 잡으려고 했지만 멈춰 서는 택시가 하나도 없었던 것이 기억난다. 그러고 나서 얼마 뒤 내 손에서 우산이 미끄러져 내려 물웅덩이에 떨어졌지만 나는 그 우산을 집어 들려고도 하지 않았다.

내가 남부역에 도착했을 때는 7시가 막 지나 있었다. 뉴욕행 기차는 15분 전에 떠났고 다음 기차는 8시 30분이나 되어야 들어올 예정이었다. 나는 빨간 공책을 무릎에 올려놓고 기다란 나무 의자들 중 하나에 앉았다. 기차 시간에 늦은 통근자 몇 명이 드문드문 흩어져 앉아 있었고 청소부가 자루걸레로 천천히 대리석 바닥을 문지르고 있었다. 내 뒤에 앉은 두 남자가 레드 삭스에 대해서 주고받는 이야기가 들렸다.

나는 한 10분쯤 충동을 억누르려고 애쓰다가 마침내는 공책을 펼쳐 들었다. 그리고 팬쇼가 쓴 글의 의미를 파악할 셈으로 뒷장을 들췄다 다시 앞쪽으로 갔다 하면서 근 한 시간 동안 계속 훑어보았다. 내가 거기에서 본 내용에 대해 아무 말도 할 수 없다면 그것은 이해를 한 것이 거의 없기 때문이다. 단어들은 모두 눈에 익은 것이었지만, 그러면서도 마치 그 단어들의 최종 목표가 서로 상쇄를 하려는 것인 듯, 이상하게 조합이 되어 있는 것으로 보였다. 나는 그것을 달리 표현할 어떤 말도 생각할 수 없다. 하나하나의 문장이 그 전의 문장을 지워 버렸고, 하나하나의 문단이 다음 문단을 얼토당토않은 것으로 만들었다. 그런데도 그 공책에서 받은 느낌이 그처럼 뚜렷하다는 게 이상한 일이다. 팬쇼는 자기의 마지막 작품이 내가 거기에 대해서 품고 있던 모든 기대를 뒤엎어 버려야 한다는 것을 알고 있었던 듯싶다. 그 공책에 적힌 내용은 무엇을 조금이라도 후회하는 남자의 글이 아니었다. 그는 또 다른 질문을 던짐으로써 질문에 대답을 했고, 따라서 모든 것이 마무리되지 않은 채 다시 시작이 되도록 남아 있었다. 나는 첫 단어 이후로 길을 잃었고, 그다음부터는 나를 위해 쓰인 책에 눈이 멀어 어둠 속에서 비틀거리며 더듬더듬 나아갔을 뿐이다. 그렇지만 그 혼돈의 와중에서도 나는 그처럼 의지가 강한 무엇인가를, 그처럼 완벽한 무엇인가를 느낄 수 있었다. 마치 그가 결국에 가서 정말로 원했던 단 한 가지는 실패, 자신을 저버리기까지 하는 실패였던 것처럼. 그러나 내가 잘못 알았을 수도 있다. 그때 나는 여간해서는 뭔가를 읽을 만한 상태가 아니었고, 내 판단이 비뚤어졌을 수도 있다. 나는 거기에서 그 글을 내 눈으로 읽었지만, 그렇더라도 내가 지금 하고 있는 말을 믿기 어렵다.

나는 기차가 들어오기 몇 분 전에 천천히 선로 쪽으로 걸어 나갔다. 다시 비가 내리고 있었다. 내 입에서 나온 입김이 내 앞쪽의 대기 중에 허연 김으로 서렸다. 나는 공책에서 종잇장을 하나씩 하나씩 찢어 손으로 박박 구긴 다음 플랫폼 옆에 있는 쓰레기통 속으로 떨어뜨렸다. 내가 마지막 장까지 다 찢어 냈을 때는 기차가 역에서 막 출발하고 있었다.

(1984)

자신의 정신을 탐구하는 여행

폴 오스터는 1947년, 뉴저지 주 뉴어크의 유대계 미국 중산층 가정에서 태어났다. 이모부가 남긴 방대한 문학 서적들 덕분에 어린 시절부터 많은 소설들을 탐독했던 그는 열두세 살에 이미 작가가 될 것을 결심했다. 컬럼비아 대학 시절 영화에 관심을 가지게 되어 파리로 건너갔으나 2년 뒤 다시 대학으로 복귀, 장학금을 받으며 석사 과정에 진학하였다. 하지만 졸업 이후 선원, 전화 교환원, 강사 등 여러 가지 직업을 거치면서 번역과 창작을 병행해 나갔다.

1974년 시집 『폭로』를 발표하면서 문단에 데뷔하였고 이후 『뉴욕 리뷰 오브 북스』, 『하퍼즈』, 『새터데이 리뷰』 등에 평론을 발표하며 작가적 역량을 키워 나갔다. 1986년 『뉴욕 3부작』으로 〈소설의 새로운 장을 열었다〉는 평가를 받으며 단숨에 세계적인 작가의 반열에 올라서게 된다. 이후 오스터는 『달의 궁전』(1989), 『우연의 음악』(1990), 『거대한 괴물』(1992), 『빵 굽는 타자기』(1997), 『환상의 책』(2002) 등 대중성과 문학성을 모두 갖춘 작품들을 발표하며 현대 미국 문단을 대표하는 작가로 자리매김하였다. 1990년 『우연의 음악』으로 미국 예술원의 모턴 도언 제이블상을, 1993년에는 『거대한 괴물』로 메디치 외국 문학상을 수상하였다(움베르토 에코 또한 『장미의 이름』으로 이 상을 수상한 바 있다).

날이 갈수록 전 세계 문학계에서 점점 더 큰 비중을 차지하고 있는 오스터이지만 그의 작가로서의 경력이 처음부터 순탄했던 것은 아니다. 마흔이 가까운 나이에 첫 소설을 발표했을 정도로 무명 시절이 길었고, 그의 초기 작품들은 규모가 크지 않은 출판사에서 출간되었던 관계로 제한된 독자층을 가질 수밖에 없었다. 그의 작품이 많은 호평을 얻은 것은 오히려 프랑스, 독일, 영국 등 외국에서였다. 사실 오스터 자신도 미국 문학계에서의 상대적으로 열악한 처지에 염증을 내고 3년 넘게 파리에서 거주하기도 했다. 그러나 이는 다른 한편으로 오스터의 문학이 세계성을 띠고 있다는 반증이기도 하다. 오스터는 모든 소설가들이 이루려고 애쓰는 일, 즉 아주 독특하면서도 모호하지 않고 주제가 보편적이면서도 진부하지 않은 소설들을 써냈다. 그리고 이것은 타고난 문학적 재능에 치열한 작가 정신이 더해졌기에 가능했던 일이다.

폴 오스터는 대중 소설이 주류를 이루는 미국 문학계에서 진지한 소설만을 고집해 온 매우 특이한 작가이다. 지난 20여 년 동안 보기 드물게 풍요롭고 독창적인 문학적 경력을 쌓아 온 그는 1980년대 중반 그의 출세작이 된 『뉴욕 3부작』을 선보인 이후로 있을 법하지 않은 우연과 기상천외한 기억, 그리고 명확한 진실과 그렇지 않은 것들 사이의 괴리(乖離)를 탐구해 왔다. 그의 소설에 일관된 주제가 있다면 그것은, 주인공이 삶의 의미를 찾기 위해 길을 떠나지만 그 여행길이 점점 멀어질수록 영혼의 고뇌 또한 더욱 깊어진다는 것이다.

달리 말하면, 우리 삶의 여정을 이끄는 방향타가 명확한 자기 의지나 인과 관계, 분명한 논리적인 법칙이 아니라 우연한 사건, 작은 불상사일진대 그 속에서 정의와 불의, 도덕과 비도덕, 의미와 무의미의 경계를 그렇게 확연히 그을 수 있을까 하는 착잡한 반성을 보여 주고 있는 것이다.

그렇다면 불확실성이 지배하는 삶에서 우리는 그렇게 〈우연〉에 몸을 맡겨야 하는 우울한 존재일 뿐인가? 어떻게 보면 오스터는 이런 물음을 독자들에게 던지고 있는 것인지도 모른다. 『공중 곡예사』(1994)의 월트의 인생이 그렇고, 『거대한 괴물』의 주인공 삭스의 운명도 그러하다. 자신의 의지와는 상관없이 변화무쌍하게 반전(反轉)되는 그들의 삶이 곧 우리 자신의 모습이 아닐까?

하지만 그렇다고 소중한 삶을 〈우연〉이나 〈운명〉에 맡긴 채 그대로 흘러가게 내버려 둘 수는 없다. 오히려 그는 자신의 작품들 속에서 이러한 삶의 분명한 기록을 보여 주고 증언함으로써 우리에게 고된 〈의미 찾기〉의 길을 제시하고 있다.

『뉴욕 3부작』은 근본적으로 글쓰기라는 창조적인 과정과 또 하나의 독립된 자신을 창조하기 위해 자신을 잃어 가는 작가의 이야기이다. 그러나 진정한 자신으로, 즉 본래의 모습으로 돌아가려는 노력이 성공을 거둘지 어떨지는 미지수로 남아 있다.

탐정 소설의 형식을 취한 이 작품에서 오스터는 현대의 빡빡한 삶으로부터 벗어나 인간의 본성과 언어의 근원으로 돌아가려는 충동과 강박을 보여 준다. 그의 주된 관심사는 정체성이며, 자신에 대한 감시와 우리가 자신의 정체라고 여기는 것의 와해가 이 소설의 본류를 이루는 주제이다.

따라서 이 소설이 겉보기로는 다른 사람을 감시하도록 고용된 탐정이나 어쩔 수 없이 누군가를 추적해야 하는 상황에 처한 사람을 중심으로 전개된다고는 해도, 좀 더 깊이 파고 들어 가 보면 상상력 풍부하고 흥미로운 정신의 문제를 다루고 있는 것이다. 즉, 이 소설에서 오스터는 누가 누구에게 어떤 짓을 했느냐에 초점을 맞추는 상투적인 탐정 소설과는 달리, 쫓기는 측이 아니라 쫓는 측의 심리를 묘사함으로써 독자들로 하여금 차츰차츰 자신을 발견하는 여행길로 접어들게 한다. 또한 그러기 위해 등장인물들과 독자들이 동시에 그 자신을 이해하도록 하는 기법을 선보임으로써 글을 쓰는 행위에서뿐 아니라 글을 읽는 행위에 있어서도 눈부신 자기 성찰적 작품을 창조해 냈다.

이 소설에 나오는 등장인물들은 상식적으로 이해가 가지 않는 행동을 보이면서도 어떤 식으로든 독자들과 공감대를 형성한다. 그래서 이 소설을 읽는 동안 독자들은 처음엔 자신이 아닌 다른 누군가를 관찰하는 것 같지만, 다음에는 차츰차츰 그 인물이 바로 나 자신이라는 것을, 그리고 그가 아무리 이상한 면모를 보이더라도 그것이 실제로는 나의 면모임을 알게 된다. 그리고 계속 관찰을 해나가는 동안 퀸이나 블루, 팬쇼, 또는 화자(話者)를 보면서 마침내는 그들이 실제로는 나 자신의 일부, 잊어버렸거나 억눌렸던 나 자신의 일부임을 깨닫는다.

이 소설은 언뜻 보기에는 서로 관련이 없는 듯하면서도 전체를 이루는 구성 요소들로 읽어야 완벽해지는 세 편의 중편 소설로 이루어져 있다. 하나하나의 이야기가 다음 편으로 섞여 들고 마지막 이야기는 다시 처음 이야기로 돌아가 전체를 구성한다. 그러므로 어떻게 본다면 이 소설은 프랑스의 노벨

문학상 수상 작가인 클로드 시몽의 누보로망『궁전 *Le Palace*』처럼 처음도 끝도 없는 순환 고리의 형식을 취한다고도 할 수 있다.

「유리의 도시」에서 어느 여인으로부터 잘못 걸려 온 전화를 받은 뒤 탐정 역할을 떠맡아 편집증적인 노인을 추적하는 작가는 다른 이야기들에서 그 자신으로, 그리고 수수께끼 같은 다른 인물을 찾는 일에 뛰어든 또 다른 인물로 다시 나타난다. 따라서 첫 번째 이야기인 「유리의 도시」와 두 번째 이야기인 「유령들」의 의미는 마지막 이야기인 「잠겨 있는 방」의 끝 부분에 이르러서야 분명해진다. 따라서 독자들은 다시 처음으로 돌아가 전체를 다시 읽어야 하는데, 그러는 사이에 탐정 소설의 표면적인 한계를 훨씬 넘어서는 실존적이면서도 공상적인 여행을 하게 되는 것이다.

이 세 편의 소설에서 폴 오스터는 줄거리보다는 아이디어, 내용보다는 문체에 더 관심을 기울인 미스터리를 전개시킨다. 사실 어떻게 본다면 이 세 편의 소설은 줄거리가 없다. 「유리의 도시」는 잘못 걸려 온 전화를 받은 뒤 사설탐정 역할을 떠맡은 좌절한 소설가 퀸의 행적을 좇고, 「유령들」은 분명치 않은 이유로 화이트에게 고용되어 블랙을 감시하는 역할을 맡은 블루를, 그리고 「잠겨 있는 방」은 어느 날 갑자기 홀연히 사라져 버린 옛 친구의 방대한 문학 작품들을 관리하게 된 한 작가를 중심으로 전개된다. 그러나 오스터는 탐정 소설의 얽히고설킨 사건에는 별 관심이 없다. 그보다는 작가의 이미지, 말하자면 희박한 대기 중에서 사람들을 창조해 내는 주제에 훨씬 더 매혹되어 있다.

「유리의 도시」는 이러한 주제에 대한 오스터의 고찰을 보여 주는 탁월한 예이다. 퀸이 서서히 탐정으로서의 외면적 인격을 갖추어 감에 따라 이전에 가지고 있던 작가로서의 인격은 뒤로 물러난다. 우연한 기회에 새로운 인격을 만들어 냄으로써 자신의 과거를 지우는 것이다. 그리고 「잠겨 있는 방」의 팬쇼는 다른 누가 자기의 정신을 특징 짓는 것이 싫어서 예전의 자기로 알려져 있던 모든 것과 단절하기로 마음먹는다. 또 「유령들」의 블루도 자기가 가장 두려워하는 것이 진실, 즉 자기의 존재는 곧 자기의 일이며 그 외에는 어떤 생각이나 느낌도 무의미하다는 사실을 알게 된다.

이 책을 어떻게 이해하기 시작해야 하는가에 대한 가장 큰 실마리는 아마도 「유리의 도시」 중반쯤에 나오는 돈키호테에 관한 이야기일 것이다. 주인공 대니얼 퀸의 이니셜 D. Q.는 돈키호테의 이니셜과 같다. 탐정 소설 작가인 퀸은 탐정 〈오스터〉를 연기하지만 오스터는 소설 『돈키호테』의 저자(세르반테스가 아니라 아랍어로 이야기를 썼다고 하는 미지의 저자)에 대한 논고를 쓰고 있다. 이름이 이름의 주인공과 고의적으로 탈구된 설정 속에서 자신과 타인의 경계가 무너지고 개개인의 정체성은 흐려진다. 절대적인 것을 잃어버린 세계 속에서 독자는 〈나〉를 찾아가야 하는 것이다. 오스터는 책 여기저기에 실마리들을 흩어 놓음으로써 독자들과 게임을 벌이지만 그 실마리들로부터, 그리고 한 걸음 더 나아가 이 소설로부터 어떤 의미를 끌어내느냐는 순전히 독자들의 몫이다.

황보석

폴 오스터 연보

1947년 출생 2월 3일 미국 뉴저지주 뉴어크에서 폴란드계 유대인 중산층 가정의 장남으로 태어남.

1965년 18세 뉴어크 교외의 사우스오렌지와 메이플우드에서 어린 시절을 보냄. 컬럼비아 고등학교를 졸업함.

1969년 22세 컬럼비아 대학교 학부를 졸업함.

1970년 23세 컬럼비아 대학교에서 영문학 및 비교 문학 석사 과정을 마치고 파리로 건너가 프랑스 문학을 번역하며 생계를 꾸리기 시작함.

1974년 27세 귀국 후 첫 시집 『*Unearth*』를 발표하고, 자크 뒤팽 시 선집 『*Fits and Starts*』를 번역 출간함. 작가이자 번역가인 리디아 데이비스와 결혼해 1977년까지 결혼 생활을 이어 감.

1976년 29세 시집 『Wall Writing』을 발표하고, 앙드레 뒤 부셰 시 선집 『The Uninhabited』를 번역 출간함.

1977년 30세 시집 『*Fragments from the Cold*』를 발표하고, 리디아 데이비스와의 공동 번역으로 장폴 사르트르의 『*Life/Situations*』를 출간함.

1980년 33세 시집 『*Facing the Music*』을 발표함.

1981년 34세 작가이자 인문학자인 시리 허스트베트와 재혼함.

1982년 35세   자전적 이야기를 담은 에세이 『고독의 발명*The Invention of Solitude*』을 발표하며 작가로서 이름을 알리기 시작함. 20세기 프랑스 시를 엮어 『*The Random House Book of Twentieth-Century French Poetry*』를 출간함.

1983년 36세   스테판 말라르메 시집 『*A Tomb for Anatole*』을 번역 출간함.

1984년 37세   폴 벤저민이라는 필명으로 장편소설 『스퀴즈 플레이 *Squeeze Play*』를 발표함.

1985년 38세   소설 시리즈 〈뉴욕 3부작The New York Trilogy〉의 제1부인 『유리의 도시*City of Glass*』를 발표함.

1986년 39세   〈뉴욕 3부작〉의 제2부 『유령들*Ghosts*』과 제3부 『잠겨 있는 방*The Locked Room*』을 발표함.

1987년 40세   『뉴욕 3부작』이 단권으로 출간됨. 장편소설 『폐허의 도시*In the Country of Last Things*』를 발표함.

1988년 41세   시 선집 『*Disappearances*』를 발표함.

1989년 42세   장편소설 『달의 궁전*Moon Palace*』을 발표함. 『뉴욕 3부작』으로 프랑스 퀼튀르 외국어 문학상을 수상함.

1990년 43세   장편소설 『우연의 음악*The Music of Chance*』, 단편소설 『오기 렌의 크리스마스 이야기*Auggie Wren's Christmas Story*』와 시-에세이 선집 『*Ground Work*』를 발표함. 미국 문예 아카데미로부터 모턴 도언 제이블상을 수상함.

1991년 44세   『우연의 음악』으로 펜/포크너상 소설 부문 최종 후보에 오름.

1992년 45세   장편소설 『거대한 괴물*Leviathan*』, 에세이집 『굶기의 예술*The Art of Hunger*』을 발표함.

1993년 46세   에세이집 『빨간 공책*The Red Notebook*』을 발표함. 『거

대한 괴물』로 메디치 해외 문학상을 수상함. 『우연의 음악』이 동명의 영화로 제작되어 개봉함.

1994년 47세　장편소설『공중 곡예사*Mr. Vertigo*』를 발표함.

1995년 48세　영화「스모크Smoke」와「블루 인 더 페이스Blue in the Face」의 각본을 쓰고 영화감독 웨인 왕과 공동으로 연출해 개봉함.

1997년 50세　에세이『빵 굽는 타자기*Hand to Mouth*』를 발표함.

1998년 51세　영화「다리 위의 룰루Lulu on the Bridge」의 각본을 쓰고 직접 연출해 개봉함. 피에르 클라스트르의『*Chronicle of the Guayaki Indians*』를 번역 출간함.

1999년 52세　장편소설『동행*Timbuktu*』을 발표하고 모리스 블랑쇼의『*Vicious Circles*』를 번역 출간함. NPR 라디오 프로그램「Weekend All Things Considered」속 코너〈전국 이야기 공모전National Story Project〉에 고정 출연 하기 시작해 2001년까지 방송을 이어 감.

2001년 54세　〈전국 이야기 공모전〉에 들어온 사연을 엮어『나는 아버지가 하느님인 줄 알았다*I Thought My Father was God*』를 출간함.『동행』으로 국제 더블린 문학상 후보에 오름.

2002년 55세　장편소설『환상의 책*The Book of Illusions*』, 친구인 화가 샘 메서의 그림 30여 점을 곁들인 에세이『타자기를 치켜세움*The Story of My Typewriter*』을 발표함.

2003년 56세　장편소설『신탁의 밤*Oracle Night*』을 발표함. 미국 예술 과학 아카데미 회원으로 선출됨.

2004년 57세　『환상의 책』으로 국제 더블린 문학상 최종 후보에 오름.

2005년 58세　장편소설『브루클린 풍자극*The Brooklyn Follies*』을 발표하고 조제프 주베르의『The Notebooks of Joseph Joubert』를 번역 출간함. 펜 아메리카의 부회장으로 선출되어 2007년까지 재임함.

2006년 59세　장편소설『기록실로의 여행Travels in the Scriptorium』

을 발표함. 영화 「마틴 프로스트의 내면의 삶The Inner Life of Martin Frost」의 각본을 쓰고 직접 연출함. 아스투리아스 왕자상을 수상하고 미국 문예 아카데미 회원으로 선출됨.

2007년 60세 시 선집 『*Collected Poems*』를 발표함. 영화 「마틴 프로스트의 내면의 삶」이 개봉하고 그 각본이 출간됨. 『브루클린 풍자극』으로 국제 더블린 문학상 후보에 오름. 프랑스 정부로부터 최고 등급의 문화 예술 공로 훈장을 받음.

2008년 61세 장편소설 『어둠 속의 남자*Man in the Dark*』를 발표함.

2009년 62세 장편소설 『보이지 않는*Invisible*』을 발표함.

2010년 63세 장편소설 『선셋 파크*Sunset Park*』를 발표함. 파리시(市)로부터 공로 메달을 수여받음. 『어둠 속의 남자』로 국제 더블린 문학상 후보에 오름.

2011년 64세 『보이지 않는』으로 국제 더블린 문학상 후보에 오름.

2012년 65세 에세이 『겨울 일기*Winter Journal*』를 발표함. 『선셋 파크』로 국제 더블린 문학상 후보에 오름.

2013년 66세 소설가 J. M. 쿳시와 2008년에서 2011년 사이에 주고받은 편지를 엮은 서간집 『디어 존, 디어 폴*Here and Now*』과 에세이 『내면 보고서*Report from the Interior*』를 발표함.

2017년 70세 장편소설 『4 3 2 1』을 발표해 부커상 최종 후보에 오름. 문학 교수 I. B. 시굼펠트와의 대담집 『*A Life in Words*』를 발표함.

2019년 72세 1967년에서 2017년 사이에 쓴 산문을 엮은 에세이집 『낯선 사람에게 말 걸기*Talking to Strangers*』를 발표함.

2020년 73세 1979년에서 2012년 사이에 쓴 자전적 텍스트를 엮은 『*Groundwork*』와 시 선집 『*White Spaces*』를 발표함.

2021년 74세 작가 스티븐 크레인의 전기 『*Burning Boy*』를 발표함.

2023년 76세   장편소설『*Baumgartner*』와 미국 내 총기 사용 문제를 다룬 논픽션『*Bloodbath Nation*』을 발표함.

2024년 77세   투병 끝에 4월 30일 저녁, 브루클린의 자택에서 세상을 떠남.

열린책들 세계문학 038 뉴욕 3부작

옮긴이 황보석 1953년 충북 청주에서 출생하여, 서울대학교 불어교육과를 졸업했으며 현재 전문 번역가로 활동하고 있다. 옮긴 책으로는 폴 오스터의 『공중 곡예사』, 『거대한 괴물』, 『달의 궁전』, 『우연의 음악』, 『고독의 발명』, 『환상의 책』, 『신탁의 밤』, 『브루클린 풍자극』, 『기록실로의 여행』, 막심 고리끼의 『끌림 쌈긴의 생애』, 친기즈 아이뜨마또프의 『백년보다 긴 하루』, 피터 메일의 『내 안의 프로방스』, 시배스천 폭스의 『새의 노래』 등 다수가 있다.

지은이 폴 오스터 **옮긴이** 황보석 **발행인** 홍예빈·홍유진
발행처 주식회사 열린책들 **주소** 경기도 파주시 문발로 253 파주출판도시
전화 031-955-4000 **팩스** 031-955-4004 **홈페이지** www.openbooks.co.kr
Copyright (C) 주식회사 열린책들, 2003, 2009, *Printed in Korea.*
ISBN 978-89-329-0955-4 04840 **ISBN** 978-89-329-1499-2 (세트)
발행일 2003년 3월 30일 초판 1쇄 2022년 5월 20일 초판 37쇄 2006년 2월 25일 보급판 1쇄 2009년 5월 5일 보급판 8쇄 2016년 9월 15일 30주년 기념판 1쇄 2022년 7월 10일 5판 1쇄 2024년 5월 10일 6판 1쇄 2009년 11월 30일 세계문학판 1쇄 2024년 6월 15일 세계문학판 15쇄

이 도서의 국립중앙도서관 출판예정도서목록(CIP)은 서지정보유통지원시스템 홈페이지(http://seoji.nl.go.kr)와 국가자료공동목록시스템(http://www.nl.go.kr/kolisnet)에서 이용하실 수 있습니다.(CIP제어번호: CIP2009003353)

열린책들 세계문학
Open Books World Literature